# 奴隶皇帝立国记

臧全业燕赵历史小说系列

臧全业 ◎ 著

河北出版传媒集团
花山文艺出版社

图书在版编目（CIP）数据

奴隶皇帝立国记/臧全业著.—石家庄:花山文艺出版社,2015.9
ISBN 978-7-5511-2439-3
Ⅰ.①奴… Ⅱ.①臧… Ⅲ.①长篇历史小说—中国—当代 Ⅳ.①I247.5
中国版本图书馆CIP数据核字(2015)第148918号

| 书　　名： | 奴隶皇帝立国记 |
|---|---|
| 著　　者： | 臧全业 |
| 策划统筹： | 张采鑫 |
| 责任编辑： | 卢水淹 |
| 责任校对： | 李　伟 |
| 封面设计： | 景　轩 |
| 美术编辑： | 胡彤亮 |
| 出版发行： | 花山文艺出版社（邮政编码：050061） |
|  | （河北省石家庄市友谊北大街330号） |
| 销售热线： | 0311-88643221/29/31/32/26 |
| 传　　真： | 0311-88643225 |
| 印　　刷： | 大厂回族自治县正兴印务有限公司 |
| 经　　销： | 新华书店 |
| 开　　本： | 700×1000　1/16 |
| 印　　张： | 23 |
| 字　　数： | 340千字 |
| 版　　次： | 2016年5月第1版 |
|  | 2016年5月第1次印刷 |
| 书　　号： | ISBN 978-7-5511-2439-3 |
| 定　　价： | 40.00元 |

（版权所有　翻印必究·印装有误　负责调换）

# 目　录

第 一 回　司马氏受禅建西晋　晋武帝分封兴门阀　001
第 二 回　频战乱汉人口锐减　补兵源五胡民内迁　008
第 三 回　周曷朱粗野惹众怨　小匋勒谦恭聚人气　015
第 四 回　识大器宁驱伸援手　窥枭雄王衍生歹心　022
第 五 回　圆湖坳拜师习武艺　雁门郡避难做佃客　029
第 六 回　遭贩卖茌平沦奴隶　相马场汲桑识英雄　036
第 七 回　汲桑酝酿起兵反晋　匋勒秘召十八精骑　044
第 八 回　刘元海起兵称汉王　牧马帅指姓命石勒　052
第 九 回　河间王败逃太白山　司马越专权立怀帝　059
第 十 回　反西晋汲桑再起兵　应追堵石勒巧转战　066
第十一回　晋怀帝官渡壮声威　石世龙乐陵哭汲桑　073
第十二回　投汉王获封平晋王　施智谋招降乌桓军　080
第十三回　犯常山王浚败石勒　退黎阳世龙取信都　088
第十四回　进魏郡村官授将军　攻赵国将军斩都尉　096
第十五回　刘渊准石勒置军府　世龙设汉士君子营　103
第十六回　张孟孙两察石世龙　大将军首设军功曹　110

| | | | |
|---|---|---|---|
| 第 十 七 回 | 夺皇位刘聪封石勒 | 攻两岸世龙渡黄河 | 118 |
| 第 十 八 回 | 刘越石招降石世龙 | 司马越抛弃司马炽 | 126 |
| 第 十 九 回 | 战苦县石勒灭主力 | 陷洛阳刘曜纳晋妃 | 133 |
| 第 二 十 回 | 图帝业张宾频献计 | 除障碍石勒连攻杀 | 140 |
| 第二十一回 | 石世龙用计杀王弥 | 张孟孙谋势进河北 | 147 |
| 第二十二回 | 定襄国石世龙立制 | 笼人心佛图澄兴佛 | 154 |
| 第二十三回 | 石世龙进封上党公 | 司马邺即位长安城 | 161 |
| 第二十四回 | 王彭祖合兵攻襄国 | 石世龙单路伏渚阳 | 168 |
| 第二十五回 | 石勒结盟段疾陆眷 | 王浚贿赂拓跋猗卢 | 176 |
| 第二十六回 | 汉皇帝再封石世龙 | 张孟孙计擒乌桓将 | 183 |
| 第二十七回 | 斩使者石勒惑王浚 | 进蓟城世龙驱牛羊 | 190 |
| 第二十八回 | 汉皇帝策书封石勒 | 晋愍帝衔玉降刘曜 | 197 |
| 第二十九回 | 司马睿建康建东晋 | 王茂弘江南兴门阀 | 204 |
| 第 三 十 回 | 石世龙迎击刘越石 | 张孟孙离间段匹䃅 | 212 |
| 第三十一回 | 段刺史幽州杀刘琨 | 刘皇帝赤壁封石勒 | 219 |
| 第三十二回 | 刘永明乘机建前赵 | 石世龙报捷遭谗言 | 226 |
| 第三十三回 | 石世龙称王建后赵 | 张孟孙辅政定国是 | 233 |
| 第三十四回 | 祖士稚积谷谋后赵 | 石世龙韬晦修祖茔 | 240 |
| 第三十五回 | 石季龙大战段文鸯 | 后赵王尽取徐兖州 | 247 |
| 第三十六回 | 刘刺史妙语救降卒 | 石都尉勇力取四郡 | 255 |
| 第三十七回 | 互攻杀二赵开战局 | 决胜负两军战石梁 | 262 |
| 第三十八回 | 重教育石勒办小学 | 选人才后赵兴考试 | 269 |
| 第三十九回 | 攻前赵石虎围蒲坂 | 敌后赵刘曜战高候 | 276 |
| 第 四 十 回 | 刘永明决堰灌金墉 | 石世龙驰兵救洛阳 | 284 |
| 第四十一回 | 父皇帝坠马殒襄国 | 儿太子兵败溃上邽 | 291 |

| 第四十二回 | 查户口赵王令州郡 | 减租刑百姓仰世龙 | 298 |
| 第四十三回 | 石世龙称大赵天王 | 襄国城兼汉牧风格 | 305 |
| 第四十四回 | 石世龙受劝继称帝 | 后赵国节粮禁酒行 | 312 |
| 第四十五回 | 崇佛教拔擢佛图澄 | 立佛寺选用都督僧 | 319 |
| 第四十六回 | 广招贤忙煞勤政君 | 海纳言宽宥诤谏臣 | 326 |
| 第四十七回 | 防贪赃皇帝夜私访 | 止枉法石勒远出行 | 334 |
| 第四十八回 | 学无厌困倒侍读匠 | 诲不倦难倒众儿郎 | 341 |
| 第四十九回 | 宴群臣石勒论功过 | 稳边境赵国使东晋 | 348 |
| 第 五 十 回 | 憾分治石世龙归天 | 痛襄国众百姓匐地 | 355 |

# 第一回　司马氏受禅建西晋　晋武帝分封兴门阀

话说秦始皇统一六国后，秦帝国空前强大，战国诸侯沿用下来的秦王称号已不足以显示其威力。且秦王嬴政统一六国时年仅三十八岁，年轻气盛，自以为统一六国，结束了春秋战国纷乱的时代，实乃建立了旷世伟业。于是，他召集群臣百官及博士，征集名号，决定把传说中三皇五帝的尊称合而为一，号称皇帝。因为是历史上的第一个皇帝，所以叫始皇帝。并希望二世、三世乃至万世，永远传承下去。可惜秦朝二世而亡，但皇帝这一名号却为后来的历代封建王朝袭用，从此便成了专制主义中央集权的封建国家中最高首脑专用的尊称。

秦始皇死后，由其子胡亥继位，是为二世皇帝。秦二世是个昏庸而残暴的皇帝。在秦朝极端残暴黑暗统治及统治力量相对削弱的情况下，陈胜、吴广农民大起义爆发了。继陈胜、吴广起义后，刘邦、项梁、项羽接连起义，并最终推翻了秦朝的统治。此后，刘邦与项羽经过四年的楚汉之争，刘邦最终战胜项羽而夺得天下，建立了汉朝。汉朝定都长安，在经过十二帝后，被王莽篡政，后经光武帝刘秀恢复汉家天下并称帝，定都洛阳。由于汉朝先以长安为都，后以洛阳为都，所以又分为西汉和东汉。东汉建立之初，由于吸取前朝教训，尚能采取一系列稳固政权的措施，但进入中后期，由于继位皇帝年龄较小，且多短命，因而造成了外戚专权、宦官擅势的局面。在外戚和宦官的斗争中，宦官越来越占上风。宦官势力的膨胀，逐渐形成了"群辈相党"的政治集团。在政治上，他们把持朝政，把朝廷搞得乌烟瘴气，百姓处于水深火热之中。汉灵帝中平元年，终于爆发了以张角弟兄为首的黄巾起义。

东汉统治者为了维护其统治,动员所有的地主武装对农民起义进行镇压,同时采取"改制"的措施,力图加强统治。东汉朝廷接受太常刘焉的建议,改刺史为州牧,并给予州牧领兵治民的权力。州牧们有了领兵权之后,便趁乱扩张自己的武装力量,形成一个个割据一方的土皇帝,中央皇朝对其难以控制,东汉政府想借改制而加强统治的想法遭到破灭。非但如此,地方割据势力的发展,为日后的军阀混战埋下了祸根。

汉灵帝死后,长子刘辩继立为帝,其生母何太后临朝听政,使得外戚与宦官的斗争重新激烈起来,太后之兄大将军何进为了一举杀尽宦官,彻底消灭自己的对手,拉拢官僚地主出身并有一定势力和声望的袁绍、袁术兄弟,并接受袁绍的建议,召并州牧董卓带兵入京。董卓的军队由汉族和少数民族组成,能征善战,凶暴残忍,董卓以此作为资本,时刻准备争夺天下。当袁绍大杀宦官的时候,董卓借着何进的密召,率领三千人马,直奔洛阳,开始了他争夺天下的暴行。

董卓进入洛阳的第一件事便是废掉旧帝再立新主,挟天子以令诸侯,以此控制皇权。不久,董卓废少帝刘辩,杀弘农王及何太后,立灵帝少子陈留王刘协为帝,是为汉献帝。此时汉献帝只有九岁,被董卓玩弄于股掌之中,董卓自称太师,迁相国,封郿侯,俨然摄政王。董卓的倒行逆施,使豪强地主乘机联合起兵,由袁绍为盟主讨伐董卓。在由十数支联军组成的史称"关东军"讨伐集团中,奋武将军曹操也名列其中。

关东军虽然声势很大,且名为为国除患,重振汉室,实则拥兵自重,借机发展个人势力。曹操对此很是气愤,并呼吁关东军齐心协力,团结奋战以讨国贼。但诸军将领各怀心机,对曹操之言不予理睬。于是,曹操愤然单独行动,率大军从酸枣向西进军,董卓派大将徐荣迎战,双方大战于荥阳。由于曹军多为新兵,数量又少,因而大败而归,曹操本人也被流箭射中,险些丧命。

不久,长沙太守孙坚进军洛阳,董卓自率大军迎战,但被孙坚击败,董卓只好退出洛阳西迁长安。董卓西迁,致使中原无主,袁绍、袁术兄弟二人都想借机称帝,却遭到各路豪强的一致反对,关东军也就此解体,讨伐董卓由此转入豪强之间的混战。董卓西迁长安后,由于他诛杀异己,无恶不作,对长安及关中造成巨大破坏,进一步激起民怨,除各路豪强的讨伐外,他身边的亲信也在酝酿着谋杀他。初平三年,董卓最为信任的司徒王允和董卓的保镖中郎将吕布,经过密谋,将董卓刺死。董卓死后,其部将李傕、郭汜以为董卓报仇为由,率十万大军攻入长安,杀死王允和许多朝官,吕布出逃。之后,李傕、郭汜二人为争夺最高权力又开始相互厮杀,成为豪强大混战的一部分。不久,李傕为曹操所杀,郭汜则被部下所杀。自此,东汉进入大分裂的混乱时期,为三国鼎立局面的形成提供了历史必然。

汉献帝建安元年,曹操迎献帝于许昌,改年号为建安,汉献帝任曹操为大将军,封武平侯,自此,曹操总揽朝政,开始挟天子以令诸侯。曹操将皇帝控制在自己手中后,便开始实行屯田,发展经济,得到了充足的军粮。同时,面对群雄争霸的形势,曹操采取北和袁绍,先弱后强,由近及远,分化拉拢,各个击破的战略手法,先平南阳张绣,再败袁术,继而东征吕布,然后赶走徐州刘备,之后开始与占据黄河以北的袁绍争锋。袁、曹两大势力经过长期对峙,并经过白马、延津之战后,曹操以少胜多,以弱胜强,取得官渡之战的胜利,击败了袁绍,曹操由此加速了统一北方的步伐。经过几年征战,曹操攻下了冀、青、幽、并四州之地,基本统一了北方。

建安十二年,曹操为了彻底消灭袁氏残余势力,统一北方,安定社会秩序,并解除辽东少数民族乌桓的骚扰,亲率大军远征乌桓。经过近一年的征战,将辽西、辽东、右北平三部联合在一起的三郡乌桓彻底征服。南归的时候,曹操把从前被乌桓掳去和逃往塞外的十多万户汉族人全部带回内地,同时又把十几万乌桓人和汉朝乌桓校尉治下的一万多乌桓人迁徙到内地,让他们和汉族人一起从事农业生产。从此,北方混乱的局面结束了,东北边境的威胁也解除了。此时,除辽东公孙康和关西马腾、韩遂尚仅是名义上服从汉朝外,其他州郡都已直属曹操。曹操完成北方统一大业后,仍壮志不已,正时刻准备着统一全国。

第二年,曹操建议汉献帝废止太尉、司徒、司空的三公官位,重新恢复西汉时的丞相、御史大夫制度,并自己出任了东汉丞相职位。

当中原大地群雄争霸、战乱不已的时候,长江以南江东地区的孙氏父子正在不断壮大和崛起。孙氏父子的第一代雄主孙坚，因参加镇压黄巾起义的官军，有功被累升至长沙太守，并参加关东联军，讨伐董卓，势力不断壮大，后投靠袁术，袁术表孙坚为破虏将军、豫州刺史。孙坚被黄祖军士暗箭射杀，其子孙策接过孙坚旧部。孙策继续投靠袁术，并借攻打扬州刺史刘繇之机，聚拢周瑜、太史慈等将，在江南站稳了脚跟。接着，孙策采取先打弱敌，后打强敌的策略，首先扫荡地方豪强，三四年间，聚众三万余人，并收拢了一批文臣武将。建安元年，曹操表孙策为讨逆将军、吴侯。又经过了几年，孙策尽取会稽、丹阳、吴郡、豫章、庐陵、庐江六郡，并控制了扬州，摆脱了袁术的控制，开始称霸江东。建安五年，孙策死于箭伤，其弟孙权继位。

孙权继位后，尊礼重臣，团结旧部，招延俊秀，聘求名士，分部诸将，镇抚山越，讨不从命。曹操表孙权为讨虏将军，领会稽太守。经过卓有成就的经营，孙权主导下的江东集团，已成为与曹操对立的强势集团。

随着曹操、孙权集团的兴起，刘备集团也在兴起。刘备性情豪爽，好结交朋友，他与同郡的张飞、河东的关羽结成生死之交，在中山商人张士平、苏双的资助下，组织起地方武装，参加镇压黄巾起义的战争，因军功被任命为安喜县尉，后来又任高唐县令，并参加关东军，讨伐董卓。在被起义军打败后，刘备投奔幽州军阀公孙瓒，任平原相，守青州。曹操东征徐州陶谦时，公孙瓒派刘备救陶谦，陶谦表举刘备为豫州刺史，刘备领四五千人屯驻小沛。陶谦死后，刘备任徐州牧，不久为吕布所败，只好到兖州依附曹操，曹操表举他为豫州牧，并拨给他一些兵马，仍让他屯驻小沛。后来曹操杀死吕布，刘备便随曹操到了许都。

不久，曹操与袁术争战，刘备乘机请求出兵，曹操便派他和将领朱灵一起阻拦袁术，刘备于是带兵离开许都，总算虎出樊笼。刘备到达下邳后，袁术已病死，曹操令刘备返回许都，刘备却令朱灵回许都，自己则率军袭杀曹操的徐州刺史车胄，派关羽驻守下邳，自己屯驻小沛，自此公开打出了反对曹操的旗号。

官渡之战前，曹操怕刘备在东面捣乱，便先征刘备，刘备大败，再次失去地盘，投奔袁绍，官渡失败后，刘备再投荆州刘表，刘表给他一些军马，让他屯驻新野。

刘备来到荆州后，在当地贤士的启发下，三顾茅庐，将号称"卧龙"的诸葛亮从隆中请出，做了刘备的军师，自此，刘备渐渐成为与曹操、孙权对立的强势集团。

曹操、孙权、刘备三大强势集团经过长期经营发展和相互争战，渐渐演化为魏、吴、蜀三国。东汉灭亡后，曹操的儿子曹丕称帝魏国，刘备称帝蜀汉，孙权称帝东吴。曹丕不仅像他父亲曹操一样是位有胆识、有谋略的政治家，还是一位文采飞扬的文学家，但曹丕四十岁时便病逝洛阳。曹丕病逝后，其子曹睿继位，但此时司马懿受诏辅政，曹氏大权逐渐衰落。曹睿在位十二年，曹爽、司马懿辅政。嘉平元年，司马懿发动"高平陵事件"，夺取了魏国的实权。后曹爽被司马懿处死，自此曹魏大权完全受控司马懿。

曹魏政权在曹芳当政后，又经历了曹髦、曹奂两位皇帝。此时司马懿已死，但他的两个儿子司马师、司马昭比其父野心更大，阴谋更多，手段也更残忍，夺取曹魏政权已到了穷凶极恶的地步。嘉平六年，司马师废曹芳为齐王，扶曹髦为帝，六年后，司马昭杀曹髦，立曹奂为帝。此时，曹奂及曹魏政权已完全成为司马氏的傀儡。

司马昭立曹奂为帝的同时，已经为其子司马炎接管魏国朝政做着各方面准备。魏正元二年，司马师患眼疾而死，司马昭独揽曹魏大权，他派邓艾、钟会南下灭蜀。蜀国在经历了昭烈帝刘备后，后主刘禅昏庸无能，信任宦官黄皓，朝政日趋腐败。在诸葛亮死后，蜀国每况愈下，最后被魏军攻降，刘禅受封为安乐公。此时的东吴在大帝孙权之后，又经历了会稽王孙亮、景帝孙休，进入乌程侯孙皓统治时期。孙皓继任吴国皇帝后，专横残暴，奢侈荒淫，大失民心，但由于天时、地利等因素，司马昭还一时难以征讨。

就在攻降蜀汉的第三年，五十四岁的司马昭病死。死前，他拉着儿子司马炎连连说道："司马代曹，越快越好！"说完，绝气身亡。

且说司马炎乃司马昭长子，这年他已经三十岁。埋葬了其父后，司马炎立即召集司马士家大族头面人物开会议事，商议司马代曹、废帝自立事宜。

泰始元年年末，司马炎让魏帝曹奂下诏"禅让"，废魏帝曹奂自立为帝。曹奂禅位诏书颁下后，司马炎下令在洛阳南郊设坛，燔柴告天，效法当年魏王曹丕受禅的样子，接替了皇位。受禅称帝后，封曹奂为陈留王，改魏为晋，史称西晋，改元泰始，建都洛阳。

司马炎称帝后，立即被分封宗室问题缠住。司马炎在受禅之前，亲眼看到魏国禁锢诸王，因而帝室极为孤立，曹氏政权渐渐被司马氏所取代。因此，自其父司马昭死前让他尽快司马代曹始，他就开始思量起自己当了皇帝后，如何对待皇室宗亲的分封问题。是按照秦汉以来实行的虚封王侯的做法，还是恢复周朝的分封制度，大封皇族，一直在司马炎的头脑中萦绕了一两个月。就在他召集士家大族头面人物商议司马代曹的议事会上，一些人还对此议论纷纷，甚至争论不休，是司马炎拿出不高兴的样子，才使那些议论乃至争论者收敛回去。但究竟如何对待宗室分封问题，司马炎一直到当上西晋开国皇帝后，也没拿定主意。

但士家大族拥戴司马炎做了皇帝，此时已变成皇室宗亲的士家大族头面人物，当然最需要的便是皇帝尽快分封自己，使自己在拥戴皇帝过程中付出的气力得以回报。司马炎早已看透了这些宗室的心思，无奈只好下决心尽快予以分封。于是，他让人请来司马亮征求他的意见。司马亮是司马懿的第四子，是司马炎的皇叔，曾任魏国东中郎将，后出监豫州诸军事，是宗室中年龄最长者。司马亮对新朝分封问题早有自己的小九九，听了司马炎的问话后，立即对司马炎说："陛下，臣的意见，不要虚封，要实封，还是学周武王。"说完后，他生怕司马炎下不了决心，立即又继续说，"按周武王那种分封制度，大封皇族，这不仅是臣的想法，也是我司马皇室宗亲所有人的想法。"司马炎听到这里，点了点头说："好吧，侄儿就按皇叔的意见办吧。"

过了几天，司马炎举行朝会，宣布分封宗室二十七王，封司马孚为安平王，司马干为平原王，司马亮为扶风王，司马伷为东莞王，司马骏为汝阴王，司马肜为梁齐王，司马鉴为乐安王，司马机为燕王，司马辅为渤海王，司马晃为下邳王，司马权为彭城王，司马绥为范阳王，司马环为太原王，司马珪为高阳王，司马衡为常山王，司马景为沛王，司马泰为陕西王，司马遂为济南王，司马逊为谯王，司马睦为中山王，司马陵为北海王，司马斌为陈王，司马洪为河间王，司马懋为东平王。

司马炎分封宗室，恢复了周朝的分封制度，但实际上的具体形态似于西汉初分封同姓诸王，因为诸王只统其国，而不治其民，在刚开始时，允许诸王自选国中长史，但不久又以统辖户数的多少将诸王分成三等，并开始置军，逐步使诸王都督各州军事。这样，诸王不仅掌握了封国的军政大权，而且控制了相当多的军队。西晋分封宗室的目的原本是藩卫皇室，但后来随着统治阶级内部矛盾的发展，诸王大部卷入了争夺中央统治权力的争斗，反而削弱了中央皇权的统治。这是后话。

且说司马炎在分封宗室的同时，也将门阀政治作为西晋皇朝一项基本制度确定下来。门阀制度就是按门户等级严格区别士族与庶族的政治、经济、社会和文化上的不同地位，以维护高门贵族特权的等级制度。所谓门阀，就是阀阅门第。我国古代贵族官僚宅第的大门外，都有两根柱子，左边的叫阀，右边的叫阅，常常用来张贴本户的功状。阀阅成为达官贵人家的一种标志，后来那些世代做官的人家，又称为门阀。

门阀制度的形成有一个过程。汉武帝时，发生了一件影响深远的事情，那就是采纳董仲舒的建议，实行了"罢黜百家，独尊儒术"，儒家被定为一尊，儒家经籍如《尚书》《春秋》等成为世代研讨的家学。一些大地主与儒学相结合，就可以世世代代做官，因此他们被称为"士族"或"世族"。"士族"是指他们掌握儒学及文化知识，"世族"是指他们世代做官。东汉以后，"选士而论姓族阀阅"，一批累世为官的世家大族开始形成，连续四代都有人担任朝廷"三公"的大官者不乏其人。曹丕建立魏国后，实行九品中正制，对门阀制度的形成，起到了重要作用，成为士族地主巩固其政治特权的有力工具。

司马炎实行门阀制度后，西晋形成了"公门有公，卿门有卿"的世代相传、等级森严的门阀制度。分封制度和门阀制度相伴而生，铸就了西晋动乱和短命的根源，也为群雄揭竿而起反对这个维护少数人利益的皇权，提供了理由和动力。

欲知后事，且看下回分解。

## 第二回  频战乱汉人口锐减
　　　　　补兵源五胡民内迁

　　却说东汉后期，社会矛盾日益尖锐复杂，和帝以后，东汉的政治舞台上，出现了外戚和宦官交替专政的局面。桓帝即位后，借用宦官之力，将长期把持朝政的外戚梁冀诛灭。此后宦官集团又兴起，持续操纵朝廷大权达三十年之久。这些宦官广树党羽，到处安插亲信，大肆搜刮百姓，虐害士民，被人们形容为"与盗贼无异"。这不仅加深了人民的痛苦，激起百姓的强烈反抗，而且也引起大地主出身的官僚及一般地主阶级知识分子的不满。因此，社会各界纷纷要求改变宦官专政的局面。

　　当时，在国都洛阳的太学，三万名太学生联合起来反对宦官集团。太学生的活动，得到朝野上下官僚、士人的支持，官僚们借助太学生的力量，以反对宦官。宦官们对此恨之入骨，他们诬称这些官僚与太学生结为朋党，图谋不轨，因此便制造了前后两次"党锢之祸"。第一次"党锢之祸"发生在桓帝延熹九年，当时的司隶校尉李膺，不避权贵，裁治不法，杀了大宦官张让的弟弟张朔，他的此举受到太学生的广泛赞誉，但却遭到宦官的反扑和陷害。在宦官的蛊惑下，桓帝通告各郡国，逮捕党人，罗列罪名，布告天下。李膺被捕后，牵连陈实等二百多人，包括一些太学生，都被下狱严讯。有在逃者，也被悬赏搜捕，一时间，人人自危，惶惶不安。过了一年，经过尚书霍谞和外戚窦武的力争，桓帝才意有所缓，这批人才被赦归乡里，但却要禁锢本地，终身不许做官。

　　第二次党锢之祸，开始于灵帝建宁二年，一直延续了十余年，其株连之广，也超过了第一次。大宦官侯览依仗权势，残害百姓，强抢民女，侵夺大量田宅。时山阳督邮张俭甚是气愤，他上书告发侯览家族的罪恶，请杀侯览，同时将其强取的田宅全部没收。侯览立即进行了反扑，他唆使一个张俭的同乡，上告张俭与同郡二十四人联结为党，图危社稷。宦官集团趁机发难，滥施淫威，他们借机大捕党人，将李膺等一百多人，害死在狱中，张俭则被迫逃往塞北避祸。后来在各地被诬为党人而死、徙、废、禁的，达六七百人。熹平五年，宦官集团为了彻底镇压党人，怂恿汉灵帝下诏，凡是党人的门生故吏、父子兄弟，乃至五服之内的亲属，一律免官禁锢，宦官集团罪恶黑手的打击面，扩大到无以复加的程度，致使第二次党锢之祸达到了高潮。

正是在党锢之祸的影响和波及下，黄巾起义爆发了。黄巾起义是桓、灵时期道教的一支太平道首领张角发动的。道教奉黄帝、老子为教祖，因此又称黄老道。《太平经》是道教的早期经典，张角创立的太平教，利用《太平经》为教化人心的武器，张角则自称"大贤良师"，为徒众画符治病，并派遣弟子分赴四方传道，很快得到农民的信任，八方归附于他的人络绎不绝地来到他身边。张角还和洛阳一些宦官联系，利用他们作为内应，扩展自己的实力，为起义准备军事力量。

张角的道徒，迅速发展到几十万，遍布在青、徐、幽、冀、荆、扬、兖、豫八州。张角部署道徒为三十六方，大方的人数有万余，小方也有六七千人，各立首脑，由他统一指挥。张角还传播"苍天已死，黄天当立，岁在甲子，天下大吉"的谶语，向人民宣告东汉王朝崩溃在即，新的朝代将要君临天下。太平道徒广为散布"黄天太平"的口号，并在各处府署门上用白土涂写"甲子"字样。经过长时间的酝酿和部署，大规模农民起义的形势，已经成熟了。

中平元年，以黄巾为标志的农民起义军，在七州二十八郡同时俱起，中国历史上第一次组织和准备严密的农民大起义，就这样爆发了。

黄巾起义爆发后，黄河以北的农民纷纷保据山谷，自立名号，反对东汉的统治。他们中有博陵张牛角、常山褚飞燕以及黄龙、左校、郭大贤、于氐根、张白骑、刘石、左髭、丈八、平汉、大洪、司隶、缘城、罗市、雷公、浮云、白雀、杨凤、于毒、五鹿、李大目、白绕、眭固、苦蝤等部，大者两三万人，小者六七千人。褚飞燕联络太行山东西各郡农民军，多达百万之众，号黑山军，势力最为强大。中平五年，各地农民又相继以黄巾为号，再次起兵于西河、汝南、青州、徐州、益州和江南等地。

黄巾起义发动之广泛，计划之周密，阶级对立之鲜明，在中国历史上是空前的，但黄巾起义发生在封建割据倾向迅速发展，豪强地主拥有强大武装的年代，地主武装同官军的联合，使农民大起义遭到残酷镇压，最终，轰轰烈烈的农民大起义终于失败了。

黄巾起义导致的农民军与地主武装及官军联合的争战，使数以百万计的汉族人口消失，且自此时起，中国进入了长期分裂和战乱时期。那时，黄河流域屡经兵燹，关中地区经董卓之乱，长安城中尽空，人皆四散，数年间关中无复行人。洛阳附近，无辜而死者不可胜计，从洛阳至彭城，即今徐州，经曹操和陶谦之间的战争，墟邑无复行人。汉献帝初平三年，董卓部将李傕、郭汜攻破长安时，三辅民众还有数十万户，李傕等人放兵劫掠，攻剽城邑，百姓死伤惨重，仅仅两年，除战乱而死外，剩下的人口也被人吃人而所剩无几，数十万户人聚居的繁华之地竟一片荒凉。汉献帝刘协逃出长安后，住处是以荆棘编的门户，宫女缺衣食，许多饿死在路上，随驾官员出门打柴，往往饥饿倒地而死。除了战争死亡及饿死、人吃人消失了无数的人口外，大批中原人向相对安定的地区迁徙。三辅、南阳人民多迁往益州，徐州一带的人民多避乱江东，江淮之间十余万户皆渡江而东，还有不少士大夫甚至携眷渡海远徙交州。此外，一些中原人还逃往幽州、辽东，甚至鲜卑境内。

在曹魏、蜀汉、东吴政权各自形成的争战过程中以及进入三国以后，整个中国连年争战，北方汉族人口常年处于减少的状态中。据史料显示，东汉桓帝永寿三年时，东汉人口达五千六百万人，经过东汉末期一直到三国时期一百年间，魏、蜀、吴三国的总人口只有七百六十万人，不及百年前的七分之一。

自东汉末年北方汉族人口锐减开始，为了补充中原兵源及劳力的不足，中原汉族各地各级政权便不断地通过招诱和军事征服，使一些民族不断向内地迁徙，特别是胡族的内迁渐成高潮。那时，在内迁的各族中，主要有匈奴、鲜卑、羯、羌、氐等，历史上被泛称"五胡"。

匈奴是生活在大草原上的一支游牧民族。秦汉之际，匈奴单于冒顿相继征服了东至辽水，西达西域，北抵贝加尔湖，南邻长城的广大地区。东汉建武二十二年，匈奴分裂为两支，一支为北匈奴，向西方迁移，一支为南匈奴，依附东汉，居于五原郡，即今内蒙古自治区五原县境内，后来又逐渐南移，集中到并州北部的汾河流域。建安十一年，曹操打败袁绍的外甥、并州刺史高干，取得并州后，采取恩威并济、软硬兼施的办法，使匈奴"单于恭顺，名王稽颡、部曲服事供职，同于编户"，匈奴归附了曹操。

建安二十一年，匈奴呼厨泉单于入朝，曹操将其留于邺城，遣右贤王去卑归离石监国，将匈奴分为五部，各立匈奴贵族为帅，选汉人为司马监督之，其左部统万余落居于兹氏，即今山西汾阳，右部统六千余落居于祁，即今山西祁县，南部统三千余落居于蒲子，即今山西隰县，北部统四千余落居于新兴，即今山西忻县，中部统六千余落居于大陵，即今山西文水县。西晋初，塞外匈奴又大量内迁，前后四次，总数在三十万以上。匈奴部人由于与汉人杂居，加速了他们农业经济的发展。虽然他们的部落组织仍然存在，但在经济上早已是"部曲服事供职，同于编户"了。西晋建立后，将匈奴部将改为都尉，他们也失去了贵族地位与特权。此时匈奴人在分布上，除今山西外，还有陕西及内蒙古南部。

鲜卑祖居大兴安岭北部的鲜卑山。到汉武帝时，鲜卑开始西移，填充了乌桓原居地西喇木伦河流域，但这时的鲜卑与西汉政府仍无政治上的联系。到了东汉时，鲜卑开始与汉政府发生联系。建武二十五年，乌桓内迁到缘边诸郡，鲜卑势力也逐渐南迁近塞，与东汉政府始通驿使。到建武三十年，鲜卑大人仇贲率种人诣朝贡，东汉封仇贲为王，以后鲜卑迅速向蒙古西部、中部地区发展。这时，鲜卑族属内涵上出现了很大的混杂，其中拓跋鲜卑部由洁汾率领经过九难八阻，由呼伦池附近迁至匈奴冒顿发迹的阴山一带，同时被汉军打败的北匈奴继续留在阴山一带与鲜卑杂处，自号鲜卑。

到东汉桓帝时，鲜卑各部推檀石槐为军事首领，组成檀石槐军事结合体，檀石槐建庭于弹汗山，即今河北尚义县大青山的今东洋河上，有控弦之士十万，其势东却夫馀，西击乌孙，北拒丁零，南钞汉边，东西长万里。檀石槐死后，鲜卑军事结合体瓦解，形成三股较为强大的势力，一股为步度根,分布在并州的太原和雁门等郡,归附曹魏,二为轲比能,分布在代郡、上谷等地,对曹魏时叛时附,三为东部鲜卑素利、弥加、厥机等,分布在辽西、右北平、渔阳塞外。三股力量中,轲比能最强,他拥有"控弦十万余骑",控制地区从云中即今内蒙古托克托县东北、五原以东至于辽水,成为塞上的一支强大的势力。轲比能以后,鲜卑人又有了新的组合,并继续向中原地区推进。其中鲜卑慕容氏、宇文氏及鲜卑段氏向辽水流域推进。拓跋氏由西逐渐向中部转移,以后又从内蒙古地区向山西、河北地区推进,拓跋氏的支族秃发氏居河西走廊,与陇西鲜卑乞伏氏向西北部推进,慕容氏的另一支族吐谷浑辗转迁居于青海草原。后来十六国时,慕容氏建立了前燕、西燕、后燕、南燕,鲜卑化的汉人冯氏建立了北燕,秃发氏建立了南凉,乞伏氏建立了西秦,吐谷浑建立了河南国,拓跋部建立了代国。

羯族是随匈奴入塞的少数民族。羯人高鼻、深目、多须,崇信火祆教,可能是匈奴控制的西域人,因此也称其为"匈奴别部"。他们原居中亚细亚,后来东迁,一部分人随匈奴迁入今山西,集中于上党的武乡,即今山西榆社。内迁的羯族虽仍保留部落组织,但也已习于农耕,其经济生活与汉人日益接近,差别越来越小。

西羌居于青海草原,其部落很多。西汉宣帝和元帝时,西羌进攻甘肃一带,为汉军所击败。东汉时马援破先零羌,徙其羌人于天水、陇西、扶风三郡。内徙羌人与西汉政府交往密切,其社会结构和民族特征都发生了重大变化,因此一般将这部分羌人称之为东羌。东汉从建武十年到延熹八年的一百多年内,羌族大规模内徙有二十九次。羌族内徙大致有三种情况,一是西羌豪酋主动请求内属。二是西羌豪酋进犯内地。西羌人在战争中被俘或投降,自东汉安帝以来羌人对东汉发动了三次大规模的战争。三是汉军出塞进攻羌人,降俘羌人入塞。羌人的内徙一直持续到西晋。到西晋时期,内徙的羌人主要分布在今陕西南部、西南部以及甘肃境内。十六国时羌族姚氏聚集族人在关中建立了后秦国。

氐族原分布在中国北部和西部的游牧地区,从东汉起陆续内迁,主要居住在今陕西、甘肃、四川等广大地区。汉武帝时开益州,置武都郡,此时氐人开始成为汉王朝的编户子民。元封三年,发生了氐人反叛事件,汉武帝出兵平乱，并将氐人强徙至酒泉郡。东汉末年，仇池之地的杨氏和兴国氐王阿贵为氐族最强大的部落，杨氏酋长杨千万，辖地百顷，称百顷氐王，同兴国阿贵有部落万余。杨千万同阿贵与陇西马超联合对抗曹魏政权。建安十九年，曹操令夏侯渊出兵征讨，阿贵被攻灭，杨千万逃入蜀地，曹魏将被征服的氐人徙于扶风一带，以后曹魏又先后再次进攻氐人。后来，曹操又徙氐人五万余落出居扶风、天水，魏黄初元年，武都氐杨什率部众内附，居汉阳郡，正始元年，部准徙氐人三千余落于关中。十六国时期，氐族部落酋长苻氏建立前秦国。苻坚先败后，又有略阳氐吕光建立后凉国。

且说在五胡民族中，羯族无论是其历史，还是其民族的规模、分布，都比匈奴、鲜卑、羌、氐显得短而小。羯族作为匈奴别部，是由匈奴派生而出。东汉建武二十二年，匈奴分裂为两支，一支为北匈奴，向西方迁徙，另一支为南匈奴，依附东汉，居于五原郡，后来又逐渐南移，集中到并州北部的汾河流域。羯族作为南匈奴的一个部落，恰好处于南移的匈奴人潮之中，并落脚于今山西祁县，在汾河东岸一线定居下来，且一住就是一百多年。此时，羯族群落的人数也由定居祁县时的数千人发展到数万人。

建安年间，曹操打败并州刺史高干并取得并州后，立即命梁习为别部司马领并州刺史，梁习不负曹操所望，很快使并州北部汾河流域的匈奴全部归附了曹操，并将其逐一编户统辖。

不久，曹操趁匈奴呼厨泉单于入朝之机，将其留于邺城，遣右贤王监国，将匈奴分为五部，羯族被分为右部。

又过了几年，曹魏政权确立，东汉灭亡，由于曹操对匈奴人的恩德，因此羯族等匈奴人对曹丕出任魏国皇帝甚是高兴，族群小帅与族人商议，决定向东南靠近洛阳的方向迁徙，更好地加快族群的发展，以回报曹魏政权。于是，数万羯人离开汾河向东南迁移。当他们来到上党武乡时，立即被这里秀美的山水吸引住了，特别是得知上党之地出产人参时，族群小帅与族人商议，最后决定定居在武乡。

且说在武乡羯族中，有一户人家，只有夫妻二人，乃匈奴别部羌渠部落的后裔。从祁县迁至武乡后不几年，不想老来得子的夫妻二人双双逝去，只留下了一个不到十岁的孩子。那孩子叫耶奕于，聪明伶俐，虽然年轻，却很快跟当地土人学会了采挖和种植人参，因此耶奕于在当地羯族人群中很是受人尊重。耶奕于二十多岁时，娶了一位美丽的同族姑娘为妻，在他三十岁这年，妻子为他生了一个儿子，耶奕于给他起名叫周曷朱，又名乞翼加。由于耶奕于采参种参出了名，又因为耶奕于采挖的上等上党人参进贡给曹魏皇帝，受到朝廷的嘉奖，整个羯族都感到荣光，因此羯族小帅让年已四十的耶奕于做了羯族一个部落的小头目，专门采集并经营人参。曹魏皇帝对羯人经营人参一事很是重视，多次委托羯族小帅向人参部落小头目耶奕于表示问候，耶奕于于是经常向夫人和儿子说，皇恩浩荡，不能忘记魏武帝和他的子孙继君。

就在耶奕于五十岁时，司马炎逼迫曹奂禅位，夺取了曹魏的天下，自己做起了西晋皇帝。消息传到耶奕于耳中后，耶奕于当时病倒，并痛哭不止。几天后，耶奕于已病入膏肓。这日，他拉着一直守护在病榻前的儿子周曷朱，断断续续地说："为父不行啦，俺儿已满二十岁，为父本想过了大年就将俺儿的婚事办了，现在看为父已经不能尽责了。为父死后，俺儿要孝敬母亲，尽快娶妻生子，延续俺祖宗的香火。"说罢，气绝身亡。原来羯人总将"我"说成"俺"。

周曷朱大哭，他哭了一会儿，又大骂道："司马炎，你篡夺曹家皇帝的宝座，俺这一辈子不能造你的反，等俺养个儿子也要造你晋朝的反！"

周曷朱还要骂，但他的嘴被一只手堵住。

欲知后事，且看下回分解。

## 第三回  周曷朱粗野惹众怨
## 　　　　小匐勒谦恭聚人气

却说羯族人参部落小头目耶奕于得知皇恩浩荡的曹魏皇权被司马氏篡夺过去后，不禁悲愤病倒，并很快气绝身亡。耶奕于的儿子周曷朱见父亲就这样死去，禁不住大哭，哭了一会儿他又大骂，发誓要养个儿子造西晋王朝的反。正当周曷朱还要继续骂下去的时候，他的嘴却被一只手堵住。周曷朱看时，原来是母亲用手将他的嘴堵住。没等周曷朱再说话，母亲一边擦着泪水一边轻轻地说："儿啊，可不能这样放肆啊，一旦让官家听到，咱们怕是要闯祸呀！"

周曷朱看了看满脸泪水的母亲，虽然他的心里并未消气，但还是顺从地对母亲点了点头。

埋葬了父亲后，周曷朱心里一直不痛快，虽然他接替父亲出任了人参部落的小头目，而且经父亲与族民多年经营，不管是在太行山里寻找野山参，还是园中种植的家参，都连获丰收，一方人过得很是富足，但周曷朱对父亲的突然病逝却始终耿耿于怀。与父亲一样，周曷朱对曹魏皇帝很有感情，对曹魏朝廷对上党人参的重视并由于这种重视对这个人参小部落带来的福祉从内心感激，因此他在内心与父亲一样，对司马氏篡夺曹魏天下愤恨不平。

周曷朱自幼性格凶恶，脾气暴躁，行事粗野。由于内心有这种隔阂及不满，尽管母亲一再嘱咐，但他仍无法克制，经常对族人发泄对司马氏新朝廷的不满。有一次，在羯族众部落首领的聚会上，周曷朱禁不住大骂司马炎，而且消息很快被传了出去。这日，周曷朱正在家中与母亲说话，突然闯进来几个监视羯人的汉人，自称是司马府的公人，他们不由分说，便将周曷朱用绳索套住拉走。周曷朱的母亲哭着追出家门，请求公人开恩留情，但公人们哪里肯听，一直将周曷朱拉往部统司马府衙门去了。

周曷朱被押走后，母亲哭了一阵，便去找族人商议对策。虽然周曷朱暴躁粗野，但由于父亲耶奕于和母亲多年来诚实为人，与部落族人友善，因此族人们立即围在一起商议对策。众人商议了一阵后，决定派出两个年轻后生，先去打听一下周曷朱被押走后的情况，然后再相机行事。

且说周曷朱被押到专门监督匈奴人及羯人的司马府后，司马得知周曷朱的情况，让人将周曷朱带到面前，询问了一些情况。当得知周曷朱是羯人人参部落小首领，又见周曷朱虽是粗野但很诚实，便训斥了他几句，然后让他在司马府做苦工。

周曷朱母亲及人参部落的族人得知情况后，几次前往司马府，向司马及其他官人送人参，请求赦免周曷朱。那司马还算开面，答应赦免放还周曷朱，但前提是周曷朱必须做满三年苦工后，才能赦免回家。

周曷朱的母亲见儿子一时不能回家，便前往周曷朱未婚的媳妇家中，向尚未成为亲家的夫妻二人提出退婚，以免耽误了姑娘的青春。原来耶奕于在世时，便与一王姓族人约好，将其女儿王姑娘作为儿媳妇。只是没等耶奕于为儿子操办婚事，便先逝去了。王姓夫妻听周曷朱母亲说明来意后，非但没同意自己的女儿与周曷朱解除婚约，反而劝女儿立即前往婆家为媳，与婆婆为伴。那王姑娘与父母一样仁德和善良，听了父母的话后，当即跪在地上认了婆婆，然后与婆婆一道回到周曷朱家中，一面担负起侍候婆婆的任务，一面与族人料理园种家参，并等候着周曷朱赦免归来。

一晃三年过去了，司马府还算讲诚信，不但如期将周曷朱放还回家，还让他继续做人参部落的小头目。周曷朱在司马府当了三年苦工，虽然心里憋屈，但平日舍得卖力气，司马府的搬搬运运，里里外外，所有的苦活累活他都干得很好，也很受府衙们的喜欢。只是周曷朱心里对司马氏的恶感一点儿也没有改变，平日里不说就是了。

周曷朱回到家里，母亲欢天喜地，王姑娘更是喜出望外。大年期间，在人参部落羯族兄弟的张罗下，周曷朱和王姑娘简简单单举行了一个合卺仪式，正式结为夫妻。

结婚以后，周曷朱更加勤快，王姑娘也夫唱妇随，与丈夫一起忙里忙外，部落采集和种植的人参除了上缴官府外，还卖往都城洛阳和许多州郡，两年下来，人参部落的羯人都分得许多铜钱。周曷朱作为人参部落的小首领，分得的铜钱比其他族人更多，因此，一家人生活得很是殷实。周曷朱的母亲见儿子、儿媳如此能干，日子过得如此红火，经常拿出家中的铜钱接济鳏寡孤独的人们，帮助他们渡过难关。因此，周曷朱在部落的人缘一直还算不错。一些族人由于周曷朱的粗野暴躁而对他产生的种种怨言，也被母亲这些善良的举动抵消了。

这日，母亲在一家人吃饭前对周曷朱夫妻说："你二人先放下筷子，娘有件事要对你们说。你二人已经结婚两三年了，俺儿虽然脾气不好，但勤快、诚实、能干，把个人参部落经管得不错，族人跟着享受点好日子，娘心里很高兴。可娘这心里只有一件事放不下，这就是你们该要个孩子啦，娘也想抱孙子啦！"

周曷朱听了，看了看妻子王姑娘，然后傻笑起来。王姑娘倒是落落大方，她对婆婆说："娘，您老人家不说，其实儿媳也着急啦，既然娘这么着急，明天儿媳就到人参娘娘的庙上，烧香许愿，向娘娘请子，让娘娘尽快赐儿媳生子。"

母亲听了，高兴地点点头说："快吃饭吧，饭菜都凉啦。"

第二天，王姑娘带上香烛，约上邻居一位大嫂，直奔北原山人参娘娘庙而去。原来羯人自祁县汾河东畔迁至武乡后，感恩上党人参给羯族人带来的福祉，便在北原山上建起一座人参娘娘庙，自此羯族人参部落的族民经常来此烧香磕头，乞求神灵保佑让他们年年采得上党山参，种植的人参也茁壮生长，尽快丰收。时间长了，不知谁开始传颂，说人参庙里的人参娘娘对于乞求生男育女的香客有求必应，甚是灵验，多年来向人参娘娘乞求生子者不计其数，无一不应。周曷朱一家居住在北原山下，王姑娘与邻居大嫂出了家门后，顺着通往庙宇的台阶，一步一步地攀登上山，来到了人参娘娘庙。

王姑娘在邻居大嫂的帮助下，将所带供品摆放在香案上，然后点燃蜡烛和木香，双膝跪倒，一边给人参娘娘的金身磕头，一边默默地祈祷着。祈祷磕头完毕，当王姑娘抬头向人参娘娘慈祥的面容望去时，王姑娘突然感到人参娘娘那传神的双眼，似乎在紧紧地盯着自己，并微笑着向自己点了点头。

王姑娘一看，连忙再次跪倒，连连磕头，直到邻居大嫂将她拉起来才作罢。

当天夜里，王姑娘正要进入梦乡，却见一个俊美可爱的人参童子来到她面前，不等王姑娘与人参童子说话，只听人参童子向王姑娘叫了一声娘，然后便跳入王姑娘的嘴里，并潜入王姑娘的肚子里，自此，王姑娘身怀六甲。

第二天早晨，王姑娘向婆婆述说了昨夜发生的奇怪之事，婆婆听了高兴地说："一定是儿媳心诚，感动了人参娘娘，赐予俺儿福子。这就好，为娘盼孙子终于有盼头啦！"

周曷朱母亲自儿媳告诉她人参童子进入自己的肚子后，便一天一天地盼着，而且还一天一天地计算着。就这样，转眼过去了九个月，儿媳的分娩之日马上就要来临了。

这日，婆婆对王姑娘说："媳妇啊，为娘想啊，俺这孙儿出生时，必定是自己选个好日子降生到人间，娘找人看过了，明天是五月初五端午日，是个上等的好日子，俺孙儿就应该在这一天出生，你感觉怎么样啊？"

王姑娘摇了摇头说："娘啊，儿媳一点儿也感觉不出明天要临盆的样子，儿媳断定明天孩子是不会出生啦。"

周曷朱母亲点了点头说："那娘再找人算算，看还有哪天是好日子，娘再去等那一天好啦。"

第二天早晨，周曷朱母亲一大早便将人参粽子包好并煮到锅里，然后到屋外的房檐下插蒿香草，与其他羯人族民一样庆祝端午节。可当她走到儿子屋外时，却透着窗户看到屋里红光满室，接着，便传来婴儿的哭声。周曷朱母亲高兴地扔下手中的蒿香草，快步向儿子儿媳屋门跑去，没等进屋，儿子周曷朱已跑出屋子，又高兴又惊慌地对母亲说："娘，快进屋，生啦，生啦！"

周曷朱母亲快步来到正在生产的儿媳身边，此时，一个白胖饱满的男婴已呱呱坠地。看王姑娘时，满脸含着幸福的微笑，并无生产带来的疲劳感。周曷朱母亲连忙拿出早已准备好的小衣服包袱，从中拽出一件缝制精制的褟裤，将男婴小心翼翼地包裹起来。那男婴似有灵气，在褟裤中躺着时立即睁开了双眼，并用有神的目光看着母亲和奶奶。

周曷朱母亲高兴至极，她对王姑娘说："快躺下，娘去给你熬甜粥、煮鸡蛋。"说着乐颠颠地出屋去了。不一会儿,她又进屋乐呵呵地对王姑娘说:"俺说俺这孙儿该是今日降生,果然今日就降生了,你看俺这孙儿生得多好,真是天庭饱满,地阁方圆哪!"

王姑娘说:"娘,你说这孩子真怪,怎么生前我什么感觉都没有,说生马上就生了,而且是那样顺畅,一点儿痛感都没有。"

周曷朱母亲说:"俺这孙儿说不定真是个人参王子下凡拯救苦难人生的,连娘生他的那点痛都给免啦!"

王姑娘笑着说:"娘,您老人家真会说笑话。"

王姑娘身强奶丰,男婴生长得很快,几天后就像几个月的孩子。周曷朱自儿子出生后,每日乐不可支,满月这天,他请来左邻右舍数十人,来自己家吃酒,庆祝儿子降生。周曷朱母亲亲自给众人倒酒,王姑娘抱着满月的儿子与大家见面。众人见满月的婴儿长得好像周岁的孩子,都称奇不已。周曷朱端着酒碗对众人说:"弟兄们尽管喝,最好喝个一醉方休,这样俺才高兴,但可别忘了,帮俺给孩子起个名,俺这一个月也没起出个孩子名。"众人听了,都笑了起来。

众人一边吃酒,一边在议论着孩子名,其中一个颇有学问的老者说:"俺说头儿啊,老朽给你的儿子起个名,可不知你认可不认可?"

周曷朱连忙说:"老伯先说来听听!"

那老者说:"老朽之意,这孩子的名叫匐,小字匐勒,怎么样?"

老者说完,周曷朱和其他众人谁也没听明白,都不知是什么意思。老者离开酒桌,拿起一根树条,在地上一面画着一边说:"这个匐字,外面一个勹字,里面一个背字。'勹'字是包裹之意,像人曲之形,背着大千世界中各种各样的人在世上奔跑,这样的人一定是救世之人,因此老朽取这个匐字给小公子作为名。有名之后,还需有字,老朽也取了两个字作为小公子的字,这两个字叫'匐勒'。"一边说,又将这两个字在地上写画出来。

看到周曷朱还是一副不解的样子,老者又说道:"字与名有一定关系,你看这个匐字,外面也是一个勹字,与匐字有共同之处。这个勒字,老朽在思考时是想到了自东汉开始传入我中华的佛教,佛教中有个未来佛叫弥勒,匐勒之勒,恰好取了弥勒这个勒字。"

那老者从开始说话时，周曷朱的母亲便一直在旁边认真听，并频频点头，表示赞成。周曷朱是个粗人，既不识字，也听不懂老者说的什么意思，但他看到母亲点头赞成，便带头拍了拍手掌，然后说："好，多谢老伯，俺的儿子今后就叫匋，小字匋勒。"

小匋勒长到五岁时，便能手提数十斤的东西在地上自由行走，且记忆力极好，大人嘱咐过的事情，都会牢牢记在心中，从不忘记。只是奶奶和母亲让他跟汉人读书识字时，他却摇头。到七八岁的时候，小匋勒已经能帮助父亲莳弄参园，而且心灵手巧，什么活都干得极其像样。除此之外，小匋勒还善于关心人，团结人，不但同族中同龄的孩子都尊他为孩子王，而且小匋勒还与大人打成一片，说起话来和做起事来，都是一副大人的样子。由于他天生就是一个小大人，再加之他是人参部落小头目周曷朱的儿子，因此族人很尊重和喜欢小匋勒。

周曷朱自幼暴躁粗野，随着年龄的增长，暴躁的性格和粗野的行为非但没有收敛和改变，反而越发严重。这一年，人参部落的园参不知什么原因，一下子死了数十株。周曷朱得知后，将部落的族人找到一起大骂不止。将众人骂了一阵后，又把莳弄参园的几个主要人员从人群中叫了出来，让他们站在一边，然后逐个训斥和辱骂。

这时，那个给小匋勒起名的老者站起来说话了，他说："俺说头儿啊，咱们的人参死了好几十株，俺们大伙和你一样，都很心疼，但你总该先和大伙琢磨一下，看人参为什么死了，等找出原因后，如果是大伙不尽心不尽力，你再斥责也不迟，你现在不问青红皂白，劈头盖脸这样骂，骂完大伙又换个人骂，叫大伙寒不寒心哪！"

老者说完后，人群不知是谁说："你骂俺们，俺们去骂谁！按说你是头儿，人参死了，最应该挨骂的应该是你！"

周曷朱听了大怒，他刚要发作，只听族人们一齐喊叫起来，周曷朱听时，有人喊"对"，有人喊"好"，还有人说着各种鸣不平的话。周曷朱见激起了众怒，一跺脚转身走了。众人见头儿走了，在一起七嘴八舌议论了一阵，然后也三三两两地离开了。

周曷朱气呼呼地回到家里，母亲听说情况后说："娘认为大伙说得对，人参死了那么多，大伙谁不心疼，你是头儿，正应该领着大伙找找原因，并主动承担点责任，然后尽快想办法解决问题，使人参不再损失。你非但不认错，还这样破马张飞地骂人，今后谁还愿意跟着你干！"

周曷朱虽然认为娘说得对，但心头的气一直不消，坐在那里不说话。小匐勒母亲王姑娘对婆婆说："人参死了，原因没找出来，又把人都惹怒了，这活以后还怎么干，儿媳想让匐勒去与众人好好商议商议吧。"

周曷朱母亲点点头说："也好，反正不能这样把事撂起来。"然后，她把小匐勒叫到身边说："俺孙儿都看到了，你爹爹把人都得罪啦，俺孙儿去把这件事收拾一下怎么样？"

小匐勒明亮的眼睛闪了闪，点点头说："那俺去啦。"

小匐勒先来到那老者家里，给那老者磕了个头，代爹爹向他赔礼道歉，然后说："爷爷，孙儿想听听您老人家的意见，看咱们怎么尽快把死人参的事解决了它，您说说您的想法，然后孙儿去请大伙一起干，同时孙儿也向大伙赔礼道歉。"

那老者见精灵可爱的小匐勒如此乖觉懂事，抚摸着他的头说："孩子，你爹爹如果像你这样，咱人参部的事业都能干飞啦。"说完，他把自己的想法毫无保留地对匐勒说了。

匐勒根据老者说的情况，立即找了几个同伴，来到人参园，用镐头轻轻将死去的人参刨出来察看。原来人参乃百草之王，它需在温润阴凉之处才能长生，既旱不得，也涝不得。死去的人参是由于前些天下了大雨，处于低洼之处，因涝而死。搞清原因后，匐勒将族人们请到一起，首先向大伙赔礼道歉，然后将他与小伙伴了解的人参死因告诉了大伙，并提出了自己对今后加强人参经营管护的意见。那位老者带头拍起了手，众人也一齐拍手并叫好。

小匐勒对众人说："诸位长辈如果认为晚辈提出的意见可行，那俺等众人立即动手，一面解决现有参园排涝问题，一面寻找更理想的参园之地，这样好不好？"

匐勒说完，只见一个二十多岁的后生跪在地上说："小主人，俺有个请求，你能不能答应？"

欲知后事，且看下回分解。

## 第四回  识大器宁驱伸援手
　　　　　窥枭雄王衍生歹心

　　却说小匐勒在奶奶的嘱咐下,代爹爹周曷朱向族人赔礼道歉并将园参的死因搞清楚后,又提出了现有参园的排涝问题以及寻找更理想的参园之地问题,并征求族人的意见。匐勒刚说完,只见一个二十多岁的后生跪在地上说:"小主人,俺有个请求,你能不能答应?"

　　匐勒连忙上前将那后生扶起来说:"大哥哥有事尽管说,可不要再给小弟下跪啦。"

　　那后生说:"小人要说的是,从今以后,小主人能不能出任人参部落的首领,带着俺等众人经管人参。"

　　说话的后生叫下良,也是替他爹爹前来议事的。原来下良的爹爹被周曷朱训骂了一顿后,也在家里生气,由下良替他议事。下良说完后,族人们都附和地喊了起来,都希望小匐勒做人参部落的小首领。

　　小匐勒虽然又精又灵,但只是奉奶奶和母亲之命来处理人参烂死之事,面对族人让他当人参部首领,却不知该如何回答。

　　正在匐勒为难之际,只听一位老夫人说:"诸位族亲,此事俺孙儿无法回答,待老身回家与俺那不屑之子商议之后,再回答诸位族亲如何?"

　　众族人都认识这是小匐勒的奶奶,周曷朱的生母,是族人尊敬的长者。因此,众族人一听,都热情地叫起好来,然后四散而去。

　　匐勒奶奶拉起孙儿说:"孙儿呀,你的想法奶奶都听到了,不管是为现有参园解决排涝问题,还是寻找更理想的参园问题,想法都是对的,但咱们得先和你爹爹商议一下后,再看由你父子二人谁去做。"小匐勒点点头,跟着奶奶回家去了。

回到家里后,周曷朱的母亲对儿子和儿媳说:"俺孙儿真是聪明精灵,很快便将人参的死因搞清楚了,之后他又召集族人,向他们提出解决参园排涝问题和寻找更理想的参园问题,你们说俺孙儿小小年纪,是不是已经能做大事啦?"

匐勒母亲王姑娘听了,一把将儿子搂在怀中,高兴地直点头。周曷朱也高兴地直点头。周曷朱母亲又说:"可不等众人发表意见,却有人向俺孙儿提了个难题,弄得俺孙儿无法回答。"

周曷朱听了,一拍桌子说:"这些人又提什么难题啦,真是欺负小孩子!"

周曷朱母亲说:"儿呀,人家提的难题是让俺孙儿回答,让他当这个人参部落的小首领,让你把这个位子让出来。"

祖孙三代四人沉默了一会儿,还是周曷朱先说话了:"娘,您老人家定吧,如果俺儿能担负起这个人参部落的小头头,就由他当吧;儿的脾气是改不了了,说不定以后会天天与这些族人吵架。只是俺儿才十几岁,别难为或累坏了孩子。"

母亲看了看儿子,又看了看孙儿匐勒,然后对匐勒说:"孙儿呀,你怎么想啊?"

匐勒说:"爹爹下决心改改脾气,还是爹爹当这个人参部落的小头目吧,孙儿日后还想走出大山,去学点本事呢!"

周曷朱说:"前几天听一个外来买人参的人说,如今的司马炎,只为他的司马宗亲谋利益,像我们这样的落后民族和庶民百姓,有什么好本事可学,就老老实实在太行山吃一辈子人参饭吧。"

祖孙三代四人又沉默了一会儿,周曷朱母亲说:"你二人一个是俺儿,一个是俺孙儿,老身看这么办:俺儿眼下已把族人都得罪透了,大伙都不愿意跟着你干了,你自己也打怵了。俺孙儿要走出大山,去学点本事的想法,奶奶认为很好,说明俺孙儿有志气,有出息。依奶奶看,俺孙儿日后肯定会出人头地,如果学点什么本事,也肯定能学成。但奶奶认为,你现在还小,还不宜远离家门,再说奶奶也舍不得俺孙儿离开奶奶。这样,俺孙儿就接替你爹爹当这个人参部落的小头头,果真有什么不会的事,你爹爹还能在后面帮你一把。俺儿呢,先从小头头位上退下来,和大伙缓和一下关系，日后俺孙儿真离开大山时，你再继续去当这个小头头，你们爷俩看怎么样，儿媳有什么意见？"

王姑娘点点头说："母亲考虑得周到细致，儿媳认为这样甚是妥当。"

周曷朱说："好，俺儿就和这些族人干吧，为父日后也当你手下的一个伙计，保证事事干在前，为俺儿分忧。"

周曷朱母亲拉住訇勒的手说："孙儿呀，怎么样，那你就当这个人参部落的小头头吧，一边经管人参，一边观察着有什么可学的本事，如真有那样的机会，再扔下这个人参头头去学本事。"

没等訇勒说什么，周曷朱说："学本事，这年头哪有什么可学的本事，那司马炎的朝廷都为富人而开，咱们这些异族和穷人只有给他纳税出力的份，除非有推翻司马氏政权的机会，俺儿也许有机会出人头地。"

周曷朱母亲一听，连忙赶到门口向外看了看外面是否有人，然后回身对周曷朱说："你这个坏脾气什么时候能改一改呀，都被官府收进去做了三年苦工啦，还没干够是不是，还要再连累俺孙儿是不是？"周曷朱听了，一屁股坐在木凳上再不说话了。

訇勒说："奶奶和爹爹都别生气，孩儿就按奶奶之命，接替爹爹来当这个人参部落的小头目。虽然生计维持不易，但总还可以过得去。至于孩儿学本事之事，就看日后情况吧。奶奶年龄越来越大了，以后尽量少操劳，母亲以后就别参加部落族人的劳作了，在家里多照顾奶奶。爹爹以后适当参加部落人参管护就是了，将咱们自家种的地亩和菜园管好，保证一家人的吃饭就足够了，外面的事孩儿拿不定主意时，会主动向爹爹请教的。"

周曷朱母亲听了小訇勒这番话，高兴地搂住訇勒说："瞧，俺孙儿虽然年龄小，但想的说的都是大人话。好，奶奶都同意，以后就这么办。"周曷朱、王姑娘也连连点头。

訇勒接替父亲出任人参部落小头目后，立即前往族人家中走访，征求他们对部落人参管护和发展的意见。然后带头劳作，先将低洼之处的参园挖出排水沟，使人参园再也不会遭到雨水淹灌。之后，訇勒带领族人在北原山一带寻找了几处背阴湿润的山坡，将林木伐除后，开辟了一大片新的参园。羯人见訇勒小小年纪，想事周到，做事认真，且所想所做皆符合大伙的心愿，又见訇勒谦恭和蔼，善解人意，一个个乐得合不拢嘴，自此小小部落人心更齐，干活更有劲头了。

且说匐勒接替父亲出任人参部落小头目的第三年，正赶上已成熟的园参起参。参园的族人们经过数日劳作，将数百株人参起出，然后用清凉的山泉水将人参轻轻洗净，摆放在木板上晾干，以便出卖。

看着一株株形状酷似人形的人参，匐勒对族人们说："咱们的人参，以往除进贡朝廷和向官府送礼外，都是卖给各地的郎中们入药。晚辈想，自今年起，咱们走出大山，将人参拿到都城去卖如何？"

几个年龄大的长者听了，都点头赞成。其中一位老者说："过去俺们从未想过把人参拿到都城去卖，现在头儿想出这个主意，老朽认为能行，到都城后，卖给那些王公贵族，肯定能卖个好价钱。"

另一位老者说："将人参拿到外面去卖，的确是个好主意，也能卖上价钱，只是长途运输，需格外注意，既不能毁坏了人参的根须，又不能将人参捂坏发霉。"

匐勒说："诸位放心，俺已想过了，从咱们上党武乡到都城洛阳，一路南下，不过五六百里路，便可到达，虽然路有的地方可能不太好走，但最多有十几天便可到达。现在人参刚清洗完，将它们放在通风的木箱里，这十多天正好会晾成半干之状，既不会折损根须，又便于出卖。"众人听了，皆点头赞成。

当下匐勒与族人卞良，又带了两个后生，四人赶着两辆马车，将人参装固在条木做成的箱内，出了部落，一路向南走去。

匐勒虽然此时只有十四五岁，但还没出过远门，更没有到过晋朝都城洛阳。因此，他和卞良上了通往洛阳的官道后，一面说话，一面急着赶路。卞良虽然比匐勒大七八岁，但也从未出门远行，因此一路上对什么都感到新鲜。二人同坐在一辆马车上，指指点点，说说笑笑，很快过去了两天。

上党到洛阳的官道数百年前便已修成，西晋朝廷建立后，又多次维修，虽然路面不宽，但还算平坦，且一路上驿站、驿馆很多，吃住很是方便。匐勒与卞良等人自武乡出发时，匐勒娘王姑娘为他们烙了许多面饼，还给他们带了两坛咸菜、两坛咸肉。因此，匐勒等人每到一地后，只是简单住宿，并不需要进酒肆或客栈吃饭。

这日，已经是匐勒等人路上入宿的第三个晚上，他们来到浊漳水西源和官道中间的一家客栈，匐勒正与卞良和两个后生向他们入住的屋子搬运人参箱子时，却见一个穿戴阔气之人站在一边看着匐勒。匐勒见那人注目观看自己，便走上前向那人施礼道："不知阁下有何见教，如有用得着俺等做帮手时，只管吩咐。"那人见匐勒主动向自己施礼，又愿意帮助自己，连忙回礼道："在下并无何事要烦劳阁下，只是见阁下乃非常之人，因此在此端详了阁下一会儿，还望阁下谅解。"

匐勒听了，又作了一揖说："蒙先生错爱，小生并无非常之处，实乃一种植出卖人参之人。"

那人摇了摇头说："阁下是否要到洛阳售卖人参，今晚路住此地？"

匐勒点头说："正是，敢问先生何方人氏，自何处来，欲到何处去？"

那人说："咱们且不说这些事，在下今晚请阁下吃饭，一会儿我们单独说话可否？"

匐勒说："初次相见，缘何让先生破费？"

那人拉起匐勒说："阁下别客气，走吧。"刚走了两步，那人又对匐勒说，"阁下的同伴在另一间客房吃饭，饭菜亦由在下安排。"

卞良一听，连忙说："先生不必费心，只管与俺们的小主人去吃饭叙话，俺等三人自有安排。"那人看了看匐勒，匐勒向那人点了点头，那人说："既然如此，咱们走吧。"说完，拉着匐勒向客栈旁边的酒肆而去。

那人将匐勒领到酒肆一间舒适的屋里，二人面对面地坐下，要下一桌丰盛的酒席，然后便一边吃一边叙谈起来。

原来那人姓宁名驱，阳曲人，为当地富豪。宁驱虽然家藏万贯，但心地善良，忧国忧民，且自幼读书，颇有才学，平日里喜欢结交天下豪杰，并愿意在一起议论时政，关注国计民生。

二人相互介绍了各自情况后，宁驱对匐勒说："阁下不要称在下先生，在下充其量是个员外，阁下日后称在下为员外就是了。"

匐勒说："称先生也好，称员外也好，反正都是俺匐勒的师长。"

宁驱给匐勒倒了一杯酒，匐勒连忙说自己不会喝酒。宁驱说："阁下才十四岁，的确还不到吃酒的年龄，不过我们今日相会，不妨少喝点就是了。"匐勒听了，端起酒杯喝了一大口。

宁驱说："依在下观之，阁下虽然年龄尚小，但实则是当世之英雄，久后必成大器。因此，在下劝阁下，这次从洛阳回来后，应该尽快寻师学武，健壮体魄，精于骑射，以备日后大用。"

匐勒说："以先生观之，当今天下有需要在下跃马横刀、纵横天下的时候吗？"

宁驱小声说："在下与阁下说点心里话，阁下不会介意吧？"

匐勒说："小生愿洗耳恭听。"

宁驱说："司马氏篡曹魏政权以自立，且一开始便恢复了周式分封之制，并大兴门阀政治，将庶民百姓置于贵族的压迫奴役之下。这样的政权方式能长久吗？虽然如今这位晋朝开国皇帝及其他的臣子们，鼓吹其登基以来取得了什么'太康繁荣'，但以在下观之，繁荣并无多大成就，倒是他的分封制和门阀制度，要给这位皇帝带来千世骂名。只要这位开国皇帝一归天，他的天下可能就不会太平啦。如果两次已封的四五十个王闹腾起来，庶民百姓再与之对抗起来，天下不大乱才怪呢！因此，阁下要尽快学兵练武，做好日后收拾乱局的准备。"

匐勒静静听宁驱说完，之后他一句话也没说。宁驱哈哈一笑说："阁下听了在下这一番话，可能开始时是一头雾水，你随着年龄增长慢慢体会去吧。今天在下也不再向你多说，日后我们成为朋友，再慢慢说。不过回去后尽快寻师学武，莫要耽搁，在下回阳曲后也立即帮阁下联系一下。"

第二天早晨，宁驱主动找到匐勒辞别，带着从人回阳曲去了。原来宁驱每隔一段，便以经商的名义前往洛阳去一次，实际上是去察看晋朝的情况，掌握朝政和朝野的动向。

且说匐勒听了宁驱的一番话后，当夜一宿未眠，宁驱说的每句话都在他的脑海中久久而反复回荡着、回味着。和宁驱分别后，匐勒于路无话，与卞良等人每日都急于赶路，这样又走了十天，终于来到了西晋都城洛阳。

匐勒在洛阳城外客栈住了一夜，并将进城及进城后如何贩卖人参，认真向客栈小二了解了一番。第二天早晨，匐勒与同伴们驾着马车经过城门顺利进城，并直奔皇城而去。此时，正是晋朝大臣上朝之时，匐勒让卞良等人将人参摆在地上，然后大声解说着人参的好处以及如何食用人参。大臣们听了，许多人驻足观看。由于上朝，不能立即购买，因此，大臣们纷纷向匐勒几人约定，让他们在此等候，待他们散朝时，一定过来购买。

匋勒与同伴一面在皇城外面游览，一面等候着晋朝的大臣们散朝归来。没等多久，只见大臣们和陪同他们前来的仆人、轿夫等，纷纷来到匋勒等人面前。他们不讨价也不还价，匋勒与同伴说每株人参多少钱，他们便付多少银钱或铜钱。不一会儿，匋勒等人带来的数百株人参卖得一株不剩。匋勒看卞良手中的钱袋时，只见偌大的钱袋装满了银两和铜钱，匋勒用手拎了一下，只觉得那钱袋重有百斤。

匋勒让同伴们将钱袋装在车上，然后驾车向上东门行去。到了上东门，匋勒下了车，慢慢地游玩着。看到雄伟壮丽的城墙和城门，匋勒不禁倚在城门上长啸起来，然后他对卞良说："看看都城，再看看俺们羯人住的地方，真是天壤之别呀！"

且说匋勒倚在上东门长啸时，恰好此时晋朝尚书左仆射王衍乘轿跨过此门。王衍听到长啸声后，揭起轿中窗帘看时，只见一个敦实的小后生靠在门墙之上，正往自己的轿子这边看着。王衍看时，只见那小后生方正大脸，双眼炯炯有神，长着一对又厚又长的大耳朵。看那小后生的年纪时，虽然长得长大，但看上去分明还是个孩子。王衍走了一会儿后，便喝令轿夫和两个仆人停下说："刚才靠在门墙上长啸的那个孩子，似乎是个游牧人，他那一声长啸立即让本官感到了可怕之处，看他长相时，真觉得有枭雄降世之感，将来很可能是个扰乱天下的乱世枭雄。你等众人悄悄逼近于他，将他拿获到本官面前。如若成功，你等众人都是大功一件。"

那几个下人听了，立即悄悄向匋勒逼近而去。

且说匋勒靠在门墙上长啸并与卞良说话后，抬头一看眼前是一台八抬大轿，立即感到轿里很可能坐着西晋朝廷的大官，便一直双眼看着那台轿子。看着看着，却见那台轿子突然停了下来，而且轿夫们都朝自己的方向包抄过来。匋勒一看，立即快步出了上东门，一直奔跑出了洛阳城。等到卞良等人驾车赶来时，四人驱车赶路，回到了武乡。那几个轿夫和仆人被匋勒走掉后，王衍大声训斥了几句后，只好不了了之。

匋勒刚进家门，母亲王姑娘告诉他，阳曲员外宁驱前日来过，约他一起进太行山，拜师学武。王姑娘刚说完，宁驱又敲门而入，亲自来到匋勒家，他要陪匋勒一同进山，让匋勒学武练武。

欲知后事，且看下回分解。

## 第五回 圆湖坳拜师习武艺
## 雁门郡避难做佃客

却说匐勒自洛阳出售人参归来后，母亲王姑娘告诉他，说阳曲员外宁驱前日来过，约他一起进太行山，拜师学武。王姑娘刚说完，却见宁驱敲门而入，再次来到匐勒家，要与他一同进山，陪匐勒学武练武。

匐勒自结识宁驱后，一直在思索着宁驱对自己说过的话。在即将回到武乡的时候，匐勒感到自己的心已经澎湃起来，真想按照宁驱所说，去拜师学武，做一个精于骑射、武艺高强的将军，日后驰骋天下。当听到母亲说宁驱已来过，匐勒甚是高兴，没等匐勒细问，宁驱又来到自己的家里，当下匐勒拉住宁驱的手，高兴地说："先生真乃热心义士，竟如此费心费力为一个对自己毫无用处之人，去做这样的麻烦之事。"

宁驱笑道："在下的确可以不客气地说是位热心义士，但不能说在下做的事对自己毫无用处，因为在下是在为天下行义，而为阁下做事，正是为天下行义的应有之义。"

匐勒的母亲和奶奶不知匐勒和这位员外在说什么，只是知道这位宁驱员外是位热心义士，又与小匐勒新结识并友善，要去拜师学武也是为了匐勒好。因此婆媳二人，又是让座又是端茶倒水，甚是热情周到。

看到匐勒母亲和奶奶如此热情，宁驱反倒不安起来。他拉起匐勒说："走，陪在下去看看阁下的参园和周围风景，然后你在家好好歇息一宿，明日一早我们便起身去太行山深处拜师学武。"匐勒听了，与宁驱手拉手出门去了。

宁驱先看了羯族人参部落的参园，当看到尚在生长且枝叶茂盛的人参时，宁驱点头说："阁下前途便似这繁茂的人参一般，前程无可限量。"

看完参园，二人又来到北原山的山坡上，宁驱向四周看了看，惊异地说："匎勒，你看这树木花草，有什么特征吗？"匎勒看后摇了摇头，停了一会儿，笑着问宁驱道："难道先生看这寻常的林木，有何不同之处吗？"

宁驱在山坡上转了一圈，许久，他才说："在下看到的，阁下似千军万马的大将军，而这些林草树木，恰似千军万马，不管是树木还是花草，皆有铁骑之象。非但如此，在下还能听到金戈铁马征战厮杀之声，你说怪与不怪？"

匎勒听了，不禁笑了起来，他对宁驱说："先生虽为义士和富豪，但毕竟是个读书人，大概是书读的太多了，联想太丰富了。心里想得太多，耳朵也跟着听到了动静。"

宁驱说："不然，在下分明像亲眼看到和亲耳听到实物实声一样，并非有丝毫联想和臆想。阁下日后去体验吧，也许在下的心智真的出了毛病。"

二人游完北原山后，宁驱带着匎勒来到附近的浊漳水北源客栈，请他共进晚餐。然后，宁驱又将匎勒送回家，自己返回客栈过夜。

第二天早晨，宁驱带着几个随从，牵着事先早已为匎勒准备的马匹和戟矛弓箭，来到匎勒家。由于已经约好第二天要跟着宁驱进太行山学武，匎勒母亲已为儿子烙出厚厚一摞面饼，并找出了几件新衣。宁驱看了笑道："面饼带上，让在下也尝尝羯人兄弟的面食风味，其他物品都不必带了，在下什么都为匎勒准备好啦。"说着，指了指外面马匹上驮的大包物品。

辞别了家人后，匎勒跟着宁驱，在几个从人的陪护下，一直向东驰去。他们越过了清漳西源，然后又越过了清漳东源，之后进入太行山腹地。在崎岖的山路上行走了一个多时辰后，来到一个景色秀美的山坳。匎勒看时，只见山坳足有两箭方圆，坳内除宽阔的平地外，还有一个清清的圆形湖。在湖边不远处，有一处用石板搭起来的房子，房子虽然不大，但制作甚是精巧。在房子的后面，还有一个菜园子，园子里面的蔬菜已经果实累累，让人赏心悦目。

不等宁驱上前叩门，只见从石屋里走出一个老人，那老人精神矍铄，走起路来虎步生风，一看便知是个练武之人。跟在老人后面的，是一个十多岁的小孩，一身武童打扮，甚是招人喜欢。

宁驱急步上前与老人相见，并极有礼貌地说："参见吾师！"

那老人笑盈盈地说："欢迎员外光临！"

宁驱连忙将匐勒介绍给老人，那老人面对匐勒静静地细看了片刻，然后执着匐勒的手说："果然是一副英雄气概，虽然年少，天资可鉴。"

匐勒连忙跪在地上给老人磕头，然后说："师傅在上，弟子参拜师傅！"

老人连忙将匐勒扶起来说："快快起来，你这个弟子老夫收啦！"

宁驱与从人在圆形湖边搭帐住了一夜，第二天辞别老人和匐勒，下山回阳曲去了。

匐勒自此便跟着老人学武练武。老人从武术的基本功和武德开始，一点一点地向匐勒传授，并让匐勒用心去做。由于匐勒心灵手巧，且说过之事便能立即悟到深处，因此原本三个月的学习，匐勒只用了一个月便掌握得精熟。之后，老人便开始教匐勒拳脚和招式，且一学便是半年多。拳脚学过之后，老人才开始教匐勒戟戈刀棍等长短兵器及拉弓射箭。

宁驱每月都派人前来给老人和匐勒送米送面及日常用物，还多次将羊赶到圆湖坳，犒劳匐勒。宁驱每隔三四个月便亲自上山一趟，向匐勒讲述晋朝相关情况。就在匐勒开始跟老人学骑射的时候，宁驱恰好又来了，并带来一匹上等宝马，供匐勒骑坐，练习骑射本领。

一年多后，匐勒已经将所有长短兵器学会并练熟，并能在马上娴熟地交战。

这日，老人对匐勒说："徒儿啊，由于你的聪颖及用功，本该三年学成的武功，不到两年你便学成啦。学无止境，功无尽头，日后你再继续去练吧，功夫越练越熟，而且熟能生巧，徒儿很可能悟出新的招数。老夫想再用些时日，给徒儿讲些排兵布阵和治国安邦之道，你可愿学？"

匐勒说："徒儿武功没学够，排兵布阵之法和治国安邦之道，徒儿更感兴趣。"

老人笑道："武功方面老夫就不教啦，徒儿可自己慢慢练，逐步提高。排兵布阵之法和治国安邦之道，老夫也只能给徒儿指指路，徒儿入门后，日后要根据届时情况灵活运用，其深奥之处还靠自己用心去领悟。"

匐勒说："徒儿牢记师傅的话语。"

于是，老人自孙子兵法、鬼谷子"揣摩""捭阖"之术讲起，这一讲又是三个月。有一日，老人笑着对訇勒说："徒儿啊，你天资聪颖，悟性极高，可惜不识字，这三个月老夫对你讲的，是否都能记住啊？"訇勒自信地点了点头。

老人随口问道："为了解决战争中'速'与'久'的问题，孙子都有哪些主张？"

訇勒略作思索，然后回答道："其一是'兵贵胜，不贵久'，其二是'兵闻拙速，未睹巧久'，其三是'因粮于敌'，其四是'胜敌而益强'。"

老人听了，俯下身子对訇勒说："如此高的天分，老夫一生仅见徒儿一人哪！"

就在訇勒即将结束学武时，宁驱再次来到圆湖坳。听了老人对訇勒两年学艺的成就情况，宁驱高兴地说："吾师为苍生做了一大贡献哪！"

老人笑道："阁下这个始作俑者比老夫贡献大多啦！"

訇勒临辞师下山时，老人对訇勒说："徒儿，今日你我分别，为师有一句话相告，徒儿愿听吗？"

訇勒立即跪在地上说："师傅请讲，徒儿一定终生牢记！"

老人说："如果有朝一日徒儿在乱世中驰骋，当以天下苍生为根本！"

訇勒听了，连磕了三个头说："徒儿谨记！"

老人上前去扶訇勒起身，訇勒说："徒儿也有一个要求，师傅可答应吗？"

老人说："徒儿说来。"

訇勒说："师傅教了徒儿两年，至今竟不知师傅高姓大名。"

老人听了哈哈大笑道："徒儿就叫老夫人参老人吧。"说完，与童子送訇勒、宁驱等人下山。

訇勒回到武乡人参部落后，继续当部落的小头目，与族人经管着参园，并不时地采挖上党野山参，与族人共同维持着生计。只是訇勒自太行山学艺回来后，便在北原山上的人参娘娘庙附近，平整出一块练武的地盘，每日早晨都前往那里演练武艺。宁驱还是与以往一样，或经常自阳曲专门前来，或往返于洛阳路经武乡，与訇勒在一起议论时政。

这日，宁驱对訇勒说："当今那位已死，他那个愚蠢如猪的儿子司马衷当皇帝了，可能自今以后有好戏看啦。"不久，宁驱引邬人郭敬与訇勒相识。郭敬乃当地大户，家里做着很多买卖，还有个族兄在并州刺史府为官。郭敬是个相马的行家，匐勒与郭敬相识后，很快学会了相马术，还经常跟郭敬外出相马，因此见识不断增加。

这日，宁驱又对匐勒说："听说司马衷的皇后贾南风发动了宫廷政变，剪除了总揽朝政的杨氏后党，看来晋朝的乱局开始啦，司马炎分封制的恶果可能也开始显现啦。"

原来，司马炎建立西晋后，当了二十五年皇帝，改了四次年号，于第四个年号太熙使用的当年便病死。太子司马衷即位，是为晋惠帝，改元永熙，立贾南风为皇后，令司马炎的皇后之父杨骏为太尉、太傅、大都督，总揽朝政。

贾南风是西晋开国大臣贾充的女儿，贾充曾指使成济杀害魏帝曹髦，对司马氏夺取曹魏政权颇有功劳。看到杨骏辅政后，广树亲信，独揽朝政，贾南风极不情愿受制于杨骏，于是她与殿中中郎孟观、李肇合谋，密诏楚王司马玮、汝南王司马亮入朝，杀死了辅政大臣杨骏及司空卫瓘，株连数千人。不久，贾南风指使惠帝下诏，密令司马玮将司马亮杀死，然后又矫诏说司马玮害死了司马亮，并将司马玮斩首。贾南风由此挑起了晋朝宗室内部的大混乱，揭开了"八王之乱"的序幕。

自此，宁驱来找匐勒的次数更为频繁，每次议论的时间也更长。有时，宁驱还和郭敬一起找匐勒闲谈。郭敬虽然不像宁驱那样热衷推翻司马氏政权，但也对司马氏政权不满，有郭敬在时，宁驱和匐勒尽可能不使自己的言行过于激烈。

这样又过了几年，在宁驱、郭敬的撮合和帮助下，匐勒与同乡刘氏结为夫妇，一家人过着平平淡淡的日子。如此一过，又是数年。

且说贾南风专政期间，西晋朝政更加腐败不堪，那时，道德法纪无人遵守，贪污贿赂公开进行，有权有势的小人横行霸道，为所欲为。而朝中正直贤良之人受排挤、受迫害，一切都陷入混乱之中。贾皇后尝到了做女君主的甜头，野心更加膨胀起来，她为了永远把持朝政，索性将惠帝唯一的儿子司马遹害死。贾南风的阴险残暴激起了宗亲诸王和满朝文武大臣的愤恨，加之晋朝皇帝没有了继位的太子，那些龙子龙孙出身的宗亲诸王，都认为争夺皇位的时候到了，于是纷纷举兵，"八王之乱"又发展到一个高潮。惠帝永康元年，赵王司马伦联名梁王司马彤、齐王司马冏挟持晋惠帝，逮捕了皇后贾南风，并将其废为庶人，几日后又将其用金屑酒毒死。

司马伦剪灭贾后以后，便以都督中外诸军事、相国、侍中的身份执掌朝政。但司马伦的行为很快激起淮南王司马允的不满，并与司马伦激战于洛阳城。不久，司马允兵败被杀，被株连的族党、亲友达数千人。司马伦见司马允被挫败，干脆进入西宫，自称皇帝，改元建始，尊孙子辈的惠帝为太上皇，并将其囚于金墉城，即今洛阳东北。

第二年，镇东大将军齐王司马冏、征北大将军成都王司马颖、征西大将军河间王司马颙起兵反对司马伦，三王联兵几十万人与司马伦的兵士在洛阳附近激战两个月，最后司马伦兵败并被赐死，惠帝司马衷复位，并改元永宁，大贺五日，自此朝中大权又落到齐王司马冏手中。但司马冏一旦大权在握，立即骄奢擅权，植党营私，大造府第，纵容亲信，一时洛阳城中乌烟瘴气，人心大失。

此间，全国许多地方连连起义反晋。先是氐族人李特在绵竹起兵，继而平氏县小吏张昌在安陆（即今湖北安陆）率众起义反晋。张昌战败后，别将石冰继续领兵东进江州和扬州，临淮人封云也起兵响应，攻占了徐州。

且说西晋各地民众起义反晋的浪潮，很快涉及匐勒所在地的并州各郡，恰巧这一年武乡方圆数百里遭受前所未有的大旱和蝗灾，地里的作物不是干死，便是被蝗虫吃光，连人参部落种植的人参也都茎叶全无。一时，整个武乡盗贼蜂起，民不聊生。起初，宁驱和郭敬都让匐勒举家前往他们的庄园，权作他们的佃客，以帮助匐勒举家渡过难关。可正在匐勒准备北上阳曲宁驱庄园时，却传来宁驱和郭敬也被官府以借粮饷为名，将家中的粮食强抢一空，匐勒举家北上投靠宁驱和郭敬的想法，也立即化作泡影。正在此时，由于官府饿死人而减员，刺史府又要将匐勒抓走做苦工。

这日，匐勒正在家里与夫人刘氏用宁驱送来的一点点小米，给年已七八十多岁的奶奶煮粥充饥时，忽听远处有吵嚷声，匐勒听时，是几个公人在打听自己的住处并来捉拿自己的。此时，匐勒父亲周曷朱已饥饿与病痛双双缠身，躺在炕上动弹不得，母亲王氏不停地照应着丈夫和已不能下地行走的婆婆。公人的吵嚷声也被王氏听到，王氏见公人们来捉拿儿子，连忙将儿子推到后窗前，然后说道："快走，不用惦记俺们！"说着，硬是将匐勒推出窗外。

匐勒从后窗逃走后，来到北原山上人参娘娘庙前，他在地上坐了一会儿，便从干枯的树丛中慢慢向官道走去。此时恰好碰到卞良和其他几个后生也在准备逃走，匐勒将几个人拽到树林里，几个人商议了一会儿，决定向雁门郡一带逃生。于是，几个人顺着官道一边的山根，向北悄悄走去。几个人一边走，一边吞食着为数不多的树叶，然后继续北进。不知走了多少天，终于来到了雁门郡与拓跋鲜卑接壤一带。因这里旱情不重，荒乱也不重，匐勒等人便在这里给牧民们当起了佃客。可当了一个多月的佃客后，匐勒却见自上党郡前来逃难的人越来越多，又听后来逃难前来的上党人说，上党郡新换了郡守，正在安定当地民众，稳定人口，以免逃离。匐勒听后，半信半疑，但觉得长时间将一家人撇在家乡，一个人逃离在外，又不是长久之计，便决定返回武乡，将全家老小都转移到雁门郡来安家落户。当晚，匐勒找到卞良，与他说了自己的想法，卞良摇了摇头，表示永远不想再回武乡。匐勒知道卞良父母已过世，武乡已没有亲人，于是，他辞别了卞良，当天夜里便只身南下，返回武乡。

回到武乡，匐勒见家乡依旧是原来的样子，找人问时，才知道所说新换郡守原来是官府故意散布的无稽之谈。到了晚上，匐勒才悄悄回到自己的家门，但他看到的是，自己的家里已无人居住，家人不知道到哪里去了。

匐勒好不容易才找到一家屋里还住着人的人家，那家一个瘦弱的老者告诉匐勒，说匐勒逃走后，他的爹爹和奶奶不久都死去，他的母亲和媳妇不知逃到哪里去了。匐勒听后，返回自己家的破房子里痛哭了一场，然后出门直奔阳曲找宁驱去了。

且说宁驱虽然家中被官府强抢一空，但一直没离开阳曲，他在勉强度日的同时，还不停地打听匐勒的下落，但始终不知匐勒及家人的情况。这日，宁驱正在屋中叹息，突然匐勒出现在他的眼前。匐勒看时，一两个月没见，宁驱突然像老了数十年。宁驱见匐勒虽然身穿破衣，头发凌乱，但双眼依然是那样炯炯有神。二人没说几句话，却突然听到有人在叩宁驱的院门，还不停地传来"开门"的声音。宁驱一听，连忙说："是北泽都尉刘监，是来抓你的，快！"说着，几把将匐勒身上的破衣服扒下来，将光着上身的匐勒推入密室之中。

欲知后事，且看下回分解。

## 第六回  遭贩卖茌平沦奴隶
　　　　　相马场汲桑识英雄

却说匐勒自雁门郡赶回武乡，自思将一家老小移居雁门安家落户，可回到武乡后，得知奶奶和父亲都在这场天灾人祸中死去，母亲和夫人刘氏不知去向。匐勒自幼从父亲和奶奶的嘴中，听到许多对司马氏执掌的西晋朝廷的不满之语，结识宁驱后，更是不知多少次听宁驱对朝廷发泄的不满，但年轻的匐勒没有完全听信家人和朋友的话，而是深沉地独自在观察着西晋朝廷和各级官府的所作所为。直到这次天灾人祸发生后，特别是看到官府不顾百姓死活，致使社会一直动乱，百姓流离失所，自己的奶奶和父亲接连死去，匐勒才从内心开始痛恨司马氏政权，恨这个官府欺压百姓的世道。但看到自己的亲人死的死，逃的逃，自己已无家可归，走投无路，平生第一次痛哭了一场。此时的匐勒，已经想到的确应该造反了。因此他擦干了眼泪，直奔宁驱的庄园去了。

宁驱虽然是并州太原国的土豪大户，但不是司马氏的宗亲，仍未逃脱天灾人祸的噩运，家里被官府强抢一空。宁驱经过这场灾祸，原本风流倜傥之人，立即变得像个沧桑老人。匐勒和宁驱相见，二人都有许许多多的话要说，可二人没说几句话，官府之人便叩起宁驱的大门。因为匐勒出走这一段，北泽都尉刘监不知多少次来到宁驱的庄园，寻捕匐勒，因此，听到叩门声和"开门"的声音后，宁驱连忙告诉匐勒，是北泽都尉刘监来抓他的，说着几把便把匐勒身上的破衣服扒了下来，将光着上身的匐勒推入自己的密室之中。

宁驱连忙叫过一个家人，让他将匐勒的破衣服穿上，又对家人说：

"就说是你刚回来。"说完,便叫家人前去开门。宁驱坐在椅子上,若无其事地看起书来。

不一会儿,只见一个气势汹汹的军官和两个从人,来到宁驱面前,此人正是北泽都尉刘监。宁驱见了,只好起身招呼并让座。刘监说:"宁员外,这次该把那个羯人小帅交出来了吧!"

宁驱若无其事地说:"那羯人小帅并不曾来我这里,我怎么向你交人哪!"

刘监冷笑道:"我手下的人明明看到一个身穿破衣的人来到你家,你却说他没来,员外莫不是也要和那羯人小帅一样,拒不执行官府的命令吗?"

宁驱说:"如今穿破衣服的人多啦,每日进出我家门的也不少,可唯独没有那羯人小帅。"

刘监说:"那你说刚才进你家门的破衣者是谁?"

宁驱说:"这人就在军爷面前,难道军爷看不见吗?"

刘监侧脸看了看那个身穿破衣的宁驱家人,又回头问其中一个从人说:"你看到的是这个人吗?"

那从人上下看了看宁驱家人,先摇了摇头,马上又点了点头,然后又摇了摇头,意思是不敢断定眼前之人是不是刚才所远远望见的人。

刘监一看,大声呵斥了一声:"废物!"然后又对宁驱说:"我说宁员外,那个羯人小帅由于逃匿,已经触犯了王法,我们现在抓住他不是让他做苦工,而是可以将他卖到别处为奴,官府可以得到一大串铜钱。既然现在抓不到他,那只好让眼前之人来顶替那个羯人小帅啦。"说完,吩咐那两个从人将宁驱家人带走。

宁驱一看,连忙说:"官爷不能随意带人,况我这家人是远方亲戚的孩子寄养在我这里,官爷将他带走,我怎么向亲戚交代呀!"

刘监说:"我们带走的人都是去为并州刺史东瀛公司马腾王爷效力的,难道你敢对东瀛公不敬吗?"

宁驱说:"我宁驱已将全部家私都奉献了王爷,难道还要把我这几个家人也都搭上不成!"

刘监大怒道:"你的家私!在并州这块地盘上,所有的东西都是王爷的，连你阳曲这座庄园也是王爷的，你自己还敢谈家私！"说完，将手一挥，对那两个从人说："将人带走！"

宁驱连忙拦住说："官爷，难道你就不能给百姓一点儿生路吗？"

刘监一把将宁驱推倒在地，手一挥说："走！"那两个从人用绳索套住家人的脖子，硬将他带走了。

宁驱被刘监推了这一把，一下子摔到墙角上。一来是刘监作为武官，又是发狠猛推，二来是宁驱此时心力交瘁，一似苍老病人，因此是重重地撞到了墙角上，当时便鲜血直流，昏了过去。

且说匐勒被宁驱推入密室后，一直在里面静静地听着外面的动静。当听到刘监发怒并推倒宁驱时，匐勒已经拉开密室之门。他听了一会儿，见既无刘监的动静，也无宁驱的动静，便连忙从密室出来。此时刘监已与从人拉着宁驱家人出了屋子。匐勒见宁驱倒在地上，头上流血，连忙将宁驱的衣服撕破，将宁驱流血的头部裹住。宁驱醒了过来，两个家人也跑了过来。

匐勒和宁驱家人将宁驱抱到床上躺下，匐勒流泪说："员外，都是为了匐勒，才让员外受了如此磨难。"

宁驱用手指了指一直光着上身的匐勒，又对家人指了指盛放衣服的木柜，家人立即从柜中取出一件衣服，给匐勒披到身上。

匐勒抹了抹泪水说："员外，快闭上眼睛好好歇息一会儿吧，不要管俺啦。"

宁驱拉着匐勒的手说："阁下不要在并州这块地盘再待下去了，走得越远越好，如有机会，尽快集结天下豪杰，讨伐司马氏政权，司马氏政权存在一天，天下苍生就会遭殃一天。"

匐勒摇了摇头说："眼下连生存都成了难题了，如何集结天下豪杰讨伐司马氏？"

宁驱说："阁下莫要失去信心，以在下看来，可能这种机会很快就要到来了。阁下尽快离开并州，到一个能集结天下豪杰的地方去吧。"

看到匐勒还在思考，宁驱又说："并州东部的冀州，听说连年风调雨顺，那里只有反晋浪潮，没有饥饿，阁下可到那里寻求起义的机会。"

匐勒听了点点头说："好，待员外康复后，匐勒便动身去冀州。"

宁驱摆摆手说:"不行,阁下快走,如果那刘监再返回来捉拿阁下,岂不是要遭殃吗?"

匐勒说:"匐勒自结识员外以来,尽是员外照料匐勒,匐勒没为员外做一点儿事,这次又为匐勒遭此磨难,匐勒如果就这样走了,于心何忍!"

宁驱说:"在下结识阁下,是种缘分,也许是上天的安排。在下为阁下做了些事情,其实是在为天下苍生做事情,是在为受苦受难的黎民百姓日后免遭苦难做事情。如此想来,在下倒是感到莫大的欣慰啊!"

匐勒擦了一把泪水说:"匐勒自结识员外后,深受员外教诲,知道了什么是正义,也知道了日后应如何对待苍生。如今匐勒即将远去,不知何日才能再见到员外,如员外不弃,就请员外受匐勒三拜,与员外结为兄弟。"

宁驱激动地说:"在下早有此意,可能阁下一直觉得你我贫富有差,不好提及结拜兄弟之事。而在下的心里,一直是觉得在下不配呀!"

匐勒听了,双膝跪倒,一边磕头,一边叫道:"兄长!"

宁驱伸手去拉匐勒,然后说:"今日是为兄最高兴的日子,能与小弟结拜为兄弟,宁驱此生足矣!"说完,又对匐勒说,"小弟快走!"

匐勒拉住宁驱的手不愿松开,宁驱用力将手拽回说:"大丈夫当以天下苍生为怀,快走!"

匐勒听了,一边抹泪,一边出门去了。

匐勒出了宁驱庄园后,不敢走官道,取小路向东走去。走了一会儿,匐勒不知不觉地停了脚步。他自言自语地说:"投奔的方向宁驱大哥已指明,可自己就这样去冀州,究竟到哪落脚呢?"思索了一会儿,他突然想起,这些年在与宁驱、郭敬的交往中,认识了都尉李川,不如先去找他,然后再作计较。于是,他调转方向,向南奔并州刺史所在地太原国而去。

原来自战国后期始,开始设置都尉一职。都尉为位次将军的武官,到东汉以后,各郡均设都尉。在宁驱庄园追捕匐勒的,是北泽都尉,匐勒认识的是太原国的都尉。

这日,匐勒正要进太原城,忽见好友郭敬押着做买卖的数辆马车,正从太原城出城而来。当下二人都非常高兴。郭敬说:"阁下今日就不要进城了，在下也不前行了，你我就在城外的客栈住下来，好好叙谈一番，再各作打算如何？"

匐勒说："如此甚好，匐勒正好有许多话要对阁下说。"

当下郭敬将匐勒领进一家客栈，郭敬让从人经管车马商货，自己拉着匐勒进了一个干净包间，要上好酒好肉，二人便开始叙谈起来。

原来郭敬在数月前的荒乱中，开始也被官府以借粮草的名义，欲对郭敬家私实行强抢。恰好郭敬的族兄郭阳此时已晋升为并州将军，郭阳出面说话，才使郭敬免遭劫难。郭敬见时局依然混乱，便离开邬人家乡，起始于太原国和拓跋鲜卑两地做起了买卖，以便维持生计。

匐勒向郭敬述说了在雁门郡做佃客和返回武乡所见所闻情况，以及宁驱为了自己而受伤情况，并告诉郭敬，准备去找太原国都尉李川商议前往冀州避难的想法。郭敬听了摇摇头说："适才阁下所说北泽都尉刘监，从上党郡跟到刺史所在地的太原国来抓人，在下以为，刘监到了太原国，不可能不与他的同行李川打招呼，虽然李川没出面来捉拿于你，但为什么不制止刘监呢？我等与刘监在交往中，看得出李川其人与其他官场之人不同，但在这个时候李川是否会与以往一样，泰然自若地去帮助你呢，即便有这个心，是否还会有这个能力呢？因此，在下劝阁下不要再去找李川，以免遭受不测。"

匐勒说："这些事俺也想过，但总想以咱们的心肠，李川不会做出伤害朋友之事。"

郭敬又摇了摇头说："只怕官身不由己呀。"

匐勒说："既然如此，俺就不去找李川了，也免得给他找麻烦。"

郭敬说："也好，不过阁下莫着急，在下想，对于阁下来说，正是英雄落难，但也可能是阁下大展宏图的前夜，正如古之圣贤所说，天欲降大任于斯人，必先苦其心志，劳其筋骨。"

匐勒苦笑道："阁下快莫开玩笑了，眼下俺已走投无路，无家可归，还谈什么大展宏图。"

郭敬说："宁驱兄让阁下前往冀州，有一定道理，冀州的确只有反晋浪潮，而无饥饿，正好适合天下英雄聚集起事。"他想了一会儿又说，"在下倒有个主意，可以让阁下与许多人结队去冀州地盘中的山东一带，但甚有风险。"

匈勒一听，连忙问道："阁下说详细些，其中莫非有些内情？"

郭敬赶到包间门口，推开房门往外看了一下，然后关上门坐下说："不错，在下的确知道一点儿内情：昨日在下在族兄郭阳那里时，听他说前些天晋朝建威将军阎粹为并州刺史司马腾出主意，要抓一大批各部游牧民卖往冀州辖内的山东各地，以换取军饷。眼下官军已抓得游牧民上千人，司马腾已下令让在下的族兄、并州将军郭阳率几位都尉，将这些游牧民押往山东。如果混进这些游牧民之中前往山东，倒是个好办法，只是到了山东后，有可能被卖往各处当奴隶，我们自己就无法控制了。"

匈勒说："匈勒眼下状况与奴隶有何两样，而且还受官家追捕，当了奴隶只是做工劳作劳累，却不会如眼下走投无路之状。如果碰上个心肠好的买主，说不定还会有自由自在之处呢！"

郭敬说："以阁下的精明能干之状，很可能很快出人头地，但这毕竟无把握呀！"

匈勒说："不用说了，阁下就让郭阳将军将匈勒当作奴隶卖往山东好啦！"

郭敬说："行此下策，真是在下的罪过呀！"

匈勒说："阁下别这样说，匈勒是被逼到这个份上，属不得已而为之。阁下不但无过，还是匈勒度过劫难的恩人。"

郭敬说："那阁下就放心去山东吧，明日在下立刻派出几个商客，前往武乡寻找尊母及夫人，并尽量周济她们。"说完，他起身又说道，"在下现在再返回城中，与族兄商议一下具体行动情况，以免出现差池。阁下回房中歇息，待在下回来时再向阁下报告情况。"说完，出了房门，找到伙计们，带上一个随从，骑上马回太原城去了。

第二天天亮后，郭敬才匆匆地赶回来，因为与族兄说完后，已是夜半时分，城门已闭，只好天亮后才出城。郭敬告诉匈勒，说明天一早，贩卖游牧民的队伍就会出东门向冀州出发，届时他们在东门等候郭阳即可。

郭敬让自己做买卖的伙计赶着马车先往鲜卑部落行进，然后与匈勒自北门赶到东门，找了临近城门一家客栈住下，等待着第二天早晨贩胡队伍的出现。

第二天早上辰时许，郭阳率两名都尉和一百名军卒，押着上千被贩卖的游牧民出了太原城。早已等候在城门外的郭敬和訇勒立即走上前去，郭阳让军卒将訇勒与另一名游牧民共锁一枷，然后大队人马跃过汾水，向东走去。郭敬目送着訇勒与众游牧民过了汾水桥，才擦干了泪水，向北追赶自己经商的马车去了。

　　且说在押送游牧民的两名都尉中，一人是郭敬与郭阳的侄儿，叫郭时，另一名姓张名隆。郭时与叔父郭阳自不必说，因为同受郭敬之托，自然一路上尽量好好照应訇勒。但张隆开始时不知道怎么回事，因为游牧民被抓来登记造册时，都是经张隆审核确认，人数也是经张隆最终核定。游牧民被押送行走时，都是两人共锁一枷，以免他们逃走。由于最终核定的人数是个单数，所以在出城时只有一个游牧民是一个人锁在一个枷锁内。跃过汾水桥后，张隆计点游牧民人数时，见所有游牧民都是两人一枷，便以为那个单枷的游牧民逃走了，不禁大声喝问军卒们。后来得知訇勒是主动加入到游牧民队伍中的，不禁拳脚相加，对訇勒大肆凌辱，且非要让訇勒说个究竟，直至郭阳将他训斥了一顿，张隆才作罢。一路上，郭阳和郭时见訇勒虽然不说话，但却明显感到訇勒与其他游牧民不一样，加之受郭敬之托，因此郭阳和郭时处处照应訇勒。

　　西晋时的冀州，东至渤海，西枕太行，北接幽州，南达黄河。游牧民队伍经井陉关越过太行山后，转而向东南行进，到达冀州刺史府所在地安平国后，即今河北省冀州市，游牧民便开始有被卖者。然后，郭阳等人押着游牧民们继续向东南进发，一路走一路卖人。

　　訇勒是最后才被卖掉的，被卖地点是冀州最南部的平原国茌平，即今山东省茌平县，买主为茌平人师欢，师欢买游牧民的用途便是作为奴隶，用以驱使。

　　师欢为茌平大户，自家有一个庄园，地有百顷，牛马成群，庄客上百，还开有酒肆、武馆、赌场，家业甚是庞大。师欢成群的牛马每日都由庄客在师欢庄园附近一个牧马场放养。訇勒被卖与师欢为奴后，师欢起初让他干些笨重之活，几个月后师欢见訇勒精明勤快，什么活都干得好，便将他的奴隶身份去掉，升为庄客，让他到牧马场养马，且作为所有牧马庄客的小头目。

且说匐勒当了牧马小头目后，便经常与一位贩马的客人见面。前两次那客人来到牧马场时，一次是由师欢陪同，一次是由师欢的家人陪同，那客人每次都挑选一些马匹后，付上买金离去。有一次，那客人又来买马，这一次既无师欢陪同，也无家人陪同，而是来找匐勒，说师员外有话，让客人来找牧马小头目交涉。匐勒以为那客人以贩马为业，定是个相马高手，便陪那客人在马群中选马。但匐勒看到的是，那客人虽然也选中几匹好马，但马群中还有许多好马，那客人并未选中。匐勒对那客人说："在下再为阁下选几匹好马如何？"那客人听了匐勒的话后，定睛仔细看了看匐勒，然后说："好哇，阁下请选。"匐勒一连为客人选出五六匹好马，那客人看了看这几匹马，又仔细打量了一番匐勒，然后付过买马钱后，对匐勒说了声"再会"，便赶着选好的马离去了。

过了月余，那贩马客人再次来到牧马场，他一下马，便找到匐勒，深深施了一礼说："阁下真是相马高手，上次你为在下选的那几匹好马，比在下那一群马还值钱。走，这次在下先请阁下吃酒，然后再请阁下相马。"

匐勒在与那客人数次接触后，觉得那客人虽然相马术平平，但看上去内藏城府，且藏而不露。二人坐到一起后，只寥寥数语，便立即相互认为对方是英雄豪杰。那客人见匐勒如此豪杰，便笑着说道："阁下会相马，可会相司马？"

匐勒也笑道："亦会一二。"

那客人大喜，他拉起匐勒说："汲桑今日遇到知己，走，到我的密室说话去！"

欲知后事，且看下回分解。

## 第七回　汲桑酝酿起兵反晋　匐勒秘召十八精骑

却说贩马客人因匐勒为他选马，卖了好价钱，因此这次前来牧马场，将匐勒拉到酒肆去吃酒，以表谢意。二人寥寥数语寒暄后，立即相互认为对方是英雄豪杰。没等互通名姓，那客人便忍不住先问了匐勒一句："阁下会相马，可会相司马？"匐勒也笑答说亦会一二。那客人听了匐勒这句话，不禁大喜，不仅先自报上名姓，而且约匐勒到他的密室去说话。

原来那客人姓汲名桑，魏郡人氏，常年以贩马为业，自晋朝八王乱政以来，眼见各地兵荒马乱，民不聊生，遂渐渐痛恨起司马氏政权来，近几年，汲桑一面贩马，一面开始酝酿起兵反晋。匐勒也向汲桑述说了自己的身世和不幸。

汲桑说："自上次正式认识阁下后，在下便见阁下气度非凡，英雄盖世，只是位卑职浅，不便言语而已。待阁下为在下相得好马后，在下便更加相信阁下肯定是一位英雄豪杰。在下在十多年前便听人说过，世上相马高手一定是一些独具慧眼的俊杰才能胜任。在下虽贩马相马十数年，但至今也是个半桶油，不及阁下一分。而阁下如此英雄竟落得被官府当作奴隶卖至千里之外，背井离乡，在下认为阁下内心对司马氏政权一定有着深仇大恨，因此适才才会冒昧地与阁下开了'可会相司马'的玩笑。"

匐勒说："如此说来，阁下已经下定决心起兵反对司马氏啦？"

汲桑说："自贾后专政以来，晋朝宗亲诸王你争我斗，相互攻杀，不仅将个朝廷闹得乌烟瘴气，更将黎民百姓推至水深火热之中。之所以如此，都是那篡曹魏政权自立的司马炎恢复分封制和实行门阀制度的恶果。

如今的这位蠢猪皇帝，还不如他的老子，虽然贾后已被诛杀，司马衷称帝后也被挫败，但由于当今这位蠢猪皇帝唯一的儿子已经被杀，司马氏的宗室诸王一直是心怀异志，诸王作乱并期望自己称帝的乱局只能愈演愈烈。在这种情况下，黎民百姓只能去做诸王相互残杀的牺牲品和殉葬品，不被杀死的也只能处于水深火热之中，像阁下这样沦为奴隶，处于饥不果腹，衣不遮体的境地。连我这个马贩子，去年还曾被官军抢过一次，将我所贩之马抢走三十多匹，我与他们理论，还差一点儿被他们打死。因此，在下已下定决心，准备起兵反晋，做普天下反晋大军中的一支。"

匐勒听了，点点头说："阁下真乃有志之士，但不知准备事宜进行得如何啦？"

汲桑说："这两年，在下将贩马的路线锁定在洛阳一带，目的是不断地察看和探听晋朝的情况，寻找起兵的缘由，酝酿起兵的诸项事宜。同时，也在寻找共同起兵之人。如今，得遇阁下，在下甚感快慰。如阁下愿意，自今日始，我们便将起兵之事提上日程。"

匐勒说："如今南方相继爆发李特、张昌、石冰等流民暴动，北方许多地方也在酝酿着起兵反晋，寻找起兵缘由就不必去想了，官逼民反，有这一条，我们起兵反对司马氏政权就有足够理由啦。眼下之势，倒是如何拉人组建武装，还有寻找起兵的时机，变得比其他事情更为重要。"

汲桑点头说："阁下说得好，后来在下也觉得用不着再去为起兵寻找什么理由，因为理由不胜枚举，至于诸项准备事宜，有了人自然会有应对办法。"

匐勒说："首先是有人，有了人，再有马匹刀枪，起兵的基本条件便具备了。"

汲桑又点了点头说："只要有了人，马匹和刀枪包在在下身上，在下这些年贩马所赚之钱，还够武装几百人。"

匐勒说："拉人之事，难在开始，只要将起兵大旗竖起来，不愁八方反晋之人前来投靠俺们。至于一开始需要所拉之人，由在下先聚集一部分，然后积少成多，阁下看如何？"

汲桑大喜道："英雄就是英雄，尚未出山便已有决心和谋算。阁下聚人，那在下筹集资财，以便武器马匹购置之用。"

匐勒说："但不知聚集人员需多长时间，大概时间短了是不行的。"

汲桑点头说："那是自然，少则数月，多则经年，这是起码的。"

匐勒说："俺等就以牧马场为聚集地点如何？"

汲桑想了想说："好，在下这次回魏郡，将资财准备好后，再回到这里后就不走啦。"

就这样，二人第一次见面便一直说到寅夜。第二天，二人又说了一些具体想法，然后匐勒从上千匹牧马中，为汲桑挑选了一百匹好马，汲桑与随从赶着这些马一路向西，向魏郡即今河北磁县至河南汤阴一带前进。由于匐勒为汲桑挑选的都是上等好马，因此汲桑回到魏郡后，周围诸郡买马之人纷纷前来，很快将汲桑的一百匹马买光，汲桑赚了一大笔金银后，便在家中仔细做起起兵的各项准备来。

且说匐勒与汲桑商定起兵反晋的大事后，便不动声色，暗暗做起各种准备来。匐勒先向主人、员外师欢提了一个扩大武馆经营规模的建议。匐勒对师欢说："在下这一段观察，员外开设的武馆虽然人气很旺，但前来学武之人并未尽兴和如愿，依在下看，武馆仍有很大潜力，或说还有赚钱和聚拢人气的潜力。"

师欢自让匐勒当了牧马小头目后，每每听到庄客们赞扬匐勒，说匐勒忠于主人，忠于职守，做事尽心尽责，且极通马性，将牧马场管得井井有条。为此，师欢亲自到牧马场察看了一次，果然见牧马场比以前经管得更好了，为此对匐勒的印象更好了。特别是经匐勒卖给汲桑的这两批马，卖价比以前明显高了，师欢由此多卖了数百两银子。当得知汲桑将匐勒为他挑选的马匹卖出后，除多付师欢的买马钱外，自己赚到的钱比以前更多时，师欢连连赞扬匐勒，还提出为匐勒说媒，后匐勒对师欢说明自己已有妻室后，师欢才赏了匐勒一锭大银子作罢。因此，当师欢听到匐勒对武馆的经营还有好建议时，连忙说："阁下有何高见，本员外洗耳恭听。"

匐勒说："员外一方面有个很好的武馆，另一方面又有个很好的牧马场，为何不将二者结合起来呢？"

师欢说："阁下说清楚些。"

匐勒说："在下想，如果让武馆的学武之人，走出武馆，从单纯的练拳脚和步行习棍棒，扩大至马上骑射，将自己的武艺练至能从军上马交战的地步，学武的武生们一定非常愿意和高兴。这样，将员外牧马场的马匹选出一些来作为武生们骑射练习的坐骑，什么也不耽误，但所赚之钱肯定比单在武馆中学武赚到的钱多多啦。"

师欢听了，高兴地直点头，连连说："果然是好主意，阁下真是高见！"但他想了想又说，"虽然武馆规模不小，武师和学武弟子都不少，但武师们都是学拳脚出身，充其量会些步行棍棒，马上骑射的本领大概都不行。"

匐勒说："如员外不弃，在下便为员外兼任这个学习骑射的武师。"

师欢吃惊地说："阁下还会骑射等武功？"

匐勒说："教那些武生们还有把握。"

师欢高兴地说："阁下既然如此说，本员外料定必不会差。待本员外与武馆的掌门商议一下后，便按阁下所说，立即将馆外骑射诸项功夫开办起来。只是多多有劳阁下啦！"

匐勒说："在下是作为奴隶被卖与员外的，员外不计在下的奴隶身份，将在下提升为庄客，然后又让在下当上牧马小头目，委以重用，在下对员外的恩德铭感在心，多为员外做些事情是在下的本分。"

师欢说："本员外得遇阁下，真乃幸事！"

送走匐勒后，师欢立即让人请过武馆掌门支屈六。谁知支屈六听完师欢的意思后，连忙说："员外的心肠太好，怎能听信一个奴隶出身的人说的话呢，将武馆学业扩至馆外骑射，听起来似乎很好，但操持太大，且马上骑射，不免真刀真枪，如有躲闪不及，岂不要出人命！再说武馆现有武师，没有一个能胜任馆外骑射教授之人。"

师欢说："武师之事不劳阁下操心，那匐勒说他便可充任骑射武师。本员外想，室内拳脚和步行棍棒，继续由诸位馆内武师教授，室外骑射由匐勒充任便是。"

支屈六又说："一个奴隶出身之人，能会什么骑射之功，如他有骑射本领，且还能为人之师，怎么还会在这里为人做庄客，还不早就投军立功去啦！"

师欢摆摆手说："你等不了解这位匐勒，因此不要胡乱揣摩于人，以本员外观察，那石勒定是有些经历和本事。阁下回武馆向诸位武师通报一

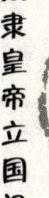

下这个情况，再向武生们说说此事，看现有武生们有多少愿意继续学骑射功夫的。我还要让人直接招收学骑射武功之人，届时现有武生和再招收之人合起来，一齐由訇勒教授，我武馆的生意可做得更大啦。"

支屈六虽然没有再说什么，但心里委实不痛快，对师欢说的那个訇勒更是一百个看不上和不服气。因此，他回到武馆后，带着不满的情绪向武师和武生们述说了此事。武师们见武馆掌门不服气，也跟着支屈六嚷嚷起来，有两位武师还撸胳膊挽袖子，声称要和訇勒较量一下，让訇勒好好见见世面。那些武生们一开始听说武馆要开设馆外骑射的学业，立即沸腾起来，大部分人当即表示愿意报名。但听到武师们议论教骑射功夫的人是个奴隶出身，于是许多人又连忙退出。

且说师欢与武馆掌门支屈六说完此事后，待支屈六走了一会儿，觉得支屈六那种对訇勒不服气的态度，很可能把事情办糟。因此，支屈六走了一会儿，师欢便独自来到武馆，在窗外观察情况。恰好，支屈六向武师们和武生们述说情况，及武师们、武生们的言行，师欢都看在眼里，听在耳里。

就在武生们要将报名的想法转为退出的时候，师欢大步走进了武生们的议事的大堂。众人见主人到来，都一齐站了起来。师欢向众武师和武生招了招手，示意大家坐下，他自己也拉了一个长凳坐下，心平气和地说："你等众人说的，我都听到了。开展室外骑射学业，是庄客訇勒向本员外提的建议，是为了满足那些想继续学习武艺之人而开设的，本馆毫不强求，只是自愿，因此武生们愿意学的，就报名，不愿意学的，就不报名，不必多想。"

众人听了，一片寂静。支屈六有些沉不住气了，他一抱拳对师欢说："员外，是在下没做好，但武师们也好，武生们也好，只是担心那位叫訇勒的庄客，没有教武生们骑射的本事。在下斗胆向员外提个建议，要么让訇勒向众人演示一下他的本事，如果他有教授武生们的本事，那就让他担当这个骑射武师就是啦！"

师欢一听，觉得支屈六说得对，确有道理，他对众人说："大家都同意掌门的意见吗？"众武师和武生都喊同意。师欢说："好，我也认为这样很好，那本员外决定，明日我们便在牧马场，让訇勒表演他的骑射武功。"

当下师欢让人请过匐勒，向他说明武馆武师和武生要求他演示骑射武功情况，并说他已决定，明日在牧马场让匐勒向众人演示。匐勒听后说："众人的意见很对，一个奴隶出身的人突然要给武生们当骑射武师，这让谁都要感到怀疑。好，明日在下便给众人演示一下就是了。"

第二天，牧马场演示场四周站了许多人，除武馆武师和武生悉数前来观看外，许多庄客和赌场、酒肆的客人也前来观看。师欢亲自前来为匐勒做主持。应匐勒之请，支屈六将武馆最重的长戟、长矛、大刀、重锤和硬弓，都让武生们搬到了牧马场。看看众人都已来齐，师欢对匐勒说："那就请阁下开始演示骑射武功吧！"

匐勒牵过一匹自己挑选的马匹，赶到支屈六带来的兵器架前，将架上兵器用手逐一掂试了一下，最后从架上取下一柄大刀。支屈六站在师欢的身后，对师欢说："这柄大刀是武馆镇馆之器，不要说使得好，只要使得动，在下就服了匐勒啦。"师欢没有回答，只是嘴角露出微笑。

匐勒提刀上马，拍马来到师欢面前，向师欢一拱手说："在下先舞一路刀法如何？"师欢经支屈六一说，对匐勒更是充满了好奇，听了匐勒的话，连忙说："随意，阁下随意！"

匐勒听了，拍马来到演示场，舞起了手中那柄大刀，只见那柄重达六十多斤的大刀，被匐勒舞得呼呼作响。武馆的武师和武生们都知道这柄大刀的分量，今见匐勒有如此神力，不禁一齐发出喝彩声。其他人见武馆之人叫好，也都喝起彩来。匐勒舞了一会儿，停住手来到师欢面前拱拱手说："在下再演示一下箭法吧。"师欢听了，连忙说："请，请！"

匐勒让人将适才所用大刀立于百步之外，有两个武生抬着大刀将其戳于一百二十步之外的草地上，然后闪到大刀矗立的两边。只见匐勒将兵器架上的一副硬弓拿在手上后，用手试拉了两次弓弦，那弓弦立即发出了清脆的紧缩声。匐勒选好弓后，又从箭壶中抽出三支箭，然后用双眼目测了一下自己距离大刀矗立之处的远近，又拨马向后退了三十步，使自己处于距离大刀约一百五十步之处。人们见匐勒处于这样的距离射物，还没等匐勒射箭，便发出了欢呼声。

匐勒向人们招手致意后，张弓搭箭，射出了第一支箭。只见在大刀两边的那两个武生，立即传来了射中的声音。其实在匋勒的箭射出后，人们都听到了箭镞射中大刀清脆的声音。因此，与两个后生的声音传来的同时，人们的欢呼声也传了出来。匋勒接着又连续射出了第二、第三支箭，继之而来的，是那两个武生大声报告射中的声音及人们的欢呼声。

匋勒射完三箭后，师欢对武师们和武生们说："怎么样，这位匋勒阁下能不能当你们的骑射武师啊？"

此时，包括支屈六在内的所有武师和武生，已经没有任何人再怀疑匋勒不行了，而是深深被匋勒的武艺所震惊，人们不为怀疑而渴望，而是想为再看看匋勒与人对垒交战的本事而渴望，因此当听到师欢的话时，有几个人不约而同地喊道："让匋勒武师与人比比看！"

师欢听了，笑着对正立在自己面前的匋勒说："阁下，怎么样，那就再与武馆的武师们比试一番如何？"匋勒听了，跳下马来说："好，但不知和谁比，如何比？"

只见昨日在武馆撸胳膊挽袖子那两个武师一齐喊道："我们愿和匋勒武师比试一下？"说着，二人各操起一根水火棒，来到匋勒面前。匋勒见状，也操起一根水火棒，然后说："两位阁下请！"那两个武师连忙相互谦让。匋勒说："二位阁下一起上吧。"

那两位武师见匋勒让他们一起上，心里很是恼火，但二人相互看了看，又相互点了点头，然后一齐大喊了一声，两条棍子一齐朝匋勒打来。匋勒不慌不忙，他架开两条棍子，然后连续向两人打去，没等二人反应过来，匋勒的棒子却朝他们的脚下扫去，只这一式，便将那两个武师双双扫倒在地，水火棍都扔出一边。匋勒上前将二人扶起来说："得罪啦！"

支屈六一看，也顾不得向师欢说什么了，他走到匋勒面前，用手一招，刚才那两个被打倒的武师，还有其他武师及所有武生们，都来到了匋勒面前，支屈六向匋勒作揖道："我等坐井观天，竟不知自己这点本事原来如此不值一提，今日我带头向壮士请罪，并乞请拜壮士为师！"支屈六说完回头问众人说："我说的你们愿不愿意？"众人一齐喊道："愿意！"

支屈六说："愿意那就拜师吧！"说完，自己先自双膝跪倒在匋勒面前，那些武师们和武生们一看，一下子都跪倒在地。支屈六大声领诵道：

"师傅在上，请受众弟子一拜！"支屈六说完，其他武师和武生也都齐声说道："师傅在上，请受弟子一拜！"

匐勒连忙向师欢说："员外，你看……"

师欢哈哈大笑道："好，今日得遇阁下，我茌平武馆必定大振也！"他对匐勒说完，又面向跪在地上的武师们和武生们说："大家都起来吧，本员外代匐勒阁下认下你们这些弟子啦！"众人一听，个个爬起来又欢呼起来。

匐勒当了武馆所有人的师傅后，便开始教众人骑射，传授武功。不到两个月，方圆百里的数百人前来报名学武。很快，石勒从前来学武的故旧之中选出八人为掌门弟子，接着又从武馆的武师和武生中选出十人为看门弟子。匐勒以这十八人为基本力量，要聚集民众，与汲桑一道起兵反晋。

欲知后事，且看下回分解。

## 第八回　刘元海起兵称汉王
　　　　　　牧马帅指姓命石勒

　　却说匐勒由于武功出众，折服了师欢武馆所有的武师和武生，武馆掌门支屈六更是对匐勒敬佩得五体投地，在他的倡导和带领下，武馆所有武师和武生们，一齐拜匐勒为师。匐勒当了武馆所有人的师傅后，便开始教众人骑射，传授武功。不到两个月，方圆百里的数百人慕名前来报名学艺。匐勒既认真传授武功，也注重向武生们灌输武德，要求他们学好武功后，要为天下黎民百姓效力，反对欺压百姓的邪恶势力。匐勒的这些话语，立即激起了武生们痛恨西晋欺压百姓行为的情绪，武生们纷纷要求匐勒率众人起兵反晋，为百姓争自由。匐勒对众人的反晋情绪并不急于表态，而是继续激发众人反晋情结。同时，匐勒组织武术比赛，观察和遴选那些武功出众或发展潜力较大者。此时，在周围闻讯前来学武的人中，恰好有一些是与匐勒一同被卖与山东当奴隶的并州人。原来，匐勒在太原国加入被贩人群后，一路上不断地观察和选择那些精明健壮之人，与他们结交为友，并约好日后如有翻身之日，当相聚反晋。因匐勒是最后才被卖往茌平的，因此准确地掌握了一路上结交的数位精明健壮好友的落脚之处。其实，匐勒之所以让郭阳最后才将自己卖掉，就是要亲眼看到他的这些好友都流落何处，以便日后将他们召在一起。匐勒当起武馆骑射教授武师后不久，便派出铁心跟随自己的两名武生，让他们到周边去寻找这几位患难好友。果然，匐勒一路看好并约定的八位好友如期来到了师欢武馆。为了不使师欢和旁人生疑，匐勒将师欢给自己的赏钱和工钱拿出来，为八位好友交了学费。那八位好友果然各有身手，经匐勒进一步传授和点拨武功后，很快成为武功出众的战将，因此匋勒将他们确定为掌门弟子。

师欢的武馆开办了多少年，一直局限于茌平当地几位土生土长的武师来传授平平常常的拳脚和棍棒，如今突然来了匋勒这样的武功高手，武师们和武生们都极为震惊，一下子拜倒在匋勒面前。经过一段时间，人们见匋勒不但武功高深，而且正义善良，处处为百姓着想，有一种见了面再不愿离开的感觉。因此，武师们和武生们，渐渐都围靠到匋勒身边，许多人都表示愿终生追随匋勒，虽肝脑涂地，在所不惜。经过一段观察和点拨，匋勒从武馆武师和武生中间，又选出十人作为看门弟子。这八位掌门弟子和十位看门弟子个个忠勇、果敢，武艺还在不断提高的过程中。八位掌门弟子是：王阳、夔安、支雄、冀保、吴豫、刘膺、桃豹、逯明。十位看门弟子是支屈六、郭敖、刘征、刘宝、张曀仆、呼延莫、郭黑略、张越、孔豚、赵鹿。匋勒将这十八人聚集起来后，便每日与他们切磋提高武功，并渐渐与他们议论西晋朝政及展望着举兵反晋事宜。

且说汲桑自得遇匋勒后，多年的反晋情绪一下子释放出来。他赶着一百匹好马回到家乡魏郡后，很快招来许多周围买马之人，将马一卖而光。汲桑赚到一大笔钱后，便在家中盘算起起兵反晋的种种事宜来。

对于拉人组织武装，汲桑相信匋勒的能力和号召力，他并不担心此事。汲桑想来想去，所担心的事只有两个，一是自己的财力问题，十多年来虽然贩马赚到一些钱，但与满足起兵反晋所需的庞大费用，汲桑还是感到力不从心，不用说别的，单是一百人的马匹、兵器和粮饷，一年便可将汲桑十多年那点积蓄一下用光。二是军队组建起来后的军师人物问题。汲桑认为，匋勒有计谋，也有韬略，但毕竟不识字，率领军队冲锋陷阵可以，但用计谋势却未必可以。而自己虽有一定城府，但谋攻计取，排兵布阵，还差得远。因此，汲桑卖完那一百匹马后，便围绕着这两件事情，天天在思考着、奔波着。借钱不成，他便到处联系买马之主，与人预定买马卖马事项，便于尽快得到卖马钱。同时，他找了一些好友，请教带兵打仗的学问，甚至借来《孙膑兵法》，日夜琢磨。看看转眼过去了两三个月，汲桑还惦记匋勒这边的情况，于是他带着手头上的全部积蓄，还有一些买马之人的意愿，回到了师欢的牧马场。

此时，匋勒选择的十八精骑都已到位，数百练武之人也处于一呼即应的状态。汲桑大喜，当夜便与匐勒进行了长谈，相互沟通了这一段的情况，进一步商议准备起兵的情况。

匐勒说："阁下担心的两个问题甚是有道理，但排兵布阵、谋攻计取问题，你我都掌握一些常识，再说打仗都需在实战中边学边提高，这个不必过多去费思量。倒是起兵费用所需，必是有一定的保证才行。届时起兵时，咱们的队伍至少也要有三百人，如此想来，俺等起兵费用还需继续筹措。"

汲桑说："是啊，正因为一直在家乡筹措军费，这么长时间才回来。"

匐勒说："阁下莫为难，在下召集的那八位掌门弟子，都是当初与在下一样，从并州被卖至冀州的奴隶，这些人都有过遭难史，对晋朝司马氏政权有着刻骨仇恨。前些天，其中的桃豹曾对俺说，如今司马氏的诸王遍布天下，他们占有的财富也遍布天下，在这个牧马场东面的赤龙、骥等地方，就有官府所有的马苑，那里有各种上等好马，他们主张去那里盗马，然后卖往远处。在下看，这倒是个好办法，不知阁下以为如何？"

汲桑说："司马氏的官府压榨百姓，现今天下，财富都集中在官府之手，去盗取回来为百姓所用，也算夺取不义之财。"

匐勒说："阁下同意，在下就让八位掌门去盗一次苑马，然后直接卖往远处，换取金银，作为起兵的军资。"

汲桑说："让诸位多加注意。不可走漏消息，以免暴露了我等身份，坏了大事。"

匐勒说："阁下放心，在下好好嘱咐众人就是。"

且说匐勒的八位掌门弟子，个个彪形体状，精明强悍，他们得到匐勒的允许后，各乘一匹快马，然后分成两伙，分别潜至赤龙、骥的东部。到了夜半三更时，两伙人同时出动，分别将赤龙和骥两处马苑的苑马全部劫走。然后两伙人集合于黄河岸边，数那苑马时，竟有百匹之多。八人饱餐了一顿后，将马群赶过黄河，直奔豫州而去。到了豫州之地，很快将马卖光，卖得白银数千两，然后八人装扮成生意人，辗转回到茌平。

过了一段时间后，掌门八骑再次出手，他们潜入到数百里之外的济南王王府，盗得丝绸珍宝无数，回来后全部交给了汲桑，以作军资之用。

就这样，汲桑和匐勒没用上一年，便已积累起大量资财。由师欢武馆、牧马场及周边前来投奔的武生、庄客、奴隶组成的数百反晋起义军，只待择机起事了。

且说西晋自八王之乱开始，各州郡反晋的烽火不断燃起，继李特、张昌、石冰等南方流民暴动之后，北方也开始了反晋的浪潮，其中很快建立政权的，是匈奴贵族刘渊建立的汉国。

但刘渊不是游牧人首先建立政权者。在刘渊起兵的三年前，益州流民推举氐人李特为首领，在绵竹即今四川德阳北起兵反晋。第三年，义军进攻成都，并攻克成都小城，西晋益州刺史罗尚据成都大城坚守。李特入小城，大赦境内，建元建初，正式建立政权。其时蜀中百姓大多结坞自保，款服李特。后李特军粮短缺，分遣六郡流民到诸坞就食，因而兵力分散，失去戒备。此时恰好西晋大军来援，罗尚乘势掩袭李特，各坞堡也一时俱起，李特大败被杀，并传首洛阳。李特死后，其弟李流与其子李荡等人收集残众，由李流带领，继续与晋军争战。不久，李流病死，李特之子李雄继续率领部众与晋军对垒，并攻下成都大城，逐走罗尚，据有益州。第二年，李雄称成都王，两年后改称皇帝，国号大成，定都成都。

就在李雄称成都王时，匈奴贵族刘渊也在酝酿着建立反晋政权。刘渊字元海，新兴即今山西忻县人，是匈奴左部帅刘豹之子，曾被作为匈奴的"质子"长期住在洛阳。他通晓儒家经典，常常和汉族名人交往，汉化程度很深。三王起兵之后，他以发动匈奴人帮助成都王司马颖作战为借口，回到匈奴人聚居地并州，得到其他匈奴贵族的支持，在离石起兵，自称匈奴大单于。并州一带受压迫的各族人民，为了摆脱西晋的统治，也纷纷起而响应。永兴元年，即李雄称成都王的同一年，刘渊由大单于改称汉王，仍以离石为都。他称汉王后，先将并州刺史、东瀛公司马腾赶出并州，随后令侄儿刘曜进攻太原，再转攻南方，并相继攻陷蒲子、平阳。为了给进一步南下做准备，刘渊将国都由离石迁至蒲子。

不久，刘渊对众宣称说："昔汉有天下之长，恩结于民。吾，昔汉氏之甥，约为兄弟；兄亡弟绍，不亦可乎！"于是，建国号为汉，刘渊即汉王位，建元元熙，尊蜀汉刘禅为孝怀皇帝，立汉高祖以下三祖五宗为神主以祭之。立妻呼延氏为王后，署置乃官，以从祖父刘宣为丞相，经师崔游为御史大夫，宗室刘宏为太尉。

接着，刘渊在大陵即今山西文水击败司马腾，又派刘曜等攻太原，占据泫氏即今高平、屯留、长子、中都等地，并攻掠河南各州郡。

消息传到匐勒和汲桑耳中，匐勒高兴地说："继氐人李特之后，匈奴左贤王刘渊又建立汉国，而且是在俺的家乡并州一带建立政权，真使人高兴啊！刘渊其势不小，很可能形成与晋朝分庭抗礼的局面。如果真如此，俺等前往投他，做他帐下一员，可谓有用武之地啦。"

汲桑沉默了一会儿说："刘渊在西部，我们在东部，给晋朝来个东西同时大造反，岂不是更好！何必要投入别人门下，况且不知刘渊为人如何，如果合不来，或者一旦闹翻，岂不是毁了我们自己吗？以我们现在准备的势头，日后我们也称王，有何不可！"

匐勒见汲桑如此说，知道汲桑不愿委于人下，便笑了笑说："阁下既然如此说，权当在下没说就是啦。"

汲桑又说："我们也要抓紧准备，争取尽快起兵。"

匐勒说："还是要把握好时机，不可有丝毫莽撞之举。"汲桑点头。

且说晋朝三王起兵，打败篡位称帝的司马伦，惠帝司马衷复位后，朝政乱局依旧，诸王之乱愈演愈烈。惠帝复位后，大权落于齐王司马冏手中，但司马冏一旦大权在手，立刻骄奢擅权，把个朝政闹得人怨沸腾，人心大失。老臣王豹好意相劝，竟被司马冏用鞭子打死。永宁二年，皇太孙司马尚死，惠帝子孙已无人可立，依亲疏顺序，应立成都王司马颖为皇太弟，以便接续皇脉。但齐王司马冏为了长久专权，竟立了惠帝另一个弟弟司马遐八岁的儿子司马覃为皇太子。这样，司马颖与司马冏决裂，同时，按亲疏顺序仅次于成都王司马颖的长沙王司马乂也心怀不满。

当年年底，河间王司马颙采纳亲信李含的建议，从关中出兵进攻京师洛阳。当时长沙王司马乂占据洛阳，他先发制人，亲率百余军士跑入宫中，挟持惠帝，闭紧宫门，派亲信宋洪带率禁军去攻打齐王府。二王在洛阳城激战三天三夜，最后齐王司马冏被部下活捉，送交长沙王司马乂。司马乂斩杀司马冏及其亲信部下两千余人，自专朝政，改元太安。成都王司马颖和河间王司马颙见状，一个退兵邺城，一个撤回长安，诸王之间埋下了更深的仇恨。

长沙王司马乂专权两年后死去，此时成都王司马颖虽身居邺城，却遥以都督中外诸军事、丞相等职成为晋朝新的执政，并废太子覃，自为皇太弟。但司马颖执政后不久，便骄奢淫逸，自恃有功，百业废弛，并任用孟玖等宦官。一时间，洛阳城中，混乱不堪，好人遭殃，佞人得势，甚至不如齐王司马冏和长沙王司马乂执政时期，人心尽失。

司马颖的胡作非为，也引起了为他入洛阳有功的东海王司马越的不满。司马越与右卫将军陈胗、长沙王旧将上官巳等，趁司马颖在邺城，拥着惠帝出洛阳向北讨伐司马颖。不料讨伐军行至荡阳即今河南荡阳县西南，遭到了成都王司马颖军队的偷袭，全军覆没，晋惠帝被俘，东海王司马越逃回了自己的封国，即今山东郯城北，河间王司马颙的部将张方占领洛阳。司马颖挟持惠帝回到洛阳不久，又徙往长安。

司马越的失败，激起了其弟、并州刺史司马腾对司马颖的不满，他纠集幽州刺史王浚联兵进攻司马颖的大本营邺城，而且王浚召辽西鲜卑人一并参战。很快，邺城被攻破。为了给鲜卑人以回报，司马腾和王浚同意鲜卑人劫掠邺城妇女为其私产。于是，鲜卑骑兵抢掠了数以万计的妇女北撤幽州，途中妇女哭号之声震天，惨状不堪目睹。由于军中口粮匮乏，王浚下令，不准私挟妇女，否则一律斩首。鲜卑军士心中恐惧，于是趁夜渡易水时，将妇女们缚住手脚，塞住其嘴，丢入易水之中，仅此致死妇女竟有八千人。

易水惨剧后，吃了败仗的司马颖在长安又受到了河间王司马颙的排挤。因为长安在司马颙的掌控之中，司马颙见司马颖兵败，便立即对他冷漠起来，他把惠帝控制在自己手里后，便独自揽起大权。

且说司马颖兵败及失势后，不仅是诸王讨伐于他，连他的旧人故将也纷纷背叛甚至讨伐于他。在这些反叛的故旧之中，有一人叫公师籓，是司马颖的故将，阳平人，素有正义。司马颖兵败后，公师籓自称将军，公开打出反对司马颖的旗号，在他的号召下，手下很快聚集起数万人马，声称要讨伐作乱的诸王。

消息很快传至正在寻找起兵时机的汲桑和匐勒耳中。这日，匐勒对汲桑说："司马颖虽然是蠢猪皇帝之弟，且按晋朝规定的亲疏顺序，已取得皇太弟之位，但此人性恶张狂，以致遭受如今之败。俺等专管晋朝动静的兄弟适才向在下说，司马颖的故将公师藩公开打出讨伐作乱诸王的旗号，且已聚众数万人马，准备起兵赵魏之地。不知牧马帅有何意见？"此时，在匐勒的提议下，众人都以牧马帅来称呼汲桑。

汲桑听了，想了想说："这个公师藩的情况阁下可了解？"

匐勒说："听说此人祖居阳平，素有正义，其他太具体的情况并不知晓。"

汲桑说："我等起兵准备已很充分，介入这个起兵机会，看来是一次不错的时机。阁下派兄弟们与公师藩联系一下，如他同意，约好时间、地点，我数百义军便前往投奔公师藩。"

匐勒按照汲桑的意见，即刻派出快骑，前往赵魏之地联络公师藩。

很快，快骑回来报告说，公师藩得知牧马营前往入伙，共同进攻诸王，甚是欢迎，盼望牧马帅尽快率众前往。

当下汲桑与匐勒商量，让将士们准备三天，然后挥师前往赵魏之地与公师藩会师。

匐勒自开始做准备起，便忙前忙后，每件事他都亲自过问，三百多名将士他逐一检查并询问，看有何困难，并予以鼓励和激励。

临出发前一天，匐勒向汲桑报告将士们的准备情况。汲桑听了说："有件事我想替阁下做一下，不知阁下愿意否？"

匐勒以为自己有何做得不周之处，正要问汲桑，汲桑马上又说："具体说，是我想给阁下指个姓氏，使阁下有个像汉人一样的完整姓名。"

匐勒说："好哇，那就请牧马帅给在下指个姓氏吧，否则长期生存在汉人堆里，没有正规的名姓，好像一直不入流啊！"

汲桑似乎早有考虑，他说："就姓石如何？"说完，汲桑又接着说，"就是石头的石。"

匐勒说："好，自今以后，俺就姓石，叫石勒。"

汲桑说："汉人除了有姓名，还需有字，我再给阁下取两个字作为'字'，如何？"

欲知后事，且看下回分解。

## 第九回 河间王败逃太白山  司马越专权立怀帝

却说牧马帅汲桑和匐勒在决定率起义军投奔公师藩,合兵共同讨伐诸王后,在即将提兵前往赵魏之地前,汲桑提出给匐勒取个姓名,以便像汉人一样拥有一个完整的名姓。匐勒听了,很是高兴。汲桑当即为他取了个"石"字为姓。匐勒还记得父亲周曷朱曾提起一位老族人为自己起名"匐"及小字"匐勒"之事,且多年来一直很喜欢这个"勒"字,因此,当汲桑为他指石为姓后,他立即同意自今以后姓石,且名勒。汲桑见匐勒如此说,便不再说取名之事,而是说还需再取两个字,作为石勒的字。

当下石勒说:"愿闻牧马帅为在下取字。"

汲桑说:"姓石,意即今后在反对晋朝的争战中,像磐石一样坚硬,不屈不挠。名勒,意即对天下黎民百姓像弥勒佛一样慈善。有了名姓,还有字,我给阁下取'世龙'二字作为阁下的字,意即期望阁下成为人世间的真龙,如何?"

石勒点点头说:"感谢牧马帅今日赠字赐姓,自今以后,石勒定当终生追随牧马帅,做牧马帅麾下的磐石和弥勒,成为牧马帅帐下的一条苍龙。"

汲桑听了,不禁哈哈大笑,然后叹道:"阁下好聪明,眼下我权为牧马营的牧马帅,日后阁下前程无量,可能真会成为至尊无上的世间真龙啊!"

石勒认真地说:"石勒今生得遇牧马帅,是人生的一个转折点和新起点,没有牧马帅便没有石勒今日这个新起点,因此石勒定会大恩不忘,终生追随牧马帅。"

看到石勒那副诚实中透出的认真的样子，汲桑说："我们还是看看首次出征还有何问题吧。"

石勒说："在下已逐一检查过了，三百多名将士一切就绪，只待牧马帅一声令下，便可上马出征啦。在下之意，俺等出发前需与师欢员外告辞一下。"

汲桑说："阁下所言极是，你我现在就到庄园，与师员外告辞。"说着，二人起身前往师欢庄园。

师欢自得知汲桑和石勒欲起兵反晋，一则是高兴，因为像师欢这样的大户，在西晋分封制和门阀制度之下，也属社会底层，比平民百姓好不了多少。二则自石勒征服武馆所有武师和武生后，局面已不再由师欢掌控，师欢也就乐见其成，成为顺水推舟者。三则师欢面对已经如狼似虎的牧马营将士，已经变得谨慎有余，且汲桑和石勒给他带来的金银收入有增无减。因此，当师欢见到即将出征的石勒和汲桑时，连连表示钦佩和祝贺，并愿献上五十匹好马作为对牧马营讨伐晋朝诸王的礼物。

汲桑连忙说："员外对我牧马营的支持太大了，且牧马营首次出征一切准备就绪，员外所赠宝马我等此次出征归来再享用吧。"师欢见状，连声说好，并表示明日送牧马营将士上路出征。

第二天天未亮，牧马营三百多将士在汲桑和石勒的率领下，上马出征，向赵魏之地驰去。

且说公师藩叛司马颖自称将军后，旗下很快聚集数万之众，但这些人大多来自各地反晋的民众，并无临阵作战经验。公师藩见汲桑和石勒虽率三百骑来投，但见三百骑个个精明强悍，且兵器精良、战马雄壮，很是高兴。汲桑和石勒到达当晚，公师藩设宴款待二人，并拜石勒为前队督，汲桑为副将兼前队督参军，跟着公师藩的大队人马丰攻西晋平昌公司马模。

且说司马模字元表，乃司马懿四弟东武城侯司马馗之孙，高密文献王司马泰第四子，东海王司马越之弟。此时司马模正镇守邺城，他听说公师藩率数万大军进攻邺城，甚是惊慌，连夜派出亲信向范阳王司马虓和广平太守谯国丁绍求救。司马虓和丁绍得到求援信后，司马虓派大将苟晞率大军前往邺城救援，丁绍则自率大军前往邺城驰援。司马模也派将军冯嵩策应苟晞和丁绍，共击公师藩。

双方接战后，由于公师藩率领的人马战力差，很快处于劣势。石勒到达公师藩帐下后，才亲眼见到他的大军的状况，自知得胜的可能性极小，因此早有义军被战败的准备。当眼见义军被三路晋军合击，阵亡将士越来越多时，石勒对汲桑说道："看来义军失败已成定局，俺三百精骑即便是以一当十，也难以抵挡晋军，在下意见，俺三百精骑杀开一条血路，上前将公师藩将军救出，然后夺路逃走，以图日后东山再起。"

汲桑想了想说："阁下真乃仁义之士，既如此，那我等便挥师去救援公师藩将军便是。"于是，石勒在前，汲桑断后，率三百精骑向公师藩被围之处杀去。公师藩此时正被司马虓的大将、濮阳太守苟晞率军团团围住，公师藩任凭左右冲杀，就是无法突围。就在石勒的三百精骑快要杀到公师藩的近前时，只见苟晞挺方天画戟上前，不到三十个回合，便将公师藩活捉过去。石勒眼见晋军将公师藩缚住押了下去，只好停止了进攻，传令掉转马头，杀出重围，突围而去。公师藩当日被斩首示众。

石勒与汲桑商议，尽快远离邺城，到一个安全的地方休整一下，然后再商定下步打算。正当石勒在前率将士们前行时，却发现眼前是一个帝王苑。石勒和汲桑商议，将帝苑攻占，然后在此驻扎休整。因邺城战乱，此时的帝苑只有不足百人看守，石勒率骑兵不费吹灰之力，便将帝苑攻占，三百将士便驻扎于此。汲桑为了安全起见，任石勒为伏夜牙门，护卫帝苑。第二天，石勒又向汲桑提出，趁邺城之乱，前往周边郡县劫狱，网罗那些囚徒，以壮大队伍。汲桑点头说："司马氏治下的牢狱，皆是些不服于诸王和世族们压榨而反抗的百姓，将他们解救出来，倒是我们壮大队伍的极好来源。"于是，石勒率一百骑兵夜间行动，很快将周边郡县的牢狱全部劫持，前后共得到囚徒上千人。附近潜藏在山林水泽间与官军对抗的一些绿林人士，闻讯纷纷前来归附石勒，石勒又得到上千人充实军内。

休整了旬月，汲桑和石勒率领已达数千人的军队，回到了茌平牧马场根据地。石勒、汲桑首次出征虽然没取得战场上的胜利，但却扩大了队伍。回到茌平后，石勒向汲桑建议，抓紧训练队伍，整顿军纪，等待时机，迎接新的反晋斗争。

且说河间王司马颙排斥了成都王司马颖后，将惠帝控制在自己手中，独自揽起朝政大权,接着,司马颙又废成都王司马颖,改立豫章王司马炽为皇太弟。

就在河间王司马颙擅权得意之时,被成都王司马颖在荡阳偷袭全军覆没,逃回自己封地的东海王司马越再次活跃起来。司马越经过一年的休养生息和积极准备,以"奉天子以复旧都"为由,再次起兵讨伐河间王司马颙,并得到东平王司马楙、范阳王虓、幽州刺史王浚的响应。河间王司马颙得知司马越再次起兵,立即以中领军录尚书事领京兆太守张方,率十万大军迎击。同时以亲信毕垣为参军。

张方为河间人,家世贫寒,以骁勇为河间王司马颙所赏识,累迁振武将军,曾被司马颙命为先锋,讨伐齐王司马冏。冏败,继受司马颙命与成都王司马颖共讨长沙王司马乂。永安元年,率精兵七万自函谷关入河南,在洛阳附近,与司马颖部将陆机所部共三十万人,同司马乂军展开决战。司马乂被捉后,张方剥其衣服,用铁链捆于石柱之上,四周用通红的炭火,活活将其炙烤而死。张方由此得加右将军、冯翊太守。后来又受司马颙之命攻占洛阳,纵兵大掠,挟持惠帝及司马颖往长安,因此受封中领军、录尚书事,领京兆太守。

且说司马越得知司马颙派张方前来迎击,知道张方骁勇,以实力硬拼,必然败于张方手下。于是,司马越在营帐中苦思冥想了一夜,终于下定决心,要以反间计与离间计,离间河间王与张方,以便除掉张方,然后再进攻长安。

张方奉河间王司马颙之命领兵迎击司马越后,遂率十万大军,屯兵灞上,等待着司马越的前来。张方屯兵灞上不几天,见司马越率大军在灞上的前方扎下营盘,张方遂命军士们做好准备,专等司马越进攻时,打他个突然袭击。可张方等了几天,并不见司马越进攻,遂派出细作前往司马越营中探视底细。司马越等的就是这件事,他已命许多细作之人潜伏在军营内外,专等张方的细作到来时,从中取事。司马越的细作们领命后,用心布下罗网,日夜紧盯着张方细作的动静,只待让张方的细作上钩。

这日晚,司马越的细作们觑得张方细作已潜入军营,两名化作值守军士的细作便开始导演起他们预演了好几天的反间伎俩。只听一个军士一边打着哈欠,一边对另一个军士说:"你说张方如果知道他的参军要和咱们东海王合作除掉他，然后倒戈，还不得气死啦！"那个张方的细作潜藏在树后，听到司马越军士说这句话时，吓得不由自主地吸了一口凉气，可他马上镇静下来，继续听了下去。

这时，另一位东海军士说道："这年头，为了争权夺利，哪有人性和良心，只怪司马颙瞎眼，让毕垣当张方的参军，张方只认倒霉吧。"

前头说话的那个军士又说："不知毕垣参军什么时候能动手，咱们就这么干等也挺难熬。"

另一位军士说："听说咱们东海王正在与毕垣秘密联络，只能耐心地等待啦。"

两位军士说到这里，却见不远之处有动静，便连忙向动静发出之处走过去了。原来这是树后张方细作扔出的石子发出的声音，意在吸引那两名军士离自己远一点儿，以便他逃身。那细作见两个军士中计，连忙偷偷出了东海王军营，回去向张方报告情况去了。

那细作连夜赶回灞上，原原本本向张方述说了在司马越军营中听到的情况。张方将信将疑，他想了想，然后悄悄吩咐那细作仔细观察参军毕垣的行动，一有情况，立即向他禀报。那细作点点头去了。

且说司马越得知已做完反间之计的第一步，第二天夜晚立即派出细作潜入张方的灞上军营，实施离间之计的第二步。

张方得到细作的报告后，前思后想，无法断定参军毕垣的情况。第二天一早，张方让人叫过毕垣，大声训斥了毕垣一番，然后命令他准备率五万大军作先锋，发起对东海军的进攻。毕垣被张方训斥后，一头雾水，在帐中闷闷不乐。

当晚，毕垣正在帐中思考如何进攻司马越，忽然帐外守护军士带进一个东海军细作，守护军士向毕垣报告说，这个东海细作东张西望，似有何企图，却不慎被绊倒，因此被捉住。因就在参军帐外窥伺，所以请参军发落。毕垣此时正一肚子火，听说是东海细作，便让守护军士将细作痛打了一顿，并让其交代前来窥测的企图。那细作抵赖不过，并从怀里掏出一封司马越给张方的亲笔密信。毕垣在灯下看时，见司马越在信中说，司马越一向敬佩张方，张方多年来功高盖世，但也才受封中领军录尚书事，他甚感不平，如果他司马越执政，一定让他加封至侯王，并希望张方按早先听说，倒戈反对司马颙，与司马越联手，开辟朝政新局面。

毕垣让军士将那细作关押起来，便蒙头睡起了大觉。第二天一早，毕垣带着几个随从，押送那位东海细作，怀揣司马越给张方的密信，回长安城向司马颙告密去了。

司马颙连看了两遍司马越给张方写的密信，然后对毕垣说："司马越诡计多端，这会不会是他的离间之计呢？"

毕垣连忙说："臣开始也曾想到这一点，但张方屯军灞上，迟迟不出战，以往那种骁勇在司马越面前变得影踪全无。更有甚者，他竟让臣率五万大军出战，而他自己却不出征。"

司马颙听到这里，啪地一拍案台，狠狠地说："是啦，张方的确功高盖世，但连个侯都没封上，如今司马越咄咄逼人，大有取本王而代之的势头。在这种情况下，有倒戈反击之念，确在情理之中啦。爱卿即刻返回灞上，拿着本王的尚方宝剑，带领几个刀斧手，就地将张方斩首示众！"说完，将自己的尚方宝剑递与毕垣。

毕垣还似有话要说，司马颙说："将张方斩首后，爱卿行使他的军权，与司马越决一死战！"毕垣领命后，手捧尚方宝剑，带着数名刀斧手，上马驰回灞上。可叹张方，就这样被司马颙处死。

司马越得知张方已被处死后，立即挥大军向河间军发起了进攻。毕垣虽然信誓旦旦要打败司马越，但在司马越的东海军面前，迅速大败亏输，毕垣也被斩杀。司马越挥军攻入长安，斩杀司马颙一系两万余人。司马颙见大势已去，慌忙逃出长安城，单骑遁入太白山去了。司马越挟持惠帝复还洛阳。

且说成都王司马颖被废除皇太弟后，已成为四处流亡之人。司马越起兵后，司马颖被其部下挟持到长安，矫诏赐死，三个儿子也一同被杀。

司马越挟持惠帝复归洛阳后，以太傅、录尚书事，掌握西晋朝政大权。第二年，晋惠帝司马衷吃豆饼中毒而死，这个被人讥为蠢猪式的皇帝在位十六年，被诸王来回挟持，共用了十一个年号，最后竟死于非命。晋惠帝死后，司马越扶被司马颙已立为皇太弟的豫章王司马炽继位，是为晋怀帝，改年号为永嘉。

司马越扶植起了新皇帝后，俨然以最后的胜利者自居，颇自得意。这日，司马越想起河间王司马颙还逃遁太白山，觉得这是个心腹大患。他眉头一皱，计上心来，于是唤过几个亲信嘱咐了一番，几个亲信领命后，带着司马越的邀请信，前往太白山去了。

太白山位于秦岭山脉，在长安之西。几个亲信日夜赶路，很快到达太白山。在多方的打听下，终于找到了在此避难的司马颙。司马颙接过司马越的亲笔信看时，见信中说，司马越已在皇帝面前推荐他出任司徒，让他尽快返回洛阳，共同辅佐新帝，开创晋朝新局面。

司马颙看过信后，不禁点了点头说："毕竟还是同族宗亲哪！"然后沐浴更衣，跟着那几个亲信上路向洛阳前进。可走了几天后，司马颙在路上被司马越的亲信们掐死，三个儿子也一同被杀死。

至此，除东海王司马越外，八个王在相互残杀中死了七个，前后持续了十六年的"八王之乱"终告结束。

"八王之乱"使西晋许多城邑遭到洗劫，社会生产遭到极大破坏，三十多万军民在动乱中死亡。这是一场统治者内部争权夺利的争斗，是西晋分封制和门阀贵族势力膨胀的产物。动乱大大削弱了西晋统治集团本身的力量，加剧了社会阶级矛盾，也给内迁的五胡民族造成了割据称雄的机会。

且说匈奴贵族刘渊建立汉国并即汉王位后，关东一带的人民反晋斗争更是此起彼伏，接连不断。汉国光熙三年，山东东莱刘伯根发动起义，东莱大族王弥也率领家童，参加了起义，起义不久，刘伯根病死，王弥继续坚持斗争，转战山东、河南一带，不断扩充队伍，后来在永嘉初年一度攻下许昌。由于进攻洛阳遭到挫败，王弥叛变起义军，渡过黄河投降了刘渊。刘渊此时的反晋事业更加蒸蒸日上。

且说刘伯根起义后，茌平的汲桑和石勒一直在密切关注着，王弥叛变并投降刘渊后，石勒很快便得到了消息。这日，石勒对汲桑说："俺牧马营经过两年的整肃和扩充，已具备了重新起义条件，在下的意思，俺们应择机进攻晋朝，并在反晋争斗中继续壮大自己。"

汲桑点点头说："是到了再次起兵的时候啦！"

欲知后事，且看下回分解。

## 第十回　反西晋汲桑再起兵
　　　　　　应追堵石勒巧转战

　　却说在匈奴贵族刘渊建立汉国、助推反对西晋的形势下，山东刘伯根起义反晋，连东莱大族王弥也参加了起义。刘伯根病死后，王弥投降了刘渊的汉国，使汉国的反晋事业更加蒸蒸日上。消息传到茌平牧马营后，石勒向汲桑建议，再次起兵攻晋。汲桑听后说，是到了再次起兵的时候了。

　　自第一次起兵参加公师藩讨伐邺城的司马模以后，汲桑和石勒的牧马营在不断壮大。在带着两三千人的队伍回到茌平后，周围方圆数百里的百姓一直源源不断地前来，加入牧马营。因此，两年来，牧马营一直处于接收新人入伙，以及新兵训练和军纪整肃中。每当有新兵加入时，石勒总是对这些人说，牧马营这支军队，不同于任何诸王的官军，是百姓的队伍，是为百姓免遭压榨而与官军对抗的队伍。在这支队伍里，绝不许有欺压百姓和侵犯百姓利益的事情发生。因此，石勒训练出来的军队，军纪严整，深受百姓拥戴。越是如此，前来投军的人数便越多。两年下来后，牧马营的人数已超过万人。

　　当下汲桑对石勒说："如今司马越结果了那个蠢皇帝的性命，扶植起了当今这位司马炽，所有诸王对手也都一一死去。虽然司马越结束了诸王之乱，但他实行的那一套，还是司马炎留下的老一套，黎民百姓的生存状态依旧如此，没有丝毫改观。因此，皇帝换了，执政换了，但朝廷还是个老样子，我们反晋的使命仍然照旧。"

　　石勒说："是啊，只要晋朝的分封制和门阀制度不改，黎民百姓就不会有好日子过，俺等反晋的使命也不能停止。"

汲桑说："前年我们第一次起兵时，是投奔了公师藩，如今再起兵我们不用再投奔谁了吧？"

石勒说："第一次俺等起兵时只有三百骑，如今已有万人大军，但万人大军与讨伐晋朝的使命相比，俺们的人数还是偏少。但如今俺等能投奔并与之合作者，唯匈奴刘渊也。"

汲桑说："第一次我们的人数太少，只能投奔别人，这一次虽然人数依然偏少，但毕竟已有万人以上，我们还是独立起兵。"

石勒见汲桑还是不想与刘渊联合，便说："那俺等就选择一个好攻的地方，确有把握取胜，且速战速胜。"

汲桑说："只要我们出师，就要将矛头直指当今的执政司马越。因此我看我们出师的名义，就是为成都王司马颖被诛而讨伐东海王司马越和其弟东瀛公司马腾。阁下以为如何？"

石勒见汲桑如此说，点了点头说："也好，但实际上兵锋直指的地方，还应该是司马腾占据的邺城。"

汲桑说："对，司马腾原来是并州刺史，在并州没干好事，当初阁下在武乡遭遇天灾人祸时，司马腾是罪魁祸首，是他不管百姓死活，使百姓流离失所，背井离乡，也正是他听信建威将军阎粹的坏主意，抓各部牧民卖往山东为奴，来换取他的军饷，使阁下遭遇被卖为奴的耻辱。这次我大军讨伐于他，好歹要报仇雪恨，直至置他于死地。"

石勒笑道："想想能在茌平这个地方遇到牧马帅，并揭竿而起反晋，为天下百姓解脱苦难，还要感激司马腾创造了这次千里卖奴的机会，否则在下怎能得遇牧马帅呢！"

汲桑摇了摇头，然后说："为了使这次讨伐声势大一些，我想自号为大将军，以阁下为前锋，十八骑诸位皆为骑尉，阁下以为如何？"

石勒说："好，在大将军的节制和指挥下，俺等诸将一定会冲锋陷阵，重创司马腾。"

牧马营的将士们听说两位首领要提兵前往攻邺，个个精神振奋，人人摩拳擦掌。十八骑的勇士们在第一次起兵历经战阵后，这两年一直跟石勒切磋武艺，天天打熬气力，每个人的武艺都有了新的提高。

汲桑和石勒率将士们经过数日准备，然后率万余大军踏上了攻邺的征程。大军一路向西的途中，不断有各地反晋小股势力和百姓参加，开始时汲桑下令不准接受这些人入伍，后来石勒向汲桑建议，不能拒绝反晋人士入伍的请求，还是让他们入伍，只是从新人缺乏临战训练的角度出发，将他们单独编队，由专人管理，且边前进边训练。待快要到达邺时，石勒将一路上加入队伍中的两千多提高较快、武艺较精者编入正规大军内。

且说此时镇守邺城的司马腾，已是钦封的新蔡王，东骑将军，都督邺城守城诸军事。由于司马腾是执政司马越的二弟，因此在司马越打败河间王司马颙取得专擅朝政执政地位后，便将司马腾由东瀛公进封东燕王，永嘉元年，又让新皇帝司马炽改封新蔡王，升任东骑将军。此时恰好司马腾被汉王刘渊打败，赶出并州，于是司马腾便去邺城镇守，都督邺城守城诸军事。司马腾到邺城后，专横寡恩，毫不体恤军士，故此守邺军士们军纪涣散，斗志很差。因此，汲桑、石勒率征讨大军到达邺城附近后，很快将近城守军打败，斩获万余人，然后大军兵临城下。

司马腾见义军势如破竹，甚是惊慌，他一面派部将冯嵩率军抵抗，一面派快骑赴洛阳，向他的执政哥哥司马越报告，请求遣军援救。

冯嵩原为南阳王司马模的部将，永嘉元年初，代替河间王司马颙镇守关中后，冯嵩便成了邺城新镇守司马腾的部将。

在公师藩起兵攻邺时，冯嵩曾率兵与范阳王司马虓的部将苟晞和广平太守谯国丁绍，共同打败了公师藩及汲桑、石勒。因此冯嵩得令后，对司马腾说："汲桑、石勒曾是末将手下的败将，如今卷土重来，必会重遭失败，末将定会打败这些乌合之众，提汲桑、石勒的人头来见王爷。"

当下冯嵩率一万守军出城应战，汲桑和石勒见邺军出城迎战，便将大军后退至宽阔之处，两军摆好阵势后，冯嵩率几员牙将来到两军阵前。义军阵前，汲桑、石勒在前，十八精骑则在汲桑和石勒的后面，一字摆开。

汲桑在大将军旗下用马鞭指着冯嵩说："冯嵩，上次我等随公师藩将军讨伐于司马模，晋军依仗人多势众，我们败给了你们，今番我们再攻邺城，你虽然换了主子，但依然是走狗一个，这次我们要让你和司马腾尝尝我们的厉害。识相的尽快下马受降，我们可给你留一条性命，你只让司马腾出来受死即可。"

冯嵩大怒道："你等一群乌合之众，两个贼首一个是马贩子，一个是奴隶，就凭你们也想造反！上次公师藩被杀，这次你两个狗才也逃不过个死！来吧，你们谁先上来送死！"

汲桑也大怒，他回头对十八骑说："谁来擒此走狗！"

汲桑言犹未了，只听一声大吼道："桃豹来擒此走狗！"一边喊，一边纵马来到冯嵩面前。

桃豹是石勒起初收的掌门弟子，手使一柄大刀，甚是勇猛，他冲到冯嵩面前大喊道："冯嵩，看刀！"说着，抡起大刀照着冯嵩劈头砍去。冯嵩使一柄长矛相迎，二人一来一往，大战了三十回合，桃豹渐渐有些抵敌不住了。

正在此时，只听义军一骑尉喊道："桃豹兄弟，支屈六来也！"

石勒见支屈六来替换桃豹，便朝汲桑点了点头，依旧坐在马上静静地观战。

支屈六替下桃豹后，用方天画戟朝冯嵩狠狠刺去。冯嵩见桃豹败下阵去，心里很是得意，他抖擞精神，又与支屈六战在一起。两人战了五十回合，支屈六只觉得自己的方天画戟越来越沉。

石勒在阵前看得分明，他见支屈六也无法胜冯嵩，知道该自己亲自出马了。他拍马来到冯嵩和支屈六交战的面前，然后勒住马喊道："冯嵩将军听着，看来我的支屈六兄弟也不是你的对手，本前锋欲替下他与你决个胜负，又恐你说俺等搞车轮战术欺负于你，因此俺提议今天双方暂且收兵，明日你俺决个胜负，如何？"

冯嵩在马上见义军阵中有人前来说话，且将"我"字说成"俺"字，又见来将仪表不凡，知道必是羯人石勒。他狠狠照着支屈六刺了一矛，然后勒马闪向一边，指着石勒说："看来你是石勒啦，你虽为贼首，但还颇为讲究，不过你上来再与本将军交战，不算车轮战术，也不算欺负人，本将再让你看看我是如何连胜贼人之将的。"说完，举手中长矛向石勒刺去。

石勒不慌不忙，举刀相迎。二人战了十个回合，冯嵩渐渐力乏，而石勒的大刀则一刀重似一刀。冯嵩一看，自己不是石勒的对手，再战下去必定会被石勒砍死。于是，他虚晃一矛，回马便走，向城中逃去。邺军一看，纷纷溃逃。

汲桑一看，将手中令旗高高举起，然后向前一挥，并拔剑带头向前追去。此时的牧马营军士，个个如狼似虎，他们冲到邺军面前，浑如恶神，手起刀落，如砍瓜切菜。不到半个时辰，竟将万人邺军，杀得一个不剩，只有冯嵩一人越过护城河上的吊桥，逃入城中。汲桑下令大军围城。

冯嵩逃回城中后，跪在地上向司马腾请罪。司马腾大怒，他举起手中宝剑，一剑将冯嵩刺死，然后下令满城军民，一律轮流上城守城。

原来司马腾其人一向专横寡恩，从不知体恤军士，更不知爱护百姓，牧马军围城以后，他自知城中粮草供给已断，便尽将有限粮食拢至自己身边，他天天令军士和百姓护城守城，却不考虑军士和百姓的吃喝和生死。因此，待牧马军围困邺城十天以后，军士们和百姓们已经开始缺少食物，但得知粮食都被司马腾霸占着，人人便消极怠工起来，有的军士和百姓干脆打起了出城投降牧马军的主意。

司马腾得知情况后，知道邺城已处于危急关头，日日盼望兄长司马越派军前来救援，又天天盼不到。这日寅夜，司马腾带着十几个轻骑，趁牧马军夜深人静不备时，轻轻打开城门，上马向洛阳逃去。

且说在司马腾带着逃走的十数个轻骑之中，有个叫李丰的人，是张泓旧将。李丰目睹司马腾在被牧马军围困的十多天里，只为自己着想，不管别人死活的情况，心里甚是痛恨，曾数次想到刺杀司马腾。但想到此时杀死司马腾，人们会将失城的罪过归于自己，而让司马腾赚个好名声，且在城中杀了司马腾，自己也无处逃身，因此便忍了下来。如今司马腾扔下邺城狂逃洛阳，而且一天来只知自己吃好睡好，全然不管十几位随从是否吃饱睡着。因此，李丰越看司马腾便越来气，越想心里越恼火。这日，一行人驰至一条河中时，李丰在司马腾的身后，趁司马腾拍马过河之际，拔出宝剑，将司马腾杀死，其尸体顺着河水漂走了。李丰过了河后，向其他随从说了句"你等到洛阳告诉司马越，就说我李丰代天下有良知之人，斩杀了司马腾"。说完，打马向山野驰去，竟不知去往何方。

且说邺城守城军士和百姓们，第二天一早，都知道了司马腾寅夜出逃情况，几个军士一商议，便打开城门，向牧马军投降。汲桑和石勒得知情况后，留下大部分将士在城外守卫，防止晋军袭击，然后带着数千将士进城。石勒向汲桑提议，大军进城后不准抢掠，不准惊扰百姓，只要不反抗，一律不许杀人和抓人。军令传下去后，牧马军秋毫无犯，百姓当街欢迎义军进城。汲桑和石勒下令，将司马腾藏于内府的粮食，全部拿出来分给城中百姓，但将邺城所藏珍宝金银，全部运走，另拿出军中万石粮食救济百姓。邺城百姓见天下竟有如此好的军队，第二天起便争着报名，十数天内牧马军竟新增军士两万多人。

这日，汲桑对石勒说："我军如今能否以邺为根据地？"

石勒摇摇头说："不可，邺地乃晋朝之腹地，且周边都是诸王所控之地，如俺军以此为根据地，大概很快便会成为晋军的众矢之的。"

没等汲桑说话，石勒又说："大将军的意思是在想俺军下步指向何方？"

汲桑说："正是，既然不能以邺为根据地，那就该考虑下步的动向了。"

石勒说："在下想，俺军下步的指向，应向东部河水两岸发展。"

汲桑点点头说："向兖州进击如何？"

石勒说："好！"

当下汲桑传令，晋升石勒为扫房将军、忠明亭侯、前锋都督，大军南下越过黄河向兖州进发。

且说司马越在接到牧马军兵临邺城城下司马腾写给他的救援信时，当时并未当回事。他看到司马腾说前来进犯的是远道而来的万余散兵游勇，且两个头目从未听说过，心想弟弟司马腾想必是让匈奴人刘渊打怕了，如今遇到这么点贼兵便惊慌地写信求救，兄弟之间再好说话，也暂不能发兵救援，否则让诸王瞧不起我兄弟们。就这样，他按兵不动，也没太当回事。一直到得知司马腾弃邺城逃走被路上杀死后，司马越才知道自己过于自信了，以致搭上了二弟的性命。于是，司马越又惊又怕，他急令范阳王司马虓手下大将苟晞、王赞率三万大军征讨牧马军。

范阳王司马虓已于上年病死，由于司马虓与司马越是堂兄弟关系，因此司马虓在死前将他的两位大将推荐给了执政堂兄司马越。司马越让苟晞、王赞二将继续驻守范阳，并直接听令于他。

当下苟晞、王赞二人得令后，立即点起三万大军南下邺城救援。大军日夜兼程，很快到达邺城。但此时牧马军已离开邺城向南进发。

由于石勒在邺城布置了许多监视晋军的细作，因此苟晞、王赞到达邺城后，细作们很快便追上了南下的大军，将情况报告了汲桑和石勒。

　　石勒对汲桑说："司马越此举在俺意料之中，既然如此，俺等已不再适合渡河进攻兖州，俺意俺大军顺着河水北岸向东迂回，与晋军周旋接战，适时歼灭于他。因为这里离俺茌平根据地近，粮草供应也会有保障。"

　　汲桑见石勒说的甚是有道理，便点头同意。于是，牧马军没有过河，而是折回向东，朝根据地茌平进军。

　　且说司马越在洛阳派走调苟晞、王赞率军征讨牧马军的信使后，想了想觉得还不保险，便又派人前往幽州向刺史石鲜传令，让他亲率幽州大军从东线南下，与苟晞、王赞大军合击牧马军。石鲜得令后，率两万大军出幽州进冀州，直奔黄河入海口方向驰来。他要与苟晞、王赞合击牧马军，直至置牧马军死地。

　　石勒和汲桑在得知苟晞、王赞追击大军后，又及时得知了石鲜的截堵大军。

　　石勒对汲桑说："现在前有堵截者，后有追击者，形势严峻，俺军宜尽快确定战法，以保持主动。"

　　汲桑说："将军有何主意？"

　　石勒说："末将之意，俺军先甩开苟晞的追击大军，全力将石鲜的堵截大军击垮，然后再回头对付苟晞和王赞。"

　　汲桑点点头说："苟晞武艺高强，先避开他的确有好处。"

　　于是，汲桑和石勒率大军全速向冀州东部赶去。待大军行至乐陵时，即今山东省乐陵市南，探马向汲桑和石勒报告，说幽州军即在前面不远之处。

　　汲桑和石勒商议了一下，然后传令大军做好交战准备。石勒亲自检查了一下将士们的准备情况后，便提刀上马，带头向前方冲去。待他转过一个山岗时，只见一个人骑在马上，双手握着两只巨型的立瓜锤，挡住去路。

　　欲知后事，且看下回分解。

# 第十一回　晋怀帝官渡壮声威　石世龙乐陵哭汲桑

却说汲桑和石勒率领的大军得知司马越布下了追击和围堵两路大军前来合围牧马军后，立即调整战法，甩开苟晞、王赞的追击大军，东进迎击石鲜的堵截大军，待击垮石鲜的幽州军后，回头再对付苟晞的范阳军。战法调整后，牧马军全速向冀州东部前进，待到达乐陵时，探马来报，说石鲜率领的幽州军就在前面的不远之处。汲桑和石勒商议了一阵后，便传令大军做好交战准备，然后石勒持刀催马，向前方驰去。待转过一个山岗后，只见一人手持一对巨型立瓜锤，挡住去路。

原来这正是幽州刺史石鲜率领的幽州军，立马持锤挡于路口者，便是幽州刺史石鲜。石鲜到达冀州东部后，便连续派出探马，不停地探听牧马军的行踪，在石勒得知石鲜就在眼前的同时，石鲜也准确地得知了石勒大军的位置，因此他一马当先，挡住牧马军的去路。

石勒回头看了一下山岗这一侧的地盘大小，见足以容下自己大军数万将士，便在石鲜面前勒住马，指着眼前持锤之人问道："眼前何人，为何拦住俺大军的去路？"

只听那持锤之人厉声叫道："我乃幽州刺史石鲜是也，今奉执政司马公的钧令，在此截杀牧马营反贼！你是何人？"

石勒见眼前之人便是石鲜，便说道："俺乃牧马营扫虏将军石勒是也，既是刺史列出架势要亲自厮杀，本将军愿奉陪！"

石鲜已经知道石勒是牧马军实际上的统帅，也是武艺最高者。他看了看石勒，见石勒胯下高头大马，手持板门大刀，仪表出众，气势不凡，镇静自若，威风凛凛。石鲜心里在说，原以为这位羯族人高鼻深目，满脸胡须，原来与我汉人并无两样，看此人神态和刀马，定是个不好对付之人。但自己此时已列出亲自厮杀的架势，已经没法再退回去。他看了看自己手中两只大锤，又看了看石勒手中那柄大刀，又转而想，谁胜谁负还不好说。

想到这里，石鲜说："原来你就是石勒，看你仪表出众，气势不凡，怎么偏偏要与朝廷作对！你我都是石姓，不如将军归降于我，我在司马公面前保举将军，也让将军做个刺史，如何？"

石勒笑道："石勒乃是旁族穷人，自幼贫穷，一生就想让贫穷之人翻身，司马氏政权一心为你们这些人着想，与俺石勒心愿格格不入，俺当不了你们的刺史。"

石鲜听了大怒，他说："世族就是世族，穷人就是穷人，既然你天生就爱穷人，那我们的确格格不入，我们还是让手中的兵器说话吧！"说罢，拍马舞锤，向石勒打来。

石勒见眼前之地不甚平坦，他用大刀架住石鲜的锤说："俺等向前，到那平阔之处再战不迟。"石鲜听了，催马向前驰了一段路程，来到幽州军列阵之处，石勒一招手，汲桑与将士们也在与幽州军一箭之地列开阵势。此时，石勒对石鲜说道："阁下出手吧！"

石鲜听了，再次拍马舞锤，向石勒打来。二人一来一往，战在一起。由于二人都是力大兵器重，所以交战之时，兵器相磕的声音格外响亮，两面军士的喝彩声也格外响亮。二人战了五十回合，不分胜负。

二人又战了一会儿，只见石勒拍马逃走。石鲜在与石勒大战中，虽然觉得石勒武艺很好，但自己并不比石勒差。因此，他见石勒逃走，还是得意地暗笑道："你还是嫩了点！"然后催马舞锤朝石勒追去。可正当要追上时，猛见石勒的大刀从后面砍了下来，石鲜此时要完全躲闪，已不可能，就在他下意识地将身子向侧边一躲之际，石勒的大刀已从空中劈了下来，一下将石鲜的半个身子劈了下来。石鲜连一声叫都没有，倒地而死。

在一边观阵的汲桑早就知道石勒是在用"苏秦背剑"的招式取胜，看到石鲜鲜血飞溅时，汲桑立即挥起令旗，挥师向幽州军杀去。幽州军见主帅被斩于阵前，吓得目瞪口呆，转而拼命逃窜。牧马军边追边杀，直追杀出二十里方收兵。这一仗，幽州军几乎全军覆没，剩下少许逃生者，不知流落何处去了。

牧马军击溃堵截的幽州军后，士气大振，汲桑与石勒商议，暂将大军屯于乐陵，一面休养整肃，一面探听苟晞、王赞的范阳军动静，以决定下步行动步骤。但大军在乐陵驻扎了数日后，探马来报，说乞活军五万人马，在军帅田禋率领下，正杀向乐陵，要为石鲜报仇。

汲桑听了吃惊地说："五万人马，形势严峻哪！"

石勒说："乞活军是近些年生成的流民集团，他们活动在河水两岸，眼下被司马越、苟晞、王浚等人所驱使，专门反对游牧人与晋朝的对抗，并从中乞求晋朝施之以食。据说乞活军异常凶猛，且五万人马前来为石鲜报仇，看来俺等需认真对付才是。"

汲桑说："将军有何妙计？"

石勒想了想说："擒贼擒王，届时先将乞活军帅田禋制服，再让那些军士们吃些苦头，不愁他们不退兵。大将军放心，末将率一万人马迎战，一定将其击溃。"汲桑点头。

第二天，石勒与十八骑的各位骑尉，率一万精兵在乐陵以南与乞活军摆开战场。两军列好阵势后，石勒先与田禋搭话说："田帅一向可好啊？"

田禋指着石勒说："石勒，你和刘渊这些游牧人作乱，如今你亲手杀了幽州刺史大人，今日我是率大军前来复仇的。今天我五万人马在此，而你区区一万人马，你不要不自量力，还是乖乖下马受死吧。"

石勒没有发火，而是笑盈盈地说："田帅之言差矣，石勒是游牧人不假，但游牧人没有作乱。匈奴人也好，羯人也好，如今这些举动都是被朝廷逼出来的，田帅不应以族系的不同而将咱们之间对立起来，更不要相互为敌，而应将天下的穷苦之人都聚拢到一起，共同反对压榨俺等的官府。"

田禋厉声喝道："石勒，你少在本帅面前搬弄是非，我们是乞活军，谁给我们吃的，我们就为谁效命，如今我们这些人是东海王给吃的，我们就只能为东海王效命。再说了，我们这里不分穷人富人，都一致反对游牧人！"原来田禋便是大户出身，虽为乞活军首领，但同时也以压榨穷人为生。

石勒说："如此说来，田帅不为俺穷苦人说话办事，既如此，看刀！"说罢，挥大刀向田禋砍去。

田禋武艺平平,他举叉与石勒战了三四个回合,便抵敌不住了,他连忙扯着嗓子大喊了一声:"给我上!"说罢,只见乞活军阵中走出三个将领,一齐向石勒打来。骑尉支屈六一看,与身边的桃豹、呼延莫一会意,三人拍马向前,一人接住一个乞活军将领战在一起。田禋一看,上来助阵的几个人都被对方阵中的将领截住厮杀,自己还是一个人与石勒对战,不免心中惊慌,但乞活军中能上阵交战的将领只有这几个人,其他都是些只能步战的士卒。

田禋又勉强与石勒战了两个回合,手中的铁叉被石勒的大刀一下磕飞,石勒一看,用刀背一下将田禋拍于马下,汲桑见了,连忙让几个军士上前,将田禋缚获。石勒转身与支屈六、桃豹、呼延莫一起对付那三个乞活军的战将。

那三个乞活军的战将武艺也是平平,本来很快就要败阵,如今石勒上前,一柄大刀上下翻飞了几下,便将其中一将斩于马下,随后,其余二将也被支屈六等人斩杀。

乞活军见军帅和三位战将如此下场,立即慌乱起来,石勒马上对他们喊道:"乞活军的兄弟们,俺知道你们之中大部分是受朝廷压榨的穷人,俺们不杀你们,你们都回家吧,再不要为司马氏政权卖命啦!"乞活军听说不杀他们,便纷纷四散而去。

汲桑和石勒收兵回营后,由于劝降不成,遂将田禋斩首。

此时,探马来报,说苟晞与王赞率领的范阳军,已到了冀州清河国,并正向冀州东部追来。汲桑和石勒商议,决定提兵西进,迎击东进的范阳军。于是,数日后两军在平原国一带相遇。

苟晞和石勒相遇后,双方都很谨慎。石勒曾经与苟晞对阵,知道苟晞武艺高强,也很会用兵。苟晞则不断听到石勒如何了得,且深受民众拥戴。因此,两军相逢后,谁都不敢贸然出战,而是都在窥测对方的破绽和薄弱之处。数日后,两军接战多次,但都没有进行阵前将对将、兵对兵的大战。如此两军在平原国和司州阳平郡之间数百里的战线上,共进行了大小三十余战,但没动大的干戈,且互有胜负,一直处于对峙状态。

且说晋朝执政司马越相继派出苟晞、王赞和石鲜两路大军合击牧马军后,自以为这样安排可能会置汲桑和石勒于死地,既为二弟司马腾报仇雪恨，也为朝廷除掉心腹之患。可传到他耳朵中的消息，先是幽州刺史石鲜阵亡，两万大军几乎全军覆没，继而又听到五万乞活军被瓦解，军帅和战将全被杀死。不久，又听说苟晞率大军虽与牧马军接战，但数月之间只是在相持之中的一些小战，且互有胜负，官军至今未占到便宜。此时，司马越更加惊惧起来，特别是一次又一次听到石勒的名字时，他更是如坐针毡，寝食难安。他苦想了数日，终于想出了让皇帝出京为前线晋军将士声援壮威的主意。

这日，司马越对怀帝司马炽说："陛下，茌平牧马营汲桑、石勒作乱，已害死臣弟司马腾，又斩杀了幽州刺史石鲜，瓦解了五万乞活军，如今正与范阳军苟晞、王赞二位将军所率大军鏖战于平原国与阳平郡一带，几个月以来，双方虽互有胜负，但官军前景不妙。朝中多位大臣向臣说，将士们都希望陛下出都驻跸一方，为官军壮威声援，不知陛下可愿否？"

司马炽此时还是个二十三四岁的年轻人，被司马越扶上皇位后的一年来，他处处看着司马越的脸色行事，不敢有丝毫怠慢。平时，司马越请示何事，他总是说，爱卿以为可以朕都同意。听了司马越刚才的话后，司马炽心里明白，这实际上就是司马越在对自己下命令。于是，司马炽说："爱卿认为朕应该出都朕就出都，爱卿认为到哪里朕就到哪里。"

司马越说："陛下出都壮威声援，只是做个姿态给前方将士看看而已，用不着到前线，更不必到战场。臣的意见，陛下只到河水之南的官渡即可。"说着，从怀中掏出一幅绢丝上绘制的晋朝州郡地图，在上面指了指洛阳、官渡，还有平原国、阳平郡的位置。司马炽一面看着地图，一面说着："好，好！"

官渡在今河南中牟东北，是当年曹操以少胜多，打败袁绍，取得官渡之战胜利的地方。西晋时，官渡与都城洛阳，都是司州的地盘。

司马越见皇帝即将赴官渡为晋军壮威声援，便立即派人通知司州、冀州刺史，让他们调兵遣将，做好配合范阳军作战的准备，务必要全歼牧马军。一切布置好后，司马越让太监们带上几位姿色出众的皇妃，陪着皇帝的车辇大队出洛阳向官渡去了。

到了官渡并将晋怀帝安顿好后，司马越立即派出多路信使给司州、冀州刺史及相关郡、国传信，告诉他们皇帝已到官渡壮威声援的消息，然后亲笔给苟晞、王赞写信，让他们做好准备，届时一鼓作气，全歼牧马军。

且说苟晞和王赞接到司马越的信后，苟晞说："还是司马公体谅我们，如今将皇帝请至官渡助威声援，又布置司州、冀州及有关郡、国出兵暗助我们，现在的力量对比，石勒和汲桑已不占上风啦。阁下说我们这次如何收拾石勒？"

王赞说："在下认为我大军分南北两路，同时发起进攻，夹击牧马军，这样除我范阳近三万人马外，北有冀州刺史谯国丁绍的协助，南有司州各郡、国的人马围堵，一定会置石勒、汲桑于死地。"

苟晞点点头说："阁下的主意甚好，我军就这样布置。届时本将军率军自北向南进攻，阁下沿河水北岸向北进攻，同时西有冀州刺史谯国丁绍堵截，南面是河水天险阻挡，又有司州各郡、国的围堵，肯定置石勒、汲桑于死地。"

计议已定，苟晞派出快骑赴官渡向司马越报告大军布置情况，并请求司马越将范阳军部署情况通告相关刺史府和郡国，以便策应范阳军的行动。部署完毕，苟晞和王赞各率部分范阳军开赴南北夹击牧马军的有利地带。

且说汲桑和石勒率牧马军在平原及阳平一线与范阳军相持了数月后，一直在寻找时机准备对范阳军发起进攻，以便重创范阳军。这日，石勒突然发现范阳军行动异常，便立即让探马前往打探。没等探马出发，已派出去的探马来报，说晋朝皇帝已到官渡为晋军壮威声援，范阳军正在酝酿着新的部署。

石勒让探马认真打探情况并及时报告，然后对汲桑说："一定是司马越采取了新的部署，要置我军以死地。俺料晋军必有大的部署，很可能采取南北夹击的办法来对付俺们。"

汲桑说："如果晋军真的两路夹击我们，我们应如何应对？"

石勒说："虽然我军数量与苟晞的范阳军差不多，但如果苟晞分兵两路，则说明必有其他晋军相助范阳军。俺军孤立无援，只能握紧拳头，守住一地与晋军作战。但守住一地，这一地的具体位置非常重要，应选个地利条件好一些的地方才行。"石勒说完，想了一会儿又说，"末将认为东武阳这个地方不错，此地临近河水，又是司州、冀州、兖州三州的接触地带，一旦俺军处于被动时，去向选择余地比较大。大将军以为如何？"

汲桑经过这一段，已经感到自己在军事方面，不管论文论武，都远远不及石勒，因此听了石勒的话，便点点头说："就按将军之意行事。"

且说晋军经过一个月的部署后，于初秋时分对东武阳突然发起了进攻。晋军南北两路大军足有六七万人，从四面八方一齐杀向东武阳。石勒和汲桑率领军士们奋力抵抗，但由于晋军数量两倍于牧马军，且有乞活军在暗中干着背地使坏的勾当，牧马军被晋军连续攻破八个营垒，军士战死一万多人。

石勒见情况如此危机，便对汲桑说："俺军与晋军数量相比，更加处于劣势，再这样下去，俺军定会全军覆没，不如现在收拢余部，前去投奔汉王刘渊，还可寻得活路。"汲桑也正在担心这样下去会全军覆没，因此听了石勒的话，立即点头表示同意。于是，石勒传令大军且战且退，撤往汉国都城蒲子。

牧马军好容易撤出东武阳，可行至赤桥时，又被此时已是冀州刺史的谯国丁绍截杀了一阵，牧马军又损失了数千人马，石勒与汲桑也被冀州军冲散。石勒和汲桑相互寻找了许久，此时已经夜幕降临，石勒只好率一万多大军向西奔乐平而去。而汲桑想了想，终究是不愿投奔汉王刘渊，他在黑夜中辗转思索了许久，最后率数千人马向南渡过黄河，以图寻找安身之处。

且说石勒率一万多人马从赤桥到达乐平后，便开始派出探马前往赤桥和东武阳一带寻找汲桑，但数拨探马一直找了数日，也没见到汲桑等人的踪影。石勒只好在乐平一边休整，一边继续寻找汲桑。

转眼，已进入腊月。这日，石勒与众骑尉正在议事，探马来报，说汲桑在乐陵被杀，随他一起的数千军士除数百人突围逃生之外，其他人都已阵亡。

石勒听了，当即哭倒在地。待稍稳定了一会儿，石勒对众骑尉说："你等即刻随俺前往乐陵，俺要在那里隆重祭奠大将军，并为他报仇雪恨！"

欲知后事，且看下回分解。

## 第十二回  投汉王获封平晋王
##         施智谋招降乌桓军

却说牧马军遭到晋军大规模围剿和截杀后,不但人马折损严重,而且汲桑和石勒走散,各奔一方。石勒从赤桥带着一万多人马向西直奔并州辖下的乐平国。这里地处太行山以西,邻近石勒的故乡武乡,是石勒熟悉的地方。石勒率被冀州刺史谯国丁绍截杀冲散的一万人马来到这里后,一边休整军马,一边不停地寻找汲桑和他率领的人马,可几个月过去了,始终没找到汲桑。这日,石勒正与众骑尉在一起议事,探马慌忙来报,说已经找到从汲桑身边逃出来的军士,得知汲桑已在乐陵被杀,数千军士除几百人逃生外,其他人都已阵亡。石勒听到汲桑已死,当即哭倒在地。众骑尉劝了一会儿后,石勒才稍稳定下来,他擦了擦泪水,对众骑尉说:"你等即刻随俺前往乐陵,俺要在那里隆重祭奠大将军,并为他报仇雪恨!"

众骑尉之首支屈六说:"如今汲桑大将军已去,将军便是这支大军的统帅,也是我等众人的主公。在下之意,前往乐陵祭奠大将军并为他报仇,这都没有问题,只是去前需好好思考一下我们下步的打算,将诸事都敲定后再去不迟。"支屈六说完,其他都尉都点头赞成。

石勒看了看支屈六并对众人点了点头说:"你们说得对,也想得对!其实俺这几个月来一直都在思考这件事,也想见到大将军后好好与他商定一下下步的打算。最好的出路便是投靠汉王刘渊。至于为什么要投靠汉王,待俺等祭奠大将军并为其报仇雪恨后,咱们专门商定一次,那时俺会好好与诸位说说俺的想法。"众人听了,都点头赞成。

石勒又说:"前往乐陵祭奠大将军并为其报仇,俺意只选五百精骑前往即可。这样，快去快回，行动干净利落，即便遇到晋军或乞活军的堵截，俺等也好突围脱身。诸位骑尉也不必都去，支屈六、王阳、张曀仆、赵鹿、张越五位在乐平率大军驻守，其他骑尉随俺前往乐陵。"石勒说完后，众人再次点头赞成。

石勒布置完后，即刻点起五百精骑，携带少许食物，又将几名从汲桑身边逃出来的军士带在身边，以便路上向他们详细了解汲桑遭难的详细情况。然后，出了太行山，一路向东，直奔乐陵驰去。

当日夜晚扎营住宿时，石勒与众骑尉详细听取了汲桑遇难情况。原来汲桑与石勒在赤桥被冀州刺史谯国丁绍率大军截杀冲散后，手下许多人提议他向西部转移，因为众人都知道，石勒肯定率一部分人马转移到靠近汉王刘渊的地方去了。汲桑虽然在此之前已同意投奔刘渊，而且还从东武阳西行了一段一直到达赤桥，但那时是在紧急情况下，又是碍于石勒的坚持。但赤桥被冲散后，汲桑辗转思索，最后还是不愿投到一个匈奴人的手下，因此便向与石勒商定的相反方向黄河方向驰去。渡过黄河后，汲桑又在河南岸踌躇了多时，然后才一路南下，来到马牧，即今日之河南省永城。

在马牧驻扎了两个月后，汲桑觉得还应回到乐陵，期望在那里再与石勒会合，继续共谋反晋大业。于是，他率领数千人马北上，渡过黄河，回到了乐陵。到了乐陵后，便被随司马腾"乞活"的州将田甄、田兰、薄盛等人盯上。原来，那时"乞活"之人不仅有流民，亦有军人，因为天下晋室诸王已将各州郡的土地几乎全部占走，生活在诸王地盘上的人们，似乎都在向诸王乞食，加之诸王需要有人作为他们驱使的工具乃至帮凶，所有乞活队伍遍布黄河两岸。田甄、田兰、薄盛等人一直由司马腾供养着，司马腾被杀后，他们整日蓄谋报仇，于是在汲桑、石勒被晋军战败后，他们便拉起上万乞活兵，潜入茌平至乐陵一带，寻找汲桑和石勒，以图为司马腾报仇。

田甄等人在乐陵发现了汲桑后，便在一个夜晚，悄悄将汲桑的军营包围，然后让人到军营四处纵火。时值腊月，正值干燥之际，大火立即燃遍了汲桑整座军营。汲桑此时刚刚躺下，听到军营起火的情况后，立即爬起来去救火，但火光中早被田甄率乞活军冲上前，用乱刀砍死。数千军士除少数突围并冲出火海逃生外，其他人大多数被数倍于己的乞活军杀死，也有少数军士被烧死。

石勒听完军士们的述说后，再一次痛哭起来。哭完后，他将骑尉们召到一起，向他们悄悄说了为汲桑和数千牧马军报仇雪恨的想法。骑尉听后，都点头赞成。

到了乐陵后，石勒与众骑尉来到汲桑遇难之处，收拾被杀死和被烧死的军士们的遗体，然后让人掘一个巨型坑，举行集体下葬仪式。石勒故意让人四处买牛买马，然后用牛头马首祭祀汲桑和将士们。石勒带头痛哭，五百骑兵也一齐大哭，喊声哀彻大地，甚是凄惨。

举行完死难将士们的下葬奠基仪式后，石勒悄悄派出细作，到周围观察乞活军的动静。

且说乞活军将领田甄、田兰、薄盛等人纵火并夜袭了牧马军后，甚是得意，他们回到驻地后，大庆了三天。田甄端着酒杯对田兰、薄盛说："如今牧马军的大首领已被我们杀死，我听说那石勒虽是个羯人，却甚是会驭人处事，又爱民如子，有情有义，因此我料他得知汲桑死讯后，肯定会前来祭奠和报仇。你等众人都紧盯着点，一旦发现他们，也给他来个偷袭，让石勒也去找汲桑做伴。"田兰、薄盛一边点头，一边将杯中酒一饮而尽。

这日，一个乞活军士向田甄报告，说发现石勒率众来到乐陵。田甄问来了多少人，那军士说只有五六百人。田甄听了狞笑地说："虽然少了点，但也让他们死无葬身之地！"然后又悄悄对那军士说了几句话。那军士点点头，然后离去。之后，每天都向田甄报告数次情况。

石勒派出的细作，不到两个时辰便来向石勒报告了他们探听到的情况，石勒点了点头，让细作认真再探。

当晚，石勒带领将士们悄悄隐蔽到营寨旁边的树林中，仔细观察着周围的动静。接近亥时，只见足有两千人悄悄向石勒的营寨包抄过来。到了营寨前，他们依然玩起了纵火的老把戏。石勒在远处看到三个骑马人在一起指指点点，料定那三人必是乞活军头目田甄、田兰和薄盛。就在乞活兵纵火的那一刻，石勒带头纵马冲向乞活军，骑尉们和军士们也一齐冲杀过来。

田甄、田兰和薄盛正在得意之际,却不防石勒和精骑们像闪电一般冲了过来。田甄说了句"不好,快跑!"便策马想逃,但没跑出多远,被追上前来的石勒手起刀落,连人带马,被劈成两半。田兰、薄盛也随之被五六位骑尉乱刀砍死。那些正在纵火和准备偷袭的乞活军们,看到眼前情况,吓得目瞪口呆,没等逃跑,早已被石勒的将士们如砍瓜切菜,杀死大半。石勒见此情况,让一个嗓门大的军士向乞活军喊话,只听那军士扯开洪钟般的嗓子喊道:"该死的乞活军听着,你们一月之内,两次纵火烧我大军,这次本该将你们全部杀死,但我石勒将军仁慈,不忍心把你们杀净,你们如有良心,从今以后不要再去作恶,去为那些压榨百姓的诸王当帮凶!谁听明白了,并能改恶从善,谁就走吧!"那些乞活军听了,相互交头接耳了一会儿,然后连滚带爬鼠窜而去。

因为乞活军纵火刚刚开始,石勒便纵马冲出,因此营寨并未烧毁多少。石勒让军士们连夜拔寨,然后率五百精骑闪电般地向西驰去。

回到乐平后,石勒召集众骑尉议事,商议下步行动事宜。因为众人都同意石勒关于投奔汉王的意见,因此议事会没有争论,只是众人静静地听石勒为何要投奔刘渊的考虑。石勒说:"俺之所以提出要投奔汉王刘渊,是出于这样几点考虑:其一,俺们自跟随汲桑大将军起兵后,已先后两次失败,失败的原因是什么呢,俺认为有这样几点:一是俺们的规模小,力量弱;二是经验少,战阵经历少;三是没有建立政权,没有固定的地盘,缺少号召力,兵源补充和军需补给无固定来源;四是没有宗旨,没有纲常,不被百姓所了解。要解决这些问题,不是短期所能做到。而眼下俺等已为晋朝所仇视,如继续这样下去,必会被晋军所扼杀。其二,汉王刘渊已建立了与晋朝所对立的政权,且既有根据地,又有号召力,俺等靠在刘渊这棵大树上,既能自我保护,又能健康发展。其三,刘汉政权割据于一隅,已与晋朝天各一方。进有可攻之地,退有回旋余地,可谓广阔天地,大有作为。俺等加入这个政权后,必会在其庇护下,更快地得到发展。"石勒说完后,众人一致赞成。

于是,石勒先派出快骑,前往匈奴汉国,请求投奔汉王。

且说刘渊建立汉国并即汉王位后,天天与众臣商议如何尽快拿下河东,建立帝号,然后再挥师西南,攻克长安,并以此为都城,征发关中之兵，取洛阳、灭西晋，走当年汉高祖刘邦创立基业之路。众臣七嘴八舌，纷纷向刘渊提建议。刘渊也博采众长、从善如流，谁的建议都认真听，认真考虑。这日，曾向刘渊建议走刘邦创立基业之路的侍中刘殷又向刘渊进言说："汉王，自入中原后，已有我匈奴、氐、羯三族起兵反晋并已经或正在建立政权，羯人石勒自前几年起兵后，虽然两次都失败了，但打得痛快，不但杀了司马腾，而且让他那个当太傅的执政哥哥司马越寝食不安，不得不把皇帝小儿搬出来助威。臣认为石勒是我五胡族中的佼佼者，可以成大事，汉王应该把石勒召至我汉国，封以将军或王位，让他冲锋陷阵。如果石勒能来与汉王出力，汉王的创立基业之路，一定会更快更好地实现。"

刘渊点了点头正要说话，忽然太尉刘宏进殿奏道："汉王，石勒派人前来，要求投奔汉王，我们同意还是不同意？"

刘渊指着刘殷笑道："看来世上的英雄们有时都在想着一样的事情，爱卿刚说完，那边就有行动啦！"说完，刘渊又对刘宏说："太尉转告石勒的信使，就说我刘渊和匈奴汉国欢迎他！"刘宏一听，一拱手出殿去了。

石勒得到刘渊欢迎他前往汉国投靠的消息后，第二天便率自己的一万多人马，越过上党郡、西河国，到蒲子即今山西省隰县投奔刘渊去了。

刘渊得知石勒已到蒲子，率文武众臣出城迎接。感动得石勒和十八骑尉连连磕头，军士们竟喊起了万岁。刘渊拉着石勒的手，面对面地仔细相了许久，然后说："帝王之相，帝王之相啊！"石勒听了连忙说："石勒前来投汉王，一方面是背靠汉王这棵大树，也好追随汉王成些事业，另一方面就想在汉王手下效力，让汉王早日成为万岁！"刘渊听了哈哈大笑，他拉着石勒上了自己的王辇，一同回到王宫。

当晚，刘渊在王宫举行盛大宴会，欢迎石勒率众来归。第二天，刘渊下诏，封石勒为辅汉将军，并封平晋王。同时，封与石勒同时投归汉国的张䚦督为亲汉王，冯莫突为都督部大，此二人都由石勒统率。

刘渊自见到石勒后，极为喜欢这个羯人首领。因此，二人一连数日，白天在一起议论时政，晚上在一起吃酒取乐，还经常一起开玩笑。

有一次，刘渊对石勒说："听说阁下至今不识字，也不想识字，这是真的吗?"

石勒说:"是真的。"

刘渊说:"一军统帅,不识字怎么行呢?"

石勒说:"说过看过的事记下了,有了文书让侍读匠读一下再记下,识不识字并无何大差别,只是身边有个侍读匠即可。"

刘渊说:"阁下听过看过的事都能记在心中吗?"

石勒说:"只要是重要事情,需要记住的,就能记住。"

刘渊又说:"那侍读匠读过的书也能都记住吗?"

石勒说:"只要觉得重要,便可记住。"

刘渊随口说道:"阁下喜欢诗歌否?"

石勒说:"喜欢。"

刘渊说:"阁下最喜欢谁的诗歌?"

石勒说:"魏武帝。"

刘渊又说:"阁下可为本王背诵一首否?"

石勒张口背道:"神龟虽寿,犹有竟时。腾蛇乘雾,终为土灰。老骥伏枥,志在千里。烈士暮年,壮心不已。盈缩之期,不但在天;养怡之福,可得永年。幸甚至哉,歌以咏志。"

刘渊说:"曹操的这首《龟虽寿》,乃是作者抒发其不服老、不信天、奋发有为、老当益壮之雄心壮志之作,想必作者作此诗时,已过花甲之年,而阁下刚过三十岁,缘何偏偏喜欢这种暮年之作?"

石勒说:"臣喜欢魏武帝这种大气和终生踏实做事的雄心及品格。臣虽刚过而立之年,但经常想岁月蹉跎,时光荏苒,故想及时以自己已经老矣为警,以便多多为百姓做事,因此喜欢魏武帝这首短诗。"

刘渊叹道:"世龙人生之哲,真让本王敬佩!"

且说刘渊与石勒这种亲密,引起汉国大臣们的羡慕,但也有人认为刘渊太过于抬举石勒。刘渊得知后对众臣说:"石勒者,世龙也,乃人世间之真龙,日后其量不可估也!"

侍中刘殷说:"既是石勒如此英雄,汉王何不让他去招降乌桓部众!"

刘渊听了,点点头说:"爱卿是说通过让石勒去招降张伏利度,试试

· 085 ·

石勒的胆魄和本事？"

刘殷说："正是。"

刘渊想了想说："好，本王只从石勒这两次起兵的情况，敬佩他的英雄壮举，其他都是近来与他言谈话语上的了解，还真不知石勒这方面的本事如何。爱卿去将石勒请来，本王亲自布置他去招降张伏利度，看看石勒的本事如何。"

刘殷应了声"臣遵命！"，便请石勒去了。

石勒听了刘渊认真给他布置的任务，知道刘渊是在考验自己，但石勒看到刘渊讲得如此认真和真诚，知道不容推辞，便一口答应下来。

原来，乌桓族人张伏利度看到氐人李特起兵反晋、刘渊反晋建国称王，以及汲桑、石勒后起造反，便也拉起了由游牧民族组成的反晋队伍，在乐平揭竿起义。刘渊称王后，多次派人去招募这支队伍，以期将其收编划入汉军，但首领张伏利度就是不答应。后来刘渊亲自出面，前往乐平乌桓军营，去招降张伏利度，可张伏利度就是不开面，任凭刘渊如何封官许愿，张伏利度就是不松口。就在石勒投奔刘渊之前的一个月，刘渊又亲自前往乐平，再次招降张伏利度，并赠以牛羊数千头，希望乌桓军归降汉国，以便共同反晋。张伏利度把个脑袋摇得像拨浪鼓一般，再次回绝了刘渊。

当下石勒领受了招降张伏利度率领的这支由游牧民族组成的乌桓军任务后，便带领十八骑中王阳、支雄、冀保、孔豚四人，以及一百个军士，前往刚离开不久的乐平国。张伏利度率两千人马占据着一个山寨，依据着险要的地势和不断抢劫的牛群羊群，过得悠闲自得。

这日，张伏利度刚刚娶了一位美貌的本族姑娘作为压寨夫人，大庆之日还没过去，忽然山下放哨的军士上山向他报告，说新近投奔刘渊的石勒前来，要面见大王。张伏利度眨了眨眼说："石勒是个英雄，本大王倒是敬佩他，但他来这里干什么，大概是为刘渊前来招降于我，告诉他，本大王不见！"

那军士连忙说："石勒将军让小人告诉大王，说他在刘渊那里犯了罪，是来投奔大王的。"

张伏利度一听，又眨了眨眼说："石勒带来多少人马？"

那军士说:"只有一百骑。"

张伏利度哈哈一笑说:"好,本大王又得一大将!走,本大王亲自下山,迎接石勒将军!"

石勒上山后。经过一番叙谈,张伏利度立即提出要与石勒结拜成兄弟。当下二人便在山寨的粗大旗杆之下相互结拜。张伏利度年长为兄,石勒比张伏利度小两岁而为弟。

张伏利度哈哈大笑道:"为兄刚刚娶了一位少夫人,今日又结拜了一位英雄的兄弟,真是双喜临门,走,我们吃酒去!"说着,拉着石勒进屋吃酒去了。

过了三天,张伏利度对石勒说:"兄弟,我们占山为王,靠的是打家劫舍、强抢财物为生,山寨已有一个多月没下山抢劫了,兄弟初上山寨,就带领军士们去捞一把,如何?"

石勒说:"兄长要让小弟去抢百姓吗,小弟不干那种损事!"

张伏利度不高兴地说:"不抢百姓我们吃什么,不想抢百姓,兄弟就不该来我这个山寨!"

石勒笑道:"不抢百姓难道就没有生路了吗?"

张伏利度的嘴张了几张,说不出话来。

欲知后事,且看下回分解。

## 第十三回 犯常山王浚败石勒
## 退黎阳世龙取信都

却说石勒为了招降乌桓军，完成汉王刘渊布置给他的任务，率四员战将和一百名军士，来到了乌桓军的山寨。乌桓军首领张伏利度见石勒英雄仗义，便与他结拜为兄弟。但仅仅过了三天，张伏利度便让石勒率军士下山抢劫，石勒听说要让他去抢劫，立即表示不干那种抢劫百姓的损事。张伏利度不高兴，甚至说不想抢劫百姓，石勒就不该投奔他这个山寨。石勒笑着反问张伏利度说，难道不抢百姓就没有生路了吗？张伏利度听石勒这么一问，还真不知怎么回答了，因此他的嘴张了几张，都没说出话来。

石勒见张伏利度一副又尴尬又酸脸的样子，便又笑道："兄长别为难，小弟的意思，百姓们家家就那么两头牲畜和见底的粮囤子，不值得去抢一回，咱们要抢就抢大的。"

张伏利度听了，立即眉开眼笑地说："兄弟是说去抢官府？"

石勒说："咱们揭竿起义，反抗的就是官府，是晋朝这个只为诸王和世族着想的朝廷，让百姓民不聊生，他们残酷盘剥百姓，囤积起了大量财富，俺等不抢他们抢谁去！"

张伏利度一把抓住石勒的手说："兄弟，我们就这点人马，敢抢官府吗？"

石勒说："兄长放心，小弟此次就抢一次官府给你看看。"

张伏利度说："兄弟，我可是只有两千人马呀！"

石勒说："两千人马也不用一齐下山，兄长只给小弟一千人马，保证给兄长抢回一大笔财富。"

张伏利度大喜道:"有了石勒英雄兄弟来山寨入伙,真是我们的福分哪!好,为兄就拨一千军士随兄弟下山,愿兄弟马到成功!"于是,石勒率领自己带来的四员战将和一百精骑,以及张伏利度拨给的一千骑兵,在一个夜晚下山去了。

此时恰值大年,石勒带这一千多人马,下山后直奔乐平国内史府衙而去。乐平内史此时恰好按并州新刺史刘琨之命,将拟送与朝廷的贡赋集中起来,放置于内史府旁边一个大院落内。大院落内,库房里堆放着铜钱和少许金银,院子里五谷上百万石,已装载成车,只等拉走。在大院落的外面,还有数万头牛羊。

石勒先派出细作近前察看,并命将士们做好袭取牛羊粮食的准备。不到半个时辰,细作回来向石勒报告说,内史府衙旁边有个大院落,是堆放粮食之用的,此时恰好放置着上百万石的粮食,而且粮食有的装在两轮车上,有的装在四轮车上,看样子像要运走的样子。大院落里还有个军士们把守很严的库房,好似里面有银钱。

石勒听了高兴地说:"并州所属的郡、国,每年都是这个时候将征收的贡赋集中在太守府衙附近安全之处,然后大正月结队送往洛阳。今日俺等正好赶巧啦,想必是山寨的将士们有福哇!"乌桓军的军士们听了,都小声欢呼起来。

石勒又问细作说:"大院落有多少晋军把守?"

细作说:"大院落之外万头牛羊,看管的晋军似乎只有不足百人,看管大院落的晋军不过二十人,包括专门看管大院落内库房的军士,总共不超过三十人。此外,在大院落的对面,有个都尉军衙,但外面无人。"

石勒对众军士说:"看来乐平内史毫无防备,且驻军有限,俺等现在就冲进去,到了近前后,俺携带来的四位战将和一百精骑对付看管粮食和牛羊的晋军就足够了,山寨的一千军士分别拉运粮食和驱赶牛羊。诸位军士们要有条不紊,不要慌乱,不要破坏人家的设施,更不许放火杀人,违令者斩!"石勒又对他的四员战将和一百精骑说:"你等到了大院后,先将守护的晋军驱走,不到万不得已时,不要杀人。"王阳、支雄、冀保、孔豚和一百精骑齐声回答:"领命!"

布置完后,石勒一马当先,率一千多人马向大院落冲去。到了大院,守护粮食和牛羊的晋军立即慌乱起来，并做好了顽抗的准备，石勒让军士们向晋军喊话，告诉他们山寨只要粮食和牛羊，并不杀人，请晋军莫要送死。晋军们听了，虽然不敢上前拼杀，但人人持械严阵以待。王阳见状，将长戟一挥，那一百精骑立即上前，王阳、支雄、冀何、孔豚四人也催马持械上前，来驱赶晋军。这些晋军见状，多数扔下兵器逃走了，有几个晋军妄图抵抗，早被四位战将和一百精骑斩杀。石勒挥军拥入大院落，并让军士们将坐骑套上车辕，将粮食拉走。在军士们拉马套车之际，石勒与王阳等人打开库房，将库藏上万金银和铜钱悉数拿走。待石勒搜完库房出来之际，山寨的军士们正赶着拉粮的马车徐徐向大院落外走去。另一部分军士则赶着牛羊上路。

石勒看了看一望无际的牛群和羊群，下令各留下一千头。王阳说："将军慈善的心肠又萌发了。"石勒说："俺们劫走了这些粮食和牛羊，恐怕官家还要再向百姓去征要，百姓又要加重负担啦！"

石勒让王阳、支雄在前面开路，自己与冀保、孔豚断后，然后大军押着粮车和牛羊，浩浩荡荡向山寨行去。

走出不远，忽听后面杀声大振，石勒传令，由王阳和支雄率押运大队人马继续前进，他与冀保、孔豚率一百精骑勒马停了下来，等着追兵到来。

不一会儿，只见一位晋军首领带着二百晋军追来。石勒看时，为首一位将领，骑一匹炭黑马，手使两把短刀，气势汹汹来到石勒面前。石勒近前看时，却见那将原来竟是当年要抓他卖往他地为奴的都尉刘监。原来刘监在前并州刺史司马腾被刘渊赶出并州后，一度避乱回家种田，刘琨任并州刺史后，又将他召回来，到乐平国任都尉。

当下石勒用手指着刘监喝道："刘监，你这个与人为恶的酷吏和小人，认得石勒吗？"

刘监当年在宁驱庄园推倒并摔坏宁驱后，曾继续抓捕石勒，后来他听说石勒改换姓氏并与官军作对，很是害怕。前段石勒率大军屯驻乐平后，他吓得躲在家中不敢出门，一直听说石勒率大军前往蒲子投奔了刘渊，才敢到都尉军衙当差。今日刘监率他手下的二百人马到外面巡察，没等回到都尉军衙，便听被石勒驱走的晋军军士说，刚刚有山寨贼人将大院落的粮食及牛马劫走，刘监以为是张伏利度带人下山抢劫，便率领军士追了上来。

在石勒自报家门的时候，刘监也认出了石勒。虽然刘监害怕石勒，但事到如今，他只好硬着头皮与石勒搭话。只见刘监用刀指着石勒说："匈勒，你到底是贼性不改，非要与朝廷作对，听说你投靠了刘渊，为何这么远前来抢劫？"

石勒说："刘监，俺不和你说废话，俺只问你，宁驱员外后来怎样了，俺的家人现在何处，你如说实话，俺可以放了你。"

刘监说："宁驱自私自窝藏你那次，不几天便死去了，你的家人后来官军找了多次，至今没有找到。"

石勒说："你这个畜生，宁驱员外是让你推倒摔伤不治而死，你是杀他的刽子手。"

刘监说："匈勒，本都尉今天也不和你说废话，你把官家的粮食和牛羊还回来后，我的二百人马也不和你这一百人马计较。"

石勒说："俺刚才已经说了，只要你说实话，俺可以放了你。现在俺决定不杀你，留你一条活路，你走吧！"

刘监听石勒要放他一条活路，反倒来了精神，他再次用刀指着石勒说："匈勒，你今天就这一百人马，而我是二百人马，难道我怕你不成？"

石勒说："这么说你是非要找死不可啦！"

刘监也不答话，他举起手中的短刀，喊了声："给我上！"然后拍马带头向石勒杀来。石勒见状，也将手中大刀一扬，然后与将士们杀向晋军。石勒的一百骑兵虽然比晋军数量少，怎奈个个如狼似虎，武艺高强，更兼有石勒和两位战将，所以两军一接战，晋军立即就有上百人被斩杀，没到一刻钟，晋军便只剩下三五十骑。刘监一看，拨马便逃。石勒不忍斩净杀光，便勒住马不去追赶，可冀保、孔豚此时对刘监的气愤尚未心平，二人纵马上前，兵刃并举，将刘监斩于马下。那三五十个晋军也被悉数斩杀。

冀保驰马回到石勒面前说："恶人就应该有如此下场。"石勒点了点头，回头看了看自己的那一百精骑，见除有少数几人和少许战马负伤外，没有一个人阵亡。石勒待其他军士将那几个受伤的军士稍作护理，然后追赶押粮大队人马去了。

张伏利度见石勒抢了如此多的粮食和牛羊，不禁夸赞不已。石勒夸赞了山寨下山的一千军士们，并建议张伏利度将此次下山劫取的金银和铜钱，全部分给军士们作为奖赏。张伏利度见石勒如此大方行赏，虽心里心疼这些金钱，但也不好阻拦，只是向石勒再一次伸出了大拇指。

石勒抢回了这样多的粮食和牛羊，且大把赏予军士们金钱，对军士们关怀备至，立即引起了山寨所有军士的敬仰。山寨的军士们都在私下议论，说如果石勒当上山寨首领，乌桓军定能兴盛壮大。石勒听了这些话，微微地笑了笑。

这日，张伏利度让石勒再度去抢官府，石勒说："已经抢回的粮食和牛羊已无处可放了，为何还要再去抢呢？"

张伏利度说："再抢一次，粮食多了，钱多了，为兄想再招兵买马，壮大咱们这支队伍。"

石勒说："那兄长就将山寨军士们都聚集到一起，届时小弟有话要对他们说。"

张伏利度连忙说："好，兄弟给他们好好讲讲，让他们也能像兄弟带的这一百精骑那样勇猛。"石勒点头。

张伏利度很快将全寨军士们集中在营寨一边的练武场上。张伏利度说了几句后，便让石勒给军士们训话。石勒刚说了几句，只听有个军士大声喊道："石勒将军就做山寨首领吧！"他的话音一落，军士们立即欢呼起来。石勒对张伏利度说："兄长，既然军士们都让小弟当山寨首领，那小弟就不客气啦！"张伏利度一看，低着头走到一边去了。

石勒当了山寨首领后，立即逐营与军士叙谈，向他们说明归附汉国的好处。三天后，石勒率领乌桓军的两千军士，带着不久前抢回来的粮食和牛羊，向匈奴汉国都城蒲子行去。张伏利度拿着石勒给他的数百两银子，带着新婚的压寨夫人，隐姓埋名，连夜投往远处去了。

石勒回到蒲子后，刘渊大喜，为石勒加职为督山东征讨诸军事，并把张伏利度的两千乌桓部众编入石勒军内。

且说石勒用计轻松收服了乌桓军，既消除了山头，又壮大了自身，这对刘渊是个不小的鼓舞。于是,刘渊更加热衷起走"拿下河东,建立帝号,再挥师西南,攻克长安,然后以此为都城,征发关中之兵,取洛阳,灭西晋"之路。待石勒回到蒲子歇息整肃了两日后,刘渊立即召抚军将军刘聪和辅汉将军石勒议事,商议进军取河东之地事宜。刘渊说:"石勒阁下投我汉国后,不到一个月的时间便收服了乌桓军,本王高兴。本王想我们应乘胜前进,尽快实施攻克长安之前的一些军事部署。眼下河东之地已大部为我所有,但太行山及其以东地区,我们尚未控制,这对我们巩固河东之地,并以此为根据地挥师西南进而攻克长安,还构成一定威胁。因此,本王之意,迅速占据太行山,并拿下太行山以东的赵国和魏郡一带,为挥师西南奠定坚实基础。二位阁下以为如何?"

刘聪是刘渊的第四子,但由于石勒在场,刘渊不称他们为卿,而尊称他们为阁下。刘聪见父王对石勒如此敬重,也做了个手势并对石勒说:"将军请!"

石勒见刘聪让自己先说,便向刘渊、刘聪父子一拱手说:"汉王英明,这种部署甚好,臣甚是赞成,臣愿率兵攻占赵、魏两郡,进而控制太行山的东部地区。"

刘聪见石勒率先挑起了重担,便拱手说道:"如此,深谢将军!"

刘渊见二人已将任务领完,高兴地说:"石勒阁下聪明睿智,我儿还需跟石将军多多学习才是。"

刘聪连忙说:"孩儿遵命,一定向石将军学习。"

刘渊说:"那就劳二位阁下率本部大军明日按计划进军吧!"石勒、刘聪双双领命。

且说石勒奉刘渊之命攻占赵、魏两郡后,率本部大军近两万人从蒲子一路向东,越过西河、上党、乐平三郡,进入太行山,准备从井陉出山南下进入赵国。但到了井陉后,众将都向石勒要求,先攻占常山郡后,再南下进攻赵国和魏郡。按照西晋的行政区划,太行山以西属并州地盘,太行山以东最北面是幽州,幽州之南是冀州,冀州之南是司州。井陉恰好处于冀州常山郡的南部,越过常山郡向南才是赵国。当下石勒听了众将的要求后说:"汉王靖抚太行山以东地区的重点者,冀州赵国和司州魏郡一带也。从常山越过去,也太便宜了常山郡,且常山郡与赵国互为屏障,俺等南下进攻赵国，也面临着常山郡夹击的可能性。既然如此，那就索性先进攻常山，然后再南下进攻赵国。"众将得令后，都列开架势准备进攻常山郡。

可就在当晚，突然无数晋军骑兵从北、东两个方向杀来。石勒虽然镇静自若，但一下子遇到数倍于己的大军的袭击，也还是措手不及。他登上一个高处仔细观察和听了一会儿后，下令大军向南部突围。他让军士们在前面走，自己和十八骑在后面迎战。但大军行至常山郡最南部的飞龙山时，又受到数万晋军的堵截和袭击。石勒命大军将所有影响行军速度的东西都扔掉，以便快速突围。石勒与将士们奋战了一个时辰，总算将晋军甩到了后面。石勒让人计点人数时，损失了数千军士。石勒与众将商议了一下，决定退据黎阳。于是，大军连夜南下，退至黎阳，即今河南省浚县东。

原来突袭石勒大军的是晋朝安北将军王浚，命其大将祁弘，带领鲜卑段务勿尘，率十万骑兵，发动了突然袭击。王浚，字彭祖，乃西晋骠骑将军王沈之子。王沈死后，王浚继承父亲博陵公爵位，拜驸马都尉，后来授员外散骑常侍。十年后转员外常侍，迁越骑校尉、右军将军。数年后，又转任东中郎将，镇守许昌。接着王浚迁宁北将军、青州刺史，再调迁宁朔将军，持节都督幽州诸军事。赵王司马伦被杀后，王浚进位安北将军。此时的王浚，认为天下将要大乱，因此一面笼络部将，一面结好游牧人，将自己一个女儿嫁给段部鲜卑首领段务勿尘，又向朝廷建议封段务勿尘为辽西公。刘渊建立匈奴汉国后，王浚生怕刘渊将晋朝的政权抢去，因此他以安北将军及司空、加领乌丸校尉等职衔，在时时紧盯着刘渊汉国的动向。石勒率大军从蒲子出发后，王浚先于石勒到达常山而得到消息，因此他迅速派出自己的大将祁弘，率领自己的女婿段务勿尘，以十万骑对石勒大军进行了突袭和截杀。

且说石勒率军到达黎阳后，十八骑中的数位将军都很痛恨王浚，也有些垂头丧气。石勒却说："让王浚的部众突袭了俺们，死了那么多军士，的确令俺难过，但这次败仗也预示着俺军即将取得一次大胜利。"

众将知道石勒不是与众人开玩笑，便静静地等待着石勒再说什么。石勒接着说："俺大军遭到王浚的袭击，让晋朝冀州刺史躲过了俺大军对常山的袭击。现在,王浚一定很得意,冀州刺史王斌一定也很得意。俺想俺大军在黎阳休整几天后,迅速北上,直抵冀州州城信都,也打王斌个措手不及,一定会大获全胜。"

众将都点头说好,但都认为便宜了王浚。石勒笑道:"看来王浚是俺们今后的重要对手,先让他得意去,咱们慢慢与他理会。"众将一致赞成。

于是,石勒率领只有一万多人马的大军,直向冀州渤海郡驰去。渤海郡在信都之东,在大军进入渤海郡时,石勒于夜晚率大军突然渡过清河,直向西部的信都驰去。只用了不到一个时辰,大军便集结于信都城下。此时,信都城门紧闭,城内的人们刚刚进入梦乡。

石勒借着微弱的月光将手中的大刀一挥,十八骑中的桃豹立即跳下战马,率领十多个军士跳入护城河中,然后搭成人梯爬上对岸,砍断吊桥绳索,将吊桥放了下来,大军迅速冲过护城河。此时,先行过河的军士们已将城门撞开,大军迅速攻入城内。

欲知后事,且看下回分解。

## 第十四回　进魏郡村官授将军　攻赵国将军斩都尉

却说石勒被王浚的十万骑兵在飞龙山袭击后，只得长距离南下退据黎阳，但稍事稳定后，石勒便率军北上，准备袭击冀州州城信都。为了确保突袭的成功，石勒率军直奔信都东部的渤海郡，但进入渤海郡后，石勒转而向西渡过清河，直向信都驰去。王浚派大将祁弘，带领段氏鲜卑首领段务勿尘率十万骑兵袭击石勒后，见石勒损兵折将，一下子退过黄河以南，以为石勒已伤元气，短期内不会再来进犯，因此毫无准备。新任冀州刺史不久的王斌在石勒大军刚到达井陉时，还紧张了一阵子，但没等派兵增援常山，便听说被安北将军王浚击溃。王斌自是庆幸，还让人前往幽州，向王浚表示谢意，因此更是想不到石勒会立即从黄河南岸再杀过来。

石勒在夜里突然杀往信都并很快攻入城内，使信都都城一时大乱。石勒让人传令，不准烧杀抢掠，不准滋扰百姓，官军只要投降不准滥杀无辜。军令传下后，石勒大军虽遍布信都城，城内却没有慌乱，一些受惊的百姓也很快安静下来。

且说冀州刺史王斌自石勒大军被王浚击溃后，一直处于松了一口气的状态中，他做梦也没想到石勒会立即掉转头来直接杀进冀州城。这日晚，他和治下属官别驾、治中几人吃完酒刚躺下，一位从事慌慌张张前来报告，说匈奴汉国的军队已攻入城内。王斌此时半醉半醒，他拉住那位从事大声喝道："你说什么，再说一遍！"那从事见状，带着哭腔一连说了三遍："汉军已攻入冀州城！"王斌这才起身穿衣往府外跑。

原来西晋沿袭汉魏之制，地方实行州、郡、县三级行政制度。西晋全国共分十九州,一百七十三郡。州置刺史,属官有别驾、治中、从事;郡以太守主事,若为诸王封国所在,则郡称为国,太守则称内史,属官有主簿、记室、录事等;县分大小,大县置令,小县置长,下有主簿、录事史等属员。向王斌报告情况的从事,是位次于别驾、治中的重要官吏,有刺史属吏之称,其主要职责是主管文书、察举非法,为刺史身边紧要人员。

当下王斌跌跌撞撞,从刺史府跑了出来,准备看看情况后再决定如何处置。可此时石勒大军已将城内的晋军全部俘获,少数欲反抗者早被斩杀。王斌跑出刺史府后,恰好石勒率众将已将刺史府包围。王斌见眼前全是汉军,知道大势已去,他刚要纵身跳往一边的荷花池,被一名军士赶上前拦腰一刀砍死。

斩杀冀州刺史王斌并占领信都后,石勒一面安抚百姓,让百姓安居乐业,一面休整充实自己的军队,做好应对晋军讨伐的准备,同时着眼适时出兵进攻赵、魏之地,以完成汉王刘渊部署的任务。占据冀州城十多天后,石勒的大军又新增军士上万人。

且说石勒率大军突然袭占了冀州城并杀死冀州刺史王斌的消息传至王浚耳中后,王浚不禁连连悔叹道:"石勒,你这个羯族人,竟高出我王彭祖一筹,刘渊不可怕,你石勒太可怕啦!"于是,王浚连忙给晋朝执政司马越写信,报告冀州城被陷和刺史王斌被杀的情况,请求朝廷派兵剿杀石勒。女婿段务勿尘对王浚说:"石勒已被我大军击败一次,且其败状之惨,足会令石勒记忆一生。岳父何不再下令击败他一次?"

王浚板着脸说:"你懂什么,上次祁弘将军带着你等,是十万大军围堵石勒不足两万人马,还让石勒的大部人马逃脱。而且当时石勒毫无防备。石勒遭受此败后,我们都以为石勒短期内再无进攻之心,谁料没过几天他竟袭取了冀州城,杀了冀州刺史,声势反而更大起来。这一则是你等众人如以同样兵力与石勒对抗,根本不是他的敌手。二则是在石勒这样的强手面前,我们不能轻易与他交手,否则不但损兵折将,而且还会挫我大军锐气,还让朝廷和诸王看不起我们。让朝廷去出兵,胜败与我无关,若朝廷战败,反倒会更倚重我们,我们……"往下的话王浚没有说下去,但段务勿尘明白,他这位有心计的岳父,早已在开始寻机取晋朝政权而代之啦。

且说东海王司马越清除诸王异己势力并另立皇帝司马炽后,自此自控朝政，挟天子以令诸王。司马越自以为得意，但实际上新皇帝司马炽，已与他经常发生摩擦，司马越的话经常不灵，诸王经常不买他的账，司马越接到王浚写给他的信看时，见王浚字里行间，对自己甚是恭敬，且颂扬有加。司马越想了想，便让人以皇帝名义拟定诏书两份，一份是令车骑将军王堪、北中郎将裴宪二人率军讨伐石勒，一份是让王浚兼任冀州刺史。诏书拟成后，司马越不管怀帝司马炽是否同意，便硬是让他同意在诏书上加盖玉玺。

且说车骑将军王堪、北中郎将裴宪二人接到圣旨后，不敢耽搁，很快便率领三万大军前往信都讨伐石勒。大军尚未到达信都，石勒早已得到消息，并召众将商议如何迎战。石勒问众将道："有无王浚的动向？"众将都说王浚并没有再次发兵参战的迹象。

石勒笑道："王浚此举再一次证明了此人是晋朝贰臣一个。"看到众将不解的样子，石勒又说，"俺军上次在常山遭到王浚军的突袭，现在回过头来看，王浚是别有所图，并不是想为朝廷出力。如果他真想为朝廷出力，那这一次他就应该与朝廷同时出兵，对俺大军来个南北夹攻，如果他真这么做，俺大军说不定又要付出点代价。但这次王浚偏偏不出兵，这说明他怕损失了自己的实力，降低了与晋朝讨价还价的价码。"众将皆点头称是。

石勒又说："王堪与裴宪尽管率三万大军前来讨伐于俺，但只是一路孤军，这次俺等好好给他们点颜色看看！"看到众将期望石勒一直说下去的样子，石勒接着说，"那俺就把迎战晋军的想法说说，然后诸位将军再看看妥否。俺的想法很简单，王、裴二人来时，俺与几位将军率一万人马出南门迎战，其余将军分成三路，各率五千人马，在东、西、北三城门潜伏起来，待俺与晋军交战到一定时候，三路大军适时杀出，一定会将晋军打败。诸位将军以为如何？"众将听了，一致点头赞成。

于是，石勒又与众将详细商议了兵将分路情况和相互之间的配合事宜。

等了两天，王堪、裴宪率三万晋军来到冀州城南十里处下寨，第二天，三万大军便兵临冀州城下。晋军尚未立稳脚跟，却听冀州城楼上一声梆子响，然后城门大开，只见汉军骑兵鱼贯而出，越过吊桥，来到晋军面前。王堪、裴宪见石勒早有准备，便让三万大军按骑兵、步兵分类列阵，然后王堪、裴宪双双来到阵前。

石勒将一万骑兵大军列好阵势后，便手提大刀来到阵前，在石勒左右，各有三位十八骑中的战将簇拥着。

王堪手执长矛先说话，他指着石勒喝道："对面阵前可是羯人石勒吗？"

石勒答道："正是，你是何人？"

王堪说："本将乃钦封车骑将军王堪是也，这位是北中郎将裴宪是也。我二人今奉圣上旨意，特来擒拿你等反贼，识相的立即下马受降，我等可饶你不死！"

没等石勒再搭话，一旁的战将桃豹早已按捺不住，他手执大刀上前说："王堪，你等侍奉着个欺压百姓的腐朽朝廷，还兀自在此狺狺个不停，看刀！"一面说，一面用大刀劈头向王堪砍去。王堪连忙用长矛架开大刀，二人遂战在一起。战了三十回合，汉军阵内战将支屈六怕桃豹再战下去吃亏，遂挺方天画戟上前助战，晋军阵中裴宪一看，挺钢叉截住支屈六，二人亦战在一起。四人分作两对又战了二十多回合，汉军阵前冀保、呼延莫、刘征、刘宝四将一齐催动战马，持手中兵器上前与桃豹、支屈六一起来战王堪和裴宪。

王堪和裴宪各战桃豹和支屈六，虽不吃亏，但也占不着便宜，现在见又一齐上来四员气势汹汹的战将，早已慌了神，王堪连忙向晋军阵里摆了摆长矛，晋军军士见主将下令，便一齐向汉军杀来。

石勒一看，将手中大刀一举，带头杀向晋军。军士们一看，一齐催动战马，向晋军冲去。

就在两军刚一接战时，只见晋军后面骚乱起来，接着传来喊杀声，原来这是石勒的汉军自东门杀出的第一路潜伏军。王堪一看，再次慌神，忙命军士们且战且退。可正退间，又有两路潜伏汉军杀出，王堪大惊，拼命夺路而逃。石勒挥大军追赶，直杀得晋军丢盔弃甲，狼狈逃窜。汉军追出三十多里后，石勒才下令收兵回信都城。石勒让人清点人数，晋军死伤上万人，还有数千人伤残被俘，而汉军死伤不过数百。

石勒击溃了王堪、裴宪的征讨大军后，派人回蒲子汉都，向汉王刘渊报告军情，言明已站稳脚跟，即将按汉王之意攻战赵、魏地区。

且说汉王刘渊自将刘聪、石勒两支大军派走后，便派出数以百计的探马，日夜不停地跟踪探听刘聪、石勒的进军情况。当石勒在飞龙山被王浚军击溃后，刘渊得知情况曾对众臣说："老虎也有被蛇咬的时候，但你等放心，石勒不会吃这个哑巴亏。"过了一些日子，当刘渊得知石勒竟率军攻占了信都，并杀冀州刺史，又对众臣说，"这就是石勒，别人谁也没有这个智谋和胆量。你等走着瞧吧，石勒还会有更好的消息。"这日，侍臣向刘渊报告，说石勒的十八骑之一的王阳前来报告军情。刘渊传令有请。

当刘渊听到石勒又击败王堪、裴宪所率的三万晋军，且自己的人马又大增，不日便要西进取赵、魏二地时，刘渊大喜，他当即传令，授予石勒为镇东大将军，十八骑皆为部将。刘渊还让王阳转告石勒，待石勒取下赵、魏之地后，他便实施灭晋总步骤的下一步，即迁都平阳，正式称帝。

王阳回到信都向石勒报告了刘渊的旨意后，石勒笑着对诸将说："俺等应尽快扫平赵、魏之地，以便让汉王早当皇帝，也好让晋朝的小皇帝早日滚蛋。"

石勒当即召集众将商议进攻赵、魏之地事宜。石勒说："赵、魏二郡，虽然俺军眼下离赵国近，离魏郡远，但俺意先攻魏，后攻赵，以期先避开已兼任冀州刺史的王浚。待拿下魏郡后，再攻取赵国，诸位以为如何？"诸将一致赞成。

于是，石勒率大军一路南下，经广平进入魏郡。魏郡太守王粹听说石勒率两万大军突然包围了邺城及北部城邑临水，吓得化作乞丐，连夜逃出城外。石勒见魏郡轻而易举攻下，便将大军分作两路，一路向东，一路向南，很快攻占了汲郡和顿丘郡。因汲郡和顿丘郡都在黄河北岸，扼住这两地，便更使魏郡处于安全占领状态。

石勒大军在三郡站稳脚跟后，便派出数千军士，前往各郡村垒安抚百姓，向他们讲述汉军起兵的目的，并帮助他们解决疑难问题。百姓们自晋朝内乱以来，遭受了无数战乱的滋扰，见过形形色色的军队，却从未见过这样关怀体贴百姓的军队。因此，石勒派出的军士们刚下村垒不几天，便有五十多个村垒的百姓望风而降。这些村垒头目结伴成伙，来到石勒的中军大帐，表达愿意归附汉军的意愿。石勒大喜，他让军厨们在大草地上支起大锅，石勒亲手为这些村垒头目做饭做菜，然后与他们席地而坐，共吃一锅饭。村垒头目见大将军如此体慰百姓，齐刷刷地跪在地上磕头，有的人感动得热泪盈眶。石勒留这五十多个村垒头目一连住了三天，天天与他们纵论天下大势，展望百姓如何过上安定日子，并与他们叙家常，给他们讲述自己沦为奴隶的经历。到第三天后，村垒头目们纷纷提出要参加石勒的队伍，石勒也当即表示欢迎。

有个村垒头目提出，既然大将军准予百姓入伍为军，不能只是头目们入伍，而应该把百姓中的强壮者动员起来，一起加入汉军。他的建议立即得到其他村垒头目的响应。众人当即起身辞别石勒，说回去将他们当地的强壮者动员起来后，再一起前来，并加入石勒大军。石勒让人给众头目发足盘缠，带足干粮，然后送他们回程，并约定等待着他们的重新归来。

不久，村垒头目们便纷纷重新归来，有的率领数百强壮者，有的率领数千强壮者，共有五万人，一齐要求加入石勒大军。石勒大喜，他与众将亲自接见前来投军的百姓，为他们安营扎寨、置办戎装和兵器，教他们如何适应军旅生活。

这日，石勒传令，将五十多个村垒头目全部授予将军、都尉之职，并授予将军、都尉之印和绶带。第二天，石勒召开授印大会，当着数万新兵的面，将将军印、都尉印授予新任将军和都尉们，并亲自给他们挂上绶带。这些村垒头目们在一夜之间由百姓变为带兵将军和仅次于将军的都尉，一个个激动万分，都纷纷表示要跟定石勒，为天下百姓打江山，早日推翻压榨百姓的晋朝政权。

石勒继续传令，安抚汲郡、魏郡、顿丘郡的百姓，对老弱病残的百姓施以照顾优抚政策，让他们在原地安居。

此时，经魏郡百姓的指点，石勒派军士在三台抓获了化为乞丐逃走的魏郡太守王粹。石勒下令将王粹斩首。

看看魏郡等地已安定下来，石勒留下新加入大军的五万新兵和数位十八骑中的将军，一来是镇守已攻占的三郡之地，二来让新兵们抓紧练兵，提高战力，带着原来的两万多骑兵大军和新任的五十多位将军、都尉，北上攻占赵国。赵国内史即太守驻地在房子，即今河北高邑之西。大军一路北上，第二天便到达房子。

魏郡及汲郡、顿丘郡被石勒大军攻占后，赵国南面的邢台、邯郸两地也尽在石勒大军的控制之下。晋安北将军兼冀州刺史王浚，只好派冀州西部都尉冯冲，率一万晋军分驻在房子、柏人及中丘，即今河北内丘之西。石勒大军尚未出邢台，冯冲便得到飞报，他听后连忙上马，带领两千军士逃回房子。因此，石勒大军进入赵国之地后，如入无人之境，直接逼近房子。

且说冯冲见石勒两万大军兵临城下，早已吓得六神无主，待镇静了许久后，他才下令紧闭城门，坚守不出。同时，偷偷派出两名军士，前往幽州，请求王浚发兵救援。

石勒见房子城门紧闭，拒不出战，便下令军士们攻城。新任将军及都尉的五十多位新官们一看，纷纷自告奋勇，要求率兵攻城。

石勒见新官们热情如此之高，便从五十多位新官中，选出两位将军，让他二人率五百军士攻城。这两位将军一位叫管中，一位叫李云。当下管中和李云各自手执盾牌和利刃，带着五百军士，推着十数架云梯，冲到房子城下。尽管城上乱箭像飞蝗般地飞下，但管中和李云毫不退缩，经过数次冲爬，终于冲上城楼，将守城晋军尽皆杀死，并打开城门，将汉军放进城中。

且说管中和李云率领军士们将房子城攻克后，并没有停下来，二人各从军士的手中接过自己的战马和兵刃，飞身上马，一齐向城内冲去。管中和李云正在向城中驰奔中，突然迎面碰到一员晋将带领数百个军士直奔而来。原来这正是奉王浚之命守卫赵国的冀州西部都尉冯冲。冯冲见两个戎装不整的汉军迎面驰来，用自己的大戟一横，将管中和李云的去路挡住。管中和李云见是位晋军将领，也双双勒马并做好了交战的准备。

冯冲因面前是两个看上去衣装不整的汉军，便大声喝道："眼前是什么人，在此横冲直撞！"原来冯冲是在都尉军衙听到汉军攻城的消息，无奈率军前往城门。

管中大叫道："我二人是汉镇东大将军石勒驾下将军管中、李云，你是谁？"

冯冲这时才知道房子城已被汉军攻破，他挺起大戟一边刺向管中，一边说："我乃冀州西部都尉冯冲是也！"管中持钢叉接战，一旁的李云一看，也挺长矛上来助战。战了十几个回合，只听三人中的一人大叫一声，坠马而死。

欲知后事，且看下回分解。

# 第十五回 刘渊准石勒置军府
## 世龙设汉士君子营

却说石勒帐下将军管中、李云奉石勒之命,率五百军士攻破房子城后,又双双率先冲入城中。二人正向前驰奔中,迎面碰到镇守赵国的晋朝冀州西部都尉冯冲。双方互通名姓后,管中先与冯冲战在一起,李云一看,挺长矛上前与管中一起来战冯冲。战了一会儿,只听三人中的一人大叫一声,坠马而死。死者正是冀州西部都尉冯冲。冯冲虽武艺精熟,但哪里架得住两位如狼似虎且初临战阵的猛士夹攻,因此只与二人战了十几个回合,便被管中一叉刺中,并坠于马下,当即死去。此时,汉军已攻入城内,房子城尽被汉军所占。

夺得赵国后,石勒依然派出许多军士,前往各处村垒去安抚百姓。军士们前往各地后,几个军士很快回来报告,说赵国南部中丘一带,又有乞活军作乱,并扬言要与石勒大军血战到底。石勒问军士,乞活军有多少人,军士回答说,至少有一万人,率军首领为田禋和赦亭。

石勒得知情况后,立即与众将商议制服乞活军事宜。石勒说:"乞活军的田甄、田兰、薄盛等人杀害了汲桑大将军,使俺当初刚兴起的义军遭受重大挫折,如今田禋、赦亭又来与俺作对,诸位说俺等如何对待这些人?"

众将都知道,对待乞活军,石勒心里一直有个情结,这便是石勒一直认为乞活军即便受制于司马越、苟晞、王浚等人,但他们毕竟与晋朝军队不同,因为这些人都是农民。众将中大多数人都极为痛恨乞活军,认为他们是甚于晋朝正规军的鹰犬和走狗。因此,众将听石勒又说起乞活军,生怕石勒又发善心，便立即七嘴八舌发起议论来。石勒听了一会儿，对王阳说："阁下代表诸位说说大家的意见吧！"

王阳说："乞活军虽然大多数是农民，但他们是在那些名族大户的操纵下，专门与反对朝廷之人作对。眼下乞活军更是专门打出反对匈奴汉国和石勒大将军的旗号，处处与大将军为敌。因此，我等众人的意见，对待这支不分善恶，只反外族的怪异势力，应坚决予以剿杀，以免坏了汉王和大将军为天下百姓谋福祉的大事。"王阳说完后，众将都齐声赞同。

石勒想了想说："好，百姓出身的人，也有恶人，恶人形成恶势力，是该铲除。俺的意见，俺赵国两万大军中分出五千人马，由俺率领，南下剿除乞活军。再将魏郡五万大军中拨出一万人，北上参加剿杀乞活军，届时南北两路军一万五千人，来个南北夹攻，可一举将田禋、赦亭彻底征剿。赵国剩下的一万多大军，由王阳将军率领，继续扩大地盘，巩固山东这一带的根据地。魏郡剩下的四万大军，继续由支屈六将军统领，一面巩固这一带的已有地盘，一面继续教授军士们习武。诸位将军以为如何？"

众将见每次新行动前，石勒都有个完整而妥善的行动方案，都一致赞成。

于是，石勒派出快骑前往魏郡，调一万大军北上中丘，自己率赵国境内的五千精骑南下，准备南北夹攻，征剿以田禋、赦亭为首的乞活军。

且说田禋、赦亭率领的乞活军，本来活动于黄河两岸，但他们得知石勒大军专以攻取太行山以东的赵、魏地区，便集聚一万多人马，进入赵国，滋扰石勒。自进入中丘以来，他们四处寻衅滋扰，杀死多名汉军军士，并四处散布石勒的坏话。这日，田禋正与赦亭在议论如何更好地袭杀汉军，一名军士慌慌张张地向二人报告，说自北方而来的数千汉军，正向中丘杀来。田禋一听只有数千人马来犯，当即一拍酒桌说："这一段我等一共也没杀死几个汉军，如今汉军几千人马到来，正好我等一齐将其杀死，也好向东海王报功并邀赏！伙计，你说怎么样？"赦亭连连点头说："对，对，杀死这几千人，我们可是会得到一大笔赏钱哪！"

田禋向那个军士说："去通知弟兄们，立即向北进发，迎击汉军！"

可就在田禋、赦亭率乞活军们向北行出不远时，又有军士从后面赶上来报告，说从南方杀来更多的汉军，看样子足有一两万人马。田禋勒住马对赦亭说:"听说石勒这个羯族人虽不识字,但智谋超群,现在南北两面一齐发现汉军,是不是石勒的什么计谋?"

赦亭鲁莽有余,智谋不足,他说:"管他呢,我们只管杀去,杀完北路再杀南路就是啦!"

田裡想了想说:"我看石勒这里面有名堂,定是他要让我们看他只有五千人马,让我们先和他交手,然后再让南路军的一两万人马乘机而上,在我们疲惫的时候再围攻我们。我们偏偏不按他的道道行事,我们将他倒过来,先去攻击他的南路军,因为南路军是些新招收的穷棒子,还没打过仗,我们先将他们打败,石勒再打过来也晚了。"赦亭听了,觉得田裡说得似乎有道理,于是乞活军便掉过头来,向南杀去。

乞活军向南行进了二十里,却不见汉军的踪影。田裡和赦亭正在疑惑时,却冷不防汉军从三面杀来。这些新参加汉军不久的军士们,在这几个月内武艺都大有长进,每天都盼望上阵刀剑相对实实在在打上一仗。如今与乞活军相遇,更兼在众多将军的率领和掩护下上阵,所以每个军士都士气高昂、精神振奋。两军交手不一会儿,乞活军便很快处于劣势,死伤不断增加。

恰在此时,石勒亲率的五千精骑杀了过来。南路军一看北路军在大将军的亲自率领下助战,更加精神抖擞,越杀越有劲。不到半个时辰,一万乞活军便被杀得精光。田裡、赦亭开始还气势汹汹,待到后来石勒率军助战后,想逃已逃不出去了,被汉军乱刀乱剑砍死。

石勒将南北两路军收兵一处,待清点人数时,死伤不到两千人。石勒让将士们清理汉军死亡将士遗体并下葬,并抚恤其眷属,将受伤军士集中到安静之处养伤。

此时,石勒大军已完全攻克并控制了北起元氏,即今河北元氏以北,向南经房子、邢台、邯郸、邺县、荡阴,即今河南汤阴,一直到汲郡,即今河南汲县一带的广大地区,顺利完成了汉王刘渊交给自己的攻占赵、魏地区,控制太行山及太行山以东,进而巩固河东之地,并以此为根据地挥师西南攻克长安的战略性任务。

此时,抚军将军刘聪向南占据太行山的任务,也顺利完成。

刘聪、石勒两路大军圆满完成任务的消息传到刘渊耳中后,刘渊大喜，立即下令迁都平阳，正式称帝。晋怀帝永嘉三年，刘渊由汉王改称皇帝，正式建立匈奴汉国，国都由蒲子南迁至平阳，即今山西临汾市河西。

刘渊称帝并迁都后，立即封石勒为安东大将军，并下诏准石勒开府置左右长史、司马、从事中郎等僚属。

刘渊称帝并迁都简简单单，并未举行盛大仪式，也未召石勒等人回来庆贺。石勒在太行山东得到刘渊称帝的消息后，立即让人撰表祝贺，并表示将再接再厉，使汉国尽快完成灭晋使命。刘渊准予石勒开府置官的圣旨传下后，石勒又立即与众将商议落实的相关事宜。

石勒对众将说："圣上准俺开府置官，实是皇恩浩荡之举，也是对俺大军占据一方的信任，更是俺等日后壮大发展的前提和基础。"

王阳说："陛下对大将军的信任非同寻常，上次末将奉命回蒲子向时为汉王的陛下报告军情时，陛下对大将军那种信任和记挂，以及言谈话语中充满的那种深情厚谊，让末将到了随时愿意杀身以报的程度。如今陛下许我大军开府置官，实是分封了一方诸侯一般，其大恩难报啊！"

石勒点点头说："圣上对俺等如此信任，俺等更应对汉国灭晋多做贡献。俺意俺大军下步要在前段已攻占赵、魏之地的基础上，进一步扩大地盘，攻占周边诸郡，扩大俺大军规模，为圣上灭晋准备好实力。"

王阳又说："还有一点，陛下已许我大军开府置官，在攻占周边诸郡，进一步扩大地盘和兵力的同时，还要罗致人才，为开府置官准备条件。"

石勒点头说："阁下说得好，开府置官后，俺大军现有人员中，人才的确不足，需留意罗致人才。诸位将军在日后的征战中，要广泛搜罗人才。俺料这赵、魏之地，必然俊杰多多，汉人士族读书之人大有人在，诸位只要去往一地，都要注意发现并搜罗就是。"众将齐声领命。

过了几日，石勒又召集众将商议进攻周边诸郡事宜。石勒说："俺考虑了一下，觉得俺大军应先进攻巨鹿国为好。巨鹿国地处赵国和安平国的中间地带，现在赵国和冀州城信都已掌控在俺大军手中，进攻巨鹿当最为适合。"众将都一致赞成。

石勒又说："为了更好地发现并搜罗人才，诸位率兵前往时，不可轻易杀人，除那些死心塌地为司马氏效命的守将之外，不可枉杀，凡是士族之士，都要保护起来，待为宾客，以便为俺所用。"众将领命。

且说晋朝冀州刺史王斌被石勒大军杀死后，朝廷虽让王浚兼任冀州刺史，但此时的王浚一心在盘算着如何保存和壮大自己的实力，以便有着一日登基立国，开辟新朝。所以，当石勒在赵、魏之地站稳脚跟后，王浚不思如何负起自己这个冀州刺史的责任，却一直远离冀州，躲在幽州静观其变，部将们多次向他提出，应出兵遏制石勒向赵、魏周边继续扩张，但王浚就是不点头。

这日，女婿段务勿尘报告说，石勒大军近日开始自赵国东进，进攻巨鹿，看来要将赵国与巨鹿、信都连成一片。王浚听了说："眼下冀州州城和赵国都在石勒手里，中间夹着的这个巨鹿郡，早已是石勒嘴边之肉，人家现在想吃，你能压得下来吗？为父观之，石勒者，世之枭雄也，只怕你去夺他欲食之肉，非但夺不下来，反而让石勒把你的手咬断了。"段务勿尘听了，再不作声。

且说石勒向众将交代完注意发现人才等事项后，立即派出王阳等十数位将军，率一万军士，自赵国向巨鹿国进攻。由于王浚这个挂名的刺史根本不起作用，各郡国只能自保自身，但郡县拥有的军事力量，哪里是石勒大军的对手！因此，数天之内，巨鹿守将便被斩杀，全郡都被石勒大军所控制。王阳学着石勒的样子，与诸位将军亲自前往各村垒堡壁，与百姓见面，一来是安抚百姓，让他们安居乐业，二来是通过他们了解本地士族读书人的情况。因为石勒大军主要来自穷苦百姓，加之石勒关心爱护百姓的美名早已传遍诸州郡。因此，王阳和诸位将军所到之处，都受到百姓的欢迎。王阳等人在走遍巨鹿几座城邑和数十个村垒后，便已寻访到数十位汉人士族的读书人。王阳将这些读书人一一登记造册，并写明每个人的情况，然后亲赴大本营向石勒报告。

石勒大喜，让王阳将这些读书人的情况，一一念给他听，一个不落地听了一遍。思索了一会儿后，石勒说："赵、魏大地，果然才俊多多，阁下做得很好，如数掌握了这些读书人的情况，这为下步俺们起用他们奠定了基础。阁下回去后，可逐一走访这些读书人，向他们发出邀请，生计有困难者要予以抚助和救济。待取下常山郡后，将其中所寻得的士人一并集中在一起，届时建立个君子营，让这些士人为俺们谋事。"

王阳说:"末将愿领命再与将士们一同去进攻常山郡。"

石勒说:"进攻常山郡还是由俺率大军前往,因为常山郡地处冀州之西北,与幽州相近。俺等攻占赵、魏和巨鹿,王浚作了旁观者,如今俺等已攻到其家门,难说王浚一直坐视不管。如他率其手下汉、鲜卑、乌桓诸军前来,必会与俺军有一场恶战。因此,还是俺率军前往。阁下可在巩固已占巨鹿之地的同时,继续稳步向东北等地扩张,以便为日后完全占领冀州全境奠定基础。"王阳点头领命。

石勒看了看王阳又补充说:"适才俺说继续稳步向东北扩张,是在俺已占领赵、魏及巨鹿等地牢牢巩固的基础上才能使得,万万不可贸然而为,绝不能因为占领新地而丧失了旧地。"

王阳立即说道:"大将军放心,末将明白并牢牢记住这一点。"

王阳刚要告辞,石勒又说:"除了寻访搜罗士人,不要忘记还要继续扩大俺军规模,招收新兵入伍。"王阳再次领命。

王阳返回巨鹿后,石勒安顿了一下军内事务,便点起一万人马,向北面的常山郡杀去。常山郡太守府衙设在真定,即今石家庄西北。在杀往真定路过被王浚军伏击过的飞龙山时,石勒命人下马祭奠在此阵亡的将士,然后大军直奔真定。

常山郡守将听说石勒亲率一万大军前来征讨,吓得紧闭城门,不敢出战,石勒让人写下劝降书,用箭射上城楼,限常山守将第二天开门出降,否则大军将攻城。常山守将拿着汉军射上城楼的劝降书,踌躇到半夜,最后决定弃城逃走。但刚缒至城下,便被石勒大军负责监视城中动静的军士抓住。石勒下令将其斩首。

第二天一早,真定城门大开,城中百姓迎接石勒大军进城。原来城中军士们见守将出逃,几个小头目一合计,决定打开城门,与百姓们一起迎接石勒大军进城。石勒率大军进城后,嘉奖了开城的晋军军士,并将他们编入汉军。之后石勒安抚百姓,让他们安居乐业。

看看真定城已稳定下来,石勒又遣人遍访城邑和村垒,寻访士族和读书人。几天下来,共寻得读书人上百人。石勒大喜,传令组建君子营,将王阳等人寻得的数十位读书人与自己亲自寻得的这上百读书人集中在一起,在自己的中军大帐旁边,单独搭设君子营帐,并派五百军士护卫和照料君子营中读书人的起居生活，还为这些读书人特意搭设了读书、写字、议事的专用木房和帐篷。

这日，石勒与众将脱下戎装，换上布衣，来到君子营帐，与读书人们席地而坐，共商反晋大业的发展。读书人见石勒如此器重他们，且得知石勒曾被贩为奴隶，一心为天下百姓谋福祉，一时气氛甚是热烈，他们站起身来侃侃而谈，纵论历史盛衰兴替之道，为石勒出着一个又一个的主意。

石勒甚是高兴，他赞扬了这些读书人的正义和为天下黎民百姓代言的责任，并就匈奴汉国目前反晋的形势和面临的情况，向读书人们作了若干通报，提出了相应要求。这些读书人见这位大将军虽然不识字，但说起话来咬文嚼字，引经据典，不仅精通诗书礼仪，而且熟知儒释道，记忆力惊人，人人不禁肃然起敬。石勒讲完后，读书人发出长时间的喝彩声和欢呼声。

石勒最后说："诸位读书人暂屈居于君子营，日后俺们推翻了腐朽的司马氏政权，本大将军将为诸位建造上等府第，让你们更好地为天下百姓谋事做事。眼下为了更好地使大家集思广益，俺提议从诸位中选出一人作为谋主，你们看如何？"

读书人听后，先是又一阵欢呼声，但接着便沉默起来。石勒又说道："好，诸位相互之间可能也有个熟悉过程，今日选不出来，改日再选也可以。"

这时，有个读书人站起来说："大将军，要说这君子营的谋主，有一个人来当最合适，不过这需要大将军去当一回刘玄德，来个三请诸葛亮才行。"

石勒连忙走到那人面前，拉着他的手说："这里果真有诸葛亮式的贤士？"

那人说："准确地说，是位张良式的贤士。"

石勒大喜道："他是谁，他在哪里，本大将军这就去请他出山！"

欲知后事，且看下回分解。

## 第十六回  张孟孙两察石世龙
　　　　　　大将军首设军功曹

　　却说石勒与众将在赵、魏之地寻得上百读书人后，立即组建起君子营，并为他们提供了良好的谋事和生活环境。石勒还与众将一道，亲往君子营，与读书人席地座谈，共商反晋大业。待石勒提议，要上百个读书人从他们中间选出一个谋主时，有个人向石勒说，当君子营的谋主，有一个人最为合适，不过这需要石勒去当一回刘玄德，来个三请诸葛亮。石勒忙问那人，适合当君子营谋主的人是谁，在哪里，并要立即去请他出山。

　　那个读书人对石勒说："此人姓张名宾，字孟孙，赵国中丘人氏，其父张瑶，曾任中山国内史，现张宾仍居中山国，但一直闭门读书，很少见人，听说此人自幼博览经史，智谋超群，每每自比汉三杰之一的张良，自叹怀才不遇。"

　　石勒听了大喜道："明日俺便率军进攻中山国，然后将张孟孙先生请出山！"

　　与读书人们话别后，石勒立即派人向王阳传话，让他不再向东北扩张，并告诉他，石勒将亲率大军进攻中山国。

　　第二天，石勒与几位将军亲率一万大军出真定城，向中山国进发。石勒刚上马，驻守魏郡一带的将军支屈六派人前来请求事项，石勒让刘征、刘宝、支雄等将军率军先行，自己和呼延莫、吴豫等将稍后出发并断后。

　　原来支屈六在魏郡负责训练新入伍的五万新兵，自感经过数月之间，军士们无论是武艺还是军纪，都已老练成熟，特向石勒报告，并请求率新兵队伍北上参加汉军对冀州诸郡县的征讨。石勒向来人说，嘱咐支屈六，可由其他将军率两万人马北上，增援赵国、巨鹿国、常山郡，增加这些占领之地的人手，但支屈六要继续留守魏郡，并注意黄河以南晋军的动静。

支屈六派来的人领命回去后，石勒又向常山郡的守将们作了一些布置，然后才与呼延莫、吴豫等人赶上前往中山国征讨的大军，并在大军后面断后随行。

西晋时划定的中山国，其南部边界在今河北省无极，其西部边界在今新乐，东部边界在今安国，北部边界与幽州相连，内史驻守之地为卢奴，即今定州市。

就在石勒大军即将进入中山国境时，忽听前方一声锣响，紧接着从前面一个山岗后转过一支人马，拦住石勒大军的去路。此时刘征、刘宝、支雄三位将军正在并肩前行，三人见状后，一齐勒马，并做好了厮杀的准备。

这支人马人数倒不多，不过二百军士，但为首的两位首领却极为出众，一位身材高大，腰阔臂长，骑在马上比常人高出一截，胯下银鬃马，手使一杆又粗又长的大枪。另一位身材魁梧，但腰细臂粗，胯下炭黑马，手使一柄开山大斧。只听那位手使大枪的首领说："何方人马，敢闯入我等领地！"

石勒大军中将军刘征用长矛指着那首领说："你等是何方闲人，如何拦住我等去路？"

那使枪的首领哈哈一笑说："我乃常山赵子龙也，在此是要你等留下买路钱！"

汉军将军刘宝对刘征说："分明是伙拦路强盗，先将他斩了祭刀！"说完，拍马舞刀，来战那使枪首领。那使枪的首领见刘宝的大刀砍来，用手中大枪一磕，一下子差点将刘宝的大刀磕出手中。刘征一看，知道遇上高手，便拍马挺长矛与刘宝一起来战那首领。那首领一个人力战刘征、刘宝二人，全无惧色。这时，石勒大军的军士将交战之地围成圈子，一边观看，一边喝彩。

刘征、刘宝与那首领战了二十回合，不分胜负。那首领的另一同伴怕使枪首领吃亏，便拍马舞刀上前助战。汉军中支雄一看，也连忙舞两只铁锤来助战。五人像走马灯一样，又混战了二十个回合，刘征、刘宝、支雄三人渐渐抵敌不住。

且说石勒处理完魏郡守将支屈六派人前来报告的情况后，与呼延莫、吴豫二位将军跟在大军后面，一边走，石勒一边与二人述说着魏郡的新情况。忽然，前方军士来报，说前锋大军路过一个山地时，被一支人马截住，那两个首领看上去非同寻常，因怕前锋三位将军吃亏，特来报告大将军。石勒一听，对呼延莫和吴豫说："二位阁下继续断后，待俺上前看个究竟。"说完，便随着那个报告情况的军士向前驰去。

待石勒来到五人交战之地时，恰值刘征、刘宝、支雄三人渐渐抵敌不住之际。石勒看时，见与三位将军交手的那两位首领威风凛凛，武艺高强，且看那手下军士的情形，也不像寻常拦路抢劫的强盗。石勒拍马来到五人厮杀场地前，高声喊道："两位壮士且住手，俺有话说！"刘征等三人见石勒前来并发话，先收住兵器并勒马退向一边，那两位首领一看，也收住兵器，在原地观看石勒。石勒扔掉大刀，跳下马来到两位首领面前，躬身施礼道："不知两位壮士高姓大名，俺石勒向二位壮士施礼啦！"

那使枪的首领一听，把大枪一撇，一下跳下马来对石勒说："你就是当过奴隶、起兵反晋的羯人石勒大将军？"

石勒说："俺正是奴隶出身的石勒，敢问壮士高姓大名？"

那使枪的首领一听，一把拉过此时也已下马的那使斧的首领，一下子跪倒在地说："大将军请谅解，孔苌、张斯有眼无珠，冲撞了大将军，还请恕罪！"

石勒一看，连忙上前将二人扶起说："两位壮士，如何在这里结草为寇？"

孔苌说："我二人也是奴隶出身，只因痛恨官府压榨百姓，便逃往此地，啸聚山林，想与官府作对，怎奈人马太少，不敢张扬，便权居此地。近期听说石勒大将军正在周边郡县一边杀官劫府，一边招兵买马，于是我等日日盼望能见到大将军，便天天在路边等待。刚才见三位将军时，便与几位开了个玩笑，自报是常山赵子龙，不期发生误会，便动手交战起来。实是在下的过失，还请大将军谅解。"

石勒说："如今二位壮士将欲何为？"

孔苌说："如蒙大将军不弃，我二人愿投到大将军麾下，终生追随大将军，出生入死，共同灭晋。"

石勒大喜道："石勒作为奴隶，跟随汲桑大将军揭竿起义，一直至今，如二位壮士加入俺反晋大军，实是如虎添翼，求之不得。"

孔苌、张斯听了，再次跪在地上一齐说："感谢大将军收留，我二人自此便是大将军马前一卒。"说完，又将部下的二百士卒招来，一齐给石勒磕头。

石勒将孔苌、张斯扶起，并让士卒们起来，然后向孔苌、张斯述说了进攻中山国的打算。孔苌说："大将军招贤纳士的愿望一定会成功，在下愿做先锋，率先攻打卢奴城。"

石勒高兴地说："壮士自称赵子龙，俺看你这个说法真是贴切，看壮士刚才交战的勇猛和枪法，想必当年的赵子龙便是如此。"

这时，刘征、刘宝、支雄、呼延莫、吴豫，都过来与孔苌、张斯见面，众人像久别的兄弟一样，手拉手说个不停。石勒对孔苌、张斯说："俺以大将军名义先任孔苌阁下为先锋，张斯阁下为副先锋，待本次收兵回到大本营时，本大将军再行任命。"孔苌、张斯谢恩，刘征等人都击掌祝贺，军士们也欢呼起来。

孔苌对石勒说："末将小小的山寨里尚有粮食和酒肉，不如大军在此吃过午饭再前进，也让末将二人略尽地主之谊。"

石勒说："好，把二位山寨的粮食吃光再走！"众人都笑了起来。

吃过饭后，孔苌令军士们将山寨放火烧毁，然后将士卒合与大军，与张斯挑起正副先锋之职，向中山国内史驻地卢奴城驰去。

且说中山国的守将和内史早已得知匈奴汉国安东大将军石勒在冀州西部南北一线攻占了多个郡国，因此早就派出人马监视汉军。听说石勒亲率大军开始征讨中山国，内史和守将一夜之间，早已逃得无影无踪。因此，孔苌和张斯率先锋大军到达卢奴后，不费吹灰之力，便夺得卢奴城。经过数天教化，中山国百姓纷纷归附汉军，每天前来投军者数以千计。

安顿好中山百姓后，石勒便率人亲自寻访贤士张宾。孔苌、张斯见轻而易举拿下中山国，并未出任何力气，心里过意不去，便向石勒申请，请求率军进攻中山国东部的博陵国和高阳国，石勒甚是高兴，拨给二人三千人马，二人高高兴兴地去了。

经过多方打听，石勒终于在卢奴城的一个僻静角落，找到了张宾。此时，张宾曾任中山国内史的父亲张瑶早已谢世，母亲也已逝去多年，张宾只和一个小弟一起度日。因张宾曾在中丘王帐下任过都督，颇有名气，有些积蓄，加之小弟勤劳莳弄田亩，因此兄弟二人的日子倒也过得殷实，张宾始终有时间博涉经史，思虑历代治国兴亡之道。

这日，张宾正在书房琢磨老子《道德经》中的治国处世之道，小弟进屋来向他说，匈奴汉国大将军石勒求见，正在门外等候。张宾早已听说石勒其人其事，但得知石勒是位羯人，又是奴隶出身，还听说石勒大字不识，遂对石勒不感兴趣。因此，他想了想对小弟说："就说我有恙在身，无法见人。"小弟听了，似有为难的样子，张宾说："去吧，就这么说。"小弟听了，遂出门向石勒回话去了。

此时，石勒是与刘征、刘宝二人一起，在几个军士的引导和护卫下来到张宾家的。当听说张宾有病不能见人，刘宝不高兴地对石勒说："就是有病，也该让大将军进去坐坐呀！"石勒连忙摆摆手说："你没听那位读书人说，让俺当一回刘玄德，去三请诸葛亮嘛！这次先生以有病在身拒见俺等，俺等就改日再来相请就是啦。"说完，告辞张宾小弟回军营去了。

住了几天，石勒再次与刘征、刘宝前来张宾家相请，但张宾仍以有病在身拒绝见面。石勒无奈，只得再次回营。待石勒第三次前来相请时，张宾依然托病不见。刘宝大怒道："这哪里是什么三请诸葛，分明是让大将军难堪！大将军先自回营，末将与军士们将其掠回军营，看这厮还能将其臭架子端到何时！"

石勒也很生气，但还是摆了摆手，刘征说："刘宝将军言之有理，大将军就莫管了，让军士们将其掠回军营，看张宾还能如何表演！"

石勒想了想说："不过千万莫委屈了先生。"说完，便与刘征先自回营去了。

石勒一走，刘宝立即指挥几位军士，闯进张宾家里，几位军士看了看张宾书房中的书籍，然后找来几辆马车，也不管张宾兄弟说什么，便将张宾的书籍全部装上车，然后将张宾和其小弟架到车上，扬鞭将其拉回汉军军营。

到了汉军军营，军士们将张宾兄弟安置在一座宽大的军帐内，还找来几个制作精致的香木书架,将张宾所有的书籍整整齐齐摆放上去。

张宾在军士们强行搬书和将他兄弟二人架上马车时,心里虽然反感,但看到军士们在做这些强行动作时,一直彬彬有礼,极有教养,心里的气也就慢慢消了下来。到了汉军军营,张宾看到,足有七八个军士每日在侍候着他,每日从起床后,吃饭、洗漱、看书,样样都有人侍候,连张宾的小弟都有一个军士从早到晚地侍候。就这样过了几天,张宾的心里不但火气全消,还似有一点儿歉意,因此脸上的笑容也渐渐多了起来。

那些侍候张宾的军士们见张宾有了笑容,便一边服侍他,一边与他说话。张宾见这些极有教养的军士们如此可亲可爱,也开始主动与他们攀谈,并从中了解石勒的情况。军士们见张宾说起他们的大将军,一个个滔滔不绝地说起石勒的好处和故事,特别说起石勒虽然不识字,但精通经史和兵法,连儒释道三教都甚有造诣。张宾听了,抓住一个军士的手问道:"你说的是真的?"那军士连忙说:"先生与大将军去攀谈一番不就知道了嘛!"张宾听了,站起身来走到帐外自言自语地说:"看来此人真有些天赋啊!"

这日晚,张宾对服侍他的一个军士说:"你们的大将军不识字,不能看书,每天这个时间都在干什么呢?"

那军士说:"大将军虽然不识字,但楚辞汉赋及汉魏诗歌,差不多他都能背诵。每天这个时候都是请人给他读书。"

张宾惊讶地问道:"你说的是真的?"那军士郑重地点了点头。

张宾摇了摇头说:"不识字,却似文人,真是奇人哪!"说完后,他拉着那军士轻轻地说:"你陪我到大将军军帐去瞧瞧如何?"那军士想了想说:"好吧,走吧。"

来到石勒中军大帐前,只见军帐内灯火通明,张宾驻足听时,只听帐内传来读书声,而且读书人读了一会儿,便有提问和评论的声音传出。张宾轻轻向前移动了几步,更仔细地听了起来,此时恰好讲到郦食其劝汉高祖立六国之后等句,张宾知道读书人读的是《汉书》。张宾再听时,只听一个声音洪亮者打断读书人插话道:"此法大错,如此何能稳天下!"这时读书人又读到,留侯谏止了郦食其这一建议,只听那洪亮之声又说道:"幸而赖此一谏!"

张宾问那陪同军士说:"读书人之外说话者就是你们的大将军?"那军士深深地点了点头。张宾不再往下听了,他拉起军士快步回到了自己的营帐。

第二天,张宾开始全面了解掌握石勒大军进军情况,并同时运筹计谋。待张宾将石勒率大军东进太行山东,进攻赵、魏、常山等地的情况都了解了一遍后,特别是得知每攻下一地后,都安抚民众,让百姓安居乐业,还遍选贤士、尊贤敬才的情况后,张宾开始敬仰石勒,觉得石勒是当今真正为天下黎民百姓谋福祉的雄主。又想起石勒三顾自己宅第的恩义,张宾觉得自己真是错看了石勒,也小看了石勒。当天夜里,张宾辗转反侧不能入睡,想起石勒部下将士们对石勒那种敬仰之情,回想起将士们述说石勒爱护百姓和敬贤爱才的情形,又想到石勒听读书人读书和插话的情景,张宾的心潮开始澎湃,且久久不能平静。寅夜时分,他将小弟叫起来对他说:"这几日,为兄体察了石勒两方面情况,一是此人的眼界和常识,虽然此人不识字,但学识和见识惊人,为兄自愧不如。二是对待黎民百姓的情怀,是一位真正为民谋福祉的雄主,也是父亲在世时经常嘱咐我们可以辅佐的那种人。为兄遍观晋朝建立以来起兵的那些将领,没有比得上这位游牧将军的,为兄决定与他一起成就大业,小弟以为如何?"

小弟点头说:"小弟的感觉与兄长一样,石勒将来肯定会得到世人的拥护,进而得到天下,这样的人值得兄长去辅佐他。"

第二天一早,张宾提着宝剑来到石勒的中军大帐,大声呼喊,请求石勒接见自己。时因孔苌、张斯率军进攻博陵、高阳派人回来报告情况,石勒与张宾只是简单叙谈一会儿,石勒请张宾出任君子营的谋主,张宾愉快接受了这个职务后,便随几个军士到君子营与众读书人见面谋事去了。

且说孔苌、张斯二人率三千人马进攻博陵国和高阳国,由于二人武艺高强,三千军士个个勇猛善战,因此在不到十天的时间里,接连攻克了博陵、高阳两国。孔苌、张斯按照石勒的要求,在攻克两地后,一方面安定百姓,让他们安居乐业,一方面招贤纳士,扩大军队规模。不几日,便访到刁膺、张敬两位贤士,接纳投军入伍者两万多人。孔苌、张斯因此甚是高兴,便派人回大本营向石勒报告情况,并请求下步的行动方向。石勒听后甚是高兴,他与张宾简单叙谈了一会儿后,便率刘征、刘宝及数百人的轻骑，向高阳国而去。石勒要亲眼尽快见到孔苌、张斯说的刁膺、张敬两位贤士，看看他们的见识和智谋到底如何。

到了高明，石勒很快见到了刁膺、张敬，还有刚刚投到汉军来的高阳才子程遐。石勒与三人整整叙谈了一天，三人的学识、智谋让石勒很是满意和高兴。石勒对孔苌、张斯说："二位将军将博陵、高阳两地的防守安排好后，便与刁膺、张敬、程遐三位阁下随俺一同回大本营。如今俺大军已增至十万开外，所得文武人才，文能治国，武能安邦，俺要逐一重用，按汉国皇帝准俺开府置官的规定，将诸位任为文臣武将。"

孔苌问道："那位张宾先生可曾访到？"

石勒说："已到了俺军大本营，并已出任了君子营谋主，下步俺将让他出任军功曹。"

孔苌说："军功曹是个什么角色呢？"

石勒笑道："届时将军就知道啦！"

欲知后事，且看下回分解。

## 第十七回 夺皇位刘聪封石勒
## 攻两岸世龙渡黄河

却说石勒得知进攻博陵、高阳两地的孔苌、张斯两位将军攻克两地后,不但将百姓安定得很好,还访到两位贤士,并接纳投军入伍者两万多人。石勒听了甚是高兴,立即率人来到高阳郡,此时恰好有高阳才子程遐也前往孔苌军帐投奔石勒。石勒与刁膺、张敬、程遐整整叙谈了一天,对三人的学识、智谋很是满意。石勒对孔苌、张斯说,让他们安排好新占两地的防守后,与刁膺、张敬、程遐等人一起回大本营,他要按汉国皇帝刘渊关于准予石勒开府置官的规定,将诸位任为文臣武将。孔苌听石勒这样说,连忙问是否找到张宾,石勒告诉他说,张宾已出任了君子营谋主,下步还将让他出任军功曹。孔苌不知道军功曹是个什么官,石勒笑着说,到时候就知道了。

当下孔苌、张斯将两万多大军做了认真安排,让他们守卫好博陵、高阳两地,然后陪伴新投入大军的刁膺、张敬、程遐三人,跟随石勒回到了大本营。

过了两天,石勒召集将军、都尉及新投大军的孔苌、张斯、张宾、刁膺、张敬、程遐等人议事。看到与会之人已有七八十位之多,石勒笑逐颜开,他对众人说:"俺自接受皇帝进取赵、魏之地以来,不但接连攻取了司州的魏郡、汲郡、顿丘郡,冀州的赵国、巨鹿国、常山郡、中山国、博陵国、高阳国,加之早先攻取的信都即安平国,还将大军的人数扩至十万多人,特别是得到了一批贤能之士。今日,俺将按皇帝恩准俺大军开府置官的规定,对贤能之士及有功之人予以提拔重用。本大将军决定,刁膺、张敬为左右长史，夔安、孔苌为司马。自此，大军开始设置军功曹，军功曹由张宾先生出任。程遐任宁朔将军并兼冀州七郡国诸军事。支雄、呼延莫、王阳、桃豹、逯明、吴豫、张斯等将为将率。其他将军、都尉等，再行重用。"受到任用的人，都一一谢恩。

这日，石勒正与诸将商议拟继续进攻冀州东部诸郡国，军士来报，说汉国皇帝遣使臣前来传旨，传旨官就在帐外等候，石勒听了，让诸将少等，便快步出了营帐。石勒与传旨官相互见礼后，传旨官向石勒传达了圣旨。圣旨要求石勒立即启程回都城平阳议事，商议继续推进灭晋大业事宜。石勒对传旨官说，他将守卫已占冀州诸郡国事宜向诸将布置一下后，明日一早便启程回平阳。传旨官点点头后，告辞石勒先行返回平阳去了。

石勒走进中军大帐对文臣武将说："圣上传旨要本大将军回平阳，商议继续推进灭晋大业事宜。这样，我大军拟继续进攻冀州东部诸郡国事宜，可先按兵不动，待俺从平阳回来后，再决定进退不迟。"众将皆点头领命。

张宾走上前对石勒说："大将军，下官听说皇帝对灭晋大业的步骤早就有个方略，是这样吗？"

石勒说："不错，是现任侍中刘殷、王育二人向皇帝提的建议，其步骤是：拿下河东，建立帝号，再挥师西南，攻克长安，然后以长安为都城，征发关中之兵，取洛阳，灭晋朝。即当年汉高祖刘邦创立基业之路。"

张宾说："下官有个想法，提请大将军考虑。汉高祖刘邦当年的情况与今日匈奴汉国的情况大不相同，下官认为汉国没有必要去攻克长安，然后再去取洛阳，灭晋朝，而应该直接去攻打洛阳。"

石勒听了，认为张宾说得有道理，因为石勒也认为，不管从西晋方面看，还是从汉国方面看，都与当年刘邦推翻秦朝的情形有所不同。想到这里，石勒对张宾赞许地点了点头。

张宾又说道："下官还有个想法，供大将军参考。眼下为了响应汉国皇帝灭晋的部署，我大军的确不宜继续进攻冀州东部诸郡国，以免需要撤兵或进军时被缠住或被拖住。但下官认为，眼下我大军应派兵前往并州山北诸郡县，在那里开辟一块根据地。因为眼下晋军对并州北部的守卫极为薄弱，而我军如果占领了并州山北地区，对巩固冀州已占郡国，护卫河东地区，乃至壮大我军力量，有着多方面的好处。"

石勒听了，又赞许地点了点头。他略作思索，便派将率张斯率五千人马，前往并州北部游牧民占据之地，建立根据地，并将那里的各式军队收拢起来，使其归附石勒大军。张斯领命后，即刻率五千人马自常山郡向西北而去。

石勒回到平阳后，刘渊当晚设宴款待于他。席间，刘渊不停地称赞石勒，夸他出奇制胜，将赵、魏之地变成了汉国可靠的大后方。此时，汉军抚军将军刘聪等人占据南太行也进展顺利，并已按时回到了平阳参加灭晋会议。

第二天，刘渊召集文武大臣议事。刘渊说："我汉国建立以来，改变了曹操以来匈奴五部统治结构，重新恢复了匈奴传统旧制，壮大了匈奴的整体力量，同时我们团结各族人们，形成了反对晋国的强大力量。朕称汉王后，追尊蜀汉后主为孝怀皇帝，立汉高祖以下三祖五宗为神主以祭之，有力地号召了汉人反晋。这两年，我们频频出击，给晋朝以重大的打击，特别是刘聪和石勒两位爱卿，在太行山以东和以南广大地区攻占了大片地盘，为我军灭晋创造了更加有利的条件。几年前，刘殷、王育两位爱卿便向朕提出，拿下河东，建立帝号，再挥师西南，攻克长安，然后以此为都城，征发关中之兵，最后取洛阳，灭晋朝这个总体宏图。如今，我们已拿下河东，建立了帝号，并建立了巩固的大后方。朕近日与几位近臣商议，拟尽快推进灭晋宏图的实施，因此将众位爱卿召至一起，共商大事。爱卿们有何意见请尽情发表。"

刘渊说完后，汉国大臣们立即热烈议论起来，但众人说的，都是什么时候发兵，如何进攻长安，以及攻克长安后再如何，以及何时进攻洛阳问题。刘渊见石勒一直没说话，便笑着对石勒说："爱卿有何高见，请予赐教。"

众臣见刘渊唯独点了石勒的名，便立即静了下来。石勒起身施了一礼，然后说："陛下加快推进灭晋步伐，臣甚是赞成。臣要说的是，如今陛下要灭晋，已不需要先攻克长安，然后再以长安为都城，发关中之兵。以俺汉国目前的实力和晋朝的情况相比，臣认为经过努力，完全可以攻克洛阳，达到灭晋的目的。臣的这个想法，是臣与部将们经过认真考虑产生的，是否合适，请陛下裁定。"

石勒说完这番话后，大臣们再次热议起来，许多人都摇头，但谁也不说话。

刘渊听了石勒的话后，略思考了一会儿说："世龙爱卿的这个想法，是个大胆的想法，也是朕极其期望的想法，但自朕称帝以来，先后三次派刘景、朱诞、刘聪、刘曜等爱卿去攻打洛阳，但都没成功。世龙爱卿今日再提直接攻打洛阳，必是有新想法。"

石勒说："正是，前三次诸位将军攻打洛阳，都是单路人马，孤军深入，缺少多路联合和配合，如果再次攻打洛阳，一定要数路大军相互策应，并截断洛阳与长安之间的联系，将洛阳周边晋军扫净，这样取洛阳便可胜券在握啦。"

刘渊说："如果能直接攻克洛阳，那我等灭晋大业必会大大提前实现，这是朕日夜都在期盼的，因为朕近期总是觉得身体不适，生怕在有生之年看不到灭晋这一天。诸位爱卿都说说，看世龙爱卿这个意见是否可行。"

众臣沉默了一会儿，刘聪站起来说话了，他说："儿臣认为世龙阁下说得不错，我军在此之前几次攻打洛阳，的确都是孤军深入，只能起到振奋民心，滋扰晋朝的作用，不具攻克洛阳的威力。如果按世龙阁下所说，数路大军联合作战，先将洛阳外围扫净，切断长安增援的可能，我们一定能直接攻克洛阳，而不必先取长安，后取洛阳。"

刘渊又问太子刘和："太子认为如何？"

太子刘和说："儿臣赞成世龙和玄明二位的意见。"

刘渊笑了笑说："怎么样，众位爱卿，你们还有何不同意见？"

由于石勒和刘聪是汉国近年对外征战的主要将领，又各自立下大功，深孚众望，因此大臣们见这二人都一致主张直接攻打洛阳，便不再提反对意见。刘渊高兴地说："好，今日我等议事很有成效，因为我们重新明确了灭晋的路径，认清了局势，掌握了攻克洛阳的重要环节。朕决定，立即派数路大军攻打洛阳，将灭晋提上重要日程。至于如何派兵，兵分几路，由谁率领，从何处进攻，散会后朕再与世龙、玄明、太子等人具体商议一下，然后立即实施。"

经过刘渊与众臣具体商议，决定由刘聪、刘粲、刘曜、王弥、石勒五人，各率本部人马，分五路大军进攻洛阳。

王弥原为山东大族，跟随刘伯根起义失败后，他聚余部退保长广山，即今山东省莱阳东，并转攻青、徐二州，诛杀官吏，有众数万，自称征东大将军，并攻下许昌，逼近洛阳，震动晋朝，司马越调凉州军队将他打败，于是便转投汉国。

商定五路大军进攻洛阳后，刘渊又单独与石勒谈了许多事，其中决定石勒率大军进攻洛阳后，任命汉国大臣刘灵为汉国冀州刺史。石勒领命后，便启程从平阳赶回太行山东，准备安顿整肃大军后，南渡黄河，进入五路大军配合进攻洛阳状态。

可就在石勒准备南下时，传来刘渊病逝的消息。石勒拟回平阳奔丧，但又传来刘渊生前有旨，死后丧事从简，不准回都奔丧，石勒只好在赵国与众将一道，尽臣子之责，吊唁刘渊。但南下渡河进攻晋朝便暂时搁置下来。

过了一些日子，传来刘聪杀死太子刘和，自即汉国皇帝位的消息，石勒沉默不语。又过了一些日子，传来新皇帝刘聪的圣旨，加封石勒为征东大将军，并继续实施刘渊生前确定的进攻洛阳的方案，只是五路大军变成四路，由刘粲、刘曜、王弥三路大军进攻洛阳，石勒率大军在洛阳周边策应三路大军，歼灭晋军有生力量，待时机成熟时，一同攻占洛阳。

且说刘粲、刘曜、王弥三路大军，分别自平阳南下，分西、中、东三个方向，向洛阳包抄过去。刘粲为刘聪之子，刘聪诛杀其兄太子刘和即皇帝位后，以儿子刘粲为河内王，抚军大将军，都督中外诸军事。刘曜为刘渊侄子，刘聪即皇帝位后，擢刘曜为大将，并封始安王。刘粲、刘曜、王弥三人得到进攻洛阳的旨意后，王弥率领的东路大军很快便从平阳南下，向洛阳的东部攻去。刘粲由于刚被封为河内王和抚军大将军，又负责都督中的外诸军事，事务繁多，待处理的事情千头万绪，因此迟迟走不出去。刘曜虽不像刘粲那样繁忙，但也拖了很长时间，才率军自平阳由中路杀往洛阳。

且说石勒得到在洛阳周边策应三路汉军，歼灭晋军有生力量的旨意后，立即率大军自赵、魏之地南下，渡过黄河。此时，王弥率领的东路大军也渡过黄河。张宾对石勒说："皇帝虽然让大将军在洛阳周边策应三路大军歼灭晋军有生力量，但大将军不能被动，应积极争取主动。眼下王弥已经渡过黄河，正向洛阳东部迂回，下官之意我大军即可攻克白马，然后再与王弥合攻兖州、豫州、徐州。"

石勒明白张宾的用意，即不能被动地策应和配合汉国三员将领，而应该争取主动，为日后奠定基础。刘渊死后，石勒部下的将军们对刘聪杀兄自立很是反感，他们在石勒面前不停地提起，让石勒不能久居于刘聪之下，而应该从现在起，积极主动地积蓄力量，有朝一日开国自立。张宾认为刘渊死后，汉国兴盛之时已过，虽然汉国还可以主导灭晋，但刘聪等人的德量不足以君临天下，所以更是主张石勒从现在起便开始谋国势，并一步一步地实施。石勒对刘聪杀兄自立也很反感，对刘聪不愿体恤百姓疾苦，对军士乱惩乱罚更是反感。虽然刘聪对石勒很尊重，很开恩，但石勒每每想起刘渊，都觉得刘聪与刘渊有天壤之别。因此，听了张宾的话后，石勒立即下令，以孔苌为先锋，在王弥率军到达前，先攻下白马。

白马在今河南省滑县东，晋朝时黄河在白马以北流过。在滑县北，还有白马古津渡。孔苌得令后，率三千精骑，只用了两天，便攻占了白马城和白马津渡。石勒派人马驻守白马城和白马津渡后，才与王弥大军会合，然后两人商议，石勒大军沿黄河南岸向东攻占兖州诸郡，王弥则率军南下进攻豫州。之后，两军再联合进攻徐州，将洛阳以东地区的晋军彻底歼灭，为日后进攻洛阳扫清东路障碍。

王弥率军南下豫州后，石勒挥大军自白马一路向东进攻，先攻占了兖州州城廪丘西部重镇鄄城，之后大军迅速包围了兖州州城廪丘。兖州刺史袁孚听说石勒率大军来犯，慌忙召众将商议御敌之策。众人商议了许久，谁也不敢领兵出城拒敌。袁孚大怒，要先杀守将，再治别驾、治中等人的罪。众人一再求情，袁孚恶狠狠地说："本刺史给你们一个时辰考虑，看谁率军出城拒敌！"然后拂袖而去。几位守将知道，出城与石勒大军交战必败无疑，甚至必死无疑，如不出城拒敌，又要被袁孚斩杀。几人一商议，干脆杀袁孚，然后开城向石勒投降。计议已定，两位守将装作向袁孚请战的样子，进袁孚后府，将袁孚杀死，然后打开城门，向石勒投降。石勒问明情况后，将兖州军士中的自愿归附者编入汉军，将杀死袁孚的两位守将斩首示众。

安顿好兖州守卫事宜后，石勒将大军分作两路，一路继续向东进攻黄河南岸的兖州诸郡国，一路南下，进攻陈留、济阴、高平诸郡国。东路军由孔苌率领，南路由石勒亲自率领。

且说石勒率南路军自廪丘南下后，首先攻占了兖州济阴郡，然后挥大军向西，攻打陈留郡。陈留郡郡治在小黄，即今河南省开封和兰考的中间。石勒刚扎下营寨，探马前来报告，说晋朝车骑将军王堪奉旨前来兖州迎战石勒大军，眼下王堪已率大军到达仓垣。石勒对众将说："王堪在冀州城被俺大军击溃后，这些年一直与汉军作对，上次让他和裴宪逃走，这次俺要先除掉他，然后再回头和陈留太守王赞计较。王赞虽然也是咱们的老对手，但还有文人的一面，就让他多活一段吧。"说罢，令大军拔寨前往仓垣。

仓垣在小黄的西北，即今开封东北。不到半个时辰，石勒大军早已到达仓垣。扎下营寨后，石勒点起五千精骑，向王堪大军的营寨驰去。王堪虽奉命前来讨伐石勒，但听说石勒率军前来交战，还是不寒而栗，但只能壮着胆子出营与汉军交战。

两军摆开阵势后，石勒和王堪各自催马来到阵前搭话。石勒说："王堪，上次在冀州城让你逃跑了，今番你自送上门找死，今日你我来个单打独斗，一决高下，如何？"

王堪上次没有和石勒交手，而是被十八骑中的几位将军战败，但他知道石勒武艺高强，自己很可能不是对手。但如今各在阵前，只好硬着头皮说："本将愿意奉陪！"说着，催动战马，舞动长矛，向石勒刺来。

石勒举大刀相迎，二人战至五十回合时，尚不分胜败，王堪心想，石勒的武艺不过如此。这样想着，胆子便壮了起来，长矛也使得呼呼作响。突然，王堪见石勒拨马逃走，王堪高兴，心想自己这个钦封的车骑将军，还是比石勒武艺更高，于是便策马向石勒追去。可刚追出几步，猛见石勒的大刀从背后的空中劈下，王堪此时已来不及躲闪，被石勒的大刀从肩膀处自上而下劈成两半，死于马下。一万多晋军见状，狼狈逃窜，逃窜慢的，尽被汉军杀死。

石勒正想收兵，忽见远处杀声大震。石勒连忙与呼延莫等人迎着杀声赶去。可石勒看到的是，上万名晋军骑兵从三面将汉军包围，汉军寡不敌众，不一会儿，便有上千人被晋军杀死。

石勒大怒，挥大刀一马当先向晋军冲去，两军混战了一会儿，石勒见汉军明显处于劣势，便杀开一条血路，率剩余人马突围而出。晋军见状，也急令收兵，逃往陈留郡治小黄方向去了。

原来，陈留太守王赞得知石勒舍弃进攻陈留，而率大军杀向仓垣，便率一万骑尾随汉军之后，在石勒阵斩王堪时，突然杀出，将汉军袭败。待到石勒营寨的将军率军士们赶到时，王赞早已率晋军们逃得无影无踪。

石勒说："王赞，这笔账俺先给你记上，待俺攻克高平国后，再与你计较！"

军功曹张宾说："大将军，眼下之势，我大军应提兵北渡黄河，继续进攻冀州各郡国，乘冀州空虚之际，攻占冀州东部诸郡国，待到一定时候后，再折返河南不迟。"

石勒思索了一会儿，点点头说："好，通知东路孔苌大军，北渡黄河，攻占冀州东部诸郡国！"

欲知后事，且看下回分解。

## 第十八回　刘越石招降石世龙
## 　　　　　司马越抛弃司马炽

却说石勒在兖州陈留郡的仓垣斩杀晋朝车骑将军王堪后，被尾追在后并突如其来的陈留太守王赞率军突袭打败。石勒狠狠地发誓，要等攻克高平国以后，再返回陈留郡，与王赞算账。可军功曹张宾提出，建议石勒率大军北渡黄河，再回到冀州，攻占冀州东部未攻占的诸郡国。待到合适时候，再折返河南进攻陈留郡不迟。石勒知道，张宾是要乘晋朝加强洛阳周边防卫力量，冀州诸郡防守相对薄弱之机，继续扩大冀州已占地盘，壮大实力，为日后开国独立奠定基础。石勒想到，此时回过头去攻取冀州其他郡国，的确不失一种好主意，因为一来是除王弥的东路军外，刘粲、刘曜的两路大军尚未到达，洛阳西方和北方还不到下手进攻的时候，二来是冀州已有七个郡国被攻占，且负责都督冀州七郡国诸军事的宁朔将军程遐，经常受到来自冀州东部诸郡国和北方幽州的滋扰和威胁，将冀州东部诸郡攻占后，会极大缓解已占冀州西部七郡国守卫的压力，从而使汉国的大后方更加牢固，也为攻占黄河以南的兖州和徐州奠定基础。想到这里，石勒果断地同意大军折返渡河北上，进攻冀州东部诸郡国，并让人通知东路孔苌大军也一同渡河，向冀州东部诸郡国进军。

于是，石勒率南路军经白马津渡渡河北上，孔苌接到快骑的通知后，也放下进攻兖州东部郡国的进军计划，北渡黄河，向冀州东部郡国进攻。

刘渊在世时决定的派五路大军进攻洛阳，以及刘渊病逝后，新皇帝刘聪继续由四路大军进攻洛阳的消息，早已传遍了晋朝的朝野，也传到了身兼幽、冀两州刺史的王浚耳中。王浚下令属下的将士们，要静观其变，不可与汉国军队，特别是不要与石勒的大军争锋。因此，当石勒大军过河北上进攻冀州东部郡国时，除各郡国少许军队外，没有晋朝大规模军队前去抵抗。石勒大军只用了一个多月，便将冀州东部郡国清河国、平原国、渤海国、乐陵国、河间国、章武国悉数攻占。石勒下令，让平朔将军程遐都督冀州全部郡国诸军事。石勒盘点此次进攻冀州东部郡国成果，不但攻占了全部郡国，占有了大量地盘，而且有近十万百姓归附石勒，另有军士上万人编入本部大军。

汉冀州刺史刘灵见石勒大军一个多月的时间，便将冀州东部六郡国攻占，甚是高兴，他对石勒说，他这个刺史自此便可高枕无忧了，还表示要向皇帝上表，表彰石勒的功绩。石勒要刘灵防备王浚有可能的偷袭，刘灵不以为然。

正在石勒与众将商议大军再返回河南，继续进攻兖州诸郡时，汉国朝廷派来使臣，说进攻洛阳的中路军刘曜已率大军自平阳南下，不日便到达河内郡，要石勒率大军速速赶至怀县，与刘曜及汉国安北大将军赵国，共同围攻河内郡。石勒接到皇帝旨意后，当天便率三万精骑，日夜赶路，很快到达司州河内郡怀县以东。安营扎寨后，立即派出探马与刘曜、赵国联络。

且说河内郡地处洛阳以北的黄河北岸广大地区，是洛阳北部安全的重要屏障地带。当下晋朝执政司马越得知刘曜、石勒及赵国三路大军合围河内郡，慌忙以皇帝的名义，诏令征虏将军宋抽率大军驰援，同时令河内太守裴整严加防守，不得有误。

司马越派走宋抽以后，想了半夜，觉得还不把握，便又遣人连夜前往晋阳，通知并州刺史刘琨，率大军南下，驰援河内郡。

刘琨在司马越出任晋朝执政以后，被任命为并州刺史，加振威将军，领护匈奴中郎将。此时，刘渊已在并州起兵并建立起匈奴汉国，刘琨出任并州刺史后，并州州城晋阳，即今山西省太原，由于战乱，已成为一座空城。刘琨在极度困难的情况下，躬身下浮，深入流民之中，安抚百姓，发展生产，加强防御，仅用一年时间，晋阳城便恢复了生气，成为晋朝在中原为数不多的几个抵抗五胡势力之一的重地。

当下刘琨接到司马越的通知后，立即忙里忙外做准备，他要恩威并用，先瓦解石勒，然后再分别击退刘曜和赵国，为他的恩公司马越出力。刘琨之所以这么想，是因为刘琨多年以前便开始做着一件事，而且做得极为秘密和圆满，就想有朝一日将石勒拉到自己一边，甚至为己所用。

原来刘琨出任并州刺史后，便派人秘密寻找石勒的亲人。石勒出逃时，奶奶和父亲由于饥饿和兵荒马乱都已死去，只有母亲王氏和妻子刘氏婆媳二人一起度日。石勒出逃时，妻子刘氏刚有身孕，后来生下一个儿子。由于生活极度艰难，王氏便托人找到了离武乡不远的石勒一个远房堂兄，并投靠到了那里。石勒远房堂兄靠着几亩薄地，与石勒母亲、妻子、儿子一家勉强度日。王氏、刘氏到了石勒堂兄那里后，和石勒堂兄一样下田劳作，还经常进太行山采集一些山珍，拿到集市换些铜钱。石勒堂兄有个儿子叫大虎，自幼爱使锤弄棒，也经常与王氏、刘氏一起进太行山采集山珍。饥荒过去以后，一大家人慢慢过得殷实起来。尽管王氏嘱咐一家人保密，不要对外人说与石勒是亲眷，但还是被刘琨派出的人找到。

刘琨找到石勒的母亲、妻子、儿子后，便让人好好照顾，定期前往看望，送米送布，但王氏拒绝收下刘琨派人送来的任何东西，时间长了，刘琨只好只让人看望和问候，不再送什么东西。

且说刘琨接到司马越驰援河内的通知后，连忙做了一些准备，然后一面让一位从事带几个随从驾车去接石勒的母亲、妻子、孩子等一家人到河内郡去会合，一面率一万并州军前往河内驰援去了。

刘琨到了河内郡后，见石勒、刘曜、赵国等人，都在观察各方的情况，按兵未动。晋朝征虏将军宋抽也在观察汉军动静，只有河内太守裴整显得慌乱，并派督将郭默往返于宋抽大军驻地，不停地联络并沟通情况。

等了两天后，刘琨见从事已将石勒母亲、妻子及侄儿接到河内军营，便连忙拿出早已写好的给石勒的信，派人将人及信送往石勒军营。

这日，石勒正在接待刘曜派来的信使，信使告诉石勒，说刘曜让他转告石勒，由石勒与刚刚派来的汉国平北大将军王桑二人阻击晋国征虏将军宋抽，他与汉国安北大将军赵国二人进攻河内太守裴整。届时，刘曜和赵国先发起对河内军的进攻，宋抽援军一动，石勒与王桑二人便予以阻击。石勒领命并起身送刘曜的信使时，恰好刘琨派来的人也到了石勒的军营。

石勒听说刘琨来到河内驰援并将自己的母亲、妻儿送来，便让人将使者带进军帐。那使者甚是有礼数，给石勒施礼问候后，简单述说了将石勒亲人带来的情况，并呈上了刘琨写给石勒的亲笔信。石勒让那使者先去歇息并等候，然后将张宾请过来，并将刘琨的信递给了张宾。张宾因知道石勒不识字，便展开刘琨的信念了起来：

> 将军发迹河朔，席卷兖豫，饮马江淮，折冲汉沔，虽自古名将，未足为喻。所以攻城而不有其人，略地而不有其土，翕尔云合，忽复星散，将军岂知其然哉？存亡决在得主，成败要在所附；得主则为义兵，附逆则为贼众。义兵虽败，而功业必成；贼众虽克，而终归殄灭。昔赤眉、黄巾横逆宇宙，所以一旦败亡者，正以兵出无名，聚而为乱。将军以天挺之质，威震宇内，择有德而推崇，随时望而归之，勋义堂堂，长享遐贵。背聪则祸除，向主则福至。采纳往诲，翻然改图，天下不足定，蚁寇不足扫。今相授侍中、持节、车骑大将军，领护匈奴中郎将、襄城郡公，总内外之任，兼华戎之号，显封大郡，以表殊能，将军其受之，副远近之望也。自古以来，诚无戎人为帝王者。至于名臣建功业者，则有之矣。今之迟想，盖以天下大乱，当需雄才。遥闻将军攻城野战，合于机神，虽不视兵书，暗与孙武同契，所谓生而知之者上，学而知之者次。但得精骑五千，以将军之才，何向不摧！至心实事，皆张儒所具。

原来那使者叫张儒。

张宾念完刘琨的信后，二人都沉默起来。沉默了一会儿，石勒说："俺对刘琨信中所说事情，毫不动心，俺是在想这刘琨的确有些才华和心计。"张宾点点头说："果然有文才，可惜此人没遇到明主。"二人都笑了起来。

石勒说："先生替俺给刘琨回复几句，'事功殊途，非腐儒所闻。君当逞节本朝，吾自夷，难为效。'"张宾说："下官这就给刘琨回复。"石勒又说："刘琨用心良苦，竟将俺多年失散的母亲、妻子找到并送来，为了这一点，俺要报答一下，否则显得俺羯人无情无义。"张宾点头。

于是，石勒让人选出名马五十匹，珍宝无数，让张儒转赠刘琨，并厚赏了张儒，让张儒转告刘琨，他是不会降晋的。

将张儒送走后，石勒拜见了母亲王氏，接纳了妻子刘氏，认了儿子，并给儿子起名叫石兴。侄儿大虎，此时已十七岁，生得健壮而有蛮力，武艺高强，勇猛无比，石勒就让他在帐下为将，并为他起名叫石虎，字季龙。看到母亲王氏沧桑衰老的样子，石勒跪在地上给母亲磕了三个头，并流着泪说："儿不孝，让母亲受苦啦！"母亲深明大义，她抚摸着石勒说："哪是俺儿不孝，是这世道让咱穷人活得累呀！俺儿快为天下穷人打下江山吧！"

妻子刘氏，虽然只有三十五六岁，但浑身是病，见到石勒后不知是兴奋还是难过，一直泪水不干，瘦弱的儿子不敢看爹，只是帮助母亲擦泪水。

按照刘曜确定的时间，刘曜和赵国准时对河内晋军发起了进攻。河内郡太守裴整不敢出战，蜷缩在城中指挥抵抗。

且说晋朝征虏将军宋抽见汉军发起了进攻，连忙率本部人马前往河内郡治野王城，即今河南省沁阳救援。早已守株待兔的石勒和汉国平北大将军王桑突然率军杀出，截断晋军的去路，宋抽慌忙突围，被石勒手下大将孔苌斩于马下死去。晋军除少数逃窜外，其余皆被杀死。

河内太守裴整见援军已全军覆没，早已慌了手脚，正在他无计可施的时候，几个晋军军士冲进他的屋子，将他缚起来送往刘曜面前，并开城向汉军投降。

且说河内郡督将郭默见瞬间大势已去，却不甘投降，他将裴整手下不愿降汉的军士收拢起来，自任城主，发誓要夺回野王城。

且说刘琨听张儒回来报告面见石勒的情况后，不禁叹道："虽许以侍中而不动心，而受人之恩立即思报，石勒堪称大丈夫也！"

张儒说："石勒不降，那下步解河内之围，大人想怎么办？"

刘琨说："裴整率领的河内军，不够汉军塞牙缝的，宋抽号称征虏将军，不及石勒部下普通一个将军。如果刘曜和石勒发起进攻，不费吹灰之力，晋军定然全线崩溃。如此形势，我区区一万人马如果上前，恐怕我们连晋阳都回不去了。"张儒听了，默不作声。

因此，当刘曜和石勒与晋军交战时，刘琨却并不参与。果然，宋抽和裴整不堪一击，一个被抓投降，一个被阵前斩杀。但刘琨也在盘算，自己的这种表演如何向他的恩公司马越交代。正在他思虑的时候，探马来报，说河内郡督将郭默已重新拉起武装，誓与汉军对抗到底。刘琨听了一拍大腿说："原来遮掩的妙计却在这里！"于是，他连忙传令，任郭默为河内太守，并让郭默作为自己的部将率众夺回野王城。日后向朝廷报告时，就说并州大军亦遭汉军重创，但还坚持和裴整的部下一道夺城。

且说石勒与刘曜等人一同攻克河内郡并歼灭晋军援军后，又传来西路军刘粲进军的消息，皇帝刘聪命刘曜、王弥、石勒等人各提大军与刘粲会师，先消灭洛阳以西的晋军，截断洛阳与长安之间的联系，以便最后攻克洛阳。石勒接到皇帝的旨意后，立即率大军向西挺进，出了河内郡后南渡黄河，来到晋军集结的渑池一带。四路大军攻渑池，晋军哪里禁得住刘曜、石勒、王弥这些如狼似虎的大军，因此，这一战，晋军遭受惨败，渑池数万晋军除被斩杀外，都逃回洛阳或长安去了，洛阳和长安之间的联系被截断了。大败渑池晋军后，根据刘曜的意见，为着手围攻洛阳，刘粲大军进至轩辕，石勒大军进至成皋关。

且说晋朝执政司马越眼见得汉军已经将洛阳东、西、北三个方向的晋军打败击溃，并将地盘占领，对洛阳形成包围之势，心里非常着急和恐惧，他连发檄文数十道，征调诸王分封之地的军队，前来支援和保卫洛阳。但一来是在汉军的征讨下，许多地方已遭受重创，军队已自顾不暇，没有能力向洛阳派兵。二来是司马越自取得执政地位后，专权擅权，挟天子以令诸王，极为不得人心。三来各王都惧怕汉军，特别是惧怕石勒的军队，不愿派兵送死。因此，司马越发了数十道檄文，苦苦等了多日，竟不见有一支援军来支援洛阳。

晋怀帝司马炽虽然年轻，没有什么本事，但看到司马越处于这副境地，也看不起司马越，经常问司马越，援军来了多少人啦，有几个大将前来参战？司马越每次听了虽然心里恼火，但还要压着火告诉司马炽真实情况。

这日，司马越得知石勒大军又回到洛阳西部的成皋关，对太尉王衍说："石勒大军当初先在洛阳东面进攻河水两岸的冀州、兖州诸郡，把远处诸郡攻占后，如今又来到离洛阳较近的东部近郡，看来汉军进攻洛阳的时间为期不远啦！"

王衍喜好老子和庄子的玄言，崇尚"贵无"之说，平日手中总是拿着一个玉柄尘尾，清谈虚无，遇义理有所不当时，随口更改，时人称他为"口中雌黄"。"八王之乱"中，他贪缘附势，连任中书令、尚书令、太尉等职。虽位居三公，但不以国事为念，专谋自保，曾走司马越的门子，让自己的胞弟王澄当上了荆州刺史，后来又让族弟王敦当上了青州刺史，以便为自己日后寻求退路。当下王衍听了司马越的话，连忙说："执政王睿智犀利，见识深远，石勒再次来到洛阳东边，肯定是汉军要动手了。"

司马越又说："如今洛阳东、西、北三面都被汉军占领，各方援军又不来增援，我们如死守洛阳城，岂不是要束手待毙吗？"

王衍点点头说："执政王说得是，我们是该采取点措施啦！"

司马越说："我们将洛阳城中的大军和朝臣拉到项城，在那里与石勒相持如何？"

王衍连连说："好，但执政王应该说我们驻到项城，是讨伐石勒。"

于是，司马越以讨伐石勒为名，率领十万晋军及大批朝臣，东驻于项，以避难自保。

且说司马越率领十万晋军和大批朝臣东驻于项，自以为可以避难自保，却不料立即引来朝野的纷纷指责和谩骂，许多人纷纷到被留在洛阳朝不保夕的小皇帝司马炽面前，历数司马越的罪状，说司马越与奸臣太尉王衍狼狈为奸，弃江山社稷和皇帝以自保，是历朝历代少见的大奸臣，必须予以诛杀。司马越本来驻到项城后每日都担心石勒大军前来进攻，怕十万晋军不是石勒的对手，现在又听说朝野上下人人都在谩骂他，还要让皇帝诛杀他，一气之下，一命呜呼，死于项城。那个不以国事为念，专谋自保的奸臣王衍，此时根本不想如何防备汉军进攻，而是护着司马越的灵柩前往司马越的封地东海国，要将司马越葬回封国。

且说石勒率大军进驻成皋关后，一直注视着洛阳的动静。当得知司马越率大军屯驻项城后，张宾对石勒说："晋朝灭亡的时候似乎来到了。"石勒微微笑道："司马越这个奸佞之臣，到了这个时候，他竟把皇帝扔下不管，自己屯驻项城自保，俺要让他死无葬身之地。"

这日，探马来报，说司马越忧惧而死，王衍已率大军扶柩前往东海国去安葬司马越去了。石勒叹道："江山社稷危亡就在眼前，王衍竟扔下这一切不管，带着大军远离洛阳而去，真是闻所未闻哪！"稍作思索后，石勒下令十几万大军立即追赶还葬东海国的晋军。石勒对众将说："司马越带出来的这十万人马，是晋军的主力，俺大军如果将其消灭，汉军攻克洛阳就没有悬念啦！"

欲知后事，且看下回分解。

## 第十九回　战苦县石勒灭主力
　　　　　　陷洛阳刘曜纳晋妃

　　却说石勒得知司马越忧惧而死，而晋朝太尉王衍不作任何战备，而是率大军护送司马越的灵柩还葬东海国，在感叹之余，下令大军追赶。石勒对众将说，司马越从洛阳带出来的这十万人马，是晋军的主力，消灭了这十万人马，进攻洛阳就不会有悬念了。众将们在连连取胜的情况下本来就憋着一口气，要尽快推翻晋朝的统治，听了石勒一番话，立即鼓足了劲，扬鞭快马向晋军前进的方向追击。

　　且说王衍率领十万晋军，护送着司马越的灵柩，每日都缓缓而行，根本就没想石勒大军会追赶他们。这日，王衍率大军出了苦县宁平城，即今河南省鹿邑县郸城东后，王衍骑在马上一边用玉柄尘尾东甩一下，西甩一下，意在给司马越的魂灵开道，一边念叨着什么。正在这时，忽听队伍后面杀声震天，王衍这时才觉得大事不好，他连忙传令，让军士们扔掉灵幡，拿起刀枪，脱掉孝服，披持戎装，做好厮杀准备。可军令刚传出去，却只见万箭一起飞来，晋军一片一片地被射倒。吓得王衍一面让活着的军士上前抵抗，一面躲在司马越的灵柩后面避箭。

　　不一会儿，箭雨停了下来，可无数骑兵却冲了上来。王衍蹲在地上看时，认得是石勒的大军。只见汉军如一群虎狼，冲进晋军队伍中，对那些尚未被射死的军士，如砍瓜切菜，被杀死的晋军又一片一片地倒在地上。那些还在拼命抵抗的晋军，有的虽然很顽强，怎奈数量与汉军相比，已完全处于劣势，任他们再三拼战，终究不敌勇猛和数量众多的汉军，不一会儿，都被一个一个地斩杀。

石勒在大军接近晋军时，先命令军士们向晋军放箭，看看靠近汉军的晋军已被射死数万人，石勒立即令汉军向晋军发起冲杀，石勒手持大刀坐在马上不停地让身边军士传令，调整着汉军稀疏的分布。石勒看时，他手下那些将军们每隔一段距离，便有一位在前面领头冲杀，晋军遇上这些将军时，几乎无法还手便被斩杀。石勒看得高兴，不住地频频点头。

转眼之间，十万晋军被杀得一人不剩。石勒令人从晋军尸体中寻找王衍，几个军士赶到载有灵柩的一辆豪华马车前，不停地翻动着已堆成垛的尸体，当翻动一个身穿官服、留着长须且头发已白时，那人连忙举起双手从地上爬了起来。军士们将他押到石勒面前，那人垂头丧气地告诉石勒，他就是王衍。原来王衍看到自己的十万大军很快被杀光，便躺在地上装死，还拽过几个已死的军士，将他们的胳膊和腿搭在自己身上，妄图蒙混过去。

石勒问王衍道："你率领的送葬队伍为什么走得这样慢？"

王衍抬头看了看坐在马上威风凛凛的石勒，叹了口气自言自语说道："终究是落到了当初还是个孩子样的枭雄手上啦！"

站在一边的孔苌厉声说："老贼，我们大将军问你，你率领的送葬队伍为什么走得这样慢？"

王衍说："为死人送葬不能走得太快，且我们不知道将军会来追赶我们。"

石勒叹道："司马越用你这样的人做太尉，晋朝安能不败！"

孔苌对石勒说："如此专谋自保、乱国误政之人，留他何用！"说完，拔出宝剑，一剑将王衍挥为两段。石勒下令将司马越灭尸。

石勒下令大军杀回司马越避难自保的项城，即今河南省沈丘，将留在那里的少量晋军和朝臣全部斩杀。

正当石勒将要赴洛阳与刘曜、王弥等联合攻打洛阳时，探马来报，说司马越的心腹何伦、李恽等人带着司马越的家人及宗室四十八王东去奔丧，现已到达长社，即今日之河南长葛。石勒听了对众将说："俺等刚追杀了晋朝十万大军，现在再截杀四十八王，如何？"

将军支雄说："把腐朽的晋朝诸王都斩杀了，压榨穷苦人的罪魁祸首也就没有了。大将军快下令出发吧，这次将四十八王全部斩杀，然后攻进洛阳，将诸王全部除掉。"

石勒说:"好,大军全速前进,截杀晋朝四十八王。"

于是,石勒率大军直向西北方向驰去,只用了一天多的时间,便到达何伦、李恽率领的司马越家人及宗室四十八王大队人马的前方三十里处。当天夜里,探马向石勒报告,说明日何伦及大队人马将会路过洧仓,那里是歼灭四十八王的好地方。石勒当即传令,让大军明日一早出发,在洧仓截击四十八王。

第二天一早,石勒率大军到达洧仓,即今河南鄢陵西北。等了不到半个时辰,只见何伦和李恽二人带领司马越的妻子裴氏、儿子司马毗及宗室四十八王,车马浩浩荡荡,一路走来。石勒一看,何伦、李恽带领的这支奔丧队伍,连护卫军士加起来,也不过千把人,于是,石勒对将军支雄说:"阁下带上一千军士行动吧,这些人都交给你啦!俺等继续往洛阳赶路啦。"

当下支雄带上一千军士,向何伦、李恽率领的队伍冲去。

且说何伦、李恽二人都是司马越提拔和重用的心腹,他们对王衍率领的十万晋军被石勒追杀,此刻还全然不知,还一直算着时间不停地赶路。当支雄率领一千军士突然杀出后,何伦和李恽顿时被吓呆了,但二人很快反应过来,不约而同地拍马向身后逃命去了。慌乱中,何伦逃奔下邳,李恽逃奔广宗。

原来何伦和李恽二人在前面骑着马带领数百军士开路,后面的军士是步兵,步兵后面是车辇,司马越的家人和诸王都是坐在车里。何伦和李恽逃奔后,那些军士们立即慌了手脚,不等反抗,便被汉军杀死。此时,后面的车辇都纷纷停了下来,有些平日颐指气使惯了的诸王,开始还以为前面军士在吵架,准备下车训斥军士,但没等他们下车,汉军军士的刀剑便砍刺过来。不一会儿,所有车辇中的人全被杀死。支雄让人检查了一遍,看是否还有王衍式的装死者,然后率一千军士追赶石勒大队人马去了。

且说石勒率大军一边向洛阳赶路,一边派出轻骑联络刘曜、王弥两路大军,并向他们通报苦县之战歼灭晋朝十万大军等情况,请示何时及如何进攻洛阳。待石勒到达洛阳外围后,得到了刘曜的口信。刘曜让人告诉石勒,说他新近得到朝廷的消息,皇帝刘聪已决定派汉国大将呼延晏率大军攻打洛阳,让刘曜、王弥、石勒三路大军同时会攻,作好配合。

张宾对石勒说:"皇帝可能尚不知晋军十万主力已被大将军全歼的消息,但司马越东屯项城的情况,皇帝总该知道。但虽然如此,还派呼延晏率大军前来主攻洛阳,下官认为皇帝不是不信任刘曜及大将军,便是怕刘曜与大将军功高盖主,因此加以掣肘。"石勒听了,默不作声。

石勒在洛阳外围等了两天,刘曜派人前来送信,说汉国大将军呼延晏率兵两万七千人,明日便可兵临洛阳城下,让石勒大军做好准备。石勒对众将说:"晋军的主力十万大军被俺大军杀得一个不剩,眼下洛阳城内已无几个像样的兵将,攻克洛阳城已无悬念,倒是如何破城,如何对待剩下的那些王公士民,如何保护洛阳古城,却值得思考。不知诸位有何看法。"

孔苌说:"末将明白大将军的意思,末将认为,我大军进攻洛阳城,一是不能破坏这座古城,比如说应禁止放火焚烧宫殿。二是不能随意杀戮,尤其是不能杀害百姓。包括一般士族,末将认为也应尽量不杀或少杀,但对那些晋室王公,应坚决予以诛杀。三是不能抢劫,特别是不能抢劫百姓或殃及百姓,否则我们推翻晋朝的动机就无人相信啦。"孔苌说完这些,其他众将都齐声附和,表示赞成。

石勒高兴地说:"俺们的常山赵子龙说得好,俺的意思就是孔苌阁下说的这三条,诸位将军都同意,说明俺们的想法都是一致的。俺现在倒是不担心咱们自己这支队伍,因为长时间的言传身教,军士们都已将自己融入百姓之中,对百姓的生命财产视为自家利益,谁也不会去杀戮和抢劫百姓。俺担心呼延晏、刘曜、王弥这几位将军,他们和俺等不同,他们除了贵族便是大户,与百姓如同油水。而这次攻战又与以往不同,这次是攻打晋朝国都,俺们虽然已经诛杀了许多晋朝诸王和臣僚,但皇妃宫女和许多晋朝王公大臣还在洛阳,晋朝所有的珍宝都在洛阳,俺担心刘曜等人除了杀人,还会放火、抢劫,造成洛阳城空前浩劫呀。"

张宾说:"大将军能管了自己的队伍,刘曜等人的队伍如何,恐怕我们就管不了啦。下官预料,这次攻打洛阳必然是一次浩劫,只恐洛阳这座古都要遭难哪!但在这个时候,大将军只能让自己的队伍不放火,不杀人,不抢劫,却不宜去说劝刘曜等人,以免生出隔阂,发生不愉快的事情。"石勒听了,点了点头。

又过了两天,石勒接到刘曜派人送来的信,说呼延晏已率大军驻扎在洛阳外围，只待号令一致，便要数路大军一起攻城。石勒当即令大军进入攻城状态，只等时辰一到，便率大军兵临洛阳城下。当日晚，石勒又接到刘曜的通知，定于第二天早晨辰时开始攻城。

且说洛阳城，自东周开始，先后有东汉、曹魏等朝代在此建都。西晋时，洛阳的建都史已有千年，特别是东汉、曹魏、西晋三个相连的朝代，经过二百多年的经营，将洛阳古都打造得雄伟壮丽、富丽堂皇。洛阳北依邙山，南对伊阙，形势非常险要。自司马越率兵东驻以后，洛阳守备已经极为空虚。司马越死后，留守洛阳的乞帅李浑再次率王公将士出逃洛阳，使洛阳更加空虚。待汉军要攻打洛阳时，城中已经饥荒严重，盗贼横行，宫中无人宿卫，一片凄凉。晋怀帝司马炽见执政司马越扔下自己出逃项城，气得要迁都，但怎奈公卿百官不肯。司马炽见状，又试图徒步出洛阳，但刚出宫便遭遇盗贼洗劫，无奈只好返回宫中。此时，小皇帝司马炽已经叫天天不应，叫地地不灵，只能坐以待毙了。

汉国四路大军轻而易举便将洛阳城攻克，且几乎没有遇到抵抗。石勒大军在四路大军中，率先攻破城门，进入洛阳城。但由于石勒早有军纪在先，因此数万大军进城后，不放火，不杀人，不抢劫，只是将为数不多的晋军和公卿百官集中到一起，等待刘曜发令后再发落。

呼延晏、刘曜、王弥也很快各自攻破城门，率大军涌入洛阳城。刘曜见石勒率先攻破城池，并将晋朝在洛阳的王公百官及守军全部俘获，甚是高兴，他称赞了石勒一通后，便下令将石勒大军俘获的晋朝王公百官及洛阳守军，还有相继捉到的士人、百姓共三万多人，全部斩杀。在刘曜下令斩杀的晋朝官员中，有刚刚十几岁的晋朝太子司马诠和吴孝王司马晏、右仆射曹馥、尚书闾丘冲等大臣。刘曜见石勒没有提晋朝小皇帝司马炽，便对石勒说："阁下不会已把晋朝的小皇帝早已斩杀了吧？"

石勒连忙说："此等大事，在下哪敢擅自处置，在下的大军虽然先于始安王攻破洛阳城，并将晋朝在洛阳城尚存的王公百官都俘获一起，但那个小皇帝在下却没去动他，在下的人马也未曾进入皇宫。"

刘曜听了，带有敬佩的神情向石勒点了点头说："阁下自便，本王去擒拿小皇帝去了！"说完，指挥本部人马向皇宫冲去。

刘曜轻而易举地擒获了小皇帝司马炽，然后下令军士将皇宫中的皇后、嫔妃、宫女，统统赶到皇宫外面的宽阔之处，让她们排成队站在那里，刘曜则走到她们面前逐个观看，想从中选出最为美丽者。忽然，刘曜在一位皇后模样打扮的女人面前停住，然后将一边的两位军士唤过来叮嘱说："这位美人，本王纳娶啦！"那两个军士听了，连忙将那美人领走了。刘曜又将皇后、嫔妃和宫女都看完，然后对身边军士说："你们去告诉石勒、呼延晏、王弥几位大将军，让他们也来每人选几位美人。"军士们应了一声后，分头走开了。

刘曜又对身边的军士说："你们告诉石勒、呼延晏、王弥三位大将军，让他们各选美人后，都率大军退回洛阳城外的军营，城中之事就不用他们管了，待本王将城中之事安排完之后，再与他们商定下步事情。"那几位军士听后，又齐声应了一声，分头走开了。

刘曜下令，让自己本部大军再次进入皇宫，将所有珍宝、财物统统取到庭院中来。军士们分头行动前，刘曜又对几位军士说："你们几位专门负责寻找玉玺，不能碰坏。"那几位军士和数量众多的军士一起再次冲进皇宫。

半个时辰后，军士们纷纷带着无数珍宝和财物，从皇宫中纷纷走了出来，很快，院庭堆满了各种珍宝和财物。那几位专门负责寻找玉玺的军士，一连捧过六方玉玺送到刘曜面前，刘曜高兴地逐一查看了一遍后，令几位军士立即押送回平阳，呈送皇帝。然后，他又令军士们将珍宝和财物分别装车，运往平阳。

这时，那几位去通知石勒、呼延晏、王弥来选美人的军士返了回来，他们告诉刘曜，说呼延晏和王弥都对刘曜表示感谢，但期望到晚上的时候再前来选择美人，只有石勒让军士们转告刘曜，说石勒大将军不需要选美人。

刘曜听了摇摇头说："谁不知道石勒刚刚才和失散多年的夫人重聚，而且听说石勒的这位夫人是个乡下人，又老又丑，有这样的选美机会，他倒不动心，真不知他是怎么想的！"

过了一会儿，刘曜又下令，将众多的宫中女人押往城外军营，待呼延晏和王弥挑选之后，押送平阳。看看宫中女人和珍宝财物皆已押走运走，刘曜下令，让军士们放火，将晋朝皇宫全部烧毁。霎时，皇宫内外一片火海，大火烧得啪啪作响，一直到第二天早晨，大火还在燃烧。刘曜率军从洛阳城中撤走过程中，一路上又纵兵大掠，将能抢的东西都抢走了。自东汉以来经营了二百多年的洛阳城，毁于战火之中。

第二天，刘曜又下令本部大军挖掘晋朝陵墓，将墓中的陪葬品全部劫走。

且说石勒率先攻进洛阳城，将晋朝的王公百官及守军俘获并交给刘曜后，便退出了洛阳城。当晚，石勒与众将在军营望见城中的大火，都连连感叹。第二天，石勒又听探马报告说，刘曜又派军士在挖掘晋朝先帝的陵墓，不禁再次感叹。一直等了四五天，才听说刘曜的军队终于挖掘陵墓完毕。

又等了一天，石勒接到刘曜的通知，让石勒、呼延晏、王弥到他的军营去议事。

见到石勒后，刘曜哈哈大笑道："本王选了一个晋朝宫中的美人，你道是谁，原来是那个已死的傻皇帝司马衷的羊皇后，阁下没看到，这位羊皇后真是天下绝色呀，那简直是太美啦，虽已三十出头，但还像个十八岁的大姑娘，嫩得直出水。"笑完之后，他又板着脸对石勒说，"我说世龙啊，你的那位夫人也太寒酸点了吧，还是再选位皇后、嫔妃一类的美人吧！"石勒听了，不知说什么好。好在此时呼延晏走进帐中，将话头岔了过去。

刘曜赞扬了石勒、呼延晏、王弥等人，认为四路大军配合默契，攻打洛阳顺利，斩获丰厚，表示要向皇帝报告，为三人请功。刘曜建议，为了防止那些尚有反抗能力的晋朝诸王的反扑，由呼延晏率军镇守洛阳，王弥率军守住洛阳东，石勒看住洛阳以西和以南，他本人率军回平阳，一来是将晋朝小皇帝司马炽押回平阳城，听候皇帝的处置，二来是请示皇帝下步的打算。石勒、呼延晏、王弥领命后各回本部大营去了。

且说石勒回到本部大营后，众将纷纷围了上来，石勒简单述说了刘曜关于各路破洛阳人马下步的部署情况，众人听了都沉默起来。石勒说："俺的意思，俺大军驻扎到洛阳南部的许昌，在那里，咱们共同谋划一下俺等下步的打算和出路，这一段俺有许多心里话要对诸位说，有许多事要与诸位商议。诸位愿意吗？"众将一致表示愿意。

欲知后事，且看下回分解。

## 第二十回  图帝业张宾频献计
　　　　　除障碍石勒连攻杀

　　却说石勒与刘曜、王弥等各路大军与汉国大将军呼延晏一起攻破晋朝都城洛阳后，汉国始安王刘曜召集石勒、呼延晏、王弥议事。刘曜让呼延晏镇守洛阳，王弥守住洛阳以东地区，石勒看住洛阳以西和以南两个方向，他自己则率军回汉国都城平阳，押送晋朝皇帝司马炽，请皇帝刘聪发落，同时向刘聪请示各路大军的行动打算。

　　石勒自受命与刘曜、王弥一起攻打洛阳以来，心灵一直在受着剧烈的震荡。他对晋朝王公大臣毫不留情，一律斩杀，但他不愿无辜杀戮一个百姓，甚至对杀戮一个士族之人也感到可惜。他对推翻晋朝的统治毫不犹豫，毫不手软，但对破坏城池和放火、抢劫深恶痛绝。他对汉国的君臣勇敢反对晋朝怀有深深的敬佩感，但对汉国君臣像晋朝一样无视百姓痛苦、作威作福，又是深恶痛绝。石勒在刚投到汉国时，刘渊的智谋、大度和对将士的亲和力，使石勒大受鼓舞和激励，特别是刘渊的崇尚节俭，反对奢华的言行，让石勒对汉国这个新政权充满敬意。可刘聪当了皇帝后，汉国似乎已经不再是刘渊时的汉国。刘聪当了皇帝不久，便隐隐传出了许多奢华和骄奢淫逸的传闻。特别是最近在与汉国大将刘曜的接触中，石勒已经明显地感到，刘汉政权与晋朝压榨下的穷苦百姓的意愿已经大相径庭，与自己心目中的打算也已格格不入。张宾刚来到石勒大军时，曾与众将一起议论，期望石勒日后自立政权，当时石勒并没有多想，更没想到日后要与匈奴汉国分道扬镳。但经过近期刘聪、刘曜君臣的表现，石勒开始失望了，他的心中已经萌发了与汉国分道扬镳的想法。石勒认定，推翻晋朝统治以后，改朝换代的政权决不能再像晋朝一样，让那些门阀和世族继续骑在百姓头上作威作福，而必须建立一个为天下穷苦百姓做主的政权。因此，石勒回到本部大营后，便决定与众将退至洛阳以南的许昌，在那里与众将好好谋划一下下步的打算和出路。其实，部将们早已有了跟随石勒立国打天下的想法，因此听了石勒要到许昌去共谋下步的打算和出路，都一致表示愿意。

计议已定，石勒一边派人前往冀州，通知都督冀州诸军事的宁朔将军程遐，让他认真镇守冀州诸郡国。因为此时刘渊派遣的冀州刺史刘灵，已被王浚部将祁弘在广宗打败并杀死，程遐镇守冀州的任务变得更重。一边率大军前往许昌驻扎。此时许昌为晋平东将军王康镇守，石勒大军到达许昌时，轻易攻克许昌，将王康斩杀。安顿好后，石勒旋即与众将谋划起未来的大业。暂且搁下不提。

且说汉国大将，始安王刘曜将同时进攻洛阳的三路大军安顿了一下后，旋即率本部人马，押着晋朝皇帝司马炽，带着攻陷洛阳的胜利和劫掠而来的无数珍宝财物及晋朝皇宫的女人，回到汉国都城平阳。皇帝刘聪得知后，降价而迎，因刘曜已封王，官爵也已封至大将，刘聪便厚赏了刘曜，加任石勒为幽州牧，对呼延晏、王弥等人也予以厚赏。刘聪对刘曜关于石勒、呼延晏、王弥三路大军下步的布置，完全同意，并让刘曜率大军屯驻关中，以便消灭长安一带的晋军，彻底推翻晋朝。过了几天，刘聪下旨，封晋朝小皇帝司马炽为会稽郡公，享受三司之礼仪，并把小刘贵人嫁给他为妻。司马炽自此后至被毒死的近两年时间，一直被囚禁在平阳。

且说晋怀帝司马炽被俘后，晋室无主，一时间，那些尚在的晋朝臣将立即相互串联，纷纷主张组建行台。恰好洛阳城破时，晋朝光禄大夫刘蕃、尚书卢志侥幸逃生，奔逃于并州。刘蕃、卢志二人四处游说，主张晋朝大臣和将领组建行台，作为晋室无主期间在京师以外设立的代表朝廷的临时机构。于是，很快便有四个地方建立了行台，一是司徒傅祗在河阳，即今河南洛阳东北建立的行台，二是大将军苟晞在仓垣，即今河南开封东北建立的行台，三是大司马王浚在幽州，即今北京附近建立的行台，四是司空荀藩在密县，即今河南密县建立的行台。四个行台都在积极活动，妄图扶植新皇帝登基，继续延续西晋政权。

再说石勒率大军攻克许昌后,立即与众将商议起未来的大业来。石勒对众将说:"汉国先帝病逝后,当今皇帝和大臣立即骄奢淫逸起来,一改先帝俭约之风。且不说当今皇帝如何,单说刘曜,作为汉国大将和始安王,在俺大军率先攻克洛阳后,他下令斩杀了三万多人,这内中有些是该杀之人,如晋朝的王公百官和部分洛阳守军。但大多数已投降的军士,还有士民,是不该杀的,完全可以为俺所用。还有,刘曜纳晋惠帝的羊皇后,贪恋此女的美色,以及纵兵劫掠,尽劫皇宫及民间珍宝,纵火焚烧皇宫,使东汉以来经营了二百多年的洛阳城毁于一旦。更有甚者,刘曜指挥军士们挖掘晋朝先帝的陵墓,其行径实在令人发指。最近俺一直在想,这样一个朝廷,与晋朝何异,俺等跟随这样一个朝廷,如何能为天下受苦百姓谋福祉,保这样一个朝廷,与保卫晋朝司马氏政权有何两样!因此,俺想,如今晋朝虽然尚未灭国,但皇帝已被俘获,晋朝的寿命看来已经不长了,俺想如今俺大军已经与其他汉军破了洛阳,先帝交给俺大军的使命俺已完成,没有辜负先帝的期望。但下步的路如何走,俺们可不必再按汉国当今的君臣之路走,而可以再辟新径,另立国祚,走上一条真正为天下百姓谋福祉之路,诸位以为如何?"

石勒说完后,众将一致欢呼起来,特别是十八骑的各位将军和孔苌、张斯等人,都站起身来呼喊着。支雄嗓门大,他大声说道:"大将军与我等众人,都是奴隶出身,我们都受尽了晋朝这个专为士族谋福利的恶朝的苦,我们造反,都是为穷苦百姓谋利益,如果像匈奴汉国那样,当了皇帝不为百姓着想,这样的皇帝我们保它作甚!因此,末将赞成大将军的意见,我们趁早与汉国分道扬镳,自建属于百姓的政权,这才不枉费了大将军领着我等拼杀一场!"

支雄说完,其他将领更加激动,七嘴八舌,纷纷要求与汉国划清界限,走为百姓谋福祉之路。石勒见众将并无不同意见,只是激动而群情激奋,便摆了摆手,让众将停下来。然后,石勒对坐在一边一直未说话的张宾说:"阁下有何见教?"

张宾说:"大将军适才所言,是在下一直所想和所期望的事情,所幸大将军终于想通了。在下早已想明白,也早已看明白,刘汉政权虽然是在天下豪杰反抗晋朝门阀政权的大潮中建立起来的反晋政权,但他们与大将军及诸位将军不同，刘渊是匈奴贵族之后，他和他的子孙们从骨子里是与穷苦百姓格格不入的，只不过是他们要取代晋朝司马氏的统治，而换成他们的统治而已。在下前几天听说，当今皇帝刘聪杀兄继皇帝位后，为政淫暴，为了追求自己的舒适和阔气，不惜民力，兴师动众，大建宫室。非但如此，他还任用宦官，广求美女，前不久临幸中护军靳准之家，将靳准两个美若天仙的女儿，一齐纳为贵嫔，其中那个大女儿靳月光尤其惹人销魂，仅过了十多天刘聪便将她册封为皇后。自从宠爱靳月光之后，两个刘贵嫔受到冷落，刘聪为了安慰他们，分别册封她们为左皇后和右皇后，加号皇后靳月光为上皇后。刘聪一下子立了三个皇后，真是前无古人，比晋朝几个皇帝阔气多了。试想这样纲常断然无存的朝廷，大将军还跟他作甚！"

张宾说完这番话，众将更加炸窝了，桃豹大声嚷道："大将军，尽快率领我等远离这个淫乱的皇帝，我们另立新国，不再侍候这个没落的汉国啦！"

石勒又摆了摆手，示意众将停下来，然后他站起身来说："另立新国这条路俺等不走不行了，俺今天要与诸位商议的是，咱们的新国立于何处。俺最近思考了许久，初步想法是占据江、汉地区，在那里建国立邦，诸位以为如何？"

孔苌说："只要大将军认定的事，我们就立即行动吧！"众将也一齐附和孔苌的话。

石勒见张宾还是未置可否，便再次对他说："阁下以为如何？"

张宾欠了欠身子说："江汉地区富庶而有险可守，不愧为建国立邦之地，但下官以为大将军到那里去建国，未必适合呀！"

石勒说："却是为何？"

张宾说："下官眼下也说不准为何，但总觉得我等北方之人，不太适合到江汉一带建国。"

石勒看众将时，一些将军嚷着说，先夺取江汉地区，不适合时再退回北方就是了。石勒说："好，张孟孙以为俺等北方人不适合在南方建国，俺等权且占据江汉地区试验一下再说，如届时的确不适合，再作计较。"

占据江汉的想法确定之后，石勒便率大军自许昌一路南下，首先奔南阳杀来。但大军刚出发不久，便传来前面的襄城（即今河南省襄城），

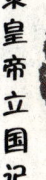

有流人大军阻拦的消息。探马向石勒报告说，前几年，雍州流人王如、侯脱、严嶷等人起兵江淮间，与晋军转战于汉水一带，如今王如等人闻知石勒大军南下，甚是害怕，便率军士一万多人，赶往襄城阻拦石勒。

石勒对众将说："既是反晋的队伍，俺大军不去碰他，绕过襄阳继续前进便是了。"众将皆领命。

且说王如乃雍州京北新丰（即今陕西渭南西南人），初为州武吏，遇乱流移至南阳。前两年，晋朝下令逼遣流民返回关中，他率众袭击遣送官兵，攻下襄城，关中流民纷起响应，一时拥众四五万，遂自称大将军，与晋军转战于汉水。王如得知石勒欲南下，但不知石勒南下做什么，生怕石勒要来抢自己的地盘，这才率领一万人马在襄城阻拦石勒。但看到石勒大军故意绕过襄城，开始认为石勒不是冲着他们来的，但待石勒大军离开襄城两天后，王如又突然感到，石勒大军是冲着他们占据的襄阳去的。于是，王如率大军向石勒大军紧紧追赶，一直追到南阳，才追上石勒。

石勒到了南阳后，大军屯于宛北山。王如因为担心石勒进攻襄阳，于是连忙带着许多珍宝和车马，前往石勒大营犒师。石勒热情接待了王如，并与他结为兄弟。但王如劝石勒不要进攻襄阳，石勒不听，率大军直逼襄阳，并攻陷江西垒壁三十余所。王如大怒，遣弟王璃率骑兵两万五千人，诈言再次前往石勒大营犒师。石勒早就知道了王如的用意，因此先下手出击，王如兄弟大败逃走。

占领襄阳后，石勒再次与众将商议，欲在江汉一带建国立邦。张宾又向石勒建言，其理由除了已说的北方人不习南方水土之外，还提出江汉地区流民势众，不利稳定，因此认为江汉之地不利于建国立邦。石勒虽然没有采纳张宾的意见，但认为张宾的确有见识，有智谋，因此将张宾由君子营谋主，改任提升为参军都尉，领记室，位次司马，专居中总事。

就在张宾建言不几天，石勒大军便由于军中缺粮及不服当地水土而流行疾疫，许多军士不治而死。石勒见状，只好放弃襄阳，渡过沔水，攻克了江夏。在江夏，大军依然不服当地水土，于是石勒果断率大军北上，渡过淮水上游数条支流，来到豫州的阳夏，即今河南太康。

张宾再次向石勒建言说："阳夏地处豫州北部，与兖州陈留接壤，大将军可在此驻扎一段，清除几个日后阻碍我们建国立邦的对手。"

石勒说:"参军都尉莫非说的是王弥、苟晞、王赞三人?"

张宾点头说:"大将军睿智,下官所说正是此三人。王弥会攻洛阳后,被刘曜安顿在洛阳以东屯驻,听说王弥就在陈留郡的己吾县屯驻,大将军可用计将他除掉。苟晞就住在与咱们眼下屯驻之地阳夏同一梁国的蒙城,我军若攻打蒙城,不费吹灰之力,定会生擒苟晞。王赞上次在仓垣突袭我军后,一直任陈留郡太守,加散骑侍郎,这次可报上次被突袭的一箭之仇。"

石勒点头说:"好,此三人不除,的确是俺们日后建国立邦的障碍。参军都尉传令俺大军在阳夏暂不定期屯驻,待除此三人后再拔寨起程。"张宾领命。

第二天,石勒点起精骑三千,带着十几位将领,向蒙城驰去。他要先剿灭苟晞,然后再消灭王赞,铲除王弥。

且说苟晞自作为当时刚刚当上晋国执政司马越平定汲桑、石勒进攻邺城的前锋后,因斩杀公师藩、击败汲桑、石勒有功,进位抚军将军,都督青、兖二州诸军事。后来,由于司马越独断专权,杀害贤士,晋怀帝司马炽密诏苟晞讨伐司马越,司马越得知后大怒,便率兵迎战苟晞,但被苟晞打败,司马越的几个亲信被杀,苟晞有功被怀帝封为大将军、大都督,统领青、徐、兖、豫、荆、扬六州诸军事,出入持黄钺,规格极高。随着权位升高,苟晞开始由廉明逐渐腐化堕落,以致奴婢上千,侍妾数十,终日累夜不出户,刑政苛虐,纵情肆欲。

蒙城即今河南商丘东北,石勒率大军驰奔了一个多时辰,一路无阻,顺利到达蒙城。苟晞自被封为大将军、大都督并都督六州诸军事后,便从各州选调了一些精兵,驻扎在蒙城,作为自己的护军。开始时,这些护军很是勇敢顽强,但后来看到苟晞整日与数十位妻妾纵情欢娱,不思保国卫家,军士们便一天一天地松懈下来,已毫无战力可言。因此,石勒大军轻易便将蒙城攻破,将苟晞的大将军府包围。

此时,苟晞还在与几个美妾相拥而坐,饮着美酒取乐。当家将告诉苟晞,说石勒大军已包围大将军府时,苟晞连忙让家将去找自己的兵器,但家将去了一会儿,只拿过一把抽不出鞘的佩剑。苟晞长叹了一声,将剑扔在地上,一屁股坐在椅子上。就在这时,石勒手下将军孔苌、支雄、桃豹等人率数十个军士冲进府中,苟晞一句话也说不出来,被乖乖押到了石勒面前。

石勒见面前的苟晞已不再是四五年前在邺城见到的勇将苟晞。看到苟晞垂头丧气的样子，石勒对苟晞说："居功自傲，不思进取，刑政苛虐，纵情女色，这就是你苟晞进位大将军的本色，也是你失败的原因，你知罪吗？"

　　苟晞不服气地摇了摇头说："自古帝王谁不贪欲，皇帝贪欲，做臣子的贪欲有何罪过？"

　　石勒叹道："好好一员猛将，廉明出名的一位好官，几年之内竟沦落到如此地步，晋朝安能不垮！"于是，遂下令将苟晞满门抄斩，将其府内珍宝尽皆装车运走，将府内粮食财物分给百姓。

　　在蒙城住了一夜后，石勒率大军折返西进，径直向王赞的陈留郡驰去。洛阳被攻陷后，王赞本欲前往投奔好友苟晞，但闻知苟晞已日夜迷恋女色，足不出户，便打消了此念头，只好在陈留郡死守，有时赋诗嗟叹，消磨时光。虽然朝廷给他加了个散骑将军的官衔，郡内守军也相对较多，但怎奈石勒如狼似虎骑兵的冲击，因此，石勒大军不消半个时辰，便将陈留郡治小黄攻破，王赞被军士押至石勒面前。

　　石勒对王赞说："俺知道你是个博学而有文才之人，俺会让军中文人将你的诗作留下来并传承下去，你不必惦记此事。"说完，令军士将王赞斩杀，并接管镇守陈留。

　　回到阳夏后，石勒对张宾说："对付王弥不能用大军攻击的办法，须以计杀为好。"

　　张宾点头说："大将军可先写信给王弥，待建立一定的信任感后再动手，以免生出枝节，不仅杀不了王弥，还会在皇帝那里弄出问题，到那时就麻烦啦。"

　　石勒说："阁下言之有理，古语说'安其身而后动，易其心而后语，定其交而后求'，是要与王弥有一定的彼此认知后再动手，否则必定会坏大事。"

　　张宾说："下官断定，此时此刻，王弥也会在盘算着除掉大将军，因此，宜稳妥快速除掉此人。"

　　二人正说间，军士来报，说抓住了王弥的谋士刘暾，请求如何处理。石勒笑道："真被阁下说着了，走，看看王弥究竟要干什么。"说着，与张宾一起去审讯刘暾。

　　欲知后事，且看下回分解。

## 第二十一回　石世龙用计杀王弥
　　　　　　　张孟孙谋势进河北

　　却说石勒斩杀了苟晞、王赞后，便开始想法除掉王弥。但石勒知道，王弥曾与北方最早起义领袖刘伯根一道起兵反晋，在民间有着很高的声望，在汉国也有着很高的地位，且极富才干和谋略，绝不能轻易动手，也不会像苟晞、王赞之辈那样好对付。因此，石勒决定采取计杀的办法，而不能用攻杀的手段。参军都尉张宾劝石勒要与王弥建立一定的信任感后再动手，石勒深知古人说的君子平衡三策其中的道理，赞成"安其身而后动，易其心而后语，定其交而后求"的处事之道。张宾还进一步分析说，此时此刻，王弥也定会在盘算着除掉石勒，因为石勒和王弥是眼下占据中原汉军中的两支最强的队伍，以石勒和王弥之枭雄之势，彼此都难以容许一山二虎的现象存在，王弥也难说永远甘居汉臣。二人正说着，军士来报，说抓住了王弥的谋士刘暾，请示石勒如何处理。石勒听了笑道："真被阁下说着了，走，看看王弥究竟要干什么。"说着，与张宾一起去审讯刘暾去了。

　　原来王弥投靠刘渊后，一直有日后打天下坐天下的想法。攻破洛阳并被刘曜指定经营洛阳以东后，王弥便一直在用心经营兖州、豫州，并在一直紧盯着东边的青州和徐州。昔日石勒大军攻占的兖州诸郡，许多已被王弥重新经营。石勒大军自江夏北上阳夏后，王弥立即得到了消息。看到石勒剿灭蒙城苟晞和陈留王赞后，王弥更是坐卧不宁。王弥的谋士刘暾早已明白王弥的心思，他为王弥献计说："主公何不与占据青州的部将、安东将军曹嶷联合出兵，共灭石勒。"

曹嶷为东莱人，刘伯根、王弥起兵反晋时，曹嶷参加王弥率领的队伍。王弥受刘曜之命经营洛阳以东后，王弥任曹嶷为安东将军，占据青州。当下王弥听了刘暾的话后，点了点头说："那就烦阁下亲自前往青州，让曹嶷将军出兵，我们来个两路夹攻，共灭石勒。"刘暾领命后，带领几个随从出己吾县前往青州去请曹嶷。

石勒在攻破陈留郡并斩杀王赞后，早已派了许多军士，在王弥驻守的己吾周围观察着王弥军的动静，因此，当刘暾出了己吾不远时，便被石勒的军士抓住押到石勒面前。

石勒问清刘暾的行踪及王弥的打算后，将刘暾秘密处死。石勒对张宾说："王弥着实可恨，俺若不加提防，真让他将俺算计啦。"

张宾说："因此，下官之意应尽快除掉王弥。"

石勒说："既然不宜攻伐于他，眼下又无与他拉近关系的机会，如何能尽快除掉他？"

张宾说："下官用点小计如何？"

石勒说："有何妙计？"

张宾说："王弥与刘曜之间已有矛盾，可派人向王弥的部将徐邈、高梁等人散布说，刘曜已在皇帝刘聪面前奏本，要免除王弥的大将军职务，并要追查王弥部将的责任，徐邈、高梁等将得知后，必定会离王弥而去，使王弥的兵力骤减。同时，再向与王弥一直对峙的晋朝镇守寿春的将军刘瑞传信，就说王弥要逃跑，刘瑞知道后，必然会出击王弥。那时，大将军可率兵增援王弥，一同挫败刘瑞，如此一来，王弥一定感激大将军。到了这个地步，大将军再去见王弥，王弥能不欢迎大将军吗？只要大将军能见到王弥，还怕无计杀死他吗？"

石勒说："此计甚好，只是太损了点。"

张宾说："自古两军之间用计，都是无所不用其极，大敌当前，大将军不可仁慈。"石勒点头。

于是，张宾秘密派出两波细作，一波前往王弥军营，一波前往寿春刘瑞军营，即今安徽寿县，去散布流言。

果然，没过多少天，传来王弥部将徐邈、高梁引所部人马不辞而别，离开王弥大营的消息。又过了一些日子，又传来晋朝寿春守将刘瑞率大军北上征讨王弥的消息。

且说王弥派出谋士刘暾前往青州去请曹嶷后，过了许多天竟毫无消息，他派出快骑前往青州去追寻刘暾，更是不见刘暾的踪影。正在王弥迷惑之时，军士来报，说徐邈、高梁两位将军昨夜引所部大军私自出营，竟不知投往何处去了。王弥大怒，派出多路探马四处寻找，并传令有找到徐邈、高梁者，予以厚赏。但探马找了几天，并无徐邈、高梁的消息。

这日，王弥坐在军帐中兀自烦恼，突然想到近日发生的怪事，一定与石勒的到来有关。他正要让人到石勒军营去打探情况，军士来报，说刘瑞提大军前来征伐，并声称一定要阵斩王弥。王弥听了，狠狠一跺脚说："石勒，定是你这个狡猾的羯胡所为，我们以后再算账！"

待王弥问探马刘瑞大军有多少人时，那探马说，刘瑞大军至少有三万人。王弥一听，立即瘫软地坐在地上说："徐邈、高梁率军出走，我大军所剩还不足两万人，如何应付得了刘瑞三万大军！"

过了一会儿，王弥从地上站起来，走到案前提笔给石勒写了一封求援信，请求石勒派大军前来增援他，共同迎击刘瑞大军。

石勒接到王弥的求援信后，对张宾说："王弥倒是能放下架子，不等刘瑞大军到来，便先将求援信写来了。阁下快念念，看王弥信中说了些什么？"

张宾展开王弥的信念道："镇东大将军并幽州牧石勒阁下：数虎共镇一山，多龙同聚一潭，难免风生水起，然毕竟虎出同科，龙生同种。今晋寿春守将刘瑞率三万大军来袭，弟因兵马骤减，恐有不支，企盼兄出手相助，共敌晋军。患难相救，没齿不忘。弟王弥顿首。"

石勒笑道："王弥自己上钩啦。"

张宾说："大将军可率精兵将刘瑞置于死地，一来是解王弥之难，二来也为推翻晋朝多消灭一个有生力量。"石勒点头。

当下石勒一面派出探马，打探刘瑞进军的情况，一面派人与王弥联系，以便共同迎击刘瑞。

且说刘瑞听到王弥要逃走的消息后，接着又听说王弥的部将率军出走，且与石勒之间有矛盾，石勒不会营救王弥，因此刘瑞满以为这次可以活捉王弥，向几个行台请功邀赏。于是，刘瑞率三万大军一路急行，要立

擒王弥，击垮王弥全军。

这日，刘瑞率大军刚到鄢县，即今河南宁陵之南，突然一声炮响，王弥率军从迎面杀来，石勒则率军从东西两个方向杀来。刘瑞一看，三面大军黑压压一片，足有四五万人。刘瑞大惊，一面指挥大军掉头南撤，一面大呼让军士抵挡。可王弥和石勒的大军像潮水般涌来，晋军哪里抵敌得住！刘瑞见晋军根本挡不住汉军的进攻，只好拨转马头向南奔逃。可刚逃出二里路，忽见迎面一员大将挡住去路。刘瑞勒马看时，见那将胯下银鬃马，手持一杆又粗又长的大枪，威风凛凛，气势汹汹，让人望而生畏。但刘瑞此时只能硬着上前搭话。只见那员大将用大枪指着刘瑞说："刘瑞，我乃汉国石勒大将军驾下战将孔苌是也，识相的下马受降，不识相的让你马上受死！"

刘瑞也不搭话，挺三尖两刃刀劈面便朝孔苌刺来。只见孔苌大枪一挥，便将刘瑞的三尖两刃刀磕开，接着一枪快似一枪地刺来。刘瑞武艺虽然高强，但怎奈孔苌这样的虎将，大枪又沉又快，因此两人战了二十个回合，便已招架不住。刘瑞一看，回马便走，但孔苌马快，赶上去只一枪，将刘瑞的前胸刺透，然后挑起来一甩，将刘瑞甩出二十多步，重重摔在一块大石头上，刘瑞当即成为一堆肉饼。

此时，石勒和王弥率领的大军，已将刘瑞率领的三万人马斩杀过半，那些马腿长的，不顾一切逃走。石勒见了，下令本部大军收兵，只管让那些寿春兵奔逃。王弥见已彻底击垮刘瑞军，亦鸣金收兵。

第二天，王弥派人前来向石勒致谢，石勒率一支人马前往己吾，即今河南睢县东南，请王弥前往赴宴。王弥几位部将都劝王弥不要赴石勒之宴，王弥说："石勒在我危难之时出手相助，现在人家请我赴宴，我们还要怀疑和推辞，岂不让人笑话！"于是，只率几个随从前往赴宴。席间，石勒摔杯为号，让军士冲进宴帐，将王弥杀死。

杀死王弥后，石勒当即率人马来到王弥大军军营。王弥的部众见首领已死，又见石勒英雄盖世，都纷纷表示降附石勒。石勒将这些人马带回阳夏，编入自己的大军。当天，石勒让张宾给刘聪撰表，奏明王弥是因叛逆而被杀。后来刘聪遣使前来斥责石勒，说石勒目无君主，擅杀大将，但明知石勒已拥重兵，无法制裁，只得又重新封石勒为镇东大将军，并督并州、幽州诸军事，领并州刺史，以安抚石勒之心。

剪除王弥后，石勒逐鹿中原的最大对手便被除掉了。此时，石勒大军已彻底摆脱了在襄阳和江夏时，军中疾疫流行和缺粮的阴影，军心和军势达到了极为兴盛的状态。

于是，石勒决定，大军乘胜南下，攻掠豫州诸郡。号令下达后，数万大军披荆斩棘，一路南下，势如破竹，将梁国以南的汝南、汝阴、谯国、沛国、弋阳、安丰诸郡国全部攻陷，大军一直兵临长江。

由于谋取江汉的想法没有成功，石勒此时还一直在思考着下步的进退和落脚之处。这日晚，石勒在一个侍读匠的陪同下，在军帐中的灯下，一直眼睛盯着用绢丝绘制的地图，思考了许久，他决定攻取建业，即今江苏南京，在那里建国立邦。他与张宾说知此想法后，张宾一直摇头，认为建业一带虽曾为吴都，但终究为南方，未必适合北方人的习性。石勒说："还是攻下建业体会一段再说。"于是，石勒令大军退至葛陂，在那里课农造船，准备攻取建业。军令下达后，数万大军从长江北岸折北而返，很快屯于葛陂，即今河南新蔡西北。到达葛陂后，石勒立即组织军士们课农造船，准备攻取建业。

可就在课农和造船都进行得很顺利时，恰值汉淮地区连降大雨，汉军再次遭受饥饿和疾疫的双重折磨，军士们每天都有数以千计的人死去。而恰在此时，镇守建业的晋朝琅玡王司马睿，又派扬威将军纪瞻督率大军集于寿春，并列出袭击石勒大军的架势。

石勒已经感到了军情的紧急，他立即召集众将商议局势，决定大军的动向及日后进退问题。

石勒说："攻克洛阳以来，俺大军两次打到江水北岸，都是为了寻求咱们日后建国立邦的理想之地，可第一次图谋的江汉地区，被饥饿和疾疫所打破。第二次打到江水北岸后，俺想日后占领当年的吴都，因此来到葛陂此地课农造船，准备攻占建业。谁知老天不作美，再一次让俺大军遭受饥饿和疾疫的折磨。加之琅玡王司马睿派纪瞻在觊觎俺们，看来俺大军要攻取建业的希望又要化为泡影了。诸位说，俺大军下步究竟去哪里落脚为好，俺日后建国立邦究竟选择哪个地方为好？"

众将都知道，参军都尉张宾对石勒拟到南方建国立邦，一直持不同意见，但一直没有说服石勒，今天见石勒说出这番话，都把目光集中到张宾身上，希望张宾好好说说自己的想法。张宾这一段一直认为不适宜到南方寻求建国之地，但看到石勒如此热心南方，也只好耐心等待石勒有朝一日有新想法时再说。今日他见石勒已经初步否决了自己过去到南方寻求建国之地的想法，而且让众人都说说自己的想法，且众将都希望自己好好说说想法，于是，张宾欠了一下身子，对石勒说："下官先来说说我的想法。"石勒打了个手势，做了个请的姿势。

张宾说："在大将军率大军两次打到江水北岸的过程中，下官也在认真思考着大将军日后建国立邦之地问题。现在看，江汉之地已不适宜作为选择之地，东边的建业虽为当年吴国建都之地，但如今镇守此地的司马睿，正在跃跃欲试，以图复兴司马氏政权，一些士族出身的门阀人士，自洛阳被攻陷后，都在热捧司马睿，希望他出来收拾司马氏政权这个乱摊子，因此司马睿目前如日中天，势力浩大，大将军要跨江攻克建业，恐非一日之举，因此，建业眼下也不是我们选择之地。至于江淮地区，亦不适合作为建都之地。这是南方情况。从北方看，适宜建都之地不少，但关中、河东各有其主，长安、洛阳破败不堪。下官认为，适宜大将军建国立邦之地，唯河北赵、魏之地可选也。因此，下官建议大将军，渡河北上，到赵、魏故地寻求立国之地。"

张宾说完，孔苌、支雄等三十多位将军，七嘴八舌，主张去夺建业。孔苌大声说道："参军都尉自是说得有理，但说及司马睿盘踞建业，不易攻取，我等偏偏不服。我等三十多员战将，大将军如每人给我等三百步卒，三十艘船，我等一定会攻克建业，尽缚那司马儿辈献于大将军面前！"

石勒听了，虽没表态，但赞许孔苌等将的精神气概，不由得深深点了点头。

右长史刁膺说："既是司马睿雄心勃勃，要收拾司马氏这个乱摊子，我大军不妨投靠他。"

石勒听了，立刻变色大声说："阁下要投降司马氏？"

刁膺说："我们先投降司马睿，待站稳脚跟再图他计。"

石勒听了，站起身来说："孔苌、支雄之言，勇将之计也，刁膺之言，怯者之计也。俺认为这两者都不可取，唯参军都尉张宾之言，乃良言善计也。俺决定，依张宾之计，大军渡河回河北，在那里寻求立国建都之地。不知张宾阁下认为河北何地适宜立国建都？"

张宾听了高兴地说："最理想之地当属邺城，那里有三台之固，西接平阳，四塞山河，有喉衿之势。邺城北面是广阔的冀州，冀州之地已被大将军悉数攻占，邺城南面有河水之险，况大将军目前已征服河水以南的大片疆土，日后立国可将疆域划至淮水。"

石勒点点头说："邺城的确是徐图霸业的好地方，俺随汲桑大将军当年起兵反晋的初始之地便是这里。但邺城自古便是兵家重地，如今晋军依然有重兵把守，如俺大军一时难以攻克，当作何考虑？"

张宾又说："如邺城一时难下，则可继续北上。邺城之北有邯郸和襄国，皆赵之旧都，那里依山凭险，形胜之国，可择其一作为都城。不管占据邯郸还是襄国，届时大将军遣诸位将军四出攻战，推亡固存，兼弱攻昧，恩威并施，则群凶可除，王业可图矣。"

石勒听了，认真思索了一会儿，然后问众将道："张宾阁下说的，诸位都听清了吗，诸位以为如何，还有何不同意见？"

众将听了，一齐点头赞成。主张投降司马睿的右长史刁膺，也愧疚地摇了摇头，然后又深深地点了点头。

石勒说："好，那俺等就确定渡河进河北的方略，进了河北之后，择邺城、襄国、邯郸一邑作为俺们的都城，然后在那里建国立邦，建立一个为天下百姓谋福祉的政权。今天诸位都回去好好收拾并准备一下，明日一早，大军便从葛陂向北进发。"众将听了，站起身来，向外走去。

石勒对走在后面的右长史刁膺说："俺自结识阁下后，便指望阁下与俺一同成就大业，为天下百姓造福，阁下怎么能劝俺投降那专为少数人谋利益的司马氏呢？"于是，石勒将刁膺降为将军，擢升张宾为右长史，加中垒将军。自此，张宾成为石勒帐下最高的幕僚和最为得力的助手，军中皆呼之为"右侯"。

当晚，石勒与张宾认真谋划了进军河北的具体事宜，只待次日一早，便要大军北上，渡过黄河，进返河北，选定立国建都之地。

欲知后事，且看下回分解。

## 第二十二回 定襄国石世龙立制　笼人心佛图澄兴佛

却说石勒率大军在葛陂本欲做好修筑营垒、向农民征税修造舟船后，便要进攻建业，以便试图在那里建国立邦，怎奈天降大雨，三个月不停，石勒大军再次遭受缺粮和疾疫的双重打击。石勒无奈，只好与众将再次商议局势，以便决定大军的进退问题。参军都尉张宾认真分析了形势，建议石勒放弃江汉、建业和江淮，渡过黄河回到河北去选定立国建都之地。石勒采纳并提拔张宾为右长史，并与张宾认真谋划了大军北上的具体事宜。

根据石勒与张宾的分析，大军要顺利北撤，必须防止驻扎在寿春并一直盯住石勒大军不放的晋朝扬威将军纪瞻率领的军队。因此，石勒与张宾决定，派石虎率两千精骑前往寿春方向，牵制纪瞻，以便石勒的大队人马顺利北上。

且说石虎得令后，第二天一早，便率两千精骑向东驰去。石虎加入石勒大军后，经过战阵的历练，很快成为一位猛将。石虎在投到石勒大军之前，便擅长骑射，浑身蛮力，在投入石勒大军后，每次作战都骁勇无敌，无人阻挡，石勒任他为征虏将军。只是石虎的严厉和心狠，有时令军士们吃不消，但石勒认为石虎驾驭部下严厉而不繁琐，冲锋陷阵所向无敌，因此一直对他信任有加，每逢遇到难打的仗时，不是派孔苌，便是派石虎。

石虎率两千精骑向东驰进了百里之后，探马前来报告，说在汝水发现晋军的运船，船上装载着粮食及衣物。石虎一听，立即率人马向汝水驰去。到了汝河，石虎与军士们下马，争相上船抢夺晋军的货物。原来石勒大军在葛陂驻扎这一段，人人都遭受了饥饿，因此见到粮食，军士们像见到宝贝一样，拼命往自己这一边抢。

正在石虎和军士们争相抢夺晋军粮食时，突然一支人马从岸边的树丛中杀出。石虎一看，知道中计，便连忙呼喊军士上岸上马迎战，但待石虎骑上马背后，许多军士已被斩杀在水中。原来这正是晋朝扬威将军纪瞻率领的人马杀来。纪瞻奉司马睿之命，一直在汝河的船上驻扎，且故意设下让汉军上船抢夺粮食之局，以便突然杀出。

当下石虎拍马持长矛迎战纪瞻。尽管石虎勇猛无敌，怎奈晋军数量众多，一拥而上，因此石虎寡不敌众，率领军士且战且退，而纪瞻则率晋军紧追不舍，两军一路混战百里，恰好与正在北进的石勒大军相逢，纪瞻见石勒大军列阵以待，不敢再向前挑战，率领军士们退向寿阳去了。

石虎计点军士数量，两千精骑损失了三百多人。石虎向石勒诉说军士遭袭情况，并发誓日后一定要亲手斩杀司马睿和纪瞻，以报此次之仇。石勒安慰了他，并让他继续率本部精骑在前面开路，大军继续北上。

此时，由于百姓单方面听官府宣传，又不了解石勒的爱民情结，因此民间都以反对游牧民入侵为主要任务，百姓也都痛恨匈奴、羯、氐、鲜卑人，认为他们内迁扰乱了汉人的生活和社会的安定。所以，石勒大军在北进途中，所过之处，都是坚壁清野，石勒大军军士的粮饷一直十分困难，军士们一路前行，一路挖野菜、剥树皮充饥。

到了东燕后，石勒听说汲郡人向冰聚集了几千人在枋头修筑了营垒，便对张宾说："俺大军欲渡河水，须防备向冰的袭击。"张宾说："听说向冰有许多船只藏于水中，大将军应派轻骑抄小路去偷袭并夺取这些船只，如此我大军既会顺利过河，又可擒获向冰。"

于是，石勒派孔苌、支雄率军士从文石津扎木筏渡过黄河，夺取了向冰的船只。然后，石勒率大军从棘津渡过黄河，攻打向冰。向冰聚集数千人妄图堵截南下的汉军，不期被石勒大军轻易打败，向冰带着几个军士拼命逃命，竟不知逃往何处去了。石勒夺取了大批军资粮饷，军势很快重新强盛起来。

在黄河北岸休整了两天后，石勒率大军长驱直入，进入河北大地。只用了几天时间，便兵临邺城之下。邺城即今河北磁县，石勒与汲桑跟随公师藩起兵反晋时，便是进攻邺城的司马模。虽然石勒等人那次以失败告终，但晋军一提起石勒进攻邺城，还是不寒而栗。此时，晋朝几经辗转，已派北中郎将刘演率军镇守邺城。刘演依仗数万大军和三台的险固，信心十足地在邺城固守着。

邺乃著名古邑，春秋时齐桓公始筑城于此，战国时魏文侯封邺，把邺城作为魏国的陪都，秦时置县，三国曹魏时为邺都。曹操都邺时，曾修筑三台，即铜雀台、金虎台、冰井台。铜雀台是为了一统天下后尽纳天下美女于此，如当时的大乔、小乔。金虎台又名金凤台，是曹操与宾客宴饮及赋诗之地，同时也是战略要地。冰井台是用来贮藏冰块、煤炭、粮食等物，以备紧急时之用。

且说邺城守将刘演手下有两员部将，一个是临深，一个是牟穆。这二人多年来一直暗地敬仰石勒，当下二人得知石勒率大军来攻邺城，私下一商议，便率两万多人马投降了石勒，石勒委任二人为将军，将其两万多人马编入自己的大军。

石勒派人到邺城城下叫城，让刘演也归降自己，但刘演不从，并发誓与石勒大军对抗到底。石勒见状，下令大军攻城。此时刘演部下虽有军士不足万人，但防守顽强，加之三台险固，石勒大军攻了几天，并无成果。

张宾对石勒说："邺城城池坚固，况有三台之险，看来一时难以攻克，不如舍邺城而北进。下官近日又反复琢磨了邯郸、襄国两地情况，觉得据有襄国，对日后建国立邦更有好处，宜应舍邺而夺襄国。"

石勒说："好，那就到阁下故乡邻近夺取襄国。"张宾为冀州赵国中丘人，中丘南面便是襄国，因此石勒将襄国说成张宾故乡的邻近之地。

于是，石勒下令大军停止进攻邺城。石虎指着邺城高大坚固的城墙狠狠地说："总有一天，俺要踏平你！"

且说襄国即今河北邢台市。西周初，周成王姬诵封周公四子姬苴为邢侯，置邢侯国。周惠王姬阆当政期间，强狄犯邢，邢迁都于夷仪，即今邢台县西浆水村附近，期间邢侯在此建行台一座。秦朝时，置信都县，汉时称襄国县，隋时改名龙冈县。宋宣和二年，朝廷以此地原为邢国辖域且筑有行台，将龙冈县改为邢台县。由于邢曾是赵襄子的地盘，且汉朝时曾设襄国县，后来又置襄国郡、邢州，邢襄二字交相使用，作为邢台市的历史名称，存在八百余年，因此，邢台又称邢襄。

石勒大军停止攻打邺城后，石勒即将大军分作两路，由孔苌和石虎分别作为前锋，向襄国驰去。此时的襄国是晋朝司州最东北的广平郡的一个城邑，广平郡的郡治在广平城，即今河北鸡泽东南，距襄国尚有百里之遥。因此，襄国并无多少晋朝驻军。石勒大军不费吹灰之力，便占据了襄国。

占据襄国后，石勒第二天便与众将登上太行山。站在山巅之上，迎着秋风，石勒在侍读匠的指点下，看着地图对众将说："襄国西依太行，东临平原，北通幽燕，南望中原，依山凭险，形胜之国，俺大军两下江水，历尽曲折，终于选定了这个好地方，张宾阁下功不可没呀！"

从太行山回到襄国大营后，石勒召众将议事。石勒说："今天俺的心情特别好，自攻克洛阳后，俺大军一直在寻找建国立邦之地，几经辗转，终于落脚于襄国胜地。立国之初，诸事皆需从头开始，诸位阁下说说，俺们眼下要先做些什么？"

众将七嘴八舌，说笑了好一阵，石勒笑道："还是由俺们的右侯说一说吧。"

张宾欠了欠身子说："好，那下官就说说我的想法，有些想法也是代诸位将军来说啦。下官以为，眼下大将军需做好这样几件事：其一，笼络人心，使我大军逐渐在襄国站稳脚跟。其二，我大军刚到襄国，城池未固，资储未广，亟须广纳粮草，以厚仓廪。下官闻广平诸县眼下秋稼大成，大将军应速派众军士分赴各地，抢收野谷，征集粮草囤积襄国。其三，经过几年征战，北方晋国势力已被剪除大半，眼下为心腹之患者，主要为王浚、刘琨二人，大将军应把握时机，掌握策略，各个击破。只要剪除王浚、刘琨二人，吞并幽、并二州，大将军之霸业便可成矣。其四，眼下大将军虽已占据襄国，已有建国立邦之都，但羽翼未丰，劲敌未除，因此暂不宜张扬，只可以大将军之衔设官立制，采用九品官人制度，把官制建起来。至于称王称帝，暂不宜施行。且对汉国朝廷，应一如既往，主动称臣，接受册封，使皇帝对我生恻隐之心。这一条应切记，各位将军亦不可忘怀，以免生出枝节。"

张宾说完，众人皆点头赞许。石勒高兴地说："右侯说的这四点，点点在理，句句实用，俺等立即逐项去落实。只是右侯所说笼络人心，不知有何具体想法？"

张宾说："关于这一点，下官虽未细说，实则有许多想法，但集中到一点，便是兴盛佛教，以佛教聚拢人心，使人向善，化解对异族的偏见，以为我日后建国立邦做顺民之需。"

石勒高兴地说："俺虽知之不多，但俺对佛教充满敬意和兴趣，也认为只要兴起佛教，使之深入人心，左右心智，必会使国之安定，民之凝力。不知右侯有何更为具体的想法？"

张宾说："西域高僧佛图澄之人之事，大将军可听说过？"

石勒说："听说过，在与刘曜、王弥等人进攻洛阳时，便听说过有这么个人，不知具体情况如何？"

张宾说："下官因这段时间一直在思考建国立邦之事，因此格外留意儒释道方面的情况，对佛图澄的情况也作了多方搜集和了解，因此略知一二。佛图澄乃西域人，本姓帛氏，少年出家学道，能背诵经文数百万言，并善解文义。每每与学者高士辩论质疑时，全能符合理义，没有人能难倒他，西域人都说他已经得道。此人在前年时已来到洛阳，志弘大法，但拟在洛阳建寺弘法的大志没有实现，听说近期已隐居山林草野之地，以观世态之变化。下官想，大将军如派人虔诚前往相请，一定可以请佛图澄来襄国弘扬佛法，那时，何愁我襄国佛教不盛，人心不凝！"

石勒大喜道："不错，佛图澄到了洛阳后，本欲志弘大法，但恰遇汉军攻打洛阳，将洛阳洗劫一空，因此无法施展其志弘大法的宿愿，只得隐居山野。这也可能正是神灵佑我兴盛佛教之机呀！俺的意见，右侯亲自率人前往洛阳，将佛图澄请到襄国，然后大兴佛教盛事，凝聚人心，增强合力，如何？"

张宾说："下官即刻启程，前往洛阳山野，寻访佛图澄高僧，将他请至襄国。"

石勒高兴地说："右侯去请佛图澄，俺在襄国与众将抢收野谷，征购粮草，以厚仓廪。待兵精粮足时，再开始征剿王浚和刘琨这两股势力。待俺等站稳脚跟，仓廪丰盈后，即报汉国皇帝，以表臣心。设官立制，待阁下回来后慢慢施行。"

张宾领命，众将也都高兴地散去。第二天一早，张宾便带着几位随从，打扮成贩马商人的模样，出襄国向南奔洛阳去了。

张宾走后，石勒立即召集三十位将军，让他们各带一千军士，总共三万人马，前往广平郡各县抢收野谷，征购粮草。这一年恰值赵魏大地风调雨顺，秋粮取得大丰收。石勒三万大军一边收割，一边向农人征购，十天下来，运到襄国的粮草堆积如山，且运粮车还继续排成长龙，络绎不绝。石勒又调三万大军制作粮囤，选址存放。一个月下来，将所有粮食晾干并堆于粮囤中。石勒带领众将查看了成千上万个粮囤后对众将说："俺大军二十万人吃上三年，恐怕也吃不完吧！"众将皆点头称贺。

且说张宾带着将军郭黑略和几个武艺高强的军士，扮作贩马商人，出了襄国，经邯郸、邺城、汲郡，直向洛阳而去。由于人急马快，于路无阻，几个人很快便到达洛阳。此时，洛阳由于被汉军的攻掠和洗劫，依然如废墟一般，昔日的宫殿城阙，如今杂草丛生，凄凉如野。张宾等人草草看了一会儿，便出城打听佛图澄的下落，但两天下来，竟一无所获。张宾与几位将军和都尉商议，决定前往白马寺去打听，于是，几人打马向东驰去。

白马寺在洛阳城东十八里处，是东汉明帝十一年所建，是佛教传入中国后最早建立的一座寺院。由于据说当初从印度带回的经典是用白马驮来的，所以寺院取名白马寺。张宾等人到了白马寺，但见寺院庄严静谧，香烟缭绕，僧人和香客不断出入，寺内的诵经声也不绝于耳。

张宾等人赶到香炉前献上香烛和功德钱，又虔诚地拜佛，然后向旁边一个僧人悄声打听佛图澄的情况。根据这个僧人说的情况，几经辗转，张宾终于得知佛图澄在洛阳北面的邙山隐居的情况。谢过僧人，张宾等人驰马向邙山奔去。

果然，张宾等人在邙山很容易找到了佛图澄。张宾大喜过望，他与几位随从参拜了佛图澄后，便代表石勒邀请佛图澄前往襄国建寺弘法。佛图澄听说是石勒相请，便问张宾说："是那个率军先攻克洛阳，但不杀不抢又率先退出洛阳城的石勒吗？"

张宾郑重地点头说："正是。"

佛图澄对几个弟子说："看来我们到东土找到敬佛兴佛的明主啦！"于是，佛图澄毅然上马向北前行，经过半个月的行进，终于到达襄国。

石勒得知佛图澄到来，率众将出襄国三十里相迎。石勒见佛图澄身材高大，骨骼清奇，双耳垂肩，两目如电，不禁拜道："俺师到来，襄国自此皈依佛门矣！"佛图澄端详了一会儿石勒说："乱世明主，赵魏大地自此有靠啦！"说完，二人手拉手地并肩前行。当石勒得知佛图澄刚过八十岁生日时，不禁称赞道："俺师年过八旬，却似壮年，不愧为得道高僧，真是如神助也！"

安顿下以后，石勒请佛图澄选址，即刻为他建寺，以便让佛图澄住持兴佛。佛图澄对石勒说："明公大业在定，大将军府等官衙一切均在筹建中，老衲怎好先建佛寺呢！还是待营建大将军府等官衙时，一并建个寺院就是。但在寺院建好之前，老衲并非无事可做，而是想先向襄国及周边民众讲些佛教基本常识，让民众先认识佛、了解佛，然后再尊佛、爱佛、成佛，明公以为如何？"

石勒高兴地说："难得俺师如此体谅弟子眼下的情况，也敬佩俺师如此执着兴佛。既然如此，俺师可否先为弟子及左右长史、司马、从事中郎，和所有将军、都尉等人讲些佛教常识，这一方面让俺等掌握了解佛教的佛法佛规，以便遵照行事，另一方面还要知道在日后兴佛过程中，去如何引导僧众和民众，使俺兴佛盛事得以顺利推行。"

佛图澄双手合十地说："阿弥陀佛，明公有如此想法，不愁兴盛佛教不见成效。老衲立即便做些准备，明日便为明公和将军们讲述。"

石勒说："好，弟子现在便让从事中郎去通知众人。"

第二天吃过早饭，石勒带头先来到军营的空地上，在一根木头上坐下。将军、都尉及长史、司马等足有三百人，络绎不绝来到讲授场地，在石勒的身后，有秩序地坐在了作为木凳的长条木头上。佛图澄在张宾和郭黑略及弟子的陪同下，也早早来到讲授场地。

就在佛图澄要开始讲授的时候，只见郭黑略扑通一声，跪在佛图澄的面前。

欲知后事，且看下回分解。

## 第二十三回　石世龙进封上党公　司马邺即位长安城

却说石勒派右长史张宾和将军郭黑略从洛阳山野将高僧佛图澄接到襄国后，佛图澄的第一个举动，便是应石勒之约，为石勒部下的将军、都尉及长史、司马等官员讲授佛教常识。因石勒率大军刚到襄国不久，大将军府等官衙尚未营建，因此佛图澄的讲授只能在大军营帐的空地举行。在石勒的带动下，将军、都尉及其他官员三百人，早早便在横在地上的木头上坐了下来。等待佛图澄的登场讲授。佛图澄在右长史张宾和将军郭黑略的陪同下，也早早来到讲授场地。佛图澄见石勒及其将领们来了这么多人听自己讲佛，很是高兴，可就在他要开始讲授时，却见将军郭黑略扑通一声跪在自己面前。

郭黑略是石勒最早的十八骑成员之一，作战勇敢，自幼信佛崇佛，因此在张宾前往洛阳迎接佛图澄时，石勒让他同行。在陪同佛图澄回襄国的半个月里，郭黑略已被佛图澄的知识、智慧和一举一动完全征服了。回到襄国后，郭黑略便萌生了拜佛图澄为师、出家为僧的念头，恰在昨夜郭黑略又梦见自己落发为僧，跟着师傅佛图澄在佛寺听讲佛法，最后竟成佛的情形，因此郭黑略已经无法自制，在佛图澄即将要讲佛之前，竟一下跪在佛图澄面前，非要拜佛图澄为师，剃度出家。

当下石勒问清情况后，问郭黑略道："阁下真要剃度出家？"

郭黑略说："末将和大将军一样，也是穷苦出身，自跟随大将军起兵反晋后，尽管南征北战，风餐露宿，但为咱穷人打天下，活得痛快，只是末将对出家为僧太渴望了，自认识佛图澄大师后，朝思暮想，连夜间做梦都在想着出家为僧。因此，渴求大将军批准末将出家为僧，剃度后，末将一边为僧，一边继续在大将军帐下为将，冲锋陷阵，肝脑涂地，在所不惜。"

石勒听了，又问佛图澄说："俺师以为可否？"

佛图澄在与郭黑略接触的半个月来，已经喜欢上这个驰骋杀敌但又有一副慈悲心肠的将军，他对石勒说："如大将军批准，老衲愿意收下郭将军这个弟子，正好老衲眼下只有法首、法祚、法常三个弟子，加上郭将军，也好凑个四大金刚，老衲来到襄国弘扬佛法，第一个弟子便是收了个驰骋天下的将军，也算是佛家和老衲的造化。"

石勒说："俺师既然这样重视，那弟子批准啦！"

郭黑略一听，连忙跪在石勒面前说："末将感谢大将军成全，但末将永远是大将军帐下的战将！"然后，郭黑略转身再次跪倒在佛图澄面前说："弟子感谢大师收留进入佛门，弟子将一生向佛，践循佛法。"

佛图澄微笑着摇了摇头说："徒儿能保证在战场上不杀人吗？"

郭黑略认真地说："能，弟子尽可能生擒敌将、打倒敌将，但绝不杀人！"

看到郭黑略那副认真的样子，佛图澄说："好，今日老衲就开个先例，让手持兵刃的战将成为佛家的子弟。"说完，让法首拿过剃度用具，为郭黑略剃度。郭黑略立即穿上僧服，站到几个师兄后面去了。石勒帐下的将军们，有的在叹息，有的在摇头，还有两个年轻的将军在擦着眼泪。

佛图澄朝众人笑了笑说："将军剃度，幸事一桩！"说完，开始讲授佛教常识。

佛图澄用洪亮的声音说："老衲今天简单讲四点，一是佛教的缘起，二是佛教制度，三是大藏经，四是佛教徒的基本训条。"石勒坐在台下的木头上微笑了一下并点了点头。

"好，大将军同意，那老衲先讲第一点。大约在八百年前，天竺国的释迦族有一位王子出家成佛，创立了佛教，这便是佛教的教主释迦牟尼佛。如今在寺院大雄宝殿供奉的便是佛祖释迦牟尼。在孔雀王朝阿育王统治时期，佛教从恒河中下游地区传播到天竺国各地，并不断向周围国家传播，在西汉末、东汉初传入华夏大地。据老衲考证，佛教传入长安、洛阳的时间为西汉哀帝期间，东汉初汉明帝派人去西域求法，请来摄摩腾到洛阳。摄摩腾初到洛阳时，被招待在鸿胪寺，因鸿胪寺是掌握宾客朝会礼仪的，后来朝廷为摄摩腾建立了馆舍，叫白马寺。这既是白马寺的来历，也是后来佛教场所叫寺或寺院的来历。"石勒在台下聚精会神地听着，并不时地点头微笑，与佛图澄配合着。

佛图澄见石勒兴致如此之高，声音更加洪亮地继续说："什么是佛教呢？广义而言，包括它的经典、教法、仪式、制度、习惯、教团组织等。狭义而言，就是佛之言教。用佛教术语说，叫作'佛法'。佛法的基本内容可用'四圣谛'来概括，即苦谛、因谛、灭谛、道谛。苦谛者，经验世界之现实也；因谛者，产生痛苦之原因也；灭谛者，痛苦之消灭也；道谛者，灭苦之方法也。佛经所说的道理非常多，但都是围绕四圣谛而展开的。而四圣谛所依据的根本原理则是缘起论。佛教的所有教义都是从缘起论这个源泉流出来的。那么什么是缘起呢，就是指一切事物或一切现象的生起，都是由相对的互存关系和条件决定的，离开关系和条件，就不能生起任何一个事物和现象。关系和条件者，因与缘也。"

讲到这里，佛图澄见听讲的将军有的在摇头。佛图澄知道有人大概听不明白，他笑了笑说："将军们暂时听不明白没关系，以后慢慢就会明白，有关佛教的缘起老衲再说几句：其一，佛是人，不是神。其二，佛不是造物主，他虽有超人的智慧和能力，却不能主宰人的吉凶祸福。其三，过去有人成佛，未来还会有人成佛，一切人都有觉悟的可能性。即是说，'一切众生，皆有佛性，有佛性者，皆得成佛'。"

佛图澄接着又讲述佛教制度。佛图澄首先讲了四众弟子，说佛教徒有四众之分，即出家男女二众，在家男女二众。出家男众名为"比丘"，出家女众为"比丘尼"。比丘是梵语，意思是乞食，又能怖魔、破恶、净命等义。尼是梵语中的女声。俗称比丘为"僧人"，也称"和尚"。和尚是天竺的俗语，比丘中有知识者为法师。出家者统称为"沙门"。比丘、水门多用于书面文字，而僧人、和尚多用于口语。至于彼此称呼，对一般僧人则称某某师，对上层人士称某某法师，对寺院住持称某某和尚。

佛图澄接着讲了寺院制度，说由于汉明帝请到摄摩腾等到洛阳是被招待在鸿胪寺，后来又为他建立了白马寺，因此华夏的庙宇也都称寺。一寺之中可以有若干院，其后建筑规模较小的寺便叫作院。比丘尼住的寺院多称作"庵"。如同天竺一样，华夏的寺院也有寺院和兰若之分。乡村信众共同所立奉佛之处，叫作"佛堂"。寺院组织，除住持外，设有四大班首、八大执事等。四大班首是指导禅堂或念佛堂修行的，八大执事是专管全寺各项事务的。四大班首即首座、西堂、后堂、堂主。东为主位，西为宾位，本住持为主人，相当于东堂首座；其辅助住持教导修行的，待以礼宾，称西堂首座，简称西堂。禅堂中分为前堂后堂，总负其责的称首座，或堂前首座，分任后堂负责者称后堂首座，或简称后堂。堂主是在首座之下负责禅堂或念佛堂中事务的。在禅堂中的座位，门东是维那之位；门西顺序为住持、首座、西堂、后堂、堂主的座位。

八大执事是监院、知客、僧值、维那、典座、寮元、衣钵、书记。监院综理全寺事务，掌管全寺经济。知客掌管全寺僧俗接待事宜。僧值管理僧众威仪。维那掌管宗教仪式的法规。典座管理大众饭食斋粥。寮元管理一般云游来去的僧侣。衣钵辅助住持照应庶务，调和人事。书记职掌书翰文疏。八大执事每年一任，由住持任命。

听到台下热议的声音后，佛图澄故意停了一会儿，待将军们议论完后，他才继续讲述大藏经。佛图澄说，大藏经也称为一切经，是将由天竺和西域传译到华夏的大小乘经、律、论及贤圣集传汇编而成的一大丛书。一切经都是抄写而成的，佛图澄手中的大藏经是他花了十多年抄写而成。佛图澄认为，要做一个佛家的称职子弟，一定要读大藏经。佛图澄还说，他认为，日后自天竺和西域传过来的佛经会越来越多，他期望他的弟子中有人去编撰佛经目录，流传于世。

最后，佛图澄讲述了佛教徒应遵循的基本训条：其一，大悲为首，慈悲喜舍，把悲天悯人作为道德的出发点。其二，诸恶莫做，诸善奉行，以此作为行为的准则。其三，自利利他，自觉觉人，把个人利益同社会利益的统一，个人解脱同一切众生解脱的统一，当作处理人际关系的思想基础。

佛图澄的讲述，博得将军的击掌声和欢呼。佛图澄走下讲台时，又有几个将军和都尉请求出家作为佛图澄的弟子，看到石勒点头同意，佛图澄以手合十说："好，老衲都以郭黑略将军一并待之。"

石勒登台讲话，他盛赞佛图澄，并说通过佛图澄这一席话，自己已与佛教结下不解之缘。他希望佛图澄稍作歇息后，到石勒大军已攻占的地方去讲佛，启迪众生。

自此，佛图澄便按石勒的要求，率领越来越多的弟子到处讲佛说法，帮助石勒聚拢人心。

且说张宾见佛图澄兴佛盛况空前，向往石勒的百姓越来越多，便对石勒说："我大军驻足襄国后，开局良好，既满足了粮草，又初步收拢了人心。下官认为，眼下应尽快向汉帝报告军情，取得刘汉的进一步理解和支持，以便下步尽快剪除王浚、刘琨两股势力，开创大将军建国立邦的新局面。"

石勒说："好，就由阁下给汉帝起草一道奏表，言明我大军驻足襄国是为汉国守好大后方，为汉帝取代晋国尽力。表彰可写得诚恳而低调，让汉帝觉得俺始终是臣服和忠于他的。"

张宾笑道："不瞒大将军说，奏表下官已代大将军起草完毕，下官念给大将军听听，看这样说可否。"说着，从袖子里掏出一块绢丝，展开念道：

> 臣勒言：先帝建汉国而伐门阀者，为天下百姓谋福祉也。自古政权更替，以苍生为念而去世族者，唯陛下一族也。今陛下继承先帝遗志，破洛阳，攻长安，晋朝长衰而汉祚长兴也。然司马氏江南尚固，北方王浚、刘琨势力尚强，灭晋任重而道远，诚宜乘胜进军，各个击破，以汉代晋，以践先帝之愿也。
>
> 臣在遭遇东武阳和赤桥之败后，无奈投于先帝，先帝不以臣破败，殊礼接纳，封王拜将，臣由是感激，遂许先帝以效殊命。自破洛阳以来，臣两下江水，转战南北，实为剪除晋有生力量，以备汉国最终代晋耳。至于诛杀王弥，观其逆除其恶也。
>
> 今臣驻足襄国，扩充实力，自当南拒建业强敌，北除幽、并顽凶，并为陛下靖抚四方出力，以报先帝之恩和陛下之信也。臣在山东，遥敬陛下，思恩涕泣，不知所云。

石勒听完后说："好一副诸葛亮《出师表》的味道，果真诚恳而低调，一副臣服的口气。"

张宾说："下官自幼喜爱孔明先生的《出师表》，写起此类疏表来，难免受诸葛的影响。"

石勒说:"即刻让王阳阁下前往平阳上表。"

张宾说:"下官这就去安排。"

且说刘汉皇帝刘聪看到石勒的奏表后,一连读了两遍,然后对侍中刘殷说:"朝中有人曾担心石勒势大欺主,另立朝廷,今从这份表奏来看,全是臆断,石勒忠我汉国,溢于字里行间,真乃忠臣良将也!爱卿传朕旨意,加封石勒都督冀、幽、并、营四州诸军事,冀州牧,进封上党郡公。"

刘殷说:"臣遵旨!"

刘殷刚要走,刘聪又说:"大年将至,爱卿传朕旨意,今年的大年要过得再热闹些,让那位会稽郡公当敬酒郎,给众位爱卿增加点笑料。"

刘殷再次说:"臣遵旨!"然后出殿传旨去了。

且说石勒得到刘聪加封的旨意后,立即按设官立制的想法,采用九品官人制度设置官员,除石勒大军的将领外,中原汉族世家如河东裴氏、范阳卢氏、渤海石氏、清河崔氏等均有人位至石勒大将军建制下的高官。石勒与众臣将商议,只待大年过后,便要开始进兵幽、并二州,剪除王浚、刘琨两股势力。

且说刘汉政权自刘曜、呼延晏、石勒、王弥四路大军攻破洛阳后,不久,刘粲、刘曜奉刘聪之命进攻长安,晋朝南阳王司马模兵败被杀,长安失陷。但不久,雍州冯翊郡太守索琳和安定郡有识之士贾疋等,集中各路兵马五万人,进军长安,与刘粲、刘曜展开激战。经过大小上百次交战,刘曜等放弃长安,掳掠长安青壮年男女八万人返回平阳。索琳、贾疋等收复长安,拥立晋武帝司马炎之孙司马邺为太子。因为皇帝被俘不在而立即有了太子主政,各地成立起来的行台立即活跃起来,汉国也无法宣布晋朝的灭亡。这也是汉国皇帝刘聪生气,要在大年拿司马炽当敬酒郎的原因。

这年的大年,是鸡年的大年。按照汉人的习惯,匈奴汉国皇帝刘聪率臣首先祭祀了刘渊称汉王时追尊的孝怀皇帝刘禅,以及汉高祖以下三祖五宗的各位神主。然后举行盛大的贺年宴会。酒席宴上,刘聪及上皇后靳月光坐在中间的大宴席条桌上,文武大臣各自一个酒桌分列两旁,两旁前后数列酒桌,整个大殿摆得满满的。

大臣们各自坐在了自己酒桌上后,只听传旨官叫道:"圣上有旨,传会稽郡公入殿斟酒!"不一会儿,只见一个不满三十岁的男子,身着青衣,战战兢兢，进入宴会大殿。他先来到刘聪酒桌，端起金壶，为刘聪和靳月光倒满了杯中之酒，接着，又走到文武大臣酒桌前，一个一个地倒酒。此时，大臣们一片讥笑声，因为众人都知道，倒酒者是被俘晋朝皇帝司马炽。

且说在刘聪宴请群臣的贺年宴会上，特意安排了一些当初与司马炽一同被俘的晋朝大臣。待司马炽倒酒倒至晋朝旧臣庾珉、王俊二人酒桌时，二人见状，不禁号啕大哭，并跪倒在司马炽的面前。刘聪大怒，传令即刻将庾珉、王俊，还有几个不敢出声，但在一旁落泪的晋臣斩杀。几个晋臣被拖出大殿后，刘聪让司马炽继续倒酒。待酒宴结束后，刘聪命人赏赐司马炽一杯御酒。司马炽喝下后，数日后死去。

司马炽被毒死的消息传到长安后，十四岁的太子司马邺在群臣的操办下，正式即皇帝位，改元建兴，大赦天下，以索琳为尚书仆射，领太尉，掌握军国大政。随后又下诏，以南阳王司马保为右丞相，都督陕西诸军事，以琅玡王司马睿为左丞相、大都督，督陕东诸军事，并让幽州、交州二州的地方官员和左右丞相，率兵攻打平阳和洛阳，入卫都城长安。此时的长安虽为国都，但由于不久前的战乱，已经满目疮痍，残破不堪。城中百姓不足百户，蒿草丛生，荆棘成林。更有甚者，整个长安城公私车乘不过百辆，朝廷百官既无朝服，也无绶印，因为所有的好东西早已被刘曜等人掠至平阳去了。

但此时晋朝皇帝的诏令，已经如同废纸，无人执行，各王都拥兵自保，坚守自己的地盘，司马邺在长安任凭发多少圣旨，也难以令行天下了。

且说石勒在襄国站稳脚跟并建立官制后，过了大年，立即与众将商议，准备进兵幽、并二州，剪除王浚、刘琨两股势力。这日，石勒与众将正在商议先进攻幽州，还是先进攻并州，军士来报，说幽州刺史王浚已派广平人张豺、游纶率数万大军，占据苑乡，看来要与石勒大军决战。石勒听了，笑了笑说："好，那俺大军就先拿幽州王浚开刀！"

欲知后事，且看下回分解。

## 第二十四回  王彭祖合兵攻襄国　石世龙单路伏渚阳

却说石勒在襄国站稳脚跟并建立官制后，又受到汉国皇帝刘聪新的册封，于是过了大年，便与众将商议，准备进兵幽、并二州，剪除王浚和刘琨两股势力。这日，石勒正在与众将商议先进攻幽州还是先进攻并州时，军士来报，说幽州刺史王浚派广平人张豺、游纶，率数万人马占据苑乡，看样要与石勒大军决战。石勒听了不禁一笑说："无名之辈的张豺、游纶，竟敢前来与俺决战，真是自不量力，好，那俺大军就先拿幽州王浚开刀！"

张宾说："大将军英明，眼下先稳住并州刘琨，集中力量剪除王浚，恰是时候。"

石勒说："阁下一定早有计谋，快说来听听！"

张宾说："大将军驻足襄国后，王浚和刘琨都如芒在背，都想除之而后快，但王浚与刘琨之间更是都怕对方占了上风，只要大将军稍作动作，便可稳住一头，放心去吞掉另一头。"

石勒点头说："好，那俺等就先将刘琨稳住，集中力量将王浚吞掉，然后再回过头来吞掉刘琨。阁下说俺等如何去做？"

张宾说："可适时给刘琨修书一封，就说大将军准备归降刘琨，眼下愿与他一道剪除王浚，刘琨得到大将军的这个承诺后，虽不会与大将军一道讨伐王浚，但肯定不会去帮助王浚对付我们，而会袖手一旁作壁上观。如此一来，大将军在剪除王浚期间，便可放心进兵，不必担心刘琨出兵帮助王浚。"

石勒说:"好,那就烦请阁下给刘琨修书吧。"

张宾说:"刚才下官说适时给刘琨修书,现在还不到时候,原因其一是眼下我们要对付的张豺、游纶之军,是王浚派到我襄国家门口来挑衅欺负于我的,我大军与其交兵,属自卫反击性的。刘琨作为文思敏捷之诗人和将领,在这个时候,他是绝不会再出兵帮助王浚的。其二,被俘晋帝司马炽已被刘聪杀死,下官料不久那个已在长安被拥为太子的司马邺便会即位为皇帝。下官还料定司马邺的这个皇帝必然是一个最无号召力的皇帝。待司马邺即位后,我们再给刘琨修书,那时再说大将军要归附于他,其理由可令刘琨坚信不疑。"

石勒高兴地说:"阁下真是神机妙算,那俺大军立即发起对张豺、游纶大军的进攻,待打败张豺、游纶后,阁下说的给刘琨修书的那两条也该具备啦。"

张宾说:"那时下官自会为大将军拿出一封降刘书信。"

当下石勒立即遣夔安、支雄等七位将军,率三万人马前往苑乡,与张豺、游纶接战。

且说王浚自石勒奉刘渊之命出兵太行山东,在飞龙山打败石勒后,由于冀州刺史王斌被石勒杀死,王浚又领冀州。此后处处与石勒作对,但又小心谨慎,不肯轻易出兵。永嘉五年时,朝廷下诏擢升王浚为大司马,加侍中、大都督、督幽、冀诸军事,但持诏前往幽州给王浚加官的使臣尚未从洛阳出发,洛阳便被刘曜、呼延晏、石勒、王弥四路大军攻破,晋怀帝司马炽被俘,王浚的诸项任命也就成了无头案。后来王浚得知此事后,更加痛恨匈奴汉国,痛恨石勒。因此,当他得知石勒率大军占据襄国时,便立即以幽州刺史的名义,让早已归于他的广平人张豺、游纶、率数万人马南下,占据苑乡。王浚此举,一则是察看石勒的虚实,二则是将张豺、游纶作为前哨之兵,以防石勒突然率兵北上,对幽州构成威胁。

苑乡即今河北省任县东北,距离襄国只有五六十里。张豺、游纶率军到达此地后,让军士们在军营修建了许多外垒,以防石勒大军进攻时之用,但二人商议了多次,不敢对石勒大军发动进攻。

且说夔安、支雄等将率三万大军到达苑乡后,休整了两天,观察了地势和张豺、游纶军营周围的情况,便前往其军营外垒前搦战。张豺、游纶得知情况后，立即率一万人马出营应战。张豽和游纶见石勒并未前来，而是派几位没听说过的将军前来挑战，胆气立即壮了起来。双方为首将领通过名姓后，夒安先出阵挑战，对方阵中的张豽拍马来到夒安面前，与夒安对战。夒安使一对短戟，张豽使一对双锤。二人大战了三十回合，不分胜败。

支雄在阵中看着二人交战，不免着急起来，他拍马出阵对夒安说道："阁下少歇，看俺这双锤与这厮的双锤谁厉害！"说着抡起双锤向张豽砸去。张豽见夒安武艺不俗，又见支雄凶神恶煞一般打来，连忙接住支雄，和他战在一起。

支雄的武艺的确比夒安更高一些，加之张豽此前已与夒安战了三十回合，因此与支雄战了十个回合，便渐渐力怯起来。游纶一看，连忙拍马舞刀前来替战。支雄双锤对游纶的大刀，二人又战了三十回合，不分胜败。

夒安在阵前看了一会儿，觉得如此下去一时难有胜负，便与对阵的张豽商定，今日歇战，来日再战，以决输赢。张豽点头答应，于是两军各自鸣金收兵，各回军营。

夒安和支雄回到军营后，一边思索着如何破敌，一边派快骑向石勒报告情况。当天傍晚，快骑赶回军营向夒安、支雄报告说，右侯张宾断定，今夜张豽、游纶很可能会前来劫营，并让夒安、支雄依计而行。接着，快骑向二人转达了张宾的具体意见。夒安、支雄听了，立即按张宾的意见布置起来。

且说张豽、游纶率兵回营后，张豽对游纶说："夒安、支雄在石勒部下的战将中并不出名，比起孔苌、石虎，武艺大概要逊色得多，但我二人却胜不了这二人，如果来日他们搬来孔苌、石虎，你我必败无疑，不如你我今夜前去劫营，一举挫败夒安、支雄，如何？"

游纶听了点头说："还是兄长有办法，就按兄长的意见办！"于是，二人秘密商议了一会儿，决定寅夜时分，率兵劫夒安和支雄的军营。

看看已近丑时，张豽和游纶点起一万人马，悄悄向夒安、支雄军营袭来。到了汉军大营，没等二人号令发起进攻，却听到远处自己的军营传来隐隐约约的杀声。游纶问张豽怎么办，张豽说："事到如今，先杀进汉军大营再说。"说完，二人便率军杀进汉营，可汉营之中并无汉军，各营空空如也。张豺一看,连忙传令退兵回营。可刚出汉营不远,却遇到支雄率一万人马围杀过来。支雄在月光下喊道:"张豺、游纶听着,你们劫营的伎俩早已被我右侯识破,你等非但没劫成我军之营,此刻我夔安将军正在劫你们的军营!"一边说,一边率汉军杀将过来。张豺、游纶听了,连忙率大军突围,向自己的大营奔去。但待突围出去时,一万人马已折损了一半。

此时,夔安率一万精骑,攻破了张豺、游纶军营设置的外垒,杀进了军营。好在张豺、游纶率一部分人马外出劫汉军之营,其余人马大多数并没睡觉。这些待在军营中的军士听汉军杀来,立即赶出军营抵抗。夔安见此情况,与敌军混战了一会儿后,便率大军从西面返回军营,恰好支雄得胜后在半路接应,汉军回营,庆祝胜利,一直欢庆到天明。

第二天,张豺、游纶拔寨起兵,向北退去,同时派快骑向远在幽州的王浚报告情况并请罪。

且说王浚派出张豺、游纶前往苑乡后,知道此二人肯定不是石勒大军的对手。因此,得知张豺、游纶败军情况后,并未吃惊,也没治二人之罪,而是一面令张豺、游纶率残军暂屯元氏,即今河北元氏西北,一面再次调兵遣将,要大军进攻襄国,将石勒刚刚设官立制但尚未正式建国的雏形政权,扼杀在摇篮之中。

经过调遣,王浚调动五万大军,以督护王昌为元帅,率领辽西公段疾陆眷,以及段疾陆眷的弟弟段匹䃅、段文鸯、段末波等将领,浩浩荡荡杀向襄国。

段疾陆眷为段部鲜卑前任首领段务勿尘的长子,段务勿尘死后,段疾陆眷作为辽西世子继位辽西公、大单于。十年前,幽州刺史王浚断定西晋的天下将要大乱,便与游牧人结交,将自己一个女儿嫁给段务勿尘,又向朝廷建议封段务勿尘为辽西公,从此,段氏鲜卑便听令于王浚麾下,听从王浚的调遣。段匹䃅是段疾陆眷的弟弟,段文鸯也是段疾陆眷和段匹䃅之弟,且为段氏家族中最为忠勇之士。段末波是段疾陆眷和段匹䃅的堂弟,段文鸯的堂兄。

王浚派五万大军进攻襄国的消息,石勒很快便得知了。石勒对张宾说:"如今王浚调遣了五万大军主动进攻,司马邺也在长安即位,现在已到了该给刘琨修书的时候啦。"

张宾说："正是。但听说王浚调动了辽西段氏鲜卑的数万大军前来犯我，段氏鲜卑素以勇悍闻名，大将军不仅需安抚刘琨，不使其出兵助王浚，还需认真思考并认真对付段氏这班勇将们。"

石勒点头说："阁下说得有理，俺现在就好好思考一下如何对付段氏家族这班勇将问题，阁下尽快将给刘琨的书信修好并送往晋阳，然后俺大军便可与王浚之军交战啦。"张宾点头。

不消半个时辰，张宾再次来到石勒的大帐，对石勒说："下官已将给刘琨的书信写好，下官念念，大将军看是否可以？"说完，便展开一块绢丝念道：

光阴荏苒，又是经年，然将军送母之情，犹在昨日。每每思之，倍感将军之仁德，不能自抑矣。今世事多变，虽朝廷龙脉已续，江山复主，然诸王凋零，门阀难继，社稷之盛恐再难兴也。观朝野上下，唯将军襟怀忠勇，一心报国，不似那口惠而实不至者也。将军乃中山靖王之后，诗乐冠于当今，丰碑立于身后，勒能追随其后，实为平生之幸也。勒本羯戎之族，从未想僭图帝王之业，只思择明主而事之，如归于将军麾下，此生足矣。然幽蓟王氏，不同于将军与勒辈，其笼络段氏及慕容，为虎作伥，意在图谋不轨。今非但与将军为隙，亦与勒为敌，其都护王昌率段疾陆眷及段氏诸将，已兵临襄国，欲置勒于死地而后快也。据此，勒特致书将军，望举义兵而伐王氏，与勒共灭僭越不轨之徒。挫败王氏之日，便是勒归附将军之时。

石勒听后说："好，阁下说得好，俺想刘琨接到这封信后一定会很高兴，虽不会出兵帮助咱们，但咱们可以放心，刘琨决不会再去帮助王浚。阁下可立即派人送往晋阳。"

张宾起身说："下官这就去安排。"说完转身出帐去了。

且说刘琨自被司马越派往河内援助河内太守裴整和征虏将军宋抽，而实际并未出力，并想好了应付司马越一旦过问的谎言后，好在司马越很快死去，并没有人去询问和追究河内郡失守的情况和责任，刘琨为此一方面庆幸，一方面又多次自疚，总想日后好好为朝廷出力，弥补自己的过失。洛阳被攻破后，刘琨颇为心焦，他一面关注着朝廷的情况，一面关注着王浚和石勒的动向。司马邺继位后，刘琨被封为大将军、都督并州诸军事。这日，刘琨正与族弟刘希在议论时政，军士来报，说石勒派人前来下书并问候。刘琨听了，连忙吩咐有请。不一会儿，一个自报是石勒从事中郎的人来到刘琨面前，在给刘琨施过大礼后，从怀中掏出一封书信，恭恭敬敬呈给了刘琨。

刘琨一连看了两遍，然后将信递给刘希说："你好好看看，然后说说你的看法。"

刘希也一连看了两遍，然后对刘琨说："石勒这个时候派贴身之人送信，语言如此谦恭，会不会另有别图？"

刘琨说："为兄以为石勒虽为枭雄，但为人诚实，不会是在打诳语。仔细分析石勒信中所言，为兄认为倒也真实。如他信中所说，他本是羯戎之族，从未想僭图帝王之业云云，这是为兄前年给他写信时说的话，为兄想这是真话，是心里话。既然不能当皇帝，投在谁的驾下都是投，真不如投到为兄的驾下，并州又是他的故乡。"

刘希听了，摇了摇头说："会不会是石勒怕兄长出兵与王浚一起进攻襄国，故此做出假象并出此谦恭之状？"

刘琨笑道："这不可能，我和王浚之间现在正在相互争夺冀州，相互之间处处彼此防备，石勒怎么会担心我和王浚一起进攻襄国呢！我等什么也不用去想，我们既不帮助王浚，也不帮助石勒，让他们相互攻杀去吧，谁败我们都高兴，两败俱伤更好！"刘希点了点头。

且说石勒将给刘琨送信的人派走后，立即与张宾一起召集众将商议应对王浚五万大军进攻襄国事宜。石勒对众将说："俺想来想去，觉得还是采取坚守不出，待敌人疲惫松懈时迅速反攻，一举挫败敌人这一招为好，诸位以为如何，请尽情发表意见。"

石虎愤愤地说："俺就不相信鲜卑人有那么厉害、那么可怕，待俺单矛匹马，杀他个人仰马翻！"

石勒说："此时还是休要逞能，以便坏了大事。"石虎听了，遂不再言语。众将也无不同意见。

于是，石勒决定，待王浚大军前来进攻时，坚守不出，择机发动突然袭击，力争一举挫败敌军。但石勒要求，由于襄国城墙正在修建之中，要格外注意防守，并将数十位将军派至易被攻破地段，还让各位将军至少率领二百名弓箭手，一定不能让敌军突破防线杀入城中。

且说王昌率领五万大军，浩浩荡荡南下，大军到了元氏时，又将驻扎此地的张豺、游纶一起带往南下。到了襄国，王昌与段疾陆眷察看了一下地形，让段氏军队屯驻渚阳，即今邢台市东北，但距襄国不足十里，而自己率幽州军屯驻渚阳以北冀州边境南边。

第二天，王昌带着段疾陆眷以及段匹磾、段文鸯、段末波和三万大军，来到襄国正在修建的城墙之下搦战。石勒定襄国为建国立邦之地后，便开始让军士们修筑城墙，但由于时间短，城墙修筑体量又极为浩大，因此在王浚兵进攻襄国时，襄国的城墙修筑大多处于挖土成壕和堆土成墙状态，有的地方还筑有隔城重栅，用作临时城墙。王昌、段疾陆眷等率大军到达壕墙之下后，见壕墙之内，汉军重重把守，弓箭手里三层、外三层。王昌看沟壕时，宽在数丈，深在近丈，根本无法跨越。

王昌看了左右几里后，对段疾陆眷说："石勒正在筑城，城墙不整，城门非现，我大军先搦战，不成再攻城，如何？"

段疾陆眷说："我大军已兵临城下，但石勒一点交战的迹象都没有，看样子是要固守啊！"

王昌说："不管他，先让军士们搦战，看石勒怎么办。"

段疾陆眷叫来一个嗓门颇大的军士，让他向城壕之内喊话，要求汉军出城交战，以便两军一决高下。那个鲜卑军士扯着大嗓门足足喊了一刻多钟，但城壕之内的汉军个个似木偶，呆在那里一动不动。

王昌大怒，下令军士们攻城。军士们得令后，先爬过又高又宽的土墙，然后再跳入沟壕，以便爬上去进入城内。可鲜卑军士刚进入沟壕，壕墙之内的汉军立即万箭齐发，瞬间，进入沟壕的鲜卑军都被射杀。

王昌无奈，又让军士骂阵搦战，但汉军又恢复木偶式一动不动的常态，没有一点回应之声。看看早已过了晌午时分，王昌下令大军回营，再作计较。

回到大营后，王昌与段氏兄弟商议了许久，也没商议出个名堂。段末波见状，自告奋勇，要求带军士们继续叫城骂阵，务要与汉军对上一阵，见个高低。

但段末波带领本部鲜卑军一连在襄国壕墙之外搦战三日，汉军始终不出战。且在第三日叫战时，汉军一改常态，多名军士一齐向鲜卑军示威，说如大将军有令，汉军一定会杀得鲜卑军有来无回。段末波武艺高强且性格暴烈，听了城内汉军的叫嚣，气得哇哇大叫，然后又一连三天率军叫阵，但汉军始终不出战。

且说石勒见段末波单独率军在城外搦战，对张宾和孔苌说："段末波一连叫战多日，所部军士已经疲惫松懈，俺意今夜派大军前往渚阳段末波军营劫寨，但不胜便退，引段末波出营追赶，将其在途中擒获。如此，下步之事便好办了，二位以为如何？"张宾和孔苌都点头赞成。

于是，石勒以孔苌为攻战都督，率十位将军和五千精骑前往段末波军营劫寨并设伏。孔苌受命后，立即与十位将军详细商议了具体事宜。当日夜晚，孔苌与十位将军率五千精骑，自北部城墙铺好二十余道暗门，悄悄越过壕墙，径直向渚阳段末波大营冲去。

欲知后事，且看下回分解。

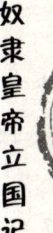

## 第二十五回　石勒结盟段疾陆眷　王浚贿赂拓跋猗卢

却说石勒面对王浚大军进攻襄国时，一直采取坚守不出，以逸待劳，趁机反攻的办法，终于等到了反攻制胜的时机。就在鲜卑段氏勇将段末波连续叫城骂阵数日后，石勒决定，派素有常山赵子龙之称的大将孔苌，与十位将军率五千精骑前往渚阳段末波军营劫寨，但却要不胜便退，以便引出段末波生而擒之，从中取事。当日晚，孔苌与十位将军率五千精骑出了北部城墙的暗门，悄悄向渚阳段末波大营冲去。

且说段末波率军士一连数日在襄国城外叫战，心里又气又急。近日，他听到一些军士说连日叫战，有所疲乏，便下令杀牛宰羊，犒劳军士。段末波与军士们喝了许多酒，才回到营帐歇息。正当他熟睡时，却听到帐外一片喊杀声，段末波一听，立即醒酒下榻，披上战袍冲出帐外，恰好侍从的军士跑了过来。那军士说，汉军前来劫营，却被发现，尚未杀进军营。段末波一听，大喊一声说："操刀上马，跟我杀出去，好好杀个痛快！"说罢，跨上青鬃马，手执大刀，向军营之外冲去。

段末波刚冲出自己的大营，迎面遇到一位汉将，微光之下，段末波见这员汉将胯下银鬃马，手持大枪，威风凛凛，气势汹汹。段末波用大刀指着汉将喝道："来将姓甚名谁，竟敢前来劫我大营，报上名来，我刀下不死无名之鬼！"

只听那汉将说："我乃石勒大将军驾下先锋大将孔苌是也，你是何人？"

段末波听说过孔苌，知道他是石勒军中与石虎不相上下的勇将，于是答道:"段末波在此,孔苌看刀!"说完,抡大刀劈头向孔苌砍去。孔苌知道段末波是段氏兄弟中的勇将,一点不敢怠慢,持大枪相迎,二人一来一往,战在一起。这时,鲜卑军士从营中点过火把为二人照明,汉军军士也聚拢过来多人,一齐呐喊助战。

二人大战了三十回合,孔苌回马便走。段末波哈哈笑道:"孔苌,你原来不过如此!"一边说,一边拍马紧紧追来。追出约一里,段末波忽见自己的战马长啸起来,没等段末波知道是怎么回事,战马便被绊马索绊倒,段末波被重重摔在地上,接着上来五六个汉军,几下便将段末波绑了起来。段末波的战马从地上站了起来,赶到段末波面前连连晃动着马头。这时,孔苌已勒马并跳到地上,他拉住段末波颇通人性的战马对段末波说:"段将军,对不起,是我家石勒大将军安排部署了今晚的这个场面,走吧,石勒大将军还在襄国大帐等待着段将军呢!"说完,让军士们将反绑双手的段末波扶上自己的战马,孔苌与众军士一起押着段末波向襄国走去。段末波军营的军士们,由于连日劳累和当晚饮酒,多数并未出帐随战,只有一两千出帐迎战汉军,他们见主帅被擒,汉军又悉数撤走,便回军营去了。此时,段疾陆眷和段匹䃅、段文鸯几个军营,听到喊杀声,也向段末波军营涌来,但已经为时已晚。段疾陆眷布置了一番后,自回大营去了。

段末波被押回襄国后,径直来到石勒大营。此时石勒还在听侍读匠读书,见到段末波后,石勒不等穿上鞋,便跑到段末波面前,亲手为段末波松绑,然后拉着段末波的手说:"冲撞了将军,石勒向将军赔罪啦!"

段末波在被擒时听到孔苌说的那几句话时,便有些感动,现在见石勒亲自为自己松绑,又为自己赔罪,且不等穿上鞋便跑了过来。特别是灯下看石勒时,见石勒身材魁伟,天庭饱满,两眼充满慈善而又睿智的光芒,一看便知是位英雄。当下段末波双膝跪倒在地说:"末波是个被擒之人,大将军非但不杀,反而如此对待于我,末波愿投在大将军麾下,随大将军驰骋天下!"

石勒大喜,他双手扶起段末波说:"将军英勇,段氏鲜卑群体英雄,俺早有所知,今得遇将军,让俺高兴!"说完,让侍者置办酒肴,为段末波压惊。

段末波甚为感动,三杯酒下肚后,他起身对石勒说:"大将军错爱末波，如不嫌弃，末波想与大将军结为兄弟，不知大将军意下如何？"石勒大喜，当即与段末波跪在地上，拜天地，跪鬼神，又相互对拜，结为兄弟。二人饮至寅夜时分，然后同床共眠。

第二天，石勒又吩咐置办酒席，并请孔苌、石虎等将一同陪段末波饮酒，石勒与段末波兄弟相称，互叙相见恨晚，不禁喝得酩酊大醉。第三天，石勒再次设宴，与段末波共叙兄弟情谊。段末波放下石勒敬过来的酒杯说："兄长对小弟、对我鲜卑人的情谊，小弟深为感动，小弟有个想法，不知兄长认为可否？"

石勒说："小弟尽管说来，需为兄做什么，为兄万死不辞！"

段末波说："兄长如此英雄豪杰，又天生一副为天下百姓请命的天职，这是当今最受天下正义之士拥戴的人，如此想来，兄长久后必成大业。我段氏鲜卑自来敬重兄长这样的明主和英雄，我们的几位兄长，包括首领段疾陆眷，如得知兄长平生抱负，必愿与兄长合作，以便共成大业。小弟想回大营与首领说知此事，然后我段氏鲜卑自此与大将军友善，似兄弟般地合作，不知兄长以为如何？"

石勒大喜道："如若如此，何愁幽、冀一带不稳，又何愁天下百姓不乐！"

段末波说："既然兄长同意，小弟这就回鲜卑军大营，说与首领，若首领同意，小弟再返回兄长这里报喜！"

石勒高兴地对侍从说："来呀，你等速去选好马五十匹，金银各三百两，俺要为小弟送行。"

段末波却待要推辞，石勒说："小弟休要推辞，你俺兄弟只管痛饮，待礼物备齐后，为兄送你回大营！"段末波甚是感动。

一个时辰以后，侍从向石勒报告说，上等好马已选好了五十匹，金银各三百两也已备齐。石勒举杯对段末波说："为兄这就送小弟回营，但愿你俺兄弟尽快再会！"段末波也举起杯说："一定！"说完，一齐一饮而尽。

且说段疾陆眷自段末波被擒后，一直闷闷不乐，几次着人打听段末波的情况，皆无准确消息，王昌又多次前来催促让段疾陆眷继续派人搦战。这日，段疾陆眷正在营中沉思，忽然侍臣跑进帐中兴冲冲地说，段末波从襄国返回并直接来到段疾陆眷大帐,还带回数十匹上等好马和精致的箱柜,看来里面装着贵重之物。侍从刚说完,段末波已经进了段疾陆眷的大帐。段疾陆眷一面向段末波询问情况,一面让人去请段匹䃅和段文鸯。

不一会儿,段匹䃅和段文鸯先后来到段疾陆眷的大帐,段疾陆眷兴奋地对段末波说:"小弟,把刚才说的情况再与你两位兄长、小弟说一遍,然后咱们兄弟四人议个意见。"

段末波又将与石勒结拜情况以及石勒的英雄气概、为民请命、赠送马匹、金银等情况说了一遍。段疾陆眷说:"石勒如此英雄豪杰,又如此仗义,我等不如与之结盟,息兵罢战,诸弟以为如何?"

段匹䃅说:"为了防备万一,与石勒的结盟在我渚阳大营举行。"

段疾陆眷对段末波说:"怎么样小弟,石勒能来我大营吧?"

段末波说:"没问题,石勒大哥英雄豪强,世人无人能及,他肯定会来的,小弟这就去将石勒大哥请到渚阳来。"

得知段氏兄弟让石勒前往渚阳鲜卑军大营与其结盟,一些将军都不放心。石勒说:"俺们游牧人自来真诚实在,羯人如此,鲜卑亦如此,诸位尽管放心,而且俺此去只带孔苌阁下一人,第二个人都不带。"

张宾说:"当年关云长单刀赴会,如今大将军单骑结盟。"

石勒说:"是啊,俺连刀也不带,孔苌也不用带他的大枪。"

于是,石勒只带着孔苌作为随从,刀剑一概不随身,跟着段末波前往鲜卑军大营去了。

段匹䃅、段文鸯兄弟见石勒如此英雄和信义,甚是敬佩和感动,当日,石勒便与段疾陆眷折箭为誓,结为盟友。双方约定,自此不再相互为敌,如有大事,相互通报情况,并可视情况相互帮助。石勒在渚阳鲜卑军大营与段氏兄弟痛饮了三天,之后又约段氏兄弟到襄国痛饮三天,然后双方依依而别。在分手时,段末波拉着石勒不肯离开,许久,二人才洒泪而别。

段疾陆眷回到鲜卑大营后,立即传令军士们拔营返回辽西。段疾陆眷率大军行至王昌军营时,只派了一个军士向他报告,说襄国石勒无法进攻,鲜卑大军粮草已接济不上,只能返回辽西。王昌虽为大军元帅,但对进攻襄国并不用心,看到鲜卑大军撤走,生怕石勒大军前来追赶,便也连忙拔营北去。

且说在苑乡被石勒大军打败的张豺、游纶二人，对石勒与鲜卑段氏结盟之事，看得一清二楚，段氏兄弟撤走后，张豺和游纶见王昌连个话都没留便撤走了，二人一气之下投降了石勒，石勒任二人为将军，将其部众编入本部大军。

且说石勒见顺利退却了王浚五万大军的进攻，还极大削弱了王浚的实力，不禁心内高兴，他与众将商议，趁眼下有利时机，乘胜前进，征服襄国周围郡邑。经过众将提议，最后决定兵分三路，同时攻打三处郡邑，即信都、邺城、临淄。石勒决定，攻打信都由孔苌率一万大军前往，攻打邺城由石虎率一万人马前往，攻打临淄由他亲自率一万精骑前往。经过几天准备后，各路大军各自上路，前往各自攻打的地方去了。

话分三头。且说石勒在奉刘渊之命进攻赵、魏之地前后，曾先后两次进攻冀州诸郡国，将冀州州城信都及诸郡国全部攻克，并派宁朔将军程遐都督冀州诸军事。刘渊还派将军刘灵出任汉国冀州刺史。但石勒大军主力开始进攻洛阳周边诸国后，王浚便派部将祁弘在广宗打败汉冀州刺史刘灵并将其杀死，后来又到处追击程遐。因此，冀州诸郡国经常处于汉军和王浚反复轮流占领之中。孔苌率大军离开襄国不久，都督冀州诸军事的程遐前来迎接孔苌，然后一起向信都驰去。

当初石勒攻克冀州并斩杀当时的晋朝冀州刺史王斌后，晋朝让王浚领冀州。后来王浚见冀州你来我往，当冀州刺史很不省心，便推荐王象继任冀州刺史。

孔苌率大军突然到达信都，让王象措手不及。当下王象急令军士们一起上城楼守城，然后紧闭城门，坚守不出。但面对孔苌大军的激烈进攻，王象很快便坚持不住了，不到一个时辰，信都城便被汉军攻破，孔苌率大军杀入城内，将藏于军士之中的王象斩首示众，招降守城的军士，然后留下五千军士跟随程遐作为信都守军，孔苌率领其他五千军士返回襄国。

数日后，王浚得知王象被杀，连忙让邵举出任冀州刺史，与汉军对抗。

且说石虎接受攻邺的任务后，第三天便率一万大军兵临邺城城下。石虎指着邺城高大的城墙说："去年俺曾发誓总有一天要踏平你，不到一年俺就回来了，今日俺一定要踏平你！"说完，下令军士攻城。随军作为副将的桃豹、临深、牟穆等将与军士们一同冒着箭雨搭云梯攻城。

自石勒上次进攻邺城未克以后，晋朝守城将军北中郎刘演一直心有余悸，因为石勒占据襄国后，对邺城产生了很大震动，邺城的百姓纷纷表现出愿意归附石勒的倾向，刘演很怕里应外合，不但让石勒攻克邺城，再把自己的性命搭上。因此，刘演与军士们一起守了一会儿城后，便偷偷下了城楼，化装成一个百姓的样子，从城南门出城后，一直逃向廪丘去了。三台军士和百姓见守将逃跑，遂打开城门向汉军投降。后来石勒让桃豹出任魏郡太守管理邺城，过了一段时间，又让石虎替代桃豹镇守邺城。

再说石勒带领十位将军并率一万大军担任征讨青州州城临淄的任务后，率大军一路向东，待进入平原国后，渡过黄河向青州境内杀去。此时青州刺史为乞活军首领李恽。李恽在洛阳城即将被攻陷时，被司马炽委任为龙骧将军，担任守卫京师洛阳的重任，曾给石勒等各路大军造成威胁，且李恽的部众极为野蛮和无赖，石勒及众将都极为痛恨，曾发誓有朝一日一定要剪除他们。洛阳被攻陷后，李恽杀妻儿奔广宗，后来王浚让他当了青州刺史。

石勒率大军正在向临淄行进中，探马报告说李恽并未在临淄，而是在上白屯驻。石勒一听，对众将说："向上白方向进军，一定要除掉李恽这个恶徒！"

李恽自当了青州刺史后，对王浚心存感激，他得知王浚与石勒、刘琨都在争夺冀州，便拉起他的乞活军在上白练兵，准备日后助王浚对付石勒和刘琨。得知石勒亲率大军前来讨伐，李恽扯着嗓子对军士们说："这个石勒专与王浚大人为敌，走，我们把这个羯胡杀了当灯点！"说着，率领乞活军向石勒大军冲去。

李恽率乞活军刚冲出不远，迎面撞上石勒大军。一来是李恽的人马只有五六千人，只有石勒人马的一半，二来是石勒大军都憋着一口气，誓要除掉这些无赖和恶棍。因此，双方接战不到半个时辰，五六千个乞活军被杀得一个不剩，李恽被石勒军砍掉了脑袋，赚了个身首异处。

石勒见除恶已尽，下令班师回襄国。将军呼延莫说："何不就此攻下临淄，将青州纳入大将军的辖下！"石勒说："眼下占据青州恐怕还是俺们的负担，到了该占的时候再占吧。"遂率大军返回襄国。

王浚得知石勒杀死李恽后，又任命薄盛为青州刺史。

石勒经过征讨信都、邺城和青州，进一步肃清了周边的敌对势力，巩固了襄国的安定局面。石勒与众将商议，一面加快襄国城的修建，一边做好准备，以便与王浚展开进一步的较量。

且说王浚见自己派出的元帅王昌率领的鲜卑段氏征讨大军，被石勒轻而易举地瓦解，非但没创伤石勒，反倒让忠于自己的段氏鲜卑倒向了石勒，不禁心中大怒，非要将王昌斩首治罪，幸好部将们苦苦替王昌求情，王浚才饶王昌不死。住了一段时间，王浚得知石勒又相继占领了邺城，连杀冀州和青州两位刺史，越发坐立不安。他一直在他的刺史府思考了三天，最后决定双管齐下，一面加强与刘琨争夺冀州，一面再次讨伐石勒。

王浚立即派燕相胡矩与刚刚从襄国返回来的段疾陆眷，合力攻破了奉刘琨之命在中山国聚集兵众、占领地盘的族弟刘希，并将刘希斩杀，将刘希聚集的兵众驱散，将中山国控制在自己手里。刘琨见族弟被杀，中山国被夺，心里甚是痛恨王浚，但却无力再与王浚较量和争夺，只得忍气吞声，寻找新的报复机会。

王浚夺得中山国地盘，并杀了刘琨之弟，总算解了一下襄国进攻失败的闷气，但不败石勒，心中不甘。于是他命屯军易水的女婿枣嵩，并再召段疾陆眷进攻石勒。枣嵩字台产，颍川长社人，是西晋时的诗人，今存四言长诗两首。永嘉年间，王浚自领晋尚书令，以枣嵩为尚书、安北将军。枣嵩依仗是王浚的女婿，恃宠乱政，大肆受贿，时人甚为痛恨。当下枣嵩得到进攻石勒的命令后，立即让人通知刚刚与燕相胡矩一起得胜归来的段疾陆眷。但段疾陆眷由于刚与石勒结盟不久，说什么也不肯前去讨伐石勒。

王浚大怒，又让枣嵩转而讨伐段疾陆眷，枣嵩为难地说："女婿这点兵力去讨伐段氏，还不被段氏兄弟生吞了我们！"

王浚想了想说："老夫花重金去贿赂一次代公拓跋猗卢，让他出兵帮助你，非把段疾陆眷这帮吃里爬外的东西打垮不可！"

枣嵩再次为难地说："拓跋猗卢那老儿那点兵，恐怕也难以制服段氏兄弟。"

王浚想了想又说："向鲜卑慕容部传令，让他们倾所部之兵，合围段疾陆眷！"

欲知后事，且看下回分解。

## 第二十六回　汉皇帝再封石世龙　张孟孙计擒乌桓将

却说王浚为了进攻石勒，扫除自己称霸北方的障碍，令自己的女婿枣嵩联合鲜卑首领、辽西公段疾陆眷，再次征讨襄国。由于段疾陆眷刚刚与石勒结盟，不肯前去讨伐石勒，这便惹怒了王浚，王浚转而让枣嵩讨伐段疾陆眷。枣嵩明知自己这点军力根本无法抗衡段氏兄弟，便向王浚表达了为难情绪，于是王浚决定花重金去贿赂代公拓跋猗卢，并向鲜卑慕容部传令，让他们倾所部之兵，合围段疾陆眷。

拓跋猗卢的祖父拓跋力微是三国时至西晋初年索头部鲜卑族首领，是后来南北朝时期北魏皇帝的先祖。拓跋猗卢和他的祖父一样，是个长寿星，此时已年近八十，且为皇帝钦封的代公，因此王浚不敢随便颐指气使地去命令他如何，但又怕他不愿出兵卷入鲜卑部落之间的纷争，这才想出用重金贿赂拓跋猗卢，以促使他出兵合围段疾陆眷的办法。

当下王浚派出数十人作为使者，用车拉着数千两金银，赶着三百匹上等好马，并携带着王浚的亲笔信，前往盛东，即今内蒙古和林格尔北，去见拓跋猗卢。拓跋猗卢看了王浚的信后，犹豫了半天，让人叫过自己的儿子、右贤王拓跋日律孙商议。拓跋日律孙倒是干脆，他对父亲说："我鲜卑诸部唯有段部不听劝告，父帅一直与石勒及刘汉政权相持，可段氏兄弟却和石勒打得火热，以儿之见，借王浚组织合围之机，给段疾陆眷一点儿颜色看看也好。况且王浚给我们送来数千两金银和三百匹好马，一片情谊，我们也却之不得呀！"

拓跋猗卢听了儿子的话，点了点头说："既然如此，我儿亲率我索头部大军前往幽州，与那枣嵩会合，一起攻打段疾陆眷。"拓跋日律孙点头领命。

待拓跋日律孙率索头部鲜卑大军到达幽州时，恰好慕容部的人马也到达幽州。于是，在枣嵩的率领下，三万大军向辽西段疾陆眷所部杀去。

段疾陆眷深知王浚的为人及王浚心里打的如意算盘，王浚组织其他鲜卑部落攻打段氏部落的消息，段疾陆眷也早已获知。段匹䃅、段文鸯和段末波等众将得知王浚欲攻打段氏部落的消息后，也都非常气愤。兄弟几人商议，待王浚组织的大军到来时，一定要杀他个人仰马翻，好好教训一下王浚及其他鲜卑部落。

且说枣嵩率三万联军一边走，一边在盘算着这三万大军是否是段氏大军的对手，因此，大军快到辽西段部大本营时，便不断派出探马打探情况，探马回来报告说，段部似乎很平静，并没有什么异常举动。枣嵩听了，更加不安。这日，枣嵩正在与拓跋日律孙等人商议，如何分两路突然发起进攻，夹击段疾陆眷，忽然从东西两边杀出数万段部大军，段文鸯和段末波分别冲在东西两路大军的前面。枣嵩一见，连忙上马，并传令大军抵抗。此时枣嵩率领的联军都以为距离段部大本营还有很远的距离，因此没有迎战准备，只能仓促迎战。

双方混战了足有两个时辰，枣嵩看时，见联军已有数千人被斩杀，且已明显处于守势。枣嵩传令，联军速速撤退。于是，联军边战边撤，直退至二十里，才将段部人马甩开。枣嵩看时，又有上千军士被斩杀。联军各方都垂头丧气，众人商议，只好撤军。大军行出辽西后，索头部和慕容部直接各回自己的部落去了。

王浚见枣嵩又吃了一次败仗，将枣嵩斥责了一顿，但再无计可施。他再次闭门沉思，在思索着新的对策。暂时按下不提。

且说石勒三路出击，斩杀了冀州、青州刺史并占领邺城后，势力更加强盛。这日，石勒召集众将议事，商议继续征讨襄国周边郡国，向外扩张势力，进一步孤立王浚事宜。

张宾说："大将军占据襄国后，成绩卓著，喜事连连，不但连挫王浚，挫败了王昌率领的五万征讨大军，杀了王浚任命的冀州、青州刺史，还得了重镇邺城，而且眼看着王浚与刘琨之间的关系也在恶化，我襄国城建造也成绩斐然，真是值得庆贺呀！"

石勒笑道："多亏右侯和诸位阁下同心协力，才有了这么多的成就，但俺等取得的成就与日后建国定邦的需要相比，还相差甚远。右侯智谋超群，还是指点一下眼下最需要做的事情，以便俺等尽快征服王浚，尽快统一北方。"

张宾说："王浚借晋朝让他管理并节制北方各族之机，培植自己的势力，其野心已经越发清楚，正所谓司马昭之心，路人皆知。但眼下王浚培植和依靠的两股势力已遭到我军重创，一是鲜卑族及其军队，段部被我们拉过来后，慕容部、索头部与段部又相互征战，势力大大折损，眼下王浚依靠起来已经很困难。二是乞活军，李恽被我军斩杀后，乞活军也遭到重创，乞活军正在走下坡路。下官认为，下步我们应做的主要是两件事，一是进一步讨伐和征服乞活军，二是收服乌桓，使其背离王浚，归附于我，进一步削弱王浚的势力和实力。眼下有个极好的突破口，这便是接替李恽任青州刺史的薄盛。下官认真了解了一下，薄盛乃三国时期'代州乌桓'薄氏的后裔，又是'乌桓突骑'的将领，我们只要将薄盛征服，就会做到讨伐和征服乞活军和收服乌桓的双重效果，如果将薄盛拉到我们一边，让他帮助收服乌桓军，那会效果更佳。如果做到这些，王浚必会日暮途穷，每况愈下，早晚被我歼之。"

石勒听了大喜道："当年君子营的读书人说右侯好比诸葛孔明，开始时俺尚未完全体会到，如今俺终于体会到了。右侯适才所言，甚是有理，下步俺等就按右侯意见去实施就是。诸位阁下有何意见？"

孔苌说："右侯所言的确精妙，末将认为应尽快实施。具体实施起来，末将有个想法：王浚依仗他在晋朝中的地位和实力，上次不仅将我大军斩杀的冀州刺史和青州刺史，让他信赖之人继任，而且又让他的门生田徽当了兖州刺史。末将想，如果我们直接征讨青州，因为青州与兖州地境相接，且青州刺史薄盛和兖州刺史田徽同出王浚麾下，届时一定会给我们增加麻烦，莫不如先征讨兖州，将兖州诸郡征服后，那时再征讨青州不迟。"

石勒听了又高兴地说："孔苌阁下不但武艺超群，智谋也越来越多啦！"

· 185 ·

孔苌说:"跟着大将军和右侯,一点一点地都学精啦!"

石勒对张宾说:"孔苌这个意见俺看很好,如果俺大军先征讨青州,说不定兖州的田徽会出兵相助,那时还要回头或派兵对付田徽,莫不如先将田徽征服,再去征讨薄盛。右侯以为如何?"

张宾点头说:"孔苌将军这个意见的确很好,也很重要。因为兖州刺史田徽和青州刺史薄盛都是王浚一手拔擢起来的,先打青州,兖州十有八九会出兵相助。征讨田徽后,再去解决薄盛是对的。"

石勒说:"俺大军先攻打兖州,那青州薄盛是否会出兵相助呢?"

张宾说:"下官认为多半不会,因为青州地靠大海,沿海一带人烟稀少,因此整个青州兵力相对较少,恐怕无力增援兖州。"

石勒说:"为了确保安全,攻打兖州时,同时派一支队伍,摆出同时攻打青州的样子,稳住薄盛就是。"

张宾和孔苌都点头赞成。于是,石勒派孔苌为进攻兖州的主将,率三万大军进攻兖州诸郡国。让支屈六、呼延莫率五千人进驻乐陵,摆出将南渡黄河进攻青州的样子。

且说孔苌得令后,立即与十数位将军,率三万大军南下。大军渡过黄河后,直插至襄城郡的定陵,即今河南省舞阳北。这一带在石勒大军南下时,曾一扫而过,但后来都被晋军重新占领。孔苌三万大军如同秋风扫落叶,很快将定陵及襄城郡、颍川郡横扫了一遍,然后大军进入陈留郡和济阴郡,渐渐逼近兖州州城廪丘。兖州刺史田徽听说孔苌率领的大军横扫两州数郡后逼近廪丘,慌忙率城中的兖州军出廪丘城迎战。别驾、治中们劝田徽固守,以防不测,田徽怕城被攻破更加被动,便不听劝阻,率一万大军出城迎战去了,并委托逃往此地的北中郎将刘演守城。

孔苌自定陵一路扫荡,军势大盛,但沿途一直没有遇到过大规模的抵抗。如今得知田徽率万人出城迎战,便在城外摆好阵势,准备与田徽痛杀一场。

田徽率兖州军来到汉军阵前后,孔苌与他约定先将对将与他见个输赢。双方各自遣战将战了两阵,不分胜败。孔苌性急,拍马持枪,约田徽见个输赢。田徽见部将连战两阵,没见输赢,也按捺不住,于是提刀催马,与孔苌战在一起。田徽使一柄板门大刀,力大艺精,但怎奈孔苌战得性起，手中那杆大枪如出水蛟龙，上下翻飞，两人战了三十个回合，田徽渐渐力怯，急忙拨马想逃走，但孔苌那匹银鬃马久经战阵，驰奔起来如风驰电掣，没用几步，便追上了田徽，孔苌从田徽的身后狠狠一枪刺去，将田徽的铠甲刺透扎入后胸，然后一枪挑于马下，田徽登时死去。

兖州军一看，个个吓得魂不附体，孔苌大声喊道："军士们，只要投降，我石勒大将军都不会亏待你们！"兖州军士们听了，都乖乖弃械投降。孔苌下令，愿意投归汉军的，立即编入大军之内，不愿投归汉军的，现在便可解甲归田。孔苌命令下达后，有一多半兖州军士脱掉盔甲，各奔东西而去，其余军士加入了石勒大军。

众将提议继续进攻廪丘城，孔苌笑道："邺城守将刘演逃到廪丘，田徽一死，他肯定成了兖州城的主将。石虎将军两次进攻邺城，恨透了刘演，还是让给石虎将军日后来收拾他吧。"

廪丘以东的兖州各郡，本来已受到汉军的攻击，如今州刺史阵亡，消息传开，各郡国纷纷表示归降石勒。于是，崤山以东诸郡国，相继为汉军占据。

消息传到襄国，石勒大喜，一面让人赴平阳向匈奴汉国报捷，一面令孔苌率大军暂驻济水之畔，等待下步进军之令。

且说汉国皇帝刘聪得知石勒驻军襄国后，连杀冀州、青州、兖州三州晋刺史，又占据了大量地盘，很是高兴，下令进一步封赐石勒，并征求群臣的意见。就在此前不久，廷尉陈元达曾劝刘聪节俭并提防石勒，此次刘元达又向刘聪建议，要提防石勒日后势力强大威胁匈奴汉国，不主张进一步封赐石勒。刘聪思索了两天，还是决定封石勒为侍中、征东大将军。

石勒接到刘聪加封的消息后，给刘聪上了一道谢恩表后，又召集众将商议征讨薄盛事宜。为了更好地实现张宾建议的征服乞活军和收服乌桓部落的双重效果，使王浚失去最后依靠的目的，石勒决定，此次征讨青州薄盛，由他亲自挂帅，以张宾为军师，以孔苌为征讨大将，让支屈六、呼延莫继续屯驻东陵牵制和策应。

第二天，石勒与张宾在支雄、张斯、刘征、刘宝等十多员将军和两千人马的陪护下，驰向济水之畔，与孔苌大将军会合，同时派快骑给驻军乐陵的支屈六、呼延莫送信。

石勒等与孔苌会合后，石勒嘉奖了孔苌及众将士，然后大军继续东进，进入青州。石勒下令，只要不遇抵抗，大军不许杀戮，不许掠抢，不许惊扰百姓。青州百姓此时早已知道石勒大军不杀百姓，而专与官军对抗，且知道石勒大军的厉害，因此，大军进入青州地境后，百姓多数若无其事，有的还在道旁欢迎大军。

　　且说青州刺史薄盛在孔苌大军进攻豫州、兖州时，便已得知了情况。在得知石勒大军同时派军屯驻乐陵时，知道是汉军在牵制自己，怕青州军驰援兖州，但也感到了石勒大军在攻占兖州后，下一个目标一定是征讨青州了，因此，他积极组织和训练军士，准备迎战汉军。

　　这日，石勒大军进攻青州的消息报到了薄盛的案台上，薄盛立即传令，让探马密切关注石勒大军的进军动向，同时传令青州军做好迎战准备。又过了两天，探马来报，说石勒大军已经兵临临淄城西的时水。时水为古水名，上游即今发源山东淄博市临淄西南的乌河。自临淄西北以下，古分两支，一支西流经今桓台县境西北入济水，旱时干涸，故又称干时。一支北流折东略循今小清河合淄水入海，即时水干流。

　　薄盛下令，不许青州军出战，而是紧闭临淄城门，坚守不出。部将郝武说："将军武艺高强，勇冠三军，与兖州田徽不同，却为何要坚守不出？"

　　薄盛说："石勒三万大军征讨于我，我青州军连同乞活军，不过两万多人，如和石勒对阵，未必占到便宜，如坚守不出，可随时出城劫袭石勒，只要重创汉军一次，不愁石勒不退兵。"郝武点头。

　　且说石勒大军在时水驻扎了一天后，并不见薄盛有任何动静，探马报告说临淄所有城门都紧闭，但城楼戒备森严，一如大敌当前之态。张宾对石勒说："看来薄盛其人不仅武艺高强，还有些用兵的韬略，紧闭城门不出，必有他的算计。明日我大军可兵临临淄城下，看看其中的端倪再说。"石勒点头。

　　第二天，石勒率大军兵临临淄城下，果然见临淄城城高水阔，防守森严。张宾说："大将军可让我大军攻城，虽然不会轻易攻破临淄城，但只要我军做出攻城后疲惫的样子，必会引出薄盛，届时让军士们多多准备绊马索，必会活捉薄盛。"

石勒高兴地点头并传令大军攻城，同时秘密嘱咐诸位将军，依军师之计行事。霎时，石勒大军上万人开始从临淄城的两边城墙攻城。但由于临淄城城墙宽厚高大，护城河河水宽深难涉，汉军攻了两个时辰并无效果。吃过午饭后，汉军再次攻城，但两个时辰下来，依然没有成效。

且说薄盛自汉军攻城起，便一直在城楼上观察情况，看到汉军经过一整天攻城毫无效果，并都袒露上身躺在护城河外歇息时，薄盛对郝武说："人说石勒智谋超群，既会用兵，又会驭人，看来多半是夸张之词，今番看汉军，简直就是一群等死的蠢猪。阁下快去通知将士们，一炷香后本将军亲率大军从南门杀出，重创汉军。将军在城内策应，看好吊桥，待我得胜后返经吊桥时，将军令弓箭手阻住汉军夺桥即可。"郝武领命。

薄盛组织好青州军和乞活军后，突然大开城门，杀将出来，只见薄盛胯下黄膘马，手使大枪，一马当先，越过吊桥，直向汉军杀来。可当他冲到在城楼上看到的躺在护城河外地上歇息的汉军地方时，却见这些袒露横躺的汉军都不见了，而是拥上数十位战将，迎战薄盛。薄盛看时，当先一员大将，胯下银鬃马，手持大枪，威风凛凛，挡住薄盛的去路。薄盛知道，这位使枪的汉军大将，必然武艺高强，因此他抖擞精神，与孔苌大战起来。果然，孔苌的武艺与薄盛难分伯仲，二人大战了五十个回合，不分胜负。

突然，只听汉军将军群中不知谁大喊了一声，数十位将军各持兵器，一齐向薄盛和青州军杀来。由于薄盛刚出吊桥不远便与孔苌交战起来，因此他率领的青州军并没有完全出城，薄盛怕青州军人少吃亏，便拨马向吊桥方向冲去。可刚出几步，却被汉军扯起的绊马索绊倒，薄盛始料不及，被摔落马下，立即便有汉军上前，将薄盛绑了起来。

欲知后事，且看下回分解。

## 第二十七回 斩使者石勒惑王浚 进蓟城世龙驱牛羊

却说石勒为了捉住青州刺史、乌桓人中颇有声望的将军薄盛，采用军师张宾之计，让闭门坚守不出的薄盛出城袭击汉军。果然，薄盛中计，率青州军出城突袭汉军，但却被早已准备好的汉军用绊马索绊倒活捉。活捉薄盛后，汉军立即收住手中兵器，没有对正在逃回临淄城的青州军开杀戒。

薄盛被擒后，由军士们推至石勒大帐。石勒此时正与张宾和众将在等待着薄盛的到来。石勒见薄盛被押到，连忙亲自起身给薄盛松绑，并亲切说道："得罪了薄盛将军，请予见谅！"然后让军士给薄盛看座。

薄盛虽然心存感激，但并不情愿归降石勒。石勒笑道："俺与众将早就知道将军乃代州乌桓薄氏后裔，仰慕将军这个英雄辈出的世家，甚是愿与将军共谋大业，为天下苍生造福。但将军如若不肯归降，可回到青州城，俺等来日再见个高低，如何？"

薄盛说："在下也早就听说大将军英雄了得，如果来日大将军肯与在下在两军阵前见个高低并赢了在下，在下情愿归降大将军。"

石勒哈哈笑道："俺哪是将军的对手啊，将军乃当世乌桓名将，武艺高强，俺与将军交战，岂不是要俺出丑吗？"

薄盛说："大将军过谦了，如若真是大将军赢不了在下，在下也不会伤害大将军，且大将军今日不杀之恩，在下日后定当报答。"

石勒说："好，那明日俺就与将军在阵前比试一番，也算向将军讨教啦！"

薄盛说："大将军的大度和恩情，薄盛终生不忘。"

石勒命军士置办酒宴，与薄盛压惊并送行。石勒、张宾、孔苌轮番把盏，为薄盛敬酒。薄盛要回临淄时，已经对石勒有些依依不舍了。

第二天，双方各出五千军士列阵，为石勒和薄盛助战壮威。双方军阵各擂三通鼓罢，石勒与薄盛各自拍马来到阵前。薄盛在马上深施一礼，石勒也拱手还礼。然后二人刀枪并举，战在一起。

二人大战了五十回合，薄盛觉得石勒的刀法似乎有些乱了，正在此时，石勒回马便走。薄盛此时心情颇为复杂，他一方面想，也许自己也生擒石勒一次，报答石勒生擒自己而不杀的恩情。同时他又在想，如果石勒败走是在施计，自己败在他手上也算有归宿了。这样想着便催马朝石勒追去。正在薄盛准备挂枪去伸手捉石勒时，却冷不防石勒将大刀的刀镡朝薄盛戳来，薄盛想不到石勒竟有这一手，根本来不及躲闪，只见石勒的刀镡不偏不正，恰好戳在薄盛的护心镜上。那护心镜乃金铜所制，镡尖戳在上面一点不会伤及人体，但石勒巨大的推力却一下将薄盛推于马下。

石勒连忙勒马跳在地上，上前拉起薄盛说："再次得罪将军，见谅！"

薄盛见了，双膝跪在石勒面前说："薄盛自诩乌桓名将，原来却不值大将军一毫。今日此败，薄盛心服口服，自今日起，薄盛愿归降大将军，做大将军的马前卒。"

石勒大喜，他双手扶起薄盛说："俺得阁下，实得一乌桓之族矣。"遂与薄盛执手同回大帐，再次设宴与薄盛压惊并庆贺。

薄盛自告奋勇，要前往各乌桓部落游说并说教乌桓部落，脱离王浚，归附石勒。石勒大喜，与薄盛在帐中共叙友情和前景三天后，薄盛带着石勒拨给他的两千人马，分赴各乌桓部落去了。

薄盛走后，石勒任命王弥时的降将曹嶷为汉青州刺史，并呈报汉皇帝追认。然后，石勒率大军并支屈六在乐陵的大军，返回襄国去了。曹嶷乃东莱人，与王弥一起参加暴动起义。曹嶷就任汉青州刺史后，建立广固城，把青州、齐郡、临淄县三级治地纳入城中。广固城及后来的东阳城、南阳城，后来成了山东东部的政治中心、军事重镇和经济商埠。暂时按下不提。

且说薄盛前往乌桓各部落游说，很快见到成效。

乌桓亦作乌丸，原系东胡部落联盟的一支，与鲜卑同为东胡部落。公元三世纪末，匈奴破东胡后，迁至乌桓山，遂以山命名为族号，大约活动在今西拉木伦河两岸及归喇里河西南地区。西汉武帝元狩四年，汉军大破匈奴,将匈奴逐出漠南,乌桓臣属汉朝,南迁至上谷、渔阳、右北平、辽西、辽东五郡塞外驻牧,代汉北御匈奴。东汉光武帝建武二十五年,乌桓又从五郡塞外南迁至塞内的辽东、渔阳及朔方边缘十郡,即今辽河下游、山西和河北北部及内蒙古河套一带驻牧。两晋时期,无论在塞外还是塞内,乌桓的活动频见史册。西晋初,幽州北边障塞内外乌桓分别归附鲜卑慕容氏、宇文氏、段氏统治,并逐步与鲜卑融合,有一部分最后加入库莫奚之中。自幽州北面直至冀州的渤海、平原二郡,即今河北沧州一直向南至山东聊城一线,乌桓骑兵分布其间。王浚任幽州刺史兼乌桓校尉后,便开始以鲜卑和乌桓的兵力为后盾,在南面称大,甚至凌驾于晋朝廷之上。

薄盛自幽州开始,南下冀州的河间国、章武国,再南下渤海郡、平原国,将乌桓部落特别是乌桓军的将领们游说了一圈,使其叛离了王浚,暗中开始依附石勒。薄盛游说完之后,带着他的好友、乌桓将领、渤海郡太守刘既一起,并率渤海郡五千户前往襄国投奔石勒,向石勒交令。

石勒大喜,任薄盛和刘既为将军并重重赏赐了他们,安排五千户乌桓人在襄国落户,让他们安居乐业。

薄盛归附石勒并游说乌桓人脱离王浚,自此王浚依靠的鲜卑和乌桓两大后盾,便不再是王浚的依靠了。薄盛归附石勒后,乞活军也遭受重创,自此萎靡不振,渐渐退出了历史舞台。

石勒与众将商议,全力准备,在未来的一段时间内,集中精力除掉王浚,为最终建国立邦奠定基础。

且说王浚见自己在与石勒的较量中屡屡失利,昔日自己随意指挥和摆布的鲜卑、乌桓和乞活军三股势力,如今谁也不再听从自己的指使,想再任命个鲜卑、乌桓和乞活将领去当堂堂的州刺史,也找不到人选了。因此,不禁使他急得团团转,在刺史府中苦思冥想,但却想不出办法。女婿枣嵩献计道:"眼下之势,岳丈唯有尽快立制称帝,才能恢复号召力,与石勒、刘琨等人抗衡。再说如今朝廷新即位的那个小皇帝司马邺,什么主也做不了,岳丈实际上当了晋朝大半个家,干脆堂而皇之当皇帝算啦!"

王浚看了看枣嵩说:"言之有理,看来这一步是应加快步伐向前迈啦!"

枣嵩又说:"虽然鲜卑,乌桓和乞活这三股势力在岳丈这里消失了,但这些年由于刘汉政权苛政和威胁,自并州逃到我幽州的士民却多了起来，岳丈若立制称帝，也不枉还是个人丁兴旺的新朝。"

王浚点了点头说："好，就这么办，你去找些我们的亲信，好好准备几天，然后为父便开始立制称帝。"枣嵩点点头，转身去了。

准备了几天后，王浚便开始了他立制当皇帝的美梦。他首先挖空心思立了一个假太子，因为王浚一生生了多个女儿，却一个儿子也没有，因此想当皇帝而立制的第一件事，倒是要找个立为太子的假儿子。立完太子后，他又备置百官，将自己所有亲信都安置成大臣之位。由于尚书令在朝中地位重要，而眼下王浚认为又无合适人选，他便自己兼任尚书令职务。

王浚要当皇帝的举动，立即遭到下属的反对和劝谏。首先站出来反对和劝谏的是长史王悌和在当时有北方名贤之名的幕僚霍原。王悌和霍原开始都单独劝说王浚，告诫他自古想要篡位和另立朝廷的人，都不会善终，劝他除去非分之想，当好幽州刺史，尽力帮助朝廷度过特殊时期。但王浚根本不听。王悌和霍原见王浚不采纳他们的意见，又联合了几位官员，一起向王浚施劝，让他千万别生非分之想。王浚大怒，下令将王悌和霍原斩首，并威胁部下说，谁再敢相劝，定斩不饶。

且说王浚在立制称帝不几天内，便将手下文武官员都安排到了朝内任职，却偏偏将一人外调任职，那人叫游统。游统对王浚的僭越之心本来很反感，对王浚将他调出朝外任职就更是不满。游统出了朝内后，更有人传言，说王浚让游统到范阳去当司马，是不相信游统，因此不把他放在身边。游统听到这些，心里越发不舒服，他与弟游纶商议，准备暗自依附石勒，对王浚倒戈。

且说石勒正与众将密切关注王浚动向，以便寻找机会进攻王浚时，细作向石勒报告，说王浚已在幽州图谋僭越称帝，幽州城表面平静，实际上人心各异，正是进攻的好机会。石勒听到这个消息后，立即与张宾商议对策。张宾说："依下官看来，王浚此举是在自取灭亡，下官断定，用不了多长时间，幽州方面必会出现有利于我大军进攻的机会。大将军可再观察几天再说。"

过了几天，细作又向石勒报告，说王浚派往范阳驻守的司马游统，不满王浚对他的派驻，准备向石勒归降。张宾得知此事对石勒说："大将军对投降于我的人，不怕亏待一下他吧！"

石勒听了，连忙说："右侯莫不是要牺牲游统，取信于王浚，以便从中取事？"

张宾点头说:"正是。下官之意,立即以大将军的口气,给王浚写信,对他拟要立制称帝之事,表示支持,同时表示愿意归附于他。王浚得知后必然高兴。待游统表示归降于我时,再作出让王浚更加高兴和放心之事,到那时我们从中取事,置王浚于死地的时候便到了。"

石勒点头说:"好,那右侯就立即来写这封信,只寥寥数语便可,不必多写。"张宾点点头,然后出帐去撰写书信去了。

没用两刻钟,张宾再次来到石勒大帐,拿出他撰写的一块丝绢说:"给王浚的信写好了,下官念念,大将军看可否。"接着念道:

今闻阁下拟立制称帝,勒闻之不胜欣喜。司马氏皇权早已摇摇欲坠,但鲜有取而代之者也。如阁下立制取代之,天下自此不愁不稳矣。勒乃羯胡,不便称帝,平生征战,无非欲寻一明主而事之耳。今阁下称帝,勒终为寻其明主矣。但只是耳闻,未见阁下颁诏,不敢信以为实,故暂不便以大礼事之。待消息确凿,必会称臣于殿前,拜倒在脚下也。

石勒听完后说:"好,正是俺想说的,速令快骑送往幽州。"张宾听了,出帐布置去了。

且说王浚接到石勒这封书信后,高兴得满脸堆笑,他对枣嵩说:"亏我婿出了这个好主意,石勒在征战中难对付,却对他认为是明主之人愿意低头。如果有了石勒这支力量作为基础,不愁我们的帝业不成。"

枣嵩说:"石勒诡计多端,不会是在用计迷惑我们吧?"

王浚摇摇头说:"为父早就听说石勒不只对一个人说,他身为羯之人,是不能当我大汉之族的皇帝的,征战天下,就是想找个明主相随。在为父与那匈奴刘氏和司马小皇帝三中人,为父作为天下明主,难道还要怀疑吗?"

枣嵩听了王浚的话,也似乎觉得有道理,于是点了点头,再不说话了。

王浚又说:"我婿密切注视着襄国石勒的动向,时机成熟时为父将重重册封于他,以便成就帝业,取代司马氏。"枣嵩点头。

过了两天,王浚接到石勒斩杀游统派往襄国归附石勒使者的首级。王浚对枣嵩说:"听说石勒其人素来讲信义,特别是归附他的人,一律予以加官和厚赏，今日面对我一个司马归附于他，他非但没动心，还杀了司马的使者，将首级献于我，足见石勒的诚心哪！"

枣嵩说："我们现在应如何对待石勒？"

王浚想了想说："我婿带上几个有心计之人，到襄国去看看石勒的实力，以便决定下步是否让石勒前来幽州投我。"

枣嵩说："小婿这就率人前往。"

王浚又说："快去快回，登基前的大事还多着呢！"

枣嵩点头并转身往外走，王浚将他叫住又说："将为父喜欢的这个麈尾带给石勒，算是为父赐给石勒的礼物。"枣嵩领命。

当下枣嵩带着几个亲信，扬鞭驰马，向襄国而去。只用了三四天，便从幽州到达襄国。张宾听说枣嵩前来察看虚实，对石勒小声说了几句，石勒笑着点了点头，然后让人按张宾的意见去操办。

此时襄国还是一派建城的场景，石勒让人将枣嵩等人迎进他依然居住的行军帐篷，并也将枣嵩等人安排在营帐宿住。枣嵩看到，石勒帐下的军士们，大多数都是些老弱疲惫之人，士气极低，斗志极差，府库也很空虚，没有多少粮草，更谈不上辎重。而石勒似乎对此种情况不以为然，还每天三次拜在王浚赐予的麈尾之前。

枣嵩观察了几天，告别石勒启程回幽州，石勒让人送上金银各五百两。石勒郑重地告诉枣嵩，说这些金银是这几天让周边郡国凑起来的，五百两黄金是献给王浚，作为襄国拥戴王浚登基称帝的厚礼，白银是孝敬枣嵩的。枣嵩嘴上说着感谢，心想这襄国看来是真穷啊，一个大将军拿出这点金银，还那么当回事。

回到幽州，枣嵩详细向王浚述说了他在石勒那里看到的一切。王浚听后说："听我婿说的情况，其一，石勒对为父称帝之事是真心拥护；其二，石勒太穷，实力太差。有了这两条，为父以为石勒就不可怕了，因此，我婿可差人去通知石勒，就说为父同意他速来幽州，共商为父称帝大事。"

枣嵩说："石勒来后，第一件事肯定是劝岳丈尽快登基称帝，那时岳丈就不要再客气啦，也不要再拖啦！"

王浚听了高兴地说："好，这次为父听我婿的。"

且说石勒接到王浚允许其率军进幽州的通知后，立即与张宾及数十位将军，率一万大军向北驰去。大军日夜兼程，待到达柏人时，石勒对张宾说："现在是俺大军灭王浚的关键时刻，不会出现刘琨大军援助王浚影响我军歼灭王浚的情况吧？"

张宾笑道："下官已料定大将军在前往幽州的路上，会再次担心刘琨出兵援助王浚，影响我大军歼灭王浚，因为毕竟刘琨和王浚都是晋朝的臣子，因此下官在襄国出发前，便给刘琨写了一封信，以期进一步稳住他。大将军听听如可以，便立即遣人送给刘琨。"说完，便将书信念了一遍。

石勒高兴地说："右侯神机妙算，可谓诸葛再生！尽快让人将书信送到刘琨之手就是啦。"张宾领命。

由于石勒大军日夜兼程，大军很快到达易水，即今河北省雄县西北。张宾对石勒说："下官有个可能令大将军发笑的想法，但下官为了以防万一，不得不说。"

石勒说："右侯莫不是担心王浚一旦在蓟城设伏，使我处于危险境地？"

张宾说："正是，这个时候不能不防。"

石勒点头说："的确不能不防，右侯有何妙计，能解此忧？"

张宾说："下官已想了一个办法，即我大军在进蓟州城时，先将数千头牛羊驱赶进城，塞住蓟城的街巷，就说是向王浚献礼。这样，王浚的大军即便想伏击我们，也力不从心了。在牛羊进城后，我大军紧随其后，杀入城内，不愁捉不住王浚。"

石勒大喜道："真是个好办法，只是这么多牛羊，到哪里去寻？"

张宾笑道："大将军放心，到了蓟州城后，咱们的将士肯定会将数千头牛羊赶到蓟州城下。"

石勒高兴地说："右侯真是料事如神哪，俺大军迅速赶往蓟州城就是啦！"

因为王浚毫无防备，于路没有任何阻挡，因此石勒大军又很快从易水到达蓟州城。王浚得知石勒已率军到达蓟州城，下令开门放石勒大军入城。

霎时，只见数千头牛羊从蓟州城门蜂拥而入，冲入城内，涌向城内各条街巷。满蓟州城的军民都被这从未见过的场景惊呆了。坐在拟作为登基皇宫的蓟州王宫之内的王浚，此时从宫外的牛羊身上，似乎看到了不祥之兆，他大喊一声，昏死过去。

欲知后事，且看下回分解。

## 第二十八回　汉皇帝策书封石勒
　　　　　　　晋愍帝衔玉降刘曜

　　却说石勒与张宾商议，为了防止万一被王浚设伏，袭击进城的汉军，采用数千头牛羊蜂拥入城，塞住蓟州城街巷，使幽州兵不能出战的办法，然后汉军随即入城，打幽州兵一个措手不及，并活捉王浚。其实，王浚一心以为石勒真心实意地在支持他称帝，哪里对石勒的举动有一点儿怀疑！因此，在石勒大军到达王浚拟称帝的蓟州城下时，王浚立即下令石勒大军进城。霎时，只见数千头牛羊从城门冲进蓟州城。涌入蓟州城的大街小巷。直到这个时候，被皇帝梦迷住心窍的王浚才感到似乎不对劲，他看着在他皇宫院内乱跑的牛羊，一股不祥之兆立即涌上心头。他大叫一声，昏死过去。

　　此时，枣嵩一直陪伴在王浚身边，只等石勒进宫劝进呢！看到王浚这种场景，枣嵩也感到了不祥的预兆。就在他竭力将王浚呼唤醒后，石勒大军的军士恰好冲了进来，将翁婿二人一并俘获。城内的幽州兵除主动缴械投降者外，都被石勒大军斩杀。

　　石勒下令，让王阳率十多位将军、都尉和五千军士镇守幽州，命五百军士押送王浚和枣嵩前往襄国听候发落，将那些热衷鼓动和支持王浚称帝的亲信就地斩首，对那些反对王浚称帝的官员继续予以任用。

　　看看蓟州城和幽州的乱象已趋于稳定，石勒、张宾率其他大军班师回襄国。临出发时，石勒对王阳说："阁下代俺好好安慰一下那位司马游统，不是俺出卖他，实是让王浚对俺大军进攻幽州不起疑而已。"王阳点头并与石勒、张宾道别。

· 197 ·

回到襄国，石勒亲往关押王浚翁婿的狱帐面见王浚。石勒说："阁下知道你惨败的原因是什么吗？"

王浚怒目对曰："是你石勒不讲信义，致使我上当受骗！"

石勒笑道："阁下说错了，是你的皇帝梦迷住了你的眼睛和心窍。至于说信义，你更说错了，两军阵前，敌俺面前，哪有信义，只有计谋和策略，连兵不厌诈这点最起码的常识你都忘记了，说明什么，说明你为了当皇帝而昏了头，鬼迷了心窍！"

王浚又说："是我低估了你这个羯胡，想不到你会想出这么多阴损的道道来蒙骗于我！"

石勒叹道："看来你王浚到死也只能做个糊涂鬼啦，俺再告诉你一遍，你之所以有今日之败，就是你的野心在作怪，致使你失去了理智，忘乎所以，最后成为一个失败者。"

王浚听了，沉默了许久，然后问石勒说："你曾说你是羯胡之人，不会去想当皇帝的事，你告诉我一句真话，你石勒心里真是这么想的吗？"

石勒又长叹了一声说："王浚，你枉活了六十多岁，竟能问出这样让人发笑的话来。俺坦率地告诉你，俺永远不会像你那样鬼迷心窍去想当皇帝，也不会像你的主子司马氏那样去当那种不顾多数苍生百姓死活的皇帝。如果为了苍生百姓，需要俺当皇帝，俺为什么不能当呢？"

王浚说："石勒，你是天下第一大骗子，如果不是我相信你不想当皇帝，只想择明主而事之的话，我为什么要相信你，又为什么能落入你的手里！"

石勒说："是啊，你以为你当了皇帝后肯定是位比司马邺、刘聪都强的明主，因而便铁心认为俺肯定要择你而事之，是吗？但这恰恰说明你自以为聪明，而实际上是天下最蠢之人，何当天败于你！"

王浚听了，叹了一声，不再说话。石勒下令，将王浚、枣嵩斩首，并遣人将王浚首级送往平阳，向汉帝刘聪报捷。刘聪看到王浚的人头后，高兴地与群臣痛饮了一个晚上，并下令赐予石勒四个官衔和十二郡地盘，作为奖赏，石勒得知后，仅受两郡，其他坚辞不受。

吞灭王浚后，北方冀州和幽州大片领土都掌控在石勒手上，加之此前石勒已派将军张斯前往并州北部开辟领地，只有太行山以西的并州还掌握在刘琨手中。石勒与众臣商议，抓紧已占地盘的治理，让百姓安居乐业，休养生息，同时，继续建设襄国城，使之成为建国立制后的都城。待时机适宜时，再吞并刘琨。

但时隔不久，又传来晋朝以邵续为冀州刺史、以段匹磾为幽州刺史的消息。石勒得知后，召集众将商议对策。张宾说："这也是意料之中之事，晋朝不会就这样放弃幽、冀二州，还会做最后的争抢。下官之意，我们暂不去理邵续、段匹磾他们，只管按已商定的意见，在我们能控制住的郡国加强治理，让百姓安居乐业，休养生息，为我大军提供更多的粮饷，待条件成熟时，我们还是先吞并刘琨，之后再理会邵续和段匹磾。"

石勒点头说："右侯言之有理，俺料邵续、段匹磾出任冀、幽两州刺史后，日子也不会好过，只能在俺大军占领的夹缝中去经营和生存。眼下俺大军是择机吞并刘琨，在吞并刘琨前，俺意先不去动邵续和段匹磾，甚至和此二人保持一定的接触，特别是段匹磾，是与俺结盟的段氏兄弟之一，要暂时与他友好相处。日后即便俺大军征服他们，也要与王浚之流相区别。"

众将一致赞成张宾和石勒的意见，自此起石勒与众将一心致力于襄国和所占郡国的治理，不到两年的时间，所辖区域的百姓便丰衣足食，安居乐业，百姓上缴的粮食堆成了山，牛羊在太行山下圈起的圈栏足有十里长。

汉帝刘聪得知石勒在襄国的治理情况后，派遣大鸿胪为钦差，给石勒赏赐弓箭，用策书的形式，即在精美的香木片上写下圣旨，封石勒为陕东伯，允许石勒独立行使征战讨伐权，可以独自任命州刺史、将军、郡守、县令、分封列侯，到年底时集中上报朝廷即可。

石勒得到刘聪这一封赐后，对众将说："当今皇帝驭人之胸怀，令人敬佩呀，就凭这一点，俺等也要誓死报效皇帝！"

且说汉国大将刘曜，自司马邺在长安即皇帝位后，便率大军连年进攻关中。司马邺即位的当年，刘曜部将赵染曾率五千精兵夜袭长安，攻入外城，掠杀千余人。之后的两年，刘曜又几次逼近长安，长安城已危在旦夕。

可面对这种情况，晋朝的朝臣们却相互之间争权夺利，内讧不断。右丞相司马保占据南阳，与朝中的尚书仆射、太尉索琳争权，且隔阂越来越深，他不但不入卫京师，反而断绝了对长安的物资供应，致使长安城的粮食越来越难以为继。城中的索琳到了这个时候，不以江山社稷安危为重，去解决实际问题，而是一味以封官加爵来笼络人心，以便与司马保进一步争权。对于城中军士和百姓的疾苦，索琳等人根本不闻不问，军心已涣散到了极点。

小皇帝司马邺此时才十六七岁，他看到这种情况，不禁急得哭了起来。有个有点心计的小皇妃悄悄对他说："皇上指望索琳、司马保这二人救国，还不得指到胡瓜园里去，快指望指望刘琨吧，以妾看，眼下满朝中和朝外的大臣，唯有刘琨有点忠心，也有救长安的能力，快给刘琨加官和传旨，让他来救皇上吧。"

司马邺听了，擦了擦泪水说："爱妃真好，朕立即就这么办！"

当天，司马邺便让传旨官前往晋阳，给刘琨传旨，封刘琨为司空，都督并、冀、幽三州诸军事，并让他火速率军前来长安救应。

且说刘琨这两年一面在观察石勒一步一步进攻王浚的情况，一面在加紧自己管辖地盘上的治理。对于石勒，刘琨认为石勒不似王浚那样苟营霸道、野心勃勃，但刘琨认为石勒的雄心比王浚更大，既有远大志向，又会审时度势，赢得人心。对于石勒征灭王浚后是否会将矛头转向自己，刘琨也认为这将是早晚之事。但此刻的刘琨，宁可败给石勒，也不愿意去与王浚争锋。因此，刘琨在石勒征剿王浚的两三年时间里，甘愿做了一个隔山观虎斗者。

但刘琨这几年也有很大成绩。近些年，匈奴汉国由于对百姓统治的残暴，并缺乏常规的赋税制度，而是靠掠夺百姓来积累财富，还将俘虏的汉人强制去从事半奴隶的劳动。百姓因此饥困流离，大量人口外逃至并州、幽州和襄国，其中逃到刘琨辖地并州的人口足有近十万户。刘琨有了这么多新户后，便认真安抚这些百姓，使其安居乐业，常规性征税，并从中招募兵源。几年下来后，刘琨治下的并州，已经兵精粮足，刘琨也很是自我安慰。恰在此时，刘琨接到了传旨官送来的司马邺的圣旨。刘琨看着圣旨上封自己为司空，都督并、冀、幽诸军事，不由得心里叹道："司空、司空，司掌的都是空的。都督并冀幽诸军事，除了我自己的并州，冀州、幽州我还能都督谁呢！"但刘琨毕竟是文人，又是汉中山靖王之后，忠君爱国思想根深蒂固，因此他当即答应了传旨官，表示立即前往长安，以解长安被困之围。

但刘琨提兵长安解围的消息很快被刘曜的细作获知。刘曜当即决定，让部将赵染率兵继续围困长安，他亲自率大军迎击刘琨，然后再回军长安，共同破城。

当日晚，刘曜率两万精兵，驰向并州方向，待到与刘琨大军接近时，刘曜选择了一个隐蔽的地势埋伏下来，等待刘琨大军的到来，杀他个措手不及。

果然，没到两天，刘琨率并州大军进入刘曜大军的伏击圈。刘琨全然不知刘曜已经北上来截击于他，当刘曜率领的虎狼之师突然出现在面前时，刘琨大吃一惊，慌忙下令大军迎战。但一来是并州军此时全无准备，二来是并州军虽然兵精，但多数没有经历战阵。因此，在刘曜大军的冲击下，很快处于下风。不到一个时辰，三万大军损失了三分之一。刘琨一看，连忙传令大军边战边撤，退回并州。于是，并州军边抵抗边撤退，直退出三十里，才慢慢逃离了汉军的追杀。刘琨计点人数时，又损失了两千多人。刘琨无奈，只好率残兵败将返回并州。

刘曜得胜后，在得知刘琨确已退回晋阳后，才又率大军赶回长安外围，继续围困长安。

搁下刘曜围困长安暂且不提，且说石勒的侄子、大将石虎，接替桃豹镇邺城后，经常打骂军士，辱骂下属，时间长了，这些事便慢慢传到石勒耳中。石勒派人秘密前往邺城了解情况，回来的人向石勒报告说，打骂军士，辱骂下属还是轻的，石虎经常在府中醉酒行凶，凶暴无赖，许多将士都说石虎已成为石勒大军中的一个祸害。石勒听了大怒，他想了想后，便向母亲王氏的房间走去。

石勒对母亲说："近来一些人都向孩儿反映，说石虎凶暴无赖，残忍无情，为所欲为，丢尽了俺大军的脸。孩儿半信半疑，派人前往邺城秘密了解，所得情况与孩儿听到的有过之而无不及。孩儿思忖再三，倘若有朝一日他被别人杀了，多半是有损俺石家的名声，因此孩儿想，还莫不如将他除掉好，不知母亲以为如何？"

石勒母亲王氏自被刘琨送到石勒军中后，一直与石勒夫人刘氏一起，照顾着石勒和刘氏唯一的儿子石兴。石兴因小时候困苦，身体一直不好，刘氏自来到石勒身边后，虽然不似从前那样劳累了，但身体也一直不好。因此王氏很是操心和担忧。听了石勒的话，母亲说："为母在乡下劳作时，经常看到一些牛犊会把母牛拉的车弄坏，石虎虽然已成为大将，但他毕竟还是个孩子，俺儿忍一忍，或当面教导他一下就是啦，不可动那些杀剐的念头。"石勒听了，诺诺而退。

回到自己的屋子，石勒又思索了一会儿，然后让人前往邺城，将石虎召回，并让去人告诉石虎，有新的任务在等待着他去完成。

石虎回到襄国后，石勒狠狠训斥了他一番，石虎低下头承认了自己的错误，并保证说以后一定改正。石勒见石虎如此表现，很是欣慰。他想了想对石虎说："原镇守邺城的晋朝中郎将刘演一直在逃廪丘，上次孔苌将军斩杀兖州刺史田徽后，众将都劝他继续攻打廪丘城，斩杀刘演，但孔苌将军说，此人还是留给石虎来解决吧。你可率一万人马前去进攻廪丘，将刘演抓获回襄国。你回来后继续为将，负责对外征讨，不再负责镇守邺城。"石虎点头并领命。

过了几天，石虎率一万人马，南下前往黄河以南的兖州州城廪丘，去抓获刘演去了。

且说段匹磾被晋朝任为幽州刺史后，立即感受到了石勒大军的威胁。他和他的几位兄弟商议，虽然不主动挑衅石勒，但对石勒的继续扩张不能不防，段疾陆眷和段文鸯都表示赞成，唯有段末波与石勒情意深重，不愿去制约石勒。于是，段匹磾与兄长段疾陆眷商议，让三弟段文鸯负责监视石勒，一有情况立即起兵应付。

石虎率军攻打廪丘的情况，立即便有人报告了身在幽州的段匹磾，段匹磾当即令段文鸯率一万鲜卑军前往廪丘救援刘演，以为朝廷出力。但段文鸯率大军到达廪丘时，恰好石虎已率大军将廪丘城攻破，刘演拼命厮杀，夺路而逃，只身逃奔到段文鸯的军中，石虎抓获了刘演的弟弟刘启，然后与段文鸯的大军对峙了数天后，谁也没有挑战谁，于是石虎押着刘启回襄国去了。石虎虽然与段文鸯之间没有开战，但石勒与段匹磾之间的关系恶化了。

且说此时的长安城在刘曜大军的围困下，早已缺米断粮，一片混乱。

长安城内，一斗米已卖至黄金二两，城内士兵多有逃亡，连司马邺也只得用水煮酒糟来充饥。刘曜见围困长安快到了绝佳时机，便适时攻占了长安以北的屏障之地北地郡，将长安城置于随时收入囊中的状态。

小皇帝司马邺见已到了这种绝境，平生第一次将索琳找来痛斥了一顿，然后派侍中宋敞出城去向刘曜递送投降书。索琳因被小皇帝痛斥了一顿，心里正憋着气，看到让宋敞出城去送降书，还没忘了报复司马邺一次，他将宋敞换成自己的儿子，去给刘曜送降书。

刘曜看到前来送降书的竟是索琳的儿子，不由得将降书撕得粉碎说："这个小皇帝，到了这个时候还和我端架子，连个正经人来送降书都不派，竟让这个擅权奸佞的索琳的儿子前来，还满口谎言，竟说长安城中的粮食还能吃上一年，真是滑天下之大稽！"于是，刘曜下令，将索琳的儿子斩首，拒绝司马邺的投降恳请。

司马邺得知这个情况后，再次痛哭失声，群臣见状，个个号啕大哭。索琳自作自受，搭上了儿子的性命，还被已经气愤加绝望的群臣骂了个狗血喷头。

司马邺哭了一会儿，便在群臣的哭号声中自乘一辆羊车，光祖着上身，反绑着双手，口中衔着玉璧，出长安城东门，向刘曜投降。

刘曜令部将赵染率一万人马进驻长安城，他自己押送司马邺及晋朝的群臣，回到平阳，向皇帝刘聪交令。

刘聪得知刘曜围困长安城得手，押解晋朝皇帝和群臣回平阳，亲自出城迎接刘曜。第二天，刘聪封刘曜为大都督，降晋愍帝司马邺为光禄大夫，封怀安侯，并大赦天下，改元麟嘉。接着又传令，鉴于索琳争权误国，又对汉国不忠，推至东市斩首。

司马邺在平阳住了不久，也被刘聪下令斩杀。至此为止，西晋共经历司马炎、司马衷、司马炽、司马邺四帝，历时五十二年而覆亡。

推翻了晋朝的汉国，举国都沉浸在欢庆之中。可这日，侍臣向汉国皇帝刘聪报告，说石勒率大军越过太行山，正在进攻并州的乐平郡，其行动可疑，提请皇帝注意。刘聪听了，将案台一拍说："来呀，将这个奴才推出去斩了！"

欲知后事，且看下回分解。

## 第二十九回　司马睿建康建东晋　王茂弘江南兴门阀

却说匈奴汉国大将刘曜围困西晋都城长安，逼迫晋朝小皇帝司马邺袒身衔玉出城投降，司马邺不久又被杀死在平阳，因此，汉国举国都沉浸在欢庆之中。可有一日，侍臣向汉国皇帝刘聪报告，说石勒率大军越过太行山，正在进攻并州的乐平郡，其行动可疑，提请皇帝注意。刘聪听了，将案台一拍说："来呀，将这个奴才推出去斩了！"

此时刘曜尚未返回他的根据地长安，并正在同刘聪一起议事。看到刘曜不解的样子，刘聪说："朕在去年的时候，已经用策书封石勒为陕东伯，允许他独立自行征战讨伐，不必再请示朝廷，这个奴才连这样的大事都不知道，在这无端怀疑石勒爱卿行动可疑，如果让石勒爱卿知道了，朕成了什么啦！爱卿说这种奴才不是该杀吗？"

刘曜听了说："陛下用人不疑的气概令臣等折服，石勒得知陛下今日之举，会更加卖力气。但鉴于侍臣一片好心，还是饶了他吧。"

刘聪对侍臣喝道："大都督亲自为你求情，还不谢过大都督！"

那侍臣连忙谢恩并谢过刘曜。那侍臣刚要转身离开，刘聪又对他说："去告诉丞相，让他派人赶牛羊各千只，到石勒大军去犒军！"那侍臣应了一声，转身去了。

刘曜也趁机对刘聪说："臣拟明日便赶回长安，将长安城治理好，以作为陛下随时可选用的迁都之地。"

刘聪点头说："好，待石勒爱卿将刘琨吞并后，我们再一道进攻江南，攻占江南后再商议迁都不迟。"刘曜辞别刘聪后，回长安城去了。

且说石勒得知刘曜围困长安成功后,也十分高兴,他与众臣商议,要为汉国灭晋再增添一分光彩,尽快吞并刘琨,这才率大军越过太行山,进攻并州的乐平郡。

乐平郡在石勒故乡武乡东面,石勒对这里的一切还记忆犹新。此时乐平郡的太守是韩据,韩据听说石勒亲率大军前来讨伐,紧闭郡治沾城城门,坚守不出。但沾城城小兵少,很快便被石勒大军攻克。石勒斩杀了韩据,收编了乐平军后,率大军继续西进,直至兵临并州州城晋阳。

并州刺史刘琨上年在率大军前往长安救援途中,被刘曜伏击,主力部队遭到重创,这一年多来虽然有所恢复,但元气并未恢复过来。近日,刘琨得知长安城已被刘曜围陷,一似无头苍蝇,不知所措。这日,他正在刺史府吟诗释怀,忽报石勒大军已攻陷了乐平,正向晋阳杀来。刘琨扔下手中之笔叹道:"这一天终于来到啦!"

刘琨立即召集众将商议抵抗石勒大军事宜。众将都惧怕石勒大军的勇猛,主张固守晋阳城,如晋阳守不住,再视情况突围,投奔幽州段匹䃅。计议已定,刘琨又检查了一遍晋阳城的防守情况,然后才回到刺史府。

第二天,石勒大军便兵临晋阳城下,晋阳城城池坚固,墙高池深,汉军连攻了两天,没有攻陷。当晚,刘琨对众将说:"虽然石勒大军攻城两天没有得逞,但本刺史观之,汉军凶猛异常,恐怕再有两天,我晋阳城便难以支撑了。因此,本刺史意见,今夜我大军倾巢出动,袭击汉军,也许会使我大军从防守转为主动进攻。众位将军以为如何?"

几位将军两天来都看到了汉军的勇猛,都知道石勒攻陷晋阳城是早晚之事,因此谁也不愿意在城中被动等死。听了刘琨的话,都表示同意。但有两个将军主张不宜大军倾巢出动,还是留一半人马在城中,一来是一旦大军需要回城,人马太多反倒拥挤不便,二来是城中留些人马,也好作为接应之用。刘琨说:"我大军本来人数就不占优势,再加上石勒大军勇猛,两军对战起来,人少了不是自找灭亡吗?再说,一旦石勒有防备,我们的袭击实际变成了两军正常交战,人少了就更不行了。"

众人见刘琨这样说,也觉得刘琨说得有道理,于是谁也不说话了。

当下众将按刘琨的要求,立即整肃人马,做好了出城袭击汉军的准备。酉时末,刘琨一声令下,城门大开,刘琨一马当先,冲出城门,直向

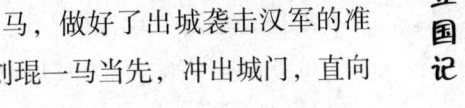

汉营冲去。汉军军营离晋阳城只有五六里路，当刘琨冲到汉军军营近前时，只见汉军营帐中还隐隐约约透出灯火，而营帐附近并无守卫军士。

刘琨高兴，他大喊一声，向汉营杀去。可当他的双剑刺向营帐时，却见帐中并无人影。刘琨连忙又用剑刺向另一个营帐，营帐内仍无人影。刘琨知道中计，连忙呼喊退兵。可就在这时，石勒的人马从三面包围上来，刘琨人马的后部也被石勒大军切断，被切断的少许人马慌忙退入城中去了。已出城一直延伸到石勒军营五六里之长路上的并州军，全部被石勒大军包围在中间。

原来石勒大军兵临城下开始攻城时，张宾便向石勒说，刘琨一定是在重复先坚守不出，然后再出城突袭的故事。第二天攻城收兵后，张宾对石勒说："下官料定今夜刘琨必会率兵出城突袭我军。"石勒笑道："俺似乎也有这种直觉。"于是，晚饭之后，石勒便让各位将军率本部人马，埋伏到军营周边和军营通往晋阳城路的两侧，只待并州军到达军营时，便一跃杀出。

当下刘琨见自己袭击汉军不成，自己反成了石勒大军伏击的对象，只好硬着头皮与汉军混战。但混战了一个多时辰，并州军被斩杀的不计其数，月光下刘琨见汉军却越战越勇。刘琨自料今夜一定难逃惨败的结局，说不定会死无葬身之地，因此不如只身逃离，再寻日后崛起的时机吧。想到这里，他不顾一切杀开一条血路，逃离战场，连夜奔向幽州投奔段匹䃅去了。

刘琨逃离战场后，并州兵连连投降，石勒传令，只要缴械投降，一个不杀。此时的并州兵都已知道司马邺已成了匈奴汉军阶下囚，晋朝的龙脉已经不在，再继续跟着刘琨走下去也没有出路。因此，听到石勒传令，很快一片一片地缴械投降。

第二天，不等石勒大军攻城，并州长史李弘便率并州所有官员向石勒投降。石勒得到并州后，在晋阳城经营了一段时间，然后率大军回到襄国。

回到襄国后，石勒与张宾分析局势，商定下步行动步骤。张宾说："下步我大军的主攻方向，还是刘琨。刘琨虽然只身逃走，但他逃至幽州，与段匹䃅结伴为伍，其势力仍不可小看。"

石勒说:"眼下晋朝龙脉已断,神器不在,皇帝一定开始准备进攻江南州郡啦,如若如此,当左右俺大军下步行动的走向。"

张宾说:"建邺司马睿早已蠢蠢欲动,昔日司马氏诸王的残余势力似乎也在鼓动司马睿继续晋朝大统,在这些形势未明的情况下,皇帝是不应该轻易进攻江南的。再说刘琨不除,鲜卑族群不稳,向江南进军也不成熟。"

石勒说:"那俺大军就择机征讨刘琨和段匹䃅。"

张宾说:"大将军与段氏鲜卑曾经结盟,如今段匹䃅当了晋朝的幽州刺史后,开始背盟,上次石虎将军前往廪丘征讨抓获刘演时,段匹䃅便不打招呼派段文鸯驰援刘演。段匹䃅的这个举动很不得人心,也让北方各族不敬服。刘琨投奔段匹䃅后,必会鼓动段匹䃅兴兵来进攻我们。下官之意,我们就等刘琨、段匹䃅来进攻我们时,再制服于他,如现在主动前往讨伐,恐于舆论不利。"

石勒听了高兴地说:"右侯之言,不仅虑之天时、地利,更顾及人和,那俺等就密切关注着刘琨和段匹䃅的动向,待刘琨准备兴兵讨伐于俺时,再认真对付于他。"张宾领命。

且说刘琨独自从战场上逃离后,一直打马驰奔,赶到第二天清晨时,才勒马来到山下一户农家。农家壮年的男主人见是位过路将军,连忙端上热乎乎的马奶和烧饼,并将刘琨的战马用细草料喂上。刘琨吃饱后,让战马也吃饱,然后上了战马,一直沿着官道向幽州方向走去。由于战败并丢失了并州,加之日后前程的渺茫和凶险,刘琨不免情绪低落,不停地在马上打着瞌睡。

到了幽州,刘琨生怕走进石勒大军所占的地方,因而侦察了许久,才找到段匹䃅用帐篷搭设而成的刺史府。

见到段匹䃅,刘琨如实述说了石勒率大军进攻并州及并州军中伏战败情况。段匹䃅安慰他说:"刘大人只要不嫌弃我这帐篷官署,就只管在这里住下来,然后我们一同商议,怎么对付汉军。"

刘琨在来幽州的路上,就在想如何能抓住段匹䃅的心,让段匹䃅与自己一同效力。他想了很久,觉得还是应该从彼此同属朝廷角度,来紧紧拉住段匹䃅。因此,听段匹䃅说到要商议对付汉军时,刘琨连忙说:"段大人，你我都是朝廷任命的刺史，不像石勒，石勒可是与朝廷作对的匈奴汉国任的官呀，你说对不对？"段匹磾连连点头。

刘琨又说："如今我们的朝廷被汉国逼散了，段大人说我们是否有责任尽快再扶持起个朝廷啊？"

段匹磾说："应该，但扶持谁呢，皇帝被害前也没留下个一男半女啊，我们扶持谁去？"

刘琨连忙说："皇帝被害前是没留下子嗣，但江南司马睿不是现成的人选吗？"

段匹磾说："就是那位琅琊王吗？"

刘琨说："正是。这位琅琊王富有远见，当初受执政司马越之命出任安东将军都督扬州江南诸军事的时候，便将治所由下邳移镇建邺，并扩大了职权。现在看，建邺作为昔日吴都，地处江南，是多好的一个经营帝业的地方啊！你说人家琅琊王不是有远见吗？因此，你我应尽快上书建邺，劝琅琊王称帝。我们重新有了主子，日子不就好过了吗？"

段匹磾说："好，我们来个劝进，届时琅琊王当了皇帝，我们也有面子。不过，不能仅仅你我二人劝进，这种事人越多越好，但又抹不了我们的首功，刘大人你说对不对？"

刘琨点头说："段大人说得有理，那就尽快联络人联名上书吧！"

段匹磾想了想又说："在下让我的家兄、辽西公领衔，段大人说好不好？"

刘琨又点了点头说："段疾陆眷是鲜卑族人的第一首领，由他领衔劝进，的确更好。"

段匹磾说："那就烦劳刘大人代劳写一份劝进书吧，写好后，在下让人先送给家兄过目并署名，然后再让众人署名。"刘琨点头。

段匹磾让人找来一块精制羊皮，刘琨看了看说："这样重要的事，写在羊皮上怕是不好吧？"段匹磾一听，连忙又让人去找丝绢，那人去了许久，才拿来一块不大不小的丝绢。

刘琨一气呵成，在丝绢的一侧写了一封劝司马睿当皇帝的书信。丝绢的另一半留给众人署名。

过了十几天，段匹磾将段疾陆眷及其辽西公下属的臣僚署名后的劝进书又拿到刘琨面前，刘琨和段匹磾也在上面端端正正署了名。然后，又让幽州刺史府的官员署名。段匹磾见已有一百八十多人署名，便再次让刘琨过目，然后派人秘密前往建邺，给琅玡王司马睿上书劝进。

且说琅玡王司马睿，字景文，河内温县（即今河南省温县人），司马懿曾孙，袭封琅玡王。自移镇建邺后，一直在观察着朝廷和北方的局势。晋愍帝司马邺即皇帝位后，曾任司马睿为左丞相、大都督，督陕东诸军事。但司马睿一直在建邺，根本就没过过长江，也不去管朝廷内争权夺利那些乱事。

长安城被围陷和司马邺被俘至平阳并相继被杀的消息，接连不断传到建邺。当得知司马邺已被杀死后，司马睿立即称晋王。接着，司马睿的属僚们便纷纷上表，劝司马睿即皇帝位。司马睿开始时，一直拒绝属僚的劝进。当得知远在幽蓟和辽西的鲜卑族人也前来上表劝进，也予以拒绝。可当安东司马王导出面相劝，并向司马睿说担心诸王中有人先下手称帝时，司马睿便答应了群臣的劝进，于是于建邺即位称帝，是为晋元帝。

建邺即今江苏省南京市。南京位于长江下游，濒临长江天堑。早在春秋吴王夫差时，便在南京建过一座冶城，是冶炼青铜之处。三国时的孙吴，始开在南京建立都城的纪录，那时南京叫建业，后来西晋建国后改为建邺。

司马睿即皇帝位后，为了避已死的晋愍帝司马邺之讳，改建邺为建康。然后改元大兴，大赦天下，文武百官一律官升两级。

且说在司马睿建立东晋的过程中，有一位士族名人起了决定性作用，这便是王导。王导，字茂弘，琅玡临沂，即今山东临沂人，出身士族，少时便知名当世。永嘉之乱后，王导就清醒地看清了天下已乱的局势，遂倾心推奉司马睿去实现兴复之志。司马睿刚移镇建邺时，由于当时在晋宗室中的名望并不太高，因此江南士族对他比较冷淡。王导清楚地知道，要在江南重建政权，没有当地士族的支持是不可能的。而要帮助司马睿在江南兴复晋室，必须先提高司马睿的声望。于是，王导与族兄王敦共同策划，利用三月初三当地节日的机会，带领北来的士族名流，骑着马簇拥着司马睿，在建邺城进行声势浩大的巡游。江南名士纪瞻、顾荣等人看到司马睿这等威风，便惊恐地跪到路旁拜见。王导又以司马睿的名义登门拜访贺循、顾荣等人，请他们出来做客。顾荣又向司马睿推荐了许多江南名士，渐渐出现了"吴会风靡，百姓归心"的局面，司马睿由此在江南站稳了脚跟。

司马睿也清楚地知道，自己之所以能从司马氏宗室脱颖而出，没有出现八王之乱时期那种为了争当皇帝并操控皇权那种诸王之间的倾轧乱象，这么容易荣登大宝，做了已经断了龙脉的开国皇帝，没有王导和王敦是根本不可能的。因此，在举行皇帝登基大典时，司马睿非要让王导同他一起"升御床共坐"，共受百官朝拜。王导自知果真自己坐上御床，接受百官朝拜，那可能离死也不远了，所以再三推辞，说什么也不肯。但经此一幕，便留下了"王与马，共天下"的说法。

司马睿当了皇帝后，第一件事便是采用王导的建议，兴盛门阀。他一张诏书一下便确定了渤海刁协、颍川庾亮等百人为掾属，称为"百元掾"，列入门阀谱。王导和其族兄王敦，更是受司马睿重用。王导"内综机密，出录尚书，扶节京师，并统六军"，掌握朝廷军政大权。王敦则手握重兵，驻节荆州，都督中外诸军事，掌握军事征讨大权。

自此，以王导为代表的士族门阀，开始推行新的门阀政治，在这个新的门阀体系的支撑下，开始了司马氏与士族门阀共天下的统治。由于司马炎建立的晋朝建都洛阳，而司马睿建立的晋朝建都建康，因此后人称建都于洛阳的晋朝为西晋，而称后来建都于建康的晋朝为东晋。

作为丞相，王导自知黄河以北的大片疆土，可能再也无法纳入东晋的管辖之下，甚至他对江河之间的大片疆域是否能全部纳入东晋的管辖之下，也有某些顾虑。因此，王导主政东晋后，首先是采取清静无为，以宽民力的做法，同时尽量弥合各种社会矛盾，使南北士族在相互牵制下安稳发展各自的势力，以期待江南汉人统治区复兴后，择机渡江北伐，再度统一华夏大地。

且说司马睿在建康建立东晋和继续兴盛门阀政治的消息，很快传到了襄国。这日，石勒对张宾说："真是司马氏一脉相承的国体，司马睿建立的这个新晋皇朝，在兴盛门阀制度上，竟比旧晋皇朝有过之而无不及，听说司马睿确定的门阀，一下子便将上百个士人纳入门阀谱。如此兴盛门阀制，看来天下穷人还是他们的附庸，永远没有翻身之日。"

张宾说："为司马睿当家出主意的是琅玡临沂人王导，此人乃当年那位整日手执玉柄尘尾，清谈虚无，口中雌黄的王衍的从弟，下官不信这等人的执政能行出什么有利天下苍生的好道道。"

石勒点头说："不管他，司马睿再怎么英雄，他也管不到咱们这里的事啦，咱们还是按原来设想的，先集中力量将刘琨吞灭。"

张宾说："前几天，下官已经得知消息，说刘琨自联合段氏兄弟给司马睿上书劝进后，便跃跃欲试，要与段匹䃅兴兵讨伐于我。看来与刘琨的这场对决为期不远啦。"

石勒则要说什么，大将孔苌来见，说探马得到准确消息，刘琨联合的段氏鲜卑大军即将从幽州发兵，兵锋直指襄国。

欲知后事，且看下回分解。

## 第三十回　石世龙迎击刘越石　张孟孙离间段匹䃅

却说司马睿在建康建立东晋和继续兴盛门阀制度的消息，很快传到了石勒和张宾的耳中。石勒与张宾商议，要继续按原来设想的方案，先集中力量将刘琨消灭。正在二人交谈时，大将孔苌来见石勒，说探马已经得到消息，刘琨联合的段氏鲜卑大军即将从幽州发兵，要兵锋直指襄国。

石勒给孔苌让了个座，然后说："快说说详细的情况。"孔苌说："末将根据右侯的布置，每天都听一次探马报告的情况。刚才，探马报告说，他们看到的最新情况，刘琨和段匹䃅已在幽州集结起五万鲜卑大军，大军每日都在演练排兵布阵之法，只等军令一下，便要挥师南下，进攻襄国。"

石勒说："右侯快把你的想法说出来吧，看俺大军如何应对鲜卑大军？"

张宾说："下官近日认真想了一下，首先感到眼下之势，我大军应尽量避免与鲜卑大军接战。因为司马睿在建康建立新晋皇朝后，一些人口口声声说北方眼下都是游牧人当政，让游牧人去相互征杀，待到一定时候他们再出来收拾残局，把游牧人尽皆驱除。不错，眼下北方除匈奴汉国政权外，大将军这一路是羯人当政，幽州是段氏鲜卑人当政，还有乌桓人刚刚被大将军征服和说服，氐、羌民族也在活跃着。下官想，在这种情况下，我们应尽量避免各民族之间的征战和杀戮。这是其一。其二，我大军如果与鲜卑大军接战，必然是一场激烈的残杀，这样不但两败俱伤，而且对大将军日后建国立邦十分不利。因此，下官想，我们应尽快采取措施，化解这场争战，使之只除掉刘琨，而不伤大将军与段匹䃅之间的和气，至少不使双方刀兵相见。"

石勒听了，点点头说："右侯高屋建瓴，所见甚是，只是俺等如何才能既除掉刘琨，又不与段匹䃅刀兵相见？"

张宾说："离间段匹䃅与刘琨之间的关系，使其讨伐我襄国的行动不能实现。"

石勒说："眼下鲜卑大军已集结起来，不知哪天就会发兵南下，右侯纵然有妙计在胸，只怕来不及呀！"

张宾说："听孔苌将军适才所说情况，下官认为十天八天之内，鲜卑大军恐怕还不至于发兵南下。只要我们立即采取行动，还会来得及。"

石勒说："那右侯就尽快施计吧！"

张宾说："眼下先办两件事：其一，由孔苌将军立即率五千人马驰往幽州，与驻扎在那里的王阳将军一道，传出话去，就说我大军即将发起对鲜卑大军的攻击，且其目的是要捉拿刘琨。段匹䃅得知这个消息后，必不会轻易发兵南下。其二，为了防止意外，大将军可立即发兵北上，列出迎击鲜卑大军的架势。如一旦段匹䃅大军南下，便可阻住使其不致到襄国，以免破坏了正在建设中的襄国新城。即便鲜卑大军不能南下，我大军开赴北郡，亦无坏处，权当练师啦。"

石勒问道："那如何离间段匹䃅与刘琨之间关系呢？"

张宾小声对石勒和孔苌说了一会儿，石勒和孔苌都笑了起来。笑完之后，石勒对孔苌说："那阁下立即实施右侯说的第一招吧。到了幽州后，和王阳把握好，既要让段匹䃅和刘琨感到有威胁，不敢发兵南下，又不要使双方的气氛过于紧张，伤了俺大军与鲜卑军的和气，以免实施下步离间之计时增加难度。"

孔苌站起身来对石勒和张宾说："大将军和右侯放心，末将立即率五千人马星夜驰往幽州，与王阳将军会合，一定既牵制住鲜卑大军，又不伤我大军与鲜卑大军的和气。"

石勒和张宾站起身来，将孔苌送出屋外。然后对张宾说："那你俺也都做些准备，三日后俺大军发兵北上，然后俺与右侯施计离间段、刘二人的关系。"

按照既定方案，在孔苌率五千精兵星夜驰往幽州后的第四天，石勒与张宾点起三万大军，向北开去。到了滹沱河，石勒下令三万大军驻扎在河南岸，观察阻挡一旦南下的鲜卑大军，并等待着孔苌的消息。

且说孔苌率五千人马到达幽州后，立即与镇守幽州的将军王阳等人商议落实石勒、张宾交给他们的牵制并拖住鲜卑大军的任务。孔苌说明来意及石勒、张宾的意图后，王阳说："大将军和右侯过于谨慎了，以我大军的实力，对付五万鲜卑大军当不成问题，届时我大军一方面在滹沱河阻挡，另一方面我们幽州大军从后面追赶和夹击，鲜卑军一定大败亏输。"

孔苌说："大将军之所以如此部署，就是要避免与鲜卑军接战。因为司马睿在建康建立新晋皇朝后，一些人便开始让北方各族相互征杀，以期从中获取渔翁之利，最后再尽皆驱除。非但不能与鲜卑军交战，大将军和右侯还想将鲜卑军拉到我们这一边，只除掉刘琨，以便为日后建国立邦打好基础。"

王阳听了，有些不好意思说："在下眼界狭隘，让阁下见笑了。"

孔苌说："你我之辈都是如此见识，是右侯和大将军有此深远见识，才使我等明确了最终意图。"

王阳说："在下这一段在幽州镇守，对鲜卑族兄弟进一步加深了了解。鲜卑人诚实、实在，但你要让他服你，恐怕只说或吓唬他，都无济于事。要拖住他也是一样，仅仅传出话去，可能不一定管用。因为鲜卑大军，包括段匹磾的幽州刺史府，都是用帐篷搭设而成，只要将军帐拔起搬走，他们便不再有后顾之忧，也不怕你袭击他的老巢。他们平时最重要的财物，便是牛羊马驼，但这些东西可随人一起迁徙。所以，他们说走就走，要想拖住他，稳住他，在下认为，我大军必须前往鲜卑军营附近向他示威，使其知道我大军的确可以随时追击他，这样他就不会轻易拔营出击啦。"

孔苌说："原来如此，但我大军如果前往鲜卑军营附近向他们示威，那会不会伤了两军的和气呢？"

王阳说："阁下如怕前去示威伤了与鲜卑大军的和气，我大军可将示威变成内部演练，只不过将演练的场地放到鲜卑军大营附近。"

孔苌说："不可，如果五万鲜卑大军倾巢而出，我大军只有一万人马，岂不被鲜卑军将我一万人马围而歼之？"

王阳说:"我大军有常山赵子龙在,尽管鲜卑军数量多于我军,但他们断不会轻易出兵挑衅于我。"

孔苌说:"可知这次鲜卑军是由于刘琨的鼓动而要讨伐于我。届时如果刘琨主导占了上风,硬是将鲜卑军带出围剿于我,怕是连在下和我十数位将军也难于抵挡。"

王阳说:"阁下放心,段氏鲜卑军中武艺高强者只有段文鸯与段末波二人。今段文鸯在河水一带驻扎,监视我大军南扩,而段末波与我大将军交厚,不肯出马讨伐于我。鲜卑大军如南下讨伐我襄国时,必然要让段文鸯做大将。今虽然五万鲜卑大军在此,但由于段文鸯、段末波不在,在下断定即便刘琨鼓动,段匹䃅也不会轻易出战。"

孔苌听了王阳这番话,觉得还有些道理,于是说:"既然阁下认为可以,来日我大军便拉至鲜卑军大营附近,来一次大比武,炫耀一下我等的武艺。届时在下当一次擂主,让诸位将军前来挑战于我,以此来向鲜卑军示威。"王阳点头。

第二天,孔苌、王阳和十多位将军,率领一万汉军,自幽州城来到鲜卑军大营,亦即晋朝任命的幽州刺史驻地附近,在这里设下擂台,比试武艺。一万汉军分成两列,一列为五千弓箭手,分守在比武场的西侧,一列为五千刀斧手,分守在比武场的东侧。比武场的南面,便是鲜卑军大营,两者之间,地势平坦,可以彼此遥遥相望。

汉军的到来和举动,早已惊动了鲜卑军大营。段匹䃅和刘琨得知后,立即出帐,站在远处瞭望汉军的动静。段匹䃅和刘琨远远看时,只见汉军分列成两个方阵,两个方阵中间,是一个比武场,比武场的周围,旌旗飘扬,在旌旗的掩映下,还有两面大旗,旗的中间还绣有杏黄色的大字,但二人谁也看不清旗上的字是什么。段匹䃅招手叫来两个军士,让他们脱光了上衣,徒手向前去看看汉军究竟要干什么,两面大旗上各绣着什么字。

两个鲜卑军士壮着胆子向汉军比武场走去,走到近前,汉军虽然都看到了他们,但谁也没阻拦他们,而是让他们站到了比武场的近前。此时,孔苌已与将军们在马上比起武来。两个鲜卑军士顿时看入了迷,一连看了半个多时辰,才想起回去报告之事。二人临走时,有个汉军军士走过来各送给他们一个铜水壶,说是留作纪念。

回到鲜卑军营后，两个军士告诉段匹磾和刘琨，说汉军是在设擂台比武，两面大旗上各绣着一个大字，一个是"擂"字，一个是"孔"字，并说那擂主乃石勒手下武艺最为高强的大将孔苌。那孔苌手使一杆大枪，五六个汉军将军与他比武，谁也没有赢他，而都被他战败。

段匹磾听后对刘琨说："上次我鲜卑大军随王浚都护王昌攻打襄国时，就是这个孔苌将吾弟段末波用计擒获，导致后来我段氏鲜卑与石勒结盟。这位孔苌有常山赵子龙之勇，所向披靡，手中那杆大枪无人能敌。今日孔苌在我家门口设擂比武，分明是向我大军示威，而我鲜卑大军虽有五万之众，但没有一人能敌过此人。因此，本刺史意见，我大军南下讨伐襄国之事，还是暂时搁置一段再说吧。"

刘琨听了，却待要说什么，段匹磾抬起手摆了摆，做了个不容争辩的手势。刘琨见状，一屁股坐在木墩上，隔了一会儿，刘琨抬腿回自己营帐去了。

段匹磾随即传令，让大军按兵不动，取消南下进攻襄国的打算。

孔苌、王阳等人立即获知了段匹磾的传令情况，他们一面继续牵制并观察着鲜卑大军的情况，一面派人火速报告石勒、张宾。

且说石勒、张宾率三万大军驻扎在滹沱河南岸，一边准备迎击一旦南下进犯的鲜卑大军，一边等待着孔苌、王阳稳住鲜卑军的消息，以期进一步出手，除掉刘琨。果然，石勒和张宾统筹安排没等多少天，便接到了孔苌、王阳传来的消息，说已经稳住了五万鲜卑大军，下步可放心实施离间段匹磾与刘琨关系的计划。

石勒大喜，让支屈六、支雄等人暂时代理大军主副帅，并在滹沱河展开练兵活动，他与张宾率五百精骑前往幽州去了。到了幽州，见到孔苌、王阳，众人又分析了一番局势并详细商议了一些对策，然后石勒、张宾在孔苌及五百精骑的护卫下，向辽西驰去。

原来张宾向石勒建议，先到辽西找到段末波和段疾陆眷，在取得他们的支持后，再由段末波陪同一起返回幽州，去见段匹磾，向他游说，施以离间之计，最终除掉刘琨。因此，石勒等人出了幽州后，便按照探马早已探寻好的路线，直奔辽西公段疾陆眷的驻扎之地驰去。

辽西公段疾陆眷的驻扎之地在阳乐，即今河北省卢龙东。石勒等渡过濡水即今滦河，很快便到达段疾陆眷的辽西公大营。段疾陆眷虽然驻扎在古老的阳乐城，但却不是住于秦砖汉瓦的房子里，而是依然承袭东胡的老习俗，住于用羊毛制作的帐篷中，只是这些帐篷高大宽阔，气势宏伟，极为舒适。

石勒将五百随从驻扎在辽西公大营二里之外后，便与张宾、孔苌二人率少许军士，带着礼物前往辽西公大营走去。经过鲜卑族人的指点，石勒等径直向段末波的营帐走去。

且说段末波自与石勒在襄国结为兄弟后，几年来经常思念石勒，有几次他想去襄国探望石勒，但段疾陆眷和段匹磾都以各种理由加以阻拦，且告诫段末波说，段氏鲜卑虽与石勒结盟，但那是在特殊情况下不得已而为之，不能因与石勒结盟而忘掉了忠于晋朝，更不能因此惹来杀身之祸。段末波见两位堂兄说得如此严重，虽心里不服气，但只得打消前往看望石勒的念头。段匹磾被晋朝任命为幽州刺史后，曾让段末波作为他帐下的第一大将，但段末波推说自己即将完婚，没有从命，于是段匹磾只好让同胞兄弟段文鸯为手下第一大将。晋朝王朝灭亡后，刘琨鼓动段匹磾、段疾陆眷联名劝司马睿当皇帝时，段末波说什么也没同意署名，因为在段末波的心目中，唯有石勒才配做当今天下的皇帝。

最近，段末波与他从小一起长大的花云姑娘完婚。原来段末波虽然是段氏鲜卑部落首领的子嗣，却有一段苦难的童年史。那是在段末波三岁的时候，由于段氏鲜卑部落内部争权和不和，段末波的父母皆遭杀戮，幸好段末波被一个心肠善良的家人救出，送到一个从幽州逃往辽西避难的武师家里躲避，才躲过一劫，但那个家人后来还是被杀。收留段末波并将他养大的武师，便是花云的父亲花武师。花武师祖上一直在幽州以教授武艺传授弟子为生，前些年幽州官府逼迫花武师从军，与反对晋朝统治的百姓为敌。花武师自小便对晋朝实行的门阀制度不满，因此不愿再去为朝廷卖命，去杀害与自己一样不满朝廷的百姓，因此夫妻二人带着刚出生三个月的女儿花云，逃到辽西避难，不久便收留了段末波。花武师收留段末波后，便开始教他习武，女儿长到三岁后，他又开始教女儿习武，这样段末波和花云在一起习武十几年，都练就了一身好武艺。段疾陆眷继任辽西公后，让人寻找了很久，才将段末波找回段部大本营。段末波因这段童年史,从小便痛恨司马氏政权,自与石勒结识后,得知石勒乃奴隶出身,又为民请命,段末波因此对石勒充满无限敬意。

这日,段末波正与新婚妻子花云在营帐中闲叙,恰好石勒、张宾、孔苌来到他们的面前。段末波见是石勒前来,立即跪在地上说:"大哥,小弟这不是做梦吧?"一面说,幸福的泪水便夺眶而出。石勒也激动异常,他双手扶起段末波说:"小弟,这是真的,为兄也想你呀!"

段末波让妻子花云也参见了石勒和张宾、孔苌。众人都沉浸在久别重逢般的欢乐中。欢庆兄弟重逢后,石勒对段末波述说了来意。不等石勒再往下说,段末波说:"兄长不必再说了,小弟与弟媳立即与兄长前往幽州,去说服匹䃅兄长除掉刘琨,归降兄长,日后与兄长一同打天下,为天下穷人造福。如匹䃅兄长不同意,小弟夫妇二人便动手杀了段匹䃅和刘琨,然后归于兄长,日后永远在兄长帐下听令。"

石勒见段末波如此义气和痛快,便建议去看望一下辽西段疾陆眷,然后携带着花武师夫妇一同离开这里。段末波说:"辽西公如知道大哥在此,说不定又会生出什么枝节来,我岳丈岳母二人身体尚好,家里也很富足,不必担心,待我等办完大事再回来接他们也不迟,我等现在便起身前往幽州。"段末波说完后看了看妻子花云,花云立即点了点头,表示赞成。

石勒连忙说:"那不行,辽西公那里不去可以,但小弟的岳丈那里,必须告诉一下老人家,否则仓促而去,老人家一无所知,会出问题的。再说,为兄给小弟带的礼物也要处置一下。"段末波见石勒这样说,便说道:"既如此,小弟夫妇二人去去就来,兄长等各位在此稍候,我们回来后咱们便出发。"说完,带着石勒带来的礼物,与妻子花云出帐去了。

不到半个时辰,段末波和花云回来,带上各自的兵器上马,然后众人一同来到石勒五百军士驻扎处,吃过饭后,拔寨向幽州方向驰去。

到了幽州,段末波对石勒说:"兄长等在鲜卑军大营外稍候,小弟夫妇二人先去见段匹䃅,说动他面见兄长,以便张宾先生施行离间之计。"

石勒说:"小弟仔细。"

段末波说:"兄长放心,小弟见了段匹䃅后,好歹也要让他见你们,以便施行离间之计。"

欲知后事,且看下回分解。

## 第三十一回　段刺史幽州杀刘琨　刘皇帝赤壁封石勒

却说石勒与张宾商定，为了能见到晋任幽州刺史段匹䃅，以便施行离间之计，最终除掉一心维护晋朝政权的原并州刺史刘琨，便先前往辽西去见石勒的结义兄弟、鲜卑军大将段末波。段末波由于有一段痛苦的童年史，内心甚是同情天下穷苦百姓，痛恨晋朝确立的专为士族世族谋利益的门阀制度。因此，石勒见到段末波并向他述说了想除掉刘琨而拟对幽州刺史段匹䃅实施离间计后，段末波二话没说，便与新婚妻子花云陪石勒一行来到幽州鲜卑军大营。到了鲜卑军大营，段末波让石勒等人在鲜卑军营外等候，他与妻子花云进大营去见段匹䃅，让段匹䃅面见石勒等人，以便对其实施离间之计。

段末波的突然出现，让段匹䃅又惊又喜。段匹䃅见到段末波后，一把抓住他的手说："兄弟，你莫不是得知石勒大军已形成对我鲜卑大军的南北夹攻之势，前来与兄长解围助战吗？"

段末波冷冷地说："小弟得知的情况，是刺史兄长受那刘琨的唆使，欲出动五万大军进攻襄国，石勒大将军因此采取防御对策，致使汉军北上炫武示威，兄长怎么说是石勒大军夹击我鲜卑大军呢？"

段匹䃅听了眼珠转了两圈说："小弟，我们不去说这些事，别让石勒、刘琨影响了我们兄弟之间的情分。为兄现在只想一件事，那就是小弟做我手下的大将，只要你答应了这一条，其他事为兄都不在乎。"

段末波说："小弟今日来见刺史兄长，是有一件事情需要兄长去做。"

段匹磾说:"这是小弟在劝说为兄吗?"

段末波说:"是的。"

段匹磾说:"只要小弟答应做我的手下大将,为兄一定答应,小弟让为兄去做什么为兄就做什么。"

段末波想了想说:"好,小弟答应你,从即日起,小弟便做你手下的大将,但小弟要兄长做一件事,这就是见见石勒大将军和他的军师张宾先生,并按他们的劝告去行事。"

段匹磾也想了想说:"好吧,为兄就见见石勒等人。石勒等人大概是要为兄放弃服从晋朝的臣属,包括放弃与刘琨的结盟与合作。"

段末波说:"石勒大将军要兄长做什么,自有大将军他们与兄长去谈,小弟的想法是,我鲜卑人应选择一个为天下百姓谋福祉的王朝去臣属,不能与一个只为少数人谋福祉,而将多数苍生置于受压迫受奴役的王朝去臣属。"

段匹磾说:"那小弟就去将石勒等人请进来吧,不过小弟要立即充当帐下大将的角色,遇有战事要率军出战,临阵对敌。"

段末波说:"小弟领命。"说完,出了段匹磾的营帐,去请石勒等人去了。

段末波见了石勒等人后,述说了与段匹磾商谈的情况,石勒顿足说:"怎么又让小弟归附到段匹磾的帐下,岂不想煞了为兄吗?"

段末波说:"刚才段匹磾提出此要求时,小弟突然想到,这样也好,其一,有小弟在段匹磾身边,刘琨要讨伐兄长的想法再难得逞,鲜卑军自此也不会轻易与兄长为敌;其二,小弟会慢慢去影响段匹磾,早晚也让他一起去归附兄长,那时小弟便再也不离开兄长啦!"

石勒听了,由惆怅转为高兴地说:"好,为兄听小弟的,期盼这个过程尽量短一些,让俺兄弟早日聚到一起。"说完后石勒、张宾跟着段末波到了段匹磾的营帐,孔苌与段末波则在营帐外面随时听令。

石勒与张宾见到段匹磾后,双方稍作寒暄,便立即进入正题。石勒说:"在下与段氏鲜卑在襄国结盟后,在下一直念念不忘与刺史阁下的情义,但阁下接任晋朝幽州刺史以来,特别是刘琨逃至阁下这里后,双方开始发生不痛快的事情。在下一直敬仰鲜卑人忠勇诚实的品格,不愿与鲜卑兄弟为敌，愿尽快将最近突起的干戈化为玉帛，因此，辗转与刺史阁下见面，有关俺方的想法及对刺史阁下的劝告，还请俺大军右长史张宾先生一诉衷肠。"

张宾起身略施一礼说："司马氏政权自建立伊始，便将分封制和门阀制度作为他们的首要国策，其实质是只为少数人谋利益，而将苍生百姓纳入他们奴役和压榨之下，八王之乱已给天下百姓造成了无尽的痛苦，因而天下不甘被奴役之人包括北方少数民族，纷纷揭竿而起，反对晋朝的残酷统治。如今，旧晋皇朝已灭亡，说明司马氏治国策略不得人心。虽然司马睿又在江南续起了晋朝国脉，但由于新晋皇朝继续秉承门阀政治，可以预见，这个皇朝也不会受到天下苍生的拥护。且司马睿建立的新晋皇朝，再也不是一个一统天下的国度，而只能是偏于一隅的半个月亮。在下可以肯定地说，河水以北并州、冀州、幽州及广袤的鲜卑之地，再也难于纳入新晋皇朝的管辖之下。至于河水至江水广袤的中间地带，司马氏能占据多少，在下看新晋皇朝也不敢乐观。虽然我华夏大地总有一天必然要统一，但眼下由于晋朝政权不得人心导致的分裂局面恐怕一时难于弥合。如此看来，我等在河水以北的民族和百姓，只能暂时顺应形势需要，谋求稳定，寻求发展，减少纷争，以待日后有作为、能善待苍生的政权去再度统一华夏大地。如此想来，刺史大人眼下与刘琨所谓的共扶晋室，只是一句空话，而由于这种空想，给刺史大人带来了与北方民族的对立，以及反晋情绪未断百姓的不满。处于这样一种尴尬境地，刺史大人不觉得你会越来越艰难吗，你不觉得此时的刘琨非但不是你的助力，反而是一种危害甚至是一种祸害吗？"张宾一口气说完，语调不卑不亢，铿锵有力，还不时打着手势。

听了张宾这一番话，段匹䃅低头在细细地回想着、品味着，但一言不发。

石勒见状，知道张宾一番话已经起了作用。他站起身来说："俺与刺史阁下曾经结盟，俺大军会与鲜卑军保持友好，至于阁下如何处置刘琨，阁下好自为之。"说罢，与张宾告辞段匹䃅，出了营帐。

段末波得知情况后对石勒、张宾、孔苌说："小弟在此为将，兄长可免除鲜卑军进攻汉军之忧，兄长尽可施展平生抱负，早日平定天下，为苍生百姓造福。小弟会督促刺史兄长尽早除掉刘琨，如事情进行的不顺利，小弟会再想办法，务将刘琨早日除掉，以解除兄长早成大业之后顾之忧。"

石勒执着段末波的手说："小弟多多保重，盼俺兄弟早日相聚，并永不分离。"说完，依依不舍作别。

与王阳等人进一步商定了守卫幽州，进而日后彻底夺取和经营幽州后，石勒、张宾和孔苌率五千大军返回滹沱河大营，然后又率大军回到襄国。

且说段匹䃅听了石勒、张宾的话后，虽然一言未发，但却一直在沉思着。在他的心目中，作为一个少数民族的头人，应该忠于和报效朝廷，这一点是坚定不移的，他不会也愿意去做对抗朝廷之事，更何况朝廷委任自己为幽州刺史，更要按朝廷的要求去履职行事。但段匹䃅也深深体会到，晋朝只为士族世族谋利益，对苍生百姓漠不关心，任凭诸王和士族奴役和压榨百姓，这一点段匹䃅也颇为痛恨。特别是眼下这个时候，新晋皇朝对北部少数民族已失去了驾驭能力，再与刘琨这样持续下去，只能使自己陷入更加被动的境地。想到这些，段匹䃅决定不再与刘琨联手讨伐石勒，而是好好带领鲜卑人养牛养羊，驯马练兵，使鲜卑族群更好地壮大富强起来，日后再寻求更好的出路。

且说刘琨自段匹䃅表示暂时搁置讨伐石勒后，心里很是生气，但隔了几天，觉得自己眼下之状，除了依靠段匹䃅和鲜卑军，又再无计可施，于是他又去找段匹䃅，检讨自己太过性急，不冷静，请段匹䃅谅解，然后又催促段匹䃅发兵征讨石勒。看到段匹䃅不说话，刘琨又说司马睿在建康很关心北方的形势，对鲜卑大军在新晋皇朝的统领下，消灭乱国乱政的匈奴汉国和其他敌对势力，寄予厚望。为此，新皇帝司马睿还要重新册封鲜卑首领。看到刘琨还要继续说下去，段匹䃅说："请阁下体谅，暂时的确无条件发兵，过一段再说吧。"刘琨无奈，只好转身走了。转眼又过了几个月的时间，刘琨见段匹䃅依然没有动静，便再次去找段匹䃅，催促他征讨石勒。段匹䃅再次推托，说过了大年再说。刘琨无奈，只好继续等下去。

且说段末波自石勒走后，一直关注着段匹䃅对刘琨的处置情况。过了几个月，段末波见段匹䃅一直不采取任何措施，不免有些着急。这日，段末波忽生一计，他想起了有人曾对他说过，刘琨的儿子刘群，在刘琨兵败逃往幽州后，一直带着数百个刘琨旧部，在幽州与并州的接壤地带征讨石勒守军。段末波先派出几个精明军士，前往幽、并接壤地带作了一番详细了解，掌握了刘群出没地带。然后，段末波亲率一千鲜卑精骑，将刘群俘获至幽州。刘群得知父亲刘琨就在附近鲜卑大营，便要求面见父亲。段末波对刘群说，段匹䃅已将刘琨囚禁起来，不能随便见面，如刘群写信约刘琨作为内应一起反对段匹䃅，他可以将书信传给刘琨，并催促刘群尽快给刘琨作书。刘群见段末波催促，又见段末波说得有道理，便给父亲写了一封信，约父亲一同反对段匹䃅。

段末波拿到刘群这封信后，故意让段匹䃅发现。段匹䃅于是大怒，下令将刘琨投入牢中，不久又下令将刘琨缢杀于牢中。待段匹䃅又想斩杀刘群时，军士报告说，段末波与刘群已逃往辽西。段匹䃅见段末波的妻子花云也不见了，知道自己可能已被石勒、段末波利用，但是他并不追悔。

刘琨被段匹䃅缢杀后，段末波向刘群赔罪道歉，并陪他前往辽西驻扎。后来，段末波和刘群都归附后赵，成为后赵大臣。不提。

石勒除掉刘琨后，正与张宾等人商议下步拟加紧收复并进攻江、河之间诸州郡事宜，探马来报，说汉国皇帝刘聪病重。石勒立即与张宾商议，欲回平阳探望，恰在此时，汉国使臣前来，说皇帝病重，召石勒与刘曜二人同回平阳，要托付后事。石勒听了，让张宾等人在家继续商议大事，他率几个侍从和二百精骑，上马向平阳驰去。此时，刘曜也从长安驰回平阳。

待石勒与刘曜来到刘聪的病榻前时，刘聪已病入膏肓。

刘聪乃匈奴汉国开国皇帝刘渊的四子，自幼聪明好学，不但通晓经史和百家之学，更熟读孙子兵法，且善写文章，习书法。此外，他擅长骑射，能拉三百斤硬弓，勇猛矫捷，冠绝一时。刘聪即皇帝位后，放手使用刘曜、石勒等人征战，从不怀疑心，更不掣肘在外征战的将领。在他九年的皇帝生涯中，汉军连克洛阳和长安，先后虏获晋怀帝司马炽和晋愍帝司马邺，灭掉西晋。但刘聪即皇帝位几年后，便开始贪图享乐，大修宫殿，广选美人。他下令挑选大臣们女儿中有姿色者入宫，竟把大臣刘殷的两个女儿、四个孙女一并纳入宫中充当嫔妃。一个皇后不够，便设立上皇后、左皇后、右皇后，形成三后并立，后来又设立中皇后。后期，刘聪立儿子刘粲为相国、大单于，将国事尽皆委托于刘粲，他自己则在皇宫享乐，长时间不去朝会。刘聪还宠信王沈等宦官，听信谗言，斩杀正直官员，许多谏臣愤怒而死。朝廷在王沈和刘粲等人把持下，纲纪全无，贪污盛行。

刘聪见刘曜和石勒双双来到榻前，有气无力地说："朕在位的这九年，灭掉旧晋，全赖二位爱卿的征战，朕死后，二位爱卿要辅佐太子即位，继续灭亡新晋，一统中原。朝廷内臣，朕已重新册封，还望二位爱卿予以支持。"说罢，绝气身亡。在此之前，刘聪已以太宰刘景、大司马刘骥、太师刘凯、太傅朱纪和太保呼延晏并录尚书事，又命范隆为守尚书令、仪同三司，靳准为大司空，二人皆决尚书奏事，以作辅政。

在刘曜、石勒和众朝臣的拥戴下，太子刘粲即皇帝位，尊靳后为皇太后，谥刘聪为昭武皇帝，庙号烈宗。

石勒、刘曜与众朝臣一起处理完刘聪的后事后，便各自返回自己的镇守之地襄国和长安。

且说刘粲乃是一个多行不义之人。刘聪曾封刘义为皇太弟，但刘粲诬其谋反，被刘聪废为北海王，刘粲又派人杀了刘义，自己被立为太子。刘粲即皇帝位后的当夜，便上了太后靳月华的床。接着又与其他几位母亲之辈的上皇后、中皇后、左皇后逐一乱伦。靳月华是中护军靳准的女儿。当初，刘聪临幸靳准家，见靳准的两个女儿靳月光、靳月华，都有美若天仙之貌，便一齐载入宫里，第二天便封二女为贵嫔。由于靳月光格外让人销魂，刘聪十天后便册封她为皇后。由于妃子多得根本无法每个人天天顾及，靳月光终于红杏出墙，与禁卫偷情，被刘聪赐死。靳月华在其姐姐月光死后，被刘聪封为右皇后，刘粲即位后被封为太后，并册靳准另一女儿为皇后。靳月华此时还不到二十岁，在给刘聪当了数年妃子后，现在又以太后的辈分与儿辈的皇帝刘粲乱伦，并且姐妹俩分属刘聪、刘粲父子俩的妃子，却在侍奉一个人。靳月华的父亲靳准在两个女儿送给刘聪为妃后，很快由一个中护军做到司隶校尉，成为朝廷的大臣。虽然靳准凭借女儿的美色谋到高官，但靳准却看不惯刘聪、刘粲父子荒淫无耻的样子。靳准见新皇帝刘粲即位后的第一天晚上便上了自己的女儿但却是刘粲母辈的床，隐忍不发，不动声色，任由刘粲继续与诸位皇帝母亲乱伦。刘粲见自己与太后乱伦，而身为辅政大臣的太后之父靳准，却不闻不问，不知是心存感激还是有所惧怕，便将军国大权都委于靳准一人。靳准早已乐见其成，他立即矫刘粲之命，封从弟靳明为车骑将军，侄子靳康为卫将军，掌握平阳城的军权。这些事做完后，靳准开始实施他的弑君自立、颠覆刘氏政权的罪恶勾当。

这日，靳准对两个已是皇太后和皇后的女儿说："大臣们现在正私下密谋，想废掉皇上，立济南王刘骥为帝。如果此事发生，我靳家定会被杀得一个不剩，你二人可要让陛下早下手啊！"二人听了，大惊失色，很快便在皇帝临幸时吹了枕边风。刘粲见美人哭诉，信誓旦旦，发誓立即除掉他那几个诸王兄弟。果然，不到一天的时间，刘粲便将济南王刘骥、上洛王刘景、齐王刘励、吴王刘逞、昌国公刘凯全部杀死。靳准见兵变的阻力已排除，便率亲兵闯入皇宫杀死刘粲，并将在平阳城的所有刘氏皇族，不论男女老少，尽皆斩于东市。靳准杀完活人后，对死人也不放过，索性连刘渊和刘聪的坟墓也掘开，并将刘聪的尸体斩首，将其宗庙烧毁。可叹刘粲只当了三个月的风流皇帝，死于妃子堆里。

杀死刘粲后，靳准自号汉天王，设置百官，篡夺了刘氏的江山。

且说靳准叛乱篡权的消息，很快传到了镇守长安的刘曜耳中。刘曜此时为相国，都督中外诸军事。当下刘曜听到靳准杀皇帝刘粲及刘氏皇族，甚至连两位先帝的墓都掘开，不禁气得哇哇大叫，他立即率领所部兵马，向平阳驰去。这日，刘曜行至赤壁，即今山西河津市西北的赤石川，迎面遇到了从平阳出逃的太保呼延晏和太傅朱纪。二人诉说靳准残忍兵变篡权之事后，跪劝刘曜称帝平乱。

刘曜说："称帝理所当然，但平乱仅我一路人马不行，还必须有石世龙大军的配合。"

呼延晏说："那就尽快册封石勒，并让他出兵协助平乱吧！"

于是，刘曜在赤壁即皇帝位，改元光初。即位后的第一件事，便封石勒为大将军，并立即派人前往襄国，让石勒大军兵发平阳，平定叛乱。

欲知后事，且看下回分解。

## 第三十二回　刘永明乘机建前赵　石世龙报捷遭谗言

却说匈奴汉国皇帝刘聪病逝后，其子刘粲即位。但即位后的刘粲只顾与年轻美貌的太后靳月华，以及刘聪众多的皇后乱伦，将军国大权全都交给了司空靳准。靳准通过自己两个女儿对刘粲吹枕边风，除掉刘氏众王，排除自己篡权自立的阻力后，便亲自率军进后宫杀了继承皇位仅三个月的刘粲，自己当起了汉天王。靳准叛乱篡权的消息，很快传到了汉国大将、相国，镇守长安的刘曜耳中。刘曜当即率所部人马，向平阳驰去。当大军行至赤壁时，恰好遇到了从平阳出逃长安的太保呼延晏和太傅朱纪。二人诉说了靳准残忍兵变篡权之事后，劝刘曜称帝平乱。

刘曜听了呼延晏和朱纪的话后，当即同意称帝，但认为要赴平阳平乱，必须有石勒大军的配合。于是，他在赤壁称帝后，立即封石勒为大将军，并派人火速前往襄国，让石勒大军速速兵发平阳，与他一道平定叛乱。

且说石勒和张宾对刘粲为人处世早就了解，因此石勒在平阳参加完刘聪的后事处理后，便吩咐左右，要密切注视着刘粲即位后汉国政权的稳定问题，以便随时有所对策。石勒回到襄国后，留存平阳的襄国从人们，不断地将刘粲及汉国朝廷的事情报告给石勒。因此，刘粲、靳准等人的所作所为，石勒和张宾都有大致的掌握。这日，一位从人从平阳赶回襄国向石勒报告汉国朝廷情况，但那人在报告前却跪在地上要石勒赦他无罪，然后才能报告情况。石勒听了，不高兴地说："你在俺身边这么长时间，怎么连个规矩都不懂呢，赦谁无罪，那是皇帝才有的权力，怎么将这样的话安到俺的身上呢！"

那从人连忙谢罪，说自己言语不当，但再次说在平阳得到的情况很是重要，想说又怕诬蔑君王，不说还怕欺瞒大将军，不知到底该说还是不该说。

张宾听了忙说："大将军，看来此事的确很重要，下官看不管他说什么，我们都不怪罪他就是了。"石勒听了，点头同意。

于是，那从人便把从宫中传出来的有关刘粲与数位皇帝母亲乱伦之事，述说了一遍，并说刘粲自即皇帝位后，从不参加朝会，也不出面处理事务，军国大事一律由司空靳准来处置。石勒嘱咐从人继续回平阳了解掌握情况。待从人走后，石勒对张宾说："右侯对此事有何见教？"

张宾说："刘粲此举，下官认为符合刘粲之为人，看来此人就是个荒淫乱伦、只图美色的无道昏君。摊上这样的昏君，作臣子的也没有办法。下官倒不是叹惜他，只是担心汉国的命运，特别是担心靳准其人从中作乱，引起朝廷动荡。"石勒听了，点了点头，默默不语。

这日，又有从人回来报告，说刘粲诛杀了几个刘氏诸王。张宾对石勒说："看来靳准其人要出场啦，大将军要有平乱的思想准备啦。"石勒点头，还是默默不语。

过了两天，又有从人回来报告说，靳准自号汉天王，刘氏皇室之人全被杀光，连刘渊、刘聪的墓也被掘开，还对刘聪尸体予以斩首。石勒听了，大声说："传令诸将，发兵平阳！"

张宾连忙说："大将军，此时尚不到发兵时间，下官料不过十日，便会有人请你前往平乱，还是耐心再等上几天吧，以免好心办了错事。"石勒听了，又点了点头。

果然，过了几天，刘曜派出的传旨官到达襄国，向石勒传达新皇帝的圣旨。

张宾说："大将军出兵平乱的时间现在正是时候，有许多事大概也正是时候啦。"

石勒点头说："右侯在襄国左定局势，你俺随时派人联络。"说罢，传令大军出发。原来，这些天石勒早已将出征的五万精兵调遣完毕，因此，号令既出，五万大军立即踏上征程。

石勒率大军越过太行山后进入并州，然后迅速占据了襄陵以北大片平原。襄陵在平阳东，即今山西临汾市东南，占据这些地方便占据了讨伐平阳靳准的地形优势。

且说刘曜在赤壁称帝后，众臣立即为刘曜制作了皇袍等象征天子特征的种种用物，形成御驾亲征的场面和气势，只是手里尚缺乏传国玉玺。待刘曜大军到达平阳南时，已自号汉天王的靳准，得知石勒率大军也从平阳北面包抄过来，与刘曜大军形成了掎角之势。

虽然平阳汉军足有十万大军，但靳准十分惧怕刘曜和石勒这两位枭雄以及他们率领的虎狼之师。因此，就在刘曜安营扎寨平阳南的当天，靳准便派侍中卜泰前去讲和。卜泰到了刘曜军营，见刘曜已是一副天子的架势，不知见了刘曜该怎么称呼，也不知该如何施礼。到了刘曜面前，他一下子趴到地上，先作了一番自我介绍，然后说："臣奉主人之命来向主人讲和，请主人允我家主人讲和之条件。"

刘曜看了，又好气又好笑，他对卜泰说："爱卿平身！"卜泰一听，连忙爬起来说："谢皇上！"但看到刘曜似有点捉弄自己的意思，又连忙说："还请主人允我家主人的讲和条件。"刘曜听了，大声喝道："来呀，把这个颠三倒四的奴才拉出去砍啦！"

卜泰听了，这才乖乖地跪在地上说："请皇上恕罪，臣的确有臣的难处哇！"

刘曜听了，这才语调平和地说："你回去告诉靳准，朕认为那刘粲是个乱伦的无道昏君，靳准杀了他没有大过，眼下只要靳准向朕投降，朕便算他拥立之功。这便是议和条件。"

卜泰听了，欣喜若狂地说："皇上说的是真的？"

刘曜又板起脸来说："自古君无戏言，朕还能和你开玩笑嘛！"

卜泰连忙说："臣该死，谢皇上，臣这就回平阳报告主人。"说完，连忙退出了刘曜军营，上马返回平阳去了。

且说靳准杀了刘粲及刘氏宗亲并掘了刘氏祖坟后，虽然自号汉天王，大臣们都口口声声称皇上，可他自己心里一点儿也不落体，总觉得似乎有阴影在自己的眼前晃动。他将侍中卜泰派往刘曜大营议和后，心里一直在琢磨着种种结果及不同结果的应对之策。这日，他在皇宫中胡思乱想着，突然看到被他掘墓将尸体斩首的刘聪头颅跳到他的面前，靳准吓得满屋躲藏，却怎么也藏不住，只见刘聪那颗头颅突然变成一柄利剑，直照着自己的脑袋砍来，靳准大叫一声醒来，原来是梦幻一场。他正在擦着头上惊出的冷汗，侍中卜泰走了进来，向他禀报说，刘曜的议和条件只有一个，那就是投降，否则，他和石勒大军将从平阳城的南北两侧攻城，且要踏平平阳城。靳准听了，一边继续擦汗，一边扬手让卜泰退下了。

刘曜的议和条件是让自己投降，靳准早已猜到了，但无论如何，靳准下不了这个决心，因为靳准清楚地知道，他在杀刘氏宗亲时，被杀的人中还包括刘曜的生母和胞兄。就算自己投降，母兄之仇刘曜能饶过自己吗？自己落到刘曜手里，肯定是个死。因此，靳准想来想去，始终下不了这个决心，不敢投降刘曜。

靳准迟迟犹豫不决，却急坏了靳准堂弟靳明和侄子靳康二人。靳明被靳准矫刘粲之诏封为车骑将军，靳康为卫将军，掌握都城军事大权，但二人都觉得都城汉军再多，也不会是刘曜和石勒两路虎狼之师的对手。因此二人天天在一起合计该怎么办。这日，探马来报，说襄国大将石虎率幽州、冀州三万大军，已越过太行山，正在与石勒大军会合，准备对平阳城发起进攻。原来石勒大军占据襄陵、平城以北平原后，觉得对靳准的震慑力和进攻力似乎还不够，便与张宾联络商议，派出了石虎大军。

当下靳明和靳康二人见平叛大军又增新师，更加惴惴不安。大年期间，靳康到靳明府上继续合计对策，靳明乘着酒兴，用手打了个砍杀的姿势，靳康眼睛直直地看了靳明半天，然后端起酒杯一饮而尽，并使劲点了点头。当天，靳明和靳康以奏事为由，闯进皇宫，将靳准杀死。

靳明和靳康杀死靳准后，众臣推举靳明为主。此时，石勒和石虎的大军已经兵临平阳城下，不停地攻打城池。靳明派出数员将领率军出城迎战，都被石勒大军打败。靳明见形势危急，只好下决心投降。他派人先前往粟邑，向刘曜送上传国玉玺，做出投降的姿态。原来此时刘曜见石勒和石虎八万大军攻打平阳，料想平阳城会被攻克，于是他率自己的大军西退粟邑观战，摆起了皇帝的派头。粟邑在洛水西畔，即今陕西白水西北。

石虎得知靳明向刘曜投降的情况，对石勒说："靳明好不知趣，俺大军攻得他坐卧不安，他不向俺投降，却向刘曜投降。来日小侄亲率大军攻城，给他点厉害尝尝。"果然，第二天石虎亲率一万大军在北门攻城。刘聪当汉国皇帝的九年中，平阳城大兴土木，不仅宫殿修得好，而且城墙高大坚固，易守难攻。即便如此，在石虎大军的进攻下，平阳城似乎摇摇欲坠，随时都有被攻克的危险。靳明无奈，只好又派出快骑前往粟邑，向刘曜求救。刘曜接到靳明求救的请求后，立即派出使臣刘雅、刘策二人前往平阳，迎接靳明归降。

靳明见刘曜派出使臣前来迎接，喜不自禁，第二天便率平阳一万五千士民，出平阳城前往粟邑归降刘曜。

石虎对石勒说："这个刘曜自身闪至数百里之外，让俺大军在此攻城，心里却拿咱们一点不当回事，派来使臣将靳明接走，连个招呼都不跟我们打，真是岂有此理！"

石勒笑道："人家如今已是九五之尊，我行我素，且这么痛快将靳明接走，看来皇帝很可能有算计。"

石虎说："这个靳明也是个杀才，明日小侄攻城再增加一万人，一定将平阳城攻破，将平阳踏平，以解心头之气。"

第二天．石虎率两万人马攻城，由于攻势猛烈，加之靳明已不在城中，守城军士开始懈怠，因此，一个时辰后，便将平阳城攻克，数万守城军士全部被斩杀。石虎一不做，二不休，索性下令将皇宫全部焚毁。那些主动投降的军士和一部分靳准设置的百官，都被作为俘虏集中在一起，由石虎派出的军士看管。石勒一面让裴宪、石会两位府官组织匠人修复刘渊、刘聪两座陵墓，一面派人前往粟邑向刘曜报告情况。

且说刘曜在粟邑见到靳明及其所率一万五千士民后，当即下令让靳明将靳氏族系的人，不分男女老少，都站列一边。开始，靳明还以为自己杀了靳准，又向刘曜送传国玉玺有功，刘曜是想封赐他带来的这些靳氏家族，可当他一一将靳氏家族的人员都叫齐后，才觉得自己太愚蠢了。只见刘曜在靳氏家族人员面前走了一趟后，狠狠扔下一个字"杀！"然后转身而去。

不一会儿，靳明以及包括被刘粲乱伦的刘聪的右皇后靳月华等数百名靳氏家族的男男女女，都倒在了血泊之中。

杀完靳氏族人后，刘曜再派使臣刘雅、刘策二人回平阳，将被靳准杀死的母亲胡氏的灵柩迎至粟邑，刘曜率众臣将母亲葬于粟邑，将陵墓号称阳陵，上谥号为宣明皇太后。然后，班师回长安去了。

且说石勒将刘渊、刘聪的陵墓修复后，又重新举行了安葬仪式，并将刘粲及刘氏宗室一百多具尸体埋葬，让他们入土为安。然后，石勒布置好戍守平阳和刘汉祖茔及看管被俘人员诸项事宜后，率大军班师襄国。

且说刘曜回到长安后，传旨授石勒为太宰、领大将军，晋爵赵王，加殊礼，如曹操辅汉故事。过了一段，刘曜正式举行登基仪式，自称皇帝，迁都长安，改国号为赵，署石勒为大将军，以河内二十四郡封石勒为赵王。自此，匈奴汉国由赵替代。刘曜建立的赵，史称前赵。

刘曜小时候是个孤儿，长大后气宇轩昂，身高体壮，雄武过人。他不仅善骑射，而且好兵书，文采出众。但刘曜性格孤僻，度量远不及刘渊及刘聪父子宽宏，对待少数民族与汉族的关系，更没有刘渊和刘聪那种大度和包容，甚至对支撑汉国政权半壁江山的石勒，心里也一半欣赏肯定，一半限制和防备，不得不予封赐，而实际上是想遏制和剪除。建立前赵后，刘曜立即取消了立汉高祖以下三祖五宗为神主以祭之的规矩，改祭冒顿单于、刘渊为祖宗，并正式施行"胡汉分治"。"胡汉分治"使前赵政权丧失了广大汉人的拥护，使民族之间的矛盾越发尖锐，也为刘曜及前赵的失败自掘了坟墓。

由于刘曜对待石勒的态度与刘渊、刘聪明显不同，因此刘曜与石勒之间很快出现了裂痕。

且说石勒平定平阳之乱回到襄国后，甚是感激刘曜授予的太宰领大将军和晋爵赵王并加殊礼的荣誉。但过了一段，刘曜改国号为赵，并再以河内二十四郡封石勒为赵王时，石勒和张宾等人都感到不理解，不知刘曜为什么要这样封赐。众将之中，有的说可能是皇帝是故意要提高石勒的地位，有的说赵皇帝下设赵王很正常，有的则说让石勒当了赵国下面的赵王，是皇帝有意要抑制石勒，以免出现问题。石勒见众将议论纷纷，莫衷一是，便对张宾说："右侯以为如何？"

张宾说："皇帝如此封法，下官也不太理解，下官之意，还是派个人到长安去探听一下刘曜的虚实，以便我们有所掌握。"

石勒说："臣子对君王本应忠心耿耿，无所猜想，但此事果真有些不太正常，因此到都城去探听一下也好，以便俺等有个正确的把握。但仅以此事去都城，似有不妥。俺意去都城献俘报捷，顺便探听一下就是。正好平阳城还有那么多被俘获的人员，将这些人员押往长安，认真报告一番俺大军攻陷平阳城、修复两帝陵墓的情况，该是个去都城的很好理由吧！"

张宾说："大将军说得好，这真是个好理由，只是由谁进都城报捷好？"

石勒说："俺与右侯都不用去，俺看就由左长史王脩去如何？"

张宾说："王脩阁下前往的确合适。"

于是，石勒派左长史王脩带几个从人，前往长安向前赵报捷献俘，另派数位将军率五百军士前往平阳，将所献人员押赴长安，交给王脩。王脩和几位将军领命后，各向长安城和平阳城而去。

且说刘曜决定采取"胡汉分治"的国策后，很快将氐、羌等族的数十万人迁徙到长安。这日，刘曜在众臣的陪同下，在长安城外察看第一批迁来长安的氐、羌族人落户情况。刘曜正在与一位羌族老人说话，侍臣上前向他说，石勒派左长史王脩到长安向皇帝献俘报捷，问刘曜见不见这位王长史。

刘曜听侍臣报告石勒方面的情况，立即板起面孔对侍臣说："你先去问问那个王脩，他要向朕献什么俘，报什么捷！"说完，扭身进辇，打道回长安城去了。

刘曜刚进皇宫，却见舍人曹平乐曲身迎上前来，小声对刘曜说："臣以为，石勒派的那个王脩，不是什么献俘报捷，而是来都城探听陛下虚实来的。看来石勒其人有异志啊！"

如果有人在刘渊、刘聪面前说这样的话，会立即遭到斥责甚至被杀头。但刘曜偏偏愿意听这种小人之言。只见刘曜一边走一边大声喊道："来人，将石勒派来的那个什么左长史王脩给我斩首！"喊声过后，立即便有数名军士持刀下殿去了。

只因那曹平乐这一番谗言，导致王脩被杀，接着又使石勒诛曹平乐三族，并宣布与前赵公开决裂。

欲知后事，且看下回分解。

## 第三十三回 石世龙称王建后赵 张孟孙辅政定国是

却说针对前赵皇帝刘曜对石勒封赐中的前因后果,石勒与张宾等人商议,拟借向刘曜献俘报捷之机,探听一下情况,也好对新皇帝行事有所把握。但由于刘曜愿意听信小人之言,经舍人曹平乐一番谗言,刘曜竟连石勒派来的左长史王脩面都没见,便下令将王脩斩首。此时,恰好石勒派往平阳押解被俘人员的几位将军,也押着被俘人员到长安。几位将军听说左长史王脩被刘曜下令斩首,哭着将王脩的尸体收敛起来,又暗暗打探了曹平乐的住处,然后撇开被押人员,用车载着王脩的遗体,返回襄国。出了长安城,几位将军商议,由一位将军率小队人马日夜驰奔,回襄国向石勒报告情况,其他大队人马护送王脩的灵柩回襄国。

石勒听了将军报告的情况后,不禁叹道:"果真是昏君哪!两位先帝的驭人之术一点儿也不见啦!"说完,石勒起身,偕张宾等人亲往王脩府上,向其眷属致哀并慰问,并让王脩的儿子入官府当差。从王脩府回到大将军府后,石勒召集众将议事,商议王脩被杀后的对策。

众将群情激愤,纷纷谴责刘曜的昏庸行为,建议石勒脱离前赵,称帝立国。同时,要斩灭向刘曜进谗言的舍人曹平乐,为王脩左长史复仇。

听完众将义愤填膺的发言,石勒对张宾说:"右侯说说你的想法吧。"

张宾说:"当今皇帝听信小人谗言,没听我献俘报捷情况的报告,便将我大将军府的左长史斩首,这足以说明两个问题,其一,说明皇帝对大将军有成见,而且是必欲发泄的成见,否则,不会采取如此鲁莽的做法,常言打狗还要看主人，大将军派去的又是大将军府中的第三四号人物，不见面就杀人，可见皇帝心里之恨不轻啊。其二，说明当今皇帝的确是位心胸狭窄的昏君和暴君。大将军刚刚率大军赴平阳平乱，攻克了平阳城，这才有了靳氏兄弟的缴械投降，当今皇帝虽然率大军征讨靳氏兄弟，但赤壁称帝后便只挂帅不出征，是大将军的队伍攻克了平阳，最终才有靳氏献传国玉玺、率众出降及斩靳氏全族等结果，且大将军连两位先帝和被弑之帝的陵墓都予以修复，让刘氏被杀人员入土为安。这么大的功劳去报捷竟然不听，只凭小人一番谗言便斩杀报捷人员，试想该昏到何种程度，暴到何种地步！就算是我们要去探听点虚实，还不是你当今在封赐上的不正常嘛！前脚封大将军为赵王，后脚自己又建赵国，下官想了一下，自周武王大封天下起，上千年君王的封赐举动中，也没有这般事例！面对这种情况，如果是位有德之君，稍作解释，不仅可以拢住臣子，还会收买和感动天下人。而这样的事偏偏不做，却要不问青红皂白去杀人，如此之君不是昏君和暴君又是什么呢！"张宾越说越激动，一口气数落了这么多。

石勒说："是啊，俺当初跟随汲桑大将军起义反晋，后来兵败投奔汉王，汉家王朝对俺有恩，两位先帝放手让俺率大军在外征战，该封赐的职衔都封了，对俺石勒甚是信任。前几年，陈元达在先帝面前劝说要防备于俺，但昭武皇帝根本不听他的，对俺照常信任，并进一步封赐于俺，甚至准俺可以独立自行征战讨伐，任命刺史、将军、郡守县令、分封列侯。如果还是先帝在世，断不会做出如此昏庸之举，俺石勒也不会有反心。但眼下这位当今，真是让俺太失望啦！刚才右侯所说两点不错，的确可以看出皇帝对俺有成见，而且不是一般的成见，也说明当今皇帝是位心胸狭窄的昏君和暴君。俺仔细想了一下，当今皇帝与俺大军是先帝时的左膀右臂，俺与他同辅汉国、征讨晋朝多少年，虽然各为一路，但彼此配合，南征北战，相处颇好。但为什么当了皇帝马上对俺这种态度呢，原因只有一个，这便是他担心俺拥兵自重，对他产生威胁，因此他要发泄自己的怒气和不满，煞煞咱们的威风。如此一来，却将他昏庸的本质暴露无遗。"

张宾说："如此昏庸之人，我们不啻再去侍候他，受他的窝囊之气，下官直言，大将军干脆临朝称制、登基为帝，正式建国立邦。"

石勒摇摇头说："不可。正式建国立邦之事俺等以后再议。眼下之势俺等是否与昏君决裂，这一点诸位还有何意见，请尽情发表出来。"

石勒说完，众将再一次群情激愤，要求与刘曜及前赵决裂。石勒叹了口气说："多少年来，俺大军出生入死，南北转战，也对得起刘汉政权啦，但愿两位先帝的在天之灵能理解和谅解俺等吧。"

张宾说："大将军不必想得过多，这样也好，自立为国，登基称制，正好施展大将军为民请命的夙愿。就请大将军好好谋划一下，然后告诉我等，我等君臣也好开始考虑正式建国立邦事宜。"

石勒说："眼下俺等要做的有两件事，正式建国事宜待做完这两件事后再议。这两件事，一是俺等要诛杀曹平乐，一来是为王脩报仇雪恨，二来是清除这等世间小人。二是祖逖北伐已有近两年的时间了，其势头不小，刘赵政权近来内乱，不会顾及此事，俺大军应将抵抗祖逖北伐提到日程上来了。"

张宾说："祖逖北伐之事我大军一直在关注着其动向，并在积极防御着，短期内不会对我造成危害，今日议事会结束后立即做些部署就是。诛杀曹平乐之事应迅速办理，下官之意可由上次押送被俘人员赴长安的将军们承担此事，让他们秘密前往长安，将曹平乐除掉。"

石勒说："抵抗祖逖之事，就按右侯所说，一会儿散会后再做些安排部署。诛杀曹平乐之事由上次押送被俘人员前往长安的将军承担，但诛杀曹平乐后，要让皇帝知道是俺所为，只是去长安的人要注意安全，不要身陷长安，再次吃亏。"张宾及众将皆点头赞成。

议事会后，张宾立即将诛杀曹平乐的将军派走。然后，张宾与石虎等人详细分析了祖逖北伐的形势，并派出了数十名细作及探马，前往江淮一带了解情况，以便采取相应对策。

且说前往长安诛杀曹平乐的将军，按照石勒的要求，带着几名军士，扮作商客，前往长安。到了长安，很快找到了曹平乐的住处。原来这个曹平乐原是石勒的舍人，后因出使朝廷，因能说会道，被刘曜留在了身边。因曹平乐一心想往上爬，恨不得早日巴结皇帝，以便能平步青云。他看透了刘曜对石勒拥兵自重很是戒备和焦虑，因此不惜出卖昔日主人，搬弄是非，添油加醋，酿出王脩被杀的惨祸。王脩被杀后，曹平乐自知自己作孽，生怕有人报复于他，因此多日不敢回家。这日，他思念年轻美丽的娘子，便在夜幕降临后，从皇宫溜出来，悄悄向家门走去。但刚要进家门，却被一只大手擒住，只听擒他那人说："奉石勒大将军之命除掉你，你在襄国的三族也是同样下场！"曹平乐听了，当即软成一摊泥，被那人一刀将头砍了下来。

刘曜得知曹平乐被杀，知道是石勒所为，自此，二人交恶。

诛杀曹平乐的将军回到襄国时，王脩的灵柩已被扶回襄国，曹平乐的三族亲属也全部被斩首。石勒下令追认王脩为太常，予以厚葬，并亲自参加了葬礼。

恰在此时，探马来报，说刚刚叛降石勒的蓬陂坞主陈川被祖逖讨伐，请求救援。石勒听后说："看来这个祖逖，俺们需好好应对他啦！"

石勒当即决定，派石虎率五万大军驰援陈川。石虎得令后，点起五万人马向陈留驰去。

且说祖逖字士稚，范阳遒人，即今河北涞水人。祖逖少尚侠义，有大志，与刘琨交好，曾夜闻鸡鸣而起舞。中原大乱时，祖逖与刘琨约定，刘琨留存北方抗胡，祖逖则率亲族数百家渡江，居于京口，以备日后抗击诸胡。西晋朝廷灭亡后，特别是他的好友刘琨被杀后，祖逖给东晋朝廷上书，要求北伐。可刚刚建立的东晋朝廷，此时却满足于偏安江左，把主要精力放到了巩固自己的南方统治上，不愿再去顾及北方。看到东晋朝廷这种情况，祖逖对司马睿极为不满，于是他自告奋勇，请求朝廷准许他募兵北伐。司马睿迫不得已，只好给了祖逖一个奋威将军、豫州刺史的空头名义，还有一千人的粮饷和三千匹布，算是对祖逖自告奋勇要求北伐的一个回应和支持。即便如此，祖逖还是毅然率领部曲百余家渡江北伐。在船划到中流时，他慷慨起誓，留下了"渡江击楫"的典故和美谈。

黄河以南的兖州、豫州、青州、徐州等地，许多地方都曾被石勒大军占领过，但石勒大军一撤，往往又被官军所夺，并委任刺史、郡守、县令。许多地方同时驻有敌我双方的治辖机构，来回争夺地盘和百姓。祖逖北伐以来的数年中，虽人马较少，但由于祖逖出色的才能和善于团结民众的风格，已收复了黄河以南的大部分郡县。但当时江、河之间的广大地区还有不少汉族豪强地主盘踞的坞堡，这些人各自为政，相互之间矛盾也很多。祖逖分别不同情况，采取拉和打两种策向，但这些人还是时附时叛，动荡不定。

在这些坞堡中，有个蓬陂坞，坞主叫陈川，陈川乃乞活军首领陈午的叔父。陈川虽然顺服了祖逖，但他经常认为司马氏政权比不上石勒有作为，司马睿也没有石勒可亲可敬。这日，陈川在他的坞口听说石勒率大军平定了平阳之乱，为汉国先帝修复陵墓等情况，不禁对身边的管家说："要说这天下有德之人，还得数这位羯胡之人石勒。"那管家说："是啊，小人也认为石勒大将军的确是当今群雄中的有德之人。"陈川听了，思忖了一会儿，然后小声对那管家嘱咐了一番，那管家听后，点了点头走了。

在管家的策划下，蓬陂坞很快集结起数百流民，他们冲进陈留郡郡治小黄城，杀了东晋陈留郡守的部将李头，然后准备杀死郡守，但几次进攻郡守衙门，却没有攻进去。陈川见状，怕祖逖闻讯前来镇压自己和流民，便与众人前往西部的浚仪，公开打出了降附石勒的旗号，并派人前往襄国求救，恰好被石勒的探马得知。探马自浚仪上路时，已得知了祖逖拟率军讨伐陈川的消息。

且说石虎率大军奔往陈留的途中，得知祖逖已在蓬关进攻陈川，石虎到达陈留后，两军便立即在浚仪接战，祖逖寡不敌众，大败而退至梁国。此时恰好石勒又派桃豹率兵到达蓬关，祖逖见状，又退守淮南。石虎将陈川部众五千户迁徙至襄国，留下桃豹镇守浚仪。

看看抵抗祖逖北伐形势暂时稳定，右侯张宾和左长史张敬，左、右司马支屈六、程遐等率百余名将军府的官员，劝石勒称皇帝尊号。张宾代表众官员朗诵劝进疏曰：

> 臣等闻有非常之度，必有非常之功；有非常之功，必有非常之事。是以三代陵迟，五伯迭兴，静难济时，绩侔睿后。伏惟殿下天纵圣哲，诞应符运，鞭挞宇宙，弥成皇业，普天率土，莫不来苏，嘉瑞征祥，日月相继，物望去刘氏、咸怀于明公者十分而九矣。今山川夷静，星辰不孛，夏海重泽，天人系仰，诚应升御中坛，即皇帝位，使攀附之徒蒙寸尺之润。请依刘备在蜀、魏王在邺故事，以河内、魏、汲、顿丘、平原、清河、钜鹿、常山、中山、长乐、乐平十一郡，并前赵国、广平、阳平、章武、

渤海、河间、上党、定襄、范阳、渔阳、武邑、燕国、乐陵十三郡，合二十四郡、户二十九万为赵国。封内依旧改为内史，准禹贡、魏武复冀州之境，南至盟津，西达龙门，东至于河，北至于塞垣。以大单于镇抚百蛮。罢并、朔、司三州，通置部司以监之。伏愿钦若昊天，垂副群望也。

石勒不同意即皇帝位，因此没有接受群臣的劝进。又过了一个月，张宾率将军、都尉们再次请石勒称大将军、大单于、领冀州牧、赵王。石勒于是接受，即位称赵王，改元称赵王元年，以襄国为都城。由于刘曜此前已经改国号为赵，史称前赵，因此称石勒所建之赵国为后赵。

石勒称赵王后，立即与张宾等人商定政权建设的大政方针。石勒对张宾说："爱卿对俺赵国建立之后的诸项国是，大概早有城府，本王所想的只有一点，这便是俺认为俺们的赵政权，与之前刘氏赵政权应有一个根本区别。这个根本区别便是俺后赵政权，必须以天下苍生为念，让穷苦百姓在俺后赵国变成幸福百姓、富庶百姓。简言之，以民为本，要成为俺后赵国的立国之本。爱卿要以此念出发，去设定国是和国策。"

张宾点头说："昔日孔子曾提出过大同，设想大道之行，应天下为公，使老有所终，壮有所用，幼有所长，矜寡、孤独、废疾者皆有所养。大王提出的以民为本，当是与孔夫子所想之大同一脉相承。"

石勒说："本王知道这是《礼记》上孔子的话，是圣人追求的理想目标，也是儒家思想的精华。俺辈所建政权，不敢奢望都能达到孔老夫子设想的那种状态，但天下为公，讲信修睦，使老、壮、幼各有所企，让百姓成为幸福百姓、富庶百姓，还是要坚定地追求下去。"

张宾说："臣跟随大王十年来，已深知大王痛恨天下不公，普通百姓受压榨的世道，因而倡导天下为公，惩恶扬善，让贫苦百姓翻身，安居乐业。因此，大王称王立国后一系列的国是国策，臣早已考虑了一个大略，并与众臣僚作过商议，形成了一些想法，期待大王审定。"

石勒高兴地说："那就烦右侯说来给本王听听吧。"

张宾从怀中掏出几张写满字的纸稿，一条一条地说起来，石勒认真地听着，还不时地插话与张宾议论着。听完后，石勒说："以民为本，关注苍生方面的内容,右侯都说全了,本王也都同意这些内容。关于设官分职、封赏功臣和设置大执法、单于元辅及其他事项,大概右侯不便细说,本王再作斟酌,来日本王召集朝会,让众位爱卿再集思广益,最后敲定。"张宾点头。

第二天,石勒召集朝会,众臣皆以君臣之礼向石勒参拜。石勒对众臣说:"今日之会,是俺称王建赵的第一次朝会,俺要与众位爱卿共商国是,设定国策。众位爱卿要畅所欲言,言无不尽。建国立邦,有君有臣,有规有矩,有赏有罚,才能使国祚运转正常,履行公权,服务民众。但俺绝不做那种脱离臣僚、脱离百姓的孤家寡人,俺期望坐在赵王之位上后,能与过去一样,与臣僚们像兄弟一样和谐相处,俺会善待每一个人,无论是官是民,但俺也会继续惩恶扬善,亦不论是官是民。王子犯法,与庶民同罪。也期望众位爱卿随时直刺本王之过,对俺自己看不到、意识不到的错处,毫无忌讳地指出来,俺会闻过则喜的,这一点众位爱卿只管放心。"石勒这个开场白,博得数百位臣将的欢呼。

石勒开场白后,张宾向众臣讲述了拟实行的国是国策内容。接着,石勒又分别谈了设官分职、封赏功臣以及设置重要朝官的想法。然后,群臣便热议起来。众臣群情激昂,知无不言,整整议了一整天,还没说完。第二天,朝会继续举行,众臣继续发言,直到傍晚时分,众臣发言才告结束。

石勒两天来一直在认真地听着每个臣将的发言,还不时地插话与臣子们讨论商议着。众臣都说完后,石勒对两天来所议之事做了归纳,他说:"两天来,俺等共商国是,议定了八个方面的事情,这便是均百姓田租之半问题,实行巡行制劝课农桑问题,建立社稷、宗庙、官署问题,设官分职问题,设立大执法和单于元辅问题,封赏功臣问题,编撰志书问题,厘定习俗问题。还有一些礼仪和选举方面的问题,需继续酝酿准备,待条件和准备充分后,再予施行。上述已议定的八方面事情,由即将出任大执法的张宾爱卿领衔制作文书,然后由本王签署颁发执行。"

石勒正要宣布朝会结束,忽然一人走上前说:"大王,还有一件重要事也要落实啊!"

欲知后事,且看下回分解。

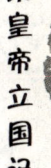

## 第三十四回　祖士稚积谷谋后赵　石世龙韬晦修祖茔

却说石勒称王建立后赵后，立即与右长史张宾商议治国理政的大政方针，在二人对国是国策有了个基本轮廓后，石勒又举行朝会，组织群臣连续商议了两天，然后石勒对两天商议的内容作了归纳，明确了拟实施的八个方面的内容，及需要继续商议，等准备充分再施行的事情。可就在石勒要宣布朝会结束时，忽然一人走上前说："大王，还有一件重要事也要落实啊！"

石勒看时，说话之人乃是右侯张宾。石勒连忙说："本王说漏了哪件事，爱卿快来补充。"

张宾说："大王将臣等议论的事情归纳得一件不差，臣要说的是，大王既已称王建元，就应明确储君子嗣和王后，这虽是大王自己的事，更是江山社稷的大事啊！"

张宾说完，许多臣将都附和着议论起来，并不停地向石勒建议着，要求石勒再纳王妃。

原来石勒在上党武乡娶刘氏为妻后，这么多年再没娶过第二个女人。石勒与刘氏结婚后不久，由于天灾人祸，石勒被逼沦为奴隶并被卖往冀州，并与刘氏失散。数年后，是并州刺史刘琨将石勒母亲王氏、妻子刘氏连同侄儿石虎，一同送交石勒。此时的刘氏，由于长年在乡下劳作，身体甚是不好，与石勒团聚后，除此前生了个儿子石兴外，再没生育儿女。石兴由于自幼家贫，饥寒交迫，身体甚是羸弱。这些年来，夫人刘氏多次向石勒提出，让他再娶一房夫人，生儿育女，延续石家香火，但石勒始终不同意。众臣都知道石勒的这种情况，如今石勒已成为实际上的一国之君，作为百官之首的张宾,不能不提出这个关系江山社稷千秋万代永续的大事。

石勒见众臣都在热议着,叹了口气说:"俺是穷苦人出身,还当过奴隶,最痛恨那些权贵包括君王三妻四妾、嫔妃成群,且喜新厌旧、贪恋美色的恶习。俺如今有妻有子,但儿子石兴体弱多病,的确不堪担负重任,这的确是俺的美中不足。但因为这件事,让俺再娶,俺怎对得起俺的原配刘氏呢!"

张宾听了,立即跪倒在地说:"大王,王储或嗣君能否一代一代接续下去,是江山社稷永固的头等大事。大王如今这种情况,已不能再用普通人的心理去衡量,也不是大王自己或与原配夫人之间的私事,而是江山社稷的大事。如此说来,大王还是再纳王妃,以便降生太子吧。"张宾说完,叩头不止。众臣见了,一齐跪倒,齐声说:"请大王以江山社稷为重,纳妃生子,永保江山永固。"

石勒说:"好吧,此事俺只能依从众位爱卿啦,就由右侯做主来办吧。"张宾领命。

很快,石勒与众臣商定的国是国策逐一颁布施行。关于均百姓田租之半问题,规定对孝悌力田及死义之孤者,根据不同情况赐予布帛,孤老鳏寡者每人每年赐予粮食三石,保证有吃有穿。关于实行巡行制劝课农桑问题,规定各州、郡都要重视农桑,朝廷将派使者巡行州、郡,使举国都重视农桑之事,保证百姓丰衣足食。关于建立社稷、宗庙、官署问题,规定按周礼逐一完善相应设施和制度,营建东西官署。关于设官分职问题,规定设置经学、律学、史学、门臣方面的祭酒,各司其事,掌管好这方面的事务。同时设置门生主书。祭酒是古时的官名。汉平帝时置六经祭酒。建武初,置五经博士。博士祭酒为博士之长。隋唐以后,国子监祭酒为国子监之长。关于设立大执法和单于元辅问题,任命张宾为大执法,专总朝政,位冠群僚之首。任命石虎为单于元辅,都督禁卫诸军事。关于封赏功臣问题,规定死事之子一律赏加一等。关于编撰志书问题,确定由专人分别编撰《上党国记》《大将军起居注》《大单于志》。关于厘定习俗问题,规定禁国人报嫂,即除掉自古以来北方少数民族兄死以嫂为妻的习俗。同时禁止在丧婚娶。其烧丧令如本俗。

关于石勒再纳王妃之事,经张宾慎重选择并得到石勒的同意,石勒纳右司马程遐之妹程氏为妃。鉴于这种情况，决定石勒本次称王暂不设王后和储君。

转过年后，大执法张宾又与众臣僚将去年朝会上商议未定的礼制和选举制的一些事情准备完毕，石勒都以赵王之令颁布施行。关于礼乐方面，开始制作轩悬之乐，八佾之舞，又造金银车、大辂、黄屋、左纛等，天子的车旗礼乐，至此具备。又徙朝臣掾属以上士族三百户于襄国的崇仁里，设置公族大夫来统领他们。还制定宫殿诸门的出入制度。关于选举问题，先是清定五品，以张宾管领选举事宜，又继续定为九品。命令群僚和州郡每年各举秀才、孝廉、贤良、直言、武勇之士各一人。确定士族品级，选举贤才，广泛接纳读书人参与国家事务管理。

看看政权建设已步入正轨，石勒召集张宾等众臣商议开疆拓土事宜。石勒说："俺称王建赵，仅仅是建国立邦的开始。现在，俺赵国的疆域尚未最终确定下来，州刺史、郡太守也无法完全到位。在北方，俺后赵与前赵已经构隙，在今后的岁月里，难免开始出现摩擦，甚至难免一战。在南方，祖逖攻势凌厉，这几年将俺大军到过的地方和占领的地方，几乎全部夺了回去，而且正在酝酿着更大规模的进攻，形势很是严峻，俺们需认真应付。诸位爱卿都说说，看俺眼下应如何去巩固和扩大疆土。"

石虎说："俺和孔苌二人，一个对付刘曜，一个对付祖逖，谁也不敢来进犯俺们。"

张宾说："大王说得对，我后赵和前赵已经形成二虎争山，最终难免一战。但眼下我们应集中精力对付祖逖。现在看，祖逖其人既有志向，又有智谋，同时又能躬身于民众之中，自生其力，其势绝不能小看哪！"

石勒点头赞许道："听说祖逖整日与民众在一起，生活极其俭朴，从不为自己着想，深得当地民众拥戴，号召力极强。如果司马睿是祖逖，俺后赵政权情愿归附于他。"

张宾说："祖逖之人的确可敬，祖逖之势也令人可畏，但臣料祖逖的北伐不会持久下去。"

石勒点头说："是啊，司马睿和王导之辈偏安一隅，一心满足于经营建康，不想收复北方，祖逖眼下的军队、粮饷，几乎都是他率民众自食其力发展起来的，如果司马睿全力支持祖逖北伐，谁胜谁败尚不得而知啊！"

张宾笑道:"正因为司马睿不支持祖逖北伐,所以臣断定祖逖北伐不过是逞一时之威,支撑不了几年。但眼下之势我们不能小看,并要认真应对才是。"

石勒说:"爱卿说说你的意见吧。"

张宾说:"应对祖逖要先稳住前赵,绝不能形成祖逖与前赵两路夹击我们的局面。臣料刘曜眼下不会这么快便与我们刀兵相见,但又不能不防。因为祖逖其人深谙谋略,且不可能不知道我们与刘曜之间不痛快的事情,如果祖逖从中行离间之道,也不排除我们被南北两路人马夹击的可能性。因此,臣的意见大王还是暂时行一下韬晦之计,给刘曜上个表,向他报告一下大王称王的情况,继续向刘曜称臣。只要我们躬身于刘曜,便一切都说得通。稳住刘曜后,我们便可专心致志地对付祖逖。应对的具体想法,臣认为可分为两步:首先是做好防御,绝不能让祖逖过河。其次是大军驻扎河岸,有机会便进攻,收复河南失地。如时机不成熟,便可据河之险与祖逖相持下去,等待破敌的机会。"

石勒高兴地说:"好,就依爱卿之言,立即以本王的名义给刘曜上表,稳住前赵。同时,由石虎爱卿率五万大军驻守河水北岸,防止祖逖渡河进入河北,并在相持之中伺机进攻。以本王名义给刘曜的上表,还是由孟孙亲自捉刀吧。"张宾、石虎各自领命。

且说刘曜继承刘汉政权建立前赵后,一方面以自己的儿子刘胤为大司马、大单于,设置单于台于渭城,即今陕西咸阳,自左、右贤王以下官员皆用少数民族豪酋充当。另一方面,又大体沿用魏晋实行的九品官人法,设立学校,肯定士族特权,与汉族的豪门望族相勾结,以维护其统治。此外,刘曜还仿效刘渊、刘聪徙民于都城地区的办法,将被征服的各族人民大量徙置长安一带,以便直接控制,使前赵政权得以巩固。只是刘曜杀了石勒的左长史王脩后,又得知石勒派人杀了舍人曹平乐并夷其三族,心里有些不痛快,一直在恨石勒。

这日,刘曜正与儿子刘胤在宫里闲议石勒称赵王及采取的国策时,侍臣来报,说赵王石勒遣使臣上表问安,并送上襄国方物若干,以表示对皇帝的敬意。刘曜听了,脸上浮现出一丝笑容,并让侍臣将石勒的表呈上来。刘曜看时,只见表中写道:

臣勒言：勒本布衣，更为奴隶。赤桥兵败，投于光文先帝。光文帝不以臣卑鄙，封臣以辅汉将军并平晋王，委以大任，征于赵、魏，臣由是尽展反司马氏门阀罪恶之能，拯天下苍生于水火之中矣。后昭武先帝信赖依旧，直许臣自行征讨及分封列侯，且临终托以辅政之任。臣由是感激涕零，不知作何报答。今陛下进封臣为赵王，许臣二十四郡之地以封国，臣更是感激陛下之信任，无所为措。臣诛舍人曹平乐，实为自清门户，与陛下无关，望陛下莫以此举为忌。臣当一以贯之，报三世皇恩于当世。临表衷言，不知所云。

刘曜看后，将表递给刘胤说："我儿看看，朕以为石勒还是蛮诚恳的。"

刘胤看了一遍说："儿臣认为石勒的确很诚恳，且此人十几年来一贯忠君报国，不计私利，父皇也莫将他杀舍人之事太当回事了。"

刘曜点了点头说："也许是朕想多啦。我儿告诉石勒的使臣，就说朕看了他的表后，颇感欣慰。"刘胤应诺。

且说石勒听使臣报告说，前赵皇帝刘曜看到石勒的表后，颇感欣慰，自己也感到很放心。于是他和张宾继续关注祖逖北伐情况，想尽快收复河南州郡，扩大疆域。

且说祖逖自遭受浚仪之败后，与众子弟坐下来认真进行了反思和商议，最后祖逖与众子弟一致认为，之所以败于后赵，是因为北伐军的实力还很单薄，不仅人马少，粮饷不足，而且人心不齐，河南还有许多人虽然表面上归附了祖逖，但实际上依然倾向后赵，并为石勒暗暗谋事做事。于是，祖逖下决心要做好两件事，一是大力积谷练兵。生产更多的粮食、马匹、辎重，保证粮草供应，同时吸引更多的人参加北伐军，以期在兵力数量上胜过后赵军。还要大举练兵，选拔武艺高强之人出任战将。二是收拢人心。重点是对那些已接受后赵官职的人，采取最大的容忍态度，将他们拉到北伐军一边，使他们为北伐军效力。

计议已定，祖逖和他的子弟们便立即猫下腰来，深入到民众中去，亲自与军民一道种地植桑，以期生产更多的粮草和布帛。为了在百姓中树立良好的声誉和威望，提高号召力、感召力，祖逖与军士们和百姓们同吃同住同劳作，处处严格要求自己和子弟们，不许搞特殊化，不许任何个人占有田产。在劳作中，时已年过五旬的祖逖专门挑重活去干，挑担砍柴、拉车扛袋，哪里有重活，他就出现在哪里。白天劳作，晚上他走门串户，慰问军民，访贫问苦，与民众唠家常，帮助人们排忧解难，还不断地与百姓们结朋交友。得知军民们在种粮植桑、喂牛养马上有了成就，祖逖都要亲自登门，向他们问候，予以奖励。很快，祖逖便在民众中树立起了更高的威望，他走到哪里，哪里都是一片赞扬声、欢呼声。

在发展生产的同时，祖逖积极去争取那些已经接受石勒大军官职、向往游牧人政权的人。祖逖通过与这些人交朋友，很快搞清了黄河两岸接受后赵官职、向往游牧人政权人的底数，祖逖与他们推心置腹，首先表示同情他们，理解他们，并允许他们表面上继续担任后赵任命的官职，还不时地派出巡逻军士到这些人家或村屯去假装搜查，制造他们并未归附东晋的假象，给潜留在那里的后赵人看。通过这种途径，祖逖不但笼络了这些两面人的人心，还时常从这些人的嘴中得知后赵的各种情况，以便随时采取措施。

祖逖见他的北伐军队伍日益在扩大，便大举练兵。他遍访武艺高强之人，让他们充当训练军士的武师，并给这些武师以将军、都尉之职，还予以粮钱的厚厚赏赐。一时间，北伐军到处都在比武，个个跃跃欲试，要献身疆场，收复北方失地。

这日，祖逖举行万人酒会，大会河南父老。酒会在黄河南岸不远的两个村庄中间举行。参加酒会的父老乡亲足有上万人，他们席地而坐，一面大口喝着祖逖让军士们自行酿制的甜酒，吞食着大块牛羊肉，一面一遍一遍高呼着祖逖的名字，许多人激动得热泪盈眶。祖逖端着个大泥碗，不停地给人们敬酒，鼓励人们为收复北方被游牧人占领的地盘而奋斗。有个九十多岁的老人对祖逖说："大人，壮士：你让我们丰衣足食，又要收复河北，真是功德无量啊，我老头子没有别的用处，我给大人表演个壮行舞吧。"说罢，便跳起了壮行舞。许多后生和壮年人看了，纷纷站起身来和老人一道跳了起来。那些端肉倒酒的女人们见了，纷纷唱起了河南民歌。几个后生当即自编歌词，唱起了赞颂祖逖和他的将士们的功绩的小调。祖逖大喜，他和将士们也走进乡亲们歌舞的队伍中，一边欢跳着，一边不时地高喊着"万众一心，收复河北"等口号。

祖逖在河南进行的卓有成效的积谷练兵和收拢人心以及江南军民的高昂热情，早已传至石勒及其众臣的耳中。石勒对张宾说："看来祖逖的确是个人才呀，比他那个同被共寝、闻鸡起舞的朋友刘琨强多了，在朝廷并不太支持的情况下，竟能将江南民众发动到这个程度。本王认为，祖逖那点兵将不可怕，司马睿的新晋朝廷也不可怕，但江南民众北伐的热情如此之高，俺们不能视之不理呀！"

张宾说："祖逖的确是个国之栋梁，可惜新晋皇朝不把他当回事。臣意我赵国眼下可与祖逖将关系缓和下来，使双方处于相持状态，以待时机成熟后再与其一争高下。"

石勒点头说："好，只要能与祖逖相持一个阶段，不怕俺找不到破敌之策。只是眼下与祖逖缓和关系从何做起为好？"

张宾笑道："臣已想到三件事，我们可逐一做起。臣料三事俱起，必会止祖逖北伐军于河南，使敌我双方于相持之中。"

石勒大喜道："爱卿真乃诸葛再生，快说说俺应做哪三件事。"

张宾说："其一，给祖逖写一封不软不硬的信，使其不敢贸然进攻河北。其二，虽然祖逖在河南极得人心，但几年来一直有人不断地投附大王，因为许多人早已对司马氏政权失去信心。如再有人投附于我时，可择其适中者送还于他，祖逖必受感化，进而与我缓和关系。其三，还有一件更能感动祖逖之事。祖逖乃幽州范阳世家大族子弟，其先祖的茔墓都在范阳。大王如能给祖氏先祖修一下茔墓，祖逖能不感动吗？"

石勒高兴地说："爱卿这三件事太好了，给祖逖写信和为其祖修茔墓，现在便开始做。只是给他写信时，还可以提出双方互通使者，设榷互市。"

张宾笑道："算是英雄所见略同，大王听听臣给祖逖写的这封信可否？"

石勒也笑道："爱卿神算，早已想到了这些事情。既如此，俺就不听了。立即派人前往河南，给祖逖送信。同时，让前去之人告诉祖逖，就说俺已下令，立即给他的先祖修茔。"

张宾正要转身去派遣送信之人，石勒的侍臣前来报告，说祖逖的牙将叛归襄国，正在殿外候命。张宾笑道："如今可三事俱起啦！"

欲知后事，且看下回分解。

## 第三十五回 石季龙大战段文鸯
## 后赵王尽取徐宛州

却说石勒见祖逖在河南经营了几年后，不仅在积谷练兵方面取得很大成绩，使渡河北伐具备了更充足的条件，而且尽揽人心，在河南民众中积聚了极旺的人气，其势已盛不可挡，便和张宾商议，准备与祖逖缓和关系，使双方处于一种谁也不侵犯谁的相持状态，以待时机成熟时再决高下。为了实现这样一种状态，张宾向石勒提出可做三件事，其一是给祖逖写封信，使祖逖不敢贸然进攻河北；其二是可将经常来投附襄国的河南叛逃人员送还祖逖，感化祖逖之心；其三是修建祖逖在幽州范阳先祖的茔墓。石勒听了，甚是高兴，一一称好，并对给祖逖的信提出了内容上的意见。谁知张宾早已将信写好，并且已经写明了石勒建议的内容。石勒大喜，当即让张宾遣人给祖逖送信，并要告诉祖逖，幽州祖氏先祖的茔墓也开始修建。

正在此时，侍臣来报，说祖逖的牙将前来归降，正在殿外候命。张宾笑着说，这下可以三件事同时做了。

石勒听后对张宾说："爱卿稍等，你俺一起去看看这位来降的牙将，如没有特殊情况，遣返来降人员便从此人开始。"张宾听了，便与石勒一同出殿而来。

经那归降的牙将自我介绍，石勒、张宾见那牙将并无特殊之处，于是，石勒下令将那牙将斩首，让送信之人连同牙将首级一同送与祖逖。

且说祖逖经过几年经营，虽然在北伐的各方面条件取得良好进展，但在实际举兵北伐上却十分慎重。他反复派细作潜至河北，认真观察后赵军的驻防情况,与子弟们仔细斟酌着渡河进军事宜。经过分析研究,祖逖认为石勒及其后赵,是一支深得各族人民包括江河一带人民拥护和爱戴的力量,且作为新生政权,正以崭新的面貌在向前发展。况石勒十数万大军兵精粮足,战将林立,是难以征服的劲旅。因此,祖逖也在寻找着进攻的时机,等待着适宜用兵的机会。

这日,祖逖正在与子弟们商议军机,有人报告说后赵王石勒遣使臣前来送信,并献来叛逃牙将的首级。祖逖一听,连忙传令道:"快快有请!"

待祖逖一眼看到不久前叛逃的牙将首级时,不禁仰天叹道:"石勒,你果然是个英雄,竟能做出如此喧人的举动啊!"祖逖传令,将牙将首级悬挂军帐外示众,以惩戒那些敢于叛逃之人。

传令之后,祖逖接过信使呈上的信件,但他却先不看信件,而是先向那信使问话。石勒使臣极有礼貌和教养,逢问必答,且对答如流,并告诉祖逖,赵王石勒敬佩祖逖爱国爱民情结,并说赵王在爱民上与祖逖一般无二。祖逖听到这里,低头不语。使臣又娓娓道来,向祖逖述说了石勒下令修建幽州祖氏先祖茔墓之事。祖逖听了,再次默默不语。过了一会儿,祖逖让一位子弟引着石勒使臣去歇息,听候他的音讯。

赵国使臣走后,祖逖展开石勒写来的信件看时,只见信中写道:

晋奋威将军并豫州刺史祖士稚台鉴:

将军威名,遍传江河,渡江击楫,流芳不绝。然将军蓄势伐俺,非适宜也!将军北伐,亦为民乎?勒虽羯族,然兴兵反晋,实为反门阀而济民矣。将军为民,勒亦为民,是故将军伐俺非适宜也。今将军虽势连江河,不可一世,然俺据襄国,深孚民愿,众志成城,不逊河左之势也!据河相峙,空耗民力,恐非将军本意也。诚宜互遣使者,设榷互市,互通有无,同富彼岸。诚如是,则不枉将军与勒为民之愿也。勒己之言,既顺天意,亦合民意,望将军三思而裁之。

祖逖看完石勒写来的这封信,手捋胡须暗忖道:早就听说石勒其人一向痛恨门阀世族，倾心天下百姓，因此得到民众拥护，看来此言不谬啊！他为民，我祖逖亦为民，将两个为民的团伙搅战在一起，都是炎黄子孙，不知是对还是错呀，也不知是功还是过呀！想到这些，祖逖感到迷惘了。

一直苦苦思索了一夜，祖逖决定，暂时放下北伐的想法，响应石勒的倡议，与石勒互通使者，相互共市，让黄河两岸的百姓过上更为安定幸福的日子。主意已定，祖逖让子弟告诉石勒使臣，自即日起，北伐军亦不接纳后赵叛将，禁止边界上的抄略，互通使者，设榷互市。石勒使臣得到回应后，渡河回襄国去了。

石勒得到祖逖的回应后，立即派出使者前往祖逖军营，商议彼此互市事宜。自此，两军之间和黄河两岸的人民，从对峙相持转为互市友好，祖逖北伐就这样暂时搁置起来。

但好景不长，由于王敦发动叛乱，石勒与祖逖创造的两岸和平友好局面，第二年便终结了。

且说东晋朝廷建立之初，皇帝司马睿与王导、王敦兄弟情同连体，以至被形容为"王与马，共天下"。随着时间的推移，司马睿对王氏势力开始排挤，而引用刘隗、刁协等人为心腹。身为创业宰相的王导虽然看在眼里，但却心平气和，无动于衷，而王导的从兄王敦却心怀不平，既痛恨司马睿过河拆桥，更痛恨刘隗、刁协等人的争宠。王敦字处仲，是晋武帝司马炎的女婿，永嘉初任扬州刺史，两晋之际，镇压荆湘流民起义，官至镇东大将军、都督江扬六州诸军事。东晋初，拥重兵屯驻武昌。

王敦得知司马睿改用刘隗、刁协等人为心腹，排挤王氏势力，毅然决定发武昌之兵，东下进攻东晋国都建康。王敦无所顾忌，大造声势，水陆两路大军，摩拳擦掌，准备齐头并进，兵锋直指建康。

王敦东下进攻建康的情况，早已飞传到司马睿的耳中。司马睿连忙派戴渊为征西将军，出镇合肥，令刘隗为镇北将军，出镇泗口，来防备和牵制王敦。

且说戴渊就任征西将军后，立即传令祖逖，让祖逖及其北伐军听从自己的节制和调遣，不准祖逖自行其是，也不准北伐军越河进攻后赵。看到东晋朝廷内讧和大规模内战的阴云，祖逖愤怒难按，不久便忧愤成疾，病倒在榻。但他仍撑着病身子继续经营虎牢，修筑城垒，最后终于遗恨地死于雍丘，即今河南省杞县，时年五十六岁。祖逖的北伐未得成功。

且说石勒与张宾见祖逖忧愤而死，东晋国内内乱硝烟弥漫，在遣使吊唁了祖逖后，立即让石虎率五万大军越过黄河，展开进攻。很快，兖州、豫州等河南大片土地又回到了后赵手中。

尽取河南之地后，石勒与张宾商议，要继续扩大疆土，清除异己，而首当其冲的便是继续征讨幽州刺史段匹磾，清除黄河以北的晋朝势力。

原来石勒与祖逖互通使者和设榷互市后，鉴于黄河两岸关系融洽，石勒立即派石虎率大军腾出手来征讨幽州刺史段匹磾和冀州刺史邵续。此时，段氏鲜卑的头号首领辽西公、大单于段疾陆眷已去世。段匹磾的三弟，段氏家族中武艺最为高强的战将段文鸯，还在奉段匹磾之命，率兵屯驻，掣肘着石勒。石虎率三万大军直插幽州鲜卑军大营，段匹磾身边无大将，很快被石虎战败。段匹磾无奈，率军逃往冀州，投奔邵续。石虎见状，遂率大军进攻冀州。冀州刺史邵续不敌石虎，被石虎活捉，段匹磾见状，遂率自己的鲜卑军逃往冀州乐陵国国城厌次（即今山东省阳信县东南），与驻扎在那里的弟弟、战将段文鸯会合。石虎见段匹磾逃走，便押着邵续回到襄国，石勒亲自为其松绑，以礼相待，并任邵续为从事中郎。

由于已与段氏鲜卑有过接战，因此石勒与张宾商议要继续征讨幽州刺史段匹磾。众将得知要征剿段匹磾，都纷纷要求率军前往。张宾对石勒说："臣闻段氏鲜卑中，段文鸯与段末波武艺高强，非一般战将能及。段末波在数年前与大王结为兄弟并已归降于我，只剩下段文鸯啦，如将此人降伏，段氏鲜卑不足虑也。"石勒说："那就将俺大军中武艺最为高强者派去，力争将段文鸯擒获。"张宾说："我大军武艺最为高强者为两人，一为石虎，二为孔苌，臣意将二人一同派出，以确保擒获段文鸯。"石勒点头。

当下石虎、孔苌领命后，率五万大军一路东进，向厌次进发。路上，石虎对孔苌说："当年王浚派都护王昌率五万鲜卑大军讨伐俺襄国，将军与段末波交战时，感觉他的武艺如何？"

孔苌说："段末波的确武艺高强，如不是用绊马索将他擒获，末将恐怕难以制服于他。"

石虎说："听说段文鸯的武艺比段末波还胜一等，但俺不信俺赢不了他。到了厌次后，就由俺好好会会段文鸯，将军没有意见吧？"

孔苌说："单于元辅武艺高强，英雄盖世，但与段文鸯交手，还需多加仔细。"

石虎说："俺倒是想看看那段文鸯有多大本事。"

且说段匹䃅被石虎打败后，奔逃于乐陵国与弟弟段文鸯会合。兄弟二人都知道早晚还有与石勒大军的最后一次较量，因此这一年来加紧练兵，时刻防备石勒大军来犯。这日，段匹䃅正与段文鸯在厌次城查看城防情况，军士来报，说石勒大军五万人马，正浩浩荡荡向厌次城杀来。段文鸯问道："率军将领是谁？"那军士说："听说是石虎和孔苌二人双双率军前来。"

段文鸯对段匹䃅说："看来要有一场恶斗啦。"

段匹䃅当下传令，将鲜卑大军集合于厌次城西，等待后赵大军的到来。

鲜卑大军出城列阵迎战的消息，早已传到石虎和孔苌的耳中。石虎与孔苌商议，大军在距鲜卑军十里之外扎营，并派出军士前往鲜卑军营向段匹䃅送信，约定明日两军在双方大营中间的开阔地带决战。

第二天，两军如期在开阔带摆开战场。双方各自三通鼓罢，石虎、孔苌和段匹䃅、段文鸯分别来到两军阵前。

石虎首先拍马出阵，他用手中的长矛指着段匹䃅说："段匹䃅，去年让你跑了，今日你再也无路可逃了。俺家赵王本不想征讨鲜卑军，但鲜卑军抱住腐朽的晋朝大腿不放，影响俺赵王统一北方，无奈让俺和孔苌将军再次前来征讨于你。识时务者立即归附于俺，什么刺史、将军随你挑选，如不识时务不要怪俺大军无情。"

段匹䃅扬着手中的鞭子指着石虎说："石虎，你别说好听的，虽然鲜卑人和羯人都是少数民族，但你羯人却比我鲜卑人会说多了。你们到什么时候便会说什么话，当初想让我除掉刘琨时，石勒和他那个军师张宾说得天花乱坠，今日石虎阁下欲征服我们，又说了这么多好听的。让我说，只是一句话，你如果阵前赢了我们，我们就归附于你。"

石虎听了，扬起手中长矛说："好，那咱们今日就一决高下，你们谁来与俺见个高低？"

只见鲜卑军中的战将段文鸯拍马来到石虎面前说:"石虎,你别逞能,今日俺段文鸯就与你大战三百回合,看看谁输谁赢!"说罢,挺长矛直向石虎刺来。石虎挺矛接战,二人战在一起。

石虎乃石勒大军中最为勇猛的战将,段文鸯也是段氏鲜卑军中武艺最高的战将,二人都使一柄又粗又长的窄叶铁矛,二人又都体长力大,势能扛鼎。由于二人力大艺精,马快矛快,所以两军军士一边看一边喝彩。二人战至一百回合,不分胜败。

石虎在马上大声说道:"段文鸯将军,刚才可是你说的要与俺大战三百回合,怎么样,累了就歇息一会儿,然后再战!"

段文鸯也大声说道:"石虎,就是大战八百回合,本将军照样可以奉陪!"

说罢,二人各自重新抖擞精神,一连又大战了一百回合,还是不分胜败。

段匹䃅担心再战下去弟弟吃亏,便在阵前高声叫道:"石虎听着,不是我弟战不过你,而是我不想让你二人太累,因此我们今日到此收兵,明日再战。"叫罢,段匹䃅让军士们鸣金收兵,石虎、段文鸯各自收住手中大矛,返回本阵。然后两军各自收兵。

第二天,石虎和段文鸯在两军阵前再战,又战了二百回合,依然不分胜负。

第三天,石虎和段文鸯再战,但战至一百回合时,段匹䃅下令鸣金收兵,说是明日再战。

赵军收兵回营后,孔苌对石虎说:"单于元辅不觉得今日段匹䃅有些异常吗?"

石虎说:"是有点异样,怎么刚战至一百回合,便收兵回去了呢?"

孔苌说:"末将觉得,段匹䃅似乎有何盘算,是否会今夜来劫我营寨?"

石虎点头说:"极有可能。不过也好,将军让军士们做好准备,如果段氏兄弟今夜真敢前来劫寨,你俺就杀他个大败亏输,将段氏兄弟生擒。"

孔苌说:"好,末将去认真布置一番,届时让他们有来无回。单于元辅好好歇息一番，夜间再逞神威。"

石虎说："一定！"

且说段匹䃅鸣金收兵回营后，段文鸯说："兄长缘何提前鸣金收兵？"

段匹䃅说："我观那石虎，简直就是一只猛虎，如此与他战下去，一旦失手，如之奈何！不如今夜我们前去劫其营寨，打他个措手不及，说不定能生擒石虎，煞煞他的威风！"

段文鸯想了想说："也好，小弟这就去布置。"

当夜，段匹䃅、段文鸯带着五千精兵，悄悄绕道来到赵军营寨，看看赵军营寨没有什么异样，段文鸯一马当先，冲入赵军营寨，段匹䃅也紧随其后，与军士们驰马冲进赵军营寨。

可当段文鸯冲进赵营时，却见营寨空无一人。段文鸯大惊，连忙拨马后撤，可就在此时，只见赵军从营寨两边一齐杀出，为首两员大将，一齐杀至段文鸯马前，段文鸯看时，正是石虎和孔苌二人。石虎对孔苌喊道："孔苌将军，还是俺来对付段文鸯，你去找段匹䃅，今夜让他们谁也别走掉！"孔苌听了，说了一声"遵令！"便拍马向后面驰去了。

这里，石虎在火光下依然与段文鸯大战。但此时的段文鸯感到与白天两军阵前交战明显不一样了，除了与石虎大战外，段文鸯感到自己已被赵军团团围住，还需不停地拨防赵军军士们不停砍刺而来的刀剑。但段文鸯毫无畏惧，不停地砍杀，期望突围出去。终于，段文鸯的战马由于过于劳累，倒地而死，段文鸯被掀于马下。但段文鸯立即站起来，挺长矛步战突围。由于他手中那杆长矛已被赵军将矛柄砍烂，段文鸯的长矛被折成两段。直至此时，段文鸯才被赵军擒住。但段文鸯依然不屈服。

此时，段匹䃅早已被孔苌生擒。孔苌还向鲜卑军喊话，让他们回营以后休要惊慌，待天亮后赵军自会前去经管他们。

第二天，孔苌前往鲜卑军大营向军士们训话，并劝他们归降赵军。鲜卑军见首领都已被擒获，都纷纷归降赵军。

石虎和孔苌留下一部分赵军在乐陵照看鲜卑军，并妥善安排了他们的生计，然后押着段氏兄弟返回襄国。段氏鲜卑势力自此不复存在。

回到襄国后，石勒释段匹䃅为冠军将军。段文鸯由于依然不屈不服，且叫骂不停,被斩于襄国。自此,石勒占有冀、幽、并三州。

将幽、冀、并三州全部占有后,石勒与众臣一面加强对三州的经营,一面又在考虑着占领新的地盘。大年过后,石勒命石虎率四万大军进攻泰山太守徐龛。泰山郡是兖州最东部的一个郡,北与青州济南郡相邻,东为徐州的东莞、琅邪二郡。石虎率四万大军攻克泰山郡后,继续向西横扫济北国、东平国,晋兖州刺史郗鉴见后赵大军步步紧逼,自己在兖州城廪丘再也难以安身,只好退至合肥。于是,徐州、兖州诸郡国,也被后赵国尽皆占领。

石勒连占幽、冀、并及徐、兖五州的全部郡国,举国更加欢腾,全军士气更盛。石勒正准备让石虎乘胜前进,再拿下青州诸郡国时,右司马程遐泪眼汪汪地来向石勒报告,说右长史、大执法张宾已病入膏肓。石勒听了,连忙向大执法府衙跑去。

欲知后事,且看下回分解。

## 第三十六回　刘刺史妙语救降卒
　　　　　　　石都尉勇力取四郡

　　却说自王敦开始在东晋国内策动叛乱，祖逖北伐愿望破灭后，后赵国石勒与张宾不停地派遣将士出征，占领地盘，在两年内将幽州、冀州、并州、兖州、徐州所辖的所有郡国悉数占领。正当石勒准备抓住时机，让石虎再率军攻取青州时，左司马程遐来报，说右长史、大执法张宾已病入膏肓。石勒听了，连忙向大执法府衙跑去。

　　原来张宾自出任右长史以来，深感石勒的知遇之恩和委以重任，且为石勒之为民情结所感动。自此，他便将诸葛亮的"鞠躬尽瘁，死而后已"作为自己的座右铭，每日都是早起晚睡，甚至日夜操劳。有时在灯下批阅书文，困得实在支撑不了，便伏案打个盹，然后用水洗上一把脸，继续批阅。当感到需要让石勒知道或掌握的内容时，他都一一批画清楚，及时交代给侍臣或读书匠，最为重要的内容，由他亲自向石勒报告或朗读。除军机文书，外交文书，府中朝中诸官写上来的每份文书，张宾都要亲自审看，批注自己的意见，有时还要召见诸官，当面与他们商议或指点。除大量的文牍处理外，张宾每日都要与数量众多的朝官和州郡官员谈话，听取他们的报告和意见、建议。由于张宾谦虚谨慎，礼贤下士，所以不管朝官还是外官，有事都愿意找他述说，这更使张宾的忙碌程度大大增强，经常顾不上吃饭。石勒称王正式建国后，张宾出任大执法，位居僚首，宠冠当朝，但他依然勤政清廉，每日更加操劳不止。朝廷建立各部、司以后，需选用大量官员，而官员们来自方方面面，且羯人、匈奴人、汉人、鲜卑人，什么人都有。为了人尽其才，量才使用，将刚刚建立起来的新兴王朝建设好，张宾呕心沥血，逐个阅读每个官员的档案资料，了解他们的专长，将他们逐一安排到合适的位置上。此外，为了能体现石勒为民造福、为民立国的旨意，张宾严格治吏。在选定官员后，完善规矩，严格要求。史书评价他说"肃清百僚，屏绝私昵，入则格言，出则归美"。

张宾虽为百官之首，但为官清廉，任人唯贤，从不自满，深受石勒和群臣的敬重。石勒为表示对张宾的尊重，每次上朝，亲自为他整理衣冠，与张宾说话时，毕恭毕敬，不是称右侯，便是称爱卿，很少叫名字。石勒的敬重，使张宾越发不停地敬业和忙碌。终于，张宾积劳成疾，病倒在榻。石勒得知张宾病倒后，曾一连数日守候在他的榻前，张宾诚惶诚恐，硬是爬起来跪倒在石勒面前，不让石勒再来看望自己，以免误了军国大事。谁知石勒几天没见到张宾，张宾已病入膏肓。

当下石勒大步跑向张宾的府邸，见到已骨瘦如柴的张宾时，石勒泪如雨下，他轻轻握着张宾干瘦的手，唏嘘地说："右侯硬是让国事累坏了身体。"

张宾见石勒再次前来，并如此动情，亦流泪缓缓地说："臣这一生能辅佐一位为民请命的君王，真是臣的荣幸啊！大王要保护好自己的龙体，开创出一个为苍生谋幸福的世道，臣在九泉之下也会放声大笑啊！"

石勒说："右侯不在，俺做什么都无信心啦。"

张宾听了，一阵急促的咳嗽，然后泪水再次流了出来，他有气无力地说："大王起用徐光吧，他会为大王继续出谋划策的。"

石勒亲手为张宾擦拭泪水，可石勒看时，张宾已逝去。

石勒痛哭不止，直至众臣闻讯纷纷赶来相劝时，石勒才在侍臣的搀扶下回到宫中。

石勒下旨，追封张宾为散骑常侍，右光禄大夫，仪同三司，配享丞相同等待遇，葬于今河北省南和县张相村东。

张宾下葬这一天，石勒再次痛哭，左右群臣无不哀恸，哭声哀回大地，悲烈长空。石勒亲自在正阳门送别张宾的灵柩，看着长长的送葬队伍和缓缓离去的张宾灵柩，石勒一边痛哭一边说："上天这是不让俺成就大业呀，为何要这么早夺走俺的右侯啊！"左右之人听了，再次跪在地上放声大哭。直到张宾灵柩已远去多时，石勒才怅然回宫。

一连数月，石勒一直沉浸在张宾病逝的悲痛中，有时想起事来，想要找人商议，便又会勾起张宾病逝的伤心，禁不住伤心落泪。这日，程遐劝道："大王不能再这样下去了，还是尽快打起精神，有多少大事等待大王去决定啊！"

石勒说："没有了右侯，谁能像右侯那样去为俺出谋划策呀！"说着，眼眶又湿润了。

程遐说："右侯临终时向大王推荐了徐光，大王就尽快起用他吧。"

石勒叹了口气，然后说："爱卿去把徐光从囚室中放出来，然后让他来见俺。"程遐领命去了。

石勒认识徐光，而且是在张宾病逝前不久下令将他及妻子儿女一道囚禁起来的。原来，徐光是记室参军，有一天夜，石勒微服出行，去察看官员有无妨民扰民之举，并检查诸营守卫情况。在出城门时，由于守门人员不放行，石勒便拿出金帛贿赂于他，请求他放行。永昌门守令王假得知情况后，不但不予放行，还要拘捕石勒治罪，直到石勒的侍卫闻讯赶来时，王假和守门军士才得知真相，并向石勒跪地请罪。石勒非但不怪罪王假，反而第二天一早便传令召见王假和记室参军徐光。王假应召及时面见石勒，而徐光却因昨晚醉酒而没有及时面见石勒。于是，石勒赐王假为关内侯、振忠都尉，将徐光贬为牙门，替换王假。徐光被贬为牙门后，见到石勒满脸怒气，连话也不和石勒说，甚至仰视不见，旁若无人。石勒发怒，将徐光及妻子儿女一起关进囚室。

徐光，字季武，顿丘人，石勒称赵王后，任记室参军，与宗历、傅畅等人一道编撰过《上党国记》和《大将军起居注》。徐光为人正直，富有谋略，胆气超人。当下石勒见到徐光后，便与他畅谈起对前赵的看法及东晋眼下之局势，徐光侃侃而谈，逢事便有自己的看法。石勒甚是高兴，第二天，便任徐光为参军，自此，徐光继张宾之后，成为石勒的主要谋士。

由于时间的推移，加之又找到了替代张宾的助手，石勒的情绪渐渐好起来。这日，石勒与徐光商议，让石虎率四万人马，前往广固，即今山东省益都县西北，征讨正在那里兴建新城的青州刺史曹嶷。石虎领命后，率四万大军一路东进，很快到达青州地界。

且说曹嶷乃石勒当年降伏王浚任命的乌桓名将薄盛后，任命的汉属青州刺史。曹嶷是当年王弥手下的将领,后来归附石勒。曹嶷任青州刺史后,倡导建立广固城,将青州、齐郡、临淄县三级治地纳入城中,此时的青州州城,也从临淄迁至广固。广固城及后来的东阳城、南阳城,后来成为山东东部的政治中心、军事重镇和经济商埠。曹嶷任青州刺史后,渐渐有些疏远石勒,甚至显得越来越独立起来,因此石勒从建立后赵辽阔统一的疆域着眼,才让石虎率大军征讨曹嶷。

曹嶷驻守青州十几年来,将主要精力用在了建新城上面,对军事建设并未太用心,因此石虎大军一到,曹嶷的属下、东莱太守刘巴、长广太守吕披相继投降赵军。东莱郡和长广郡是青州东部环海的两个大郡。两郡一失,青州的半边天便不在了。因此,曹嶷无奈,只好乖乖地向石虎投降。曹嶷投降,原本就已归附石勒的青州各郡国,立即尽归后赵,青州又成了石勒后赵的属地。

青州各郡国归附后赵后,石虎派人将曹嶷押赴襄国,石勒下令将曹嶷斩首,然后派刘徵为青州刺史。

且说刘徵接到石勒任自己为青州刺史的王命后,立即星夜驰往广固,来拜见后赵大军主帅石虎。石虎在与刘徵做过交接后,提出要将曹嶷的降卒三万人活埋,刘徵连忙说:"赵王和大帅要下官来当这个刺史,不就是要下官在这里好好治理教化人民,让他们都做我赵国顺民吗,今大帅都把人杀光了,还要下官这个刺史有什么用呢!下官还是跟大帅再回襄国吧!"说着,便起身要走,石虎一看,连忙说:"好,好,听你的,不杀啦,人都留给你治理去吧。"于是,刘徵认真治理,很快将青州治理得井井有条,成为后赵重要的一方疆土。

却说东晋镇东大将军,都督江、扬、荆、交、广等六州诸军事的王敦,拥重兵屯驻武昌,准备水陆两路大军齐头并进,进攻晋朝国都建康。东晋皇帝司马睿得知情况后,立即任戴渊为征西将军、刘隗为镇北将军,各率上万人马分驻于合肥、泗口,来牵制防备王敦。但王敦根本不屑一顾,在永昌元年初,以诛刘隗为名,自武昌起兵,兵锋直指建康。同时,王敦约镇南大将军甘卓、宣城内史沈充起兵配合。

王敦叛逆的消息传至建康后,朝野议论纷纷,莫衷一是。司马睿大怒,召还戴渊、刘隗护卫都城。刘隗、刁协主张尽诛王氏,但司马睿不许。王导诚惶诚恐，每天早晨率领宗族二十余人到台城待罪，但心里却默许王敦之举。大多数士族官僚因征发奴客以充兵吏等"刻碎之政"损害了自身利益，故反对刘隗、刁协，同情王导，对王敦进逼建康持观望态度。不久，司马睿以王导为前锋大都督，派王廙去劝王敦罢兵，王敦不听，留下王廙不许回都城。于是，司马睿开始令刁协率中军，令刘隗守金城，征虏将军周札守石头城，又派太子右卫率周莚统兵讨伐沈充。王敦军至石头城，周札开门接纳。戴渊、刘隗、刁协、周凯等领兵反攻，都被王敦打得大败。司马睿见败局已定，给刁协、刘隗人马，让他们各自避难，刁协逃至江乘被杀，刘隗北奔襄国石勒。

王敦控制了建康后，杀死戴渊、周凯，又秘密杀死了甘卓。甘卓字季思，丹杨即今安徽当涂人，是秦国丞相甘茂之后，三国东吴大将甘宁之孙。王敦作乱时，他一度起兵响应，但很快又转过来讨伐王敦，王敦击败朝廷军并执掌朝政后，甘卓选择退回驻地襄阳，但终究没有逃脱王敦的黑手。

面对王敦叛乱已经得逞的现状，司马睿无奈，授予王敦丞相、都督中外诸军事、录尚书事、江牧，封武昌郡公。此时，王敦早有篡夺司马氏政权之意，但即便是赞同王敦举兵的士族官僚如谢鲲、王峤、温峤及王敦的从弟王彬等人，也都反对王敦篡夺东晋政权。王敦见状，只得暂时返回武昌，徐图再举，但设丞相留府于建康。

此时，王敦虽然从建康撤走了，但整个朝政大权都被王氏抓在手中。司马睿自此变成傀儡，但又无力削弱王氏势力，只能忧郁愤怒，不久便死去。

司马睿死后，太子司马绍继位。司马绍是司马睿长子，少年聪慧，雅好文章，礼贤下士，在朝中素有威望，又富有才干。当初据石头城时，便遭王敦忌恨，欲以不孝为借口废司马绍为庶人，但因百官抗拒，尤其是温峤全力争辩，王敦废太子的图谋才未得逞。如今司马绍由太子即皇帝位后，立即下决心要讨伐王敦。即位不久，司马绍亲自到于湖，即今安徽当涂县南，侦察王敦营垒，然后进行周密布置：以王导为大都督，领扬州刺史；温峤为都督东安北部诸军事，与右将军卞敦守石头；应詹为护军将军，都督前锋及朱雀桥南诸军事；郗鉴行卫将军，都督从驾诸军事；庾亮领左卫将军，卞壶行中军将军。又征召兖州刺史刘遐、临淮太守苏峻、徐州刺史王邃、豫州刺史祖约等人入卫都城。布置完毕，司马绍便拟一举置王敦于死地。

正在此时，司徒王导听说王敦病危，便率子弟发哀，众人以为王敦一定是死了，于是斗志更加旺盛。尚书省也转发诏书至王敦军府，历数王敦之罪。王敦见了诏书非常生气，但因病重已不能亲自领兵，便以王含为元帅，令钱凤、邓岳、周抚等率众进攻建康。王含领命后，率水陆大军五万人，进至秦淮河南岸。温峤根据司马绍的旨意，立即退屯淮河北岸，烧朱雀桥阻断敌军前进道路。司马绍亲选壮士千人，由将军段秀带领，乘夜渡河，大破叛军。王敦听到战败的消息后，又急又气，忧愤而死。这时，沈充带领万人与王含会合，而刘遐、苏峻带领的援军也到达建康。刘遐、苏峻的精兵万人从南塘出击，大破沈充、钱凤军，仅落水而死者便超过三千人。接着，刘遐又在青溪大败沈充。王含见状，烧营夜遁。司马绍挥军乘胜追击，沈充、钱凤皆被追杀，王含父子逃奔荆州，荆州刺史王舒将王含父子沉于江底。至此，王敦之乱被彻底平息。

但平息王敦之乱不久，司马绍便病死，年幼的司马衍继位，是为晋成帝，东晋进入庾亮、王导、陶侃三人内部争斗的更为残酷、更为混乱的时期。这里按下不提。

且说徐光被石勒任为参军后，不仅对各州郡诸军事都用心研究，而且对后赵日益扩大的疆域也在细心地关注和谋划着。这日，他对石勒说："大王对天下的疆土持何想法，或说作为赵王，大王想将王土扩至何方？"

石勒笑道："当然是统一华夏大地，将前赵、新晋及周边少数民族尽皆纳入统一版图。"

徐光说："大王其志胜过秦皇汉武，臣认为大王如此征战下去，用不了二十年，前赵、新晋尽可纳入大王理想的版图。但臣以为大王统一华夏的理想需分步实施，以便步步为营，逐步实现。"

石勒说："如何分步实施，爱卿说说你的详细想法。"

徐光说："第一步，将前赵攻灭。第二步，将新晋的势力从淮水以北统统驱走，形成我与新晋划淮而治的格局。第三步，将新晋攻灭，同时彻底征服周边少数民族。"

石勒点头说:"爱卿说的这三步很好,但眼下淮水以北除前赵还占据西部外,俺后赵几乎已将其他地盘尽揽囊中。"

徐光说:"臣认真盘点淮水以北各州郡的情况后,见东部徐州治下还有数郡不在我后赵地盘内,宜应将此揽入囊中。"

石勒说:"不错,这一带还有下邳、彭城、东莞、东海等郡国不在俺占据的地盘之中。因这几个郡国南面的临淮、广陵二郡国紧靠江水,而过江便是新晋都城建康,本王原想待与前赵有个了结后,再进攻此地不迟。"

徐光说:"臣认为还是在与前赵了结前,将淮水以北四郡即下邳、彭城、东莞、东海攻克为好,因为眼下新晋司马衍小皇帝刚登基,王导、庾亮、陶侃等士族正在加紧争斗,此时我大军出手,新晋恐怕谁也不会、也不敢与我大军争锋。"

石勒听后点头说:"好,爱卿言之有理,那就攻下这几个郡国后,再与前赵较量。"

于是,石勒再命石虎率大军南下攻占四郡。但石虎进宫领命时,后面还跟着个英武威猛的年轻将领。原来这个年轻将领叫石瞻。石瞻原名叫冉良,滑州内黄人。冉良自幼习武,力大艺精,勇而无惧,十一岁时便作为乞活军陈午的部将率军作战,使石勒大军数名将军败于他的手下,石勒在阵前观阵时曾大惊,赞其勇健可嘉。后来,冉良被石勒大军用计擒获,石勒命石虎将其收为养子,并亲自将其改名石瞻。石瞻听说石勒又让养父石虎出战,便要代父出征,石虎拗不过他,又怕石勒不准,便将他一同带至石勒面前,请石勒裁定。

石勒听了父子二人的述说后,高兴地说:"好哇,让俺们年轻的小虎再次抖抖威风,夺下这淮北四郡。"于是,石瞻作为将兵都尉,率三万大军,直奔淮北四郡而去。

欲知后事,且看下回分解。

## 第三十七回 互攻杀二赵开战局 决胜负两军战石梁

却说年轻的勇将石瞻经过争取后,得到了赵王石勒的批准,代替养父石虎挂帅出征,去征讨徐州淮河以北的四郡。石瞻归降石勒后,每天除读经学史外,便一直继续习武,还经常与养父石虎切磋较量,多年来武艺又有很大长进。但归降石勒后,石瞻多年来一直未出征,此次不仅出征,而且是挂帅,因此石瞻心情舒畅,建功心切。将士们见主帅意气风发,精神抖擞,也都士气高昂,信心大增。大军很快便进入徐州地界。

石瞻首先从豫州进入下邳。下邳国治所下邳城在今江苏省睢宁县西北。石瞻率大军自泗水南岸渡河后,便兵临下邳城下。下邳国内史听说当年的少年将军来犯,连忙派遣将军夏光率军出城迎战。

石瞻见下邳军出城迎战,便将三万大军列好阵势,在阵前等候交战。不一会儿,只见下邳军阵一员战将来到面前。石瞻看时,见那将膀大腰阔,胯下银鬃马,手使青龙刀,威风凛凛。来将正是下邳守将夏光。夏光看石瞻时,见石瞻身高臂长,胯下枣红马,手使一对立瓜状铜锤,亦威风凛凛,势不可挡。二人互通姓名后,便各自催动战马,刀锤并举,战在一起。

夏光曾听说石瞻十一岁时与羯军大战,且勇不可当的事,因此两人一交手时,便十分谨慎攻防,但哪知石瞻一上来便一锤接一锤进攻,夏光只扮得了一个防守者,毫无进攻的机会。不一会儿,夏光便浑身是汗,抵敌不住了。但此时石瞻的双锤舞得更快,夏光只听得两耳呼呼作响,双眼也缭乱似迷。他刚要转身逃走时,被石瞻一锤砸在后背上。夏光哇地喷出一口鲜血,坠马而死。下邳军见了,纷纷跪在地上求饶。一边观阵的下邳内史见状,不知逃向何方去了。

石瞻将下邳军收降，派人接管下邳国，然后率大军进攻彭城。彭城即今江苏省徐州市，彭城国内史听说石瞻如此了得，传令紧闭城门，坚守不出，但石瞻挥大军攻城，仅用一天便将彭城攻破，斩彭城内史，彭城国也被赵军占据。

攻占彭城后，石瞻稍事休整，然后挥大军北上，进攻东海郡。东海郡治所郯县，即今山东省郯城县北。郯县城守将为兄弟二人，哥哥叫魏龙，弟弟叫魏虎，都有万夫不当之勇。兄弟二人听说石瞻快到郯县，便率军出城，要会会石瞻。两军列好阵后，魏龙出阵叫战，石瞻拍马舞锤，与魏龙战在一起。魏龙手使一条青龙铁棍，虽力大棍重，但棍法却不精。两人战至三十回合，石瞻一只锤将魏龙的棍磕开，另一只锤回手只一下，将魏龙砸于马下，登时毙命。魏虎见哥哥惨死，大叫一声，拍马舞大刀杀向石瞻。石瞻回马便走，魏虎见石瞻逃走，拼命拍马来追，却冷不防石瞻将一只大锤甩向魏虎，魏虎毫无防备，被石瞻的大锤重重砸在头上，脑浆迸流，死于非命。东海军士们见了顺风而降，东海郡亦被石瞻占领。

东莞郡治所在今山东省沂水县北，靠近兖州泰山郡和青州广固城，郡守见兖州和青州都已归属后赵，又见石瞻如此勇猛，因此不等石瞻大军攻城，便派人前往石瞻军营宣布投降。石瞻安排好守城军士后，又派人与周边已占据的郡国联络，以便联手驻防，然后率大军班师返回襄国。

且说参军徐光见石瞻已顺利攻占淮水北部四郡，淮水以北诸郡国已完全连成一体，全部纳入后赵版图，便向石勒说："如今我大军已尽取淮北四郡，东部疆域基本形成与新晋划淮而治的格局，臣认为现在已到了与前赵决一雌雄的时候啦。"

石勒召集众臣商议徐光提出的与前赵决战事宜。众臣因多年来朝中有足智多谋的右侯张宾献策，长此以往已形成依赖的习惯，因此对时局都缺乏真知灼见，议了许久，也没议出石勒满意的结果。石勒见此情况，将众臣训斥了一番后，对徐光说："还是参军说说想法吧。"

徐光说："臣以为现在已经到了与前赵决一雌雄的时候啦，而且臣建议尽快开战，越晚于我军越不利。臣之如此说，是考虑到了以下诸种情况：其一，我大军近年来东征西讨，连连得胜，不仅将河水以北的幽、冀、并诸州纳入我赵之版图,而且已将兖、豫、青、徐、司诸州基本纳入我版图,在东线形成了与新晋划淮而治的格局,淮水西线,只剩下前赵这块骨头待啃啦。从军势上看,宜应乘胜作战,将前赵吞并。其二,新晋皇朝自王敦之乱以来,举国满目疮痍,元气大伤,虽然王敦之乱已结束,但由于皇帝年幼,而大臣又形成王导、庾亮、陶侃等人之间的争斗,很难形成对我大军的有力攻击。因为臣估计我大军进攻前赵时,前赵很可能会联合新晋一起抵御于我。趁新晋暂时形不成对我大军的有力攻击,无疑是我大军征讨前赵的最好时机。如果再等几年,新晋进攻能力增强了,策应前赵的力量大了,我大军征讨前赵的胜算无疑会降低。其三,刘曜建立前赵后,正在源源不断将氐、羌等少数民族徙置长安一带,以便扩大其兵源,如果再拖上几年,前赵的兵力会更多,我军征讨起来也会难度更大。因此,臣认为应尽快征讨前赵。"

石勒说:"徐光爱卿说的这三个方面,是个大局,综合起来就是一句话,即时不我待,应尽快将征讨前赵提上日程。本王认为徐光爱卿分析得甚是有理,可谓真知灼见。本王意见,立即按徐光爱卿意见实施,发起对前赵的攻击。诸位爱卿有何意见?"

众臣听了徐光的分析,又见石勒下了决心,便一致表示赞成石勒意见。

石勒又说:"本王之意,俺大军立即进入征讨前赵的准备,先让司州刺史石生率其本部人马出击一次附近前赵的河南郡或河东郡,试试前赵的攻击力,众卿以为如何?"

徐光说:"如此最好,这样一方面看看前赵的反应,一方面我大军相应做好应对的各种准备。"

其他众臣都表示赞成。石勒对徐光说:"爱卿立即派人前往洛阳,通知石生,让他率军对前赵发起进攻。"徐光领命。

且说石勒称王建立后赵之后,由于后赵相继占据了黄河以北的幽、冀、并诸州及司州的一大部分,因此,此时两赵的疆域界限已推至新安、渑池一线,洛阳已成为后赵司州刺史府所在地。由于此时的司州西面是前赵,向南二百里便是东晋,因此石勒派石生出任司州刺史,镇守洛阳,石生武艺高强,忠心耿耿,对石勒为民立国的大业殚精竭虑。

石生接到石勒进攻前赵的命令后,立即与别驾、将军、都尉、长史等属僚,商议进攻前赵的具体方案。众人商定,进攻的目标为前赵河南郡。此时，西晋司州时的河南郡，其大部分面积已成为后赵的地盘，仍为河南郡建制，而前赵的河南郡仅剩下函谷关以西很少一部分。当下石生亲自挂帅，与一位将军和一位都尉，率领五千人马，出了函谷关，直向新安杀去。前赵河南郡太守尹平因驻守边境，每日都让军士们注视后赵的动向，防止后赵军的突袭，但怎奈后赵五千人马突然杀来，还是闹了个措手不及，郡治很快被后赵军攻破。尹平企图逃走，早被石生一刀斩于马下。前赵军士见群龙无首，纷纷缴械投降。石生好言相劝，将他们收留，并将郡治附近的军民共五千多户，以及牲畜、粮食尽皆掠走。回到洛阳后，石生派出快骑，前往襄国向石勒报信。

且说前赵河南郡被后赵攻掠，太守尹平被斩的消息，很快报至长安。前赵皇帝刘曜得知情况后，不禁大怒，他立即将自己超过十岁的儿子们叫来，又找来太傅领司空呼延晏，商议对策。刘曜说："石生掠我河南郡，杀太守尹平之事，你等都知道了，你等都说说，看我们如何应对？"

太子刘熙说："儿臣也是刚刚听到这个消息，依儿臣之见，一定是石勒那边又闹灾吃不上饭了，所以过来抢我们，干脆我们也派兵过去抢他们。"

刘熙是刘曜建立前赵称帝后封的太子。当初刘曜的前妻元悼皇后所生的儿子刘胤，曾作为世子，但因刘熙是刘曜称帝后册封的皇后羊献容所生，因此刘曜称帝后便以刘熙为太子。刘曜当年围困洛阳并迫使晋怀帝司马炽投降后，便将司马衷的皇后羊献容揽为己有。此时的羊皇后已年过三十，但依然美丽无比，刘曜那时为中山王，娶羊皇后之后，便将其立为中山王妃，称帝后又立为皇后。羊献容给晋惠帝司马衷当皇后的时候，只为司马衷生了一个女儿，给刘曜当皇后之后，一连给刘曜生了三个儿子，这便是太子刘熙，长乐王刘袭，太原王刘闡。刘曜除这三个儿子外，还有六个儿子，也都予以封王。

太子刘熙此时只有十二三岁，因此说出来的话也只是孩子的所想，但长刘熙七八岁的永安王刘胤听了却冷笑地说："太子阁下，不是石勒闹灾抢我们，而是石勒翅膀硬了，要来吞并我们啦！"

因为羊皇后三年前已去世，刘曜很是悲痛，对羊皇后所生的三个儿子也格外心疼，尤其是对太子刘熙，处处予以呵护。听了刘胤的话后，刘曜连忙说："太子和南阳王说得都有道理，我们就不去管他了，还是说说我们如何应对石勒吧。"说完,他朝老将呼延晏微笑着示意了一下,意思是让呼延晏说说意见。

呼延晏对刘曜、刘熙、刘胤分别点了点头,然后说:"臣认为,石生掠我河南郡,杀尹平太守,不是偶然事件。近闻石勒已将幽、冀、并、兖、豫、青、徐及司州的一部分,都已划进他后赵的版图。臣推想,一定是石勒认为他后赵的疆土基本已定,要与陛下作最后较量啦。"

刘曜说:"老爱卿是说,当年的楚汉之争又来啦?"

呼延晏说:"臣听说石勒大军将淮水以北的郡县都已征讨并占据完毕,想必是要与东晋划淮而治,如果真如此,我赵国岂不是成了石勒的障碍了吗?因此,一定是石勒开始动手了。陛下应及早应对,以免让石勒占了便宜。"

刘曜听了,深深地点了点头说:"老爱卿说得有理,前几年石勒与东晋祖逖相争时,还给朕写信,又是称臣又是问安,这几年将祖逖耗死了,又把淮水以北数州都占据了,看来是以为他称王称霸的时候到了,因此要与我争雄。老爱卿快说说你的意见,我们如何应对?"

呼延晏说:"石勒既然已起与陛下争雄较量之心,那就是到了你死我活的时候啦。陛下应尽快调兵遣将,亲自安抚军士,唤起将士们的士气和征战的信心,以便与石勒决一死战。除了充分调动我赵国自身的力量外,为了确保战胜石勒,臣的意见,我们还要联合东晋,一起对付石勒。"

刘曜点头说:"好,老爱卿的意见甚好,我们除了倾我举国之力与石勒决一死战外,的确应联合东晋一起对付石勒。现在回头看,前几年石勒在与祖逖对峙时,给朕写信问安,其目就是要稳住我们,不致我们出兵与东晋一起对付于他。如果那时我们与祖逖联手,说不定会灭亡石勒。因此,这次我们一定将东晋拉上,置石勒于死地。"刘曜说完,看着几个儿子又说:"你们觉得父皇和呼延老爱卿说得这些意见如何?"刘胤、刘熙等人听了,都一齐点头。

刘曜又说:"永安王派人前往东晋,去联系联合东晋一起出兵对付石勒,如何?"

刘胤听了连忙说:"儿臣立即安排。"

刘曜对呼延晏说:"好,那我们就一面等待着东晋出兵的消息,一面抓紧练兵备战，待东晋出兵情况有消息后，便大举讨伐石勒。"呼延晏领命。

且说东晋王敦之乱后，明帝司马绍病死，年幼的成帝司马衍继位，朝政由王导、庾亮、陶侃三人把持。王导、庾亮、陶侃三人不停地争斗，争夺执政地位。此时，王导由于王敦之乱的影响及庾亮的强势，在三人之中，由庾亮执政，王导暂屈之后。前赵使臣到了建康后，被领至庾亮面前，庾亮听了前赵使臣的述说并看了盖有玉玺的国书后，当即派人前往南阳，让东晋司州刺史李矩、颍川太守郭默率所部军士，与前赵军士一道，进攻后赵。前赵使臣与东晋使臣约好相互联系的地点后，便离开建康回长安去了。

其实，西晋时设置的司州，此时已被前赵和后赵两个政权瓜分并占据，东晋已不再拥有司州的地盘和实际管辖权，颍川郡的地盘也被后赵占据。但此时东晋依旧对已不存在的司州任命官员，而被任命的官员只好另找治所。东晋司州刺史和颍川太守的治所便成了流动之所，此时恰好一齐流动到南阳郡。李矩和郭默二人接到朝廷的命令后，立即整肃自己的兵马，做好出征准备，然后派人前往双方约好的地点，通知前赵，准备大军直扑洛阳。

前赵皇帝刘曜得到东晋出兵的通知后，立即决定派广平王刘岳率一万五千人马，镇东将军呼延谟率荆州、司州两万人马，然后自率两万人马，从东、西、北三个方向合围洛阳。

与东晋李矩、郭默再次相商后，刘岳和呼延谟作为北路，李矩、郭默率领的东晋兵作为南路，刘曜率领的两万人马作为西路，双方约定，届时一齐向洛阳发起进攻。

且说后赵司州刺史石生攻杀了前赵河南太守尹平后，便一直注视着前赵的动向，并不停地与襄国传递着情况，对前赵与东晋之间的联络也大致掌握着。石勒根据掌握的前赵情况，早已派出了石虎率领的四万人马，驻守在成皋，等待着与前赵和东晋军的较量。这日，石虎得到报告，说前赵广平王刘岳和镇东将军呼延谟率三万人马直向孟津驰去，要从北路进攻洛阳。石虎又让探马打探了前赵皇帝刘曜的西路军情况及东晋南路军的情况后，率四万大军出了成皋城，向孟津杀去。此时刘岳和呼延谟尚未到达孟津，因此石虎大军见前赵军还在驰奔状态，便越过孟津向西迎去，两军遂于洛西相遇并混战起来。

石虎见自己大军的人数多于前赵军，不禁心中高兴，传令将士们勇敢拼杀，争取尽快结束交战，以免敌方其他两路大军前来策应。但就在后赵军即将取得胜利的时候，刘曜率大军赶到并立即投入战斗。石虎见自己已处于劣势，生怕东晋的南路军再赶来增援，便连忙传令东撤。于是后赵军边战边向东撤去，刘曜、刘岳、呼延谟率大军紧紧追赶，直待石生率军出洛阳驰援时，刘曜、刘岳、呼延谟才收兵。这一仗，石虎由胜转败，军士死伤一万多人。

前赵军取得首战胜利，刘曜任刘岳为侍中、都督中外诸军事，进封中山王，厚赏呼延谟及众将士。东晋军李矩、郭默虽未接战，但起到了壮威及牵制敌军作用，刘曜传令前赵军对东晋军予以犒军，并将暂时所占洛西地盘让出一块作为东晋军的屯军之地。刘曜传令，让各路军尽快休整，以备大战再起时再次取胜。

且说石虎在洛西被战败后，被后赵司州刺史石生迎进洛阳。石虎在洛阳住了一夜后，立即率所部人马出洛阳城，再次退入成皋关屯驻，以便在那里重新整肃和集结力量，与前赵军和晋军再次较量。

石勒在襄国日夜注视着石虎与前赵和东晋联军交战情况。得知石虎洛西失利后，立即派余光率十数位将军及两万精兵驰援石虎。徐光到达成皋关后，与石虎及众将商议，决定采取诱敌上钩的办法，对前赵和东晋联军来一次突袭，重创敌军。徐光在几位将军的陪护下，亲自选了一个突袭敌军的地方。徐光对石虎说："在下选定了一个好地方，这次一定与刘曜在这里一决胜负！"

石虎说："军师选了个什么地方，这么有把握取胜刘曜？"

徐光笑道："石梁，这是个绝好的突袭之地，只要将敌军引入此地，定会大胜刘曜。"

石虎也笑道："好，这次就看军师的啦！"

欲知后事，且看下回分解。

## 第三十八回　重教育石勒办小学　选人才后赵兴考试

却说石虎率领的后赵军在与前赵军于洛西激战后，由于前赵军由少变多，使后赵军遭到失败。石勒得知情况后，立即让参军徐光率十几位将军及两万精兵赶到成皋增援石虎。徐光到达成皋后，与石虎和众将商议，拟采取诱敌上钩的办法来突袭敌军。为了有利实施突袭，徐光特意选了一个有利地势，即石梁。当徐光向石虎说选了一个绝好的突袭之地时，石虎也高兴地说，这次就看徐光的了。

原来石梁是一个堡坞名，地点在今河南省洛阳市东洛河之北。永嘉末年，西晋将军魏浚曾聚流民屯于此地。魏浚是晋朝将领，当时刘汉大军围困洛阳时，洛阳城物尽粮绝，魏浚率流民劫谷麦囤于石梁，然后献给晋怀帝，怀帝任他为扬威将军、平阳太守。刘汉攻陷洛阳后，魏浚在石梁驻兵，抚慰供养遗留的民众，第二年又暂任河南尹，后来被刘曜擒杀。石梁坞被魏浚率流民及军士经过整修后，形成了一个四面高中间低的好地形，是设伏突袭的好地方。徐光拟采取突袭的战法取胜敌军的想法得到石虎和众位将军的赞同后，徐光立即与众将排兵布阵及设定埋伏。徐光一个一个地为众将布置任务，然后将众位将军一一派出。最后，徐光对石虎说："正面与前来的敌军接战，还是由单于元辅亲自率大军承担，在下就无需赘述啦。"

石虎见徐光安排得井井有条，不禁高兴地说："本帅严格按军师的部署行事就是。"

且说刘曜与其臣将刘岳、呼延谟等人在洛西打败石虎后，刘岳与呼延谟率大军在洛西休整，等待着再次开战的机会。刘曜为了防止后赵军有可能的突袭，便率本部大军撤向函谷关以西，进入前赵地盘休整。

这日，刘岳的探马向他报告，说石虎大军正在入成皋关向洛阳方向移动，似乎是要偷袭洛西前赵大军。刘岳令探马继续再探后，便与呼延谟商议起了对策。刘岳说："洛西之战已过去了两个月，想必石虎又要寻衅挑战，我等如何应对？"

呼延谟说："末将以为，我军不要在此等待石勒军来攻，而是应前往迎击石勒军，以便使我军的攻防处于主动地位。"

刘岳说："将军之言正合我意，如此我大军今夜便可拔营前行，迎击石勒军。"

呼延谟说："如此甚好，只是应尽快派人出函谷关报告陛下，同时派人通知东晋军，以便让这两路大军从南北两个方向策应于我大军。"

刘岳说："好，本王现在便亲自派人出关报告陛下，同时通知李矩、郭默二人策应我大军的行动。"

当晚，刘岳、呼延谟率大军自洛西向东进军。第二天，探马来报，说石勒大军已到达洛阳东石梁一带，率军将领依然是石虎。刘岳展开地图看了看对呼延谟说："明天我大军全速前进，尽快形成对石梁的包围之势，待陛下和东晋两路大军已到，便发起对石虎的进攻，这次力争将石虎大军全歼于石梁。"

呼延谟说："如此甚好。"

于是，第三天刘岳和呼延谟率大军又行进了一天，终于到达石梁附近。刘岳下令大军在距石虎大军十里之外扎寨歇息，等待着刘曜和李矩两路大军的到来。

第二天一早，刘岳和呼延谟正要吃早饭，却听帐外传来喊杀声，刘岳和呼延谟连忙出帐观看，却见一支后赵人马，足有两千人，冲进刘岳大军营寨一顿乱砍乱刺，杀死数百军士，然后向石梁方向逃去。刘岳大怒，他坐在马上向军营大喊道："给我追，斩杀这股偷袭的襄国兵再吃早饭！"说完，一马当先，向后赵军追去。

待刘岳、呼延谟率大军追上那两千袭营的后赵军士时，已到了石梁之地。刘岳抬眼望去，见石虎与几位战将各持兵器坐在马上，等待着厮杀。

他们的后面，是黑压压的军士列成的方阵。刘岳大喝一声，持方天画戟直向石虎刺去，石虎用长矛拨开长戟，与刘岳战在一起。呼延谟及其他众将也跟随刘岳，杀入石虎军内。

两军混战了一会儿，刘岳见石虎大军渐渐抵敌不住。刘岳一见，大声喊道："将士们用力，全歼石勒大军便在今日！"喊声被传开后，前赵军更加勇猛，刘岳看时，后赵军越发被动起来。就在此时，刘岳见石虎也向后赵军喊道："撤，快向北撤！"喊声过后，后赵军边战边向北撤去。刘岳一看，又大喊道："追，一定追杀石虎！"于是，石虎率后赵军边战边撤，而刘岳则在后面紧紧追杀。

就在刘岳率军紧紧追赶之际，忽然在大军前进左侧一道石梁后面，涌出无数后赵的弓箭手，霎时，箭雨似蝗虫一般飞向刘岳军，刘岳、呼延谟都被流矢射中，当场被射死的前赵军士不计其数。箭雨刚停，又见石梁后面杀出无数后赵骑兵，当先一个胖大和尚，身穿皂色僧袍，胯下黑炭马，手使一条铁棍，大喝一声，一棍将已中流箭、正在马上捂着臂膀止血的呼延谟打落马下，一个后赵军赶上来再复一刀，将呼延谟砍死。在胖大和尚的率领下，从石梁后面冲出来的后赵军如砍瓜切菜，一会儿便将前赵军斩杀一片。

就在胖大和尚率先从石梁后面杀出时，石虎也率撤退的后赵军士返身杀了回来。此时，刘岳的大腿也被流箭射中，刘岳将箭杆拔出，但箭头还留在肉内，血流不止，疼痛难忍，石虎冲到刘岳面前，二人再次交战，但战了十几个回合，刘岳被石虎一矛戳于马下，后赵军士立即上前将刘岳用绳缚住并押走。

刘岳和呼延谟一死一被俘，被石虎和胖大和尚夹击在中间的前赵军，死伤情况更加惨不忍睹。双方又混战了一会儿，剩下的前赵军将士三千多人，全部被活捉。这些没吃早饭，又连续交战奔跑了一个多时辰的前赵将士们，一个个瘫软在地上，任凭后赵军士的驱赶。

押走被俘的前赵军后，石虎和胖大和尚相见，只见胖大和尚在马上双手合十道："僧将郭黑略参见元帅！"石虎也合起双手说："将军和尚，建立奇功，阿弥陀佛！"原来石勒最初的十八骑之一的郭黑略，自跟随高僧佛图澄修行并弘扬佛法后，一直潜身修行，并跟随师傅周游后赵相继占据的领地，兴修佛寺。但郭黑略还时刻关注着石勒与众将为百姓打天下的情况，听说已尽收淮水以北诸州郡，正与前赵做最后的较量，郭黑略便向师傅佛图澄告假，要求参战。佛图澄要求郭黑略不杀生，郭黑略满口答应。但郭黑略一上手，便将前赵大将呼延谟打死，还打死无数前赵军士。

且说刘曜在函谷关以西得到刘岳、呼延谟进军的通知后，立即率大军入关前往洛东南，驰援刘岳、呼延谟大军。但大军行至八特坂时，探马来报，说石虎部下将军石聪率后赵军一万，在此拦截。刘曜听了，冷笑道："无名鼠辈，又是区区一万人，不值朕亲自动手，谁与朕前往八特坂擒杀此人？"

部将刘黑说："臣愿往！"

刘曜当下任刘黑为前军先锋，率一万前赵军夺取八特坂，为大军开路。

原来八特坂是函谷关关前的天然屏障，今称八陉山，古称八特坂或八将山，是著名的古战场遗址。函谷关是东去洛阳，西达长安的咽喉，素有"天开函谷壮关中，万谷惊尘向北空"之说。函谷关始建于西周，是古代丝绸之路东起点的第一道门户。但建于西周时期的函谷关，在楚汉相争时被楚霸王项羽手下大将黥布烧毁，到了汉武帝时，一直驻守在函谷关外的楼船将军、河南宜阳人杨朴，因耻其为关外之民，便上书汉武帝，请求将关城向东迁移三百里并进行重建，而汉武帝恰好也想扩展关城范围，于是杨朴的建议得以实施。因此，函谷关有秦关和汉关之分。

当下刘黑率一万人马，直冲八特坂，将石聪打得大败而逃。刘曜哈哈大笑，遂率大军越过函谷关，向洛东南驰去。当晚，刘曜大军行至洛阳西南时，刘曜传令在此扎寨宿营，以期第二天策应刘岳和呼延谟，对石虎发起进攻。

可大军刚扎下营盘未吃晚饭时，只听北面和东面两个方向杀声震天，不一会儿便有无数后赵军从两个方向杀来。刘曜大惊，连忙招呼众将上马迎战。这时，后赵军在司州刺史石生的率领下，一万多人马从北面杀来，支屈六率一万多人马，则从东面杀来。刘曜一看，断定刘岳、呼延谟大军肯定已经遭袭，于是急令大军向函谷关方向退却。石生与支屈六两路大军合作一处，一直向西追杀着刘曜。刘曜率军边战边走，前锋大将刘黑等人拼命护卫着刘曜，夺路而逃。

待刘曜率军退至函谷关时，此时天已渐明，石生和支屈六大军也渐渐被甩到了后面。刘曜与将士们此时都已饥困交加，刘曜下令埋锅造饭，先让军士们充饥。可因为大军被追杀，军中所带粮食都散落途中，刘曜见状，只得让军士们杀马煮肉充饥。可刚将数十匹战马杀死，东北方向又传来喊杀声。刘曜大惊，只得让将士们再次迎战。刘曜刚上马，只见石虎部将石聪跃马持刀来到刘曜面前，大喊道："刘曜，你自以为得意，却都被我家军师徐光妙计敲定，如今你的战将刘岳、呼延谟全军覆没，你又饥困交加，还不下马受降？"

刘曜大怒，挺长矛直向石聪刺来，但他不敢恋战，一边战一边率众向函谷关退却，石聪则率军在后面紧紧追杀。待刘曜过了函谷关时，回身望了望身后的将士，还不到一万人。刘曜让剩下的残兵败将在临近后赵的边境上驻扎歇息，让当地郡守前来慰军，并派出探马前往后赵境内打探刘岳、呼延谟及东晋军的详细情况。

且说东晋司州刺史李矩和颍川太守郭默二人得到刘岳合兵围攻石虎的通知后，立即率所部大军前往洛东，可走出没多远，便从东西两面杀出两路伏兵，东路由石勒十八骑勇将刘征率五千精兵杀出，西路由石虎养子兼战将石瞻率三千骑兵杀出。面对两路如狼似虎的后赵军，李矩、郭默率东晋军拼命抵抗，但很快败下阵来。李矩和郭默见大势已去，双双伏马狂奔，逃进东晋地界后，然后回建康向朝廷服罪去了。李矩、郭默逃走后，李矩部下的将士还有两千多人，在长史崔宣带领下全部投降了后赵。

石虎、徐光收拢各路大军，庆贺石梁之战的胜利，在洛阳城住了几天后，率大军押着刘岳及其部将王腾等八十多位将领，还有氐、羌三千余人，返回襄国。

且说刘曜在函谷关外得知刘岳、呼延谟及李矩、郭默等各路军的情况后，当即气倒在地上，众将将其扶起后，刘曜恨恨地说："石勒，你这个奴隶出身的枭雄，可恨当初在一起时，朕没亲手杀了你！"说完，躺在病榻上数日不醒。直到醒来时，才下令返回长安。

经过石梁之败后，刘曜及其前赵已元气大伤，但刘曜根本不认输，他要厉兵秣马，最后与石勒再决雌雄。暂时搁下不提。

且说石勒称王建制后，便开始将自己的主要精力放到了治理国家及为百姓谋利益上。在与前赵开战期间,他便一边关注着两国交战的情况,一边深入州郡民间和官府,详细了解和体察民情民意,倾听百姓的呼声。一连三个月,石勒走遍了冀州的各郡县。每到一地,他首先进入田间地头,一边察看庄稼的长势情况,一边与农夫攀谈,问寒问暖,了解官府对农桑的关心情况和农民对官府的要求。看完田间地头,石勒再进村屯,察看各家各户的房屋和豢养家畜情况,问他们的税赋重不重,村屯里有无识字之人,大人小孩都愿不愿意上学识字,想不想当官为百姓办事。等等。

一开始,由于石勒只带着记室参军王波等三四个官员,且赶到哪里都是乘坐一辆普通马车,加之石勒不穿官服,更没有一点儿赵王的样子,也不允许州郡官员陪同,甚至不与州郡官员打招呼,因此百姓谁也不知道与他们坐在一起攀谈说笑的竟是威名赫赫的赵王石勒。一直到石勒走过三四个郡国后,由于官府的传播,百姓才知道赵王石勒在民间微服私访。待石勒到达其他郡县后,已经走过的郡县百姓竟不远数十里甚至上百里,追到石勒给他磕头。

走过田间地头和百姓家后,石勒召集郡县太守和县令,与他们坐在一起,听他们劝课农桑情况和治理江河、发展商贸及发展教育等情况和意见、建议,并让随行的臣僚逐条记录下来。

回到襄国后,石勒召集众臣议事。他亲自向臣子们通报微服私访的情况,并让随行臣子将百姓和郡县所提意见、建议,一条一条地念给众臣听,之后,再让众臣发表如何对待及解决这些问题的意见,并且耐心地倾听着。

听完众臣的意见,石勒说:"眼下俺赵国新建不久,且与前赵的争战还在继续着。由于多年的战乱,冀州百姓刚刚从水深火热之中走出来,无论是郡治还是县治,都是百废待兴,百事待举,要让百姓过上不愁吃、不愁穿、安定无虞的幸福日子,还有许许多多事情需要做。郡县有郡县要做的事情,州刺史也有要做的事情,但眼下最主要的,还是俺王朝的朝廷怎样做。经过冀州这三个月的一行,俺想眼下俺王朝应尽快做两件事,或者说在诸多事情中王朝先做两件事。其一,是尽快办学,包括小学和大学。要让百姓的孩子们更多地走进校门,读书识字,接受教育,以便为国家培养更多的人才,也使百姓更多地知义、知礼、知耻。其二,实行试经制,或者说实行考试制。在冀州诸郡县微服私访的这几个月中，俺经常都在思考着一个问题，这便是俺新建赵国的人才如何选拔问题。就是日后经过小学、大学培养出来的才子多了，因为人的先天差异和后天差异都很大，也不可能一个样，更不可能都去做官讲学。所谓学而优则仕，但这个优如何评定呢，俺想大概只有经过试经制，再配以选举，才能将真正德才兼优的人才选拔出来。有关选举制度及管领选举事宜，在俺称赵王立制时，便已明确。当时确定的是以右侯张宾爱卿管领选举事宜，以张班为左执法郎，孟卓为右执法郎，典定士族，协助张宾爱卿负责选举事宜。可惜张宾爱卿走得太早啦！"石勒说到这里，止不住眼睛又湿润起来。众臣知道，张宾虽然已逝去三四年了，但每当石勒想起或提到张宾时，总是泪眼汪汪。徐光见状，连忙递上一杯水，以期分散一下石勒的心情。

石勒端起水杯喝了一口说："张宾爱卿病逝后，俺又明确程遐爱卿管领选举事宜，程爱卿要继续管领选举事宜，并从实行试经制开始抓起，将试经与选举紧密结为连体。"程遐连忙领命。

石勒又说："关于办学事宜，烦请徐光爱卿与相关人员认真思考与策划一下，提出个办学的想法，然后俺等再商议一次，之后开始组织实施。"徐光领命。

石勒继续说："王波爱卿是俺称赵王建制后，由牙门将任作记室参军的。俺在同王爱卿在冀州一同微服私访的三个月中，才知道王爱卿是个饱读诗书之人，且治学严谨，善于梳理。俺想请王爱卿考虑俺赵国日后开始设立秀才、孝廉选举官吏科目所需的经书，依据三教，典定九流，撰成经书，供秀才、孝廉试经之用。不知王爱卿可接受否？"

王波听了，连忙上前施礼说："微臣感激大王如此重视办学、试经及撰写经书等事宜，也感激大王相信微臣，给臣一个为国为民贡献自己所学的机会。臣一定完成大王交给的任务。"

石勒又说："俺个人还有个想法，想拜托王爱卿，不知可否？"

王波听了，连忙跪在地上说："大王真要折煞微臣，有何王令，微臣将不惜赴汤蹈火，一定完成！"

石勒双手扶起王波说："那就有劳爱卿啦！"

欲知后事，且看下回分解。

## 第三十九回 攻前赵石虎围蒲坂 敌后赵刘曜战高候

却说石勒经过三个月深入民间和官府体察民情民意，认定要富国富民就应先做两件事，一是尽快办学，二是实行考试制，更好地选拔人才。并要将考试制与先前已经明确的实行选举制结合起来。明确这两件事情后，石勒又请记室参军王波编撰九流经书，以备拟日后将要实行的秀才、孝廉等选举官吏科目所用，并问王波可否接受。王波是个读书人，他见赵王如此重视办学、考试等教育事宜，不禁极为高兴和感动，连忙愉快地将任务接受下来。这时，石勒又说他还有个个人想法，并说想拜托王波去做，王波听到这里，便有些受不了了，连忙当众跪在地上说，纵然赴汤蹈火也会完成。

石勒双手将王波扶起来说，那就有劳王波了。接着，石勒说："王爱卿为秀才、孝廉等官吏选举科目编撰经书，俺也想到了能否为俺学习汉族经史等文化，也编撰些经书。俺虽多年来一直在通过侍读郎不停地学习经史，但缺乏通盘考虑所学内容。但俺不要求王爱卿亲手去撰写，只要王爱卿将俺应学习掌握的经史文化，给俺列成一个目录就可以了。因为俺不识字，读书学习都需要侍读郎去为俺诵读，俺需要学习哪些经典，让侍读郎去按目录寻找就可以啦。"

王波听了，连忙说："臣一定认真将大王应掌握的经史好好列成目录，呈送给大王。"

石勒再次说："那就有劳王爱卿啦！"

按照石勒的布置和要求，王波与诸位记室官吏，在征求经学、律学、史学等诸位祭酒意见的基础上，日夜编纂和撰写，只用了半年时间，便将九流经书的书稿拿了出来。石勒用了整整三天时间，听王波等人介绍了一遍，然后又让经史祭酒把关审阅了一遍，最后让徐光、程遐二人审查定稿。之后，又请了上百人誊抄了数十部，供那些准备入选秀才、孝廉之人学习利用。

九流是指儒家、道家、墨家、法家、纵横家、阴阳家、名家、农家、杂家九家学问。三教（即儒、释、道）与九流，是中华民族传统文化的核心内容和主要基础，也是古代有学之士学习的主要内容和官吏必备的知识。后赵国典定九流后，立即引起了那些期望进身秀才、孝廉之人的关注和欢迎，人们纷纷传抄九流经书，一时襄国纸张供不应求。

孝廉为孝与廉之合称，孝指孝悌之人，廉指廉洁之士，自汉代起孝廉便被作为选取官吏的两种科目。

在九流经书典定不久，王波为石勒编纂的读书学习目录也拿了出来。王波向石勒报告了足足一个多时辰，石勒很是满意，在建议王波又作了适当补充后，随即叫来侍读匠，将读书学习的目录交给了他，让他从即日起，按照这个目录的内容，为石勒侍读。

按照石勒的要求，徐光负责筹划办学的想法，也很快得到了落实。石勒根据徐光等人提出的想法，召集众臣商议，做出了以下决定：一是在已经开办的学校基础上，再增加宣文小学、宣教小学、崇儒小学、崇训小学等十余所小学，其校址分别设置在尚在继续修建的襄国城的四门附近，同时从将佐豪右子弟中选定那些德才俱佳者，共百余人作为教师，同时配备打更及护卫人员，让适合就读的孩童都入校学习。二是拟定王旨，传令各州属郡国设立学官，每郡置博士祭酒二人和地方学校，至少招收弟子一百五十人，经三次试经后才能毕业，作为日后考取郡县官员的后备来源。有条件的郡国立即实行，暂时不具备条件的可经过几年准备后，逐步施行。三是在襄国和各州城恢复并设置大学。小学学业修成后，经三考过关的，一方面可考取秀才，同时可进入大学，成为大学生，大学生可直接考取孝廉。四是对学习成绩优秀者，实行奖励制度，或奖励布帛，或奖励银钱。奖励的钱物由王朝朝廷负责提供。

石勒办学的决定很快得到实施，襄国的十余所校舍很快修建起来，百余名教师也很快遴选出来,襄国城和周围无数的孩子们都来报名入学。开学的这一天,石勒亲临崇儒小学,与教师们一道,站在校门口欢迎孩子们入学。过了一段后,石勒又多次视察小学,对孩子们所学课程进行考问,还当场决定对数名学习好和教学好的师生予以布帛奖励。

在石勒的关心和督促下,选举制度也得以实施。随着小学、大学和随后又相继发展起来的太学日益提供的读书人越来越多,在考试基础上的选举也日益活跃,经考试和选举而产生的官员比例也越来越大。新兴的后赵王国,正朝着更兴旺发达的目标迈进。

石勒倡导的设立小学和考试制,是中国古代的发明事项。尽管小学在商周时就已存在,但那时的小学只是一种雏形小学,与正式小学相比极不完善。石勒倡导并兴办的小学,是完善规范的小学,中国历史上真正的小学在石勒兴盛教育时才得以正式确定。由于石勒的重视和推进,后赵到了石虎时期,还设置了大学、小学博士,并进一步设置了国子博士、助教,将小学、大学教育推到了更高水平。

试经制即考试制,是石勒的重要发明创造。正是实行了这样一种先进的制度,才使后赵人才辈出,以致在石虎日后的暴政下,依然能雄居中原二十年。

且说前赵经过石梁之败后,皇帝刘曜非但不认输,而且撑着病身子让将士们厉兵秣马,准备与石勒做最后的较量。经过两年,刘曜感到实力已经增强,石梁之败的阴影也渐渐淡化,便又跃跃欲试,与众将商议,准备与石勒开战。

消息早已传至襄国。这日,石勒正与徐光、程遐等人在宫中商议选举孝廉之事,石虎进宫向石勒报告,说细作得到消息,刘曜正在准备对洛阳和襄国发起攻击,建议石勒予以反击。

石勒听了,对徐光和程遐说:"战事紧迫,选举孝廉之事由程爱卿与众人继续商议,徐光爱卿与季龙等,一起与俺商议与前赵决战事宜。"程遐听后,带着几个臣僚起身离开,石勒便与徐光、石虎等人接着商议起与前赵的决战事宜。

石勒说:"刘曜准备了两年,看来这次要与俺们拼啦,两位爱卿说说,俺大军如何迎击刘曜。"

石虎说:"刘曜准备了两年,俺大军这两年也没闲着,前年,石瞻进攻了在郏地的河南太守王瞻。晋彭城内史刘续再次占据兰陵的石城,石瞻又攻取了石城。去年,俺率大军进攻了代王拓跋纥那,将拓跋纥那打败,使其迁都大宁。这些征战使俺大军不仅得到地盘,也使大军经过战阵的锻炼,因此俺大军现在如与刘曜对阵,一点儿也不会逊色于他。"

徐光说:"听说这两年刘曜下了点血本,不仅新增加了许多氐、羌骑兵,还训练了许多水师,以便与我军在水陆各种条件下决战,中山公莫要轻敌。"原来石虎因近些年战功卓著,又被石勒封为中山公。

石虎说:"非是俺轻敌,量那刘曜及他那些无能的战将能有多大本事,刘岳、呼延谟那样有点本事的战将都已死了,剩下老的老,小的小,数量再多又有何用!"

石勒说:"大敌当前,不能轻敌。"石虎听了,嘴不说了,但内心依旧。石勒见状,又说道:"俺等还是老主意,不要等刘曜来攻俺们,以免给俺治下百姓带来灾难,还是主动进攻前赵,两位爱卿看俺大军进攻他的何地为好?"

徐光说:"据臣所知,刘曜这两年一直将水陆两军训练的地点放在河东,看来是要以河东为据点,发动对我赵国的攻击。"

石勒说:"以河东为据点,进攻俺襄国和洛阳的确都是最佳地点。"

石虎说:"既然刘曜的进攻据点在河东,那俺大军就直指河东好啦。"

石勒说:"如能一举夺取前赵河东之地,控制两军战局之主动权便会牢牢操控在俺军手中。"

石虎一下站起来说:"大王下令吧,臣愿率大军直指河东,将河东之地纳入俺后赵版图。"

石勒看了看徐光说:"怎么样,徐爱卿,还是让石虎爱卿挂这个帅吧。"

徐光点头。

石勒说:"好,石虎爱卿带十位将军,率十万大军,三日后出发。"

石虎连忙说:"禀大王,臣率兵作战,喜欢兵少些但要勇猛,十万大军带起来太麻烦啦,依俺之见,有三四万人马足够啦,战将倒是可以多点，但有十位已经足够啦！"

石勒说："此次河东之战，预计会空前激烈，爱卿还是多带些兵好。"

石虎说："这些年臣攻取了多少地方，打过多少激烈之仗，所带人马最多也就是三四万人，大王给臣四万人马足矣！"

石勒见石虎如此说，便点点头说："既然爱卿如此说时，那就给你四万人马，不过要多多谨慎为要，千万莫要轻敌。"

石虎说："臣记住啦！"说完，出殿回本部兵营做出征准备去了。

第三天，石虎率十几位将军和四万人马，浩浩荡荡向南驰去。到了汲郡，转而向西，经轵关（即今河南济源西北）的太行八陉第一陉西进，并快速地包围了蒲坂。不几天，河东便有五十多个县响应石虎之命进攻蒲坂。

此时，经过多年征战和争夺，前赵的地盘已剩下不及后赵的五分之一，只剩下东自今河南渑池至西到甘肃省兰州市一个二百多公里宽的狭长地域，设并、幽、雍、秦、朔五州。河东之地为并州北部，蒲坂为并州州城（即今山西省永济市西），紧靠南流的黄河东岸。

且说石虎率大军一过轵关，前赵的探马便飞快将消息传往长安，几乎与石虎到达蒲坂的同时，刘曜便得知后赵大军进入前赵境内，随后又得知后赵大军围困了蒲坂，及河东五十县响应后赵进攻蒲坂情况。虽然刘曜已准备好要进攻后赵，但对后赵突然来攻还是准备不足。其中最让刘曜头疼和担心的，便是惧怕张骏和杨难敌趁机端了他的老巢。

原来张骏正是此时已建立政权的五胡十六国之一的前凉文王。张骏字公庭，乃前凉明王张寔之子，前凉成王张茂之侄。西晋灭亡的第二年，时为凉州刺史的张寔在姑臧（即今甘肃省武威市）建立前凉，张寔在位七年，后被部将刺杀。张寔死后，其弟张茂继位，是为前凉成王，成王不久死去，张骏便继位凉王，称凉州牧、西平公。刘曜使人拜张骏为凉州牧、凉王。张骏继位后，继续效忠晋室，同时积极对外扩张，控制从陇西到西域的广大地区，并在今吐鲁番建置高昌郡。

杨难敌是时为氐族人建立的仇池政权的首领。仇池是魏晋南北朝时期氐族建立的政权名称，因其立国之时政治中心在仇池山而得名。历史上的仇池国主要是指杨茂搜建立的前仇池国、杨定重建立的后仇池国。而杨氏后裔所建武都国、武兴国、阴平国，也被史学家认定是仇池国的延续。杨难敌是杨茂搜的长子，杨茂搜去世后，杨难敌与弟杨坚头分领部曲，杨难敌号左贤王，屯下辩（即今甘肃省成县西北），杨坚头号右贤王，屯河池（即今甘肃省成县东北）。刘曜即前赵皇帝后不几年，便率军进攻杨难敌，杨难敌战败，仇池诸氐、羌等都归降了刘曜，杨难敌向前赵称藩，刘曜以杨难敌为假黄钺，都督益、宁、南秦、凉、梁、巴六州及陇上、西域诸军事，任上大将军，益、宁、南秦之州牧、武都王。同年秦州刺史陈安自立为凉王，次年被前赵击败，陈安被杀，杨难敌怕刘曜再拿自己开刀，便与弟弟杨坚头南奔汉中，向成汉请降。前赵军撤退后，杨难敌回到仇池即下辩，据险自守，不再降服成汉。成汉见状，出动两路大军进兵讨伐杨难敌，但一路被杨难敌兄弟打败，另一路被阻撤兵。接着，杨难敌又乘胜从前赵手上收复了仇池失地。

正因为石虎进攻蒲坂时前凉和仇池两国恰处于兵盛时期，刘曜才惧怕两国国王张骏和杨难敌联手端了他的老巢。刘曜思索了许久，然后将族弟河间王刘述叫到身边说："朕想御驾亲征石虎，如果张骏和杨难敌乘机进犯，爱卿有无把握赢他们？"

刘述将胸脯一拍说："有！"

刘曜又说："西凉和仇池一个在北、一个在南，如果他们一同来犯，爱卿怎么办？"

刘述说："臣率大军屯于秦州上邽，镇住南边的杨难敌，北面的张骏自然不敢贸然行事。"

刘曜听刘述说出这样的话，似乎放心了。他对刘述说："爱卿尽快将能调动的氐、羌军士和百姓，都拉到上邽，人数越多越好，将张骏、杨难敌二人紧紧镇住，朕准备几天后，也将前往蒲坂御驾亲征。"刘述领命而去。

刘曜将刘述派往上邽镇守后，便一个人在屋里认真思考起迎击石虎的对策来，但想来想去，还是觉得想得不周全，于是只好让人将太子刘熙、儿子南阳王刘胤和老将呼延晏请来，与他们一同商议。刘曜对呼延晏和两个儿子说："朕已将河间王派往上邽，以监视和防备张骏、杨难敌在我大军离开长安后有可能对我们的袭击，但西边安稳住了，东边与石虎的对决朕还一直没想定,还请呼延老爱卿予以指点,太子和南阳王有什么好主意,也尽情说来。"

太子刘熙和南阳王刘胤想了一会儿,谁也没想出好主意,二人不由得都朝呼延晏看去。呼延晏说:"老臣这副身子骨越来越差,想事做事也越来越差啦,但老臣想,陛下这两年为了与石勒决一死战,不仅在骑兵步兵的训练上颇有成就,而且在水军训练上也颇有成就。河东之地水系发达,河流水泊多多,陛下还是多想想利用水战,来挫败石虎。"

刘曜听了,点了点头说:"老爱卿说得不差,朕原来就想,利用河水天险,将石勒逐渐赶到河水以北,我赵国占领河南,这才训练了这么多水师。河东之地紧靠河水,水系的确发达,这次我们好好利用这种水势,说不定真能让石虎吃个大败仗。"

刘胤听了也说:"当年赤壁大战,曹操手下的北方军士不谙水性,不就是让深谙水性的周瑜打败了吗,父皇如能利用水势,一定会打败石虎。"

刘曜说:"好,这次就让石勒大军好好吃吃水的苦头。"说完,竟得意地笑了起来。

刘曜让呼延晏和刘胤辅佐太子刘熙镇守都城长安,点起包括已在河东训练的水师共水陆大军五万人,浩浩荡荡向河东驰去。渡过渭水和洛水后,刘曜率大军在河西径直顺河北上,一直到达上郡郡治夏阳,才下令东渡黄河。渡过黄河后,刘曜将水师都督叫到帐中授以密计,然后下令陆军开往高候。

高候即今山西省运城安邑镇北。古安邑是座著名的历史古都,战国时魏国的国都便在安邑。这里地势平坦,河渠发达,湖泊众多。此时恰好是盛夏季节,雨水丰沛,河渠水满。

且说石虎率大军包围蒲坂后,前赵河东郡县纷纷归降后赵,石虎见到这种情势,自是高兴,便不急于进攻蒲坂城,而是想待将河东郡县经营好后,一举攻克蒲坂,将河东之地划入后赵版图,然后再以此为跳板,渡河西攻,夺取长安。

这日,探马来报,说刘曜亲率大军自夏阳,渡水东进,大军已在安邑扎营,对后赵军形成了反包围。

石虎听了冷笑道:"包括前赵过去的都城平阳都已成为俺后赵地盘,高候处于俺后赵三面包围,你刘曜到了高候便就对俺形成反包围,真是笑话!"于是,石虎下令,大军前往高候,迎战刘曜。

到了高候,石虎传令后赵大军在涑水河畔扎营,以备来日与刘曜决战。可到了军士们已经熟睡的夜半三更时,忽见涑水高大的水头似一面高墙一样自上游倾泻而下,霎时便将石虎大军的营帐吞噬进汹涌澎湃的河流中,军士们随着营帐也被卷进激流中。

就在这时,只听喊声大震,原来刘曜率前赵大军乘势杀来。

欲知后事,且看下回分解。

## 第四十回  刘永明决堰灌金墉
## 　　　　　石世龙驰兵救洛阳

却说后赵大将、中山公石虎率大军在涑河畔扎下营寨。准备第二天与屯驻高候的前赵军决战。可就在当天夜里军士们正在熟睡，涑水上游突然涌下巨大的水头，大水将后赵军的营帐吞噬在汹涌澎湃的河流中，营帐中的军士们被卷进激流中。就在这时，刘曜又率大军杀来。

涑水源出绛县，流经闻喜、临猗，至今永济市注入黄河。在涑水的北面，还有黄河另一条支流汾水，汾水的下游还有个支流浍水。《国语·晋语二》记有："汾、河、涑、浍以为渠。"前赵的前身汉国的都城便坐落在汾河之畔。刘曜对这几条河渠甚是清楚，因此在长安未发兵前，便已想到了利用涑水淹灌后赵军的主意。在刘曜大军前往河东行进的途中，水军军士们便已开始在涑水上游筑坝拦水，期望淹灌后赵军。谁知石虎偏偏不懂或者根本没有这种防水淹灌的军事常识，竟把军营扎在了涑水河边。

因为天热，加之第二天要与前赵军决战，石虎与诸位将军们并未早睡。他们吃完晚饭后，先是出营到河东很远处察看了多处地形，又回到帐中商议了许久明天交战事宜。看看天色已晚，众将才从石虎帐中出来，准备各自回帐歇息。就在这时，大水从上游狂涌而下，席卷了军营。

当下石虎见势大声喊道："不好，俺们中了刘曜的计啦，众位快上马！"

石虎喊时，刘曜恰好率军杀来。原来刘曜早已埋伏在附近，看到大水倾泻而来时，才从树丛中杀出。石虎见到刘曜后，不禁大怒，他大声喝道："刘曜，待俺抓到你时，一定剥了你的皮！"说着，长矛连连朝刘曜刺了好几下。刘曜狞笑道:"石虎,你的人马全被淹死,你也将死无葬身之地!"一边喊,一边举刀相迎。

此时,石虎的将领们都已骑马持兵器来到石虎面前,刘曜的军士们也蜂拥而上。石虎一看,喊了声:"快突围!"一边说,一边向东冲去。众将紧紧相随。刘曜则率领将士们在后面紧紧追赶。

跑了一会儿,石瞻向石虎说:"父帅,儿认为被大水冲走的军士们未必都被淹死!"

石虎一边跑一边说:"俺儿说得对,好,俺等向涑水靠近,看看情况。"一边说,一边拨转马头,向涑水河道驰去。可刘曜率军士一直在后面紧追不舍。石瞻大声说:"父帅快去水边召集逃生军士,儿一个人在此拦截刘曜军!"

石虎说:"不行,俺们一起走!"

石瞻大声说:"父帅和诸位快走,我一个人会挡住刘曜大军的,父帅召集逃生军士要紧!"

石虎见了,只好说:"俺儿当心!"一边说,一边与众将继续向涑水河边跑去。

石瞻见石虎与众将已经离去,便一个人勒马立在路中央,双手紧握立瓜铁锤,等待着刘曜到来。转眼之间,刘曜与几位快骑将士便追到石瞻面前。刘曜见到眼前之状,不知是怎么回事,只知石瞻一个人断后,让石虎等人先走了。石瞻则见到刘曜已追到眼前,举锤便打,刘曜则让将士们一齐上前,来战石瞻。此时石瞻已像发了狂的猛虎一般,只见他双锤舞得呼呼作响,碰上的前赵将士不停地跌落马下,不一会儿,竟打死三十多人。刘曜见了,恨恨地说:"众军弓箭侍候!"说完,便闪向一边,与石瞻正在交战的前赵将士们也迅速闪向一边。顿时,箭镞便向石瞻飞来,石瞻举锤挡过几箭后,怎奈箭如雨飞,又是夜间,尽管有微弱的月光,但无法防过所有箭镞,不一会儿,石瞻便浑身中箭,倒于马下死去。

刘曜听了听四周,见旷野和星空一片寂静,留下一些军士回后赵军被大水冲营之处观看情况,然后他率大队人马回高候大营去了。

且说石虎率十几位将军来到涑水岸边后,立即看到被水冲走的军士们爬到岸上的情景,石虎让诸位将军迅速散开,前往上下游查看情况,果然见大量军士纷纷从水中上岸逃生。石虎和将军们不停地将逃生军士们收拢起来，并向下游继续寻去。被冲到岸上逃生的军士们多数很快恢复了正常。原来大水冲走帐篷时，由于帐篷都漂在水面上，许多军士急中生智，纷纷抓住帐篷，并渐渐划到岸边，因此多数军士并未丧生。待一直顺涑水寻至黄河入口时，石虎见逃生的军士足有近三万人，只有一万多人被水淹死。石虎和将军们都感到庆幸。这时又有军士潜回被水淹灌营帐之处，寻得战马和兵器无数，三万多人有半数已有坐骑。

石虎怕刘曜得知情况再来追赶，便率大军急速离开河东，进入后赵地盘。然后慢慢将大军带至朝歌（即今河南省淇县），在那里休整，同时命人回襄国报告情况。

且说刘曜那天夜晚水淹石虎大军后，心中高兴，也不顾石虎及十数位将领逃往何方，也不管石虎大军到底淹死多少，回到营帐后，只是让探马继续关注石虎及被淹大军的情况，便和衣睡去。刘曜如此急于去睡觉，是因为他想趁石虎惨败，去做一件更重要的事情，这便是夺取洛阳城。正是由于刘曜夺取洛阳心切，才使石虎大军逃过了被赶尽杀绝的噩运。

第二天天刚亮，刘曜便率大军从高候出发，从大阳（即今山西省平陆西南）向洛阳驰去。

到了洛西，探马报告，说后赵司州刺史石生此时正驻守金墉。刘曜听了，稍作沉思，然后大声说："大军直奔千金堨，决堰灌金墉！"然后拨转马头，朝千金堨驰去。

金墉城是三国时期魏明帝曹叡在位期间修筑的一座小城，在当时洛阳城的西北角上，原址在今洛阳以东。魏晋时被废的皇帝、皇后，多被安置于此。因金墉城小而坚固，故为戍守要地。千金堨是古代水利工程名，在河南省洛阳市境内，亦为三国魏时所修。堨即拦水的土堰。

当下刘曜夺得千金堨后，便命数以千计的水陆军士决堨放水。霎时，高达丈余的水头直向洛阳城灌去。刘曜令三千军士守护决堰之处，然后挥大军急速向洛阳驰去，很快便围困了洛阳城。

且说后赵司州刺史石生得知石虎大军在河东遭到惨败后，便与诸将用心戍守洛阳城，包括千金堨都派重兵日夜把守，洛阳城包括金墉城都严守待命，随时防备前赵来犯。但千金堨的千名守军霎时便被刘曜大军打败并驱赶,洛阳城乃至金墉城下都是汪洋一片。石生知道刘曜亲率大军灌城,意在夺取洛阳,于是与将士们一边精心守城,一边派人夜出城门,向朝歌的石虎和襄国的石勒报信。

刘曜率大军围困了洛阳城几天后,见洛阳乃至金墉城一时难以攻取,便命两万大军继续围城,他亲率其他人马越过成皋关向荥阳和河内两郡杀去。荥阳和河内两郡从东北和东南两个方向拱卫着洛阳,黄河从两郡边界流过,地势极为险要。刘曜大军很快便攻克了荥阳郡治荥阳城和河内郡治野王城,荥阳太守尹矩、河内太守张进被迫投降刘曜。刘曜见荥阳、河内两郡已下,又派兵继续向北进攻汲郡,渐渐逼近朝歌,大有杀向襄国的气势。

洛阳危急、朝歌危急的消息,早已报至后赵赵王石勒。这日,石勒对徐光说:"这几年,俺越来越不愿再去疆场征战,而一心想好好治理国家,让百姓过上安稳富裕的日子。原想石虎可以慢慢打败刘曜,将前赵灭掉。这样俺灭前赵、治理国家可以两不误。不想石虎轻敌冒进,犯了兵家大忌,让刘曜来了个'水淹七军',差点全军覆没。刘曜人心不足,水淹石虎后又水淹石生,且夺取洛阳以东河水两岸郡县,又大有北上杀进襄国的气势。看来,需要爱卿和本王出面收拾一下洛阳那边的事情啦。爱卿对此事有何看法?"

徐光点了点头说:"大王是该出面将刘曜的气势打下去,将被刘曜抢去的地盘再夺回来,并力争尽快灭掉前赵,到那时再一心一意去治国不迟。"

石勒也点了点头说:"以爱卿之见,俺大军如何出动为好?"

徐光刚要说话,只见左右长史郭敖、程遐急匆匆进殿,程遐对石勒说:"臣与郭敖阁下适才听说大王要亲自出征,便急急忙忙前来,想劝劝大王。"

石勒说:"两位爱卿想说什么?"

郭敖说:"刘曜乘胜而来,连挫我军,看来一时难与争锋,且金墉城粮草丰足,城池坚固,刘曜一时也难以攻克,围困一段后攻克不了,自然会退去,大王绝不能亲自出征,以免出现闪失。"

石勒问程遐说:"程爱卿也是这个意见吗?"

程遐说:"正是,眼下已进入冬季,大王的确不宜亲自出征啊!"

石勒大怒,他站起身来,走到旁边的剑架,手按宝剑大声说:"愚蠢!俺以为你们两个左右长史要劝俺速战速决,原来是不让俺出征!俺近些年的确不愿征战了,也想尽快结束战乱的局面,但如今刘曜已打进俺家门,难道你们还让俺坐视不管吗?金墉城的确坚固,粮草也丰足,但这样就能允许刘曜继续围困下去吗?当初司马炽在洛阳被刘曜围困时,到最后粮尽米绝,甚至到了人吃人的地步,难道你们还想让刘曜围困司马炽的惨剧再在俺将士及百姓身上重演一次吗?"

徐光见程遐、郭敖二人只是跪在地上磕头,只好对石勒说:"大王息怒,两位长史大人是担心冬天已至,怕大王出征不安全而已。"他又转而对程遐和郭敖说:"大王爱民心切,两位大人请谅解吧。"程遐和郭敖见徐光出来给他们解围,又磕了三个头,然后起身出殿去了。

石勒平静了一会儿对徐光说:"爱卿接着你前面的话继续说。"

徐光说:"臣以为,刘曜乘高候得胜之势,不是直接挥军进攻襄国,而只是贪图洛阳一地,足以说明他的短视与无能。以大王的雄才伟略,只要亲率大军出征讨伐,刘曜必败无疑。平定天下,在此一举,大王就王驾亲征吧。"

石勒高兴地说:"爱卿说说具体的出兵想法。"

徐光说:"臣想我三军应兵分三路,驰救洛阳。三路大军以石堪、石聪、桃豹为一路,各统其本部大军集结于荥阳。以石虎大军为第二路,率所部人马占据石门。大王亲率三军为第三路。如果进军顺利,大王可将亲率大军驻于成皋,让其他两路大军集结于成皋,然后再视具体情况进军。如此布局实现,则我大军便可主动出击啦。"

石勒望着墙上的地图看了一会儿说:"好,爱卿设计的这三路大军甚好,就这样确定下来,立即派人前往朝歌、许昌和汲郡,通知石虎、桃豹和石聪,按时间、地点集结兵力。眼下已是冬月,腊月初,三路大军在成皋集结完毕。如集结地点还有前赵军占领,要让三位爱卿尽力驱赶。"徐光领命后出殿布置去了。

原来石梁之战后,石聪便被石勒任为汲郡太守,桃豹在后赵夺取豫州后,被石勒任命为豫州刺史,且刺史府已从西晋时的陈县,即今河南省淮阳，迁至许昌（即今河南省许昌东）。

此时石虎与其所率大军经过数月的休养和整肃，军士们已从高候失败的阴影中彻底走了出来，负伤的军士都已康复，战马和兵器都已换成顺手新货，加之石勒多次口头和物资上的奖励，军士们个个士气大振，都在等待着与刘曜再次对决时，杀敌立功，血复前仇。

看看准备皆已妥当，石勒以徐光为军师，亲统四万大军从襄国出发，不到十天，大军便到达成皋。此时，由于先期已经到达的石聪、桃豹和石虎的威赫，前赵军已退出已占领的荥阳、河内两郡，将兵力收缩至成皋关以西。石勒大军到达成皋后，第一路和第二路大军很快都集结到成皋。

徐光亲自点兵并向石勒报告点兵情况，他微笑着对石勒说："大王，我三路大军共有步兵六万人，骑兵两万七千多人，已经远远超过了刘曜水陆兵力的总和。但是，臣最高兴的还不是这个……"

石勒说："爱卿下面的话俺替你说，刘曜如果在成皋设守军，则俺军便是很大的被动，如果刘曜大军设阻洛水，则俺军依然被动，如今刘曜大军仅仅围攻洛阳，肯定死路一条。爱卿最高兴的事是指这个吧？"

徐光说："大王真乃天资聪睿，臣想说的，也感到高兴的，正是这一点。刘曜如今一不设关守，二不设阻洛水，仅仅是在洛阳坐守其成，这不是被动挨打的天下第一蠢材嘛！"

石勒点头道："真乃天助俺也！军师通知诸路将军，让军士们好好歇息，养足精神，明日寅夜时分，卷甲衔枚，诡道兼行，以便后日一早，俺大军突然出现在洛阳城下。然后对刘曜军发起攻击。"

徐光高兴地说："臣立即便召集各路将军面授机宜。"

且说刘曜率军决开千金堨后，虽然一度进兵成皋关东的荥阳、河内两郡，但听到后赵几位将军向洛阳方向集结的动静后，便又立即退了回来。他与身边几个嬖臣说，他要再次体验当年围困晋怀帝司马炽那种感觉，让石生在金墉城生不如死，让石勒也再感受一次他治下的洛阳城的悲惨。那些嬖臣根本不懂军事，也不关心军事和胜败，只知道讨好皇帝，或从与皇帝的亲近中获得多少赏赐，捞到多少油水。因此，听了刘曜的话，一个个顺情说好话，极尽吹捧之能事。吹捧完后，便是劝酒陪酒，狎妓取乐。酒色都已享受完后，便是刘曜总也玩不够的娱乐之一博戏。博戏是一种投箸或投骰行棋的游戏，在商代便已出现，春秋战国时已成为人们喜爱的娱乐活动。

这日早晨，刘曜正与嬖臣在饮酒，探马来报，说石勒已亲率十万大军兵临洛阳城下。刘曜听了，不由得将手中的筷子掉到了地上，然后问探马说："究竟来了多少人？"

那探马慌慌张张地说，具体人数不知道，但看在城外围困前赵军的样子，好像有十万之众。刘曜听了，大声对探马说："你去传朕旨意，速调十万人马在洛西布阵，将围困金墉城的将士们都撤下来，一道在洛西布阵！"那探马听后，爬起来连跌带撞地跑出去了。

刘曜将嬖臣重新递过来的筷子一摔，愤恨地说："石勒，多年不见，这次我们冤家路窄，我要让你死于我十万大军的剑戟之下！"说完，亲自前往洛西察看布阵情况去了。

原来刘曜自长安前往高候水淹石虎时，只带了五万大军，但围困了数月后，他见五万人马连围城带防御，有时还要有局部进攻，根本不够用，因此便又从前赵调来三万人马，这几个月又在两国互战区招募和抓了一些青壮年，让他们入伍守城。故刘曜才有调十万人马在洛西布阵之令。

刘曜赶到洛西看时，见前赵大军正在向洛西集结，军士们杂乱无章，队伍南北相连一共长十多里。刘曜一边看，一边训斥了几句，又回军营与嬖臣们饮酒去了。

刘曜军撤出围城军士并布阵洛西的消息，石勒和徐光及时获知。石勒笑着对徐光说："爱卿有无胆量与俺前往瞭望一下？"

徐光说："大王不去时，臣也想独自去瞭望一下，以便确定破敌之策。"

石勒高兴地说："走，俺们一起去看看刘曜十万人马，究竟在洛西布置了个什么阵势！"

当石勒在远处看到前赵军自南向北，军队长长排出十余里长的时候，石勒一把抓住徐光的手说："爱卿，你俺这不是梦中吧？"

欲知后事，且看下回分解。

## 第四十一回　父皇帝坠马殒襄国
　　　　　　　儿太子兵败溃上邽

　　却说石勒大军兵临洛阳城后，刘曜听后大惊，立即将围城军士撤下来，在洛西列成一个南北长十余里的十万大军军阵。石勒得知后，立即与军师徐光前往瞭望，以便考虑如何排兵破阵。石勒在来的路上还在想，刘曜一定布下了奇异或可怕的阵势，以便与后赵军决一雌雄，可当看到前赵军仅仅是自南向北，排成一个十多里长队形时，他不相信刘曜竟能排出这样的阵势，因此他一把抓住徐光的手说："爱卿，你俺这不是梦中吧？"

　　徐光自得知刘曜取得高候之胜后，不去直接进攻襄国，而是去打一个金墉城的主意，便认为刘曜是个无能之人，手下也没有能人，因此对刘曜在与后赵决战之时，列出这样的阵势，也没感到太意外。听了石勒的话，徐光摇了摇石勒的手回答道："大王，我们不是在做梦，这是真事，刘曜真是布出了此战阵啊！"

　　石勒说："现在诸位便可以向俺祝贺决战的胜利啦！"

　　说完，他拉起徐光便回到大营。刚一坐定，石勒便对徐光说："爱卿，现在就将各路将军召来，立即布置进攻任务，然后马上发起攻击，如何？"

　　徐光说："如此甚好！臣立即便去召集众将。"说完，便出了石勒大帐。

　　不到一刻钟，众位将军纷纷来到石勒大帐。石勒说："刚才俺和军师一起去洛西瞭望了一下前赵军的军阵，俺简直不相信刘曜在双方将要决一死战时，能列出这样一个阵势，但诸位谁也不能有一点儿麻痹大意和轻敌的思想。仗究竟如何打，各位将军如何进攻，还是请军师给诸位布置一下。"说完，石勒微笑着向徐光做了个请的手势。

徐光欠身向石勒点头致意后说："刘曜将他的十万大军在洛西自南向北列起一个长阵。在下与大王看了，觉得刘曜灭亡的日子已经到了，但适才大王说了，诸位谁也不能大意轻敌，毕竟刘曜的人数还多于我们。大王让在下布置任务，在下就把我的想法说出来，不合适的地方大王再予以纠正，诸位将军也多多提出意见。"说到这里，徐光指着地图，在指点了洛阳城各个部位后说："进攻前赵军时，我大军还是分三路出击，石堪和石聪两位将军作为第一路，各率精兵八千自洛阳城西而北进，击其前锋。这也好似在打一条蛇，前赵军这个前锋就是这条蛇的蛇头，将它的蛇头打烂，蛇身便失去了驱使的引领。因此，二位将军要狠狠击打前赵军的先锋，务将这个蛇砸烂。"石堪和石聪立即起身对石勒和徐光施了一礼，并一齐说："臣遵命！"

徐光接着说："中山公率三万步兵作为第二路，自洛阳城北而西进，进攻前赵军的中军。中山公进攻的这个部位，好比打蛇的七寸之处，因此，中山公务要既准且狠，将这个七寸彻底砸烂它。"

石虎说："上次让刘曜在高候将俺算计了，差点使俺全军覆没，这次俺要血复前仇，将刘曜这条大蛇的七寸彻底砸烂。"

徐光继续说："剩下大王的第三路，臣意大王率四万大军直入洛阳城，然后出洛阳城西北头门，夹击刘曜大军的其他部位。不知大王认为可否？"

石勒点头说："好，除了石堪、石聪、石虎三位爱卿负责的部位，其余的蛇身、蛇尾，俺率的这四万大军将其全部吃掉。"

徐光说："还有桃豹将军，在下没有安排将军去率兵进攻前赵军的哪个部位，但在下想给将军安排一个特别的任务，这便是让将军率领一千人机动游击，看哪个地方该出击时，便适时出击，不给刘曜军留一点儿空隙。将军以为可以吗？"

桃豹说："军师的安排甚好，我桃豹马快刀也快，正好适合这等差事。"石勒和众人都笑了起来。

徐光又说："此次洛阳之战，在下以为很可能就是我大军与刘曜军的最后也是最为激烈的较量了，我们要狠狠地打，务必将刘曜彻底打败。"

石勒最后说："就按军师布置的行动，俺再提示各位一个小事但又是至关重要之事，这便是眼下大地都已冰冻，加之刘曜决堰放水，城内城外到处都是冻冰，俺大军发起进攻前，诸位一定要认真组织检查战马马蹄的挂掌情况，步兵的鞋子也要仔细检查，不能出现纰漏。"众将领命。

　　按照石勒和徐光规定的统一时间，这日天刚亮，后赵三路大军便同时发起了对前赵军的进攻。霎时，只听杀声震天，后赵军自洛阳城北、城西和城正门三面出击，突然插入前赵军的军阵之中。后赵军所到之处，前赵军立即死伤无数。

　　刘曜自将大军在洛西布成长阵后，自以为坚不可摧，加之嬖臣们一再鼓动，说石勒的军队只有七八万，前赵军的十万大军是没有一个虚数的，四个打他三个，无论如何也没有问题。刘曜听了，也自认为有道理。因此，刘曜这几天的主要事情，便是饮酒。刘曜从小便嗜酒，长大后更是嗜酒如命。特别是每逢战前，他都要豪饮一番，甚至喝上几坛才罢休。这日晚，刘曜与嬖臣们饮完酒后，便比以往早了一点儿睡去，可第二天早晨醒来时，天尚未亮。刘曜让侍臣将嬖臣们都叫了起来，掌灯与他们再次对饮起来。不知是哪个嬖臣说了句："啊，天亮了，陛下应该再重设酒局。"恰在此时，一位将军跑进营帐告诉刘曜，说后赵军已经发起了进攻。

　　刘曜端起面前的一杯酒一饮而尽说："给朕备马，朕要会会石勒！"说罢，一个嬖臣将他扶着站了起来，走出营帐。待他持刀上马后，石勒大军已经杀了过来。刘曜看时，后赵军个个如狼似虎，且矫健灵活，两军交战之处，总是自己的军士先被后赵军斩杀。

　　刘曜大吼一声，拍马舞刀向后赵军杀去。刘曜与后赵军接战的地方，恰好是石堪和石聪攻击的前赵军前锋部位。石堪正率骑兵在冲杀前赵军，猛然见一人黄袍裹身，后面还跟着几员将领，似乎在护卫着黄袍之人。石堪断定此人必是刘曜，于是他拍马挺戟，直取刘曜。刘曜见眼前是一员威风凛凛的后赵大将，不敢怠慢，便与石堪战在一起。

　　战了十余个回合，刘曜只觉得自己的酒劲直往上涌，双眼也好似在冒着金星。此时，他又觉得自己的军士似乎越来越少，而后赵军士越来越多地向自己靠近。

　　刘曜自知形势不妙，便拍马逃走。石堪率领十数个骑兵则紧紧追赶。追出不一会儿，只见刘曜被一条两边用石块垒起的沟渠挡住，刘曜拨马看了看左右，见无法绕行，于是便纵马跳进石渠，以便从石渠上穿越过去。

可就在刘曜的马跨进沟渠时，那马重重滑倒。此时沟渠之中的水早已结成冰冻，那马滑倒在冰面上，刘曜自然也被重重摔倒在冰面上。刘曜此时才反应过来，他的坐骑的马蹄上没有挂掌。这时，石堪和他率领的十多个骑兵也赶到石渠前，众军士见刘曜正在冰上挣扎着要跑，便你一刀我一剑地朝刘曜砍刺着。石堪连忙喊道："这个人不能杀死，要交给大王处置！"军士们听了，立即三四个人跳下马，将刘曜绑了起来。刘曜身上多处被刀剑所伤，一边走一边往脚下滴血。此时，石堪已从刘曜的嘴中得知，他的确就是前赵皇帝刘曜。于是，石堪立即派出两个军士，前往洛阳正门向石勒报告情况。

　　石勒在几位将军的护卫下，此时正杀得起劲。后赵军见大王亲自上阵，更加勇猛，眼见得前赵军士数量越来越少，而后赵军士却越战越猛。正在这时，徐光策马来到石勒面前，向他报告说，石堪已将刘曜擒获。

　　石勒听了，收住大刀，勒住马缰说："今日之战，俺等所要擒者，唯刘曜一人。既然刘曜已经被擒，军师立即下令，让俺将士停止攻杀，让前赵的将士们各自逃命去吧。"徐光领命而去。

　　很快，长长的战场立即停止了厮杀，前赵将士们听说皇帝被俘，又听说石勒放他们生路，人人惊异不已，但不一会儿，便纷纷向西面逃去。

　　石勒让左右计点前赵军被杀人数，石虎报告说，足足斩杀前赵军五万多人。

　　洛阳城和金墉城危局既解，城中军民欢腾不已。司州刺史石生率众迎接石勒及众将入城。此时恰好已近大年。石勒让后赵军士们帮助石生打扫战场，掩埋两军战死军士遗体，并下令抚恤死伤军士及眷属，让襄国和洛阳军民过好大年。同时，石勒传令，让专门治疗金疮的王医李永，为刘曜疗伤。

　　在洛阳过了大年后，石勒留下石虎及两万骑兵镇守函谷关，关注着长安方面的动静，然后率其他大军返回襄国。从洛阳行前，石勒让征东将军石邃率五百军士，专门护送刘曜回襄国，并让王医李永一直陪伴左右。

　　石勒回到襄国后，将刘曜安置在襄国永丰小城，供给他妓妾，严兵围守。还允许他会见客人。看看刘曜的伤口都已长好，石勒让刘曜给其太子刘熙写信，令他投降。刘曜口头上答应，但却在信中嘱咐刘熙及诸大臣要

"匡维社稷，勿以吾易意也。"但刘曜此时乃笼中之物，其信之内容自然有人报告石勒。石勒得知后，遂下令将刘曜处死。

且说前赵太子刘熙在刘曜前往河东迎击石虎后，相继传来父皇水淹石虎大军和决堰金墉及大军围洛阳的喜讯，年轻的刘太子很是高兴。大年前夕，刘熙还派出多名大臣，前往洛阳给父皇拜年并犒师，大臣们回去说，用不了多长时间，便会看到洛阳城的第二次惨剧。刘熙听了心里高兴，除夕之日，他将众臣召集在一起欢庆大年，逐个为大臣们祝酒。众臣见太子虽年纪轻轻，但敬重臣子，自然也都高兴和感激，因此，只要是太子敬酒，便连连干杯。唯独敬到老臣呼延晏时，呼延晏说自己近日心惊肉跳，甚是不舒服，请求免饮。刘熙倒也通情达理，他见呼延晏不饮酒，便准他先回府歇息去了。正月初三，刘熙想起呼延晏身体不适的情况，便前往呼延晏的府上探望。

呼延晏见太子亲往自己的府上来探望自己，甚是感动。他对刘熙说："老臣与陛下情谊深厚，节前身体不适，实是惦记远方的陛下所致。不知陛下近日如何，洛阳可有消息来吗？"

刘熙听了，一方面感动，但另一方面心里也有些不高兴，心想父皇很快便会围陷洛阳，怎么还会让你这个老头子担心成这样！

可正在这时，尚书胡勋慌慌张张跑进呼延晏的府中，向刘熙报告说，皇帝已被石勒所擒，围困洛阳的十万大军死的死，逃的逃，已全军溃败。说完，便跪在地上哭了起来。刘熙听了，也当即哭了起来。

呼延晏此时虽然也哭了起来，但他一下子镇定起来。他立即将跪在地上痛哭的胡勋拽起来问道："消息来自何方？"

胡勋连忙说，是刚才有几位都尉从洛阳逃回来说的，情况不会有假。

呼延晏对刘熙说："太子，现在还不是哭的时候，还不知陛下情况究竟如何。老臣的意见，太子应立即传令，让长安城的守军进入战时状态，然后找那些从前方回来的将士，问明情况，再商议应对之策。"

刘熙哭着点了点头，但他说道："如果父皇真的被石勒所擒，那他还能回来吗，我这个太子应该怎么办哪？"

呼延晏听刘熙还在说孩子话，刚要再劝他，胡勋此时已哭够了，他擦了擦泪水对刘熙说："虽然陛下被俘，但太子犹在，国尚完全，众臣也不会离叛,军士们也有抵抗能力,我们就等到石勒大军来和他们拼命就是了。"

呼延晏连忙说:"太子先回府,尚书也回府,待老臣去详细了解一下情况,再向太子报告,并商议对策。"刘熙和胡勋听了,都起身离开了呼延晏的府上。

呼延晏连忙披上皮衣,让家人带着他去找胡勋说的那几位都尉。此时,刘曜的儿子们都已知道了他们的父亲被俘的消息,都聚到了太子府,呼延晏将那几名都尉带至太子府,详细听了前赵军兵败的情况,然后又与刘熙、刘胤等人商议起对策来。

根据刘熙和刘胤的意见,前赵众臣决定舍弃长安,退保秦州。但尚书胡勋认为不宜主动退却,待后赵大军打上门来实在保不住长安再退却也不晚。刘胤听了不禁大怒,说胡勋扰乱了人心,于是下令斩了胡勋。其他人见状,谁也不再说反对意见。刘胤征求众将意见,问谁愿意留下来,将军蒋英、辛恕双双表示,他们愿留守长安。刘胤赞扬了他们一番后,让他们率众镇守长安,然后他与太子刘熙率百官逃奔秦州。

且说刘熙兄弟率百官逃奔秦州的消息传出后,关中立即大乱起来,一时间,盗贼蜂起,占山为王,长安城及周边的百姓们,则纷纷来找镇城将军蒋英和辛恕,请求他们尽快归附后赵,以避刀兵之乱。蒋英和辛恕早有此意,他们一面让百姓相互之间联络,扩大投降后赵的人员规模,一面派人前往洛阳去见后赵司州刺史石生,请求归附后赵。石生见有此良机,一面派快骑回襄国报告石勒,一面率洛阳军队前往长安,接受蒋英、辛恕的归降,同时接管长安城。过了十多天,石生接到石勒的王令,让石生兼任雍州刺史,镇抚长安,任蒋英、辛恕为将军,让石虎继续驻守函谷关,担负洛阳和长安两地的镇守事宜。

且说刘熙、刘胤兄弟率前赵百官出逃长安后,径直前往秦州州城上邽,即今日之天水市。到了上邽城后,河间王刘述迎候刘熙、刘胤及百官,安顿了数日后,刘胤提议刘熙尽快商定局势。于是,刘熙、刘胤和刘述,便先坐下来商讨局势。商议了一阵后,刘氏兄弟和刘述双方不禁都沉默起来。

原来双方互通情况后,刘熙、刘胤得知,凉王张骏和仇池王杨难敌这半年多来虽然没有乘前赵国国空虚袭击前赵,但一直是在跃跃欲试和经常的小规模挑衅之中，秦州城一直不安宁。而刘述得知兄弟二人如此轻率地放弃了长安城，现在将百官一下子都堆到一个偏远的州城，既不高兴，也很为难。特别是还有好几位尚书到现在还没有住处。双方沉默了许久，还是刘述先说话了："太子殿下和南阳王先歇息吧，臣再去想办法将那几位尚书的住处安排了，然后我们再继续商议大事。"兄弟二人听了，只好起身送客。

但一直过了许多天，刘述也没再找刘熙兄弟商议局势。这日，刘熙接到报告，说留守长安的蒋英、辛恕二位将军已投附石勒，长安城已被石生接管。刘熙无奈，只好让侍臣去找刘胤、刘述议事。

刘述因刘熙兄弟率百官来到上邽后，每日都要处理许多百官之间的琐碎之事，因此很是烦心。听到长安已落入石勒之手后，再也抑制不住心中的不满，不禁说道："当初不听良言，如今等于将长安拱手相让给石勒，我偌大的赵国，如今蜷缩在这小小的秦州，如之奈何啊！"

刘胤听了，老大不高兴地说："长安城丢了，我们再把他夺回来就是啦！"

刘述说完刚才的气话，也觉得似乎不妥，听了刘胤的话，再不作声。刘胤继续说："河间王借三万大军给我兄弟二人，我们前去攻打长安。"

刘述说："这个时候去攻打长安，恐不合时宜吧？"

刘胤不耐烦地说："河间王只管给我们拨三万人马，其他事你就不要管啦！"

刘述见刘胤这样说，只好给兄弟二人拨出三万人马，可就在这时，传来刘曜在襄国被杀的消息。刘熙及诸王一直追悼祭祀了数月，才慢慢停了下来。这日，刘胤又提出要收复长安，并提出让刘熙在长安即皇帝位的口号，以号召诸郡共同响应，共伐长安。

果然，让刘熙在长安即皇帝位的口号喊出后，陇东、武都、安定、新平、北地、扶风、始平诸郡皆起兵响应。刘胤一看，讨伐长安大军足有五万之众。于是，在秋高气爽之季，五万大军集结于仲桥，要重新夺回长安。

不期刘熙、刘胤兄弟此次进攻长安，非但没有攻克长安，反倒溃退上邽并致前赵灭国。

欲知后事，且看下回分解。

## 第四十二回  查户口赵王令州郡
## 　　　　　　减租刑百姓仰世龙

却说刘曜在洛阳被后赵俘获后,刘曜的儿子刘熙、刘胤逃奔上邽,但后来又后悔放弃长安,遂纠集了五万人马,妄图重新夺回长安,以便让太子刘熙在长安即皇帝位。经过纠集和跋涉,五万人马终于到达仲桥城。仲桥城的故址在今陕西省泾阳县王桥乡。因为郑国渠经过仲山之下,渠上有桥,谓之仲桥。刘熙、刘胤大军到达仲桥后,便一面派出多名探马查看长安驻军布防情况,一面商议进攻方案。

前赵军自上邽前来进攻长安的情况,早已被后赵司州刺史兼雍州刺史石生获知。石生自兼任雍州刺史并坐镇长安后,一直在不停地经营着长安城及周边各地。但由于前赵刘曜在长安经营了十多年,又有来自上邽前赵政权的影响,石生虽在长安经营了半年多,还是困难重重,城内城外经常发生打斗、盗窃,甚至是杀人放火事件。石生和他的助手别驾、治中、从事诸人,经常起早贪黑,四处奔波,在处置一个又一个棘手问题,一边安定人心,一边让百姓安居乐业,同时,还要甄别恶人,惩治坏人。

这日,石生与别驾、治中、从事几位助手正在商议要严惩一批蓄意作恶的坏人时,侍从来报,说刘熙、刘胤纠集的五万人马,已经到达仲桥,看来很快便会发起对长安城的进攻。石生一听,立即说道:"我等刚才正在商议的这一批作恶的坏人要立即杀掉,否则,他们听说刘赵征讨大军已经兵临长安,更会猖獗起来。"一位别驾听了,立即起身布置去了。

石生说:"其他事我们暂不商议了,立即商议拒敌之策。"众人都点头。

经过商议，石生立即派出一名治中，前往函谷关向石虎报告情况，同时派出快骑回襄国向赵王报告情况。然后，石生亲自部署军民守城和拒敌事宜。

且说石虎接到石生的报告后，立即率两万骑兵赶到长安。石生出城将石虎接进长安城，商议迎敌之策。

石生对石虎说："刘熙、刘胤率五万大军前来，看来要有一场恶战哪！"

石虎笑道："前赵军数量虽然有五万，但依本公看来，都是乌合之众，不足挂齿。"

石生说："中山公英勇善战，近些年南征北战，战功卓著，但还是谨慎一些为好，以免轻敌吃亏。"

石虎说："高候被刘曜水淹，的确是个例外，也是本公一生的耻辱。今刘熙、刘胤两个小儿统五万人马来攻长安，本公认为就是一群乌合之众。当然本公会吸取高候之败的教训，阁下不必惦念。"

石生说："下官镇守的洛阳和长安两地，可以出两万至三万人马，中山公统一节制，下官也作为中山公麾下战将出征便是。"

石虎摆了摆手说："阁下统辖的三万人马出两万足矣，阁下也不要给本公作战将，你俺各率一路，给前赵军来个两面夹攻，前赵军必溃退，那时俺等再一路追杀，必会置前赵军于死地。"

石生说："好，下官即刻将两万大军调集完毕，时刻听从中山公进军的号令。"

石虎说："待赵王旨令下达后，俺等便对前赵军发起进攻。"

过了几日，石勒派遣的使臣到达长安，向石虎、石生传达王令。石勒的王令极为简单，只有两句话，一是命石虎率两万大军拒敌，二是命石生策应石虎。石生对石虎说："大王驭将的风格，向来高度信任我等臣将啊！"

石虎说："王令既出，俺等明日便对刘氏小子发起进攻，如何？"

石生点头说："末将遵令！"

且说刘熙、刘胤兄弟纠集五万人马屯于仲桥后，连续数天放出无数探马，打探长安后赵军的驻军布防情况。每日得到新情况后，刘胤和诸郡太守都要策划和踌躇一番，甚至各执一词，争论不休。这日，探马又报，说石虎率两万精骑已到长安，刘胤和诸郡太守们又立即争论起来，有的说先将石虎大军吃掉，有的则说应分兵两路，一路攻城，一路进攻石虎军，但谁也说服不了谁。刘胤见自己压不住郡守们，便找太子刘熙，让他出面说服太守们。但刘熙年纪尚小，无力主政，且刘曜被俘后，一直是由刘胤主政，因此刘熙也无法去说服郡守们。眼见时间一天一天过去，刘胤心里很是着急。

这日，刘胤将诸郡太守召至一起，厉声说道："我大军已驻仲桥半月有余，如果石勒再派一个石虎率两万人马前来，我大军在数量上便不占优势了，因此，本王决定，立即发起对石勒军的进攻。我五万大军，三万人马进攻石虎的两万人马，其余两万人马攻打长安城。本王代太子传令，明日一早，两路大军一齐行动！"

刘胤刚说到这里，一名都尉慌慌张张来报，说后赵军已从仲桥城南北两个方向攻来。刘胤听了，大声问道："共有多少人？"那都尉回答说："至少有四五万人。"

刘胤听了，气得一剑将案台砍掉一半，然后大声喊道："还看什么，都给我出去迎战！"于是，众太守纷纷上马率军迎战。

由于前赵军没有人统一指挥，各自为政，各郡集中起来的近两万人马，先乱了起来。刘胤看了，连忙指挥从上邽自带的三万人马，率先迎战。

就在前赵军纷乱之际，只见石虎和石生各率大军从两面杀来。后赵军如猛虎下山，长驱直入，势不可挡。前赵军则抵挡不住，纷纷四散逃走，许多被逼入绝路的军士跳入渠内逃生。两军接战没有多长时间，前赵军便死伤无数。那些来自诸郡的军士见了，纷纷寻路逃走，退出战场，郡守们见了，只好收拢本郡人马，奔逃各郡。

刘胤见前赵军如此之快地出现败局之势，连忙率军沿泾水向西北奔逃。石虎见前赵军已大举溃退，让石生率长安、洛阳守军速回长安城，他自率两万骑兵追赶前赵军。石生见此时向泾水流域溃逃的前赵军充其量只有两万人，便派遣一支百人精骑小队，跟随石虎大军，以便有情况及时回长安报告。然后，率大军回长安去了。

石虎让军士们暂时停止追赶，让军士们饱餐并稍事歇息，喂饱战马，然后石虎一马当先，率大军继续向刘胤、刘熙兄弟率领的残军败将追去。

追出百里之后，终于追上了前赵军，于是后赵军边追边杀，前赵军则死的死，逃的逃。就这样，后赵军一直追至义渠。

义渠是古代民族之名，为西戎之一，分布在今甘肃省庆阳至泾川一带。春秋时，义渠势力强大，自称为王，并建成城郭，地近秦国。

刘胤见石虎紧追不舍，只好在义渠停了下来，并列阵与石虎大军做最后较量。但此时的前赵军已似惊弓之鸟，根本经不起战阵的较量，两军列好阵势后，石虎持矛拍马亲自出战，连杀前赵三员战将，然后指挥大军杀入前赵军内。没消半个时辰，前赵军又损失了五六千人。此时前赵军剩余军士已不足万人。刘胤一看，只好护着太子刘熙拼命向上邽逃去。石虎挥大军乘胜追击，一路上，前赵军尸横遍野，血流满地。待刘胤溃至上邽时，所率大军已不足两千人。刘胤无奈，加之已人困马乏，只好率残部乖乖投降。石虎收降刘胤、刘熙后，又一鼓作气，攻破上邽城，将包括刘述、呼延晏在内的前赵诸王及其卿校公侯以下三千余人皆尽擒获。然后，石虎下令，将刘熙、刘胤及所获三千余人，尽皆斩杀。

将上邽城的前赵势力全部清除后，石虎又将前赵设置的行台文武之臣、关东流人、秦雍大族九千人迁徙到襄国，将前赵昔日的势力彻底清出秦雍一带。

至此，由刘渊所建，由刘渊、刘聪、刘曜三人称帝的匈奴汉国和前赵，前后历经二十七年，宣告灭亡。前赵所占据的地盘，全部纳入后赵的版图。

此时，后赵拥有的疆域东至大海，西至玉门、阳关，北至朔方、渔阳，南到淮水。即东至今山东半岛，西至甘肃敦煌以西，北至内蒙古额济纳旗以北的中蒙边界、包头、张家口南至唐山一线，南与东晋划淮而治，共有冀州、幽州、并州、司州、青州、徐州、兖州、豫州、朔州、雍州、秦州、凉州十二个州，与东晋形成了南北分治的局面。此时的东晋拥有的州数为九个。

且说石勒见已彻底清除前赵残余，平定北方，遂与众臣商议国是，以进一步治理国家，安定百姓，造福苍生。这日，石勒召众臣议事，石勒对众臣说："俺乃羯族之人，家境贫寒，还曾被卖为奴，但今日坐至赵王之位，拥有淮水以北广阔疆域，终于可以一展为天下苍生造福之胸臆和抱负。近三十年来，俺在众臣将的辅佐和效力下，在穷苦百姓的拥戴下，一步步地发展壮大，政权不断巩固发展，先与刘汉政权一道推翻了旧晋皇朝的统治，铲除了门阀制度，继而又推翻了刘赵政权，统一了北方。今日俺坐在这里与诸位爱卿议事，心情颇为激动。俺在想，俺一个奴隶出身的人，能拥有半个天下，固然有俺自己不懈地征战和努力，但如果没有天下穷苦百姓的支持，没有包括已经殉国的众多臣将的努力和牺牲，要夺得这半个天下是绝无可能的。因此，俺想俺们这个政权，一定要为天下穷苦百姓造福，而不是只为少数人造福，这就是俺立国的根本。今后，俺大赵国必须时时刻刻地想着为天下苍生造福这个宗旨，做什么事都要先想到百姓，想到大多数穷人，众位爱卿谁也不能忘记这一点。眼下，俺们刚刚平定北方，从这一点来说，俺大赵政权也是刚刚确立。政权确立之初，应该先做些什么，如何能更好地为天下苍生造福，今日之会，咱们就好好商议一下。诸位爱卿可尽情发表意见。"

石勒的开头语刚说完，程遐和徐光一起站起来说，他们都赞成石勒刚才所说的意思，但刚刚确立的新政权，还是应该先健全皇朝，以便更好地号令天下。因此，石勒应先即帝位。石勒摆了摆手说："还是先商议为百姓造福之事，其他事可以慢慢来。"

徐光听了，接着说："那臣就说点意见。臣认为，大王将为天下百姓造福作为立国之本，可谓前无古人。从西周周公开始，便有人奉行民本思想，主张治理国家要以民为本。孔子也极为推崇周公，并继承了周公的民本思想，提出了著名的大同设想。但千年以来，真正做到像大王这样将为天下百姓造福作为立国之本者，还没有先例。因此，臣非常赞成并拥护大王这个一贯的主张，并愿为实现大王的主张效力。就眼下急于要做的，臣以为莫过于减租缓刑急迫。数十年的战乱，特别是在旧晋皇朝门阀制度统治下，百姓租赋负担极为沉重，百姓起早贪黑劳作，但一年所得，自己所剩无几，甚至种粮者无粮可吃。遇有灾荒时，卖儿鬻女，四处流浪乞讨者，屡见不鲜。在刘汉、刘赵治下的地盘上，由于刘聪时期以来，大兴土木，税赋严重，百姓生活艰难甚至逃离者，亦为屡见不鲜，生活负担极为沉重。因此，减租减赋势在必行。同时，由于生活艰苦，各种偷盗等为生活所迫的不法事情及官府苛政行为导致的冤假错案，亦不为少见。因此，又亟待减刑缓刑，甚至释放无辜之所谓犯人。但臣不主张大赦天下，还是应据法理事，该赦的赦，该缓的缓，该关的关。除眼下亟待要做的事情之外，其他诸事百废待兴，百事待举，需一点一点去做。"

其他众臣一致赞成徐光减租缓刑的意见，都认为要造福百姓，必须首先做好减租缓刑这两件大事。石勒听完之后说："俺赞成徐光爱卿的意见，自旧晋皇朝至今的五六十年，百姓就没过过好日子，不是税赋沉重，便是遭受战乱之苦，甚至二者兼而有之。如今俺大赵政权确立，必须尽快结束百姓这种沉重的租赋负担和战乱之苦，让百姓过上安稳、富裕、祥和的日子，让那些遭受重刑和冤假错案之人，早日得以甄别。根据徐光爱卿适才所言，俺意俺王朝立即做三件事，一是查户口，将俺大赵国内的户数、人数，以及服刑人数、劳力及供养人口等情况，迅速查清楚。普查户口时，从乡、里开始，再层层到县、郡、州，最后由各州将情况汇总至朝廷。此事由徐光爱卿负责，立即发一道王令给州郡，布置下去，限期半年内完成。二是减租问题。此事亦由徐光爱卿负责，尽快拿出一个曹魏至新旧晋朝实行过的租赋情况，并提出俺大赵王朝拟实施的租赋情况，供俺等商定。三是减刑缓刑问题。此事由程遐爱卿依据户口普查情况，提出减刑、缓刑、赦免犯人的意见。与此同时，考虑俺大赵王朝日后治理国家的需要，要着手制定律法和规矩，既要从严治国，又能宽以待人。"徐光、程遐二人领命。

很快，徐光草定了在大赵全国普查户口的王令，发往州郡。各州刺史府和各郡太守极为重视，立即层层布置。然后，由乡、里开始逐户登记。并上报汇总，一个举国普查户口的行动，在大赵国热热闹闹又安安稳稳地进行着。

徐光是一个能干的精明大臣，将查户口的王令发往州郡后的不几天，便按照石勒的要求，将曹魏和新旧两晋实行租赋情况及大赵王朝拟实行的租赋意见拿了出来。这日，石勒再次召集众臣商议减租事宜。石勒说："前些日子俺等商定拟办的三件造福百姓之事，查户口之事已将王令发至州郡，减刑缓刑之事需待户口普查提供基础数据后，再提出具体意见。今日俺等集中商定减租事宜，有关情况先请徐光爱卿说说，然后再商定。"

徐光先介绍了曹魏时期的租调制情况。他说："曹操进驻冀州后，颁行租调制，对土地所有者每亩征收田租谷四升。每户征收户调绢两匹、绵两斤。户调取代了汉代沉重的人头税。与此同时，曹操令加重对豪强兼并行为的惩罚。"

石勒听到这里赞叹地说："魏武壮举，名篇不朽于后，爱民光耀于前哪！"

徐光接着介绍西晋的租赋情况："旧晋在占田制基础上，又规定赋税制。户调法即按户征收赋税，如丁男作户主，每户每年纳绢三匹，绵三斤。如户主是妇人或次丁男，绢绵减半，有些边郡纳三分之二，远郡纳三分之一。边地非汉族人，按住地远近，每户纳赛布一匹或一丈。"说到这里，徐光解释说："赛是益州、荆州等少数民族赋税名，以布充赋称'赛布'，以钱交税称'赛钱'。"

徐光接着说："旧晋田租每亩八升，朝廷按以下田亩数收租。户主占田七十亩，户主妻三十亩，一户共纳占田租一百亩，即八斛。"徐光说到这里，石勒做了个手势说："爱卿不必再往下说了，这些基本比较就够了，也就是说，按户调旧晋比曹魏增加了一匹绢一斤绵，是这样吗？"徐光点头。

石勒说："爱卿对俺大赵国以后的减租情况，持何意见？"

徐光说："臣的意思，我大赵国按曹魏的税赋标准来确定我们的标准。"

石勒听了，摇了摇头说："曹魏的户调标准虽然比旧晋低三分之一，但以俺看来，还是太高，百姓的负担依然较重。"

徐光说："那大王想定到什么标准呢？"

石勒说："只相当于旧晋的一半，比曹魏再减少四分之一。如何？"

徐光说："那大王的标准比魏武帝还低呀！"

石勒说："对，就是要让百姓的日子比魏武帝时还好过！"

徐光说："臣立即将大王减租令草拟出来，发至州郡。"

石勒说："好，越快越好！"

减租王令很快发了下去。这日，石勒正与徐光在商议事情，侍臣来报，说宫前有数百名百姓跪在那里，非要当面给石勒磕头拜谢。石勒拉着徐光说："爱卿与俺一道去看看。"

欲知后事，且看下回分解。

## 第四十三回　石世龙称大赵天王
　　　　　　　襄国城兼汉牧风格

　　却说石勒与众臣商议，为了给百姓造福，要尽快办三件事情，即查户口、减租赋、减刑缓刑。查户口事宜自王令下发后，各州郡正在认真登记和上报，而减刑缓刑事宜则要等户口普查提供基础数据后再酌情办理，唯有减租赋可以快办，也需要快办。徐光按照石勒的要求，很快提供了曹魏时期和西晋时期租赋确定的情况。因为石勒认为，曹操建立的魏政权，是治理和为百姓着想较好的时期，而西晋时期是百姓负担较重的时期，也是石勒认为最不满意的时期。石勒听了这两个时期百姓租赋情况后，立即确定了后赵百姓租赋的标准，比西晋和曹魏两个时期都低，减租幅度在史上绝无仅有。减租令下发后，立即引起了百姓的强烈反响。这日，石勒与徐光正在议事，侍臣来报，说宫前有数百百姓跪在地上，非要当面给石勒磕头拜谢。石勒听了，拉着徐光说："爱卿与俺一起去看看。"

　　当石勒出现在王宫门前时，数百个百姓一起磕头，并不停地呼喊着大王，有的还在喊着万岁。石勒连忙走到人群一个老者面前，双手将他扶起来说："乡亲们，你们都起来说话。"谁知那被扶起的老者听了石勒的话后，又一下子跪倒在地，并回头对众百姓喊道："乡亲们，一心为咱百姓着想的大王就在眼前，快磕头吧！"说罢，那老者一边不停地给石勒磕头，一边喊着大王。众百姓们也在不停地磕头，石勒看时，见百姓们足足磕了数十个头。

　　石勒见到这种情形，两眼立刻湿润了，他一面作揖一面说："乡亲们快起来，俺石勒有些受不了啦，你们再不起来，俺也跪下给乡亲们磕头啦!"说罢,便要下跪。

那老者一听,连忙起身上前握住石勒的手说:"大王啊,俺听俺已八十多岁的叔叔说,历朝历代都没有像大王这样将租赋定得这么低的,大王一心为百姓着想,俺百姓给大王磕几个头还不应该吗?"

这时,百姓们纷纷站起来,走到石勒面前,不停地喊着大王。石勒面对着一张张笑脸,不停地与众百姓拉手。那老者这时跟在石勒后面,俨然是一个护卫兵,不停地护卫着石勒。他见石勒已不知与多少人拉手致意,便喊道:"乡亲们,让咱们的大王给俺们说上几句话,好不好?"众百姓听了,一齐喊好。这时,老者连忙上前,让众百姓都向后退了退,给石勒在中间留出一块空地。

石勒见状,抱起双手向周围作了一圈揖,然后说道:"乡亲们,俺石勒感激你们,大赵国感激你们!数十年来,是百姓们供俺吃穿,帮助俺一道打天下。没有百姓的拥戴和帮助,就不会有俺石勒的今天,也不会有今日的大赵国。因此,俺石勒就是要为普天下的百姓谋福祉!今日,大赵国先实行了较低的租赋制,接着还要为犯法之人减刑缓刑,为无辜百姓平反。在日后的年月里,大赵国还要为百姓们办许多好事,让百姓过上安稳、富裕、祥和的日子。在这里,俺也想请乡亲们转告更多的人,大家要勤奋劳作,多种地,多养蚕,多放马,多喂牛,同时,让你们的孩子们入校读书,学习汉文化,学好了经过考试和选举,出来做官,帮助朝廷和官府一同治理国家,兴盛郡县。最后,俺再向乡亲们说一句,你们有什么困难,有什么冤屈,就到宫里来找俺石勒,俺石勒一定会帮助你们,给你们做主的!"

石勒说完这一席话后,百姓再次呼啦一齐跪倒,并不断迸发出万岁的呼声。

这时,那位老者又说话了,只见他清了清嗓子,高声说道:"乡亲们,俺们已经见到了大王,但大王国事繁忙,不可能长时间陪俺们在这里,咱们立即各回家乡,好不好?"百姓们立即发出了响应之声。老者又说:"俺还要再说句话,刚才大王说,咱们有什么困难,有什么冤屈,就到宫里去找他。乡亲们,大家知道这是什么吗,这和减租一样,叫皇恩浩荡!但俺要告诉大家一句话,咱们不能为了自己一点儿小事,当真来麻烦大王。今后大家有什么事，先和俺这个老头子说，待事攒多了，俺一并来见大王！"石勒高兴地再次拉住那老者，那老者大声说道："乡亲们，为了爱护大王，俺们走！"说完，再次双膝跪倒，磕了一个头后，爬起来快步离去。众百姓也都跪倒磕头后，起身快步离去。瞬间，宫前只剩下石勒和远处相望的徐光。

转眼半年的时光过去，各州郡普查户口的成果也相继报至石勒的耳中。这日，石勒再次召集众臣议事。经过君臣商议，石勒颁布王令，赦免三年以下徒刑的在押犯人。如此一来，举国州郡便有数万人之多。这些人得知是赵王开恩赦免，纷纷跑到官府磕头谢恩。不久，石勒再次传令，赦免五年以下徒刑的在押犯人，又使上万犯人遇赦回家。此时，各州郡到处传颂着赵王的恩德，那些犯人遇赦回乡，都在将功折罪，积极从事各行各业生产，不但他们自己感恩，亲眷友朋也都感恩朝廷，感恩赵王。

石勒接着传令州郡，令州郡遇有坟墓被发掘不掩覆的，必须推劾查处。暴露的骸骨，县衙要准备棺衾派人埋葬。石勒还特别下令"自今诸有处法，悉依科令"。原来，后赵统一北方数州郡后，由于已结束战乱年代，人们垦荒种田的积极性空前高涨，而由于过去长年兵荒马乱，到处埋死人，因此在开荒种地过程中，许多坟冢被掘，墓主人在世的后人和亲朋，对此事甚有意见，不断地告到官府，甚至引起社会的不安定。正是基于这一点，石勒才下令做出这些规定。这些规定实施后，掘坟或骸骨暴露的现象，立即得以纠正，人心也很快得以平静。

为了防止自己做出错误决定，办出错事，石勒向侍臣和朝廷官员特意交代，如果自己在心情不好时下令杀人，而被杀之人德位已高，不宜处罚，或是因公致死的亲属遭到自己的谴责，都要及时提醒于他，以便石勒重新考虑处理决定，以免伤了人心。

经过减租和减刑缓刑，后赵百姓人心大顺，人们都开始安居乐业。孩子们到了入学年龄，便开始进入小学，然后经过考试再进入大学，再入太学，进入仕途。不能走仕途的年轻人有的踊跃参军，保家卫国，有的甘愿务农，放牛养马，还有的入寺为僧，传播佛教，教人向善。到了老年阶段的人们，因为有后赵政权对鳏寡孤独者的照顾制度，老人们谁也不发愁，老人们越活越年轻。

奴隶皇帝立国记

看看时机已成熟，徐光、程遐等人率领群臣请求石勒即皇帝位。石勒对徐光、程遐说："俺称赵王已经十年，这十年不是一样治国理政、政令畅通吗，何必非要皇帝这个名号呢？"

徐光说："对于大王来说，的确不在于名号，虽为赵王，同样战胜已是正式皇帝的刘赵政权，平定北方，同样治国理政，将治下州郡治理得井井有条，使得百姓安居乐业。但帝与王毕竟有差别，自秦始皇以来，王国渐成帝制，能称帝者纷纷称帝。今我大赵国已统一北方，大王已是大赵国名副其实的皇帝，称帝已是自然的事情，大王何要再三谦让和推却呢？"

石勒说："俺在武乡务农和被卖为奴时，每每听到人们议论起司马氏时，俺都极为痛恨皇帝，因此自己也就不愿意去当这个皇帝。"

徐光说："皇帝也好，王也好，都有好有坏，好与坏的区别在人，在于谁当皇帝，而不是取决于叫什么名号。"

石勒说："这些俺岂能不知，但一想起司马氏那些皇帝，包括刘聪、刘曜这些皇帝，俺就懒得去当这个皇帝。"

徐光又说："大王不是非常敬佩汉国开国皇帝刘渊吗，那大王就做个刘渊式的皇帝好了，恰好刘渊是开国皇帝，大王也是开国皇帝。"

石勒点头说："不错，刘渊当了皇帝后，依然俭朴，毫不铺张，拒绝妻妾成群，对臣下也是毫无架子，是个真正的好皇帝。"

徐光说："那大王就尽快称帝吧，做个刘渊式的好皇帝。"

石勒说："俺一定学刘渊，当个好皇帝，但还是暂不称帝。"

徐光说："那称什么呢？"

石勒说："称大赵天王，如何？"

徐光听了，还在一边念叨着"大赵天王"，一边思考着，石勒说："爱卿别想了，就称大赵天王。"

徐光说："名号大赵天王，行施皇帝事务。"

石勒说："好，就按爱卿所说。"

于是，石勒便开始号称大赵天王，行施皇帝事务。过了几天，石勒传天王诏，立原配夫人刘氏为王后，立世子石弘为太子，任儿子石宏为骠骑大将军、都督中外军事、大单于，封为秦王；石斌为左卫将军，封为太原王；石恢为辅国将军，封为南阳王。封中山公石虎为中山王，任太尉、尚书令。任石虎的儿子石邃为冀州刺史，封为齐王；石宣为左将军；石挺为侍中，封为梁王。又封石生为河东王，封石堪为彭城王。任左长史郭敖为尚书左仆射，右长史程遐为尚书右仆射兼领吏部尚书。左司马夔安、右司马郭殷、从事中郎李凤、前郎中令裴宪等人皆任尚书。任徐光为中书令、领秘书监。其余文武官员，皆拜官封爵。

石勒在称赵王前，只有离散多年重聚的夫人刘氏，刘氏只为石勒生了一个儿子石兴。因石兴自幼身体羸弱，不堪担任太子之任，在众臣的劝说下，石勒又纳程遐之妹为第二夫人。程夫人十几年来，为石勒生下三个儿子，这便是石勒称大赵天王后封为太子的石弘、秦王石宏、南阳王石恢。此外，石勒多年来收养了许多孤儿为养子，其中不乏为将才者，如石堪等人。石勒称大赵天王时，他和刘氏所生的儿子石兴已经病故，故不见封王。

石勒传诏封赐百官的第二天，在襄国城建德宫建德殿举行朝会。百官进殿后，石勒不用朝官吃喝，也不许百官下跪参拜，更不许群臣山呼万岁。石勒让群臣都落座于木椅上，然后自己也坐在一张稍大的椅子上。相互打完招呼后，石勒对群臣说："今日朝会，俺想与诸位爱卿做三件事：其一，为咱们君臣相处定点规矩；其二，商议一下纪念俺大赵国功臣事宜；其三，正式启用襄国宫殿。俺先说说第一件事。日前，俺已称大赵天王，行施皇帝事务。虽然如此，但俺不想效法晋朝和前赵的做法，让臣子们对皇帝三拜九叩，山呼万岁。国有国君，君臣分明，这也是自古以来就有的规矩，俺不想破坏这些规矩，否则，君令没有权威，不利于治国，更不利于治吏。但俺一个奴隶出身的国君，不喜欢别人像奴隶一样跪在俺面前磕头礼拜，甚至万岁不离口。因此，今后俺君臣要建立一种新型的君臣关系，君臣要互敬，见面相互作揖、相互问候，但绝不许跪地磕头，也不许喊万岁。作为国君，俺说话诸位爱卿要听，要执行，但俺说错了、做错了，诸位爱卿要提意见，帮俺纠错，绝不能不说，或不敢说、不敢提。如果让俺发现，俺要治诸位的罪。诸位爱卿听明白了吗？"众臣连忙说听明白啦。

石勒接着说："这样一来，诸位爱卿千万不要认为俺会不严格、不严厉，恰恰相反，俺对谁、对什么事，都会严格要求、严格约束。诸位爱卿对什么事也要严格要求，否则，时间长了，容易懈政怠政，贻害国家、贻害百姓。这一点，众位爱卿也听明白了吗？"众臣又连忙说听明白啦。

石勒说："第二件事情，俺自与十八骑跟随汲桑大将军起兵反晋至今，无数将士牺牲、阵亡、故去，俺想择其功高者，铭其功名，以资纪念，使他们的名字和功业千古传颂。诸位爱卿以为可否？"众臣听了，一致赞成石勒的意见。

石勒说："那就请程遐爱卿将近三十年来，为俺大赵国南征北战和浴血奋战的功臣，提出个名单，待俺与众卿商定后，铭函纪念。"程遐领命。

石勒又补充说："俺还要为俺的恩人宁驱建个功德殿，没有宁驱员外领路和资助救护，就不会有俺石勒今日。请程爱卿一并考虑。"

程遐说："此事臣先提个方案，请天王批准后再具体实施，可否？"石勒点头。

石勒接着说："第三件事情，俺大军自选定襄国建制以后，便开始建城造殿，如今整整十八年过去了。大年前，佛图澄大师领俺到他的中寺去看了一下，俺顺便看了看城内的宫殿和各处建筑，之后建城使者告诉俺，所有建筑都已建完，整座城都可使用啦。俺想如今恰好是早春二月，草青花红，气候宜人，俺与众卿到城中各处走走看看，对建德宫许多尚未命名的建筑都命个名字，然后正式开张使用，众卿以为如何？"

原来，襄国城自十八年前开始修建时，便一点一点地建造，开始只是将大将军府等少数急用建筑建完，之后才展开了规模庞大、豪华无比的宫殿等建筑群的建造。且由于政权在不断完善，各个府衙相继成立，因此成立后的府衙便立即搬入建好的建筑内。这样，便形成了一边建，一边就成为入驻办差者的府衙，但一直没有总体规划安排。

听了石勒的话，众臣都欣喜不已，起身跟随石勒向殿外走去。在建城使者的引导下，石勒与众臣先到城外观看了拱卫襄国城的子城，然后观看宽大的城墙，之后再入城观看皇宫建德宫，并对每个建筑都赋予一个名字。已被众人叫出去的名字，君臣也逐一作了推敲。

襄国城城墙高大宽阔，墙上可卧牛，因此襄国城又称卧牛城。城的四周有四个子城拱卫着主城。建城者巧妙地将活泉水引入城中，周流城内。城有四门，以北苑作为襄国大市，在那里有繁华的商铺，聚集着来自四面八方的商人和无奇不有的方物。

襄国城最引人注目的是充满帝王气概的宫殿群。宫殿群初具规模时，是右侯张宾提议并经石勒同意，起名建德宫。建德宫的主要建筑有正阳门、端门、建德殿、建德后殿、徵文殿、单于庭、单于台、东堂、西阁、后六宫、百尺楼、崇训宫、社稷坛、宗庙、挈壶署、藏冰室等。建德宫四门南门叫正阳门、东门叫永昌门、西门叫永丰门、北门叫止东门。襄国城内建有大学和太学，还有宣文、宣教、崇儒、崇教等十余所小学，以及明堂、辟雍、灵台等建筑。为了对父母和故乡表示敬意与怀念之情，石勒还让人在襄国城建立了桑梓苑和籍田。为了尊崇佛教和佛图澄大师，石勒还让人在襄国城内修建了一座大寺，供佛图澄和他的弟子们在此修行，石勒亲自为大寺命名为中寺，取城中有寺之意。此外，在襄国城的京畿之地，还建有水上离宫沣水宫，在永丰小城内建有永丰仓，即太仓。

石勒与众臣连车马带步行，看了几乎一天，但石勒和众臣依然兴致勃勃。石勒对众臣说："众位爱卿看过襄国城，都有何看法呀？"

"巍峨壮观！"

"帝王气概！"

"刚柔相济！"

"气势磅礴！"

众人你一言我一语地评价着，石勒说："还有什么，还有两条，众位爱卿没说到的！"

众臣听石勒这么一说，一下子都憋住了，你看看我，我看看你，都说不出来。石勒说："徐光爱卿，你说说看。"

徐光说："臣只能再说出一条，这便是建德宫的宫殿群兼有汉族皇宫与北方游牧民族习俗的双重风格。"

石勒点头说："好，徐爱卿说的这条很重要，这的确是襄国城特别是建德宫的建筑风格。因为俺是羯族人，属北方游牧民族之一，俺居住的宫殿，理所当然应该有北方游牧民族的风格。"众臣听了，一齐点头称是。

石勒又说："还有一条，哪位爱卿能说出来？"

看到众人都在摇头，石勒说："那就由俺来说吧。"

石勒刚要继续往下说，只见程遐凑到石勒面前，对石勒悄悄说了什么，石勒听后，不禁眉头紧蹙地说："竟有这事？"

欲知后事，且看下回分解。

## 第四十四回  石世龙受劝继称帝
## 　　　　　　后赵国节粮禁酒行

却说石勒率众臣将襄国城城内城外所有建筑查看了一遍后，便征求众臣对襄国城的看法，众臣立即你一言、我一语，评价了一番。但石勒听后说，还有两个方面的情况众人没有说到，并点名让中书令徐光说。徐光评价说，建德宫的宫殿群兼有汉族皇宫和北方游牧民族习俗双重风格。石勒肯定了徐光的见解，但说还有一条，问谁能说出来。看到众臣都在摇头，石勒说："那就由俺来说吧。"

石勒刚要说下去，只见程遐凑到石勒面前，对石勒悄悄说了什么，石勒听了，不禁皱起眉头说："竟有这样的事情！"

原来，石虎在石勒称大赵天王后，被封为中山王，并任太尉、尚书令之职，石虎非但不感恩，而且心生怨言，对石勒发泄着心中的不满。本来，石勒一早召集朝会的时候，石虎还在场，但在出殿查看襄国城外建筑时，石虎便趁机溜走了，躲到一家酒肆喝闷酒去了。喝醉后，他又摔又骂，惊动了街上百姓，恰巧被吏部一名官员看到，这名官员怕生出是非，便前来报告了程遐。程遐想了想，认为此事非同小可，便向正在说话的石勒作了报告。

当下石勒对侍臣吩咐了几句，那侍臣点点头走了。石勒连忙说："一点儿小事，俺继续说正题。刚才众位爱卿说了那么多，说得都很对。依俺看来，襄国城特别是建德宫在建造上有三个值得说的问题，一是建筑巍峨壮观，豪华无比，二是兼具汉牧两种风格。这两条诸位爱卿都说到了。还有第三条，这便是建城建宫过于奢华。对于第三条，俺有些诚惶诚恐。当然，没有第三条，第一条和第二条也难以体现，但多花了百姓的钱，或说让百姓多流了汗，多吃了苦，俺的心里十分不安。刚才，俺一直在想这件事如何向百姓谢罪。"

建城使者从引导石勒和众臣查看襄国城建筑，听到众臣一路上不断地说好，心里很是欣慰，刚才听到石勒说的前两条，他更是喜笑颜开。可当石勒说到第三条时，并说要向百姓谢罪，那建城使者双膝跪在石勒面前，泪流满面地说："天王，是臣的过错，怎么能让天王向百姓谢罪呢！"

石勒一看，连忙双手扶起那建城使者说："爱卿十八年如一日，起早贪黑监督造城建宫，劳苦功高。过于奢华，多花了百姓的钱，这样的事其责任只能是俺这个王来负，怎么能是爱卿的责任呢！"

那建城使者听了，再次跪倒在地说："如天王还要自责，臣愿一死，以向百姓谢罪！"

石勒听了，连忙说："事已至此，俺收回这第三条就是。不说了，此事到此为止。"众臣听了，都拍起手来。

朝会散后，石勒径直来到石虎的府上。石虎在酒肆里摔打和谩骂时，恰好石勒的侍臣赶到那里，石虎听说是石勒派侍臣前来相劝并让他立即回府，知道自己已闯了祸，便连忙回自己府宅去了。石虎自投到石勒部下后，已经好几次引起石勒的发怒和斥责，但都不是因为对石勒封赐自己不满所引起，这次是因为封赐而不满，并让石勒将侍臣派到酒肆去劝解，石虎本能地感到了事态的严重性。加之此时石勒母亲王氏已过世，再也没人替石虎说话了，因此石虎更是惶恐不安。回到府中后，他一头扎到床上，连连说："如何是好，如何是好！"

妻子郑樱桃见状，连忙温柔地说："哟，叱咤风云的大将军、中山王，今天这是怎么啦？"郑樱桃是石虎的第三任妻子，襄国人，原是晋朝仆射郑世达的家妓，后成为女战俘，因颇具美色，被石虎纳为妾。郑樱桃成为石虎的妾后，在石虎面前进谗言陷害石虎的前两任妻子郭氏和崔氏，郭氏和崔氏相继被杀。由于郑樱桃貌美，又是优伶出身，因此深得石虎宠爱。

看到美貌妻子柔声相问，石虎便将刚才的情况向郑樱桃如实说了。郑樱桃听后说："夫君今日所做之事，实是一件天大的险事。天王虽不识字，但聪明绝顶，他会从今日之事立即想到夫君有野心，日后会成为他的子嗣的隐患，搞不好还会起杀人的念头。"

石虎听了连忙说："俺正是想到这一点，才非常害怕。"

郑樱桃又说："天王虽然杀伐决断，也杀人无数，但以妾观之，他心慈面软，特别是对主动认错之人，不忍杀害。因此，以妾之见，夫君应好好向天王认错，表示痛改前非，这样可以躲过一劫。"

石虎听了，点点头说："不错，俺这位叔王，虽然对晋朝、对刘赵能痛下杀手，但对百姓，对认错之人，的确从不轻易杀戮。"

郑樱桃将自己的粉脸贴到石虎的脸上说："这一点，夫君与天王可不一样啊！"

石虎连忙说："说正经事，那你说俺怎么向天王认错？"

郑樱桃说："为了确保能感动和打动天王，妾身认为夫君应带上你那儿子们，到天王宫里去向天王认错，请求他恕罪。"石虎听了连连点头，并让家臣去告诉正在参加朝会的儿子石邃、石宣、石挺、石斌，待朝会结束后立即回府。几个儿子不知父亲有什么事，朝会一散，便急忙跑回石虎府上。石虎对儿子们刚将白天的事情说完，正要领他们进宫时，却见石勒亲自来到石虎府上。

石虎和郑樱桃一看，连忙拉着几个儿子齐刷刷地跪在地上，石虎痛哭流涕地说："臣侄今日醉酒出丑，请叔王治罪！"

石虎这几个封王的儿子里，只有石邃是郑樱桃所生。郑樱桃和石虎共生两子，除石邃外，还有石遵，由于石遵尚且年幼，此次没有封王。石斌、石挺、石宣都是郭氏和崔氏所生。在郭氏和崔氏所生的儿子中，石斌年龄最长，此次被石勒封为太原王，左卫将军。石斌见父亲只说了两句话，便又接着说道："父王酒后失言，还请天王谅解！"石斌说这两句的意思是想强调石虎说的错话是醉酒所致。石斌说完，石虎的其他几个儿子也都乞求石勒宽恕石虎。

石勒看到这种阵势后，心肠先自软了下来，他坐在一张椅子上，对石虎等众人说："起来说话。"听石勒说这句话后，石虎、郑樱桃和那几个儿子，才从地上爬起来，乖乖站立一边。石勒说："俺不怪你醉酒出丑，俺是从你对此次封赐不满看出你流露出可怕的心思，这才过来劝劝你。"

石虎一听，连忙再次跪倒说："臣侄今日酒后失言，说了不该说的话，罪该万死，但实是有口无心，望叔王恕罪！"

石勒说："但愿你真是有口无心。俺们这个家族，是穷苦的羯族出身，在众臣和天下穷苦百姓的支持参与下，如今打下了江山，俺期望石家所有人都要好好尽心尽力，治理国家，为大赵子民谋福祉。你作为俺的侄子，俺封你为中山王，官居太尉、尚书令，俺认为已经可以了，你总不能让俺封你为太子吧！你的儿子们俺也都封为王。俺的期望是众王齐心协力，为治理好大赵国效力。俺今日不想再说别的话了，只是期望你等石氏族人，不要像司马氏那样诸王内讧，贻害国家，让石姓遭难。你们能做到这一点吗？"

一直跪在地上的石虎连忙说："臣侄一定牢牢记住叔王的话！"

石虎的几个儿子也都表示，牢记石勒期望，为大赵国效力。

石勒起身说："好，那俺就不多说了，你等好自为之吧！"说完，出了石虎的府邸，回宫去了。

按照石勒的要求，程遐很快将跟随石勒南征北战的功臣名单提了出来，经石勒与众臣商量，确定了三十九名佐命功臣的名单，刻于石函之上，安置于建德前殿。安置石函这天，石勒与众臣出席了仪式，并向已故功臣上香祭祀，佛图澄大师率弟子为已故功臣做佛事活动。

石勒称大赵天王后，每日早起晚睡，不停地奔波于各州郡，关注着政权建设和民生的每个角落，思索着要做的每件事情。转眼半年过去，又迎来北方秋季大丰收季节。这日，石勒回到宫中，召集群臣商议兴修水利、劝课农桑事宜。石勒刚坐下，中书令徐光和右仆射兼吏部尚书程遐二人双双走上前对石勒说："天王，在朝会举行之前，我等二人要代百官上奏一件大事，请天王垂听。"

石勒这半年多数时间在州郡，不知徐光和程遐要说什么，因此听了二人的话后，连忙说："二位爱卿请说。"

徐光说："臣等要代百官说的，还是请求天王扶正皇帝尊号。"

石勒说："众位爱卿真的认为称皇帝尊号有这么重要吗？"众臣立即异口同声地说："是！"

程遐说："自华夏三皇五帝以来，皆以皇与帝为尊，秦始皇将皇与帝二字连在一起，发明了皇帝这个尊号，自此皇帝便是最为尊贵的尊者。今我大赵国蒸蒸日上，熠熠生辉，国运昌隆，百姓欢喜。但不管是百姓还是臣僚，都觉得国家还是缺点什么，就想让天王尽快成为皇帝。因此，请天王尽快称帝，以足民心。"

石勒说："看来人到了一定时候，不想做的事也必须去做呀。既然众位爱卿都这么想，百姓们也有这个要求，俺就当这个皇帝就是啦！"

众臣一听，立即跪下来，齐呼万岁。石勒马上喊道："快，快起来，俺还有话说呢！"

众臣听了，只好都站了起来。石勒不悦地说："俺半年前讲过，不许跪地磕头，也不许山呼万岁，怎么众位爱卿都忘了呢！"

程遐说："那时陛下还没称帝，如今称帝了，我等众臣跪地磕头，呼喊万岁，也都是应该的啦。"

石勒说："可以不给天王磕头，却非要给皇帝磕头，真是让人哭笑不得。俺给众位爱卿出个题目，是想让俺称帝，还是继续称天王。"众臣听了，连忙七嘴八舌，表示愿让石勒称帝。

石勒说："好，咱们再明确一下规矩，既然众卿非让俺称帝，那俺就称帝，但今后不许跪地磕头，也不许喊万岁。俺再说一遍，俺曾做过奴隶，痛恨皇帝，既然今日自己做了皇帝，就立点规矩，不磕头，不喊万岁，以别于其他皇帝。众卿记住了吗？"

众臣见石勒如此说，又是命令式的发话，都齐声说记住了。石勒又说："既然做了皇帝，总要有点什么举动。俺看做这样几件事吧，其一是改个年号。"石勒想了想说："将新年号改为建平，如何？建平，意即俺称帝平平常常，俺大赵国平平安安，如何？"众臣齐声赞成。

石勒接着说："第二件事，既然称帝，还是应大赦天下。别人称帝大赦天下，俺称帝如不大赦天下，让人笑话，甚至漫骂，所以程遐爱卿拟旨，大赦天下。"程遐领旨。

石勒又说："第三件事，襄国城已正式启用，现在人们还一直有不同叫法，有叫襄国城的，还有叫卧牛城的，或叫其他城的，俺的意思，以后就叫作建平大城，如何？"众臣再次齐声赞成。

石勒笑道："让俺当皇帝，就做这样区区几件毛事，是不是有些太寒酸啦？"

徐光说："登基称帝，不搞任何仪式，不作任何铺张，平平常常，真是前所未闻，陛下之德和为民情绪，由此可见一斑啦！"

石勒点头说："徐爱卿说得对，为百姓做事可以轰轰烈烈，称王称帝这样的事，就应该平平常常。以后代代国君，都要照这样去做，众卿把俺今日的话记住并记于史册。"众臣齐声领命。

同意称帝之事议完后，石勒与众臣接着商议兴修水利和劝课农桑事宜。石勒对众臣说："俺称大赵天王后，用了数月时间，遍走青、徐、兖、豫等州，虽然走马观花，但州郡政权建设、民本民生等大事，还是看到想到了许多。今日俺想就兴修水利和劝课农桑事宜，与诸位爱卿作进一步商议，尽快形成一些共识，解决相关问题，以促进举国农桑发展，让百姓尽快富足，国家尽快富强。"

石勒与众臣整整商议了三天，然后就兴修水利和劝课农桑做出许多决定，并相继付诸实施。

石勒首先继续强化使者州郡巡行制，提高劝课农桑的力度和水平。在石勒称赵王时，曾决定采取派使者巡行州郡等措施，劝课农桑。并以右常侍霍皓为劝课大夫，与典农使者朱表、典劝都尉陆充等人巡行州郡，核定户籍，劝课农桑。霍浩、朱表、陆充等人受命以来，在劝课农桑，发展后赵国农桑事业，做出了重要贡献，并为后来后赵国朝廷的普查户口、减租缓刑，奠定了重要基础。为了继续强化使者州郡巡行制，进一步提高劝课农桑的力度和水平，石勒与众臣商定，设立中央大司农，全面掌管和监督使者州郡巡行制。将霍浩提拔为大司农，朱表、陆充为劝课大夫，提拔十数人为典农使者和典劝都尉，在中央大司农的引领下，每人负责一个州的巡行，并定期轮换。农桑最修者，赐爵五大夫。

石勒采取的第二个措施是设立朝廷职司水利事务的都水使者。石勒在数月州郡巡行过程中，所见所闻的一个重要方面，便是农业上经常遭受的旱涝灾害，以及由于水害给百姓带来的灾难，因此石勒一路上暗下决心，一定要采取得力措施治理水害，同时兴修水利，便旱年有水可以灌溉，保证旱年涝年都能得以粮食丰收。都水使者亦由中央大司农节制，负责水利设施修建、河道疏浚及行洪排涝诸事的组织管理。为了使朝廷和州、郡、县在兴修水利方面协调一致，各负其责。州、郡、县三级也各设水官，负责各自领域内的水利工程勘测、设计与施工。在水害比较集中的黄河两岸诸郡县，朝廷更有诸多的措施和支持、激励机制。

石勒采取的第三个措施是组织军队屯田，筑室返耕，且耕且守，使军队保家卫国和自给自足，减轻国家负担两不误。后赵四年时，石勒命石虎率四万大军征讨泰山太守徐龛，当时徐龛坚守不出，石勒当时便向石虎发出"筑室返耕，列长围以守之"的训示，最后，后赵军既在屯田方面取得成绩，又俘徐龛以斩之。石勒要求，如今大战处于间歇状态，数十万大军都要一方面继续练兵，以期有朝一日统一大江南北，一方面要积极屯田，且耕且守，力争粮油自足，减轻农民和国家负担，促进举国农业发展。屯田号令下达后，后赵军积极行动，从平原到丘陵，从河滩到海滨，到处都出现了军营屯田的热烈场景。

第四个措施是安顿流民，迁徙户口，使劳动力与农业生产资料均衡配置。黄河两岸自西晋兴起的乞活军，至后赵建国时，作为一股军事势力已被后赵消灭殆尽，但这支游动大军，许多人还存在于民间。石勒称帝后，积极招抚和安顿这些人及他们的后代，将他们安置到发展农业需要的地方，充当开荒种田的劳力，既促进了农业的发展，又使社会得以安定。

第五个措施是石勒亲自耕种籍田，带头劝农兴农。在襄国城西，石勒让建城使者特意开辟了桑梓苑和籍田，作为自己对敬重父母、怀念家乡的寄托和以示重农的标志。籍田，是指古代帝王在京城附近开辟的田地，帝王们在籍田中亲自耕种，以示劝农之意。石勒与众臣商定诸多劝课农桑的措施后，便来到襄国城西籍田之地，亲自动手耕作。

时值秋季种麦季节，石勒正与太子石弘在籍田中埋头耕作中，却听到一个熟悉的声音说道："陛下，大赵国劝课农桑、发展农业，形势喜人哪！但老衲还要给陛下提个建议，不知妥否？"

石勒一听声音，知道来人乃佛教大师佛图澄。他连忙站起身来说："俺师有何教诲，但请说来，俺洗耳恭听！"

佛图澄说："禁酒，禁止用粮食酿酒。"

石勒一拍大腿说："好，立即禁用粮食酿酒！"

欲知后事，且看下回分解。

## 第四十五回　崇佛教拔擢佛图澄　立佛寺选用都督僧

却说石勒称大赵天王后，每日早起晚睡，不停地奔波于州郡，关注着后赵政权建设和民生的方方面面。在巡行数月并被众臣请求扶正皇帝尊号后，立即与众臣商议了兴修水利和劝课农桑事宜，并做出了许多重要决定，采取了相应措施，其中包括皇帝亲自到籍田耕作，以示带头劝农兴农。

看看君臣商定的劝农措施正在得到很好的贯彻落实，石勒带着太子石弘来到襄国城西专门为皇帝开辟的籍田，亲手耕作起来。此时正是麦子的播种季节，石勒与石弘正在聚精会神地播撒着麦种，却见佛教佛图澄来到面前，并建议禁止用粮食酿酒。石勒听了，立即一拍大腿说："好，立即禁用粮食酿酒！"

石勒在巡行州郡时，早已得知各地每年酿酒，都要耗去相当数量的粮食，而且各地酿酒的作坊，选用酿酒的粮食，都是五谷中品质最好的，石勒很是心疼这些粮食。石勒还得知，如今国势渐强，民生安定，饮酒之人越来越多，酒的需求量也越来越大。同时，许多地方酗酒现象增多，酒后无德、酒后闹事的人屡见不鲜，石勒对此很是痛恨。因此，当佛图澄提出禁止用粮食酿酒的建议后，石勒当即表示赞成。

听了石勒的表态后，佛图澄点头说："陛下不愧为明君，竟能当即决定禁用粮食酿酒。老衲猜想，陛下这道圣旨传下去后，一些人特别是那些酒徒是会不高兴的。"

石勒拍了拍手上的泥土，拉着佛图澄说："大师请坐，快说说怎么想到了禁止用粮食酿酒的事情，弟子虽然早已知道酿酒每年都要耗用大量五谷,却没想到实行禁止粮食酿酒之事。"说着,将佛图澄让到籍田边上的一座凉亭之内。佛图澄坐下后,太子石弘递过一个陶碗,陶碗中盛着白开水。

佛图澄此时恰好一百岁,但身体硬朗,耳聪目明,声音洪亮。佛图澄说了声"谢过太子",喝了口水然后说:"传说杜康造酒,犹如仓颉造字,神鬼皆惊,功德无量。但酒乃佛家忌戒之物,因此老衲自幼远离此物。只是近来老衲亲身遇到几件事情,才让老衲想起了应向陛下建议禁止用粮食酿酒。老衲遇到的第一件事情是,随着大赵国普及佛教,佛教越来越深入人心,佛教徒越来越多,特别是随着各地佛寺的增多,出家人日益增多。但在这些出家人中,什么人都有,其中便有些酒徒。这些人剃度出家后,还戒不了饮酒之习。有些人为了偷偷饮酒,不惜破坏寺规,引起寺中的混乱。还有的出家人为了满足自己偷偷饮酒的恶习,不惜犯戒回到俗家去要粮食,甚是强拿粮食。而他的俗家粮食又很紧张,因此引起一家人的不和。有的出家人的亲人甚至到寺中来找方丈,说寺中管教不严,而寺中的住持、班首、执事等人,出于慈善之心和以观后效的考虑,又不能因为僧众刚入寺犯戒而将其除名,因此又引起寺中僧人之间的不和。老衲想来想去,觉得用粮食酿酒,实在是弊端太多,既浪费了粮食,甚至让百姓挨饿,又助长了酒徒的恶习。因此,老衲觉得应该禁止用粮食酿酒。"

石勒点头道:"大师所见极是啊,这种让一些人无粮挨饿,又让一些饮酒犯戒的事,是应该严管。大师还遇到了什么?"

佛图澄又说:"老衲遇到的第二件事情,与僧寺无关,但老衲看了后非常生气。老衲在豫州时,曾见过一个酒徒,因为嗜酒如命,将好好一家人闹得家破人亡。此人原来并未饮过酒,自其庄建立酿酒坊后,此人便天天饮酒,很快便将自家的一点儿积蓄花光,然后又将自家粮囤中的麦子一点一点抵光,后来因为赊账,硬是让坊主将其女儿拉走卖人,而买其女儿之人又将那少女卖往娼妓坊。少女其母自女儿被酿酒坊主拉走后,便卧床不起,当得知女儿沦为娼妓后,当日便自缢身亡。女儿得知母亲惨死,也撞墙身亡。后来那酒徒也溺水而死。如果禁止粮食酿酒,陛下说这一家人的惨剧岂不是可以避免吗?"

石勒叹了口气说:"不管如何,粮食酿酒是个重要原因。大师还有何经历?"

佛图澄说:"老衲遇到的第三件事,便是陛下采取的一系列劝课农桑的措施。老衲以为,陛下即便采取再多的措施,如果不禁止粮食酿酒,终为不圆满。"

石勒说:"大师已经说服了弟子,弟子禁止粮食酿酒的决心已定,只是郊祀宗庙等必用酒的场合,如没有酒,须难以为继。"

佛图澄说:"陛下岂不闻可以醴酒代之!《吕氏春秋·重己》曰:'其为饮食酏醴也,足以适味充虚而已矣。'即以黍粥配制甜酒。但黍粥也是粮食。老衲以为,可用各种山果配制醴酒,以替代粮食酿酒。此外,牛奶、马奶、羊奶,也皆可酿酒,陛下可着人试酿一下。"

石勒高兴地说:"大师的知识和智慧,使弟子的禁止粮食酿酒令无后顾之忧矣。弟子回宫后,立即颁行禁止粮食酿酒之令。但弟子以为以山野之果酿作醴酒最好,因为一粒粮食不费,而牛马羊之奶亦可作为粮食充饥。"

佛图澄双手合十说:"陛下为了节约粮食,真是考虑得周到而细致,此乃大赵国百姓之幸也。"然后起身欲告辞。

石勒拉住佛图澄说:"大师稍坐片刻,弟子也有事相告。弟子在巡行州郡时,感到俺大赵国自大师来此兴佛后,人心逐渐安稳而向善,多少年来由于战乱与动荡而使人们焦虑、好斗、恐惧、敌视等心理,正在向平和、善良转变。弟子在青州时曾与几位老者叙谈,他们认为人们这种变化多半要感谢大师兴盛佛教的功绩。弟子想向大师说的是,虽然大师在兴盛佛教、教人向善方面已取得很大进展,但多数人还缺乏觉悟,晋朝统治时期遗留下来的许多扭曲心理、世故习俗,都要去扭转和克服。大师适才讲述的那两件所见之事,固然与粮食酿酒有关,但更与那些贪酒之人缺乏一定的觉悟有关。如果这些人的觉悟达到一定程度,断不会如此自私自利地去为饮酒而败坏了佛家的名声,甚至家破人亡。因此,弟子认为要进一步兴盛佛教,发挥佛教在教化民心、劝人向善,以及引导人们自我摆脱痛苦、达到幸福境界的功能,逐步造就一个安定、祥和、仁爱的清平国度。"

佛图澄听了,连忙起身双手合十道:"阿弥陀佛,老衲来到大赵国二十年,可以说大赵国开启了兴盛佛教的诸多先河,佛教在大赵国,一似雨后春笋,不管是教化人心、发展僧众、建造佛寺,都是佛教传至东土以来前所未有之举。如今陛下要进一步兴盛佛教,进一步发挥佛教之功能,真让老衲兴奋不已！老衲争取再活二十年，在陛下的指引下，将大赵国兴盛佛教的壮举推至高潮。"

石勒说："大师可回宝寺做些准备，待弟子将禁止粮食酿酒，以及以醴酒取代郊祀宗庙用酒等诸事排定之后，便到宝寺与大师就进一步兴盛和发挥佛教功能之事，与大师仔细商议。"

佛图澄再次起身说："老衲立即回去做好恭迎陛下的准备。"说完，辞别石勒父子而去。

石勒父子在籍田劳作后回到宫中，石勒立即找来中书令徐光，向他述说了佛图澄禁止粮食酿酒的建议，并与他详细商议如何落实事宜。徐光说："臣甚是赞成佛图澄大师禁止粮食酿酒的建议，虽然我大赵国垦荒种田的势头良好，加之陛下近年来采取的诸如劝课农桑、减租减赋、籍田示范等兴农措施大见功效，但结束战乱后人口急剧增长，粮食需求量直线上升的形势，更是不可忽视。在这种情况下，禁止粮食酿酒的确意义非同寻常。臣意立即颁布诏令，将各地以粮食为原料的酿酒坊分期关闭，同时，提倡各地酿制果酒。两年后郊祀宗庙用酒一律改用醴酒。"

石勒说："诏令要用点话语好好说服一下州郡的刺史和太守，只要他们想通了，并能带头不饮粮食酒，两年之后，禁止粮食酿酒，以醴酒代替粮食酒的目标一定会实现。"

徐光说："臣这就起草这道诏令，将禁止粮食酿酒和以醴酒代之这两个方面的事，都详细规定一番。对刺史和太守，包括县令，要严厉作出规定，如若发现有人违背规定，要严惩不贷，甚至罢官。不知可否？"

石勒点头说："好，既然要做成此事，就要做出严格规定。日后若发现州、郡、县的官员有人违背规定，当严惩不贷，直至罢官。爱卿可在诏令中写清。此外，此诏令不光要州、郡、县执行，朝廷所有官员包括俺在内，也要严格执行。除遇有他朝宾客来访外，朝廷官员谁也不许饮用粮食酒。"徐光领命。

诏令颁发后，由于规定严格，加之石勒亲自带头不喝粮食酒，朝廷官员和州郡县各级官员，都不再喝粮食酒，用粮食酿酒的作坊纷纷倒闭或被取缔。与此同时，每个郡都开始试制果酒，大赵国在石勒在世之时，再没有出现粮食酿酒的情况。

且说佛图澄自石勒与他商议，准备进一步兴盛佛教，发挥佛教教化民心的功能后，便与诸弟子作了认真梳理，将二十年来的兴盛佛教方面做的事情，一件一件理了出来，对今后的打算也一一列了出来，只等向石勒报告。这日，佛图澄正在寺中打坐，执事僧来报，说皇帝、太子、中山王、中书令四人驾到。佛图澄一听，连忙率四大班首和八大执事出寺迎接。

石勒下令为佛图澄修建的中寺，坐落在建德宫旁边不远之处。佛寺虽修建年头不长，但早已呈现出庄严、静谧的氛围。平时，佛图澄除云游各地讲法兴佛外，只要在寺中，都要定时与弟子们诵读大藏经。今日，因佛图澄已得到石勒要来寺中的消息，因此便没有与弟子们诵经，只是不停地烧香。所以石勒等人到了中寺后，除体验到庄严、静谧的氛围外，便是闻到了寺中浓香的气味。

石勒与佛图澄相互敬礼后，双方其他人也都相互见面，佛寺四大班首和八大执事都一一参拜了石勒。然后，石勒与佛图澄并肩而行，先进山门，然后穿过天王殿、大雄宝殿、圆通殿，来到法堂。法堂为寺中高僧大德向众弟子讲法之处，相当于学校的教室。

佛图澄将石勒让至主座后，便要与众僧再次参拜石勒，石勒连忙挽住佛图澄说："大师千万不要拘泥于礼节，弟子也不给大师敬礼啦，俺等尽快商谈正事就是。"

佛图澄说："老衲先将来到大赵国这二十年所做的兴佛盛佛之事向陛下简略报告一下，然后再说说今后的打算。"

石勒说："大师请讲，弟子等人洗耳恭听。"太子石弘、中山王石虎、中书令徐光等人都有礼貌地向佛图澄点了点头。

佛图澄说："老衲来到大赵国这二十年来，除每日修行外，一直孜孜不倦地在做着四件事，这便是传授佛经，授业解惑；招收弟子，增加僧众；建造佛寺，理顺寺规；施劝诫行，教人向善。关于传经解惑，老衲在二十年中已讲授佛法一千多场，听众不下二三十万人次。老衲自幼开始背诵的经文数百万言之义，向听众都传授了一遍。在听众中，不乏精通理义者，且这些人多数都被老衲收为弟子。关于老衲二十年来招收的弟子数量，大致在八千人左右。不是老衲弟子的僧众，其数量更多，老衲亦无法算出个准确数字，大致数字应在五万人上下。建寺理规方面，喜忧参半。二十年来，老衲走遍了大赵国现有的郡县，至目前已经建造佛寺三百多所。虽然听起来数量不算少，但与郡县数量相比，尚不算多。与现有僧众相比，更不算多，因为目前仍有许多僧众还没有佛寺能容纳他们。且现有三百多座佛寺分布不均匀，一些后来归大赵国的地盘上，许多郡县还没有佛寺。这是忧的一方面。理顺寺规方面，颇令人欢喜。目前，大赵国内三百多所佛寺，在寺规方面已经统一起来。"

"大师请将这方面情况说得稍详细些，弟子想好好听听。"石虎听到这里，禁不住站了起来，对佛图澄提了个要求。石虎说完后，对石勒施了一礼。徐光看得出，石虎是怕石勒怪罪他唐突。石勒却笑着搭话说："好，俺也愿意详细听听。"

佛图澄说："好，老衲详细说说。理顺寺规的第一条，便是让大赵国所建佛寺皆参照白马寺的样子建造，具体说就是佛寺一般由山门，或叫三门、天王殿、大雄宝殿、主供佛殿、法堂、藏经楼这一组建筑组成。天王殿两侧由钟楼和鼓楼，大雄宝殿至主供佛殿两侧为东西配殿，东配殿一般用作僧房、斋堂、职事房、茶堂等，西配殿多为接待云游僧人的禅堂等。在大寺院里，两侧配殿还设有罗汉堂。在法堂两侧通常是方丈居住之地。第二条，佛寺一般都建于浓荫翠谷的风水宝地。寺院不仅要符合'山水以形媚道'的老庄玄学之境，而且要有山水的自然美之境。这是老衲选取佛寺建造之地的一个重要标准。第三条，完善寺院制度，主要是设置四大班首，八大执事，这些人由住持即方丈任命，各司其职，辅理寺务。第四条，寺院普遍建立园圃，自食其力。自大赵国第一座佛寺建造开始，老衲便要求每个寺院都要有自己的园圃，种植五谷和果、蔬、药等植物。如今，三百多座寺院，座座都有自己的园圃。僧众在园圃劳作种植，不但可以自食其力，而且还可以活动筋骨、怡养性情。"

佛图澄说到这里，石勒点头赞同。佛图澄又说："具体事说来话长，老衲只是拣重要的说了，不知陛下和中山王还有何需老衲再细说之处。"石虎听了，连忙朝石勒点了点头。石勒对佛图澄说："弟子等人了解这些就可以了，大师继续往下说吧。"

佛图澄继续说："戒行向善方面，老衲就不详细说了，老衲九岁在乌苌国出家后，便一直谨遵戒律，平生酒不逾齿、过午不食、非戒不履，尤其是劝诫杀生方面,尽了老衲平生之力。"

石勒接着佛图澄的话说:"大师劝诫杀生,俺和中山王体会最为深刻,大师功德无量啊!"

佛图澄连忙双手合十说:"阿弥陀佛,是陛下和中山王功德无量!"

石勒摆摆手说:"大师不必过谦。快说说下步兴佛盛佛的要求吧。"

佛图澄再次双手合十说:"阿弥陀佛,那老衲就直言啦!其一,乞请陛下降旨,让州、郡、县支持佛寺修建,并提供方便;其二,免除寺院园圃所占田地的租税;其三,建议朝廷建立相关制度,加强对佛教及僧众的管理。"说到这里后,佛图澄又一次双手合十说,"老衲就说这些,还请陛下训示。"

石勒看了看石虎和徐光,意思是让他们先说说,石虎和徐光连忙摆了摆手。石勒见状说:"好,那俺就说点意见。首先俺要说的是,佛图澄大师来到大赵国的二十年,在兴盛佛教方面,无论是传经说法、发展僧众、建造佛寺、创造寺规的方方面面,都是空前的,其功业对于兴盛佛教来说,俺认为是自佛教传入中原以来,贡献最大者。其次,俺今日要郑重地宣布,俺以大赵国皇帝的名义,封佛图澄大师为大和尚、大赵国国师。"

佛图澄听到这里,连忙双膝跪在石勒面前说:"老衲感谢陛下晋封!"石勒连忙双手扶起佛图澄说:"大师万不可施如此大礼,俺虽为皇帝,但也是大师的弟子,况俺已规定,朝臣都不施跪拜之礼,大师就更不要施此大礼啦。"佛图澄站起身来,双手合十说:"如此,老衲谢陛下晋封!"

石勒接着说:"再次,俺要宣布几条大赵国进一步支持兴盛佛教的事项:其一,便是支持修建佛寺。俺知道,佛教传入中原后,迄今无论译经、说法、传教、建寺,朝廷基本不介入,全靠信徒自身努力。自今为始,俺大赵国在这些方面,要全面介入,积极支持。第一个举动便从支持修建佛寺开始,今后国家不但要出钱,还要出人负责监督建寺。来日,俺亲自选个合适人选,在大师的管领下,负责举国各地佛寺建造的都督事宜,并让他做个都督僧。"

佛图澄听到这里,激动得刚要再下跪,忽然听到一人说:"陛下,贫僧愿做这个佛寺建造的都督僧。"石勒和佛图澄看了那人,不由得都笑了起来。

欲知后事,且看下回分解。

## 第四十六回　广招贤忙煞勤政君　海纳言宽宥诤谏臣

却说石勒为了进一步兴盛佛教，发挥佛教在教化民心、劝人向善等方面的功能，亲自带领太子石弘、中山王石虎、中书令徐光，前往中寺，与佛图澄大师共商兴盛佛教大计。佛图澄简要报告了他在大赵国二十年兴盛佛教所做的事情，又谈了眼下应该进一步解决的问题。石勒在佛图澄谈完情况后，当即发表意见，充分肯定佛图澄的功绩，并封佛图澄为大和尚、大赵国国师。接着，石勒宣布大赵国进一步支持兴盛佛教的事项，其中第一条便表示，今后国家出钱支持修建佛寺，并出人负责监督建造佛寺事宜。石勒还表示，要亲自选个合适人选，帮助佛图澄都督建寺事宜，并让他做个都督僧。佛图澄听到这里、激动得正要再次下跪，忽听一人说："陛下，贫僧愿做这个佛寺建造的都督僧。"石勒和佛图澄等人举目望去时，见来人乃昔日石勒的十八骑之一，后成为佛图澄的入寺弟子郭黑略。因此，石勒和佛图澄都笑了起来。

原来郭黑略此时已被佛图澄派往襄国城西、太行山脚下新建造的佛寺护法寺的住持。这日郭黑略来中寺找佛图澄请教佛经经义，听说石勒在法堂与佛图澄共商兴佛大事，便忍不住想看看石勒。谁知刚到法堂，恰好听到石勒说要选都督僧之事，于是兴奋之余，便推门而入。

当下郭黑略双手合十道："请陛下原谅臣僧唐突之举，适才不经准允便破门而入，还请陛下和师父恕罪。"

石勒指着郭黑略对佛图澄说："大和尚对这位都督僧满意否？"

佛图澄说："弟子黑略睿智勤奋，现有三百多座佛寺的建造，无一不体现着黑略的辛劳。老衲对黑略出任都督僧甚是满意！"

石勒说："好，既然大师满意，那郭爱卿自今日始便正式出任这个朝廷的都督僧。司马炎建立晋朝时，便实行都督制，俺大军多年来也沿袭都督制。今日俺将都督制引至与佛教相关的督官上来，就是想让郭爱卿在督建佛寺上，发挥更大的作用，让郭爱卿这个都督僧，成为官家在佛教的介入上的一个标志。郭爱卿能找准你这个都督僧的位置吗？"

郭黑略连忙说："臣僧既会积极力争郡县对建造佛寺的支持和帮助，又不会完全依赖郡县，绝不会给郡县增添太多的麻烦。"

石勒点点头说："好，爱卿做事俺放心。"他回头又对徐光说："回头朝廷颁发个支持佛寺建造的诏令，在诏令中明确都督僧和州、郡、县各自的职责。"徐光说："臣遵旨。"

石勒继续说："俺要说的第二件事是，支持佛寺开辟园圃，自种五谷和果蔬，自食其力，所辟粮油果蔬之田，免征租税。第三件事，朝廷自现在起建立僧官和相应的管理制度，掌管僧众和寺院事务。第四件事，自现在起，将译经、抄经所需人力、物力、财力，皆纳入国家支出。如佛寺僧人自力，则官府予以支持和鼓励，提供纸张等物。第五件事，以后每年四月初八日，寺院举行佛诞浴佛法会，纪念佛陀诞生。这一天，俺到寺院去拜佛上香，以表对佛教的尊崇和支持。大师以为可否？"

佛图澄双手合十说："老衲感谢陛下这些实实在在的旨意，真是皇恩浩大啊！"

石勒又说："还有一件事，从明天开始，俺将让太子及太子的几个兄弟，到佛图澄大师身边，接受大师和中寺众僧的教诲和熏陶，还望大和尚接纳。"

佛图澄连忙说："太子和诸位王子来寺中体验，是陛下对老衲及众僧的信赖，老衲等一定竭力向太子及诸王子传授佛法，并照顾好他们的生活。"四大班首和八大执事也齐声说："贫僧定当齐心效力！"

太子石弘站起身来说："深谢大师的关爱，感谢诸位高僧的关怀。"

石勒站起身来说："适才俺所说之事，不知能否满足大师需要，如有不妥或不足之处，大师再随时向俺说，以便再作定夺。"

佛图澄说："正如陛下所说，自佛教传入中原以来，国家介入并支持者尚不多见,今陛下一连采取了如此多的支持措施,实属罕见。老衲与众僧一定与都督僧紧密配合,在朝廷僧官的指导下,将大赵国的兴佛事业继续推向前进,不辜负陛下对佛教教化人心,教人向善的期望。"

郭黑略也说:"陛下放心,臣僧受任这个都督僧后,绝不会辜负陛下的期望,定当将我大赵国的佛寺建上千座方罢休!"石勒连声说好。

然后,石勒等告辞佛图澄及众僧,起身回宫。

第二天,太子石弘带着两个弟弟秦王石宏、南阳王石恢,一起来到中寺,由佛图澄抚养和教诲。

石勒进一步兴佛的举措给了佛图澄这个百岁僧人以巨大鼓舞和鞭策,自此他更加勤恳,除诵经和研究经义外,他日夜不停地操劳着,为大赵国佛教事业的发展在做着一件又一件的事情。在他和郭黑略等人的努力下,后赵大地的佛寺建造速度大大加快,到佛图澄一百一十六岁圆寂时,后赵大地共建造佛寺八百九十三座。佛寺多了,僧众住的地方宽绰了,出家为僧者便大大增加,佛图澄的弟子也达到数万人。其中,著名弟子有法首、法祚、法常、法佐、僧慧、道进、道安、僧朗、竺法汰、竺法和、竺法雅、比丘尼安令首等。尤其是道安,博学多才,通经明理,其所注经理渊富,妙尽深旨。虽然在佛图澄的众弟子中年龄较轻,但被佛图澄指定为大弟子。佛图澄圆寂后,道安在北方传教多年,后率徒众前往襄阳,编《众经目录》,制定戒规,为寺院所取法。道安六十岁时,主持译出佛经百万余言,进一步宣扬佛教哲学,在中国佛教史上影响极大。

佛图澄生平未译一经,也未著一论,但从他教出道安、竺法汰等理论造诣极深的弟子看,佛图澄的学与德,一定更加高深。只是有关佛图澄事迹都被那些善诵神咒、役使鬼神、预知吉凶等玄而又玄的方术所掩盖,作者不敢妄加评说。

纵观中国佛教史,后赵在推动佛教发展上具有重要地位。正因为有魏晋时期的重要起步,才有了南北朝时期的大发展。而佛图澄和石勒、石虎是魏晋时期佛教发展的重要奠基者和推动者。

且说随着大赵国日益稳定和发展,石勒感到人才的不足已经成为举国的大事。这日,他对中书令徐光说:"爱卿以为俺大赵国眼下最缺什么?"

徐光不加思索地说:"贤才。"

石勒点点头说:"爱卿认为是缺乏贤才之人,还是缺乏选拔贤才之路?"

徐光说:"可能两者兼而有之,但臣认为归根结底,还是缺乏选拔贤才之路。"

石勒说:"譬如选马,千里马常有,而伯乐不常有,爱卿是这个意思吗?"

徐光说:"陛下圣明,臣正是此意。"

石勒说:"俺大赵国这些年来,从广泛设置小学、大学抓起,州郡如今都有小学、大学,人才的培养已呈持续之态。在此基础上,朝廷实行考试制度,选举人才,并疏通了秀才、孝廉的选举之路,怎么还会出现人才不足的状况呢?"

徐光说:"臣以为,虽然陛下十几年来疏通了选举人才之路,令群臣和州郡每年都推举秀才、孝廉及贤良、直言、武勇之士,但一来是这些年州、郡、县政权不断完善,用人数量增加;二来是许多州郡推举人才的状况并不理想,或数量不足,或质量较差;三来是选拔官吏的科目尚不全面。"

石勒听了,点头说:"爱卿言之有理,只是官员选拔还有何科目可以选取?"

徐光说:"譬如汉代选举官吏的科目有孝廉、贤良、方正等,我大赵国眼下有贤良而无方正,有直言而无秀异,可将方正、秀异补充进来。"

石勒说:"好,回头和程遐说,让吏部和管领选举事宜的诸位爱卿立即将方正、秀异列入选拔官员的科目。"

徐光说:"臣遵旨。"

石勒又说:"适才爱卿所说许多州郡推举人才状况不佳,俺在想,俺等选一个州去了解点情况并为其做点示范可否?"

徐光点点头说:"如陛下深入州郡做此示范,必将极大促动州郡刺史、太守,对日后选拔官吏大有裨益。"

石勒说:"爱卿与程遐爱卿做些准备,三天后,俺等前往冀州,实地选拔一次贤良方正、直言秀异、孝廉,如何?"

徐光说:"臣这就去通知程遐。"

石勒又说:"前往冀州时,要轻车简从,皇家一切仪仗,一概不用。"

徐光再次说:"臣遵旨!"说完,出宫去了。

按照石勒确定的时间,这日石勒与徐光、程遐各乘一辆马车,在少许随从的护卫下,正要从建德宫出发前往冀州,只见大将孔苌来到石勒面前参拜施礼。石勒连忙走上前拉住孔苌的手说:"爱卿身体恢复如初啦?"

孔苌说:"托陛下之福,臣已经无恙啦!"

原来孔苌这些年一直有病在身,卧于床榻养病,石勒曾多次前往探望。看到孔苌红润的脸庞,石勒高兴地说:"除了稍显消瘦,的确恢复如初。只是爱卿前来,不知有何事情?"

孔苌说:"臣昨日听说陛下要亲往冀州选拔贤才,并为诸州郡做示范,心里便想跟随陛下同行,一来是卧床多年,不曾护侍陛下,正好有些机会跟随陛下走一趟,二来陛下轻车简从,但总得有个将军保护哇,想到这里,便冒昧而来,还望陛下谅解。"

石勒高兴地说:"与将军同行,俺求之不得,正好许多国务,也听听将军的意见。"

孔苌不愿坐车,石勒便让他骑马,孔苌还似出征一般,全身披挂,手持大枪,伴随在石勒马车之侧。路上,君臣不时地叙谈着。

孔苌告诉石勒,他在养病期间,认真琢磨了佛乐。石勒听后,立即将驾车之马卸下一匹,骑到马背上对孔苌说:"爱卿快将佛乐情况给俺讲讲!"

孔苌说:"臣自幼爱听铃铛和鼓、鱼之声,一次,臣听一个年老的军士说,他曾在洛阳白马寺听到过佛乐,那乐声甚是悦耳动听,且乐声里便有铛、铃和鼓、鱼等乐器之声。那老军听说臣喜欢铃铛、鼓鱼声,便和几位同伴前往洛阳白马寺,在那里求见了佛乐演奏僧,置办了佛乐的所有法器,并学会了数首演奏曲。臣这几年身体能康复起来,多半与听佛乐之声有关。"

石勒惊喜道:"想不到爱卿竟有此奇好,照爱卿之说,俺也会很喜欢佛乐。只是不知佛乐演奏需要多少种法器,多少人演奏?"

孔苌说:"佛乐演奏,以法器磬、铛、铃、鼓、鱼为主,并配以简单的管乐。敲击器一人可演奏两件,有四五个人便可演奏。如今,臣的家人都会演奏,一家人便可组成一个佛乐演奏队。"

石勒说:"如此简单,却从没听佛图澄大师说起过。"

孔苌说:"臣听说佛图澄大师日常起居甚是简朴,一定是他不愿铺张,或是怕打扰了别人,故此不提置办佛乐之事。"

石勒点头说:"爱卿言之有理,待俺回建平大城后,一定要让大师将佛乐队置办起来。"

孔苌说:"回建平城后,臣为大师置办法器,让他组织乐僧即可。"

石勒点头。

君臣几人说说笑笑,不消两天,便来到冀州城。

后赵之冀州城仍在今河北省冀州市,只是州城所在郡由西晋时的安平国改为长乐郡。冀州刺史石邃率别驾、治中等人出城迎接石勒,石勒不住刺史府,只是在一个小小的驿馆住了下来。听过石邃等人关于州、郡推举贤才情况的报告后,石勒对冀州选贤情况进行了评说和指点,然后让石邃将冀州掌握的秀才、孝廉、贤良、直言、武勇拟选名单,以及冀州城周边常山郡、巨鹿郡、博陵郡、河间郡、武邑郡的学官博士祭酒名单,还有冀州大学经过三次考试,已经毕业作为后备官吏人选的名单及档案一并拿来,石勒与徐光、程遐在灯下整整遴选了一个多时辰,对每个人的情况都深入细致地做了研究和分析,最后确定了二十多人的一个名单。石勒要与这二十多人一起座谈,与他们一起谈论国计民生,听取他们对朝廷和州、郡治国理政的意见,并从中发现贤才。确定座谈名单后,石勒又与徐光、程遐二人商议座谈的具体内容及衡量优劣的标准,还有随后进行常识考试的具体内容及方式,以及根据考生不同成绩安排不同官职的想法。待石勒几人将这些事都商定完后,已传来夜半五更的梆子声。

冀州刺史石邃及其部属看时,见石勒等人,人人面前都放着一盆凉水,以便犯困时蘸水洗脸来提精神。石邃等人一直到石勒等人睡下,他们才回到府里,并连夜部署相关事宜。

按照石勒规定的时间,选拔贤人座谈会在冀州大学如期举行,石勒事先规定,谁也不准行跪拜礼,见面相互作揖问候即可。当石勒出现在众人面前时，一些人还是禁不住倒身下拜，口称万岁。石勒走上前将他们逐一扶起，并严厉地说："如果谁再下拜，俺就要取消他今日座谈的资格啦。"人们见皇帝如此平易近人，如此重视百姓，都眼含热泪，静静地站立一旁。还是徐光和程遐上前，将人们逐一让到座上，并向他们说，皇帝就是这样的人，爱民如子，视才如宝，不必拘于礼节，只要好好展示自己的才华，皇帝就高兴了。

石勒见自己尽管让众人不要拘于礼节，徐光和程遐也在劝说，但还是有几个学官坐在那里不敢抬头仰视。石勒见状，笑着对众人说："座谈之前，俺先给诸位先生和学子说个笑话：俺在当初被卖作奴隶，戴着枷锁路过冀州时，有个小孩在路边给俺怀里塞了块饼，俺多少年一直想找到这个小孩。俺怎么看这位低头害羞的李阳先生，就像那个小孩呢！"石勒说完，坐在石勒对面不敢抬头的一个文弱书生，连忙抬起头来说："不是我，不是我！"石勒哈哈笑了起来。原来那人是博陵郡博士祭酒李阳。李阳见皇帝如此可亲可爱，再也不受拘束了，其他受拘束的人，也开始放松了神情。

石勒立即拉入正题，与众人座谈起来，二十多人个个侃侃而谈，毫无拘束地在谈论着石勒所点的题目。中午，石勒就在冀州大学与众人一起吃饼。石勒与李阳开玩笑说："当初先生送给俺一块饼，今日俺送给你一盆饼。"说着将装满饼的泥盆端到李阳面前。众人都开心地笑了起来。吃完饼后，石勒与众人继续座谈。一直到夜幕降临时，众人还在热烈地发表着自己的见解和建议。石勒宣布座谈暂停，开始吃晚饭。晚饭是红枣白米饭和炖牛肉，石勒再次开玩笑说："当年受人一块饼，如今送人一盆饼也报答不了那份恩情，还是再请一顿上餐吧，但还不知俺这份人情能否还了？"众人又笑了起来。吃完晚饭后，石勒又与众人掌灯座谈到戌时末方散。石勒告诉先生和学子们，明日巳时在此考试，之前会将准予考试的人员名单张贴出来，请参加考试的人员准时进入考场。石勒还特意说，这次没进入考试范围的，不要灰心，要继续深造并提高自己，以备下次再参加官员选拔。

送走众人后，石勒立即与徐光、程遐及石邃等人选定明日参加考试人员，待名单确定后，已是亥末时分。

第二天，除少数几名未列入考试名单的先生和学子外，其余人如期参加考试。考试成绩出来后，石勒又与徐光、程遐等人逐一点评试卷。石勒一边听着考生的答卷，一边评论着每个考生的才智，并将全部应试考生分成上第、中第、下第三等。待将全部考生评论完及分成三等后，石勒与徐光、程遐等人又熬过了半个通宵。最后，石勒与徐光、程遐商定，答策为上第者，拜官为议郎，中第者为中郎，下第者为郎中。并规定，一个月内进都城上任。

石勒临回襄国时，他寄住的驿馆被学子和百姓们围得里三层外三层，人们不顾石勒的禁令，万岁声不绝于耳。一直到石勒等人出冀州城十里之外，人们才依依不舍地散尽。

石勒尚未回到襄国城，侍臣便将石勒离开都城后的奏折捧进了石勒的车内。孔苌上前阻拦侍臣，石勒笑着对孔苌说："是俺吩咐这样做的。"说完，便在车中听侍臣念起了奏折。

突然，石勒让车夫停车，对早已来到面前的徐光说："廷尉续咸上书，要求朝廷不要营建邺宫，这话说得太难听了，俺想将此人杀掉，爱卿以为如何？"

徐光从侍臣手中接过一份奏折看了看说："陛下，续咸的确说得难听，但臣以为这是一位诤谏之臣，是陛下需要的那种诤谏之臣哪！"

石勒听了徐光的话，看了看徐光那热切的眼神，叹了口气说："快上车，回到宫里俺要重赏续咸。"

欲知后事，且看下回分解。

## 第四十七回　防贪赃皇帝夜私访　止枉法石勒远出行

却说石勒与徐光、程遐、孔苌等人在冀州完成招贤事宜后，便在回襄国路上的车里处理起事务。当听完侍臣读完廷尉续咸关于劝谏不要营建邺宫的奏折后，石勒对徐光说，续咸说话太难听，要斩杀续咸。徐光接过续咸的奏折看后对石勒说，续咸的话虽然难听，但却是一位难得而需要的诤谏之臣。石勒听后，幡然悔悟地说，回到襄国要重赏续咸。

原来，由于石虎多年镇守邺城，对邺城之地甚是喜欢，特别是对邺三台，几乎达到迷恋的程度。石虎多次向石勒提起，建议将大赵国的都城迁至邺城，并说邺城地近黄河，对日后统一东晋更为有利。石勒对邺之地向有好感，因为当初张宾也首先劝他攻下邺城作为日后国都，只是没有攻下，才转而北上占据襄国为都。因此，在石虎说过几次后，便同意日后迁都邺城。石虎见石勒吐口，便急于做成，于是便张罗营建邺宫。这样才引起了续咸等臣的劝谏。

石勒回到建德宫后，不顾劳顿，立即让人将续咸找来。石勒对续咸说："爱卿不同意营建邺宫，自是有你的道理，可爱卿就不能好好说吗，非要把话说得那么难听吗？"

续咸说："臣认为陛下称帝刚刚两年，眼下我大赵国国势刚刚开始兴起，百姓才要过上好日子，这正是陛下盼望已久的事情。但臣不明白，为什么在这个时候偏偏要建邺宫呢？不解之余，臣便开始想给陛下上书，待提起笔来后，感到不把话说得难听点，难以打动陛下，因此惹陛下生气，请陛下恕罪。"

石勒听后叹道："为人君，不能自专如是啊，如不听良言，险失忠臣哪！"

因石勒是在自言自语，续咸并未听得真切，便连忙问道："臣耳背，没听到陛下刚才说什么。"

石勒说："俺是说俺作为皇帝还是自以为是，俺在路上刚听到爱卿的奏折后，很是生气，甚至要斩杀爱卿，多亏徐光爱卿劝俺不可怪罪诤谏之臣，俺才悔悟过来。俺由此感叹为人君，不能自专如是啊，如不听徐爱卿良言，险失直言忠臣哪！"

续咸说："陛下有此直言，胜过臣万倍啊！"

石勒说："俺日后也许还会自以为是，犯下过错，爱卿要一如既往，只要发现俺有何过错，一定要直言不讳。爱卿记住了吗？"

续咸说："明君在，诤臣自然在，臣记住啦！"

石勒将侍臣叫来说："传俺的意见，赐续咸爱卿绢百匹、稻百斛，作为对诤臣的奖赏，让朝臣都以续咸爱卿为榜样，都去做诤臣！"侍臣与续咸两人皆泪眼汪汪而去。

第二天，石勒举行朝会，让徐光、程遐二人向众臣通报了冀州选贤招贤情况，石勒下令，让公卿百官，每年推荐贤良方正、直言秀异、孝廉各一人，州、郡继续执行每年刺史、太守各举秀才、孝廉、贤良、直言、武勇一人的规定，以广招贤才。自此，后赵国自朝廷至州、郡，人人重视人才的培养选拔，事业日见兴旺。

这日，大将孔苌来见石勒。孔苌说："臣与陛下冀州一行，亲眼所见陛下每日太过劳累，因此臣约了您当年十八骑中的几位将军，想陪陛下去狩猎一次，以便让陛下放松一下，望陛下准允。"

石勒让侍读官暂停手中公文的读讲，对孔苌说："好吧，俺自长安与刘曜最后决战，已经好几年没骑马射箭了，正好与诸位爱卿一道练练弓马，也算与诸位爱卿小聚一下。爱卿可多找几个老友，一同出猎。"

孔苌听了高兴地说："臣这就去告诉那些老友。"说完，转身而去。

第二天一早，孔苌与王阳、夔安、支雄、刘征、刘宝、呼延莫、支屈六等人便齐聚在建德宫前，等候与石勒一起外出狩猎。不一会儿，只见石勒兴致勃勃从宫中走出来。正在石勒与众将在挑选马匹时，只见主簿程琅跑过来一边施礼一边说："臣不同意陛下外出狩猎，请陛下取消此次活动。如陛下想与老将们聚会，臣立即便安排其他场所和活动。"

石勒看着程琅不解地说："爱卿是怕俺学坏了，成为历史上那些专爱声色犬马的坏皇帝吗？"

程琅说："陛下不是那样的人，臣不担心那些事。"

石勒又说："难道爱卿是怕俺给众臣子们带了个吃喝玩乐的坏头？"

程琅又说："陛下日常粗茶淡饭，每日夜以继日地忙碌和劳累，从无闲暇之时，非但臣不会由于陛下狩一次猎而认为是吃喝玩乐，所有臣僚都不会这样认为。"

石勒说："那爱卿究竟是为了什么要阻止俺去狩猎？"

程琅说："请陛下谅解臣说点不吉利的话，臣是在想，其一，陛下出猎有小霸王孙策当年遇刺之可能与危险，因此不能不防。其二，陛下多年不骑射，人生马也生，在山野树林驰骋，危险重重，即便是枯木朽株，亦能为害。因此，臣恳请陛下取消狩猎。"

石勒抬眼看诸位老伙伴时，见诸将皆在讥笑程琅。石勒说："程爱卿对俺的关爱和敢谏，俺心领了，但爱卿所说两条：其一，即便真有行刺于俺之人，有诸位驰骋疆场数十年的老将军们在，俺也不怕；其二，爱卿担心一切为害，甚至认为枯木朽株都会为害，不免书生气太足啦。"石勒说到这里，众位老将军都笑了起来。

于是，石勒没有听程琅的劝谏，骑马挽弓与几位老将军出襄国城西门，到近郊行猎而去。

此时恰值初夏，襄国大地郁郁葱葱，勃勃生机，山水美丽如画。石勒因常年在宫中操持国务，即便出行也是匆匆忙忙，无暇领略大好河山的美景，加之今日与数十年相处的老伙伴共同出猎，心情甚是高兴。一行人出了襄国城不远，石勒便大声向众将说道："俺等放马驰奔如何，说不定就能惊起猎物，正好射之。"众将一齐喊好。于是，石勒便拍马驰奔起来。跑了一会儿，石勒似乎觉得马速还不够快，便又用力拍了那马几下，那马立即飞驰起来。

突然，石勒胯下之马重重地跌倒在地，将石勒重重地摔在地上。孔苌和支雄恰好就在石勒的左右侧不远处相随驰奔，二人见状，不约而同地跳下马，跑到石勒面前，大叫着"陛下"。幸好石勒有老功夫，虽然多年没有骑射,但在被摔到草地上时,就势向前翻了两个滚,除手被树枝划伤外,并未伤着其他部位。

孔苌、支雄将石勒从地上扶起时,其他诸将也都下马跑了过来。石勒看时,见自己乘坐的那匹马,被一根长长的树干刺进腹中,且已经死去。原来那马在快速驰奔中,不知是没看到那根斜立在眼前像矛柄一样的树干,还是躲闪不及,被那树干正好从前腹刺进肚子里。

孔苌连忙说:"陛下受惊了,臣之过也!"

石勒笑道:"这与爱卿无关,还是俺大意且不听好人言,以致有此险情。"

孔苌说:"我等护送陛下回宫吧。"

石勒说:"好,俺回宫后,要封赐程琅。"

于是,石勒骑上随从送过来的马,返回襄国城。走出几步,石勒勒马回头看了看躺在地上的那匹死马,吩咐随从将马腹中的树干拔出来,将那死马葬于籍田旁。

回到宫中,石勒立即让人请来主簿程琅,检讨自己不听良言,封程琅为关内侯,并赐以朝服锦绢等物。当日晚,石勒请孔苌等人共进晚餐,以释众人心中自责之意。第二天,石勒又传令州、郡,赐予高年孝悌力田文学之士以谷帛,并让刺史和有识之士转告这些人,凡是对皇帝和朝廷有意见要说的,绝不要隐讳不说,朝廷正如饥似渴地希望听到忠正之言。

高年即长寿之人,孝悌和力田都是古代乡官名,文学亦为官制名,乃州郡所设掌管教化之事的官员。石勒让这四类人员勇于给朝廷提意见、建议,又亲身做出了宽宥和赏赐续咸、程琅等人的善举。自此,群臣谒见不绝,忠言竞进不止。

这日,石勒请徐光、程遐、孔苌等老臣商议国是。石勒说:"使国家和朝廷最容易失去民心的事情,或说百姓最痛恨的事情,爱卿们认为是什么?"

孔苌说:"那还用说,当然是官员的贪腐啦!"

徐光点头说:"不错,贪赃枉法,是百姓最为痛恨的事情,也是官府最容易失去人心的地方。"

程遐说:"陛下克勤克俭,一心为民,且法度严格,贪赃枉法之事眼下并不严重。"

石勒说:"且不说眼下严重不严重,只要是百姓最痛恨的事情,就要立抓不怠。待要严重到一定程度时，官府失去了百姓的人心，再去治理就晚啦。"程遐听了，连连点头。

石勒又说："俺甚是赞成爱卿们的意见，俺以为，一个政权最容易失去人心的是两件事：第一是暴政虐政，即圣贤所说苛政猛于虎；第二便是官员的贪赃枉法。俺自称赵王以来，极力去除苛政，不使百姓因官府残虐而失心于俺。这一条二十年来俺大赵国甚有成效，以后要继续坚持与秉承，绝不可有丝毫懈怠。关于贪赃枉法，俺也知道眼下并不严重，但俺以为此事轻视不得，马虎不得。近几年来，俺按照王波爱卿为俺制定的读书目录，再次听读书匠讲读了《汉书》，从《汉书》的多处情况看，只要朝廷抓得不紧，措施不得力，贪赃枉法随时会蔓延开来，特别是吏治不严时，极易徇私枉法，甚至贪赃贿赂、买官卖官等。因此，比起暴政虐政，贪赃枉法更危险，更容易滋生，也更容易成为百姓对朝廷不满的地方。俺说的这些，爱卿们同意吗？"

孔苌说："臣认为陛下甚是圣明，臣想起了文人们经常说的一个词叫防患未然。自古以来，吏治都应严而又严，否则便容易滋生贪赃枉法。因此臣甚是赞成从严治吏，严防贪赃枉法，并要防患未然。"

石勒高兴地说："爱卿真不愧为'常山赵子龙'，有勇有谋，有治国方略。爱卿愿意与俺一道，来一番微服私访，去查查官府和官员贪赃枉法情况，然后针对所查情况来个防患未然吗？"

孔苌也高兴地说："与陛下一道微服私访，一定极有情趣，臣愿往。"

石勒说："俺等狩猎没成，通过微服私访，去猎取个贪赃枉法的猎物，给官员们做个防患未然的镜子，岂不更有趣吗？"

孔苌、徐光、程遐都笑了起来。

石勒对徐光、程遐说："二位爱卿为俺和孔苌爱卿提供个猎取猎物的线索吧！"

徐光看着程遐说："这样的事，还是右仆射兼领吏部尚书有发言权。"

程遐想了想说："臣以为贪赃枉法最容易发生的地方，不外乎这样几个：一是县衙审理命案的公堂，二是选拔官吏的考场，三是……"

程遐说到这里，石勒插话说："爱卿不必再往下说了，这一个公堂、一个考场，的确是贪赃枉法容易发生的地方，俺看俺二人就各选一个，去访一访如何，孔苌爱卿？"

孔苌说："如此甚好！"

石勒说："到县衙找审理命案的地方，大概不会很难，会经常有，但选拔官吏的考场，似乎要到考试时间才能碰上，不知这个季节可否？"

程遐说："正好巧了，因眼下我大赵国州郡选拔官员的考试，尚未统一时间，都是各州刺史府确定时间。昨日，豫州刺史桃豹给吏部来公文说，他们豫州选拔官员的考试时间，拟定于下月，并让吏部派人前往指导呢。"

石勒说："那俺二人下月去豫州查访学子考试中有无贪赃枉法行为，这几日在襄国附近找个审理命案的公堂访上一访，如何？"

孔苌说："好！"

石勒又说："爱卿差人秘密了解一下，看襄国城附近最近有哪个郡县审理命案。"

孔苌说："臣遵旨。"

石勒对孔苌、徐光、程遐等人说："俺此次与孔苌微服私访之事，爱卿们要严守秘密，否则让人知道俺去私访，便毫无意义啦。"众人领命。

第二天，孔苌进宫对石勒说："臣了解到，司州的中丘郡后天有个命案待审，不知陛下认为是否可去。"

石勒说："那是个太守再审的命案。按照俺大赵国的律法，命案由县衙一审，然后由太守二审。你俺就去查看一番中丘郡这个二审的命案。"

中丘在今河北省内丘西，西晋时中丘是赵国的县，大赵国建立后升中丘为郡。为了不引起人们的注意，石勒和孔苌在中丘郡太守审案的头一天夜间，便悄悄出了襄国城，来到中丘郡，并准备在太守审案时，前往太守衙观看审案情况，以发现是否有贪赃枉法行为。

中丘郡太守的二审案是桩妻妾相争的杀人案。中丘富户李许的妻妾相互争宠，妻将妾杀死，妾的家人将李许和李妻告上官府，县审时县令判为李妻不慎杀人，监押八年，李许家教不严，内管失责，监禁三年。妾的家人认为县判不严，要求杀人偿命，处李妻以死刑。

石勒与孔苌化装成农民模样，早早便来到郡太守审案的大堂之外，等待观看。时间一到，只见太守张图一拍惊堂木，宣布将案犯押上大堂。接着，又让原告上堂。然后，便让原告和被告各自陈述案情。张图听完李妾家人、李妻本人和李许三方的陈述后，回头问道："一审县令还有何话说？"此时，一位衙役连忙走上前，将一封信递到了张图手中。张图将信摊开看了一遍后，眉头皱起来在思索着。石勒小声说："看来这封信是一审县官写的，一定有什么奥妙。"孔苌点了点头。

只见张图将信往一边一推，将惊堂木一拍，发出了判决声："自古杀人偿命，欠债还钱，妻妾争宠，故意杀人，理所当然应予偿命。故此，本太守对妻妾争宠杀人案判决如下：李妻故意杀人，本人供认不讳，予以凌迟处死。李许虽内管失责，但并无偏向，故不予监禁，但鉴于李妾父母无依无靠，故判由李许承担日后赡养李妾父母之责任，不得推却。"

孔苌听到这里对石勒说："这才让人心平啊。"石勒也点了点头。

孔苌说："陛下还想怎么办？"

石勒说："你俺的事还没完，走吧，该俺二人去见太守张图啦！"说着，二人便向太守府走去。

中丘太守张图听说皇帝微服前来，连忙跪在地上不敢起来。石勒一把将他拉起来说："爱卿快起来，俺已规定众臣不许对俺跪拜施礼。"进了后堂，石勒对张图说，"请太守将一审县官信中都说了什么，说给俺二人听听好吗？"

张图连忙将信中内容说了一遍。原来一审县令在信中向张图说，鉴于李妾已死，就不要再判李妻死罪了，否则又多死一人。石勒问一审县令廉政情况如何，张图说此人乃中丘郡辖县中廉政出名的县令，只是心肠太软。石勒说："严格执法和心肠软硬不应有关，如果心肠软而使执法失之于宽，则是一种弊政行为。爱卿可将此人调至郡内，让他掌管民生民政之事，不宜再做审案执法之人。"

张图说："臣遵旨！"

回到襄国后，石勒立即让徐光草拟诏令，要求州、郡、县严格公正执法，不能将仁爱百姓和严格执法混淆起来。然后，石勒提议将中丘太守张图提升为司州四品别驾。

过了两天，石勒与孔苌乘坐一辆马车，扮作商贩，带了少许随从，南下远出豫州，要进一步查看豫州选拔官员的考场上是否有贪赃枉法现象。

欲知后事，且看下回分解。

## 第四十八回　学无厌困倒侍读匠
　　　　　　　诲不倦难倒众儿郎

　　却说石勒为了防止官府和官员贪赃枉法，引起百姓不满，进而危及大赵政权，与众臣商议了相关事项后，便选择了一个审理命案的公堂和一个选拔官员的考场，前往查看是否存在贪赃枉法情况。在中丘郡看完审案情况并向州郡县颁发诏令，要求严格公正执法后，这日又与大将孔苌一道，扮作商贩，南下豫州，去查看豫州选拔官员的考场上是否有贪赃枉法现象。

　　时值盛夏，石勒与孔苌时而乘车赶路，时而步行巡视郡县和村屯及百姓的生活、劳作情况，不时地与沿途的人们攀谈。到达黄河后，恰值上游连降大雨，河道水位上涨。石勒关心水灾情况，每日都到河边察看情况。但由于是微服私访，且扮作商贩模样，又不好暴露身份，只好将重要情况派人前往附近官府，托以朝廷名义作以传达。好在河水上涨了几天后便退去，石勒见已无牵挂，便与孔苌渡过黄河，继续赶路，向豫州州城许昌行去。

　　孔苌对石勒说："臣到了这里后，便开始想念桃豹将军，真盼望马上就能见到他。"

　　石勒点头说："俺也如此，不仅想马上见到桃豹爱卿，也想好好看看这些年他治下的许昌是个什么模样。"

　　孔苌说："桃豹将军自出任豫州刺史后，极是敬业，每年除朝廷召请回都城，几乎很少回襄国。"

　　石勒说："豫州与新晋接壤，作为豫州刺史担子不轻啊，除守好边境，防止新晋偷袭外，还要时刻防备河、淮一南一北这两个水害啊！特别是每年这个时候，刺史与太守、县令一样，大概都在紧紧盯着河、淮两个水患。也许桃豹爱卿此时正在指挥抗洪救灾呢！"

孔苌说："按照程遐将军所说，豫州官员选拔考试还有六七天时间，我们即便到了许昌，也不能马上去见桃豹将军。"

石勒点头说："正是，因此俺等不免慢行就是，多看看豫州郡县和百姓安居乐业的情况。"

于是，石勒和孔苌掐着路程算里数，增加了沿途察看当地劝课农桑，了解村庄鳏寡孤独生活状况及乡里官吏为百姓办事等情况。

这日，石勒和孔苌一行到达许昌。当看到百姓们有秩序地从事着各种活动，大街小巷也干干净净，整整齐齐，且人们见面后恭敬有礼，谦和相让。石勒对孔苌说："俺等在豫州一路行来，看到听到的皆是和平繁荣、民风淳厚的景象，看来桃豹爱卿治理有道啊！因此，俺想考场风气大概不会有问题，如你俺就这样前往查看，很可能也不会发现有何问题。如若不然，俺等做个试探如何？"

孔苌说："不知陛下想做何试探？"

石勒对着孔苌的耳朵小声说了一会儿，孔苌笑着说："陛下真有办法！"但刚说完，孔苌又说，"如果公人不吃这一套，把我等抓起来投入牢中怎么办？"

石勒笑道："爱卿聪明，刚才俺也想到了这个问题，因为俺曾遭遇过这种情况。当年俺夜间出襄国城门，检视并察看城外军队营帐守卫等情况。由于夜半三更，城门守卫军士不让俺通过，俺拿金帛去贿赂他，军士报至永昌门守令王假处，王假爱卿要拘捕俺。后来，王假由此被俺赐为关内侯，任命为振忠都尉。而徐光爱卿被俺贬为牙门，后来又被俺囚禁起来。"孔苌听到这里，哈哈笑了起来。

石勒接着说："为防止公人不吃这一套，就烦爱卿单独去做这件事，爱卿一旦被他们拘捕起来，俺好找桃豹去救你呀！"

孔苌听了，又笑了起来，然后说："好，臣去做，但愿公人届时将臣拘捕起来。"不等石勒说话，孔苌又说，"臣不知办这样的事，需拿多少钱合适啊？"

石勒说："大将军出手，怎么也得十两银子吧。"说完，叫过一个随从，让他给孔苌一个十两的银锭。

豫州官员选拔考试被安排在豫州大学一个木楼中进行，石勒和孔苌一早便随着考生前来送行的眷属，来到木楼前。待考试开始的时间过去两刻钟时，石勒对孔苌小声说："现在是做那事的时候啦，大将军行动吧。"孔苌摇头笑了笑，又想了一会儿，然后向木楼走去。

石勒一直紧紧盯着孔苌，他看到孔苌将一个值守的公人叫到一边，在悄悄说着什么。说了一会儿，那公人便起身而去，并走进楼中，孔苌则一直在原地等待着。过了一会儿，只见那个公人带着三四个公人从木楼出来，他们不由分说，便将孔苌用绳子绑了起来，押进木楼去了。石勒看了，不由得微笑起来。石勒又看了一会儿，便走到一直在暗处护卫着自己的随从们面前说："走吧，刺史府。"

且说豫州刺史桃豹自受任豫州刺史以来，除几年前受石勒调遣率军前往洛阳聚歼刘曜军外，一直在豫州兢兢业业地治理着全州。几年来，他夜以继日地办差，从不敢有丝毫懈怠。他处处以石勒为榜样，时时为百姓着想，且严以治吏，从不谋求私利和享受。在他的带领和治理下，豫州一改西晋时期的混乱局面和颓废风气，百姓安居乐业，官员严于律己，蔚然成风。近日，桃豹南北巡行，察看黄河和淮河的水灾情况，因全州官员选拔考试的日子已到，桃豹担心出现不法情况，这才驰马回到许昌。在考试头一天，他召集别驾、治中、长史等人提了许多严厉要求，总算放下心来。考试这天，他又亲自坐在刺史府，并吩咐属下们有情况及时报告，绝不能发生问题。正当桃豹在窗前看着窗棂上日光移动的位置，计算着考试已过去的时间，治中杨立进来向他报告说，考场上有人企图让公人向考生传递试题答案，并向公人行贿。桃豹听了，沉思了一会儿说："要害问题是谁将考题透露了出去，又是谁敢公然向我公人行贿并要求传递试题答案？"看到杨立摇头，桃豹大声喝道："将那个行贿并要求传递答案的案犯给我带来，我要亲自审问他！"

恰在这时，石勒在刺史府几个公人和随从们的陪同下，走进了桃豹的办公房。石勒刚一进门，便说道："行贿并传递答卷的罪魁祸首来啦！"

桃豹见石勒亲自来到他的办公房，连忙跪在地上说："陛下，想煞桃豹也！"

石勒连忙扶起桃豹说："不许对俺行跪拜礼，爱卿，快起来！"

桃豹说："陛下，您这是在试探豫州官场？"

石勒说："先不说这个，俺要立即知道，没因俺和孔苌的故意试探影响到哪个考生吧？"

桃豹看了看治中杨立，杨立连忙说："没有，因为那个公人根本就没听假意传递的对象是谁，便将圣上的同伴拘捕起来。"

桃豹大声对杨立说："快，阁下立即跑着回大学，将孔苌大将军给我接过来！"杨立听了，对石勒施了一礼，然后对桃豹说："属下去了！"然后转身跑了出去。石勒朝着杨立的背影说道："替俺向各位道歉！"杨立没有回头，石勒只听杨立大声喊了一声："万岁。"

不消两刻钟，杨立陪孔苌来到石勒和桃豹面前，三人相互看了看，然后都大笑起来。

石勒下令，将那位拒贿并引人拘捕孔苌的公人提拔为七品县令，赐桃豹锦绢百匹，桃豹属下别驾、治中、长史等人皆予以封赏。桃豹当场便将锦绢奖给应试的考生。

石勒和孔苌离开豫州时，许昌上万百姓到街头送行石勒，万岁声此起彼伏，不绝于耳。

石勒和孔苌回到襄国城后，将中书令徐光请至宫中说："俺这一段与众位爱卿围绕劝课农桑、兴修水利、崇尚佛教、教化人心、招贤纳谏、广揽人才、广开言路以及防止贪赃枉法等方面做了一些事情，看来有些成效，俺颇感欣慰。在从豫州回来的路上，俺在想，俺大赵政权初定，并会越来越稳固和强大，俺不能满足现状，苟且于一隅，还应像汉高祖和光武帝那样，去统一华夏大地。不知爱卿对此有何看法？"

徐光想了想说："陛下天生就是汉高祖和光武帝式的人物，的确不能满足于割据的霸主，而偏于一隅，哪怕是个大隅。但眼下便想去讨伐新晋，统一华夏大地，恐为时过早。依臣之见，陛下再潜心治理大赵国十年，届时一举攻破新晋，一统天下不迟。"

石勒听了，自信地点了点头说："十年，再治理和经营十年，俺相信那时的大赵国，一定会国富民强，兵强马壮，到那时吴蜀旧地，一定会望风而降，终将华夏大地归于一统。司马氏如不愿降和，到那时俺再跃马横刀，直捣建康。"

徐光听了，拍手说："陛下征战二十余载，每战必克，从小到大，最终鼎定中原，再积蓄十年，定能克蜀平吴，一统华夏。"

石勒一挥拳头说："好，今日你俺立下凌云志，再奋发它十年，继续富国强兵，十年后一统天下！"

徐光说："好，有了陛下的壮志，还要将朝臣、州郡属官都调动起来，形成更为强大的合力，使每一个百姓，每一个军士都行动起来，为统一大业而奋斗它十年。"

石勒说："不错，从朝廷到州郡、乡里，从官到民，从兵到百姓，都要行动起来，富国强兵、积蓄力量，为统一大业做准备。"石勒说到这里，沉思了一会儿又说，"特别是俺这个皇帝，更要奋发有为，甚至要卧薪尝胆去奋斗啊！"接着，石勒站起身来，轻轻诵起了曹操的《神龟虽寿》：老骥伏枥，志在千里。烈士暮年，壮心不已……

徐光走后，石勒又独自思忖了许久。他从自己小时候在武乡代父与乡亲们莳弄经营人参到被贩至冀州为奴，从在刘渊帐下称臣到襄国称王，从率兵征战到与百姓田间说笑，最后还是想到了自己这个皇帝应该怎么当，自己的儿子们应该怎么做。想来想去，石勒觉得，为了实现一统天下这个大目标，自己这个皇帝首要的就是要更加勤奋地学习华夏经史，将先贤和圣人们的治国治世经典和经验，更好地熟悉和掌握起来，以便自己有更多地引领治国理政的本领。同时，石勒也想到，皇家王室成员的一举一动，都关系到朝臣和百姓的人心向背，对官风、民风、世风影响极大，要率领举国臣民奋斗，必须先管好自己封王的儿子们。想到这里，石勒又轻轻自言自语地说："率先垂范，则民力无限哪！"

当日，石勒便将专为自己侍读的五位侍读官请到一起。石勒说："诸位爱卿多年来多有辛劳，俺每日都要听爱卿们的读书声，并从你们的读书声中获取知识和教益。今天，俺与徐光爱卿说起要奋发十年，富国强兵，积蓄力量，以便一统天下之事，便先想起俺要从自身率先做起。于是，俺决定将原来每日听读时间，由两个时辰增至三个时辰。这样，就要更加劳累爱卿们了，爱卿们不会有意见吧？"

年龄最大的侍读官李志说："陛下日理万机，每天早早便开始处理国务，晚饭后听读两个时辰，便已到亥时，如果再增加一个时辰，便要到子时，如此长年累月，龙体消受不起呀，还是不要增加时间了，每日听读两个时辰已经不少啦！"

年龄稍小的侍读官杜景说："陛下每日吃饭的时间，都在听着侍臣诵讲奏折或公文，从起床到睡觉八九个时辰，一时也不闲着，不能再去挤那几个睡觉的时间啦。"

其他三个侍读官李群、王象、姚立，也都说不能再增加听读和办理国务的时间了。石勒笑着说："俺已经是快六十岁的人了，人年龄越大，觉就越少。如果早早躺在床上，反倒睡不着，还不如晚点再睡下，一觉到天亮。因此，爱卿们就不要再劝俺了，只要你们能吃这个辛苦就行。"

李志又说："微臣等就是连续侍读四个时辰，还不及陛下每日处理国务和所读时间的一半，陛下那么辛苦都能承受，微臣们就更无问题啦。"

石勒说："那俺就与爱卿们认真商议一下每日增加的那个时辰所要侍读的内容。有关这方面，李志爱卿有何想法？"

李志年过六旬，经史及诸子百家无有不通。他听皇帝要自己谈谈想法，便说道："微臣刚才听陛下所说，要积蓄十年之功，一统华夏，臣觉得按陛下所需所求及已经学过的内容，总的还是按王波大人为陛下制定的那个学习规划进行，也就是说可以在更短的时间内学完王波大人提出的那些内容，待将这个学习规划的内容全部讲行完之后，再重新设计其他内容。"

石勒说："也就是说爱卿认为俺还是先将王波爱卿设计完毕的内容学完后，再安排新内容？"

李志说："正是，是否妥当，请陛下圣裁。"

石勒叹了口气说："爱卿说的自有爱卿的道理，也许俺太过着急，恨不得将所有要学的东西一下子都学完。但俺还是想，在王波爱卿设计内容的基础上，再增加点新的内容，或者说扩大点所学范围，这样对俺思考问题、扩大想象，似乎会有所裨益。"

李志说："据微臣掌握，陛下完全没涉猎的经史和诸子百家，好像已经寥寥无几。但臣想按陛下所想，不妨一方面增加点新内容，一方面再重复一下已学过的重点内容，来个温故知新，如何？"

石勒说："好，爱卿说得具体些。"

李志说："具体说，可以增加三皇五帝概说，扩展儒家经典学说的范围，如除孔、孟二圣外，涉猎一下诸如曾参、颜回、子夏、子思等人的学说，还有佛教中的大藏经，道家除老庄之外的列子、杨朱、张道陵等人的学说。温故知新可重点重温一下《史记》，但本纪、表等内容都可不读，重点读读'书'的内容，因为书记述的都是天文、水利、经济、文化、艺术方面的情况。此外，《国语》《战国策》中的许多篇章，也可重温一下。"

石勒点头说："好，就按爱卿之说，爱卿立即做些准备，从明日开始，便将侍读时间增加一个时辰，明日俺先听爱卿给俺读曾参、颜回、子思等人的学说。"李志等人领命而去。

李志经过认真的准备，第二天晚戌时开始，便为石勒侍读并讲解曾子、颜回、子思等人学说。李志经过一天一夜认真的准备，将诸圣的学说和他们的事迹作了合适的搭配，以便读讲结合，让石勒听得更有趣味。果然石勒听了一个时辰后，越发爱听，让李志继续讲下去。原来石勒多年听侍读官侍读或侍讲，都是每人读一个时辰，然后换另一人接着读另一种书目，石勒认为这样既可换换脑筋，是一种歇息，也让侍读官歇歇嗓子。这次，石勒连续听李志读讲了两个时辰，兴致依然很高，可此时李志却感到疲乏了。因为李志从未连续读讲这么长时间，加之一天一夜准备，几乎没有睡觉。石勒见李志有些疲乏，便说道："爱卿稍歇片刻，然后再接着讲。"可石勒起身在屋子转了转身看时，李志竟倒在地上睡着了。石勒见此时已是子时，只好将李志唤起去睡觉，并连连表示歉意。

石勒在给自己学习加码的同时，也开始给几个儿子加码。石勒自将三个儿子石弘、石宏、石恢送到佛图澄身边后，生怕佛图澄过于娇惯孩子们，曾多次派人前往中寺查看，看儿子们学习是否用功，学业有无长进。回来的人每次都告诉石勒，说太子和二位王爷被佛图澄大师调教得非常好，不但学习用功，学业大有长进，而且心系百姓，胸怀天下，与皇帝一样德高才厚。石勒听了自然高兴，但还是担心儿子们学习不够用心，耽误了修身的大好时光。这日，石勒想测验一下儿子们的学业情况，并让徐光在纸上简单写了几个字，让人送给儿子们回答。石勒对去人说，必须看到纸字后当即回答，不许问佛图澄。

谁知几个儿子看到纸字后，一下子被难倒，谁也没答上来。

欲知后事，且看下回分解。

## 第四十九回　宴群臣石勒论功过　稳边境赵国使东晋

却说石勒自立下日后一统华夏的壮志后，便更加刻苦学习，以便使自己掌握更多的知识和智慧，为齐国平天下具备更多的才能。在自己加码学习之余，石勒也在关注着几个儿子的学习情况，多次派人前往中寺，查看儿子们学业长进情况。在得到诸王学习用功，学业长进的回答后，石勒还是担心儿子们学习不够用心，耽误了修身的大好时光。因此，这日石勒让徐光在纸上写了几个字，要测验一下儿子们掌握的学识情况。谁知三个儿子看到测题后，一下子都被难倒，谁也回答不上来。

你道石勒让徐光写下何字，原来徐光写下的是六个字：八座、八政、八音。就是要考考儿子们这八座、八政、八音各指什么。三个儿子虽然所学不少，但却不知这三八都是指什么。去人见诸王回答不上，只得回宫如实向石勒报告。石勒对去人说："也许俺出的测题生疏了点，但作为一国储君和诸王，连这几个事都不知道，足以说明他们知之太少。知之少便懂得少，懂得少便思之少，思之少自然主意少。爱卿再去传话，让他们到佛图澄大师那里求答案，并要更加勤奋读书，且要博闻强记，融会贯通。过一段俺还要测验他们。"侍臣领命，再次前往中寺去了。

且说石弘、石宏、石恢三人被父皇这六个字考住后，人人诚惶诚恐，但由于父皇有话，又不敢去问佛图澄。待侍臣再次前来，得到可以去问佛图澄的许可后，兄弟三人才连跑带颠去找佛图澄。佛图澄听了石弘的述说后笑道："你们的父皇啊，发明了考试，竟连自己的儿子也不放过。"待他接过纸字一看，又说道，"你们的父皇并没给你们出难题，只是想看看你们知道的事情有多少。看来还是老衲有毛病啊。"

接着，佛图澄对兄弟三人说："八座者，各朝代八种高官之总称也。但各朝代对八座的设置不尽相同，如东汉时是指六曹尚书和令、仆二职。魏晋包括咱们的大赵国，则是指五曹尚书和左右仆射及中书令。即郭敖左仆射、程遐右仆射兼领吏部尚书，夔安、郭殷、李凤、裴宪四位尚书，徐光中书令。八政者，国家施政之八个方面也。是指食、货、祀、司空、司徒、司寇、宾、师。八音者，亦即古乐器之总称，指金、石、丝、竹、匏、土、革、木八种不同音质的乐器。"

石弘听后说："敢问大师，大师最近佛乐演奏中，可有八音吗？"

佛图澄说："有，法器磬便是属于八音中的石类，以玉、石为材，形如曲尺，悬挂敲击。还有管乐，属八音中的竹类。"

石弘点头说："学问真多呀！"

佛图澄说："你们的父皇虽不识字，但博闻强记，知之甚多。这三八之学问，作为国君，的确不能不知。作为诸王，也不能不晓。"兄弟三人皆点头。

佛图澄又说："从你们父皇对你们的要求看，老衲似乎还是教之较少，自即日起，我们再加些课程，并定期考试或测验，你们同意吗？"兄弟三人再次一齐点头。

自此，佛图澄利用一切时间，向石弘兄弟传授方方面面的知识，三教九流、诸子百家、天文地理，无所不教。三位小王爷经过父皇那次测验后，生怕再被父皇考倒，便一个赛一个地勤学苦练，并经常相互之间考问，不停地请教佛图澄。

过了一段，石勒又觉得不能仅仅限于让儿子们在学堂里学，还应该让他们从小经风雨、见世面，接触百姓，从实际当中学。于是，石勒先让三兄弟去种田，并让三兄弟自己搭设帐篷，住在田边，白天莳弄果、疏、五谷，晚上挑灯夜读。一个月后，石勒又让三兄弟化成普通百姓的样子，去给屯田的军队当民工，帮助军队收运粮食。这日，三兄弟刚回到中寺，都督僧郭黑略找到他们说："太子，两位将军王，贫僧奉陛下之令，陪你们前往河南察看并都督修建佛寺情况，不知三位何时能启程？"

石弘看了看两个弟弟，又看了看郭黑略，然后说："郭叔叔，你说何时出发就何时出发。"望着三位小王爷风尘仆仆的样子，郭黑略悄悄地说："好好歇息两天，然后我们一起出发不迟。"

石弘摇了摇头说："不行，郭叔叔，父皇让咱们什么时候出发就什么时候出发。"

郭黑略也摇了摇头说："那就明日一早出发吧。"

第二天天刚蒙蒙亮，郭黑略便与三兄弟出城向南驰去。就这样，三兄弟不停地奔波、劳顿，一直到接近大年时，石勒才让他们回到中寺。

且说石勒自己勤勤恳恳地理政和学习修身，又把三个儿子管教得与自己一样勤恳后，这日他又想到，由于自己这个皇帝是羯族，不知羯族人都是什么状态，特别是为官的羯族人，是否和自己一样检点，与汉人一道和合共事。想到这里，他将徐光请到宫中说："爱卿对朝中羯人行为检点情况了解否？"

徐光作为汉人官员，每日与羯族皇帝及许多羯族官员打交道，对羯人官员行为很是了解。听石勒说完后，徐光说："臣对朝中羯人官员的行为情况较为了解。"

石勒说："说说看，爱卿有何评价？"

徐光说："多数羯人官员都自觉向陛下看齐，勤政当差，勤恳做事，但确有少数人行为不检点，甚至颐指气使，高人一等。"

石勒说："将羯人与汉人分治如何？"

徐光说："不可！"

石勒说："刘渊当初建立匈奴汉国时，便是将匈奴人和汉人分治。"

徐光说："因此刘氏政权早早就灭亡了。"

石勒望着徐光许久，最后点点头说："爱卿言之有理。但对羯人多些规矩，同时也多点优待，总归不过分吧。"

徐光说："臣不明白，陛下为何要这样想？"

石勒说："由于俺是羯人的缘故，并州武乡周围的羯人最后差不多都投到了俺的部下，他们在长期的征战中也最为勇敢，功劳也最大，如今大赵国俨然屹立，俺作为皇帝，不特殊回报一下他们，似乎有些说不过去呀！此外，对羯人有所优厚之后，再对他们严管，也更有理由呀！"

徐光点了点头说："如此也可，但绝不可过分。"

石勒说:"就规定两个方面如何,一是给羯人一个'国人'的名号,但俺心系百姓的想法不会改变,绝不会因此而怠慢了汉族臣民。二是实行胡讳,今后不许再称羯人和匈奴、鲜卑、氐、羌为胡人,凡称胡的物名都改过来。"

徐光说:"既然陛下认为这样好,那就这样规定吧,但千万不要引起族民之间的矛盾。"

石勒点头说:"爱卿放心,俺说了,让羯人有所优厚之后,俺会再严管他们,绝不能让他们有了国人的名号后,随即产生高人一等的骄姿。"徐光深深地点了点头。

这日,石勒与侍臣来到宫门,在旁边闪目观看游牧人进出宫门情况。此时恰好有个游牧人骑马闯入止车门,石勒生气地责问守门者。守门者见是皇帝,十分害怕,结结巴巴地说:"醉胡乘马驰入,小人无法和他理论。"石勒听了,反而笑了起来说:"不怪你,是这个游牧人自己找死。"说完,传令将那个醉酒骑马闯宫的游牧人痛打四十大板,并撤掉了他的官职。胡族官员听到这个消息后,都更加谨慎起来。

参军樊坦因当差出色,石勒让他出任章武郡太守。章武郡即今天津市和沧州市中间地带,樊坦得知情况后,连忙从外地赶回来向石勒辞行。石勒见樊坦身上的衣服被撕破露出了肉,便惊问道:"爱卿当参军多年,参军俸禄很低,但也不至于穿这样露肉的破衣服吧?"

樊坦此时甚是兴奋,他未加思索地说:"陛下别说了,臣刚才进城时,看到几个羯贼在打架,臣上去劝架,不想羯贼将臣的衣服给撕破了,因急于来见陛下,没来得及更衣。"

石勒听了笑道:"羯贼撕破了爱卿的衣服,俺这个羯贼之头来赔偿爱卿吧。"说完,让侍臣去给樊坦找套衣服来。樊坦此时才发现自己犯了忌讳,连忙跪在地上说:"臣罪该万死!"石勒说:"不许跪拜,这也是俺的规矩。"说着,亲手将樊坦扶起来,又说:"实行胡讳,是防止民间相互贬低,闹出不快之事,与爱卿这样的老书生无关。"说完,又吩咐侍臣奖励车马给樊坦,便于他前往章武赴任。樊坦见皇帝不但没有治自己犯禁之罪,还赏赐车马衣服,不禁热泪盈眶地辞行。石勒说:"已经到了吃午饭的时候了,俺怎么也得管饭哪!"说着,拉着樊坦一同到膳房。

樊坦看时，石勒的午膳甚是简单，几道小菜，一碗小米饭。因为临时请樊坦吃饭，又多了杯果酒，两杯绿茶，还有一盘胡瓜。石勒端起酒杯与樊坦对饮了一口，然后指着那盘胡瓜说："爱卿知此物何名？"

胡瓜即今日之黄瓜，本从西部少数民族之地传入中原。樊坦早就认识并吃过胡瓜，安能不知它叫什么名。但他见石勒如此说，知道石勒分明是在考问自己，看是否还会犯禁，于是，樊坦张口说道："紫案佳肴，银杯绿茶，金樽甘露，玉盘黄瓜。"石勒听了，将酒杯端起来，与樊坦碰了一下，然后说了声："干！"便一饮而尽。自此，人们便盛传开了，胡瓜改叫黄瓜，一直叫到今天。

石勒一统华夏的壮志和孜孜不倦的修身齐国行动，也在影响着每个朝臣，朝臣又在影响着州郡官吏。一时间，大赵国朝野上下人人意气风发，雄心勃勃，军民百姓也高高兴兴，期盼着新的盛世的到来。石勒看在眼里，喜在心上，并酝酿着新的举动。

后赵建平三年上元节，石勒在宴请前来朝拜的高句丽、宇文屋孤使臣后，在建德宫举行盛大宴会，款待群臣，并与他们共叙一统华夏的愿望和前景。宴会上，石勒侃侃而谈，述说了自己平生痛恨门阀、同情穷苦百姓，并竭力想建设一个天下为公，选贤任能，讲信修睦，老有所终，壮有所用，幼有所长的大同盛世的愿望。讲完之后，石勒举着酒杯逐一到臣子们面前敬酒，臣子们人人激动，但由于石勒不准喊万岁，不准跪拜，只好一遍一遍地喊着"陛下，大道"。因为石勒将自己刚才讲述的建设大同盛世这一番话，给予了一个"治国大道"的题目。因此，群臣便不停地喊着"大道"。

石勒也甚是高兴，他回到自己的座位上，将满满一杯果酒一饮而尽后，对坐在邻近的徐光说："以爱卿论之，俺可以和前朝哪位君王相比呢？"

徐光亦是兴奋，他站起身来向石勒施了一礼说："以臣之见，陛下的神武谋略超过汉高祖，汉高祖之后的人，再没有可以与陛下相比的啦。"

石勒笑道："爱卿之言太过赞誉了，人哪有不知道自己的。俺所做到的，是与刘汉政权一道推翻了旧晋的统治，之后又消灭了刘赵政权，仅仅统一了淮水以北的大部分地区，但尚有辽东鲜卑、西海吐浑之地并未统一。而淮水之南和以西的吴蜀旧地，还盘踞着新晋、成汉政权。俺大赵政权仅仅是华夏大地的一隅。无论功业和神武，俺都不能与汉高祖相比。如果俺遇到汉高祖，一定向他北面称臣。俺自己以为，俺应该和韩信、彭越比肩。"

徐光再次站起身来说："陛下自谦不如汉高祖，但无论如何不能与韩信、彭越比肩，韩、彭二人与陛下相比，陛下譬如太阳，而韩、彭充其量为月亮。"

石勒说："汉高祖俺比不上，韩信、彭越二人爱卿又认为与俺比之过低，那俺再自比一人，爱卿以为如何？"

徐光说："陛下要以谁比之？"

石勒说："汉光武帝，俺与他相比，可以比肩否？"

徐光说："从功业上看，眼下陛下的确比不上汉高祖，但臣是从神武谋略方面比的，陛下完全可以与他相比。"

石勒摆摆手说："从神武谋略上比，俺也比不上汉高祖。俺这二十多年的东征西讨、南征北战之所以成功，文有君子营诸位谋士出谋划策，特别是先有张宾爱卿，后有阁下，武有十八骑及后来的诸多勇士们，还有百姓们的大力支持。至于俺自己，在审时度势、抓取战机、知人善任等等方面，都远不及汉高祖，甚至比起汉高祖，俺还有许多过失呢！"

徐光说："陛下太过谦了！"一直在听着石勒与徐光二人对话的群臣听到这里，也都嚷道："陛下太过谦啦！"

石勒说："诸位爱卿，不是俺自谦，比起汉高祖，俺的确比不了。如果比汉光武帝，俺要是与他生在同代，一定会与他逐鹿中原，且不知鹿死谁手！"群臣听了，都纷纷嚷道："陛下一定会战胜刘秀！"

石勒让众臣静下来，然后说："不过，俺也有俺的自豪之处，那就是大丈夫行事，光明磊落，如同日月之光一样，明亮洁白。俺敬佩魏武帝，特别是喜欢他的诗歌，但俺不赞成他，还有司马懿，欺凌他人的孤儿寡妇，靠强抢和掠夺的手段来夺取天下。俺石勒无论是征讨旧晋、迎战刘赵，还是降伏王浚、刘琨、鲜卑，从不靠这种手段夺人江山。"

徐光说："陛下的仁德，特别是关爱百姓的情结，自古以来，尚无二人。"

石勒说:"自汉以来,关爱百姓的君王倒也有之,如三国蜀汉刘备君臣,在关爱百姓方面可谓情结浓重,只是像俺这样以一个奴隶出身的感受来考虑百姓之事,倒并不多见。"

徐光说:"因此,陛下可谓古来第一仁德之君。"

这时,群臣又喊起了"陛下,仁德"的口号,一直到石勒提议宴会结束,群臣才停止了呼喊。

且说东晋自王敦之乱后,年幼的成帝司马衍继任皇帝。不久,便发生了苏峻之乱。苏峻之乱平定后,陶侃因功进职,势力大增,而庾亮因执政失误,导致被调外任,此时,王导执政,网罗人马,与陶侃、庾亮对抗,陶、庾势力渐弱。至石勒称帝时,王导基本独揽东晋大权。王导虽无收复北方失地的雄心壮志,却异常敏感地在注视着石勒政权是否有继续进攻江南的野心。因此,石勒与众臣正在商议并实行的一统华夏大地的想法,便很快被王导得知。

这日,王导找了几个门生官员,与他们商议对策。几个门生官员见王导很担心后赵国的发展,一致建议立即在边境袭扰后赵,使其不得安宁。王导听了,点点头说,看来就得这么办啦。于是,王导遣人令南中郎将周抚、平北将军魏该等将率军,自襄阳向北,在两国边境一线滋扰后赵。

后赵此时在这一带边境镇守的主将是郭敬。你道这郭敬是何人,原来就是石勒在并州遭难时的那位恩人。石勒定都襄国后,便将郭敬请至军中,一直在帐下为将。攻破前赵后,郭敬主动要求到边境镇守一方,石勒便让他出任荆州监军,与众将一道守卫边疆。当下郭敬见晋军大规模滋扰后赵,一面与众将严密防守,一面派快骑速报皇帝石勒。

石勒得知消息后,对徐光说:"不用说,一定是王导担心俺大赵国进一步强大,因此采取这样的办法干扰俺们、牵制俺们。爱卿以俺的名义给新晋小皇帝写封信,并派个使臣去与那王导好好理论一下,有本事两国就决一胜负,没有本事就不要滋扰人家,以免边境百姓吃苦。"

徐光说:"给新晋小皇帝写信也好,与那王导理论也好,眼下都不是时候,只有具备一条时,才是时候。"石勒听了,点了点头。

欲知后事,且看下回分解。

## 第五十回　憾分治石世龙归天　痛襄国众百姓圄地

却说石勒得知东晋在边境寻衅滋事，意在干扰和牵制大赵国后，甚是气愤，他让徐光给东晋小皇帝写封信，并派个使臣前往东晋好好与王导理论一下，要么就决一胜负，要么就不要滋扰人家，以免百姓遭殃。徐光认为，写信也好，遣使前往也好，眼下都不是时候，只有具备一条时才是时候。石勒知道，徐光是指必须给新晋点颜色看看，才能使东晋罢战，写信、遣使才能有成效，因此便点头赞成徐光的意见。

徐光见石勒与自己心领神会并同意自己的意见，便说道："那臣就转告郭敬、石生等人，让他们狠狠教训一下东晋，将其锐气打下去再说。"

石勒说："好，但俺大军深入新晋境内时，不要掠抢，不要滋扰百姓。"

徐光说："臣遵旨。"

且说荆州监军郭敬接到皇帝的旨意后，立即与南蛮校尉董幼等将一道，率后赵军对周抚、魏该率领的东晋军予以攻击。周抚、魏该等人原以为后赵国举国都在富国强兵，受到滋扰后也不会轻易出兵进攻他们，因此只是在滋扰、破坏后赵边境，而没有做后赵军进攻的准备。如今见后赵军越过边境，一直向南追杀，便节节败退。待退至襄阳时，周抚和魏该见后赵军仍无止兵的迹象，只好向武昌退去。郭敬、董幼挥大军进入襄阳城，但大军进城后秋毫无犯，百姓没受一点惊扰。魏该之弟魏遐得知情况后，率魏该在石城的守军数千人，投降郭敬。郭敬下令拆毁襄阳城，选择了数千户愿意归附后赵的百姓，与魏遐军一道，迁于沔水之北，屯驻樊城。晋军遭受此败后,再不敢滋扰后赵。

这日,石勒对徐光说:"南部边境近一年的时间,将新晋已经制服,现在可遣使前往新晋,要求与新晋重归修好,避免边境再起烽火。"

徐光说:"臣昨日已将给东晋小皇帝的书信,代陛下写好,回头立即呈给陛下,待陛下批准后,即刻遣使前往建康出使新晋。"

过了几天,将军王阳带着石勒给东晋小皇帝司马衍的信件,前往东晋国都建康。

东晋在经历苏峻、祖约之乱后,政权相对稳定起来,王导抓住这个时机,重新建造新皇宫。王阳到达建康时,新皇宫已启用起来。

王导得知后赵派使臣前来送信,犹豫了两天,还是在相府中接见了王阳。王阳先与王导进行了交谈,谈了后赵国方方面面的情况,然后才将石勒给司马衍的信交给王导,让王导转呈。谁知王导接过盖有大赵国皇帝玉玺的信件后,毫无顾忌地将信封拆开,将书信取出来看了起来。

王导见信中写道:

大赵国皇帝书启大晋国皇帝陛下:

旧晋贱民贵世,官逼而民反,因成昨日旧梦。新晋偏于南隅,大赵屹立中原,遂成对峙之势。南北分治,一国为二,徒令世人欷歔矣!然泱泱大国,天成华夏,终为一统也。双方相约十载,各俱磨砺,以决雌雄。十年之后,国书相约,尔后开战。磨砺期间,互不滋扰,两不相侵,以成国祚之安宁,百姓之福祉者也。如无不妥,自书达之日起,各呈磨砺之状,息罢边境不宁之日。盼此为候。

王导看完书信,站起身来说:"赵国皇帝这是在威胁大晋皇帝呀!"

王阳也站起身来说:"不是威胁,是妥协,也是商协。"

王导一看,笑了笑并和蔼地说:"贵使请回去转告大赵皇帝,自即日起,我两国边境互不滋事,互不侵扰。"

王阳说了声:"告辞。"转身出了王导的相府。

王导将后赵遣使前来要求与东晋重归修好以及相约十年后一决雌雄,

以便统一华夏大地的情况与小皇帝司马衍禀报后，司马衍一言未发，沉思了一会儿，他下令将石勒的书信及后赵国带来的礼物，全部焚烧掉。自此，两国边境重新恢复了安宁。

且说石勒稳下东晋滋扰边境的战事后，便一心致力于后赵方方面面的治理和发展。这年春，天气大旱，石勒亲临各地监狱视察，了解狱中囚徒监押情况，然后向廷尉下旨，将五年徒刑以下的囚犯，全部赦免出狱，帮助农民抗旱。石勒此令刚下，天降大雨，迅速解除了旱情。旱情解除后，石勒又不停地巡行诸州郡，察看各地情况，指导各地富郡强县，发展生产贸易。一直到炎炎的夏季来临，才在众臣的劝说下，来到水上离宫沣水宫歇息。

在沣水宫歇息了数日后，石勒又准备前往西南诸州郡巡行。可就在要出发的前一天夜里，石勒突然梦到数位人参仙子，飘飘然来到他的面前，其中一位金衣仙子说："仙司已经接到上天之命，令参童速归太行。"石勒似懂非懂地说："俺大赵国还没一统华夏呢，再住十年行吗？"其中一位银衣仙子说："参童下界，不出花甲，这是天帝早已说定之事，谁人敢违背！"石勒却待再说什么，只听那位金衣仙子说："我等小仙，谁敢拗天，小弟还是速作打算吧！"那银衣仙子妩媚一笑说："仙司见！"说完，几位仙子一齐起身向天空飘去。石勒却待要去追赶，只听空中一声巨响，将石勒惊醒。这时，侍臣前来报告，说有一流星，其大如象，尾足蛇形，自北及西南流五十余丈，光明烛地，坠于河水方向。石勒却待要说话，只觉得浑身酸软，精神恍惚，迷迷糊糊睡去。直到第二天中午时，石勒再次醒来，但一病不起且病情愈发严重。

此时，徐光、程遐等朝廷八座和中山王石虎及太子石弘等人，都已来到沣水宫，守候在石勒身边。众人一致意见，立即将石勒送回襄国建德宫调养。

刚回到建德宫，徐光立即让太子石弘亲自回中寺去请佛图澄，因为徐光知道佛图澄不仅是位佛教大师，还是位医术高明之人。石弘刚出宫门，迎面碰上佛图澄，佛图澄一抬手，与石弘一起回到石勒的病榻前。

看到佛图澄亲自前来诊病，几位正在不停忙碌的宫医，连忙闪在一边给佛图澄让出了位置。佛图澄伏下身子，亲自为石勒把脉。许久，他才站起身来，脚步沉重地走出了石勒的病房。徐光一直跟到殿外，才悄悄地问道："大师诊脉情况怎样，陛下龙体会很快康复吧？"

佛图澄脸色凝重地摇了摇头说："陛下得的是绝症，恐怕再难康复啦。"

徐光听了，只觉得头嗡的一声，然后对佛图澄说："大师救救陛下吧！"

佛图澄又摇了摇头说："有些事老衲能做，有些事老衲也无可奈何呀！"

徐光说："难道只能眼睁睁地看着陛下这样下去吗？"

佛图澄说："老衲即刻回到寺中配些药给陛下吃，但只能治标，无法治本。"一边说，一边快步回寺中去了。

吃了两天佛图澄配的药，石勒果然头脑清醒起来，但依然重症卧床不起。数位宫医一直轮流守护在石勒身边，不停地配置新药，但石勒吃了却不起作用。

如此维持了一个月，眼见得石勒非但不见好转，还一天天地在恶化着。

此时，有两个人出于不同的考虑，都开始在想着石勒百年之后的事情。

第一个人是智者，也是为石勒开创的江山能长期稳固下去着想，此人便是中书令徐光。徐光早已看出来石虎不是个善辈，石勒在世，石虎什么浪也翻不起来，但只要石勒不在人世，石虎必然会夺取石勒嗣君的皇位。看到石勒已经一个月不起床，且病情越来越重，徐光觉得向石勒说破利害，除掉石虎，已经是时候了。他想了想，觉得还是拉着程遐一起向石勒说为好。于是，徐光连夜前往程遐府上，去向程遐说明自己的想法，以便一同去向石勒进言。

程遐虽没有徐光那样聪明睿智，但石勒一旦不在人世，石虎必然会夺权自立，且会危及自己，程遐还是看透了。因此，徐光与程遐一拍即合，二人瞅准了一个最佳时间，双双来到石勒榻前。

石勒见徐光、程遐二人一同前来，便说道："二位爱卿有何话尽管说吧。"一边说，一边轻轻扬了扬手，将两位郎中和几个宫女都打发出去了。

徐光说:"臣等二人要向陛下说的,其实是个三年前已说过的老话题,这便是陛下百年之后大赵江山的稳固问题。臣以为,皇太子仁孝温恭,中山王凶暴多诈,陛下一旦不讳,恐社稷必危,宜渐夺中山威权,使太子早参朝政。"

石勒听后说:"爱卿言之甚善,俺采纳便是。"

程遐见石勒采纳,接着说:"中山王勇武权智,群臣莫有及者。观其志也,自陛下之外,视之蔑如,兼荷专征岁久,威震外内,性又不仁,残忍无赖。其诸子并长,皆预兵权。陛下在,自当无他,恐其怏怏不可辅少主也。宜早除之,以便大计。"

听完程遐这一番话,石勒却不高兴地说:"今天下未平,兵难未已,太子年幼,宜任强辅。中山佐命功臣,亲同鲁卫,方委以伊霍之任,何至如卿言也。卿当恐辅幼主之日,不得独擅帝舅之权故耳。吾亦当参卿于顾命,勿为过惧也。"

程遐见石勒如此理解自己的意见,一面哭一面说:"臣所言者至公,陛下以私赐距,岂明主开襟纳说,忠臣必尽之义乎!中山虽为皇太后所养,非陛下天属,不可以亲义期也。杖陛下神规,微建鹰犬之效,陛下酬其父子以恩荣,亦以足矣。魏任司马懿父子,终于鼎祚沦移,以此而观,中山岂将来有益者乎!臣因缘多幸,托瓜葛于东宫,臣而不竭言于陛下,而谁言之!陛下若不除中山,臣已见社稷不复血食矣。"

程遐说完,等着石勒表态,但他看石勒时,已经睡着。程遐小声对徐光说:"皇帝就是不信石虎日后会夺权自立,看来太子必危,怎么办?"

徐光说:"石虎常切齿于你我二人,这不但是国危,也是家祸,当为安国宁家之计,不可坐而受祸也。待陛下醒来时,在下再舍死相谏。"

徐光刚说完,只听石勒闭着眼睛说:"徐爱卿还要说什么,只管说吧。"

徐光大声说:"中山王借陛下指授神略,而天下皆言其英武仅次于陛下,实际上中山残暴多奸,见利忘义,无伊霍之忠。父子爵位之重,势倾王室。观其耿耿,实则常有不满之心,且确有轻皇太子之心。陛下隐忍容之,臣恐陛下万年之后,宗庙必生荆棘,此心腹之重疾也,惟陛下图

· 359 ·

之。"

石勒听了，两眼望着徐光、程遐不说话，但终没听从二人的劝告。待徐光、程遐从石勒房中出来后，二人不禁泪眼汪汪，仰天长叹。

第二个人是一心为了篡权的石虎。石虎见石勒病倒一个月后非但没有好转，还在天天恶化着，知道自己篡位自立的时机到来了。为了准确把握时机，石虎还假意向佛图澄讨教救石勒的灵丹妙药，借以得知石勒患的是不治之症。于是，石虎以中山王、太尉和尚书令的名义，进入禁中侍卫，矫称诏令，并不断与他的两个儿子石邃、石宣密谋夺取皇位。

徐光、程遐看到这种情况，更是坐卧不宁，寝食难安。他们几次想再进宫探望石勒，但每次得到的答复都是不准二字。

这日，太子石弘来请徐光、程遐二人进宫面见皇帝。徐光连忙问皇帝近日龙体如何，石弘却不悦地摇了摇头。徐光见状纳闷儿地说："那谁让太子来召臣进宫的？"太子只是说了句"中山王"。徐光、程遐一头雾水，只好进宫。看到禁中的侍卫情况，二人不停地叹气。

进入石勒的病房后，徐光、程遐见八座中的其他几位和石氏诸王都已先他们之前到来，再看病榻上的石勒时，已骨瘦如柴，大为脱相。徐光、程遐二人禁不住地泪如雨下，嘴里轻轻地喊着"陛下"。

石勒此时似乎专门在等待徐光和程遐二人，只见他睁开眼睛有气无力地缓缓说道："俺自五月突然病倒，至今已两个月了，俺自感俺已进冥门，临死之前，攒了点气力，再和爱卿们说几句话：其一，吴蜀旧地未平，书轨不一，俺心不甘，望诸卿继续努力，兑现俺十年后一统华夏之凤愿。其二，太子石弘，你等兄弟要好好相互扶持，司马氏就是你们的前车之鉴，一定要好好记取。中山王深可三思周霍，勿为将来口实。其三，俺死后，三日而葬，内外百僚既葬除服，无禁婚聚、祭祀、饮酒、食肉，征镇牧守不得辄离所司以奔丧，敛以时服，载以常车，无藏金宝，无内玩器。"说完，随即驾崩。时后赵建平三年七月二十一日，时年六十岁。

且说石勒病逝的消息一经传开，整座襄国城立即变成一个哭场。数万百姓，不分男女老少，一律匍匐在地上，向建德宫方向伏地而行，一面匍行，一面痛哭，直哭得天昏地暗，天空连降两场阵雨。一直到天黑时，伏在建德宫外地上的百姓仍不愿离开，非要等到时候为石勒下葬送行。尽管守宫的侍卫们苦苦相劝，但百姓们谁也不愿离开，众人哭累了就地昏睡，睡醒了再哭，直到第三日宫中备了物品虚葬时，百姓们才跟着那辆拉着普通灵柩的普通马车离去。

虚葬物品的石勒陵，号高平陵，而石勒的遗体遵照石勒之命，由宫人在夜间埋入山谷，后人谁也不知被埋入何处，且墓中不藏金银财富，也没有一件通常帝王死后所陪葬的玉器、青铜器之类的玩器。

石勒死后，太子石弘继位，但石虎一手遮天，独揽朝政。不到两年，石虎逼石弘让位而自立为帝，将皇帝石弘及两个弟弟石宏、石恢和他们的母亲程氏，全部杀死。徐光、程遐也被石虎诛杀。

石虎即皇帝位后，将都城迁至邺城。石虎在位十五年。在位期间，他刑罚苛暴，赋税奇重，强圈民地，军役烦兴，征调无度，酷虐荒淫，劫夺大量民间妇女置于后宫，供他淫乐，给百姓造成极大灾难，完全颠覆了石勒创建的一心为百姓谋利益的基本国策和为民、清廉、公正的朝廷治国理政的基本原则。除继续兴盛佛教、提高佛教地位之外，可谓恶事做绝，贻害无穷。石虎死后，诸子夺权，互相残杀，后赵遂告灭亡。

东晋十六国时期，是我国历史上的分裂时期之一，东晋十六国之后，接着又是继续分裂的南北朝时期，一直到隋朝时，中华大地才重新统一。在二百多年的分裂状态下，帝王数以百计，但像石勒这样崛起于穷困的少数民族之中，能够统一中国北方的大部，在文治上有着许多建树，并有统一南北之志者，是绝无仅有之人。石勒不愧为中国历史上传奇的帝王。同时，十六国的历史，也是中国民族大融合的历史，是当时中国前进和发展的一种必然，它既给我们教益多多，也给我们启示多多。